윌리엄 트레버

15 세계문학 단편선

윌리엄 트레버

이선혜 옮김

현대문학

차례

욜의 추억
Memories of Youghal

그는 당시에 5개월 된 아기에 불과했기 때문에 부모님이 돌아가실 때의 상황을 기억하지 못한다고 했다. 가장 오래된 기억은 까만 철문과 그 문에 얹고 있던 자신의 손 그리고 포드 모델 T를 몰고 문밖으로 나가던 숙부의 모습이었다. 이 영상은 땀에 흠뻑 젖은 숙부의 안경 쓴 얼굴과 더불어 햇살 속에 잠겨 있었다. 그는 햇빛이 자동차의 흐릿한 검정색 페인트칠 위에서 여전히 빛나고 있는 것만 같다고 미스 티처에게 말했다. 뜨겁게 달궈진 좌석 시트에 앉아 있던 숙부는 웃음기라고는 찾아볼 수 없는, 화가 난 언짢은 얼굴을 하고 있었다.

그는 좀 더 시간이 흐른 뒤 숙부와 숙모의 집이 아닌 다른 누군가의 집에서 통조림 토마토 수프를 먹던 것도 기억했다. 온실 옆에 있던 수도를 기억했고, 호건스 극장 앞에서 숙모가 다른 여자를 붙잡고 수다를 떠는 동안 아이스크림을 먹던 것도 기억했다. 모래사장에서 공연을 하던 어릿광대도 기억했고, 신부처럼 보이는 남자가 폭스 빙하 민트 사탕을 주던 모습도 기억했다.

"대문에는 타르 칠이 돼 있던 것 같아요." 남자가 말했다. "타르 칠이 된 까만 문이었죠. 그게 가장 오래된 기억이에요."

그의 이야기를 듣고 있는 나이 지긋한 여자가 미소를 지었다. 그녀는 생전 처음 보는 통통한 체구의 지저분한 남자가 옛 추억을 이토록 쉽게 자신에게 털어놓는 것에 놀랐지만 미소로 당황스러운 마음을 감추었다.

"숙부가 토마토 수프를 먹던 모습이 기억나네요." 남자가 말했다. "숙모의 얼굴도 떠올라요. 엄격한 사람이었던 숙모는 요란한 소리를 내면서 수프를 먹는 숙부를 못마땅하게 쳐다봤죠. 온실 옆 수도는 땅바닥에서 휘어져 올라온 파이프에 연결돼 있었어요."

"네." 여자는 조금 더 미소를 지어 보이면서 대답했다. 그러고서 그녀는 자신이 떠올릴 수 있는 가장 오래된 기억 속에 보이는 것은 사탕이 가득 담긴, 종이 반죽으로 만든 얼룩무늬 개라고 덧붙였다. 남자는 이렇다 저렇다 말이 없었다.

"호건스 극장은 여전히 장사가 잘되는지 모르겠군요." 남자가 이야기했다.

여자는 고개를 젓더니 남자가 말하는 도시에 가 본 적이 없기 때문에 호건스 극장이 아직 있는지 모르겠다고 대답했다.

"거기서 그레이시 필즈를 처음 봤어요. 〈빨래 통을 끼고 돌다〉라는 재미있는 영화에서 잭 헐버트도 처음 봤고요."

두 사람은 방돌에 있는 레 갈레 호텔 테라스에서 덱 체어에 비스듬히 기대앉아 있었다. 눈앞에는 지중해가 펼쳐져 있고 주위에는 미모사와 부겐빌레아가 꽃망울을 활짝 터뜨리고 있었다. 오렌지가 익어 가고 있었으며 야자나무가 산들바람에 잎을 흔들었다. 연한 푸른빛이 감도는 하늘에서 태양은 옅은 구름을 밀어냈다. 미스 티처는 미스트랄*이 지나가고 성수기까지는 시간이 남은 4월 말이 되면 친구 미스 그림쇼와 함께 소음과 한여름의 무더위가 덮치기 전의 방돌을 찾았다. 30년 넘게 알고 지내 온 두 사람은 내년에 65세의 나이로 은퇴를 하고 나면 성 밀드리드 여학교에서 멀지 않은 세븐 오크스에 단층집을 마련해 살 계획이었다. 성 밀드리드 여학교에서 미스 티처는 역사를, 미스 그림쇼는 프랑스어를 가르쳤다. 두 사람은 앞으로도 변함없이 해마다 봄이 되면 방돌에 올 수 있기를, 고요한 지중해와 그들이 가장 좋아하는 음식이자 이곳의 토속 요리인 부야베스를 즐길 수 있기를 소망했다.

미스 티처는 마른 몸에 수줍은 얼굴과 힘없고 가냘픈 손을 가진 여인이었다. 그녀는 레 갈레 호텔의 위쪽 테라스에서 깜빡 잠이 들었는데, 눈을 떠 보니 이 지저분한 남자가 앞에 서 있었다. 남자는 그녀 옆에 놓인 덱 체어에 앉아도 괜찮겠느냐고 물었다. 미스 그림쇼가 산책을 마치고 돌아와서 앉으려던 의자였지만 미스 티처는 차마 안 된다고 말하지 못한 채 고개를 끄덕였다. 남자가 자기는 호텔 투숙객이 아니라고 말하더니 흥신소에서 일하고 있다고 덧붙였다. 그는 지금 위층 방에 있는 한 커플을 감시하고 있는데, 그 남녀가 나올 때까지 미스 티처가 그녀와 함께 있도록 친절하게 허락을 해 주고 거기에 더해 가

---

* 겨울에서 봄 사이에 프랑스의 론 강 계곡을 따라 지중해의 리옹 만으로 불어 내리는 한랭 건조한 북풍.

벼운 대화까지 나눠 준다면 일이 한결 수월해질 거라고 이야기했다. 그는 미스 티처에게 탐정은 눈에 띄어서는 안 되며 배경에 녹아들어야 한다고, 아니면 적어도 자연스럽게 보여야 한다고 설명했다. "소스위프트 탐정 사무소에서 일하고 있습니다. 런던에 있죠." 남자는 미스 그림쇼가 마음에 둔 의자에 앉으면서 자신을 추방당한 아일랜드인이라고 소개했다. "혹시 와일드 기스*라고 들어 보셨나요? 용병은요? 저 자신이 용병이 된 기분이 들 때가 가끔 있습니다. 제 이름은 퀼런입니다."

미스 티처는 퀼런이 보이는 것보다 젊을 거라고 생각했다. 그녀는 퀼런이 마흔다섯쯤 됐을 거라고 짐작했지만 그는 열 살은 더 먹어 보였다. 미스 티처가 퀼런에게 동정을 느낀 것은 나이보다 늙어 보이는 외모, 아니 어쩌면 불안한 듯 텅 빈 눈 때문이었는지 모른다. 퀼런은 명랑한 모습으로 미안한 마음을 감추려 했지만 그의 눈은 자신의 행동을 사과하고 있었다. 그는 테라스에 오래 있지는 않을 거라고 약속했다. 그는 남녀가 곧 호텔을 떠날 거라며 자신이 빌린 르노 자동차로 해안 주변을 돌면서 여자의 남편을 대신해 두 사람을 미행할 거라고 말했다. 그는 이 일이 그다지 마음에 들지는 않지만 그동안 해 온 다른 일들보다는 낫다면서 지금까지 정처 없이 떠돌아다니며 살아왔다고 소리 내어 웃으며 덧붙였다. 뒤이어 퀼런은 따뜻한 햇살 아래 눈을 지그시 감은 채 어린 시절의 추억을 이야기했고, 미스 티처는 그의 이야기에 귀를 기울였다.

"저는 욜에서, 코크 카운티의 욜에서 태어났어요. 1934년에 어머니

---

* 16~18세기에 유럽 대륙의 군대에서 활동했던 아일랜드 용병.

가 수영을 하려고 바다에 들어갔다가 물살에 휩쓸렸어요. 아버지가 어머니를 구하려고 물에 뛰어들었죠. 하지만 두 분 모두 익사하고 말았어요."

쿼런은 덱 체어에서 일어서더니 어디론가 가 버렸고, 미스 티처는 그가 울 만한 장소를 찾으러 갔는지도 모른다고 생각했다. 터진 핏줄이 드러나는 통통한 시뻘건 얼굴과 짙은 눈썹 밑으로 보이는 푸른 눈. 그녀의 머릿속에는 쿼런의 잔상이 남아 있었다. 그가 미소를 지을 때면 군데군데 떨어져 나간 누런 의치가 드러났다. 그는 어린 시절의 기억에 소리 내어 웃다가 그 바람에 빠진 틀니를 제자리에 끼워 넣어야 하기도 했다. 당황한 미스 티처는 눈을 다른 데로 돌렸지만 쿼런은 전혀 신경 쓰지 않았다. 그는 남들에게 어떤 인상을 줄지 고민하는 사람이 아니었다. 그는 흘러내리는 바지를 끈으로 동여매고 있었는데, 단추가 풀어진 셔츠 사이로 핏기 없는 배가 드러나 보였다. 숱이 없는 연갈색 머리와 파란 재킷의 어깨 위로 비듬이 보였다. 미스 티처는 어제 떨어진, 아니 어쩌면 그저께 떨어진 비듬일 거라고 생각했다.

"이걸 가져왔습니다." 쿼런이 돌아와서 또다시 미스 그림쇼의 의자에 앉으며 말했다. 그가 빨간 액체가 담긴 잔을 내밀었다. "이곳 사람들이 마시는 아페리티프죠."

제라늄 화분과 주황색 기와지붕 너머로, 만灣과 자잘한 거품을 일으키며 출렁이는 초록빛 바다 너머로 사이프러스에 둘러싸인 사나리의 하얀 별장들이 보였다. 좀 더 가까이, 테라스 바로 아래로는 툴롱으로 이어지는 길이 뻗어 있고 그 너머로는 소박한 해변이 펼쳐져 있었다. 미스 티처는 지금 그 바닷가에 있는 미스 그림쇼를 지켜보았다.

"그 끔찍한 일이 벌어진 날, 저는 숙모와 숙부한테 보내졌죠." 쿼런이 말했다. "사실 이렇게 얘기하고 있지만 기억나지는 않아요."

퀼런은 얼음이 든 위스키를 마셨다. 그러고서 그는 잔에 든 술을 흔들어 저으며 그 모습을 바라보았다. 퀼런이 미스 티처에게 담배를 권했다. 미스 티처는 사양했고 퀼런은 담배 한 개비에 불을 붙였다.

"숙부는 가게를 했어요." 퀼런이 말했다.

미스 티처의 눈에 툴롱으로 이어지는 길을 건너는 미스 그림쇼의 모습이 들어왔다. 자동차 한 대가 경적을 울렸지만 미스 그림쇼는 신경 쓰지 않았다.

"기억은 참 놀라워요." 퀼런이 말을 이었다. "기억나는 일들이 있는가 하면 기억나지 않는 일들도 있죠. 저는 로레토 수녀원의 유아반에 다녔어요. 아이타라는 수녀님이 있었죠. 얼굴이 빨갰던 여자도 생각나요. 한번은 그 여자가 울기도 했어요. 조 머피라는 남자아이도 생각나네요. 그 애의 할머니는 야채 가게를 했어요. 저는 조 머피 무리 중 한 명이었죠. 우리는 다른 패거리랑 싸우고는 했어요."

미스 그림쇼가 미스 티처의 시야에서 사라졌다. 따뜻한 햇살을 받으며 느린 걸음으로 호텔에 들어서고 있는 것이 분명했다. 햇볕에 그을린 미스 그림쇼의 얼굴은 그녀의 안경과 마찬가지로 반짝이고 있을 것이 분명했다. 그녀는 숨을 헐떡이면서 도착할 것이 틀림없었다. 미스 티처의 머릿속에는 벌써 미스 그림쇼의 목소리가 들리는 듯했다. "지금 마시고 있는 그 빨간 게 대체 뭐야?" 미스 그림쇼는 발끈 성을 내면서 물을지도 몰랐다.

"열세 살 때 숙부와 숙모 집에서 달아났어요." 퀼런이 말했다. "해변 지역을 돌던 유랑 쇼단에 들어갔죠. 그날 숙모는 세상을 다 가진 듯 기뻤을 거예요. 내가 눈에 보이는 걸 못 참았거든요."

"아, 그래도 지금은……"

"제 얘기 좀 들어 보세요." 퀼런은 미스 티처 쪽으로 몸을 기울여 그녀의 눈을 뚫어져라 들여다보면서 말했다. "상황이 어땠는지 말씀드리죠. 알고 싶으세요?"

"글쎄요……"

"숙부는 아이를 키우는 데에는 통 관심이 없었어요. 펠란 주점에서 정육점 주인 해리건하고 어울려 스타우트 맥주를 마실 생각밖에 안 했죠. 숙모는 전혀 달랐어요. 무엇보다도 아이를 낳고 싶어 했거든요. 그 집에서 13년을 사는 동안, 저는 숙모한테 자식 없는 신세를 떠오르게 하는 존재였어요. 숙부와 숙모 모두한테 골칫거리였죠."

퀼런의 이야기에 동정을 느낀 미스 티처는 할 말을 찾지 못했다. 그녀는 퀼런의 눈이 약간 충혈된 것을 보았다. 호텔 테라스에서 나이 든 여자에게 자신의 과거를 늘어놓는 탐정이라니, 미스 티처는 정말로 이상하다는 생각이 들었다.

"저는 그 집에서 아무도 원하지 않는 아이였어요. 제가 다섯 살이었을 때, 숙모는 저한테 들어가는 식비가 얼마인지 말하기도 했어요."

미스 티처는 퀼런이 다섯 살이라면 1939년이었을 거라고 생각했다. 그녀는 1939년의 자신을 떠올렸다. 스물네 살의 아가씨였던 그녀는 성 밀드리드 여학교에서 이제 막 교편을 잡았는데, 소망하는 결혼의 기회가 자신을 비껴갈지도 모른다고 예감하기 시작했다. "우리 둘 다 결혼할 팔자가 아니야." 미스 그림쇼는 훗날 이렇게 말했다. "바쁜 교직 생활을 안 했더라면 우리는 왜 사나 싶었을 거야."

미스 티처는 미스 그림쇼가 테라스에 도착하지 않기를, 생전 처음 보는 이 남자가 감상적인 이야기를 계속하기를 바랐다. 퀼런은 자신이 이야기하는 도시를 묘사했다. 아주 오래된 성문과 중심가. 고기잡이배가 바다로 나가는 항구. 부모님이 익사한, 목재 방파제가 설치된 바닷가. 해변을 따라 늘어선 숙박 시설과 산책 길 그리고 바다가 내려다보이는 점토질 언덕 위에 자란 키 작은 풀.

"욜의 등대 근처에는 제가 무지개 토피 사탕을 사러 가던 가게가 있어요."

미스 그림쇼가 테라스에 모습을 드러내더니 두 사람 앞으로 다가왔다. 미스 그림쇼는 짤막한 팔다리와 잿빛 머리칼을 가진 키가 작고 통통한 여인이었다. 성 밀드리드의 여학생들은 미스 그림쇼를 대대로 닥스훈트에 비유했고 자기들끼리 있을 때는 아예 닥스훈트라고 불렀다. 꽃무늬 드레스를 입은 미스 그림쇼는 왼손에 노란 비닐봉지를 들었는데, 그 속에는 아침 산책의 수확물인 제법 많은 조개껍데기가 들어 있었다.

"저는 성공을 꿈꾸면서 상선에 올라탔어요. 세상을 좀 헤매고 다녔죠. 최선의 길을 택하려고 언제나 노력했답니다. 탐정 일을 하기 시작한 지는 몇 년 됐어요."

재킷을 입은 호감 안 가는 남자가 자기 의자에 떡하니 앉아 있는 것을 보고 짜증이 난 미스 그림쇼는 미스 티처가 빨간 액체가 담긴 잔을 들고 있는 모습에 더욱 화가 났다. 두 사람은 휴가를 떠나기에 앞서 매번 경비를 모았고, 여행 중에는 돈을 쓰기 전에 항상 서로의 의견을 물었다. 미스 그림쇼는 의자에 팔다리를 벌리고 앉아 있는 남자를 무시한 채 미스 티처에게 잔에 담긴 것이 무엇인지 물었다. 그녀는 앉을 자리가 없어서 선 채로, 불만과 실망을 드러내려고 날카로운 목소리로 말했다.

"욜에는 두 번 다시 안 갔어요." 남자는 미스 티처가 미스 그림쇼의 질문에 대답도 하기 전에 이렇게 말했다. "그곳에 대해서는 어린 시절의 기억만 남아 있을 뿐이에요. 불행한 기억들이죠." 미스 그림쇼는 남자의 이야기에 놀랐다. "아담하고 멋진 곳에 어린 불행한 기억들 말이에요. 인생이란 그런 거죠."

"아페리티프야." 미스 티처가 대답했다. "퀼런 씨가 친절하게도 사주셨어. 퀼런 씨, 이쪽은 제 친구 미스 그림쇼예요."

"우리는 추억에 대해서 얘기를 나누고 있었습니다." 퀼런이 의자에서 몸을 일으키며 말했다. "미스 티처와 저는 추억의 골목길을 거닐고 있었죠." 퀼런은 껄껄대며 웃었고, 그 바람에 틀니가 입속에서 움직였다. 미스 그림쇼는 퀼런의 구두에 흠집이 난 것을 눈여겨보았다. 풀어 헤친 셔츠 깃 속으로 쑤셔 넣은 파란 스카프가 더러워 보였다.

퀼런은 또다시 갑작스레 어디론가 향했다. 그는 미스 그림쇼에게 만나서 반갑다는 인사도, 미스 티처에게 이만 가 보겠다는 인사도 하지 않았다. 그는 잔을 손에 들고 입에 담배를 문 채 테라스를 따라 걸었다. 추켜올려야 할 바지 뒷단이 축 늘어져 있었다.

"대체 누구야? 지금 마시고 있는 그걸 정말로 저 사람이 사게 한 건 아니지?" 미스 그림쇼가 물었다.

"저 사람은 탐정이야. 어떤 남편의 의뢰로 한 커플을 감시하고 있어. 그 커플을 미행해서 여기에 왔대."

"미행했다고?"

"탐정 일을 하고 있다니까."

미스 그림쇼가 남자가 차지하고 있던 의자에 앉았다. 그녀의 시선이 미스 티처가 여전히 들고 있는, 붉은 빛깔의 술이 담긴 잔으로 또다시 향했다. 미스 그림쇼는 아침에 아그네스 티처가 피곤하다기에 혼자 조개껍데기를 주우러 나갔던 것을 생각했고, 산책을 마치고 돌아왔을 때 그녀가 말이 지겹도록 많은 남자와 함께 앉아 있던 모습을 떠올렸다.

"악취가 났어. 불쾌한 냄새가 훅 풍기더군." 미스 그림쇼가 말했다.

"위스키야. 위스키는 냄새가 나잖아." 미스 티처가 대답했다.

"내가 무슨 말을 하는지 알잖아, 아그네스." 미스 그림쇼가 조용히 말했다.

"산책은 즐거웠어?"

미스 그림쇼는 고개를 끄덕이더니 함께 가지 못해 아쉬웠다고 대답했다. 그녀는 산책 뒤에 한결 기분이 좋아졌고 점심 식사가 기대될 정도로 식욕을 느꼈다. 콧구멍에서는 바다의 소금기가 느껴졌다. 미스 그림쇼는 미스 티처가 들고 있는 잔을 또다시 쳐다보면서, 점심 식사 전에 음료를 마시는 것은 빈둥거리며 아침나절을 보내는 동안 간신히 되찾은 식욕마저 떨어뜨릴 뿐이라고 눈빛으로 이야기했다.

"맙소사, 다시 오고 있어." 미스 그림쇼가 말했다.

퀼런이 덱 체어 하나를 들고서 두 사람 쪽으로 오고 있었다. 그 뒤로 양철 쟁반에 잔 세 개를 받쳐 든 채 따라오는 웨이터의 모습이 보였다. 잔 두 개에는 미스 티처가 마시고 있는 붉은빛 술이, 나머지 한 개의 잔에는 얼음과 위스키가 담겨 있었다. 퀼런은 아무 말 없이 두 사람 맞은편에 의자를 펼쳐 놓았고, 웨이터는 작은 테이블을 옮겨 오더니 그 위에 술잔을 내려놓았다.

"이곳 사람들이 마시는 아페리티프죠." 퀼런이 말했다. "저는 부인의 잔에 손댈 생각이 없습니다, 미스 그림쇼."

퀼런은 소리 내어 웃었고, 그 바람에 틀니가 또다시 입안에서 움직였다. 퀼런이 틀니를 제대로 끼우려고 손을 입에 가져가는 순간, 미스 티처는 시선을 다른 데로 옮겼지만 미스 그림쇼는 눈을 떼지 못했다. 미스 그림쇼는 틀니가 보편화된 요즘에 저렇게 자꾸만 빠지도록 내버려 둘 이유가 없다고 생각했다. 하지만 남자는 굳이 시간을 내서 틀니를 손볼 사람처럼 보이지 않았다.

"미스 티처, 그리고 미스 그림쇼." 퀼런은 두 사람의 이름을 음미라도 하듯 느리게 부르더니 위스키를 마셨다. "미스 티처, 그리고 미스 그림쇼." 퀼런이 또다시 두 사람의 이름을 불렀다. "두 분 모두 결혼 안 하셨죠? 저 역시 결혼을 안 했습니다. 사실을 말씀드리자면, 욜에 사는 숙모와 숙부를 보면서 결혼하고 싶은 마음이 없어졌어요. 제가 어릴 때 본 바로는 그렇게 부자연스러운 조합이 없었거든요. 물론 탐정 일이라는 게 짝을 찾아서 인연을 맺는 데에 도움이 되지도 않았고요. 제 어머니는 수영하려고 바다에 뛰어들었어요." 퀼런은 이렇게 말하면서 미스 그림쇼를 바라보았다. 그는 또다시 이 이야기를 할 기회가 생겨서 기쁜 것 같았다. "어머니를 구하려고 아버지도 바다에 뛰어들었죠. 두 분은 한 쌍의 동전처럼 가라앉고 말았답니다. 제가 5개월 됐을 때죠."

"정말 끔찍한 일이네요." 미스 그림쇼가 말했다.

"그 일만 없었다면 저는 지금 다른 사람이 됐을 겁니다. 그렇게 생각하지 않으세요? 제 생각에 동의하시나요, 미스 그림쇼?"

"무슨 생각요?"

"부모님이 살아 계셨다면 제가 다른 사람이 됐을까요? 열세 살 때, 저는 집을 나와서 쇼단을 따라갔어요. 그 집에서는 단 1분도 더 견딜 수 없었거든요. 숙부는 저한테 말 한 마디 건네는 일이 없었고, 숙모는 제가 집에 들어오는 게 보이면 눈을 다른 데로 돌렸어요. 식사 시간에는 침묵이 흘렀죠." 퀼런은 지난날을 되새기는 듯 잠시 이야기를 멈추었다가 말을 이었다. "욜은 여기하고 비슷해요, 미스 그림쇼. 바다에 접한 곳이죠. 무슨 말인지 아시겠어요?"

미스 그림쇼는 그가 무슨 말을 하는지 모르겠다고 대답했다. 그녀는 퀼런이 말이 너무 많다고, 그것도 불쾌할 정도로 지나치게 말이 많다고 생각했다. 아그네스 티처는 잠자코 있었다. 자신은 물론이고 미스 그림쇼를 이런 남자와 상대하게 만들어 민망한 것이 분명했다.

"생각나는 게 또 있는데 도무지 뭔지 모르겠어요. 어떤 여자 얼굴이 떠올라요. 침대에 누워서 잠들려고 뒤척일 때면 내 머릿속에 나타났다 사라지기를 되풀이하고는 하죠. 까만 철문처럼 언제나 거기 있어요. 알아보겠는데, 또 알아볼 수 없는 어렴풋한 얼굴이에요. 무슨 말인지 아시겠어요?"

"네." 미스 티처가 대답했다.

미스 그림쇼는 고개를 내저었다.

"어린 사내아이였을 때, 수녀님 한 분한테 이 얘기를 한 적이 있어요. 그 수녀님은 얼굴의 주인공이 제 어머니일지도 모른다고 말했죠. 하지만 저는 단 한 순간도 그렇게 생각한 적이 없어요. 그 얼굴에 대해서 제가 무슨 생각을 하는지 들어 보실래요?"

미스 티처는 미소를 지었다. 미스 그림쇼는 미소뿐만 아니라 친구의 뺨에 어린 홍조를 보면서 보기보다 독한 술을 마신 아그네스 티처가 약간 취한 모양이라고 생각했다. 아그네스 티처의 눈빛이 이런 사실을 미스 그림쇼에게 알려 주었다. 입술도 풀린 듯 보였다. 장난기가 발동한 미스 그림쇼는 성 밀드리드에 돌아가면 휴게실에서 이 이야기를 해야겠다고 생각했다. 그녀는 어떻게 아그네스 티처가 아무짝에도 쓸모없는 아일랜드 남자에게 걸려들어서 결국 술에 취하고 말았는지 말할 작정이었다. 미스 그림쇼는 웃고 싶었지만 꾹 참았다.

"제 생각은 이렇습니다. 그건 언젠가 숙모가 페이즐리 식료품점 앞에 유모차를 세워 놨을 때, 유모차 안에 누워 있던 저를 훔치려던 여자의 얼굴입니다. 아이가 없는 여자가 그 비극적 사고를 전해 듣고는 아기를 데려다가 엄마가 돼 줘야겠다고 생각한 거죠." 퀼런이 말했다.

"그런 짓을 한 여자가 있었어요?" 미스 티처는 소리쳐 물었고, 미스 그림쇼는 재미있어하면서 그녀를 바라보았다.

"굳이 저한테 그런 얘기를 해 준 사람은 없어요. 본능적으로 아는 거죠. 여기요!" 퀼런은 저만치 테라스 끝 쪽에서 서성이고 있는 웨이터에게 소리쳤다. "앙코르, 앙코르! 트루아 베르, 실 부 플레."*

"이런, 아니에요." 미스 티처가 중얼거렸다.

미스 그림쇼는 소리 내어 웃었다.

"두 분처럼 결혼은 안 했지만 아이를 원한 여자였죠. 그 여자가 뜻을 이뤘더라면 저는 지금 다른 사람이 됐을 거예요. 저를 멀리 다른 도시로 데리고 갔겠죠. 코크였을지도 몰라요. 아니면 더블린으로 데려갔을지도 모르죠. 그럼 저는 지금 다른 기억을 간직하고 있을 거예요. 제 말을 이해하시겠어요, 미스 그림쇼?"

웨이터는 술을 가져왔고 빈 잔을 가져갔다.

"눈을 감으면 그날 벌어진 일이 보여요." 퀼런이 말했다. "여자가 유

---

* Encore, encore! Trois verres, s'il vous plaît. 프랑스어로 '더요, 더! 세 잔 더 주세요'라는 뜻.

모차 위로 몸을 숙이더니 고아가 된 아기를 향해 두 손을 뻗어요. 그때 숙모가 페이즐리에서 나오더니 그 여자한테 무슨 짓을 하는 거냐고 물어요. 한번은 숙모가 검은딸기 나무 가지로 제 다리를 때린 적도 있어요. 저는 부엌 찬장에서 음식을 꺼내 먹고는 했어요. 시버스 젤리를 이로 베어 먹기도 했죠. 또렷하게 기억나요." 퀄런은 잠시 말을 멈추더니 이야기를 계속했다. "그 근처에 가게 되면 욜에 들르세요. 신선한 생선을 먹을 수 있는 곳이랍니다."

미스 그림쇼는 들려오는 목소리에 미스 티처 뒤쪽을 바라보았다. 한 남자와 한 여자가 호텔을 나서는 모습이 보였다. 두 사람은 테라스가 끝나는 곳에서 잠시 웨이터 옆에 멈춰 섰다. 여자가 웃었고, 웨이터는 그 자리를 떠나 어디론가 갔다.

"바로 저 커플이에요. 이제 나가는군요." 퀄런이 말했다.

그는 잔을 기울여 위스키를 크게 한 모금 마셨다.

빨간 바지와 검정 가죽 재킷 차림에 선글라스를 쓴 남자가 곁에 있는 여자의 담배에 불을 붙여 주었다. 그는 여자의 어깨에 팔을 두르고 있었다. 웨이터가 두 사람에게 술 한 잔씩을 건넸다.

"저 사람들이 이쪽을 보고 있나요, 미스 그림쇼?"

퀄런은 어떻게 해서든 들키지 않으려고 덱 체어에 앉은 채 몸을 쭈그렸다. 미스 그림쇼는 두 사람이 서로에게 푹 빠져 있는 것 같다고 대답했다.

"미행당해 마땅한 사람들이죠. 사악한 커플이에요." 퀄런은 빈정대면서 씁쓸하게 말했다.

갑자기 그리고 미스 그림쇼를 당황시키며, 미스 티처가 한쪽 팔을 뻗더니 손가락 끝을 흥신소 직원의 커다란 손등에 갖다 댔다. "안됐네요." 미스 티처가 조용히 말했다. "부모님이 물에 빠져 돌아가셨다니 안됐어요. 지금 하고 계신 일이 마음에 안 든다니 안됐어요."

퀄런은 동정을 받은 것에 놀란 기색은 없었지만 그럴 필요 없다는 듯 어깨를 으쓱했다. 그는 부모님이 익사하지 않으셨다면 자기는 지금 두 사람 앞에 보이는 남자와는 다른 사람이 됐을 거라고 다시 한 번 말했다. 미스 그림쇼는 퀄런이 망상에 사로잡혀 있다고 생각했다. 퀄런은 그 여자가 유모차에 누워 있던 아기를 데려가기만 했어도 자기는 다른 사람이 됐을 거라고 말했다. 그는 자신의 어린 시절은 불운했다고 덧붙였다. "욜은 아담하고 멋진 해변 휴양지예요. 하지만 그곳을 떠올릴 때면 언제나 몸서리가 쳐져요. 그곳에서 저를 기다리고 있는 불운 때문이죠. 까만 철문과 포드에 올라앉아 땀을 흘리고 있는 숙부를 생각할 때면 다른 일들도 모조리 떠올라요. 그 여자는 아이를 원했어요, 미스 티처. 아이한테는 사랑이 필요하죠."

"여자한테도 그래요." 미스 티처가 속삭였다.

"하지만 그 여자는 퀄런 씨의 상상이 만들어 낸 인물이에요." 미스 그림쇼가 소리 내어 웃으면서 말했다. "머릿속에 떠오르는 얼굴에 어울릴 만한 이야기를 만들어 낸 거죠. 퀄런 씨, 어느 여자라도 그 얼굴의 주인이 될 수 있는 거 아닌가요?"

"아, 물론입니다, 물론이고말고요." 퀄런은 미스 그림쇼의 말에 동의하면서 두 남녀를 몰래 훔쳐보았다. 그는 두 남녀를 훔쳐보도록 고용된 사람이었다. "이런 일을 한다는 게 어떤 건지 상상도 못 하실 겁니다."

잔을 비운 남녀는 그들이 서 있는 테라스와 아래층 테라스를 연결하는 돌계단을 내려간 뒤 호텔 뜰을 가로질렀다. 두 사람의 짐을 든 웨이터가 뒤를 따랐다. 퀼런이 자리에서 일어섰다.

미스 티처는 퀼런의 윗옷을 다림질하는 상상을 했다. 그녀는 퀼런의 어릴 때 모습을 상상했다. 나중에 생각해 보니 붉은 아페리티프 탓인 듯했지만 잠시 동안 미스 그림쇼가 낯선 사람처럼 보였다. 미스 그림쇼는 미스 티처와 퀼런 모두가 알지 못하는, 얼굴이 둥그런 여자였다. 그런 그녀가 갑자기 나타나서 이야기를 나누려 하고 있었다. 그리고 손수 다려 줄 만한 윗옷을 갖지 못한 미스 그림쇼는 질투심을 느끼고 있었다. 그녀는 평생 우정 말고는 다른 감정을 누리지 못했다.

"당신이 5개월 된 아기였던 1934년만 해도 저는 결혼에 대한 희망을 간직하고 있었답니다, 퀼런 씨. 하지만 그로부터 몇 년이 흐른 뒤였다면, 저도 유모차에 누워 있던 당신을 데려가려던 여자를 이해할 수 있었을 거예요."

이렇게 말하는 미스 티처의 얼굴은 새빨갛게 달아올라 있었다. 그녀는 미스 그림쇼가 이런 자신의 모습을 지켜보는 것을 알았다. 그녀는 미스 그림쇼가 간신히 몸을 일으킨 뒤 흥신소 직원에게 손을 내미는 자신을 지켜보는 것도 알았다. "안녕히 가세요. 당신의 어린 시절 추억을 들어서 즐거웠습니다."

퀼런은 역시 무뚝뚝한 모습으로 멀어져 갔다. 미스 티처와 미스 그림쇼는 테라스를 따라 걸어가는 그의 모습을 지켜보았다. 미스 티처는 호텔 뜰로 내려가는 그의 모습을 눈으로 좇았다.

"맙소사, 저 사람 때문에 완전히 넋이 나갔구나." 휴게실에서 풀어놓을 이야기가 이제 더 흥미로워졌다. "어떤 뚱뚱한 남자가 아그네스한테 욜이라는 곳에서 보낸 어린 시절의 추억을 늘어놓았어요. 그 남자는 망상에 빠져 있었죠. 한 여자가 유모차에 누워 있던 자기를 훔쳐 가려

했다는 거예요. 세상에 그럴 여자가 있기라도 할 것처럼 말이죠. 아그네스는 술에 얼큰하게 취해서 그 말을 곧이곧대로 믿더군요. 나는 아그네스가 눈물을 흘릴 줄 알았어요." 미스 그림쇼는 학기가 시작되는 첫날 저녁에 이렇게 이야기할 자신의 모습을 상상했다.

미스 티처는 의자에 앉더니 퀼런이 사 준 술을 홀짝였다.

"저 사람이 여기 묵고 있지 않다니 천만다행이야." 미스 그림쇼가 말했다.

"꾸며 낸 얘기라고 말한 건 잘못이야."

"왜 안 돼?"

"마음을 아프게 했잖아."

"마음을 아프게 했다고?" 미스 그림쇼가 큰 소리로 물었다.

"저 사람은 비참한 어린 시절의 희생자야……"

"넌 취했어, 아그네스."

미스 티처는 남아 있던 붉은 아페리티프를 모조리 들이켰고, 미스 그림쇼는 반짝이는 안경 너머로 그녀를 노려보았다. 미스 그림쇼의 눈에는 자신의 친구가 이제 막 천박한 연애소설을 다 읽고서 내려놓은 것만 같았다.

"점심시간이야." 미스 그림쇼가 퉁명스럽게 말하면서 일어섰다. "가자."

미스 티처는 고개를 저었다. "등대 근처에 가게가 하나 있어. 예전에 무지개 토피 사탕을 팔던 가게야. 너나 나 같은 여자라면 그 가게에서 외로움을 피해 도망쳐 나온 아이를 봤을지도 몰라."

"점심 먹어야지." 미스 그림쇼가 말했다.

"세상은 정말 잔인해."

미스 그림쇼는 말도 안 되는 감상적인 생각이 상상을 조작하도록 내버려 둬서는 안 된다고 매몰차게 대답하려다가 입을 다물었다. 이름 모를 술 석 잔 그리고 지저분한 흥신소 직원과 나눈 대화는 환히 밝은 낮에 아그네스 티처에게 어처구니없는 충격을 안겨 주었다. 미스 그림쇼는 더 이상 이 일에 대해서 생각하고 싶지 않았다. 그녀는 아그네스 티처가 술기운에 내뱉은 말을 떠올리고 싶지 않았고, 오늘 있었던 일을 학교 휴게실에서 들려주고 싶은 생각도 이제 없었다. 이 일에 대해서는 다시 생각하지 않는 편이 나았다. 두 사람은 어쨌든 친구고, 그런 둘 사이에는 무언의 비밀이 존재할 수 있었다.

"세상은 우리한테 가장 좋은 것을 허락하지 않아." 아그네스 티처의 목소리가 들렸다. 그러나 친구의 얼굴을 바라본 순간, 미스 그림쇼는 그녀가 아무 말도 하지 않았음을 깨달았다. 미스 그림쇼는 걸음을 옮겼다. 노란 비닐봉지에 담긴 조개껍데기가 달그락 소리를 냈다. 미스 그림쇼는 자신의 머릿속에 파고들려는 생각을 애써 막았다. 마늘 냄새가 공기에 섞여 있었고, 부엌에서는 이 지역 요리인 부야베스의 그윽한 냄새가 풍겨 왔다. 부야베스는 두 사람이 가장 좋아하는 요리였다.

탁자
The Table

제프스는 공공 도서관에서 필요한 지면을 사무적으로 들여다보다가 해먼드 부부가 《타임스》에 실은 광고를 발견했다. 제프스는 광고에 있는 전화번호를 종잇조각에 적어 두었다가 그날 안에 전화를 걸었다.

"네, 그 탁자라면 아직 안 팔렸을 거예요. 가서 보고 올게요." 해먼드 부인이 애매하게 대답했다.

제프스는 탁자를 보러 가는 그녀의 모습을 상상했다. 볼이 좁은 구두 위로 맵시 있는 다리가 보이는, 담청색 머리칼의 약간 뚱뚱한 중년 여인이 그의 머릿속에 떠올랐다.

"남편이 벌인 일이라서요." 해먼드 부인이 설명했다. "하긴 남편이 알아서 해야 할 일인지도 모르겠네요. 정확히 말하자면 그 탁자는 제

것이지만요. 할머니가 제게 남겨 주셨거든요. 네, 탁자는 아직 있어요. 아직 사기로 한 사람이 없을 거예요. 확실해요."

"그렇다면……"

"남편이 탁자를 사겠다는 연락을 받았거나 아니면 벌써 탁자를 팔았을지도 모른다고 생각했다니, 저도 참 어리석죠. 저하고 의논하지 않고서 그런 일을 했을 리 없잖아요. 이건 제 탁자니까요. 물론 남편이 광고 문구를 정하고 신문에 싣기는 했죠. 저한테는 이제 막 걷기 시작한 딸이 있답니다, 제프스 씨. 저는 광고 문구를 생각하기조차 힘들 만큼 피곤할 때가 많아요."

"어린 딸이 있다니 좋으시겠네요." 제프스는 천장을 올려다보면서 웃음기 없는 얼굴로 말했다. "바쁘시겠군요?"

"탁자에 관심이 있다면 이쪽으로 오시는 건 어때요? 정말 오래된 탁자예요. 보는 사람마다 멋지다고 말한 훌륭한 골동품이죠."

"네, 가겠습니다." 제프스는 한 시간 뒤에 방문하겠다고 대답했다.

가구 중개업에 종사하는 작달막한 제프스는 수화기를 내려놓으면서 해먼드 부인의 목소리를 분석해 보았다. 그는 방금 들은 목소리의 주인공이 고가구를 거래할 때 언행을 조심할 줄 아는 사람일지 궁금했다. 그녀를 중년의 통통한 여인으로 상상한 것은 분명히 잘못된 생각이었다. 이제 막 걷기 시작한 아이의 어머니라면 젊은 여자가 틀림없었다. 제프스는 해먼드 부인이 피로를 호소한 만큼 그녀의 모습을 다시 그려 보았다. 이번에는 이마에 머리카락 한 올이 흘러 내려와 있는, 폭신한 슬리퍼를 신은 여인의 모습이 떠올랐다. "교양 있는 목소리였어." 제프스는 이렇게 혼잣말을 하면서 해먼드 부부는 돈 있는 사람들일 거라고 생각했다. 해먼드 부인이 피곤하다는 말을 하기는 했지만 하녀도 한두 명 두고 있을 것이 분명했다. 이런 사소한 정보에 주의를 기울인 덕에 상당한 재산을 모은 제프스는 빅토리아 시대풍의 자택에서 카펫을 깔지 않은 마룻바닥 위를 걸었다. 그는 코를 벌름거려 공기를 들이마시면서 다시 한 번 생각을 정리했다. 구입한 지 얼마 안 된 가구들이 다시 팔리기를 기다리면서 그를 빙 둘러 에워싼 채 사방에 쌓여 있었다.

해먼드 부인은 제프스의 목소리가 머릿속에서 울리기를 멈추자마자 그와 통화한 내용을 잊어버렸다. 제프스는 해먼드 부인의 모습을 그려 보았지만 그녀는 제프스와 통화하는 동안 상대방의 모습을 전혀 상상하지 않았기 때문에 그에 대해서 아무런 기억도 간직하지 않았다. 해먼드 부인은 제프스를 그저 여느 장사꾼과 다름없는 사람으로, 식료품을 주문하고 있는데 끼어드는 목소리 혹은 리버티 백화점의 보석 매장에서 들릴 법한 목소리로 여겼다. 오페어*가 약속된 시간에 제프스의 도착을 알리자 해먼드 부인은 얼굴을 찌푸리며 말했다. "우르술라, 이름을 잘못 들은 게 틀림없어." 그러나 우르술라는 끝내 우겼다. 그녀는 단호한 얼굴로 해먼드 부인을 마주 보고 선 채 제프스라는 사람이 약속이 돼 있다면서 찾아왔다고 같은 말을 되풀이했다. "아 참!" 해먼드 부인이 마침내 이렇게 외쳤다. "난 정말 바보라니까! 그 사람은 새로 온 유리창 청소부야. 곧바로 시작하라고 전해. 부엌부터 시작하라고 해. 여유 있게 부엌 창 먼저 끝낼 수 있게 말이야. 부엌 유리가 네 부츠처럼 새카맣거든."

이렇게 해서 제프스는 스위스 중부에서 온 오페어에게 이끌려 해먼

---

* 외국 가정에 입주하여 아이 돌보기 등의 집안일을 하고 약간의 보수를 받으며 언어를 배우는 여성.

드 씨 댁 부엌으로 갔고, 오페어는 의도한 것은 아니지만 퉁명스럽게 그에게 유리창을 닦으라고 말했다.

"네?" 제프스가 물었다.

"해먼드 부인이 부엌부터 시작하래요. 부엌 유리창이 가장 더럽대요. 수도를 틀면 더운물이 나와요."

"아뇨, 나는 탁자를 보러 왔습니다." 제프스가 말했다.

"탁자는 제가 벌써 닦았어요. 신문지를 밟고 설 거라면 탁자에 올라가도 좋아요."

제프스는 다시 설명하기 시작했지만 우르술라는 그가 말을 끝내기도 전에 부엌에서 나갔다. 그녀는 유리창 청소부와 잡담이나 하고 있을 수는 없다고 생각했다. 그녀는 그런 일로 시간을 보내라고 고용된 것이 아니었다.

"우스운 사람이에요. 탁자까지 닦으려고 하던데요." 우르술라가 해먼드 부인에게 보고했다.

"제 이름은 제프스입니다." 제프스가 뻣뻣한 검정 모자를 손에 든 채 문간에 서서 말했다. "콘솔을 보러 왔습니다."

"별 희한한 일도 다 있네요!" 해먼드 부인은 이렇게 중얼거린 뒤 정말 우연의 일치라고, 바로 이 순간에 제프스라는 이름의 남자가 부엌 유리창을 닦고 있다고 말하려고 했다. 그러나 그 대신에 그녀는 "이런 맙소사!"라고 외쳤다. "아, 제프스 씨, 제가 큰 실수를 했네요!"

해먼드 부인은 이런 혼동을 하고 어리석은 실수를 범한 것은 오롯이 자신의 잘못임을 인정했다. 그녀는 결례를 저질렀으니 탁자를 제프스에게 넘겨야겠다고 생각했다. 손에 모자를 든 채 서 있는 제프스는 심리적 이점을 간파하고는 드러나지 않게 밀어붙였다. 제프스는 해먼드 부인이 겉으로 드러나는 태도와 달리, 그가 무시를 당했다고 느낄까 봐 걱정하고 있음을 알아차렸다. 그리고 해먼드 부인이 고기를 사는 사람이 육즙이 많은 조각을 고르도록 내버려 둘 줄 아는 여자라고 생각했다. 그는 해먼드 부인은 좋은 사람이고, 따라서 쉽고 빠르게 거래를 성사시킬 수 있을 거라고 확신했다. 그의 추측은 정확했다. 해먼드 부인의 얼굴에 죄책감이 어렸다. 해먼드 부인이 상황을 깨닫고는 그가 런던에 거주하는, 유대인의 특징과 억양을 지닌 골동품 중개인임을 알아차리는 순간 제프스는 그녀의 얼굴에 죄책감이 번지는 것을 보았다. '내가 자기를 반유대주의자라고 생각할까 봐 걱정스러운 모양이군.' 제프스는 이렇게 생각하면서 만족감을 느꼈다. 그는 싼값을 불렀고, 해먼드 부인은 곧바로 그 가격을 받아들였다.

"내가 약게 거래를 했어요." 해먼드 부인이 남편에게 말했다. "제프스라는 키 작은 남자한테 콘솔을 팔았어요. 우르술라하고 내가 처음에 그 남자를 유리창 청소부로 착각했지 뭐예요."

제프스는 탁자 위에 분필로 표시를 한 뒤 이 가구에 대해서 공책에 메모를 했다. 그러고서 그는 손수 비닐봉지에 넣어 끓는 물에 데친 훈제 청어를 넓은 자택의 부엌에 앉아서 먹었다. 그의 턱은 천천히 그리고 살며시 움직이면서 마치 기계라도 되는 것처럼 생선을 으깨서 걸쭉하게 만들고 있었다. 제프스는 입속에서 느껴지는 맛에는 별다른 신경을 쓰지 않았다. 그는 탁자를 앤드루 찰스 경에게 되판다면 백 퍼센트 혹은 그 이상의 이윤을 남길 수 있을 거라고 생각하고 있었다.

"시골 사람들의 일상 이야기죠." 제프스의 오래된 라디오에서 흘러나오는 목소리가 말했다. 제프스는 자리에서 일어난 뒤 음식을 먹은 접시를 싱크대로 옮겼다. 그러고서 그는 행주에 손을 닦은 다음 계단을 올라가 전화기가 있는 곳으로 갔다.

전화를 받은 여자는 앤드루 경이 아프리카에 있으며 적어도 한 달은 집을 비울 거라고 말했다. 그가 언제 돌아올지는 전혀 확실하지 않았지만 빨라도 한 달 뒤가 될 예정이었다. 제프스는 말없이 고개를 끄덕였다. 그러나 앤드루 찰스 경의 저택에 있는 여자는 그의 고갯짓을 보지 못했기 때문에 아무런 대답을 하지 않다니 예의 없는 남자라고 생각했다.

제프스는 잊지 않고 6주 후에 앤드루 경에게 전화를 걸기 위해서 공책에 추가로 메모를 했다. 그러나 이 메모는 필요 없는 것이 되고 말았다. 사흘 뒤 해먼드 부인의 남편에게서 전화가 왔기 때문이다. 해먼드는 아직 그 탁자를 갖고 있느냐고 물었다. 제프스는 잠시 물건을 살펴보는 시늉을 한 뒤 아직 있는 것 같다고 대답했다.

"그럼 제가 다시 사고 싶습니다." 해먼드가 말했다.

해먼드는 직접 오겠다고 말하더니 사실 탁자를 원하는 사람은 자신의 친구라고 말을 바꾸었다. 그는 제프스만 괜찮다면 친구를 데리고 가겠다고 덧붙였다.

"누구라도 데리고 오십시오." 제프스가 대답했다. 탁자 가격이 사흘만에 두 배로 올랐다고 해먼드 혹은 해먼드의 친구에게 말해야 하다니, 제프스는 벌써부터 거북한 기분을 느꼈다. 물론 판 가격의 두 배를 달라고 말하는 대신에 다른 표현을 사용하겠지만 해먼드도 계산해 보면 어차피 알게 될 수밖에 없었다.

두 사람이 도착했을 때, 마침 부엌에서 차를 마시고 있던 제프스는 머그잔에 입김을 불었다. 낭비를 못마땅해하는 그는 남은 차를 부엌에 두고 가는 것이 싫었다. 제프스는 찻잔을 거의 비운 뒤 행주로 입을 닦았다. 초인종이 또다시 울리자 그는 서둘러 현관으로 향했다.

"일을 성가시게 만든 사람이 바로 저예요." 갤벌리 부인이 말했다. 그녀는 해먼드 곁에 서 있었다. "제가 탁자 하나 때문에 터무니없는 짓을 벌였군요."

"갤벌리 부인은 탁자를 본 적이 없답니다." 해먼드가 설명했다. "갤벌리 부인 역시 우리가 낸 광고를 보고는 연락을 해 왔죠. 그런데 안타깝게도 댁이 먼저 그 보물을 가져갔더군요."

"들어오시죠." 제프스는 이렇게 말하면서 두 사람을 탁자가 있는 방으로 안내했다. 그러고서 그는 한 손으로 탁자를 가리키며 갤벌리 부인을 돌아보았다. "이겁니다, 갤벌리 부인. 원한다면 얼마든지 구매하실 수 있습니다. 다만 다른 분을 마음에 두고 있기는 했습니다. 잠시 아프리카에 가 있는 고객인데 바로 이런 탁자를 찾고 계셨죠. 값을 아주 후하게 쳐주실 분이랍니다. 알려 드려야 할 것 같아서 말씀드리는 겁니다."

제프스가 마음에 두었던 가격을 제시했을 때 갤벌리 부인과 해먼드는 전혀 놀라지 않았다. 해먼드는 수표책을 꺼내더니 곧바로 수표 한 장에 금액을 적어 넣었다. "배달해 주실 수 있습니까?" 해먼드가 물었다.

"아 물론입니다." 제프스가 대답했다. "너무 멀지만 않다면요. 운송 보험료를 비롯해 제반 비용을 충당하기 위해서 소액의 배송료가 부과될 겁니다. 4.4파운드입니다."

제프스는 오스틴 유개 화물차를 몰고서 해먼드가 알려 준 주소지로 향했다. 그는 이동을 하는 동안, 45분이 소요되는 이 배달을 통해서 얼마나 이윤을 남길 수 있을지 계산했다. 휘발유 1리터의 가격이 1.3기니니까, 4기니에서 이것을 빼면 그에게 남는 돈은 4.2파운드 9펜스였다. 제프스는 배달에 필요한 시간은 계산에 넣지 않았다. 그는 시간의 가치를 크게 여기지 않았다. 45분 정도라면 그의 넓은 집에서 서성이 거나 혈액순환을 돕느라 몸을 움직이면서 대수롭지 않게 흘려보낼 수 있는 시간이었다. 제프스는 이 정도면 제법 괜찮은 수입이라고 결론을 내린 뒤 갤벌리 부인과 해먼드 그리고 자신을 유리창 청소부로 착각했던 해먼드 부인에 대해서 생각하기 시작했다. 그는 해먼드와 갤벌리 부인이 무언가 일을 꾸미고 있는 모양이라고 추측했다. 하지만 골동품 탁자를 구매해서 배달을 시키다니, 일을 꾸미는 방법치고는 우스운 데가 있었다.

'불륜을 맺고 있는 거야.' 제프스는 마음속으로 생각했다. '탁자 거래 때문에 만났다가 연애 감정을 느끼게 된 거지.' 제프스는 상황을 생생하게 눈앞에 그릴 수 있었다. 해먼드 부부의 집에 도착해서 탁자 때문에 왔다고 말하는 아름다운 갤벌리 부인의 모습이 떠올랐다. 갤벌리 부인은 해먼드 부부에게 미리 전화를 걸었으며 방문 약속을 하고 왔다고 말하면서 어쩌면 한바탕 소란을 벌였을지도 몰랐다. "그런데 탁자가 벌써 팔렸다니요! 그럼 전화라도 해 줬어야죠! 저는 바쁜 몸이랍니다." 갤벌리 부인은 제프스의 상상 속에서 이렇게 말했다.

"갤벌리 부인, 들어와서 브랜디라도 한잔 드시죠. 저희가 어떻게 배상을 해 드리면 될까요?" 이번에는 해먼드가 제프스의 머릿속에서 외쳤다.

"다 제 잘못이에요." 해먼드 부인이 해명했다. "제가 요즘에 워낙 정신이 없답니다. 그 멋진 탁자를 유대인 중개인에게 넘기고 말았네요. 제프스라는 남자였는데, 외국에서 온 우르술라가 착각을 하고는 그 사람한테 부엌 유리창을 닦으라고 했죠."

"그 탁자 때문에 난처한 일만 생기는군요." 해먼드가 브랜디를 넉넉히 따르면서 말했다. "한잔하시죠, 갤벌리 부인. 견과도 좀 드세요. 어서요."

"그 탁자를 꼭 사고 싶었어요. 실망스러워서 눈물이 날 지경이네요." 갤벌리 부인이 제프스의 머릿속에서 말했다.

"갤벌리 부인한테 배달해야 할 탁자가 있는데요." 제프스가 장바구니를 손에 든 채 건물을 나서고 있는 여자에게 말했다.

"네?" 여자가 대답했다.

"실례지만 갤벌리 부인은 몇 층에 살죠? 주소는 여기가 맞는데요."

"그런 이름을 가진 사람은 없어요. 갤벌리라는 이름은 처음 듣네요."

"새로 이사 오는지도 모르죠. 혹시 이 건물에 빈집이 있나요? 초인종에 적힌 이름들을 한번 봐 주시겠어요?"

"그건 안 되죠. 여기 사는 세입자들에 대해서는 말씀드릴 수 없어요. 화물차를 몰고 온 남자한테는요. 나는 댁이 누군지 전혀 모르거든요."

제프스는 여자가 파출부임을 알아차리고는 무시하기로 했다. 그러나 계단에 선 여자는 여전히 제프스에게 바짝 다가선 채 그의 행동을 지켜보았다. 제프스가 초인종 가운데 하나를 누르자 중년의 여인이 문을 열어 주었다. 그녀는 제프스의 질문에 건물 자체가 새로 지어진 터라서 입주민들이 모두 이제 막 이사를 왔다고 대답했다. 그러고서 그녀는 맨 위에 있는 초인종을 한번 눌러 보라고, 그것이 다락방 두 개짜리 집과 연결된 벨일 거라고 더없이 상냥하게 말했다.

"아, 제프스 씨, 오셨군요." 잠시 후 아름다운 갤벌리 부인이 말했다.

제프스는 화물차에서 탁자를 내린 뒤 계단으로 옮겼다. 여전히 건물 안에 있던 파출부가 원할 때면 언제라도 와서 시간당 6실링에 청소를 해 주겠다고 갤벌리 부인에게 설명하고 있었다.

제프스는 다락방 두 개 중에서 작은 방에 탁자를 들여놓았다. 방은 돌돌 말린 카펫과 플로어 램프를 제외하고는 텅 비어 있었다. 또 다른 방의 문은 닫혀 있었다. 제프스는 그 방에 침대와 옷장 그리고 브랜디 잔 두 개가 놓인 작은 탁자가 있을 거라고 상상했다. 그는 이곳이 결국에는 더할 수 없이 호화로운 모습을 갖추게 될 거라고 생각했다. '밀회 장소가 틀림없어.' 제프스는 마음속으로 중얼거렸다.

"고맙습니다, 제프스 씨." 갤벌리 부인이 말했다.

"추가로 1파운드를 청구해야겠네요. 아마도 모르시겠지만 물품을 계단으로 옮겨야 할 때는 골동품중개인협회의 규정에 따라 1파운드를 의무적으로 청구해야 한답니다. 얼마 안 되지만 이 추가 비용을 받지 않았다가는 협회에서 제명당할 수 있거든요."

"1파운드요? 저는 해먼드 씨가 벌써……"

"계단 때문입니다. 골동품중개인협회의 규정을 따를 수밖에 없답니다. 저야 물론 안 받고 싶죠. 하지만 아시다시피 2년마다 소득 신고를 해야 하거든요."

갤벌리 부인은 핸드백을 가져오더니 5파운드짜리 지폐 한 장을 꺼내서 건넸다. 제프스는 3파운드 16실링을 주면서 갖고 있는 잔돈이 이것밖에 없다고 말했다.

"어떻게 그런 생각을 했을까요!" 갤벌리 부인이 외쳤다. "그 파출부 여자가 당신의 부인인 줄 알았어요. 탁자 옮기는 것을 도우려고 함께 온 줄 알았죠. 그래서 갑자기 시간당 6실링이니 어쩌니 하는 이유를 이해할 수 없었어요. 그렇지 않아도 지금 파출부가 필요한데요."

제프스는 갤벌리 부인이 자기를 유리창 청소부로 착각한, 해먼드 씨 댁에 오페어로 와 있는 아가씨와 다를 바가 없다고 생각했다. 그러나 그는 이렇게 생각할 뿐 말하지는 않았다. 그는 오늘 있었던 일을 나중에 해먼드에게 이야기하는 갤벌리 부인의 모습을 상상했다. 그의 상상 속에서 갤벌리 부인과 해먼드는 또 다른 방에 누워서 담배를 피우거나 서로의 육체에 탐닉하고 있었다. "나는 그 여자가 키 작은 유대인의 부인인 줄 알았어요. 부부가 같이 다니면서 일하는 줄 알았죠. 유대인들은 그렇게 가족끼리 일하는 경우가 종종 있잖아요. 그래서 그 여자가 청소 얘기를 할 때 얼마나 놀랐는지 몰라요." 제프스의 머릿속에서 갤벌리 부인이 말했다.

제프스는 사건의 결말을 짐작하고도 남을 만하다고 생각했다. 한때 해먼드 부인의 할머니가 소유했던 루이 16세 양식의 콘솔을 이제 해먼드의 정부가 갖게 된 것이다. 아니면 해먼드와 정부의 공동 소유물이 된 것인지도 몰랐다. 매우 흥미로운 사건이지만 제프스에게는 신경 써야 할 다른 중요한 일들이 있었다. 그는 새로운 가구를 사 두었다가 적절한 시기에 되팔아야 했다. 제프스는 돈을 벌어서 생계를 꾸려나가는 데에 전념해야 한다고 스스로에게 말했다.

그러나 갤벌리 부인에게 탁자를 배달하고 하루 이틀이 지난 뒤 제프스는 해먼드 부인의 전화를 받았다.

"제프스 씨?" 해먼드 부인이 물었다.

"네, 맞습니다. 제가 제프스입니다."

"해먼드 부인이에요. 기억할지 모르겠지만 저한테서 탁자를 사 가셨죠."

"물론 기억합니다, 해먼드 부인. 재미있는 혼동이 벌어졌었죠." 제프스는 웃음처럼 들릴 거라고 생각되는 소리를 냈다. 그러나 그는 웃음기 없는 얼굴로 천장을 바라보고 있었다.

"전화를 드린 이유는…… 혹시 아직 그 탁자를 갖고 계신가요? 그렇다면 제가 그쪽으로 가고 싶은데요." 해먼드 부인이 말했다.

그 순간 또 다른 다락방의 모습이 제프스의 머릿속에 불쑥 떠올랐다. 해먼드 부인은 그 탁자와 손에 넣을 수 있는 다른 물건들로 다락방을 꾸미고 있었다. 제프스의 눈앞에, 진열장 유리 너머로 침대와 카펫을 구경하면서 거리를 걷고 있는 해먼드 부인의 모습이 보였다. 해먼드가 아닌 다른 남자가 그녀의 팔을 잡고 있었다.

"여보세요, 제프스 씨? 제 말 들리세요?" 해먼드 부인이 물었다.

"네, 들립니다. 꼼짝 않고 서서 부인 말씀을 듣고 있습니다." 제프스가 대답했다.

"그럼?"

"탁자 말씀인데요, 실망스러운 답을 드리게 돼서 죄송합니다."

"팔렸다는 말씀인가요? 벌써요?"

"유감스럽지만 그렇습니다."

"아, 맙소사!"

"다른 탁자들도 있습니다. 상태는 더할 수 없이 좋고 가격도 적당하죠. 한번 방문하더라도 시간 낭비라는 생각은 안 하실 겁니다."

"아뇨, 아니에요."

"저는 원칙적으로는 고객분들을 집으로 오시게 하지 않습니다. 그런 식으로는 거래를 안 하죠. 하지만 부인의 경우라면, 이미 만난 적이 있으니까……"

"소용없어요. 제 말은, 당신한테 판 탁자 말고 다른 것에는 관심 없어요. 제프스 씨, 그 탁자를 사 간 사람의 이름과 주소를 지금 바로 알려 주실 수 있을까요?"

해먼드 부인의 질문을 전혀 예상하지 못한 제프스는 당황한 나머지 수화기를 급히 내려놓았다. 잠시 후 해먼드 부인에게서 다시 전화가 걸려 왔다. 그사이에 생각을 정리한 제프스가 말했다.

"전화가 끊어졌네요, 해먼드 부인. 회선에 문제가 있나 봅니다. 오늘 아침에 나이지리아에 있는 앤드루 찰스 경하고 통화를 할 때도 두 번이나 전화가 끊어졌었죠. 죄송합니다."

"제프스 씨, 그 탁자를 산 사람의 이름과 주소를 알고 싶다고 말씀드리고 있었어요."

"그건 알려 드릴 수 없습니다, 해먼드 부인. 그런 정보를 공개하는 것은 유감스럽지만 골동품중개인협회의 규정에 어긋나거든요. 공연히 규정을 위반했다가는 협회에서 제명당할 수 있답니다."

"아, 이런. 아, 맙소사. 제프스 씨, 그럼 어쩌죠? 도와주실 방법은 없나요?"

"그렇게 중요한가요? 물론 방법이 있기는 합니다. 예를 들자면 제가 부인의 대리인 자격으로 나설 수 있죠. 제가 부인 대신에 그 탁자의 소유주와 접촉해서 힘이 닿는 한 노력해 볼 수는 있습니다."

"그렇게 해 주시겠어요, 제프스 씨? 정말 친절하시군요."

"그런데 통상적인 대리인 수수료를 청구해야 한답니다. 그 점은 죄송하게 생각합니다, 해먼드 부인. 하지만 협회가 다른 방법은 허가하지 않거든요."

"네, 그럼요, 당연한 일이죠."

"비용에 대해서 말씀드릴까요? 어떤 식으로 계산되고, 얼마나 청구될지 말입니다. 그다지 큰 금액은 아니랍니다. 백분율로 계산되죠."

"그건 나중에 얘기하도록 해요."

"네, 좋습니다." 제프스가 대답했다. 그는 백분율을 언급했을 때 금액의 33퍼센트, 즉 3분의 1을 생각했다.

"저한테 지불한 금액의 두 배 안에서 흥정해 주세요. 그보다 값이 더 올라갈 것 같거든 저한테 전화해서 지시를 따라 주시면 고맙겠습니다."

"당연히 그렇게 해야죠, 해먼드 부인."

"최대한 가격을 낮추도록 애써 주세요. 물론 그렇게 해 주시겠죠."

"연락드리겠습니다, 해먼드 부인."

제프스는 혈액순환을 돕기 위해서 몸을 흔들며 집 안을 어슬렁거리는 동안, 요즘에는 탁자가 연인들의 환상 속에서 중요한 역할을 하게 된 것인지 생각해 보았다. 그는 답을 찾는 것이 자신에게 이득이 될 거라고 판단했다. 적절한 종류의 탁자를 사들인 뒤 요령 있게 광고한다면 큰돈을 벌 수 있을지 몰랐다. 제프스는 좀 더 생각을 하다가 화물차에 올라탔다. 그러고서 갤벌리 부인이 집에 있기를 바라면서 그녀가 사는 건물로 차를 몰았다.

"어쩐 일이세요, 제프스 씨?" 갤벌리 부인이 물었다.

"안녕하십니까?" 제프스가 말했다.

갤벌리 부인은 궁금증을 떨쳐 내지 못한 채 제프스를 집으로 올라오게 했다. '이 여자는 내가 다른 물건을 팔러 온 모양이라고 생각하겠지. 하지만 혹시라도 자기의 생각이 틀렸을까 봐 나한테 돌아가라는 말을 못 하는 거야. 내가 자기를 협박해서 돈을 뜯어낼 목적으로 왔을

지도 모른다는 생각에 말이야.' 제프스는 이렇게 마음속으로 중얼거렸다.

"제프스 씨, 무슨 일로 오셨나요?"

"그 루이 16세 양식 탁자를 좋은 가격에 파시라고 이렇게 찾아왔습니다. 아니, 아주 좋은 가격이라고 해야 할까요? 어쩌면 엄청나게 좋은 가격에 파실 수 있을지도 모르겠네요. 무슨 말인지 아시겠죠?"

"하지만 그 탁자는 제 거예요. 그 탁자를 다시 사고 싶다는 말씀인가요?"

"말씀드리자면 그렇습니다. 그런 제안을 하는 분이 계셔서 부인께 즉시 알려 드려야겠다고 생각했죠. '그 사람한테 갤벌리 부인께서 지불한 금액의 1.5배를 내고도 그 탁자를 살 의향이 있다면 내가 갤벌리 부인의 대리인 역할을 해야겠군.' 저는 이렇게 마음속으로 말했습니다."

"아, 아니요, 제프스 씨."

"관심이 없으신가요?"

"죄송하지만 전혀요."

"만약 제 고객이 두 배를 지불한다면요? 그건 어떠세요? 아니, 해먼드 씨는 어떻게 생각하실까요?"

"해먼드 씨요?"

"두 분 중에 누가 그 탁자의 주인이신지 잘 모르겠어서요. 그래서 해먼드 씨 얘기를 꺼낸 겁니다. 해먼드 씨한테 연락드리는 편이 나았을지도 모르겠군요. 저한테 수표를 주신 분은 해먼드 씨였으니까요."

"그 탁자는 제 거예요. 선물로 받은 거죠. 해먼드 씨한테는 연락하지 않으셨으면 좋겠네요."

"그럼 말씀대로 하죠. 하지만 갤벌리 부인, 제가 이렇게 온 것은 부인을 위해서였습니다. 탁자 구매 의사를 부인께 지체 없이 전달해야 한다고 생각했죠. 게다가 이동 비용 등이 발생했기 때문에 죄송하지만 통상적인 중개 수수료를 청구할 수밖에 없겠군요. 골동품중개인협회는 이런 경우에 비용을 청구하도록 규정하고 있답니다. 이해하시겠죠?"

갤벌리 부인은 이해한다고 대답했다. 그녀는 얼마간의 돈을 지불했고, 제프스는 그 자리를 떠났다.

집으로 돌아온 제프스는 한 시간가량을 더 생각한 끝에 해먼드 부인에게 전화를 걸어서 남편 사무실의 전화번호를 알아내는 것이 좋겠다는 결론을 내렸다. 그는 종이쪽을 손에 든 채 거리로 나섰다. 종이에는 그가 귀머거리에 벙어리인데 급히 전화할 곳이 있다는 내용이 적혀 있었다. 제프스는 나이 든 여자에게 종이를 건네면서 전화박스를 가리켰다.

"남편분 사무실의 전화번호를 알 수 있을까요?" 여자가 해먼드 부인에게 물었다. "급한 일이랍니다."

"누구시죠?"

"저는 레이시라고 합니다. 아프리카에 계신 앤드루 찰스 경을 대신해서 전화를 걸었습니다."

"그분 이름이라면 들어 본 적이 있어요." 해먼드 부인은 이렇게 중얼거린 뒤 남편의 사무실 전화번호를 알려 주었다.

"갤벌리 부인을 찾아갔었다고요? 갤벌리 부인이 뭐라고 하던가요?" 해먼드가 물었다.

"갤벌리 부인은 이 중요한 일을 제대로 이해 못 하신 것 같았습니다.

의사 전달이 제대로 안 된 듯했죠."

"그 탁자는 제가 갤벌리 부인한테 선물한 겁니다. 돌려 달라고 말할 수는 없어요."

"이 정도 가격이면 정말 굉장한 겁니다, 해먼드 씨."

"아, 그건 물론 압니다."

"혹시 갤벌리 부인을 설득하실 수 있지 않을까 생각했습니다. 만약에 갤벌리 부인을 만나시게 된다면 말입니다."

"다시 전화드리죠, 제프스 씨."

제프스는 해먼드에게 고맙다고 인사한 뒤 해먼드 부인에게 전화를 걸어 말했다. "협상이 진행 중입니다."

그러나 이틀 뒤, 협상은 결렬되었다. 해먼드가 전화를 걸어와, 그 탁자는 갤벌리 부인이 그냥 갖기로 했다고 제프스에게 말했다. 낙담한 제프스는 얼마 안 되는 돈이라도 받기 위해서 해먼드 부인을 찾아가기로 했다. 그는 해먼드 부인에게 사실을 알린 뒤 일을 마무리 짓기로 했다.

"유감스럽게도 넘을 수 없는 벽을 만난 것 같습니다. 죄송스럽게 생각합니다, 해먼드 부인. 그런 데다 청구해야 할 금액까지 말씀드려야겠네요."

제프스는 액수를 말했지만 해먼드 부인은 제대로 듣지 못한 것 같았다. 눈물이 그녀의 뺨을 타고 흘러내리면서 분칠한 얼굴에 자국을 남겼다. 해먼드 부인은 제프스가 보고 있는데도 아랑곳없이 몸을 떨면서 흐느꼈다. 그녀의 눈에서는 계속해서 눈물이 흘러나왔다.

마침내 해먼드 부인이 거실에서 나갔지만 제프스는 돈을 받아야 하기 때문에 자리를 지켰다. 그는 의자에 앉은 채 가구를 살펴보면서 생각에 잠겼다. 해먼드 부인이 그토록 격하게 한참을 울다니 참으로 이상한 일이었다. 오페어가 그에게 대접할 다과가 놓인 쟁반을 들고서 들어왔다. 오페어는 차와 과자를 내려놓으면서 얼굴을 붉혔다. 제프스는 그녀가 창문을 닦으라고 지시했던 일을 떠올리고 있는 모양이라고 생각했다. 그는 잔에 차를 따른 뒤 쇼트브레드 두 개를 먹었다. 집 안이 마치 장례식이라도 치르고 난 것처럼 쥐 죽은 듯 고요했다.

"누구세요?" 다섯 살쯤 돼 보이는 여자아이가 물었다.

제프스는 아이를 쳐다보았고 입술을 당겨 애써 이를 드러내 보이면서 미소를 지으려고 노력했다.

"내 이름은 제프스란다. 네 이름은 뭐니?"

"내 이름은 에마 해먼드예요. 왜 우리 집에서 차를 마셔요?"

"친절하게도 나한테 가져다줬기 때문이란다."

"입이 왜 그래요?"

"내 입은 원래 이렇게 생겼단다. 너는 말 잘 듣는 착한 아이니?"

"그런데 왜 여기서 기다리는 거예요?"

"네 어머니가 나한테 주기로 한 것을 받아야 하기 때문이란다. 얼마 안 되는 돈이지."

"얼마 안 되는 돈요? 가난하세요?"

"받아야 할 돈이란다."

"다른 데 가서 놀아라, 에마." 해먼드 부인의 목소리가 문간에서 들려왔다. 아이가 밖으로 나가자 해먼드 부인이 말했다. "죄송합니다, 제프스 씨."

그녀는 제프스에게 수표 한 장을 써 주었다. 제프스는 그녀의 모습을 지켜보면서 큰 건물 꼭대기의 다락방에 있는 해먼드와 갤벌리 부인 그리고 탁자를 떠올렸다. 그는 앞으로 일이 어떻게 진행될지 궁금했다. 해먼드 부인이 아이와 함께 남겨지고, 갤벌리 부인은 해먼드와 결혼할지도 몰랐다. 그리고 두 사람은 이 집으로 들어오면서 탁자를 가져올지도 몰랐다. 갤벌리 부인이 그토록 탁자에 애착을 갖고 있으니 얼마든지 가능한 일이었다. 두 사람은 지금 이곳에 있는 오페어를 그대로 고용할지도 몰랐다. 그리고 해먼드 부인과 아이는 그 다락방으로 거처를 옮길지도 몰랐다. 제프스는 그들 모두가 똑같다는 결론을 내렸다. 심지어 아이마저도 닮고 닮은 부모 때문에 때가 묻은 것 같았다. 그러나 누군가의 편을 들어야 한다면 제프스는 해먼드 부인을 택하고 싶었다. 그는 이런 상황에서 미쳐 날뛰다가 심지어 제 목숨까지 끊는 여자들 이야기를 들은 적이 있었다. 그는 해먼드 부인이 그런 짓을 저지르지 않기를 바랐다.

"이유를 말씀드릴게요, 제프스 씨." 해먼드 부인이 말했다.

"아 아닙니다. 그러실 필요 없습니다."

"그 탁자는 제 할머니 거였어요. 돌아가시면서 유언으로 제게 남기셨죠."

"걱정하지 마십시오, 해먼드 부인. 정말 괜찮습니다."

"남편하고 저는 그 탁자가 볼품없다고 생각했어요. 그래서 없애기로 했죠."

"남편분께서 그 탁자를 볼품없는 것으로 여기셨다고요?"

"네. 하지만 제가 남편보다 더 그랬어요. 남편은 물건들을 그다지 눈여겨보는 사람이 아니거든요."

제프스는 해먼드 부인의 남편이 이 집으로 걸어 들어오는 갤벌리 부인을 제대로 눈여겨본 모양이라고 생각했다. 해먼드 부인은 체면을 지키느라고 안간힘을 써 가며 거짓말을 하는 것이 틀림없었다. 제프스는 그녀가 탁자가 어디에 있는지 처음부터 알고 있었을 거라고 추측했다. 그녀는 할머니의 볼품없는 탁자가 죄악의 소굴에 놓여 있다는 생각을 견딜 수 없어서 눈물을 흘린 거였다.

"우리는 결국 광고를 냈어요. 연락을 해 온 사람은 단 두 명이었죠. 당신하고 어떤 여자요."

제프스는 그만 돌아가려고 자리에서 일어섰다.

"보시다시피 이런 장소에는 그런 탁자를 놓을 만한 자리가 없어요. 어울리지 않거든요. 당신이 보기에도 그럴 거예요."

제프스는 해먼드 부인을 뚫어져라 바라보았다. 그러나 그의 시선이 향하는 곳은 그녀의 눈이 아니었고 심지어 그녀의 얼굴도 아니었다. 그는 해먼드 부인이 입고 있는 드레스의 초록색 모직을 진지한 얼굴로 뚫어지게 바라보았다.

"하지만 탁자가 없어지자마자 후회가 밀려왔어요. 그 탁자는 평생 잊지 못할 거예요. 할머니는 넓은 마음뿐만 아니라 애정의 표시로 탁자를 제게 남기셨어요."

제프스는 탁자가 할머니 댁의 현관에 놓여 있었을 거라고 생각했다. 그는 해먼드 부인이 어릴 때 방에서 쫓겨난 뒤 현관에 놓인 탁자 옆에 시키는 대로 서서 눈물을 흘리며 신음하는 모습을 상상했다. 탁자는 그녀의 어린 시절을 조롱했고 지금 다락방에서 벌어지는 일을 지켜보면서 또다시 그녀를 조롱하고 있었다. 제프스는 갤벌리 부인과 해먼드의 모습을 볼 수 있었다. 두 사람은 둥글납작하고 큼직한 브랜디 잔을 탁자에 내려놓은 뒤 능숙하게 키스를 하려고 서로에게 다가서고 있었다.

"당신한테 판 뒤로 탁자 생각을 떨쳐 버릴 수 없었어요. 할머니의 약속이 기억났죠. 할머니는 탁자를 제게 주겠다고 늘 말씀하셨어요. 할머니는 어린 저를 다정하게 대해 주신 유일한 분이랍니다, 제프스 씨. 할머니가 제게 베풀어 주신 사랑을 내던져 버린 기분이 들었어요. 당신한테 탁자를 판 뒤로 매일 밤 끔찍한 꿈을 꿨답니다. 이제 제가 이토록 속상해하는 이유를 아시겠죠?"

제프스는 할머니가 잔인한 사람이었을 거라고 생각했다. 할머니는 어린 손녀를 하루 종일 벌세웠고, 자신의 독재적인 영혼을 기억하게 하려고 탁자를 남겼다. 해먼드 부인은 왜 사실을 말하지 못하는 걸까? 그녀는 저세상 사람이 된 할머니의 영혼이 탁자 속으로 들어갔으며 할머니의 영혼과 탁자가 갤벌리 부인의 방에서 배꼽이 빠지도록 웃고 있다고 왜 말하지 못하는 걸까? 제프스는 그렇게 말할 수 있는 여인을, 그가 잠시나마 존중했던 여인을 생각했다.

"죄송합니다, 제프스 씨. 공연한 얘기로 부담을 드렸네요. 귀찮게 해서 죄송합니다. 얼굴이 워낙 인자해 보이셔서요."

"저는 유대인 중개인입니다, 부인. 유대인의 코를 가졌죠. 저는 잘생기지 않았고, 웃지도 못한답니다."

제프스는 해먼드 부인이 그를 가볍게 대한다는 생각에 화가 났다. 그녀는 여전히 거짓말을 하고 있었고, 갑자기 그를 자신의 거짓말에 끌어들였다. 그녀는 얼굴에 대한 이야기로 그를 모욕하고 있었다. 그녀는 그의 결점을, 그의 약점을 알기나 할까? 그녀는 감히 어떻게 그런 이야기를 하는 것일까?

"그 탁자는 제가 딸에게 물려줘야 할 물건이었어요. 우리 집안이 간직해야 할 물건이었죠. 그 생각을 미처 못 했어요."

제프스는 마음 내키는 대로 눈을 감고는 생각에 잠겼다. 해먼드 부인은 제 자식이 옆방에서 천진난만하게 노는 동안, 여기에 앉아서 거짓말을 하나둘 차례로 늘어놓을 수 있었다. 아이 역시 거짓말쟁이가될 것이 분명했다. 아이는 때가 되면 자신이 당한 굴욕을 감추고, 허세를 부리면서 거짓을 앞세워 모든 상황을 부끄럽지 않은 것으로 만드는 어른으로 자랄 것이 틀림없었다.

제프스는 눈을 감은 채 마음속으로 이야기하면서, 자신의 넓은 빅토리아풍 집에 홀로 서 있는 자기 모습을 보았다. 그의 집에 영원한 것은 아무것도 없었다. 여러 달이 흐르도록 자리를 지키고 있는 가구는 단한 점도 없었다. 그는 팔고 또다시 샀다. 그는 카펫을 깔지 않았고 앞으로도 그럴 생각이 없었다. 그가 온전히 제 것으로 소유한 거라고는예전에 누군가가 아무런 가치 없는 물건이라고 일러 준, 오래된 라디오 하나밖에 없었다.

"왜 저한테 거짓말을 하는 겁니까?" 제프스가 외쳤다. "왜 사실대로 말하지 못하는 거죠?"

그의 귓가에, 해먼드 부인에게 이렇게 소리치는 자신의 목소리가 들렸다. 그리고 그는 자기 집의 맨 마룻바닥에 말없이 서 있는 자신의 모습을 보았다. 누군가에게 소리치거나 남의 일에 끼어들거나 거짓말이멈추기를 바라는 것은 그다운 행동이 아니었다. 이 사람들은 늘 제멋대로 굴었고, 제프스는 이런 그들에게 관심이 없었다. 그는 제 앞가림을 할 줄 알았으며 남들을 귀찮게 하지 않았다.

"당신의 할머니는 죽어서 땅에 묻혔습니다." 제프스는 이렇게 말하고는 저 자신에게 놀랐다.

"살아 있는 사람은 갤벌리 부인이죠. 갤벌리 부인은 옷을 벗습니다.

그리고 당신의 남편이 등장해서 마찬가지로 옷을 벗죠. 탁자는 그 모든 것을 지켜보고 있습니다. 당신이 예전부터 줄곧 알고 있는 그 탁자가 말입니다. 당신의 어린 시절 탁자는 그 모든 것을 보고 있고, 당신은 그 사실을 참을 수 없는 거예요. 왜 정직하게 말하지 못하죠, 해먼드 부인? 왜 저한테 솔직하게 말하지 않는 겁니까? '유대인 양반, 갤벌리 부인하고 흥정해서 내 어린 시절 탁자를 되찾아 줘'라고 말입니다. 당신을 이해합니다, 해먼드 부인. 다 이해해요. 세상의 모든 것을 걸고 말하건대 다 이해합니다."

방 안에는 다시 침묵이 감돌았고, 제프스는 시선이 해먼드 부인의 얼굴에 가닿을 때까지 눈을 움직였다. 그녀의 얼굴이 좌우로 살며시 흔들리는 것이 보였다. 해먼드 부인은 고개를 젓고 있었다. "나는 아무것도 몰랐어요." 그녀는 이렇게 말하고 있었다. 마침내 고갯짓이 멈추었고, 해먼드 부인은 조각상처럼 보였다.

제프스가 자리에서 일어난 뒤 깊은 침묵을 뚫고 문을 향해 걸어갔다. 그러나 그는 걸음을 멈추고 돌아서더니 조금 전까지 앉아 있던 자리로 되돌아갔다. 해먼드 부인한테서 받은 수표를 두고 왔기 때문이었다. 해먼드 부인은 그의 움직임을 보지 못하는 것 같았다. 제프스는 지금 같은 상황에서는 인사를 하지 않고 떠나는 편이 낫다고 생각했다. 그는 거리로 나선 뒤 오스틴 화물차에 시동을 걸었다.

차를 몰고 가는 동안, 그의 눈앞에는 상황이 전과 다르게 그려졌다. 그는 목을 매는 해먼드 부인의 모습과 그녀의 거짓말은 이해할 만한 것이었다고 말하는 자신의 모습을 보았다. 그녀에게 위로의 말 한두 마디를 건네고 눈에 띄지 않을 만큼 살짝이라도 어깨를 으쓱해 보여야 했는지도 몰랐다. 그런데 그는 서툴게도 그녀에게 크나큰 충격을 주고 말았다. 그녀는 그가 마지막으로 본 모습 그대로, 핏기 없는 얼굴로 슬픔에 몸을 웅크리고 앉아 있을지도 몰랐다. 그녀는 남편이 쾌활한 모습으로 집에 돌아올 때까지 그렇게 앉아 있을지도 몰랐다. 그리고 그녀는 잔뜩 들뜬 남편을 보면서 이렇게 말할지도 몰랐다. "그 유대인 중개인이 다녀갔어요. 저 의자에 앉아서 말하더군요. 갤벌리 부인이 당신을 위해 밀회 장소를 마련했다고요."

제프스는 계속해서 차를 몰고 가는 동안 자신의 가슴 한구석에 슬픔이 자리 잡고 있음을 깨달았다. 그러나 동시에 자신이 머릿속에서 해먼드 부인과 그녀의 남편 그리고 아름다운 갤벌리 부인을 천천히 몰아내고 있음을 깨달았다. "나는 내 앞가림을 할 줄 아는 사람이야." 제프스는 큰 소리로 말했다. "나는 훌륭한 상인이고 아무도 귀찮게 하지 않아." 그에게는 위로를 건네야 했다고 후회할 권리가 없었다. 그런 책임을 떠맡을 권리도, 해먼드 부인과 자신 사이에 공감대가 이루어질 수 있었다고 상상할 권리도 없었다.

"나는 내 앞가림을 할 줄 아는 사람이야." 제프스는 다시 한 번 이렇게 말했다. "나는 아무도 귀찮게 하지 않아." 그러고서 그는 말없이 차를 몰았고, 더 이상 아무 생각도 하지 않았다. 가슴을 서늘하게 했던 슬픔도 사라지고 없었다. 그는 자신이 저지른 실수는 어차피 돌이킬 수 없는 것이라고 생각했다. 어둠이 내려앉는 것이 보였다. 그는 단 한 번도 불을 피운 적이 없는 집에 돌아왔다. 흐릿하게 모습을 드러내고 있는 가구들은 그를 보면서 미소 짓지 않았다. 그의 집에는 눈물을 흘리는 사람도, 거짓말을 하는 사람도 없었다.

펜트하우스
The Penthouse Apartment

"꽃은요?" 런카는 담청색 수화기에 대고 물었다. "꽃을 주문할까요? 어떤 절차를 따르면 되죠?" 그는 이렇게 말하면서 아내를 뚫어지게 바라보았다. 아침 식사로 그레이프프루트를 먹고 있던 그의 아내는, 누가 듣더라도 꽃 값 지불을 피하려는 남편의 속내가 훤히 들여다보일 거라고 생각했다. 그녀는 남편의 이런 성격에 익숙했기 때문에 좀처럼 민망해하지 않았다.

"절차는 간단합니다." 부드러운 목소리가 런카의 귀에 들려왔다. "꽃은 당연히 잡지사가 제공할 거예요. 어떤 꽃이 좋을지 의견만 맞춘다면요."

"저희 집에는 아무 꽃이나 어울리지 않는다는 사실을 꼭 기억하셔야 합니다. 인테리어에 사용된 직물 소재가 돋보여야 하거든요. 벌써

봤으니 제 말뜻을 아실 겁니다."

"물론 압니다, 런카 씨."

"정확히 말하자면 태국산 직물이죠. 기사에 이 사실을 적어 넣고 싶으실지도 모르겠군요."

"지난번에 들어서 알고 있습니다, 런카 씨. 정말 더할 수 없이 아름다운 직물이에요."

런카는 기자의 이야기를 듣고서 고개를 끄덕였다. 그러고 보니 이미 직물 이야기를 한 모양이었다. 그는 자신의 집이 화제가 될 때면 직물 이야기를 빠뜨리는 법이 없었다.

"런던에 저희 집만큼 멋지게 꾸며진 아파트는 없죠."

"3시에 찾아뵙겠습니다." 잡지사 여기자가 말했다. "댁에 2시 반쯤 누가 계실까요? 사진작가들이 미리 장비를 설치하고 조명 테스트를 해야 하거든요."

"전에 당신한테 문을 열어 준 이탈리아인 가정부가 있을 겁니다. 사진작가분들한테도 문을 열어 줄 거예요."

"그럼 오늘 오후에 뵙겠습니다." 잡지사 여기자는 몸에 밴 대로 가볍고 명랑한 투로 말했다.

런카는 조심스럽게 수화기를 내려놓았다. 부티크를 하는 그의 아내는 커피를 마시면서 남편의 이야기를 들었다. 런카는 잡지사가 꽃 값을 지불할 것이며 촬영을 마친 뒤에 아마도 꽃을 두고 갈 거라고 말했다. 런카 부인은 고개를 끄덕였다. 그들은 런카의 집을 소개하는 데에 지면 여섯 쪽을 할애할 계획이었다. 기사는 섬세한 손길로 멋지게 꾸민 실내를 담은 총천연색 사진과 런카 부부가 어떤 방식으로 인테리어를 계획했는지를 설명하는 글로 구성될 예정이었다.

"꽃꽂이는 내가 직접 할래요. 꽃은 여기로 배달되는 건가요?" 런카 부인이 물었다.

런카는 고개를 젓더니 잡지사 여기자가 3시에 꽃을 갖고 올 거라고, 그때쯤이면 사진작가들이 장비 설치를 마쳤을 거라고 대답했다.

"말도 안 돼요!" 런카 부인이 소리쳤다. "정말 터무니없군요. 사진작가들이 촬영 준비를 마친 3시에 그 여기자가 꽃을 가져온다고요? 그 여자는 꽃꽂이에 시간이 얼마나 걸린다고 생각하는 거죠? 1~2분 만에 뚝딱 끝낼 수 있다고 생각하는 건가요?"

런카는 수화기를 들더니 잡지사에 전화를 걸었다. 그는 방금 통화한 여기자를 바꿔 달라고 한 뒤 다시 그녀에게 말했다.

"집사람이 말하기를 문제가 있다는군요. 꽃꽂이를 하려면 당연히 시간이 걸릴 겁니다. 사진작가분들을 기다리게 할 필요가 있을까요? 서두르는 편이 좋겠네요."

"꽃꽂이는 금방 할 수 있을 거예요."

런카 부인은 오늘 처음 집어 든 담배에 불을 붙이면서 잡지사 여기자의 대답을 짐작했다. 그녀의 기다란 얼굴은 야윈 편이었고 옅은 회색 머리칼은 알루미늄처럼 빛났다. 어린 시절에 우아한 형태로 자란 손은 길쭉했다. 그녀는 유행하는 길이로 기른 손톱에 머리칼 색과 어울리는 금속성 빛깔의 매니큐어를 바르고 있었다. 그녀는 10년 전에 남편에게 빌린 돈으로 지금의 가게를 차렸다. 그녀는 부티크의 상호를 세인트캐서린이라고 정했는데, 사업이 날로 번창해서 세인트캐서린은 이제 여직원 다섯 명과 여사환 한 명을 둔 가게가 되었다.

"그럼 좋습니다. 오전 중에 꽃이 배달되도록 할게요." 런카의 이어지는 이야기를 들은 잡지사 여기자는 이렇게 대답했다.

"오전 중에 배달될 거래." 런카가 아내에게 전했다.

"12시까지 세인트캐서린에 가야 돼요. 절대로 늦으면 안 돼요." 런카 부인이 말했다.

"집사람이 정오에는 가게에 가 있어야 한다는군요." 런카가 이렇게 이야기하자 여기자는 들리지 않게 욕을 했다. 그녀는 45분 안에 런카의 펜트하우스에 꽃을 배달시키겠다고 약속했다.

런카는 자리에서 일어선 뒤 잠시 말없이 서 있었다. 그는 턱에 살이 두둑하게 찐 돈 많은 남자로, 의류 사업 종사자를 독자층으로 확보한 간행물 세 가지를 발행하고 있었다. 그는 아내와 마찬가지로 성공을 거두고 있었으며 역시 아내와 마찬가지로 능률과 엄격한 태도야말로 부의 축적을 위한 훌륭한 무기라고 생각했다. 한때 가난한 시절을 보낸 두 사람은 서로에게서 자신과 닮은 점을 발견했고, 미래에는 호화로운 삶을 살게 될 거라고 믿었다. 마침내 그들의 믿음은 현실이 되었다. 런카 부부는 자신들의 펜트하우스가 사진작가들과 기자의 손길을 거쳐 다시 한 번 조명받게 된 것이 자랑스러웠다. 펜트하우스는 그들이 지금껏 살아오는 동안 쏟아부은 노력의 상징이었고 조금이나마 두 사람을 유명하게 만들었다.

런카는 한쪽 면이 유리로 된 널찍한 거실을 가로질렀다. 그가 아프가니스탄산 흰색 모직 카펫을 밟고 지나가는 동안 발자국 소리는 전혀 들리지 않았다. 그는 아침 업무를 보기 위해서 집을 나서기 전에 현관에 멈춰 선 뒤 모자를 쓰고 장갑을 꼈다.

10시 10분 전에 꽃이 배달되었고, 런카 부인은 11시 15분에 꽃꽂이를 만족스럽게 끝냈다. 비안카라는 이름의 이탈리아인 가정부는 더할 수 없이 꼼꼼하게 집을 청소했다. 그녀는 꾀를 부리는 일 없이 체계적으로 일했고, 전문가다운 솜씨로 먼지를 찾아내서 닦았다. 런카 부부가 그녀를 고용한 것은 바로 이런 점 때문이었다. 런카 부인은 사진작가들이 올 예정이니 1시 반에는 꼭 집에 있어야 한다고 비안카에게 지시했다. "그럼 지금 가게에 다녀와야겠는걸요. 사진작가들한테 커피를 대접해야겠죠?" 비안카가 물었다. 런카 부인은 부엌에서 커피를 마시게 하라고 대답하면서 그 사람들이 원한다면 차를 대접해도 좋다고 말했다. "손에 잔을 들고서 집 안을 돌아다니게 하면 안 돼." 런카 부인은 이렇게 당부한 뒤 집을 나섰다.

같은 건물에 윈턴이라는 여인이 케언테리어 한 마리와 함께 살고 있었다. 그녀의 집은 런카 부부의 펜트하우스와 달랐다. 예술적 가치가 거의 없는 물건들이 잔뜩 놓여 있는 그녀의 집은 실내장식을 다시 해야 할 필요가 있었다. 욕실 바닥에는 베이지색 리놀륨이 깔려 있었다. 윈턴은 주변 환경에 그다지 신경을 쓰지 않았다. 그녀는 자신의 아파트가 나름대로 보기 좋고, 생활하기에 편하다고 생각했다. 그녀는 집에 손을 댈 마음이 없었다.

"자, 이제 뭘 할까?" 윈턴은 런카 부인이 택시에 올라타는 순간, 자신의 개에게 이렇게 물었다.

개는 꼬리를 흔들 뿐 아무런 대답도 하지 않았다. "오늘은 달걀을 사야 한단다. 꿀하고 버터도 사야 하고. 같이 나가서 필요한 물건들을 살까?" 윈턴이 말했다.

윈턴은 이 건물에서 15년째 살고 있었다. 그녀는 세입자가 바뀌는 것을 숱하게 지켜보았다. 그녀는 런카 부부와 그들이 모델하우스처럼 꾸며 놓은 펜트하우스에 대해서 이미 들어 알고 있었다. 근처에서 식료품점을 하는 넥 부인은 런카 부부의 집이 런던의 이야깃거리라고 원턴에게 말한 적이 있었다. 그녀는 런카 부부가 뛰어난 감각의 소유자임이 틀림없다고 덧붙이기도 했다. 원턴은 런던 사람들이 펜트하우스를 대화의 주제로 삼다니 이해할 수 없는 일이라고 생각했지만 넥부인에게는 속내를 말하지 않았다. 넥 부인은 전혀 그렇게 생각하지 않는 것 같아서였다. 원턴에게 런카 부부는 이 건물로 이사 온 다른 세입자들과, 가끔 눈에 띄지만 그녀가 알지 못하는 여느 세입자들과 다를 것이 없었다. 규정에 따라 이 건물에는 아이가 없는 사람들만 살았다. 그러나 받아들여질 수 있는 범위 내에서 동물은 허락되었다.

원턴은 현관을 나선 뒤 개를 데리고 넥 부인의 식료품점으로 갔다. "갓 구운 번 빵이에요. 지금 막 들어왔답니다." 넥 부인은 원턴이 필요한 것을 말하기도 전에 이렇게 이야기했다. 원턴은 고개를 저은 뒤 달걀과 꿀 그리고 버터를 달라고 했다. "7실링 10펜스입니다." 넥 부인은 팔을 뻗어서 물건을 집기도 전에 값을 계산하고는 이렇게 말했다. 그녀는 식료품이 이렇게 비싸다니 놀랄 일이라고 덧붙였지만, 원턴은 버터 반 파운드에 2실링이면 그렇게 터무니없는 값은 아닌 것 같다고 대답했다. "9펜스 하던 때가 기억나요. 게다가 양도 두 배로 많았죠. 달라지는 세상에 도무지 적응을 못 하겠어요." 원턴은 미소를 지으면서 모든 상품의 질이 예전보다 조금 못한 것은 사실이라고 동의했다.

그날 이후로 아주 여러 해 동안 원턴은 넥 부인과 나눈 대화를 기억했다. 그녀는 넥 부인이 "달라지는 세상에 도무지 적응을 못 하겠어요"라고 했던 말을 기억했고, 바로 그 순간 넥 부인의 가게 안으로 들어온 검은 머리칼의 자그마한 아가씨를 기억했다. 그 아가씨는 원턴과 넥부인을 보면서 해맑게 웃었다. "그래요? 질이 나빠졌나요?" 런카 부부의 집에서 가정부로 일하는 비안카가 물었다.

"미스 윈턴은 없는 사실을 말하시는 분이 아니랍니다. 물건의 질이 형편없어졌어요." 넥 부인이 대답했다.

윈턴은 물건 구매가 이미 끝난 그때 가게에서 나갔어야 했다. 그러나 검은 머리칼의 아가씨가 몸을 숙인 채 윈턴이 데리고 온 개의 머리를 쓰다듬었다. 그녀는 개를 어루만지는 동안 줄곧 미소를 지었다.

"미스 윈턴도 아가씨랑 같은 건물에 사세요." 넥 부인이 말했다.

"아, 그러세요?"

"이 아가씨는 어딜 가나 얘깃거리인 런카 부부의 펜트하우스에서 일한답니다." 넥 부인이 윈턴에게 설명했다.

"오늘 사람들이 사진 촬영을 하러 와요. 잡지사 사람들요. 펜트하우스에 대한 기사도 쓸 거래요." 비안카가 말했다.

"또요?" 넥 부인은 놀란 마음에 고개를 흔들었다. "뭘 드릴까요?"

비안카는 커피콩과 잘라 놓은 빵 한 덩이를 달라고 대답하면서 여전히 개의 머리를 쓰다듬었다.

윈턴이 미소를 지었다. "아가씨가 마음에 드나 봐요." 윈턴은 사람들, 특히 외국인을 대할 때 수줍음을 타는 성격이라서 조심스럽게 비안카에게 말했다. "아주 훌륭한 친구가 돼 주는 아이랍니다."

"정말 작고 귀여워요." 비안카가 대답했다.

윈턴은 비안카와 함께 아파트까지 걸어갔다. 널찍한 현관에 도착하자 비안카가 말했다.

"미스 윈턴, 펜트하우스 구경하실래요? 싱싱한 꽃과 과일로 구석구석 장식돼 있답니다. 런카 씨가 전에 말한 것처럼 아침 햇살이 들어올 때 가장 멋지죠. 사진작가들을 맞을 준비가 돼 있어요."

윈턴은 이탈리아인 가정부가 나이 많은 독신녀에게 베푸는 친절함에 감동했다. 그녀는 물론 펜트하우스를 구경하고 싶지만 자신이 집 안을 돌아다니는 것을 런카 부부가 싫어할 수도 있다고 대답했다.

"아뇨, 아니에요." 런카 부부의 집에서 일한 지 얼마 안 된 비안카가 말했다. "런카 부인도 당신이 집 구경하는 걸 좋아할 거예요. 런카 씨도 마찬가지고요. '누구한테든 집을 보여 줘도 좋아.' 런카 씨 부부가 저한테 이렇게 말했거든요. 정말이에요." 비안카는 거짓말을 하고 있었다. 텅 빈 펜트하우스에서 따분해 죽을 지경이던 그녀는 윈턴에게 런카 부인이 세련되게 꽂아 놓은 꽃과 특별히 태국에서 들여온 커튼 그리고 카펫과 의자와 벽에 걸린 그림들을 보여 주는 것이 즐거운 일이 될 거라고 생각했다.

"글쎄요……" 윈턴이 말했다.

"오세요." 비안카는 윈턴과 그녀의 개를 엘리베이터에 오르게 했다.

윈턴은 엘리베이터가 꼭대기 층에 멈춰 서고 비안카가 엘리베이터 문을 여는 순간 깜짝 놀랐다. "모건 씨도 집에 있어요." 비안카가 이렇게 말했기 때문이었다. "수도를 고치고 있어요."

윈턴은 이제 런카 부부의 집에 들어가지 않을 수 없다고 생각했다. 친절한 이탈리아 아가씨의 마음을 상하게 할 수는 없었다. 그러나 윈턴은 다른 누군가의 집에서 모건과 마주치고 싶지 않았다. "저기요……" 윈턴이 이렇게 입을 뗐지만 비안카와 개는 벌써 앞장서 걷고 있었다. "어서요, 미스 윈턴." 비안카가 말했다.

윈턴은 자신도 모르게 런카 부부 집의 세심하게 꾸며진 아담한 현관으로, 그리고 이어서 한쪽 면이 유리로 된 널찍한 거실로 이끌려 들어갔다. 그녀는 고개를 돌려 사방을 둘러보았다. 키 작은 가구들과 아프가니스탄산 카펫 그리고 간결하게 배치된 장식품들과 런카 부인이 꽂아 놓은 꽃이 보였다. "커피를 준비할게요." 비안카는 이렇게 말한 뒤 급히 자리를 떠났다. 비안카의 빠른 움직임을 보고서 놀이가 시작되는 모양이라고 생각한 개는 짧게 한 번 짖더니 작은 원을 그리면서 정신없이 뛰기 시작했다. "쉿!" 원턴이 속삭였다. "번거롭게 커피를 준비할 필요 없어요." 그녀는 비안카를 따라 부엌으로 가면서 말했다. "아뇨, 아니에요." 비안카는 못 알아들은 체하면서 이렇게 대답했다. 그녀는 런카 부인이 커피 마실 장소로 정해 준 부엌에 앉아서 원턴과 함께 커피를 마실 시간은 충분하다고 생각했다. 원턴은 희미한 망치질 소리를 들으면서 수도관을 고치고 있는 모건일 거라고 짐작했다. 원턴은 런카 부부의 욕실에서 걸어 나오는 그의 모습과 자신을 보고는 흠칫 멈춰 서는 그의 모습을 상상할 수 있었다. 덩치가 큰 몸에 갈색 작업복을 입은 모건은 꼼짝 않고 서서 안경 너머로 그녀를 뚫어져라 바라볼 것이 분명했다. 그는 어쩌면 콧수염 몇 가닥을 씹고 있을지도 몰랐다. 그는 그다지 어렵지 않은 요구 사항일 경우에 한해 각 세대에서 문제가 생긴 곳을 손보아 주었다. 그러나 모건은 원턴이 지하층에 있는 그에게 전화를 걸어 도움을 청할 때면 언제나 수화기에 대고 크게 한숨을 쉬면서 하루 이틀 뒤에나 방문할 수 있다고 대답했다. 결국 밤늦은 시간에 찾아오기는 했지만 여전히 작업복 차림인 그의 눈은 술기운에 젖어 있었고 입에서는 알코올 냄새가 뿜어져 나왔다. 그는 말썽을 일으킨 곳을 대충 살펴본 뒤 이튿날 아침에 전문가를 부르라고 말했다. 원턴은 모건이 자기를 좋아하지 않는다고, 자기를 예순넷의 나이에 여전히 결혼도 못 한 가엾은 인간으로 여기는 것이 틀림없다고 생각했다. 마르고 허약해 보이는 그녀에게는 젊었을 때 매력

적인 외모를 지녔을 거라고 짐작하게 할 만한 흔적이 거의 남아 있지
않았다.

"집이 참 예쁘네요." 윈턴이 비안카에게 말했다. "이제 가 봐야겠어
요. 번거롭게 커피를 내릴 필요 없어요. 정말 고마워요."

"아뇨, 가지 마세요." 비안카가 이렇게 대답하는 순간, 모건이 작업
복 차림으로 부엌에 들어왔다.

1952년의 어느 날, 윈턴은 자전거를 잃어버렸다. 모건이 지하층에
보관해도 괜찮다던 자전거는 놓아둔 복도에서 흔적도 없이 사라졌다.
"못 봤는데요." 그날 모건은 신중하고 느린 말투로 이렇게 이야기했다.
"자전거라니 전혀 본 적이 없어요." 윈턴은 언제나 복도의 같은 자리
에 자전거를 세워 두었다고, 당신이 그 자리에 세워 둬도 좋다고 하지
않았느냐고 모건이 기억할 수 있도록 다시 한 번 말했다. 그러나 윈턴
보다 서른 살이나 덜 먹은 모건은 아무것도 기억나지 않는다고 대답
했다. "훔쳐 갔나 보군요. 이런 말씀 드리기 뭐하지만 도둑맞은 모양입
니다. 땔감을 배달하러 왔다가 실어 간 것 같은데요. 저한테는 해야 할
일이 있답니다. 하루 종일 여기를 지킬 수는 없어요." 윈턴은 땔감 배
달부들한테 혹시 실수로 자전거를 실어 가지는 않았는지 물어봐 달라
고 모건에게 부탁했다. 그녀는 미소를 머금은 얼굴로 공손하게 말했
지만 모건은 연달아 고개를 내저으면서 그러다가는 자기가 고소를 당
할지도 모르기 때문에 땔감 배달부들한테 그런 질문을 할 수는 없다
고 대답했다. "집사람한테 자전거가 한 대 있습니다. 러지 거예요. 그
자전거를 넘겨 드릴 수 있습니다. 50실링이면 괜찮겠죠?" 윈턴은 감
사의 뜻을 전하면서 모건의 제안을 거절한 뒤 다시 한 번 미소를 지어
보이고는 그 자리를 떠났다.

"무슨 볼일이라도 있으신가요?" 모건이 아랫입술로 콧수염 한 가닥을 당겨서 입에 넣으며 물었다. "여기는 런카 씨 댁인데요."

윈턴은 모건을 향해 미소를 지으려고 애썼다. 그녀는 어떤 대답을 하더라도 그가 속으로는 비아냥거리면서 가식적인 말을 할 것임을 알았다. 그는 단어를 골라 쓰면서도 말투로 본심을 드러낼 것이 분명했다.

"비안카가 친절하게도 나한테 집 구경을 시켜 주겠다고 했답니다." 윈턴이 대답했다.

"부인 댁이나 우리 집하고는 근본적으로 다르죠." 모건이 주변을 둘러보면서 말했다. "욕실 수도를 손보고 있던 참입니다. 일하는 중이었죠, 윈턴 부인."

"오늘 사진사들이 집을 촬영할 거예요. 런카 씨 부부도 일찍 일을 마치고 올 예정이죠." 비안카가 말했다.

"여기서 꽃꽂이를 하고 계셨나요, 부인?"

모건은 윈턴과 알고 지내 오는 동안 줄곧 그녀를 '부인'이라고 부르면서 그녀가 이런 호칭을 들을 자격이 없음을 은근히 비꼬았다.

"커피 한잔 드릴까요, 모건 씨?" 비안카는 이렇게 물었고 윈턴은 그가 사양하기를 바랐다.

"설탕 두 스푼 넣어 줘요." 모건은 고개를 끄덕이면서 대답한 뒤 덧붙였다. "아일랜드 사람들이 커피에 뭘 넣어 마시는지 알아요?" 모건은 윈턴을 그 자리에 없는 사람 취급하면서 요란하게 웃었다. 그는 비안카와 말장난을 치려 하고 있었다. "독한 술을 한 모금 정도 넣죠. 위스키 말입니다."

비안카가 덩달아 소리 내어 웃더니 부엌에서 나갔다. 윈턴의 개가 비안카를 쫓아갔다. 모건은 커피를 후후 불었고, 윈턴은 그에게 뭐라고 말을 걸어야 할지 고민하면서 커피를 저었다.

"정말 멋진 집이네요." 윈턴이 말했다.

"부인한테는 너무 클 겁니다. 정말이에요. 이런 집에 부인하고 개 단둘이 있다면 서로 어디에 있는지 찾지 못할 겁니다."

"아, 그럼요. 물론이죠. 그러니까 내 말은……"

"원하신다면 제가 위에다 얘기할게요. 입주자들이 저한테 종종 그런 부탁을 하죠. 얘기를 좀 해 달라고 말입니다. 원하신다면 제가 나서서 얘기해 드릴 수 있어요."

윈턴은 모건이 무슨 말을 하는지 알 수 없어서 얼굴을 찌푸렸다. 그녀는 어리둥절한 표정으로 미소를 지었다.

"제가 입주자들을 다 알잖아요. 뭐 이런저런 이유로 제가 힘을 좀 쓸 수 있답니다. 애치슨 부부를 3층으로 올려 보내고, 웹스터 씨를 1층 좌측 집으로 내려오게 했죠. 2층 후면에 살던 블룸 부인은……"

"모건 씨, 뭔가 오해를 한 것 같네요. 나는 여기로 이사 오고 싶은 생각이 없답니다."

모건은 콧수염에 묻은 커피를 빨면서 윈턴을 바라보았다. 그의 눈은 그녀에게 고정돼 있었다.

"노골적으로 얘기하실 필요는 없습니다. 저는 눈치 있는 사람이거든요." 모건이 말했다.

비안카가 위스키 병을 들고 돌아왔다. 그녀는 모건에게 병을 건네면서 자기는 얼마나 넣어야 하는지 모르니까 그가 직접 커피 잔에 따르는 편이 나을 거라고 말했다.

"아, 그야 한 방울 크게 넣으면 되죠." 모건은 이렇게 대답하면서 따뜻한 커피에 술을 따랐다. 그는 병 주둥이를 윈턴의 잔 쪽으로 향한 채 그녀에게 다가섰다. 윈턴은 모건의 기분을 상하게 하지 않으려고 마음과 달리, 그가 내미는 술을 거절하지 않았다. "아일랜드 사람들은 술고래죠. 자, 건배!" 모건은 이렇게 말한 뒤 위스키를 넣은 커피를 마시고는 아주 좋다고 감탄했다. "입에 맞으세요, 미스 윈턴?" 윈턴은 커피를 한 모금 마셨다. 놀랍게도 커피는 맛이 좋았다. "네, 맛있네요."

모건은 커피를 더 달라고 잔을 내밀었다. "한 방울만 넣으면 되죠." 그는 이렇게 말하면서 잔이 가득 차도록 위스키를 따랐다. 그러고서 그는 다시 한 번 윈턴 쪽으로 병 주둥이를 기울였다. 윈턴은 미소를 지으면서 아직 다 마시지 않았다고 말했고, 모건은 술병을 기울여 든 채 그녀가 커피 마시는 모습을 지켜보았다. 윈턴은 비안카가 커피를 더 따르자 괜찮다고 사양했지만 기쁜 마음으로 대접하는 그녀의 마음을 헤아리고는 호의를 받아들였다. 윈턴은 모건이 위스키를 또 따라 줄 것임을 알고 있었다. 그녀는 몸속에 들어온 위스키 덕분에 기분 좋은 온기를 느꼈다. 그녀는 런카 부부가 예상보다 빨리 돌아올지도 모른다는 생각에 걱정스러웠지만 호감 가는 모습을 보여 주고 싶은 욕망을 느꼈다.

"좋군요." 모건은 이렇게 말하면서 비안카의 커피에 위스키를 따랐고 자기 잔에도 술을 더 부었다.

"미스 윈턴이 여기로 이사 올까 생각 중이십니다. 미스 윈턴은 이 건물에서 가장 나이 많은 세입자시죠. 아래층에서 15년을 답답하게 사셨어요."

비안카가 고개를 저으면서 윈턴에게 물었다. "이게 무슨 소리죠?"

"나는 지금 사는 집이 좋아요." 호감을 주기로 작정한 윈턴은 얼굴에 미소를 머금은 채 부드럽게 대답했다. 비안카는 어느새 라디오를 틀어 놓았고, 모건은 부엌 탁자에 걸터앉아 있었다.

"나는 1951년 3월 21일에 여기로 왔죠. 미스 윈턴은 벌써 여기에 살고 계셨어요. 자전거를 타고 어디든 다니셨죠." 모건이 이야기했다.

"저는 그때 여섯 살이었어요." 비안카가 말했다.

"그날 기억하세요, 미스 윈턴? 3월 21일요."

윈턴은 고개를 저었다. 그녀는 합성섬유로 만든 의자에 앉아 있었다. "오래전 일이죠." 윈턴이 대답했다.

"자전거를 잃어버리셨을 때가 기억나는군요, 미스 윈턴." 모건은 비안카를 보면서 말을 이었다. "나를 만나러 지하로 내려오셨어요. 왜 자전거를 훔쳐 갔느냐고 땔감 배달부들을 혼내 달라고 하셨죠. 나는 자전거라니, 그런 건 본 적이 없다고 미스 윈턴한테 말했어요. 어떻게 된 건지 알겠어요?" 비안카는 곧바로 고개를 끄덕이면서 웃었다. 그녀는 라디오에서 흘러나오는 노래에 맞추어 흥얼거렸다. "이 아일랜드 음료가 마음에 들어요? 좀 더 마실까요?" 모건이 물었다.

"나는 가 봐야겠어요. 정말 고마웠습니다." 윈턴이 말했다.

"가시게요, 부인?" 모건은 싸우기라도 할 것처럼 물었다. 윈턴은 그가 천성적으로 공격적인 사람임을 알고 있었다. 그녀는 자신에게 더 거칠게 말하는 그의 모습을 상상했다. 윈턴의 머릿속에서 모건은, 그녀는 사는 것처럼 살아 본 적이 없는 여자라고, 세상이 어떻게 돌아가는지 전혀 모른 채 이렇게 살 거라면 차라리 수녀가 되는 편이 나았다고, 그녀는 남자의 사랑을 받아 본 적도 아이를 낳은 적도 없는 여자라고 말하고 있었다.

"아, 가지 마세요. 제발요. 시원한 칵테일을 만들어 드릴게요. 런카 씨한테 배운 거예요. 친차노에 진을 섞은 다음 레몬하고 얼음을 넣으면 되죠." 비안카가 말했다.

"아, 아니에요." 윈턴이 대답했다.

모건은 윈턴이 거절할 줄 알았다는 듯 숨을 크게 들이마시더니 한숨을 내쉬었다. 윈턴은 이 건물에 사는 여자들 중에는 이따금 모건과 잡담을 나누거나 간단히 인사를 건네면서 경마에서 어떤 말이 이길 것 같은지를 묻기도 하고, 욕심을 내고 있는 집이 비거든 알려 달라고 부탁하는 사람들도 있을 거라고 상상했다. 모건은 입주민들로부터 두둑하게 수고비를 받고 있을지도 몰랐다. 윈턴은 런카 부부 같은 사람들이 친지에게 "관리인한테 뇌물을 줬죠. 5파운드를 쥐여 줬어요"라고 이야기하는 모습을 상상했다. 그녀는 자기는 죽었다 깨도 그런 짓은 못 할 거라고 생각했다.

비안카가 칵테일에 필요한 재료를 가지러 갔다. 이번에도 개가 그녀의 뒤를 쫓았다.

윈턴은 자리를 떠나지 않은 채 가만히 있었다. 모건이 그녀를, 런카 부부의 이탈리아인 가정부가 대접하는 한낮의 칵테일을 받아들일 배짱도 없는 사람으로 여기게 할 수는 없었다.

"부인과 제가 알고 지낸 지 벌써 한참 됐죠." 모건이 말했다.

"네, 그래요."

"우리는 사람들이 이런 집을 어떻게 생각하는지, 그리고 이 집 주인들을 어떻게 생각하는지 알죠. 안 그런가요, 미스 윈턴?"

"사실을 말하자면 나는 런카 부부를 잘 몰라요."

"네, 인정합니다. 위스키 때문에 제가 말이 많아졌네요, 미스 윈턴. 제 말 이해하시죠?"

원턴은 모건을 보면서 미소를 지었다. 그의 얼굴 양옆에 땀방울이 맺혀 있는 것이 보였다. 모건이 거칠게 말했다. "이런 집을 사진 찍으러 온다니 말도 안 돼요. 왜 그런 짓을 하는 거죠? 말씀 좀 해 보세요."

"잡지사에서 흥미를 느낀 모양이죠. 여긴 최신식으로 꾸며진 집이에요. 넥 부인한테 듣기로는 이 집이 유명하다더군요."

"넥 부인 말은 믿을 수 없어요. 제가 보기에 이 집은 형편없어요. 저라면 이런 곳에서는 불편해서 못 살아요."

"글쎄요……"

"내가 이런 말을 했다고 전해도 좋습니다. 그렇게 하셔도 돼요, 미스 원턴. 내가 낮 12시에 세입자의 술을 마시고는 취해서 뒤에서 욕을 했다고 전해도 좋아요. 제 말 아시겠어요, 부인?"

"그런 말은 전하지 않을 거예요, 모건 씨. 내가 관여할 일이 아니죠."

"저는 부인이 여기에 들어와서 사셨으면 좋겠어요. 이 쓰레기들을 다 치워 버리고 제대로 된 가구를 들여놓고서 말이에요. 제 생각이 어때요?"

"제발요, 모건 씨. 나는 만족하고 있답……"

"내가 한번 노력해 보죠." 모건이 원턴의 말을 막았다.

비안카가 잔과 술병을 들고 돌아왔다.

"내가 나쁜 짓을 했다고 위에다 알려도 좋다고 말하던 참입니다. 그런데 원턴 부인은 그럴 생각이 없으시다는군요. 우리는 아주 오래전부터 아는 사이죠. 같이 술을 마신 적은 없지만 말입니다."

비안카가 원턴에게 잔을 건넸다. 원턴의 손안에서 잔은 차갑게 느껴졌다. 원턴은 모건이 또 무슨 말을 할지 걱정스러웠다.

"나는 너무 금방 취한다니까요." 모건이 칙칙한 이를 드러내면서 소리 내어 웃었다. 그는 윈턴을 보면서 몸을 앞뒤로 흔들었다. "제가 잘 말해 드리죠. 전혀 번거롭지 않아요."

윈턴은 비안카가 준 칵테일을 마신 뒤 집에 가서 점심을 준비해야 겠다고 생각했다. 그리고 작은 선물을 준비해 기회를 봐서 아침 시간에 런카 부부의 집에 올라와 비안카에게 건네야겠다고, 그녀가 베푼 환대와 배려에 감사해야겠다고 마음먹었다.

윈턴이 이런 생각에 잠겨 있는 동안 모건은 비안카가 만들어 주는 칵테일을 적어도 두 잔은 더 마셔야겠다고 생각했고, 비안카는 3주 전에 도착한 뒤로 이 집에서 이렇게 화기애애한 시간을 보내는 것은 오늘 아침이 처음이라고 생각했다. "화장실에 좀 가야겠네요." 모건은 이렇게 말하더니 곧 돌아오겠다면서 부엌에서 나갔다. "정말 고마워요." 모건이 나가자 윈턴이 말했다. "별문제가 없었으면 좋겠네요." 윈턴은 비안카가 런카 부부의 위스키와 진을 아무에게나 마시게 하는 것은 커피 한 잔을 대접하는 것과는 다르다고 생각했다. 그러나 그녀의 눈에 들어온 비안카는 해맑게 웃고 있었다. 윈턴은 약간 어지러운 기분을 느끼면서 덩달아 미소를 지었다. 그녀는 자리에서 일어선 뒤 비안카에게 다시 한 번 고맙다는 인사를 했고 이제 가야겠다고 말했다. 개가 자기도 집에 가고 싶다는 듯 윈턴 앞으로 왔다. "칵테일이 입에 안 맞나요?" 비안카의 말에 윈턴은 남은 술을 다 마신 뒤 철제 설거지대에 잔을 내려놓았다. 그 순간 런카 부부의 넓은 거실에서 요란한 소리가 들렸다. "맙소사!" 윈턴은 이렇게 소리쳤고, 비안카는 한 손으로 입을 막았다. 두 사람이 부엌에서 나갔을 때, 모건은 거실 한가운데에 서서 바닥을 내려다보고 있었다.

"맙소사!" 윈턴은 또다시 이렇게 소리쳤고, 비안카는 여전히 입에서 손을 떼지 못한 채 눈을 휘둥그레 떴다. 런카 부인이 꽂아 둔 꽃이 바닥에 흩어졌고, 커다란 꽃병은 여러 조각으로 깨져 있었다. 물이 아프가니스탄산 카펫에 스며들었다.

"꽃을 구경하고 있었어요. 한 송이를 손으로 건드렸을 뿐인데 꽃병이 통째로 떨어졌어요." 모건이 설명했다.

"런카 부인이 꽃꽂이한 건데…… 아, 이를 어째!" 비안카가 말했다.

"모건 씨." 윈턴이 그를 불렀다.

"저를 쳐다보지 마세요, 부인. 조금이라도 저를 나무랄 생각일랑 마세요. 꽃이 균형이 안 맞게 꽂혀 있었으니까요. 정말 어이가 없네요."

비안카는 바닥에 엎드린 채 줄기가 부러진 꽃을 줍고 있었다. 윈턴은 비안카가 더 크게 당황하고 화를 낼 수도 있을 텐데 나름대로 차분한 모습을 보여서 다행이라고 생각했다. 비안카는 런카 부인이 꽃꽂이를 하느라고 특별히 부티크에 늦게 나갔다고 이야기했다. "아무래도 쫓겨나겠어요." 비안카는 이렇게 말하더니 우는 대신에 깔깔 웃었다.

윈턴은 사태의 심각성에 크게 놀랐다. 그러나 모건은 비안카가 깔깔대는 것을 보고는 덩달아 소리 내어 웃더니 부엌으로 갔다. 윈턴의 귀에 모건이 런카 부부의 진을 잔에 따르는 소리가 들렸다. 그 순간 윈턴은 비안카와 모건 모두 책임감이 무언지 전혀 모르는 사람들임을 알아차렸다. 비안카는 어린 데다 제대로 배우지를 못해서 예의를 몰랐고, 모건은 거나하게 취한 상태였다. 이제 곧 런카 부부가 잡지사 사람들과 함께 집에 돌아와서 자신들의 소유물이 망가져 있는 것을, 꽃병이 깨져 있는 것을 발견하게 될 터였다. 그들은 아프가니스탄산 카펫의 한가운데가 큼직하게 젖은 모습이 사진 속에서 흉하게 보일 거라고 생각할 것이 분명했다. "칵테일이나 한 잔씩 더 마셔요." 비안카는 손에 주워 들고 있던 꽃을 바닥에 던지면서 이렇게 말하더니 또다시 깔깔 웃었다. "아, 아니에요. 그러지 말아요, 비안카. 어떻게 해결해야 할지 방법을 찾아야 해요." 윈턴이 외쳤다. 그러나 비안카는 벌써 부엌에 가 있었고, 윈턴의 귀에는 모건의 떠들썩한 웃음소리가 들렸다.

"좋은 생각이 떠올랐어요." 모건이 손에 잔 하나를 든 채 윈턴 쪽으로 걸어오면서 말했다. "개가 그랬다고 말하는 거예요. 개가 꽃을 잡으려고 하다가 꽃병을 들이받았다고 말하는 거죠."

윈턴은 놀란 얼굴로 모건을 바라보았다. "내 개가요? 내 개는 꽃병 근처에도 안 갔어요." 그녀는 오늘 처음으로 날카롭게 말했다.

모건이 안락의자에 앉았다. 그러면 안 된다는 말이 튀어나오기 직전에, 윈턴은 자기한테 그를 안락의자에 못 앉게 할 권리가 없음을 깨달았다.

"개가 발작을 일으키기라도 한 것처럼 날뛰다가 꽃병에 달려들었다고 하면 그만이에요. 내 생각이 어때요?"

"하지만 그건 사실이 아니잖아요. 그건 사실이 아니에요."

"제 일자리 생각을 해 봤습니다, 부인. 저 아가씨 일자리도 마찬가지고요."

"당신이 말한 것처럼 이건 실수였어요, 모건 씨."

"그 사람들은 꽃이나 만지면서 뭘 하고 있었느냐고 나한테 묻겠죠. 저 아가씨한테는 대체 무슨 일이 벌어지고 있었느냐고, 파티라도 열고 있었느냐고 물을 거고요. 나는 집사람한테 시시콜콜 다 설명해야 하겠죠."

"당신 부인한테요?"

"집사람은 내가 런카 부부의 집에서 젊은 아가씨하고 뭘 하고 있었는지 알고 싶어 할 거예요. 내가 무슨 말을 해도 의심하려 들겠죠."

"당신은 여기에 수도관을 고치러 왔어요, 모건 씨."

"수도관에 무슨 문제라도 있답니까?"

"왜 그러세요, 모건 씨? 내가 여기에 왔을 때, 당신은 수도관을 고치고 있었어요."

"수도관에는 아무 이상이 없었어요, 부인. 지금까지 말썽을 일으킨 적이 한 번도 없었죠. 바로 그 점이 문제인 겁니다. 저 아가씨가 아래로 전화를 걸더니 수도관에서 소리가 난다더군요. 말동무가 절실하게 필요했던 거죠. 저 아가씨는 사람들하고 얘기하는 걸 좋아해요."

"쓸 만한 꽃을 골라서 원래대로 보기 좋게 꽂아 봐야겠어요. 런카 부부한테는 당신이 수도관을 고치러 왔는데, 이 앞을 지나가다가 꽃병에 스쳤다고 하면 돼요. 문제는 카펫이네요. 물에 젖은 얼룩을 없애려면 카펫을 세운 다음 그 앞에 전기난로를 갖다 놓는 게 가장 좋을 거예요."

"걱정 말고 술이나 한잔하세요, 미스 윈턴." 모건이 말했다.

"원상 복구해 놓아야 해요."

"내 말 들어 보세요, 부인." 모건이 몸을 앞으로 기울이면서 말했다. "당신하고 나는 이런 값싸 보이는 집에 대해서 같은 생각을 갖고 있어요. 무슨 고상한 취향이라도 가진 것처럼 꾸며 놓은 꼴이라니……"

"저마다 취향이 다른 것뿐이에요."

"개가 이 꼴을 만들었다고 말하세요, 미스 윈턴. 나머지는 제가 알아서 할게요. 위에다 한 마디만 하면 런카 부부는 당장 쫓겨날 거예요. 소음을 일으켜서 이웃을 괴롭히고 아파트 전체의 평판을 떨어뜨렸다고 말하면 그만이죠. 법정에 가서라도 증언할게요, 미스 윈턴. 여자들이 나체로 이 펜트하우스에 드나드는 모습을 봤다고 말할 겁니다."

비안카가 돌아왔다. 윈턴은 카펫 건조에 대해서 모건에게 이미 말한 내용을 비안카에게 다시 이야기했다. 윈턴과 비안카는 의자와 탁자를 옮긴 뒤 카펫을 들어서 의자 두 개 사이에 걸쳐 놓았다. 그러고서 두 사람은 카펫 앞에 전기난로를 갖다 놓았다. 모건은 멀찍이 떨어진 소파에 앉아서 두 사람이 하는 일을 지켜보았다.

"나도 예전엔 꽃꽂이 솜씨가 괜찮은 편이었죠." 윈턴이 비안카에게 말했다. "다른 꽃병이 있나요?" 그녀는 비안카와 함께 꽃병을 찾으러 부엌에 갔다. "칵테일 한 잔 더 드실래요?" 비안카가 물었다. 윈턴은 모두가 이미 충분히 마신 것 같다고 대답했다. "저는 이 칵테일이 좋아요. 정말 시원해요." 비안카가 말했다.

"수도관이 꾸르륵대서 모건 씨가 고치러 왔다고, 그런데 거실을 지나가다가 꽃병에 스쳤다고 말해야 돼요. 그리고 이 예쁜 집을 보여 주려고 나를 초대했다고 사실대로 말해야 돼요. 실수로 저지른 일이라는 걸 알면 런카 부부도 화를 내지 않을 거예요."

"꾸르륵대다뇨?" 비안카가 물었다.

"이봐요!" 모건이 거실에서 소리쳤다.

"모건 씨를 보내는 게 좋겠어요. 그만 돌아가라고 말할 수 있겠죠, 비안카? 모건 씨는 노여움을 잘 타는 성격이니 조심해서 말하도록 해요." 윈턴은 런카가 정색한 표정으로 그녀의 얼굴을 들여다보면서 도무지 자기의 눈을 믿을 수 없다고 말하는 모습을 상상했다. 런카는 나이를 먹을 만큼 먹은 혼자 사는 여자가 노망이 난 것도 아니면서 관리인을 술에 취하도록 내버려 두고, 어린 외국인 처녀를 꼬드기고, 그의 집을 난장판으로 만드는 데에 한몫을 하다니 어이가 없다고 말할지도 몰랐다. "책임 있는 행동을 할 줄 모르시나요? 대체 왜 이러시는 겁니까?" 윈턴의 상상 속에서 런카가 소리쳤다.

"이봐요! 카펫이 타고 있어요." 모건이 큰 소리로 말했다.

윈턴과 비안카가 킁킁거리며 숨을 들이마시자 모직이 그슬린 냄새가 코를 찔렀다. 두 사람은 쏜살같이 거실로 달려갔다. 카펫에서는 연기가 피어올랐지만 모건은 여전히 소파에 앉아서 구경만 하고 있었다. "이건 어쩔 셈이죠?" 모건이 물었다.

"난로가 너무 가까이 있었어요." 비안카가 윈턴을 보면서 말했다. 윈턴은 걱정스러운 마음에 얼굴을 찡그렸다. 그녀는 난로를 이렇게 카펫 가까이에 둔 기억이 없었다. 그녀는 자기도 모건만큼이나 취했는지 모른다고, 그래서 무슨 행동을 하고 있는지 모를 수도 있다고 생각했다.

"그슬린 데를 긁어내요. 집주인한테는 개가 먹었다고 하세요." 모건이 조언했다.

윈턴과 비안카는 난로의 플러그를 뽑은 뒤 카펫을 다시 바닥에 펼쳐 놓았다. 젖은 얼룩은 거의 사라졌지만 그슬린 부분이 눈에 띄었다. 윈턴은 제법 많은 양의 젤리가 배 속에서 율동적으로 뒤섞이고 있기라도 한 것처럼 속이 울렁거리는 기분을 느꼈다. 이제 상황은 해명하기 불가능한 것처럼 보였다. 윈턴은 런카 부부에게 진정하고 잡지사 사람들과 함께 의자에 좀 앉으라고 말하는 자신의 모습을 상상했다. 그녀의 귓가에는 사실을 알리려고 애쓰는 자신의 목소리가, 세세한 내용까지 이야기하면서 비안카를 처벌해서는 안 된다고 애원하는 자신의 목소리가 들리는 듯했다. "누군가에게 책임을 물어야 한다면 나를 탓하세요. 나는 어차피 잃을 게 없는 사람이니까요."

"내 말 좀 들어 보세요. 넥 부인한테 전화하면 어떨까요? 집에서 사용할 카펫을 직접 만들었다더군요. 마흔 가지 털실과 작은 기구를 써서 짰대요. 넥 부인한테 전화해요, 아가씨. 모건 씨한테 10분만 시간을 내준다면 술을 한잔 대접하겠다고 말해요." 모건이 제안했다.

"그러지 말아요." 윈턴이 소리쳤다. "모건 씨, 당신도 알다시피 술이라면 이미 충분히 마셨잖아요. 이런 일도 다 술 때문에 생긴 거예요. 휘청대다가 꽃병에 기댔겠죠. 넥 부인까지 이런 혼란스러운 상황에 끌어들일 필요는 없어요."

모건은 윈턴의 이야기를 듣더니 소파에서 일어섰다.

"당신은 나보다 이 건물에서 오래 살았어요. 우리 모두 아는 사실이죠. 하지만 여기에 이러고 서서 당신한테 모욕을 당하고 있을 수는 없어요. 내가 노동자라는 사실 하나 때문에 그럴 수는 없죠. 당신이 자전거 때문에 나를 찾아왔을 때……" 모건이 말했다.

"여길 떠나야겠어요. 카펫이 불에 타고 꽃이 저 지경이 된 마당에 여기에 있을 수는 없어요." 비안카가 괴로워하면서 소리쳤다.

"잘 들어요. 나는 당신을 존중했어요. 그런데 당신 입에서 나를 모욕하는 말이 나오다니 놀랍군요." 모건이 윈턴에게 바짝 다가서면서 말했다.

"모건 씨……"

"당신은 나를 모욕했어요, 부인."

"모욕한 게 아니에요. 가지 말아요, 비안카. 내가 여기에 같이 있다가 런카 부부한테 모든 걸 설명할 테니까요. 모건 씨, 당신은 이제 점심 식사를 하러 가는 게 좋겠네요."

"그게 말이 돼요?" 모건이 윈턴을 향해 턱을 치켜들면서 거칠게 소리쳤다. "지금 이런 상황에서 내가 집사람한테 갈 수 있을 것 같아요? 집사람이 내 얼굴을 물어뜯을 겁니다."

"제발요, 모건 씨."

"당신하고 당신 개 말인데요, 나는 둘 다 존경합니다. 당신하고 나는 같은 편이에요. 내 말 알겠어요?"

윈턴은 고개를 저었다.

"런카 부부를 어떻게 생각하죠, 부인?"

"모건 씨, 아까도 말했지만 나는 런카 부부를 만난 적이 없어요."

"싸구려처럼 꾸민 이 집은 어떻게 생각해요?"

"아주 인상적이라고 생각해요."

"우스꽝스럽죠. 전부 다 우스꽝스러워요. 이런 걸 본 적이 있나요?" 모건은 거실에 놓인 물건들을 손가락질했다. "뜨내기 주제에!" 모건은 런카 부부 생각에 화가 치밀어 시뻘게진 얼굴로 소리쳤다. "돈푼깨나 벌었다고 우쭐대는 꼴이라니."

윈턴은 모건을 진정시킬 만한 말을 하려고 입을 열었다. 그러나 모건이 그녀의 말을 막았다.

"이 집에 확 불을 싸지를 수도 있어요. 꼴사납게 구는 런카 부부한테도요. 나는 평범한 관리인에 불과하지만 그 인간들 몸뚱이가 활활 타들어 가는 걸 얼마든지 볼 수 있어요." 모건은 의자를 걷어찼다. 그의 부츠가 옅은 색 나무에 부딪치면서 요란한 소리를 냈다. "나는 그런 종자를 증오해요. 그런 인간들은 코르크 마개 뽑이처럼 배배 꼬였죠."

"그건 오해예요, 모건 씨."

"오해가 절대 아닙니다." 모건이 소리쳤다. "그 인간들은 나 같은 사람을 죽기보다 싫어해요. 나를 짐승으로 여기겠죠."

원턴은 충격을 받았으며 당황했고 너무나 놀랐다. 그녀는 모건이 자신과 그녀가 같은 편이라고 말한 이유를 이해할 수 없었다. 지난 15년간 그녀를 대하는 모건의 눈빛 속에서 경멸감을 보아 왔기 때문이었다.

"우리한테는 공통점이 있어요. 우리는 이 집을 차지하고 있는 인간들을, 그 우쭐대는 뜨내기들을 쥐꼬리만큼도 존중하지 않죠. 나는 부인이 여기에 살림살이를 들여놓고 사는 모습을 보고 싶어요. 런카 부부는 자기들한테 걸맞은 데로 가면 돼요." 모건은 조금 전에 발로 걸어찬 의자에 침을 뱉었다.

"이런, 그러지 말아요." 원턴이 소리쳤다. 모건은 소리 내어 웃더니 거실을 이리저리 돌아다니면서 헛기침을 한 뒤 함부로 침을 뱉었다. 마침내 그는 어슬렁거리면서 부엌으로 갔다. 원턴이 괴로워하는 것을 알아챈 개는 캉캉 짖었고, 비안카는 흐느껴 울기 시작했다. 부엌에서 모건의 휘파람 소리가 들려왔다. 그는 잔에 진을 따르는 소리를 감추려고 휘파람을 불고 있었다. 원턴은 어떻게 된 일인지 알았다. 그녀는 술을 이기지 못하고, 혈류를 타고 흐르는 알코올 때문에 이성을 잃어버리는 사람들에 대한 글을 읽은 적이 있었다. 그녀는 모건이 런카 부부의 집에서 미쳐 버렸다고 생각했다. 그녀의 개를 존경한다니, 모건은 미친 사람처럼 말하고 있었다.

"저 사람이 무서워요." 비안카가 울먹였다.

"그럴 필요 없어요. 모건은 해를 끼칠 사람이 아니에요. 그래도 그만 여기서 나갔으면 좋겠네요. 우리 둘이서 어느 정도 치울 수 있을 거예요. 한번 노력해 봐요." 원턴이 말했다.

모건은 거실로 돌아왔지만 윈턴과 비안카를 못 본 체하면서 소파에 앉았다. 윈턴과 비안카는 깨진 꽃병 조각과 꽃을 주우면서 정리를 시작했다. 두 사람은 런카 부부가 돌아왔을 때 곧바로 눈에 띄지 않도록, 카펫이 그슬린 곳에 의자를 옮겨 놓았다. 윈턴은 다른 꽃병에 꽃을 꽂은 뒤, 런카 부인이 꽃병을 놓았던 자리에 두었다. 거실을 찬찬히 둘러본 그녀는 모건만 없다면 그런대로 괜찮다고 생각했다. 이 정도면 무슨 일이 벌어졌는지 런카 부부에게 차근차근 설명할 수 있을 것 같았다. 보기 좋게 꽃을 꽂고 카펫의 그슬린 자리를 의자로 가려 놓은 지금, 이 상태로 사진 촬영을 진행해도 전혀 무리가 없을 듯했다. 제법 큼직한 젖은 얼룩은 아직도 조금 눈에 띄었지만 사진에서는 그다지 두드러지지 않을 거라고 윈턴은 믿었다.

"나를 이 지경으로 만든 건 당신이에요." 모건이 공격적인 말투로 이야기했다. "런카 부부의 위스키나 진에 손대면 안 된다고 말했어야죠. 당신은 이 건물을 같이 나눠 쓰는 세입자잖아요. 저 아가씨하고 나는 고용인이에요. 우리는 본능대로 행동할 뿐입니다."

"책임을 인정해요." 윈턴이 대답했다.

"개가 그랬다고 하세요. 다른 이유를 댄다면 저 아가씨나 나한테 해가 될 거예요." 모건이 또다시 강요했다.

"나는 사실대로 말할 겁니다. 런카 부부도 이해할 거예요. 실수를 용서하지 않을 만큼 고약한 사람들이 아니니까요. 런카 부인은……"

"그 말라빠진 암캐요?" 모건은 이렇게 소리치더니 목소리를 낮추어 덧붙였다. "런카의 정부죠."

"모건 씨……"

"빌어먹을 개가 그랬다고 하세요. 미친 것처럼 날뛰었다고 말해요.

그 인간들이 고약한 사람이 아니라고 어떻게 장담하죠? 그 인간들이 이해해 줄 거라고 어떻게 장담해요? '우리 셋이 부엌에서 술을 마시고 있었죠'라고 말할 건가요? '모건 씨가 주량을 넘는 술을 마셨어요. 순식간에 난장판이 됐죠.' 이렇게 말할 건가요, 미스 윈턴?"

"거짓말하는 것보다는 사실대로 말하는 편이 나아요."

"개가 그랬다고 말하면 왜 안 되죠?"

"모건 씨, 여기서 나가는 게 정말 좋을 것 같네요. 당신이 이렇게 열변을 토하는 건 아무 도움도 안 돼요."

"당신은 언제나 나를 존중했어요. 단 한 번도 나를 스스럼없이 대한 적이 없었죠."

"그야……"

"나는 그 인간들을 때려죽일 수도 있어요. 저 문으로 들어오는 순간 망치로 후려칠 수 있죠."

윈턴은 반박하려 했지만 모건이 한 손을 흔들면서 그녀의 말을 막았다. "관리인은 많은 것을 본답니다. 내가 말해 드리죠. 여자를 끌어들이는 남자들이 없나, 사방에 위선이 넘쳐 나요. 나한테 슬그머니 돈을 쥐여 주는 남자들이 있는가 하면, 전혀 신경 쓰지 않는 남자들도 있죠. 어느 쪽이 더 나쁜지는 내가 알 바 아니에요. 불쌍해서 못 봐 줄 지경인 인간들이 있는가 하면, 밤새도록 술을 퍼마시면서 섹스를 하고 시끌벅적 웃어 대는 인간들도 있어요. 런카 부부는 어느 모로 보나 인간이 아니에요. 나를 보면서 역겨운 짐승이라고 부르죠." 모건은 말을 멈추더니 화가 난 얼굴로 윈턴을 노려보았다.

"진정해요." 윈턴이 말했다.

"그 인간들은 내가 살아 숨 쉴 자격도 없는 추잡한 관리인이라고 말했어요."

"모건 씨, 런카 부부는 그런 말을 한 적이 없어요. 확실해요."

"관리인이 싫다면 이 건물에서 나가야죠. 그 인간들은 정신적으로 문제가 있어요."

거실에는 침묵이 흘렀고, 윈턴은 몸이 떨렸지만 겉으로 드러내 보이지 않으려고 애를 썼다. 그녀는 모건이 말을 내뱉은 대로 행동할 수 있는 상태에 이르렀다는 것을 알았다.

"나한테 필요한 건 냉수로 목욕하는 거예요." 여전히 소파에 기대앉아서 느긋하게 쉬고 있던 모건은 짧은 침묵이 흐른 뒤 조금은 진정된 목소리로 말했다.

"모건 씨, 이런 말을 한다고 해서 나를 안 좋게 생각한다면 안타까운 일이지만……"

"금방 하고 나올게요." 모건이 런카 부부의 욕실 쪽으로 걸어가면서 말했다. "아무도 모를 거예요."

"안 돼요!" 윈턴이 소리쳤다. "안 돼요. 제발요, 모건 씨."

그러나 모건은 손에 술잔을 든 채 욕실로 들어가 문을 걸어 잠갔다.

사진작가들이 장비를 설치하려고 2시 반에 도착했을 때, 모건은 여전히 욕실에 있었다. 윈턴은 비안카와 함께 기다리면서 이따금 그녀를 안심시켰다. 무슨 일이 벌어졌는지를 자신이 직접 런카 부부에게 설명하기 전에는 집에 가지 않을 거라고 몇 번이고 말했다. 사진작가들은 가구의 위치를 절대로 바꾸어서는 안 된다고 지시를 받았기 때문에 그 무엇 하나 옮기는 일 없이 조용히 작업했다.

모건은 벌써 한 시간 20분째 욕실에 있었다. 윈턴은 모건이 분을 못

이겨 고의로 꽃병을 바닥에 던졌고 난로를 카펫 앞으로 바짝 옮겨 놓았다고 확신했다. 그녀는, 제정신이 아닌 데다 앙심을 품고 있는 모건이 무슨 짓이든 할 수 있다고, 런카 부부의 펜트하우스가 신문에 추악하게 실리게 할 목적으로 욕조 물에 빠져서 자살할 수도 있다고 생각했다. 비안카는 모건이 욕실에서 너무 오랫동안 나오지 않는 것을 걱정했다. 윈턴은 그가 천성이 그런 사람이라서 무례하고 구는 것뿐이라고 설명했다. 모건은 윈턴이 그의 행동을 위에다 알릴 사람이 아님을 알고서 그녀의 성품을 이용했으며 그녀를 자신의 일에 끌어들이고 있었다. 이러한 사실을 너무나 잘 알고 있는 윈턴은 "정말 부끄러운 일이 벌어졌군요"라고 비안카에게 말했다. 그녀는 런카 부부가 그나마 피해를 덜 입은 희생자라는 생각이 들었다. 그녀는 런카 부부에게 설명을 할 때 바로 이 표현을 써야겠다고 마음먹었다. 그녀는 천천히 그리고 차분하게 말하다가 마지막 순간에, 모건이 아직 욕실에 있는데 아무래도 잠든 것 같다고 이야기할 작정이었다. "그 사람 잘못이 아닙니다. 우리 모두 이해하려고 노력해야 돼요." 윈턴은 이렇게 말하는 자신의 모습을 상상했다. 그러면 런카 부부는 동의의 표시로 고개를 끄덕일 테고, 무엇을 해야 할지를 알게 될 것이 분명했다.

"저를 해고할까요?" 비안카가 물었다. 윈턴은 고개를 저으면서 비안카가 잘못한 것은 하나도 없다고 다시 한 번 말했다.

3시에 런카 부부가 도착했다. 건물 입구에서 만난 두 사람은 함께 집으로 올라갔다. "꽃은 도착했어?" 런카가 엘리베이터 안에서 묻자 런카 부인은 꽃이 무사히 도착했으며 만족스럽게 꽃꽂이를 끝냈다고 대답했다. "잘했어." 런카는 이어서 오전에 있었던 일 몇 가지를 아내에게 이야기했다.

잠시 후 런카 부부는 펜트하우스에 들어서면서 사진작가들과 촬영 장비를 보았다. 그런데 나이 든 여자가 개를 데리고서 비안카 옆에 서 있는 모습이 눈에 들어왔다. 게다가 의자 하나는 위치가 바뀌어 있었고, 아프가니스탄산 카펫에는 얼룩이 보였다. 꽃은 전혀 풍성하지 않게 되는대로 꽃병에 꽂혀 있었다. 런카는 조금 전에 아내가 손수 꽃꽂이를 했다고 말한 것을 떠올리면서 어리둥절한 기분을 느꼈고, 런카 부인은 무언가 이상한 일이 벌어지고 있음을 직감했다. 나이 든 여자가 앞으로 나와서 인사를 하더니 미스 윈턴이라고 자신을 소개했다. 그 순간 갈색 작업복 차림의 남자가 욕실 쪽에서 거실로 들어섰다. 런카 부부는 그가 관리인 겸 잡역부로 일하고 있는 모건이라는 이름의 남자임을 알았다. 모건이 런카 부부 앞으로 성큼성큼 걸어오더니 헛기침을 했다.

"하수관에 문제가 있었습니다." 모건이 급히 말했다. 런카 부부의 눈에는 개를 데리고 있는 나이 든 여자가 모건의 말에 동요하는 것처럼 보였다. 그녀는 무언가를 말하려는 듯했지만 모건의 이야기를 듣더니 벌리고 있던 입을 다물었다.

"무슨 일이 벌어진 거죠?" 남편과 나란히 서 있던 런카 부인이 앞으로 나서면서 물었다. "사고라도 있었나요?"

"파이프에서 소리가 난다는 연락을 받고 올라왔습니다. 파이프가 막혀서 터지기 직전이었죠. 11시 반부터 수리를 했습니다. 보면 아시겠지만 욕조에 물이 가득 차 있습니다. 오늘 오후 5시에 물을 빼 버리세요. 그럼 이제 괜찮을 겁니다. 하수관에 문제가 있었어요."

런카 부인은 모건의 얼굴에 고정돼 있던 시선을 윈턴의 얼굴로, 그리고 고개를 푹 숙이고 있는 비안카의 머리로 옮겼다. 런카는 아무래도 분위기가 이상한 것을 느끼고는, 말 없는 사진작가들을 자세히 살펴보았다. 그는 아직 밝혀지지 않은 무언가가 있다고 생각했다. 우선 개를 데리고 있는 여자가 여기서 무얼 하고 있는지부터가 궁금했다. 초인종이 울렸다. 윈턴 옆에 서 있던 비안카가 반사적으로 문 앞으로 갔다. 비안카는 작업 진행의 책임을 맡고 있으며 기사를 작성할 잡지사 여기자를 안으로 들어오게 했다.

"미스 윈턴은 이 건물의 아래층에 살고 계십니다." 모건은 윈턴을 가리키면서 이렇게 말하더니 코를 풀었다. "펜트하우스를 구경하고 싶어 하셨죠. 제가 여기에 오는 것을 알고는 같이 올라오셨어요. 문 앞에서 댁의 가정부하고 얘기를 나누기 시작하셨죠. 그런데 개가 발작이라도 하는 것처럼 안으로 뛰어들더니 꽃병을 떨어뜨리고 전기난로를 카펫 위에 넘어뜨렸어요. 이거 보셨어요?" 모건은 성큼성큼 걸음을 옮기더니 카펫에 난 그슬린 자국을 보여 주었다. "댁의 가정부가 난로를 켰어요. 따뜻한 곳에서 살다 온 탓에 추위를 타더군요."

윈턴은 모건의 이야기를 잠자코 들었다. 그녀는 모건이 한 시간 20분 동안 욕실에 머물면서 무엇을 했을지 상상했다. 모건은 비안카가 이탈리아에서 온 탓에 갑자기 추위를 느끼고는 난로를 켰다고 말할 계획을 세운 거였다.

"자, 그럼 이제 어쩌죠?" 런카가 윈턴을 보면서 물었다.

윈턴은 런카의 눈을 보았다. 윈턴을 뚫어질 듯 바라보는 그의 검은 눈은 어서 그녀의 입이 여닫히는 것을 지켜보면서 대답을 듣고 싶어 조바심을 내고 있었다. 그의 귀는 윈턴의 입에서 어떤 말이 흘러나와 상황을 설명할지 들으려고 곤두서 있었다.

"이런 불편을 끼쳐 드려 죄송합니다. 손해는 배상해 드리겠습니다."

윈턴이 말했다.

"손해요?" 런카 부인이 큰 소리로 물으면서 앞으로 걸어가더니 카펫이 탄 자리가 완전히 드러나도록 의자를 밀었다. "손해라고요?" 그녀는 꽃을 바라보면서 또다시 물었다.

"그러니까 개 한 마리가 여기에서 발작을 일으켰다는 얘기로군요." 런카가 말했다.

잡지사 여기자는 모건에게서 비안카에게로, 그리고 다시 윈턴에게로 시선을 옮겼다. 그러고서 런카 부부의 표정을 살피고는 처분만 바라고 있는 사진작가들의 얼굴을 마지막으로 흘긋 바라보았다. 그녀는 사고가 있었던 모양이라고, 개 한 마리가 미쳐 날뛰었던 모양이라고 상황을 정리했다. "자, 좋아요." 여기자가 쾌활한 목소리로 이렇게 말했다. "최악의 상황은 아닌 것 같네요. 의자를 다시 옮겨 놓으면 누가 카펫이 탄 걸 알겠어요? 그리고 꽃도 이곳 분위기에 잘 어울리네요."

"꽃은 완전히 엉망이에요. 동물이 꽂았다고 해도 믿겠어요." 런카 부인이 말했다.

모건은 조심스럽게 침묵을 지켰고, 윈턴은 얼굴을 붉혔다.

"촬영을 미루는 것이 좋겠군요." 런카가 깊은 생각에 잠긴 얼굴로 말했다. "원상 복구에 하루나 이틀 정도 걸릴 겁니다. 죄송합니다." 런카는 여기자를 보면서 이야기를 계속했다. "촬영이 불가능하다는 건 기자님도 아시겠죠?"

여기자는 마음속으로 격하게 욕을 퍼부으면서 런카에게 미소를 지어 보였고, 물론이라고 대답했다.

"이런 일이 생겨서 안됐네요." 모건이 말했다. 그는 마치 넥 부인을 런카 부부의 펜트하우스로 부르자고 제안한 일이 없는 것처럼, 증오와 술 때문에 분별력을 잃은 적이 없는 것처럼, 감정이 드러나지 않는 진지한 얼굴로 서 있었다. "죄송합니다. 개가 댁에 들어오지 못하도록 저라도 막았어야 했습니다. 이미 일이 벌어진 뒤에야 개가 집 안에 들어온 걸 알았지 뭡니까."

원턴은 모건이 열심히 꾸며 대는 거짓말을 듣다가 자신이 할 수 있는 다른 무언가가 있다는 생각을 하게 되었다. 그녀는 수줍음 탓에 남들과 어울리지 못한 채 15년 동안 이 건물에서 외롭게 살았다. 그녀는 안락한 생활에 필요한 돈을 충분히 갖고 있었기 때문에 그 오랜 세월이 흐르는 동안 세상 밖으로 나오려는 노력을 기울이지 않았다.

"잠깐만요." 원턴은 어떻게 이야기를 풀어놓을지 생각하지도 않은 상태에서 이렇게 말했다. 그리고 모두의 시선이 자신에게 쏠리는 것을 깨닫고는 또다시 얼굴이 빨개졌다. 그녀는 평소의 자신답지 않게 조리 있게 논거를 세우면서 차근차근 설명하고 싶었다. 언제나 변함없이 긴 갈색 작업복 차림을 한 모건이 날마다 깊숙한 지하에서 어떻게 올라오는지, 그의 삶에 대해서 런카 부부에게 알려야 할 것만 같았다. "분노를 느낄 만도 해요. 모건 씨한테는 이 건물의 세입자들한테 더 많은 것을 요구할 권리가 있어요. 세입자들은 모건 씨에게 돈을 쥐여 주고, 유력한 우승 후보마에 대한 정보를 얻은 대가로 차를 대접하죠. 세입자들은 모건 씨의 비위를 맞추려고 애써요." 그녀는 이렇게 말할 작정이었다. 결국 모건의 눈에, 일부 세입자들은 우스꽝스럽거나 어리석게 보이게 되었고 또 다른 세입자들은 위선적으로 보이게 되었다. 모건은 원턴을 경멸했고, 런카 부부를 증오했다. 원턴은 경멸을 받아들였으며 모건이 그런 감정을 품은 이유를 이해했다. 런카 부부 역시 모건을 이해해야 마땅했다. "공은 당신들한테로 넘어갔어요." 원턴은 상상 속에서 런카 부부에게 이렇게 말했고, 그들이 듣자마자 높이 평가할 만한 생동감 넘치는 표현을 생각해 낸 것에 만족했다.

"수요일 괜찮으세요?" 런카가 잡지사 여기자에게 물었다. "그때쯤이면 모든 게 해결될 것 같군요."

"수요일 좋습니다." 여기자가 대답했다.

윈턴은 모건에게 그가 런카 부부를 오해했음을 이해시키고 싶었다. 그녀는 지금 이 자리에서 런카 부부도 인간이며 실수로 벌어진 일을 이해할 줄 안다는 사실을, 노여움을 잘 타는 관리인을 다른 모든 사람과 마찬가지로 존중할 수 있다는 사실을 증명해 보이고 싶었다. 그녀는 사실대로 말하고 진실을 밝혀서 그 진실이 모건과 런카 부부 사이에서 주어진 역할을 저 스스로 하기를 바랐다.

"빠짐없이 적어서 피해 내역과 금액을 알려 드리겠습니다." 런카 부인이 윈턴에게 이야기했다.

"하고 싶은 얘기가 있습니다. 허락하신다면 설명드리고 싶은 게 있어서요." 윈턴이 말했다.

"설명요? 설명이라고요?" 런카 부인이 물었다.

"다 같이 앉아서 얘기할까요? 두 분이 이해하셨으면 하는 게 있습니다. 저는 이 건물에서 15년을 살았답니다. 모건 씨는 저보다 1년 늦게 여기로 왔죠. 아마도 제가 도울 수 있을 겁니다. 설명하기가 어렵네요." 윈턴은 당황해서 말을 멈추었다.

"이 여자 어디 아파요?" 런카 부인이 차가운 목소리로 물었다. 그녀의 금속성 빛깔 머리칼과 머리칼 색에 어울리는 매니큐어를 바른 손톱이 윈턴의 눈에 들어왔다. 윈턴은 모든 거래에서 절대로 손해를 안보는 한 남자와 한 여자의 눈을, 약삭빠른 네 개의 눈을 보았다. "망치로 후려칠 수 있죠." 윈턴의 기억 속에서 모건의 목소리가 말했다. "나는 그 인간들을 때려죽일 수도 있어요."

"우리 모두 이해하려고 노력해야 합니다." 윈턴이 당황한 나머지 화끈거리는 얼굴로 외쳤다. "모건 씨 같은 남자나 댁들 같은 사람들 그리고 나처럼 독신으로 사는 나이 많은 여자 모두 가릴 것 없어요. 우리 모두 마음을 느긋하게 갖고서 이해하려고 노력해야 해요." 윈턴은 애써 쏟아 내고 있는 자신의 이야기가 제대로 의미를 전달하고 있는지 궁금했다. 그녀는 자신이 유창하게 말하지 못하고 있음을 알았다. "모르겠어요?" 윈턴이 소리쳐 물었다. 런카 부부의 사무적인 시선은 매몰차게 그녀를 향하고 있었다.

"무슨 소리죠? 이해해야 한다니, 도대체 무슨 말인지 모르겠군요. 뭘 이해하라는 거죠?" 런카 부인이 물었다.

"나도 모르겠어." 런카가 말했다.

"모건 씨는 날마다 그의 거처인 지하에서 올라와요. 세입자들은 모건 씨한테 돈을 쥐어 주죠. 모건 씨는 세입자들을 그 나름대로의 시각으로 바라봐요. 그렇게 할 권리가 있죠. 모건 씨한테는 까다롭게 굴 권리가 있어요……"

모건은 윈턴이 거침없이 쏟아 내는 말을 막으려고 격하게 기침을 했다. "무슨 소리를 하는 거죠? 피해가 발생한 것만으로도 이미 충분해요. 그런 얘기는 필요 없어요." 런카 부인이 소리쳤다.

"나는 이야기를 처음부터 하려는 겁니다." 윈턴은 모건이 런카 부부를 인간성을 상실한 사람들로 여긴다는 최후의 진실을 털어놓기에 앞서서 해야 할 이야기와 해결해야 할 복잡한 문제가 많음을 감지했다. 그녀는 자신이 전달하려는 이야기가 무엇인지를 런카 부부가 알아차리기 시작할 때까지 이야기를 천천히 풀어놓아야 함을 알았다. 그녀와 마찬가지로 그들 역시 관리인을 실망시켰음을 인정한다면 런카 부부는 모건이 사소한 복수를 한 이유를 이해할 수 있을 것이 분명했다. 그들은 술기운에 정신이 나간 모건이 가구에 침을 뱉기도 하고 물에 빠져 죽은 체하기도 했다는 이야기를 들으면서 죄책감에 사로잡힌 채 고개를 끄덕일지도 몰랐다.

"댁들과 나 그리고 모건 씨, 우리는 다른 세상에 속합니다." 윈턴은 발밑의 땅이 갈라지기를 바라면서 이렇게 말했다. "모건 씨는 댁들의 펜트하우스를 다른 시각에서 바라본답니다. 그러니까 내가 말하려는 것은, 댁들도 거짓말만을 들을 사람들은 아니라는 거예요."

"우리는 할 일이 많은 사람들입니다." 런카 부인이 담배에 불을 붙이면서 말했다. 그녀는 재미있다는 듯이 살며시 웃고 있었다.

"피해 보상은 반드시 해 주셔야 합니다." 런카가 단호하게 덧붙였다. "아시겠죠, 미스 윈터? 책임 이행을 미루시면 안 됩니다."

"나는 하는 일이 별로 없어요." 윈턴이 소리쳤다. 그녀는 이제 당혹감에서 벗어나고 있었다. "개하고 앉아 있거나 가게에 가죠. 텔레비전을 보기도 하고요. 나는 특별히 하는 일이 없지만 지금 이 순간만은 무언가를 해 보려는 거예요. 이해를 도우려고 노력 중이죠."

사진작가들은 장비를 정리하기 시작했다. 런카는 수요일로 잡힌 약속을 확인하려고 잡지사 여기자에게 속삭여 말했다. 그러고서 그는 윈턴을 돌아보면서 조금 전보다 큰 목소리로 이야기했다. "이제 그만 댁으로 돌아가시는 게 좋겠습니다, 미스 윈터. 댁의 개가 또다시 발작을 일으킬지 누가 알겠습니까?"

"제 개는 발작을 일으키지 않았어요. 지금까지 단 한 번도 발작을 일으킨 적이 없어요." 윈터가 외쳤다.

거실에는 침묵이 흘렀다.

"미스 윈터. 댁의 개가 흥분해서 날뛰다가 잔뜩 문제를 일으킨 것을 잊으셨군요. 말씀해 보세요, 미스 윈터."

"내 이름은 윈터가 아니에요. 왜 나를 엉뚱한 이름으로 부르는 거죠?"

런카는 윈터이 정도를 넘어서고 있다고, 이제 그녀 자신의 존재마저도 부정할지 모른다고 말하려는 듯 눈을 치켜떴다. "완전히 여왕 행세를 하고 있네요." 런카 부인은 사진작가 중 한 명에게 이렇게 속삭였고, 그 이야기를 들은 사진작가는 소리를 죽여 키득거렸다.

"내 개는 발작을 일으키지 않았어요. 나는 지금 사실을 말하려고 애쓰고 있어요. 그런데 아무도 들으려 하지 않는군요. 나는 모건 씨가 이 건물의 관리인으로 일하기 시작하던 날로 돌아가서 이야기를 처음부터 하려는 거예요." 윈터가 말했다.

"그만하세요, 부인." 모건이 앞으로 나서면서 그녀의 말을 막았다.

"나는 사실대로 말할 거예요." 윈터가 날카롭게 외치자 개가 짖기 시작했다. 모건은 어느새 그녀 앞에 다가와 있었다. "그만 가실까요, 부인?" 모건은 이렇게 말했고 윈터은 자신의 몸이 문 쪽으로 움직이고 있는 것을 깨달았다. "안 돼요!" 그녀는 계속해서 문 앞으로 끌려가면서 외쳤다. "안 돼요." 그녀는 또다시 이렇게 속삭였지만 이미 층계참에 와 있었다. 모건은 런카 부부 같은 사람들에게 애써 진실을 말해 봐야 아무 소용 없다고 설명했다. "저런 인간들은 말뜻을 못 알아들어요." 모건이 윈터과 함께 계단을 내려가면서 말했다. 그는 윈터이 도움을 청하기라도 한 것처럼 그녀의 왼쪽 팔꿈치를 받쳐 주고 있었다.

'나는 실패했어.' 윈턴은 마음속으로 생각했다. '대단하지는 않지만 도움이 될 만한 일을 하려고 했는데 결국 실패했어.' 그녀는 자신의 집 앞에 와 있었다. 피로를 느끼는 그녀의 귀에 모건의 목소리가 들렸다. "괜찮으시겠어요, 부인?" 윈턴은, 모건이 제정신을 잃었던 사람은 그녀였다는 듯이 경멸감을 감춘 채 위로의 말을 건네고 있음을 깨달았다. 모건이 웃음을 터뜨렸다. "런카가 1파운드를 쥐여 주더군요. 다른 사람도 아닌 런카가 말입니다." 그는 또다시 소리 내어 웃었고, 윈턴은 더 심한 피로를 느꼈다. 그녀는 피해 금액에 해당하는 수표를 끊을 것이고, 그러면 상황은 정리되는 셈이었다. 앞으로도 계단에서 이따금 마주칠 때면 그녀와 모건 사이에는 혼란스러운 기억이 떠오를지 몰랐다. 그리고 런카 부부는 같은 건물에 사는 사람 중에 이상한 여자가 한 명 있다고 말하면서 오늘 있었던 일을 친지들에게 이야기할 것이 분명했다. "개가 발작을 일으켰다고 말했을 때 그 인간들 얼굴 봤어요?" 모건은 이렇게 말하더니 고개를 뒤로 젖혔다. 그의 이가 다 드러나 보였다. "너무 재밌었어요. 하마터면 웃을 뻔했다니까요." 모건은 이 말을 끝으로 그 자리를 떠났고 윈턴은 문 앞에 선 채, 계단을 내려가는 그의 발자국 소리를 들었다. 아래층에서 모건이 엘리베이터 버튼을 누르는 소리가 들렸다. 엘리베이터는 그를 부드럽게 지하로 데려다줄 테고, 집에 도착한 모건은 런카 부부의 집에서 발작을 일으킨 윈턴의 개에 대해서, 그리고 아무도 들으려 하지 않는데도 윈턴이 얼마나 우스꽝스럽게 호들갑을 떨었는지에 대해서 그의 아내에게 이야기할지도 몰랐다.

탄생을 지켜보다
In at the Birth

옛날에 런던의 외딴 교외에 에포스라는 나이 지긋한 여인이 살았다. 에포스는 원기 왕성한 사람으로, 스스로 관심 있는 일을 찾아서 할 수 있는 한 지금 같은 생활을 유지하리라 마음먹고 하루하루를 보냈다. 그녀는 영화와 연극을 정기적으로 관람했고 긴 시간 동안 책을 읽었으며, 남녀를 가릴 것 없이 자기보다 마흔 살은 젊은 사람들과 어울리는 것을 좋아했다. 게다가 그녀는 지금까지도 해마다 한 차례 아테네를 여행했는데, 그때마다 왜 그리스에 정착하지 않았을까 하는 생각에 사로잡히고는 했다. 그러나 이제 변화를 주기에는 너무 늦었다는 생각이 들기도 했고, 그녀는 어찌 되었든 런던의 삶을 즐겼다.

에포스는 지금까지 살아오는 동안 경험하지 못한 것이 없었다. 누군가를 사랑했고 누군가로부터 사랑을 받았다. 심지어 아이를 한 명 낳기도 했다. 합법적으로 결혼한 것은 아니었지만 그녀는 신혼에나 맛볼 법한 행복과 불행을 한두 해 동안 모두 경험했다. 그녀의 아기가 지독한 폐렴으로 죽고, 그로부터 얼마 지나지 않은 어느 밤에 아기의 아버지가 가방에 짐을 꾸렸다. 그는 에포스에게 더없이 다정하게 작별인사를 건넸고 그녀는 두 번 다시 그를 보지 못했다.

돌이켜 생각해 보면 에포스는 인간이 느낄 수 있는 감정을 모두 경험했다. 그녀는 스스로를 위해 설계한, 활기 넘치지만 피상적인 일상에 안주했다. 에포스는 자신의 생활에 매우 만족했으며 더트 부부가 그녀의 삶에 들어오기 전까지만 해도 별다른 생각 없이 하루하루를 보냈다.

전화를 건 사람은 더트였다. "아, 미스 에포스, 혹시 저희를 도와주실 수 있지 않을까 해서 전화드렸습니다. 가끔 아이를 봐 주신다고 들었습니다. 아이를 맡겨야 해서 믿을 만한 사람을 찾느라고 온 동네를 뒤졌습니다. 미스 에포스, 혹시 저희 아이를 봐 줄 의향이 있으신지요?"

"그런데 누구시죠? 나는 댁을 알지도 못한답니다. 우선 이름이 어떻게 되시죠?" 에포스가 물었다.

"더트라고 합니다. 댁에서 200미터 정도밖에 안 떨어진 곳에 살고 있죠. 가까워서 편하실 것 같은데요."

"글쎄요……"

"미스 에포스, 일단 한번 방문해 주시면 어떨까요? 저희 집에 와서 차라도 한잔하세요. 보고 저희가 마음에 드신다면 약속을 잡아 볼 수 있지 않을까요? 반대로 저희가 마음에 안 든다고 하셔도 절대 기분 나빠하지 않겠습니다."

"이렇게 전화 주셔서 고맙습니다, 더트 씨. 주소하고 편한 시간을 알려 주시면 들르도록 하죠. 기쁜 마음으로 찾아뵙겠습니다."

"잘됐네요, 고맙습니다." 더트는 에포스에게 필요한 사항을 알려 주었고, 에포스는 수첩에 받아 적었다.

더트 부부는 생김새가 비슷했다. 두 사람은 키가 작고 마른 데다 얼굴은 그레이하운드를 떠오르게 했다. "아이를 맡길 적당한 사람을 찾기가 너무 어려웠어요. 젊은 아가씨들은 도무지 믿을 수가 없거든요, 미스 에포스." 더트 부인이 말했다.

"저희는 걱정이 많은 부부랍니다, 미스 에포스." 더트가 작게 소리 내어 웃으면서 에포스에게 셰리주가 담긴 잔을 건넸다. "정말이지 걱정이 많은 부부예요."

"다 미키 때문이죠. 저희가 좀 걱정이 많기는 한 것 같아요. 그래도 버릇없게 키우지 않으려고 노력 중이랍니다." 더트 부인이 설명했다.

에포스는 고개를 끄덕였다. "외동으로 자라는 아이들은 가끔 말썽을 부릴 때가 있죠."

더트 부부는 에포스에게서 엄청난 자질을 발견하기라도 한 것처럼 그녀를 뚫어질 듯 바라보면서 공감을 나타냈다.

"보시다시피 텔레비전이 있습니다. 여기에서 저녁 시간을 보내더라도 적적하지는 않으실 겁니다. 라디오도 있죠. 둘 다 다루기 간단하지만 성능은 뛰어나답니다." 더트가 말했다.

"게다가 미키는 자다가 깬 적이 없어요. 저희는 늘 전화기를 두고 외출해요. 그러니까 저희한테 쉽게 연락하실 수 있을 거예요." 더트 부인이 이야기했다.

"하하하." 더트가 소리 내어 웃었다. 반짝이는 광대뼈 위로 피부가 팽팽하게 당겨지면서 그의 작은 얼굴이 이상한 형태로 일그러졌다.

"정말 재밌는 얘기야, 베릴! 제 아내는 농담을 좋아한답니다, 미스 에포스."

농담이었음을 미처 몰랐던 에포스는 미소를 지었다.

"전화기를 두고 가지 않는다면 이상하겠죠." 더트가 설명을 계속했다. "우리가 두고 가는 건 전화번호야, 베릴. 저희는 저녁 식사를 하러 가는 집의 전화번호를 적어 두고 외출한답니다. 손님이 자기 집 전화기를 들고 온다면 놀라지 않으시겠어요, 미스 에포스?"

"당연히 이상해 보이겠죠."

"'다른 건 쓰고 싶지 않아서 우리 집 전화기를 가져왔어요'라든지 '여기에 와 있는 동안 혹시 전화가 올까 봐 우리 집 전화기를 가져왔어요'라고 말할 수 있을까요? 미스 에포스, 또 어떤 이유를 댈 수 있을까요?"

"글쎄요, 더트 씨."

"미스 에포스, 브리태니커 백과사전에서 '농담'이라는 단어를 찾아보신 적 있나요?"

"없는 것 같은데요."

"한번 찾아보세요. 보람을 느끼실 겁니다. 저희 집에는 백과사전 전 질이 있답니다. 언제든 마음껏 꺼내서 보세요."

"고맙습니다."

"농담에 대해서 백과사전에 뭐라고 적혀 있는지는 말씀드리지 않겠습니다. 1~2분 정도면 될 겁니다. 한번 느긋하게 찾아보세요. 아마도 헛수고했다는 생각은 안 하실 겁니다."

"물론 그런 생각은 안 할 거예요."

"제 남편은 열렬한 백과사전 애호가랍니다. 백과사전을 들여다보면서 많은 시간을 보내죠." 더트 부인이 말했다.

"꼭 좋아서 그러는 건 아니에요. 다양한 분야의 정보를 습득하는 건 제 일의 일부이기도 하죠." 더트가 설명했다.

"일이라고요, 더트 씨?"

"이제 많은 사람들이 그러는 것처럼 제 남편도 가정을 꾸려 가기 위해서 일을 한답니다, 미스 에포스."

"어떤 흥미로운 일을 하시나요, 더트 씨?"

"흥미요? 네, 흥미롭다고 할 수 있죠. 제가 밝힐 수 없는 것 이상으로 흥미롭답니다. 안 그래, 베릴?"

"남편은 비밀 명단에 올라 있어요. 하는 일에 대해서 함부로 말할 수 없답니다. 저희 아이를 맡아 주실 분한테도 말씀드릴 수 없다니 너무 안타까워요. 정말 말도 안 되는 일이죠?"

"당연히 이해합니다. 제가 더트 씨가 하는 일에 대해서 알 필요는 전혀 없어요."

"제 일에 대해서 가볍게 말하는 것은 명령을 어기는 것과 같답니다. 불쾌하게 여기지 않으시겠죠?"

"물론이에요."

"가끔 노여워하는 사람들이 있어요. 몇 번 언짢은 경험을 했죠. 안 그래, 베릴?"

"비밀 명단에 올라 있다는 것이 뭘 의미하는지 이해하지 못하는 사람들도 있답니다, 미스 에포스. 요즘 사람들은 좀처럼 신중하게 생각할 줄을 몰라요."

더트는 셰리주가 담긴 디캔터를 들더니 에포스 앞으로 몸을 숙였다.

그는 에포스의 잔과 아내의 잔에 차례로 술을 따랐다.

"자, 미스 에포스, 저희를 어떻게 생각하시죠? 이 거실에서 이따금 저녁 시간을 보내 주실 수 있을까요? 저희 아이가 혹시나 울지는 않는지 귀 기울여 주면서 텔레비전을 보시면 됩니다." 더트가 물었다.

"당연히 저녁 식사도 언제나 준비돼 있을 거예요, 미스 에포스." 더트 부인이 말했다.

"식전에 드실 셰리주와 식후에 드실 브랜디도 준비해 두겠습니다." 더트가 덧붙였다.

"정말 인심이 좋으시네요. 하지만 식사를 하고 오겠습니다."

"아뇨, 아닙니다. 그러지 마세요. 그건 절대 안 됩니다. 제 아내는 요리를 잘한답니다. 그리고 저도 믿어 보세요. 언제나 디캔터를 가득 채워 놓겠습니다."

"온통 기분 좋은 배려를 해 주시니 선택의 여지가 없네요. 언제든 시간이 될 때면 기쁜 마음으로 두 분을 돕겠습니다."

에포스는 잔에 남았던 셰리주를 마신 뒤 일어섰다. 더트 부부도 만족한 방문객을 향해 상냥하게 웃으면서 자리에서 일어섰다.

"그럼 혹시 화요일 저녁에 시간을 내주실 수 있을까요, 미스 에포스? 친구들이 근처에서 같이 저녁 식사를 하자고 해서요." 더트가 현관에서 물었다.

"화요일요? 네, 화요일에는 시간을 낼 수 있어요. 7시쯤 오면 될까요?"

더트 부인이 손을 내밀었다. "네, 완벽해요. 그럼 그때 뵐게요."

화요일에 더트는 문을 열어서 에포스를 맞은 뒤 거실로 안내했다.

그는 아내가 아직 옷을 갈아입는 중이라고 설명했다. 그러고서 에포스에게 술을 따라 주며 말했다. "저하고 결혼하기 직전에 아내는 수녀원에 들어가려던 참이었답니다, 미스 에포스. 이 일에 대해서 어떻게 생각하세요?"

"글쎄요." 에포스는 아늑한 기분을 느끼게 하는 난로 앞에 편하게 자리를 잡고 앉으면서 대답했다. "뭐라고 말해야 할지 모르겠네요, 더트 씨. 놀라운 일이라고 해야 할까요?"

"대부분의 사람이 이 얘기를 듣고 놀라죠. 제가 과연 옳은 일을 한 건지 가끔 궁금할 때가 있어요. 베릴은 좋은 수녀가 됐을 거예요. 어떻게 생각하세요?"

"당시에 두 분 모두 깊이 생각하고 결정한 일일 거라고 믿어요. 물론 부인께서 좋은 수녀가 됐을 거라는 사실도 믿습니다."

"베릴은 특히 엄격한 수녀회를 선택했었죠. 베릴답지 않아요?"

"부인을 잘 모르지만, 그런 선택을 한 것이 부인다운 행동이라면 그 말씀을 당연히 믿어야겠죠."

"제 아내를 진지한 사람이라고 생각하시는 거죠, 미스 에포스? 그 말씀을 하시려는 거죠?"

"부인을 잠깐 만났을 뿐이지만, 네 그렇게 생각해요. 하지만 부인이 농담을 즐긴다고도 하셨죠."

"농담이라고요, 미스 에포스?"

"지난번에 그렇게 말씀하셨잖아요. 부인이 말을 잘못했을 때요."

"아, 네. 맞아요. 제가 이렇게 기억력이 나쁘답니다. 용서해 주세요. 워낙 사람을 지치게 하는 일을 하다 보니 이렇게 됐네요."

더트 부인이 화사한 옷차림으로 거실에 들어서더니 종이쪽을 내밀면서 말했다. "미스 에포스, 저희가 가 있을 집의 전화번호예요. 혹시라도 미키가 소리를 내거든 전화 주세요. 곧바로 돌아올게요."

"아, 하지만 그럴 필요 없어요. 그런 일로 저녁을 망치면 안 되죠. 내가 한번 달래 볼게요."

"그냥 전화해 주셨으면 좋겠네요. 미키가 낯을 많이 가리거든요. 미키의 방은 위층에 있어요. 하지만 들어가지 마세요. 부탁드립니다. 자다가 갑자기 깨서 부인을 본다면 너무 놀랄 거예요. 미키는 겁이 많은 아이거든요. 작은 소리라도 들리거든 망설이지 마시고 전화 주세요."

"그렇게 하죠, 더트 부인. 나는 다만……"

"어떻게 하는 편이 나은지 겪어 봐서 안답니다, 미스 에포스. 부엌에 가 보세요. 쟁반에 음식을 준비해 뒀어요. 다 식었지만 드실 만할 거예요."

"고맙습니다."

"그럼 다녀오겠습니다. 11시 15분까지 올게요."

"즐거운 저녁 시간 보내세요."

더트 부부는 그럴 작정이라고 대답한 뒤 현관에서 서로에게 무언가를 속삭이더니 문을 나섰다. 에포스는 평가라도 하려는 듯 찬찬히 주위를 둘러보았다.

거실은 평범했다. 소박한 회색 벽에는 사진으로 찍어 만든 위트릴로의 복제화가 걸려 있었다. 노르스름한 커튼과 역시 노르스름한 의자 커버 그리고 두툼한 회색 카펫 위에 놓인 수수한 가구 몇 점도 눈에 들어왔다. 집 안은 따뜻했고, 셰리주는 맛있었다. 에포스는 편안함을 느꼈다. 그녀는 이렇게 전혀 새로운 공간에서 애써 대화를 이어 갈 필요 없이 잠시 편안하게 머무르는 것은 기분 좋은 일이라고 생각했다.

잠시 후 그녀는 저녁 식사가 담긴 쟁반을 부엌에서 난로 앞으로 가지고 왔다. 더트는 말한 대로 브랜디를 준비해 두었다. 에포스는 더트 부부 같은 사람들을 만난 것은 행운이라고 생각하기 시작했다.

더트 부부가 돌아왔을 때 에포스는 깜빡 잠이 들어 있었다. 그러나 다행히도 그녀는 현관에 들어서는 두 사람의 소리를 듣고는 깨어나서 정신을 차렸다.

"아무 일 없었나요?" 더트 부인이 물었다.

"전혀 아무 소리도 안 났어요."

"지금 바로 기저귀를 갈아 줘야겠네요. 정말 고맙습니다, 미스 에포스."

"저도 감사합니다. 아주 기분 좋은 저녁을 보냈어요."

"집까지 모셔다드리겠습니다. 차 안이 아직 따뜻해요." 더트가 말했다.

"아이는 큰 위로가 돼요. 미키는 저희 부부한테 더할 수 없는 기쁨을 안겨 준답니다. 베릴한테 친구가 돼 주기도 하고요. 온종일 혼자 지낸다면 하루하루가 지루한 시간이 될 거예요." 차 안에서 더트가 이야기했다.

"맞아요, 아이는 위로가 되죠."

"혹시 저희가 미키 때문에 지나치게 조심하면서 유난을 떤다고 생각하시나요?"

"아, 아니에요. 그 반대로 행동하다가 실수를 저지르는 것보다 낫죠."

"저희가 유난을 떤다면 그건 다 미키가 너무 고마워서랍니다."

"당연하죠."

"감사해야 할 일이 정말 많아요."

"두 분은 좋은 일들을 누릴 자격이 충분하다고 생각해요."

더트는 에포스의 집 앞에 도착했을 때 꽤나 감상적이 되어 있었다. 에포스는 더트가 술에 취한 것은 아닌지 궁금했다. 더트가 그녀의 손에 다정하게 자신의 손을 얹으면서 다음에 또 만날 날을 손꼽아 기다리겠다고 말했다. "언제라도 전화만 주세요. 나는 한가할 때가 많은 사람이랍니다." 에포스가 차에서 내리며 대답했다.

그날 이후로 에포스는 여러 번 더트 부부의 아이를 돌보러 갔다. 더트 부부는 점점 더 다정하고 허물없는 모습으로 그녀를 대했다. 그들은 에포스를 위해서 따뜻한 코코아를 준비해 두었으며 그녀가 흥미로워할 만한 잡지 기사를 골라 두었다. 더트는 그녀가 백과사전에서 찾아볼 만한 단어들을 더 추천했고 더트 부인은 자신의 요리법 몇 가지를 적어 주었다.

어느 날 밤 에포스는 더트 부부의 집을 나서기 전에 이렇게 말했다. "언제라도 좋으니 미키를 만나고 싶네요. 낮에 한번 들를까요? 그럼 낯을 익힐 수 있고, 미키가 혹시 깨더라도 내가 달랠 수 있잖아요."

"하지만 미키는 절대로 자다가 깨지 않아요, 미스 에포스. 지금까지도 그런 적이 없잖아요. 그래서 단 한 번도 저희한테 전화하실 필요가 없었죠."

"그건 맞아요. 하지만 이제 두 분을 알게 됐으니 미키도 만나고 싶네요."

더트 부부는 친절한 마음에 감사를 표시하면서 서로를 그리고 에포스를 미소 띤 얼굴로 바라보았다. "그렇게 말씀해 주셔서 고맙습니다, 미스 에포스. 하지만 미키는 낯선 사람을 보면 겁을 먹는답니다. 지금은 그런 상태죠. 언짢게 생각하지 말아 주세요."

"언짢기는요, 더트 씨."

"미키가 너무 겁이 많아서 걱정이에요. 지금처럼 지내는 건 저희도 나름대로 고민해서 찾아낸 방법이랍니다." 더트 부인이 말했다.

"미안합니다." 에포스가 대답했다.

"아닙니다. 그런 말씀 하지 마세요. 가기 전에 저희랑 브랜디나 한 잔 더 드세요." 더트가 쾌활하게 말했다.

그러나 에포스는 해서는 안 될 말을 한 것만 같아서 미안했다. 그날 이후로 한 주 남짓한 시간 동안 그녀는 더트 부부를 떠올릴 때마다 걱정스러웠다. 그녀가 볼 때 더트 부부는 잘못된 방식으로 아이를 키우고 있었지만 그렇다고 해서 그녀가 나서서 충고할 수 있는 입장은 아니었다. 같은 문제에 대해서 또다시 이야기를 꺼낼 수는 없었다. 그러나 에포스는 단지 겁이 많다는 이유로 아이를 사람들과 만나지 않게 하는 것은 옳지 않다고 확신했다. 문제를 일으킨 근본적인 원인이 있는데도 더트 부부는 그 원인을 찾아내려고 노력한 적이 없는 것 같았다. 에포스는 계속해서 열흘에 한 번 정도 아이를 돌보러 갔지만 문제에 대해서는 아무 말도 하지 않았다. 그러던 어느 날, 뜻밖에 듣게 된 이야기는 그녀를 더할 수 없이 어리둥절하게 만들었다.

에포스가 그 이야기를 들은 것은 친구 한 명이 마련한 파티에서였다. 에포스는 서머필드라는 나이 든 남자와 특별한 내용 없는 대화를 나누고 있었다. 그녀와 서머필드가 알고 지낸 지는 몇 해가 되었지만 이날처럼 한자리에 있게 될 때마다 두 사람은 일단 정중하게 인사를 주고받은 뒤 별다른 이야깃거리를 찾지 못했다. 언제나처럼 긴 침묵이 흐르고 나서 에포스는 보다 솔직한 질문을 한다면 재미있는 대화가 가능할지도 모르겠다는 생각에 이렇게 물었다. "한 살 두 살 늘어 가는 나이를 어떻게 이겨 내고 계시나요, 서머필드 씨? 저도 이제 세 월이 무섭게 흐르는 것을 느끼다 보니 나이를 이겨 내는 법을 배워야 겠다는 생각이 들더군요."

"글쎄요. 하긴 저는 나름대로 잘 지내는 것 같기는 합니다. 집사람이 세상을 뜬 뒤로는 소박하게 살고 있지만 딱히 불평할 만한 일은 없답 니다."

"우리를 덮치는 건 외로움인 경우가 많죠. 저는 외로움 역시 치통이 나 그와 비슷한 질병으로 여기고 치료법을 찾아야 한다고 생각해요."

"맞는 말씀입니다. 견디기 힘들 정도는 아니지만 저 역시 가끔은 외 로움을 느낀답니다."

"저는 부모가 외출한 동안 아이 돌보는 일을 해요. 이런 일을 생각해 보신 적 있나요? 남자라고 쑥스러워할 필요 없어요. 책임감 있는 사람 이라면 누구라도 할 수 있는 일이랍니다."

"아이 돌보는 일이라면 생각해 본 적이 없네요. 한 번도 없는 것 같 아요. 하지만 아기들은 좋아합니다. 예전부터 그랬죠."

"전에는 이 일을 제법 많이 했지만 지금은 더트 씨네 아이만 돌보고 있어요. 그래도 자주 가기는 해요. 즐거운 저녁 시간을 보낸답니다. 가 끔은 텔레비전을 보는 것도 재미있고 다른 사람의 집을 구경하는 것 도 흥미로워요."

"더트 부부라면 저도 압니다. 레이번 가에 사는 더트 부부 맞죠? 작 고 비쩍 마른 부부 말입니다."

"맞아요, 레이번 가에 살아요. 작은 것도 맞고요. 하지만 비쩍 말랐 다는 표현은 좀 심한 것 같네요."

"나쁘게 말하려는 건 아닙니다. 더트와는 오래전부터 알고 지내는 사이죠. 사람의 생김새를 설명할 때는 누구나 마음껏 표현할 자유가 있다고 생각합니다."

"더트 씨는 흥미로운 사람이에요. 비밀 엄수가 철칙인 곳에서 책임이 막중한 일을 하고 있어요."

"더트가요? 레이번 가 25번지에 사는 더트가요? 그 사람은 공인회계사예요."

"아무래도 잘못 알고 계신 것 같네요……"

"그건 불가능합니다. 더트는 한때 저와 같은 회사에서 근무했거든요. 하급 직원이었죠."

"아, 그렇다면…… 제가 잘못 안 모양이네요."

"제가 놀란 것은 더트 부부의 아이를 돌본다는 말씀 때문입니다. 역시 무언가 착각하신 것 같습니다."

"아, 아뇨. 그것만은 확실해요. 그래서 제가 더트 부부와 알고 지내는걸요."

"그거 참 이상하네요. 더트 부부한테는 아이가 없어요. 확실합니다, 미스 에포스."

에포스는 늙어 가면서 상상의 세계를 만들고, 그 안에서 살아가는 사람들이 있다는 이야기를 들은 적이 있었다. 그러나 서머필드가 그들의 존재를 곧바로 인정한 것만 봐도 그녀가 더트 부부라는 가상의 인물들을 이런 식으로 만들었다는 것은 있을 수 없는 일이었다. 그렇다면 그녀는 다른 이유로 더트 부부의 집을 방문했던 것일까? 그들의 집에 들어가자마자 머릿속이 너무나 혼란스러워진 나머지 방문한 목적을 잊었던 것일까? 더트 부부는 무언가 다른 일을 맡기려고 그녀를 고용했던 것일까? 그 일이 부끄러운 나머지 그녀는 아기 돌보기라는 그럴듯한 거짓말을 자신에게조차 꾸며 댔던 것일까? 에포스는 더트 부부 집에서 가정부 비슷한 역할을 하면서 따뜻하고 안락한 거실과 셰리주 그리고 초콜릿과 브랜디를 상상했던 것일까?

"11시까지 올게요, 미스 에포스. 여기 전화번호요." 더트 부인이 에포스에게 미소를 지어 보였다. 잠시 후 그녀는 집을 나섰고 현관문은 가볍게 소리를 내면서 닫혔다.

에포스는 모든 것이 생생한 현실이라고 생각했다. 셰리주가 있고, 텔레비전이 있었다. 그녀는 부엌에 가면 쟁반 위에 저녁 식사가 준비되어 있을 거라고 마음속으로 이야기했다. 모든 것이 진짜였다. 늙은 서머필드가 정신이 오락가락하는 것이 분명했다. 에포스는 저녁 식사를 끝낸 뒤 자신이 이곳에서 어떤 역할을 하고 있는지 더 이상 의심할 것 없이 확인해야겠다는 생각을 하기에 이르렀다. 위층으로 올라가서 아이를 살짝 보기만 하면 그만이었다. 에포스는 소리를 내지 않을 자신이 있었다. 아이를 깨울 위험은 전혀 없었다.

그녀가 처음 들어간 방은 여행 가방과 종이 상자로 가득 차 있었다. 두 번째 방에서는 숨소리가 들렸다. 아이의 방이 맞았다. 에포스는 불을 켠 뒤 주위를 둘러보았다. 요정이 그려진 벽지를 붙인 방은 밝은색으로 칠해져 있었다. 흔들 목마와 수북이 쌓인 색색깔의 블록도 보였다. 문에서 떨어진 한쪽 구석에 커다란 아기 침대가 놓여 있었다. 침대는 무척 넓고 높았는데, 그 위에서 잠들어 있는 굉장히 나이 든 노인의 형체가 보였다.

더트 부부가 돌아왔을 때 에포스는 아무 말도 하지 않았다. 그녀는 겁에 질려 있었지만 자신이 왜 겁을 먹고 있는지 그 이유를 알지 못했다. 마침내 집에 돌아온 그녀는 안도감을 느꼈다. 이튿날 그녀는 데번에 사는 조카에게 전화를 걸어서 한동안 내려가 신세를 져도 괜찮은지를 물었다.

에포스는 더트 부부에 대해서 아무에게도 말하지 않았다. 그녀는 시골에 머무는 동안 기운을 되찾은 뒤 2주 만에 런던으로 돌아왔다. 이제 이성을 되찾았다고 믿었고 상쾌한 기분을 느꼈다. 그녀는 더트 부부에게 더 이상 아기 돌보는 일은 하지 않기로 결심했다는 내용의 짧은 편지를 썼다. 그녀는 이유를 밝히지 않은 채, 이해해 주기를 바란다고 적었다. 그러고서 더트 부부와 관련된 모든 것을 잊으려고 최선을 다했다.

그렇게 1년이 지난 어느 춥고 우중충한 일요일 오후, 에포스는 동네 공원에서 더트 부부를 보았다. 두 사람은 몹시 우울한 얼굴로 몸을 옹송그린 채 벤치에 바싹 붙어 앉아 있었다. 돌이켜 생각해 봐도 이유를 알 수 없지만 에포스는 두 사람 앞으로 다가갔다.

"안녕하세요?"

더트 부부가 그녀를 올려다보았다. 웃음기라고는 찾아볼 수 없는 두 사람의 여위고 창백한 얼굴은 슬퍼 보였다.

"안녕하세요, 미스 에포스. 오랜만에 뵙는군요. 이 고약한 날씨에 어떻게 지내세요?" 더트가 물었다.

"그런대로 잘 지내고 있답니다. 당신은요? 그리고 더트 부인은요?"

더트가 벤치에서 일어서더니 그의 아내에게서 3~4미터 정도 떨어진 곳으로 에포스를 데리고 갔다. "베릴의 상심이 커요. 미키가 죽었거든요. 그날 이후로 베릴은 제정신이 아니에요. 어떤 상태인지 이해하시죠?" 더트가 물었다.

"아, 정말 슬픈 일이네요."

"베릴이 기운을 차리게 하려고 저 나름대로 노력하고 있어요. 하지만 아무리 애써도 다 소용없는 것 같아서 걱정이에요. 저 역시 몹시 괴롭답니다. 그래서 지금 상황이 더 힘겹기만 하네요."

"뭐라고 말해야 할지 모르겠군요, 더트 씨. 두 분 모두 상심이 크시겠어요."

더트는 에포스의 팔을 잡더니 그녀를 다시 벤치 앞으로 이끌었다. "미스 에포스한테 말씀드렸어." 더트가 이렇게 말하자 그의 아내는 고개를 끄덕였다.

"정말 슬픈 일이에요." 에포스가 또다시 말했다.

더트 부부는 위로를 애처롭게 갈구하는 슬프고도 강렬한 눈빛으로 그녀를 바라보았다. 두 사람을 보고 있으면 최면에 걸리기라도 할 것 같았다.

"가 봐야겠네요. 그럼 이만." 에포스가 인사했다.

"다 죽었어요, 미스 에포스. 한 명씩 차례로 다 죽었어요." 더트가 말했다.

에포스는 집으로 향하던 걸음을 멈추었다. 그녀는 안됐다는 것 말고는 그 어떤 말도 생각해 낼 수 없었다.

"저희는 또다시 아이 없는 신세가 됐어요." 더트가 이야기를 계속했다. "또다시 아이 없이 지내는 건 견디기 힘든 일이에요. 저희는 아이를 너무나 좋아하는데 일요일 오후에 뭘 해야 할지 몰라서 이러고 있는 처지가 됐네요. 저희는 자식이 없는 부부니까요. 인간의 몸은 이런 불행을 견딜 수 있도록 만들어지지 않았어요, 미스 에포스."

"냉혹하게 들리겠지만 인간의 몸은 뛰어난 회복력을 지니고 있답니다, 더트 씨. 지금 같은 순간에는 공감할 수 없는 말이라는 걸 알아요. 하지만 나중에 되돌아보면 고개가 끄덕여질 겁니다."

"당신은 지혜로운 분이세요, 미스 에포스. 하지만 말씀하신 대로 지금 같은 순간에는 지혜로운 말도 받아들이기 어렵군요. 저희는 수년 동안 너무 많은 아이를 잃었어요. 하늘은 그 아이들을 저희한테 선물로 주었다가 가차 없이 앗아 가 버렸죠. 하느님의 끝없는 잔인성은 좀처럼 이해하기 힘들어요."

"안녕히 가세요, 더트 씨. 안녕히 가세요, 더트 부인."

더트 부부는 대답하지 않았고, 에포스는 걸음을 재촉하며 그 자리를 떠났다.

에포스는 점점 더 늙어 가는 기분을 느끼기 시작했다. 그녀는 지팡이를 짚고 걸었으며 영화는 눈을 피로하게 만든다고 생각했다. 전처럼 책을 읽지도 않았고 애써 긴 대화를 나누는 것에도 싫증을 느꼈다. 그녀는 모든 변화를 지극히 철학적으로 받아들이면서 그렇게 할 수 있다는 사실에 만족했다. 또한 이 모든 변화에 보상이 따른다는 사실도 깨달았다. 그녀는 지난날을 회상하면서 점점 더 큰 즐거움을 느꼈다. 그녀는 다시 살고 싶은 순간들을 아주 생생하게 다시 체험했다. 실제 삶에서와 달리, 원하는 순간을 마음대로 선택할 수 있다는 것은 기분 좋은 일이었다.

에포스는 또다시 우연히 더트를 만났다. 그녀는 어느 날 오후 유행에 뒤떨어진 조용한 찻집에서 차를 마시고 있었다. 더트가 올 만한 곳이라고는 전혀 생각되지 않는 곳이었다. 그런데 그가 나타나 그녀 앞에 서 있었다. "안녕하세요, 미스 에포스." 더트가 말했다.

"이런, 더트 씨! 잘 지내시죠? 더트 부인은 좀 어떠세요? 지난번에 만난 뒤로 시간이 제법 흘렀네요."

더트가 의자에 앉았다. 그는 차를 주문한 뒤 몸을 앞으로 굽히더니 에포스를 뚫어질 듯 바라보았다. 에포스는 그가 무슨 생각을 하는지 좀처럼 알 수 없었다. 더트는 지금 이 순간이 즐거운 듯한 모습을 예의상 보였지만 마음은 온통 다른 곳에 가 있는 것 같았다. 에포스를 바라보던 그의 얼굴이 갑자기 환해졌다. 그는 미소를 짓더니 이제 그녀에게 완전히 집중한 모습으로 이야기를 시작했다.

"멋진 소식이 있어요, 미스 에포스. 그 일로 저희 둘 다 무척 행복하답니다. 미스 에포스, 베릴이 아기를 가졌어요."

에포스는 눈을 몇 번 깜박였다. 그녀는 구운 빵에 잼을 바르면서 말했다. "아, 정말 잘됐네요. 두 분 모두에게 정말 기쁜 일이로군요! 더트 부인이 굉장히 좋아하겠어요. 언제죠? 출산 예정일이 언젠가요?"

"얼마 안 남았어요. 금방이죠." 더트가 활짝 웃었다. "베릴은 당연히 이성을 잃을 정도로 기뻐하고 있어요. 아기 맞을 준비로 하루 종일 바쁘답니다."

"이런 일에는 준비할 것이 많죠."

"정말 그래요. 베릴은 뭔가에 홀린 사람처럼 뜨개질을 하고 있어요. 아무리 많이 준비해도 모자란다고 생각하는 모양이에요."

"여자의 인생에서 가장 중요한 일이니까요."

"보통은 남자의 인생에서도 마찬가지예요, 미스 에포스."

"네, 그렇죠."

"저희는 이제 기운을 되찾았어요."

"듣기만 해도 반가운 일이네요. 지난번에 마주쳤을 때는 두 분 다 몹시 침울해 보였거든요."

"그날 지혜로운 말씀을 들려주셨죠. 저희한테 얼마나 큰 위안을 주었는지 모르실 겁니다."

"아, 어설픈 얘기를 했을 뿐인걸요. 나는 슬픈 일 앞에서 늘 허둥댄답니다."

"아뇨, 그렇지 않아요. 베릴도 저하고 같은 말을 했답니다. 그날 당신을 만난 건 정말 행운이었어요."

"고맙습니다, 더트 씨."

"역경을 받아들이기가 힘들 때도 있어요. 당신은 저희가 슬픔을 이겨 내도록 도와주셨어요. 그 은혜는 평생 잊지 않을 겁니다."

"그렇게 말씀해 주시니 고마울 따름입니다."

"아이를 간절히 바라는 마음은 이상한 힘을 갖고 있어요. 아기의 욕구를 충족시켜 주고, 아기에게 편안한 환경을 마련해 주고, 사랑을 주는 것…… 우리 모두는 이런 마음을 갖고 있다고 생각해요. 우리가 쉽게 이해하지 못하는, 아무런 계산 없이 아낌없이 주는 마음 말이에요."

"나는 사람들한테 이해심이 얼마나 부족한지를 늙어 가면서 점점 더 뼈저리게 느끼고 있답니다. 인간이란 본래 이해심을 타고나지 못한 것 같아요. 가장 가치 있는 일들은 복잡하고 이해하기 힘들죠. 그리고 그 상태로 남아 있어야 해요."

"정말 옳은 말씀이에요! 제가 베릴한테 가끔 하는 말이 바로 그거예요. 저와 같은 생각을 하신다니 기분이 좋은걸요. 이 사실을 베릴한테 전해야겠어요."

"제 경우에는 그렇게 생각한다기보다 본능적으로 느끼는 거랍니다."

"생각과 본능 사이의 경계는 많은 사람들이 주장하는 것처럼 뚜렷하지 않아요."

"네, 맞는 말인 것 같네요."

"미스 에포스, 제가 뭐 하나만 해 드려도 될까요?"

"뭔데요?"

"별것 아니지만 허락해 주신다면 제 기분이 좋아질 것 같습니다. 제가 찻값을 내도 될까요? 허락해 주신다면 베릴도 기뻐할 거예요."

에포스는 소리 내어 웃었다. "네, 더트 씨, 찻값을 내 주셔도 좋습니다." 이 단순한 한 문장을 말하는 순간, 에포스는 자신이 해야 할 일이 무엇인지를 퍼뜩 깨달았다.

에포스는 물건들을 팔기 시작했다. 그녀는 선물로 주고 싶은 몇 가지만 남겨 두고 자신이 소유한 모든 것을 사방팔방으로 팔았다. 신경 써야 할 일이 많았기 때문에 물건을 처분하는 데에는 오랜 시간이 걸렸다. 에포스는 머릿속에 떠오르는 모든 것을 정리하기 위해서는 종이에 적는 것이 가장 좋은 방법이라고 생각하고서 길게 목록을 작성하기도 했다. 그녀는 정든 물건들이 사라지는 것이 애석하기 그지없었지만 감상에 젖는 것은 터무니없는 일임을 알고 있었다. 그 물건들에 애착을 갖는 것은 이제 다른 사람들의 몫이었다. 에포스는 시간이 흐르면서 그들이 그 물건들에 담아 갈 기억 또한 먼 훗날 그녀의 추억만큼이나 헛된 것이 될 것을 알았다.

그녀의 집은 텅 빈 채 생기를 잃었다. 이제 집주인의 물건을 제외하고는 남은 것이 없었다. 에포스는 임대 계약을 끝내기 위해서 집주인에게 편지를 썼다.

더트 부부는 에포스가 도착했을 때 텔레비전을 보고 있었다. 더트는 텔레비전의 소리를 줄인 뒤 문을 열어 갔다. 그는 아무 말 없이 미소를 지으면서 에포스를 거실로 안내했다.

"어서 오세요, 미스 에포스. 기다리고 있었어요." 더트 부인이 말했다.

에포스는 작은 여행 가방 하나를 들고 왔다. "아기 말인데요, 더트 부인, 예정일이 언제죠? 내가 시간에 맞춰 왔어야 할 텐데요." 에포스가 말했다.

"완벽해요, 미스 에포스. 완벽합니다. 베릴의 아기는 바로 오늘 밤에 태어날 거예요." 더트가 대답했다.

텔레비전 화면에서는 으스스한 장면이 소리 없이 지나갔다. 해적 차림을 한 남자가 앵무새의 머리를 쓰다듬고 있었다.

에포스는 의자에 앉지 않았다. "좀 피곤하네요. 곧바로 위층에 올라가도 될까요?"

"미스 에포스, 그렇게 하세요." 더트가 그녀에게 미소를 지어 보였다. "어느 쪽인지 아시죠?"

"네, 어느 쪽인지 알아요." 에포스가 대답했다.

호텔 게으른 달
The Hotel of the Idle Moon

댄커스 부인이라고 불리는 여인이 끝이 분홍색인 담배를 입에 물더니 시가 잭으로 불을 붙였다. 한순간 피어오른 불빛에 그녀의 길고 잘생긴 얼굴이 드러났다. 그 얼굴에서 느껴지는 날카로움 앞에서 끝의 날을 떠올린 사람이 제법 많았을 것 같았다. 그녀의 콧구멍에서 뿜어져 나온 두 줄기 연기가 어둠 속에서 흩어졌고, 그녀는 만족스러운 듯 작게 한숨을 내쉬었다. 차는 런던에서 북쪽으로 300킬로미터 남짓 떨어진, 풀이 나 있는 길가에 멈춰 서 있었다. 거센 바람에 차가 가볍게 흔들렸다. 그칠 줄 모른 채 거세게 퍼붓는 빗속에서 라디오는 1930년대에 유행했던 노래를 아무런 감정 없이 나지막하게 들려주고 있었다. 2분만 지나면 자정이었다.

"어떻게 됐어요?"

차 문이 쾅 소리를 내면서 닫혔고 댄커스는 다시 그녀 옆에 앉았다. 그에게서 비 냄새가 났다. 그의 몸에서 떨어진 빗물이 그녀의 따뜻한 무릎을 적셨다.

"어떻게 됐어요?" 댄커스 부인이 또다시 물었다.

댄커스가 시동을 걸었다. 차는 살살 기듯 천천히 움직여서 좁은 도로에 들어섰다. 와이퍼는 쉴 새 없이 빗물을 닦아 냈고, 전조등의 강렬한 불빛은 겁이 날 정도로 가까이에서 흔들리는 나뭇잎을 비추었다. 댄커스는 앞 유리를 팔로 닦았다. "가 봐도 될 것 같아." 그는 중얼거리는 소리로 대답하면서 천천히 차를 몰았다. 바람과 비 그리고 나지막한 음악과 바쁘게 움직이는 와이퍼 소리가 한데 뒤섞여서 엔진 소리를 삼켜 버렸다.

"가 봐도 된다니요? 그 집이 맞아요?" 댄커스 부인이 물었다.

댄커스는 차선을 따라서 핸들을 이리저리 돌렸다. 줄지어 늘어선 기둥과 대문이 전조등 불빛에 모습을 드러내더니 차가 구불구불 이어진 길을 따라가는 동안 바짝 다가섰다가 모습을 감추었다.

"그래, 그 집이 맞아."

그 집에서 꼿꼿한 자세로 침대에 누워 있던 노인은 현관 초인종이 울리자 때아닌 소리에 얼굴을 찌푸렸다. 그는 처음에는 바람 때문에 소리가 난 모양이라고 생각했다. 그러나 그 순간 초인종이 날카롭고 위압적인 소리를 내면서 또다시 울렸다. 집 안의 유일한 하인인, 크로닌이라고 불리는 노인은 침대에서 빠져나온 뒤 잠옷 위에 외투를 걸쳤다. 그러고서 그는 한숨을 쉬면서 계단을 내려갔다.

문밖에 서 있는 댄커스 부부는 현관에 불이 켜지는 것을 보았다. 뒤이어 크로닌의 발소리와 빗장을 푸는 소리가 들렸다. 댄커스는 담배를 던진 뒤 계획된 얼굴 표정을 지었다. 그의 아내는 빗속에서 몸을 떨고 있었다.

"너무 늦었습니다." 여행자들이 사정 이야기를 마치자 잠옷 차림의 노인이 대답했다. "마스턴 내외분을 깨워서 지시를 따라야겠군요. 제가 결정할 수 있는 일이 아니라서요."

"궂은 날씨에 춥기까지 하네요." 댄커스는 노인을 향해 콧수염이 난 부위가 늘어날 정도로 활짝 웃으면서 중얼거렸다. "바깥을 돌아다닐 만한 밤이 아니랍니다. 저희의 어려운 처지를 이해해 주세요."

"계단에 서 있을 만한 밤도 아니죠. 잠깐 들어가기라도 할 수 있을까요?" 댄커스 부인이 덧붙여 말했다.

댄커스 부부는 집 안으로 들어갔고, 크로닌은 두 사람을 거실로 안내했다. "기다리십시오. 불이 완전히 꺼지지는 않았습니다. 몸을 녹이는 동안 마스턴 내외분께 여쭤 보고 오겠습니다."

댄커스 부부는 아무런 대답도 하지 않았다. 두 사람은 크로닌이 나간 뒤에도 꼼짝 않고 서서 거실을 뚫어질 듯 둘러보았다. 그들이 서로를 대하는 태도에는 어딘가 적의가 어려 있었다. 댄커스 부부는 세상을 의심하듯 자기들 둘 사이의 관계마저도 못 미더워하는 것 같았다.

"자일스 마스턴 경입니다. 여행 중에 어려운 일을 만나셨다지요?" 또 다른 노인이 말했다.

"차가 고장 났습니다. 아마도 빗물이 흘러든 모양이에요. 차는 일단 대문 옆에 세워 두었습니다. 자일스 경, 저희는 당신의 처분만 기다리고 있답니다. 제 이름은 댄커스입니다. 이 사람은 제 아내고요." 댄커스가 집주인을 향해 팔을 뻗었다. 그 모습을 누가 본다면 자일스 경이 아니라 그가 방문객을 맞고 있다고 믿을 만했다.

"저희한테 필요한 것은 간단합니다. 하늘을 가려 줄 지붕만 있으면 돼요." 댄커스 부인이 말했다.

"별채 정도면 되겠네요." 댄커스는 주제넘게 이렇게 제안했다. 그러고서 그는 소리 내어 웃더니 말을 이었다. "한두 시간 동안 몸을 웅크리고 있을 만한 곳이면 어디라도 좋습니다. 어차피 이것저것 따질 형편이 못 되니까요."

"저는 의자가 좋아요. 의자 하나하고 담요 한 장이면 충분합니다." 댄커스 부인이 날카로운 목소리로 요청했다.

"그것보다는 좀 더 편히 쉬게 해 드릴 수 있을 겁니다. 침대 두 개를 준비하게, 크로닌. 그리고 손님방에 불을 피워 드리게."

자일스 마스턴 경이 거실의 한가운데로 걸음을 옮겼다. 댄커스 부부는 조금 전보다 환한 곳에 선 자일스 경의 모습을 보았다. 자일스 경은 작은 키에 등이 굽었고, 그의 얼굴은 평생 당겨져 있다가 갑자기 느슨해진 가죽이라도 되는 것처럼 주름투성이였다.

"아, 그렇게 수고하실 필요는 없습니다. 깊이 주무시는 중이셨을 텐데, 이렇게 깨운 것만으로도 폐를 끼쳤는걸요." 댄커스가 부드러운 목소리로 사양했다.

"시트가 있어야 할 텐데요. 시트와 베개 말입니다. 어디에 있는지 전혀 모르겠습니다, 나리." 크로닌이 말했다.

"브랜디나 한잔하시죠." 자일스 경이 제안했다. "댄커스 부인, 강한 술이 이런 때는 조금이나마 위로가 되지 않겠습니까?"

크로닌은 혼잣말을 하면서 거실에서 나갔고, 자일스 경은 브랜디를 따랐다. "내 나이 아흔입니다. 하지만 손님을 푸대접하는 것이 부끄러운 죄라는 것은 지금도 압니다. 그럼 편히 주무십시오."

"뭐 하는 사람들이죠?" 이튿날 아침 남편에게서 간밤에 있었던 일을 전해 들은 마스턴 부인이 물었다.

"평범한 사람들이에요. 이름이 그다지 듣기 좋지는 않더군요. 그 이상은 알고 싶은 마음이 없어요."

"하늘을 보니 날씨가 좋은 것 같네요. 손님들은 지금쯤 아침 식사를 끝내고 떠났겠군요. 조금 아쉽기도 하네요. 새로운 사람을 만나고 다른 생각을 들어 볼 기회를 놓쳤으니 말이에요. 우리는 너무 조용한 삶을 살고 있어요, 자일스. 우리 둘이서 너무 서로만 보면서 살고 있죠. 죽을 날을 준비해야 하는데 이런 식으로 사는 건 바람직하지 않아요."

자일스 경이 바지를 올려 입으면서 미소를 지었다. "당신도 그 사람들을 봤다면 우리 인생에 도움이 될 만한 이들이 아니라는 걸 한눈에 알았을 거예요. 남자는 과하게 콧수염을 길렀고, 여자는 약아 보이더군요."

"당신은 너그럽지 못해요. 그렇게 거리를 두었으니 그 사람들이 왜 왔는지조차 알아내지 못했겠군요."

"그 사람들이 온 건 꼼짝할 수 없는 처지가 됐기 때문이에요. 차가 고장 났다더군요."

"혹시 우리 집 물건을 다 들고 간 건 아닐까요? 사람을 너무 믿으면 안 돼요, 자일스!"

자일스 경은 침실에서 나와 아래층으로 내려간 뒤 식당에서 여전히 식사 중인 댄커스 부부를 발견했다.

"귀댁에서 일하는 분이 어찌나 후하게 대접해 주던지요. 포리지, 커피, 베이컨, 달걀. 우리가 마치 대식가라도 되는 것처럼 먹여 대더군요. 저는 달걀 두 알, 집사람은 한 알을 먹었죠. 게다가 구운 빵하고 마멀

레이드도 먹었고요. 아, 그리고 이 맛있는 버터도요."

"필요한 무언가가 부족하다고 얘기하고 싶으신 건가요? 그렇다면 좀 더 정확하게 말씀하셔야 할 겁니다. 이 집에 사는 사람들은 말을 잘 알아들을 나이가 지났답니다."

"당신이 쓸데없는 말을 한 거예요. 낯선 불청객 두 명이 방금 뭘 먹었는지 알고 싶은 사람이 어디 있겠어요?" 댄커스 부인이 남편에게 말했다.

"죄송합니다. 죄송해요." 댄커스가 중얼거렸다. "자일스 경, 용서하십시오. 저는 배운 건 없지만 나쁜 사람은 아니랍니다."

"괜찮습니다. 식사를 마쳤다면 저 때문에 지체하지 마십시오. 서둘러 출발하고 싶으실 테니까요."

"남편이 차를 손볼 거예요. 어쩌면 정비소에 도움을 요청해야 될지도 모르지만요. 괜찮다면 그동안 제가 말동무를 해 드릴게요."

댄커스가 식당을 나섰다. 그는 식당 문 앞에서 나이 든 여자와 마주쳤지만 그녀가 누구인지 모르는 것처럼 보이기를 바라면서 인사를 하지 않았다.

"어젯밤에 우리 집에 온 분이에요." 자일스 경이 아내에게 말했다. "남편분은 곧 출발할 수 있도록 차를 손보고 있어요. 댄커스 부인, 제 아내인 마스턴 부인입니다."

"정말 너무나 감사합니다, 마스턴 부인. 두 분이 아니셨더라면 정말 끔찍한 밤을 보낼 뻔했어요."

"크로닌이 편한 잠자리를 마련해 드렸어야 할 텐데요. 나는 밤새 아무것도 모르고 잠만 잤네요. '여보, 손님 두 분이 계셔.' 남편이 아침에 이렇게 말하더군요. 내가 얼마나 놀랐을지 짐작하실 수 있겠죠?"

크로닌이 식당에 들어와 자일스 경과 마스턴 부인 앞에 음식이 담긴 접시를 내려놓았다.

대화를 이으려는 듯 댄커스 부인이 말했다. "집이 참 좋네요."

"춥고 크죠." 자일스 경이 대답했다.

마스턴 부부는 아침 식사를 시작했고, 댄커스 부인은 이야깃거리를 찾지 못한 채 잠자코 있었다. 마스턴 부부는 그녀가 뿜어내는 담배 연기가 언짢았지만 이 또한 손님의 일부로 여기고 받아들인 채 아무 말도 하지 않았다. 식당으로 돌아온 댄커스가 아내 옆에 앉았다. 그는 잔에 커피를 따르더니 이렇게 말했다. "저는 기술자가 아니랍니다, 자일스 경. 댁의 전화기로 도움을 청해야겠습니다."

"우리 집에는 전화기가 없어요."

"없다고요?" 댄커스는 짐짓 놀란 체하면서 중얼거렸다. 그는 마스턴 부부의 집에 전화기가 없다는 사실을 이미 알고 있었다. "그럼 가장 가까운 마을까지는 얼마나 가야 되죠? 거기에 정비소는 있나요?"

"5킬로미터 정도 가야 합니다. 정비소가 있는지는 관심을 가져 본 적이 없어서 모르겠군요. 하지만 전화기는 있을 겁니다."

"자일스, 나도 인사시켜 줘요. 이분이 댄커스 부인의 남편인가요?"

"그렇게 말하더군요. 댄커스 씨, 내 아내 마스턴 부인입니다."

"안녕하세요?" 댄커스는 마스턴 부인이 내민 손을 잡고서 악수를 하려고 자리에서 일어섰다. "문제 해결이 쉽지 않을 것 같아 걱정이네요."

"한 시간이면 걸어갈 수 있습니다." 자일스 경이 알려 주었다.

"소식을 전할 방법은 없나요?"

"없습니다."

"우편배달부는요?"

"거의 안 온다고 봐야죠. 아주 드물게 광고지를 한두 장 가져오기는 하지만요."

"그럼 혹시 댁에서 일하는 분은?"

"크로닌은 이제 헤르메스처럼 소식을 전하러 갈 나이가 지났어요. 댁도 봐서 알 텐데요?"

"그렇다면 제가 터벅터벅 걸어가는 수밖에 없겠군요."

모두가 댄커스가 내린 결론에 침묵으로 동의했다.

"걸어가세요, 댄커스 씨." 마스턴 부인이 침묵을 깨뜨리며 말하더니 남편이 놀랄 말을 덧붙였다. "그리고 다시 여기로 와서 점심을 드세요. 그다음에는 언제든 편할 때 떠나시면 돼요."

"정말 친절하시네요." 댄커스 부부는 입을 모아 대답했고 동시에 미소를 지었다. 그러고서 두 사람은 자리에서 일어나 밖으로 나갔다.

크로닌은 모든 것을 지켜보았고 귀 기울여 들었다. "침대 두 개를 준비하게." 그는 주인이 이렇게 말하던 순간부터 신경을 곤두세우고 있었다. 그는 댄커스 부부에게 아침을 준비해 주면서 식사를 마치고 나면 두 사람이 떠나기를 바랐다. 댄커스 부부는 여기저기 떠돌아다니면서 그때마다 다른 곳에서 밤을 보내는 것에 익숙한 사람들 같았고, 크로닌은 그런 모습을 보면서 그들이 외판원일 거라고 생각했다. "집이 참 좋네요." 댄커스 부인이 마스턴 부부에게 이렇게 말하던 순간, 크로닌은 눈을 가늘게 떴다. 그는 그녀가 왜 그런 말을 했는지, 마스턴 부부가 아침 식사를 하는 동안 그녀가 왜 담배를 피우면서 여기에 앉아 있는지 궁금했다. 크로닌은 대문 밖에 서 있는 자동차를 살펴보고는 댄커스 부부 같은 사람들이 몰고 다닐 전형적인 차라고 생각했다.

크로닌은 또 댄커스 부부가 대시보드에 달린 온갖 손잡이와 장치를 어떻게 다루어야 하는지 잘 알고 있는 사람들일 거라고, 오리가 헤엄치는 법을 배우듯 대시보드 조작법을 쉽게 익힐 수 있는 사람들일 거라고 생각했다.

크로닌은 이 집에서 48년을 살면서 마스턴 부부의 시중을 들었다. 한때는 다른 하인들도 있었는데, 젊은 시절에 그는 집 안에서 일하는 모든 사람들을 감독했으며 물론 집도 관리했다. 그러나 이제는 마스턴 부부를 보살피는 것으로 만족했다. "별채 정도면 되겠네요." 댄커스는 이렇게 말했고, 크로닌은 그 남자가 별채에 대해서 아는 것이 없는 사람이라고 생각했다. 크로닌은 댄커스 부부가 영화관에 연결된 카페에 함께 앉아 있는 모습을 상상했다. 그 역시도 20여 년 전에 그런 곳에 가 본 적이 있지만 마음에 들지는 않았었다. 그의 귓가에 댄커스의 목소리가 들리는 듯했다. 카페에 앉은 댄커스는 아내에게 무엇을 주문하겠느냐고 물으면서 자기는 모둠 구이와 감자튀김 그리고 진한 차 한 주전자와 얇게 썰어 버터를 바른 빵을 먹겠다고 말했다. 크로닌은 댄커스 부부를 주의 깊게 지켜보았고 그들이 하는 말을 거의 다 기억해 두었다.

"정말로 저희 둘 다 컨디션이 안 좋네요. 아니면 댁의 너무나 멋진 과수원에 반했기 때문인지도 모르겠군요." 댄커스가 점심 식사를 하면서 말했다.

"마을에 다녀오지 않았다는 얘기인가요?" 자일스 경이 살짝 조바심을 내면서 물었다.

"도시에서 온 저희를 용서해 주십시오." 댄커스가 큰 소리로 대답했다. "솔직히 말씀드리자면 근처에도 못 갔습니다."

"그럼 어쩔 작정이죠? 오늘 오후에 다시 갈 계획인가요? 물론 가는 길에 집이 여러 채 있습니다. 아마 그중에는 전화기가 있는 집도 있을 겁니다."

"댁의 과수원을 보고 너무나 신이 났었죠. 그런 나무들은 본 적이 없거든요."

"영국에서 가장 좋은 과일나무들이죠."

"그렇게 관리가 안 돼 있다니 보는 것만으로도 안타깝더군요." 댄커스 부인이 포크로 찍어 든 생선을 야금야금 먹으면서 말했다.

댄커스는 아랫입술을 내밀어 콧수염 쪽으로 입김을 불더니 미소를 지었다. "돈이 좀 될 것 같던데요. 과수원 말입니다."

자일스 경은 댄커스를 차가운 시선으로 바라보았다. "네, 돈이 되는 과수원이죠. 자, 시간이 흐르고 있습니다. 이렇게 얘기를 나누면서 낭비할 시간이 없어요. 어서 차를 고치셔야죠."

폭풍우에 사과가 떨어졌다. 길게 자란 풀 위에 떨어진 수천 개의 사과는 촉촉하게 젖은 채 오후의 햇살 아래, 엄청나게 굵은 흔치 않은 보석처럼 반짝였다. 댄커스 부부는 과수원을 누비고 다니면서 사과를 자세히 들여다보았고, 나무들을 살피면서 수확량을 가늠했다. 두 사람은 아예 작정하고서 불투명한 비닐로 만들어진 비옷을 입고 왔고, 차에 있던 웰링턴 장화도 챙겨 왔다. 그들은 말을 하지 않았지만 이따금 마음에 드는 나무를 발견하고는 고개를 끄덕였다.

"할 수 있는 일이 많아요." 댄커스가 저녁 식탁에서 설명했다. "정말 훌륭한 과수원입니다. 몇 주만 공을 들이면 수익과 영광을 가져다줄 겁니다."

"영광을 가져다줬죠. 아마 수익도 가져다줬을 겁니다. 하지만 이제는 과수원도 운명을 받아들여야 합니다. 나는 과수원을 더 이상 관리할 수 없어요." 자일스 경이 대답했다.

"아, 정말 안타까운 일이로군요! 과수원을 저런 상태로 놔두다니 너무나 안타까운 일이에요. 자일스 경, 원한다면 큰돈을 버실 수도 있습니다."

"마을에는 안 가셨나요?" 마스턴 부인이 물었다.

"과수원을 그냥 지나칠 수 없었습니다!"

"그럼 하룻밤을 더 여기서 지내겠다는 뜻인가요?" 자일스 경이 물었다.

"참으실 수 있겠어요?" 댄커스 부인이 희미한 미소를 지었다. "저희가 여기에 또 있는 것을 참으실 수 있겠어요?"

"물론입니다, 물론이에요. 내일은 좀 더 힘이 나시겠죠. 기운이 없는 것을 이해합니다. 달갑지 않은 일을 당한 다음에는 그러는 것도 당연하죠." 마스턴 부인이 대답했다.

"어쩌면……" 댄커스가 조심스럽게 말을 시작했다. "내일 아침에 우편배달부가 올지도……"

"친척 중에 살아 있는 사람이 없어요." 자일스 경이 댄커스의 말을 잘랐다. "친구들도 대부분 세상을 떠났죠. 광고지는 한 달에 한 번 정도밖에 안 온답니다."

"그럼 식료품은요?"

"식료품 주문이라면 벌써 크로닌한테 시켰죠. 어제 배달됐어요. 다음 주에나 다시 배달이 올 겁니다."

"날마다 배달되는 우유는 진입 도로 끝에 두고 가기로 돼 있어요. 크로닌이 걸어가서 가져오죠. 거기에 메시지를 남겨 둘 수 있어요." 마스턴 부인이 알려 주었다. "의사를 불러야 할 때처럼 급한 일이 생길 때를 대비해서 약속해 둔 방법이죠."

"의사요? 하지만 의사가 도착할 때쯤이면……"

"더 급한 일이 있을 때는 우리 셋 중 한 명이 가장 가까운 집으로 걸어갑니다. 우리는 다리를 번갈아 내딛는 것이 그렇게 힘든 일이라고 생각하지 않아요. 이렇게 나이는 들었지만 말입니다." 자일스 경이 덧붙였다.

"우유가 좋은 방법이 될 수 있겠네요." 마스턴 부인이 말했다.

"아, 아닙니다. 누가 되었든 그렇게 귀찮게 할 수는 없어요. 그건 말도 안 돼요. 내일은 저희가 두 발로 걸어갈 수 있을 겁니다."

그러나 이튿날은 여느 때와 전혀 다른 날로 다가왔다. 배 속에서 무언가가 문제를 일으키는 바람에 자일스 경이 밤새 유명을 달리하고 말았다. 자일스 경은 심장에 발작적인 날카로운 통증을 연거푸 느꼈고, 결국 그의 심장은 경련을 이기지 못했다.

"잠시 곁에서 살펴 드릴게요." 댄커스 부인이 장례식이 끝난 뒤 말했다. "부인의 방을 자주 들여다보겠습니다. 그리고 크로닌이 부족함이 없도록 시중을 들 거예요. 상을 당하셨는데 그 고통을 혼자 감당하도록 부인을 남겨 두고 떠날 수는 없죠. 저희한테 그렇게 잘해 주셨는데요."

마스턴 부인은 고개를 위아래로 움직였다. 장례식은 그녀가 감당하기 힘든 일이었다. 댄커스 부인은 그녀를 침실까지 팔을 잡아 부축해 주었다.

"흠, 결국 이런 일이 벌어졌군요." 크로닌과 단둘이 남은 댄커스가 말했다.

"저는 48년 동안 주인님을 모셨습니다."

"그랬군요, 그랬어요. 이제 마스턴 부인한테 온 정성을 기울이면 되겠네요. 침실로 식사를 가져다 드려요, 크로닌. 그리고 가끔 침실에 머물면서 얘기 상대가 돼 드리고요. 외로우실 겁니다."

"저도 외로울 겁니다."

"그렇겠죠. 그럼 마스턴 부인과 더더욱 좋은 말동무가 돼야겠군요. 게다가 당신은 나이 든 사람의 심정을 나보다 더 잘 이해하겠죠. 그리고 무슨 말을 해야 할지, 어떻게 위로하는 마음을 전해야 할지 본능적으로 알겠죠."

"차는 고치셨나요? 오늘 보니까 어찌 됐든 움직이던데요. 이제 떠나실 건가요? 샌드위치를 좀 싸 드릴까요?"

"이런, 이런, 크로닌. 우리가 어떻게 외로운 두 사람을 저버리고 떠나겠어요? 행운의 여신이 우리를 도움이 필요한 이 시기에 당신들 곁으로 보낸 거예요. 우리는 여기에 남아서 우리가 할 수 있는 일을 할 겁니다. 게다가 자일스 경이 소망하시던 일도 있고요."

'무슨 소리지?' 크로닌은 밤에 불쑥 나타났다가 결국 이곳에 남아, 그가 섬기던 주인이 땅에 묻히는 모습을 지켜본 남자의 눈을 뜯어보면서 이렇게 생각했다. 그것은 그가 전혀 갖고 싶지 않은 눈이었다.

"주인님이 소망하시던 일이라니요?" 크로닌이 물었다.

"과수원을 다시 옛 모습으로 되돌리는 일 말입니다. 나무를 손보고 가지치기도 해야겠죠. 과일은 제값을 받고 팔아야 하고요. 나이 든 사람의 유언을 외면하면 안 돼요."

"하지만 그러려면 할 일이 너무 많습니다. 과수원이 보통 넓지가 않거든요."

"맞아요, 크로닌. 정확한 지적이에요. 정리할 건 정리하고 버릴 건 버리면서 예전의 과수원처럼 만들려면 일손이 많이 필요할 겁니다. 할 일이 많죠."

"자일스 경이 이 일을 바라셨다고요?" 크로닌은 자일스 경이 댄커스에게 유언을 남겼을 리 없다는 것을 알면서도 시치미를 떼면서 이렇게 물었다. "과수원에 대해서 생각하셨다니 주인님답지 않군요. 주인님은 과수원이 망가져 가는 것을 그냥 지켜보셨거든요."

"자일스 경은 과수원을 되살리기를 원하셨어요, 크로닌. 정말 원하셨죠. 그리고 또 다른 많은 일들이 이뤄지기를 원하셨어요. 당신은 지금까지 살아오면서 여러 가지 변화를 목격했을 겁니다. 앞으로 한두 가지 변화를 더 보게 될 거예요. 자, 이제 그 맛좋은 브랜디를 한잔 마시는 것도 나쁘지 않을 것 같군요. 지금 같은 때에는 기운을 차리려고 노력해야 하죠."

댄커스는 거실에서 난로 앞에 앉은 채 브랜디를 홀짝거리며 수첩에 무언가를 열심히 적었다. 잠시 후 그의 아내가 들어왔고, 댄커스는 자신의 계획을 설명하려고 이따금 수첩에서 종이를 뜯어내 그녀에게 보여 주었다. 두 사람은 자정이 지났을 때 자리에서 일어선 뒤 집 안을 구석구석 돌아다니면서 노련한 눈으로 방의 크기를 재서 수첩에 적었다. 그들은 부엌과 별채도 꼼꼼히 살펴보았고 달빛 아래에서 정원을 한쪽 끝에서 반대쪽 끝까지 걸었다. 크로닌은 그들의 행동을 숨어서 낱낱이 지켜보았다.

"크로닌의 방 옆에 작고 예쁜 방이 하나 있더군요. 햇빛이 훨씬 잘

들던데요." 댄커스 부인이 말했다. "더 아늑하고 따뜻하더군요. 부인의 물건들을 그 방으로 옮겨야겠어요. 이 방은 추억이 남아 있어서 을씨년스러워요. 방을 옮기면 크로닌과 가까이 있어서 더 의지가 될 거예요."

마스턴 부인은 고개를 끄덕였지만 금세 마음을 바꾸었다. "나는 이 방이 좋아요. 넓고 아름다워요. 전망도 좋고요. 나는 이 방에 정이 들었어요."

"자, 그러지 마세요. 음울하게 지내면 안 돼요. 우리는 무엇이 최선의 선택인지 모를 때가 있어요. 행복을 느끼면서 사는 건 좋은 일이에요. 방을 옮기면 더 행복해지실 겁니다."

"더 행복할 거라고요, 댄커스 부인? 내 물건들을, 그리고 자일스의 물건들을 두고 다른 곳으로 가서 더 행복할 거라고요?"

"물건들도 옮겨 드릴 거예요. 자, 그러지 말고 좋은 쪽으로 생각하세요. 과거에 집착하지 말고 미래도 생각하셔야죠."

크로닌이 와서 짐을 옮겼다. 그러나 모든 것을 다 옮기지는 못했다. 침대와 옷장 그리고 묵직한 화장대는 마스턴 부인의 새로운 거처에 들어가지 않았다.

과수원에서는 여섯 명의 일꾼이 엉망이 된 밭을 정리하기 시작했다. 그들은 나무를 손질하고 치료했으며 다시 길을 냈고, 허물어진 담을 복구했다. 창고는 깨끗이 치운 뒤 이듬해 수확을 대비해 빈 과일 상자로 채워 두었다.

"사악한 일이 벌어지고 있습니다." 크로닌이 마스턴 부인에게 알렸다. "부엌에는 요리사가 있고, 댄커스 부부의 시중을 드는 사람도 있습니다. 저한테는 마님께 식사를 가져다 드리고 마님의 방을 치우기만

하면 된다고 했습니다."

"그리고 자네 자신도 돌봐야겠지, 크로닌. 걱정을 떨쳐 버리고 자네의 류머티즘에도 신경을 쓰도록 해. 카드나 가져오게."

크로닌은 저택의 옛 모습을 떠올렸다. 마스턴 부부의 집은 주말이 되면 찾아온 손님들로 생기가 넘쳐흘렀으며 새 벽지로 자주 단장을 했다. 그러나 세월이 흘러 저택은 쇠퇴의 길로 접어들었고 서서히 그 빛을 잃었다. 그랬던 저택에 지금 전혀 다른 종류의 생기가 감돌고 있었다. 하루 이틀 시간이 흐르면서 저택은 완전히 생기를 되찾았다. 댄커스 부인은 달라진 세상과 조화를 이룬 채 이 방 저 방으로 바쁘게 돌아다녔다. "이렇게 활기 넘치는 당신 모습을 보니 좋군요, 크로닌. 날씨가 지내기에 좋죠? 게다가 우리가 별것 아니지만 몇 가지 변화를 주었으니 살기가 편해졌을 겁니다." 댄커스가 말했다. 크로닌은 할 일이 줄어든 것은 물론 사실이라고 대답했다. "당연히 일을 줄여야죠. 현실을 받아들여야 해요. 당신 나이에, 젊은이들이 해야 할 일을 하겠다고 덤비는 건 욕심이에요." 댄커스는 가시 돋친 말을 뱉어 내면서 미소를 지었다.

크로닌은 마스턴 부인의 소극적인 태도가 걱정스러웠다. 마스턴 부인은 거실 겸 침실로 쓰이는 작은 방에 틀어박힌 채 어린양처럼 가만히 있었다. 그녀는 방을 옮긴 뒤로 아래층에 내려가 본 적이 없었고, 집 안에서 벌어지고 있는 일에 대해서도 크로닌이 이야기해 주는 것을 제외하고는 전혀 알지 못했다.

"건축업자들이 왔습니다." 크로닌이 말했다. 그러나 마스턴 부인은 한창 카드 게임을 하다 말고 이따금 고개를 갸우뚱하고는 희미한 망치 소리에 귀를 기울였다. "건축 인부들이 내는 소리입니다." 크로닌은 마스턴 부인에게 다시 한 번 말해 주었다. 그러면 그녀는 카드를 탁자에 내려놓고는 이렇게 이야기했다. "자일스 경이 인부들을 불렀는지 몰랐어." 마스턴 부인은 아침에는 정신이 맑았지만 시간이 흐를수록 자일스 경에 대해서, 자일스 경이 과수원과 저택을 위해 계획한 일에 대해서 점점 더 말을 많이 했다. 크로닌은 마스턴 부인이 노망들고 있는 것 같아서 두려웠다. 심지어 그가 걱정하고 있는 동안에도 그녀가 맑은 정신을 보이는 아침 시간은 끊임없이 짧아지고 있었다.

어느 날 오후, 다리를 펴기 위해서 진입 도로 끝까지 걸어 나간 크로닌은 기둥에 단단히 고정된 작은 푯말 하나를 발견했다. 고상하게 페인트칠된 푯말은 지나가는 사람들이 읽을 수 있도록 길 쪽을 향하고 있었다. 푯말에 적힌 내용을 읽은 크로닌은 분을 참지 못한 채 말도 안 된다고 소리쳤고, 방금 읽은 글자들을 투덜대며 되뇌면서 집으로 돌아왔다.

"마님, 이건 말도 안 됩니다. 그 사람들이 마님의 저택을 호텔로 만들었습니다."

마스턴 부인은 크로닌을 바라보았다. 크로닌은 오랜 세월 동안 그녀를 알아 왔고, 저택에 변화를 주거나 보수 공사가 진행될 때면 그녀를 비롯해 그녀의 남편과 함께 세세한 과정을 지켜보았다. 마스턴 부인은 그런 그가 지금 흥분해 있음을 알 수 있었다. 그의 숱 없는 흰머리는 빗질이 안 된 듯 보였다. 크로닌답지 않은 일이었다. 그의 볼은 화를 이기지 못해 빨갛게 달아 있었고, 그의 눈에는 잘 훈련된 하인에게 어울리지 않는 난폭함이 어려 있었다.

"무슨 소리지, 크로닌?"

"대문에 '호텔 게으른 달'이라고 적힌 푯말이 붙어 있습니다."

"그래?"

"댄커스 부부가……"

"아, 댄커스 부부. 자네는 댄커스 부부에 대해서 너무 말을 많이 해, 크로닌. 하지만 내가 기억하기로는 그 사람들은 이야깃거리가 될 가치도 없어. 자일스 경이 그러시더군. 그 남자가 아침 식사로 뭘 먹었는지 시시콜콜 다 얘기했다고 말이야. 결국 자일스 경은 그 부부를 매몰차게 대하셔야 했지."

"아뇨, 아닙니다……"

"맞아, 크로닌. 그 부부는 자일스 경의 인내심을 바닥나게 했어. 자일스 경은 그 사람들한테 밤이지만 날씨도 좋고 달도 환하니 떠나라고 말씀하셨지. 우리 사이에는 냉기가 돌았어. 나는 자일스 경이 너무 심했다고 생각했거든."

"아뇨, 아닙니다. 잘 기억해 보세요. 댄커스 부부는 아직 여기에 있습니다. 과수원을 깔끔하게 정돈했고 이제는 마님의 저택을 호텔로 만들었어요."

마스턴 부인은 짜증스럽다는 듯 머리를 살짝 흔들었다. "물론이지, 물론이야. 크로닌, 내가 사과하지. 자네한테도 내가 짜증스러울 거야."

"호텔 게으른 달이라니요, 말도 안 됩니다. 마님, 이 이름이 언젠가는 우리한테 의미심장한 말이 될 수도 있어요."

마스턴 부인은 쾌활하게 웃었다. "이 세상에 의미 있는 것은 별로 없어, 크로닌. 모든 것에 의미를 두려는 건 너무 큰 욕심이야."

두 사람은 카드를 세 게임 하면서 댄커스 부부에 대해서는 더 이상 말하지 않았다. 그러나 그날 밤 마스턴 부인이 크로닌의 침대 옆으로 와서 그의 어깨를 흔들었다. "자네한테 들은 얘기 때문에 화가 나. 이

건 옳지 않아. 잘 듣게, 크로닌. 내일 자일스 경한테 반드시 사실을 알려야 하네. 우리가 무엇을 걱정하는지 말씀드려. 그리고 다시 한 번 고려해 달라고 간청하게. 나는 나서서 무언가를 하기에는 너무 늙었어. 자네한테 다 맡기는 수밖에 없지."

저택은 손님들로 붐볐고, 진입 도로 위로는 쉴 새 없이 차가 오갔다. 저택은 과수원과 더불어 번창했다. 크로닌은 다시 한 번 지난날을 떠올렸다.

"아, 크로닌." 댄커스 부인이 어느 날 저택의 뒤쪽 계단에서 걸음을 멈추며 말했다. "가엾은 마스턴 부인은 좀 어떠세요? 아래층에 전혀 내려오시지를 않네요. 우리는 일이 너무 많아서 위층에 올라갈 틈이 없답니다."

"마스턴 부인은 잘 지내고 계십니다."

"언제든지 휴게실에 내려오시라고 해요. 언제든 환영이니까요. 내 말 전해 줄 거죠, 크로닌?"

"그렇게 하겠습니다."

"그리고 부탁인데 마스턴 부인한테서 눈을 떼지 마세요. 손님들을 당황하게 하는 건 싫거든요. 무슨 말인지 알겠죠?"

"네, 압니다. 제 생각에 마스턴 부인은 휴게실을 사용하실 것 같지 않군요."

"하긴 계단을 오르내리는 게 힘드시겠네요."

"네. 힘들어하실 겁니다."

크로닌은 많은 계획을 세웠다. 그는 댄커스가 없는 날, 자일스 경의 소총을 들고 과수원에 가서 일꾼들에게 나무를 모조리 베라고 명령할까도 생각했다. 그렇게 하면 적어도 슬픔의 한 조각을 떼어 버릴 수 있을지 몰랐다. 크로닌은 눈앞에서 펼쳐질 광경을 생생히 그려 볼 수 있었다. 그는 나무들이 연달아 쓰러지는 모습을 보았다. 나무가 넘어가면서 이제 막 생겨난 그루터기 위로 가지들이 허공에서 뒤엉켰다. 그러나 크로닌은 아무리 뒤져도 총을 찾지 못했다. 그는 카펫을 태우고 소파의 천을 벗겨 버리면서 저택에 막대한 손상을 입힐까도 생각했다. 그러나 그는 계획을 실행에 옮길 만한 기회를 얻지 못했고 그럴 힘도 없었다. 어느 날 아침 그는 면도날을 갈다가 더할 수 없이 좋은 방법을 생각해 냈다. 댄커스 부부의 침실에 몰래 들어가서 두 사람의 목을 따는 거였다. 한때 그가 섬기던 주인이 쓰던 침실은 댄커스 부부의 차지가 되었다. 이것은 복수를 더 달콤하게 만들 것이 분명했다. 크로닌은 48년 동안 하루도 빠짐없이 찻잔과 얼그레이가 담긴 티포트를 쟁반에 받쳐서 주인의 침실로 가져갔다. 그는 이제 날이 선 면도칼을 그 방으로 가져갈 작정이었다. 그리고 죽는 날까지 이 칼로 수염을 깎으면서 면도날이 피부 위를 미끄러져 가는 매 순간을 즐기리라 결심했다. 크로닌은 생각만으로도 즐거웠다. 자일스 경은 댄커스 부부의 마지막 순간을, 자신의 집과 땅 위를 헤매고 다니는 사람들 모두의 마지막 순간을 보고 싶어 할 것이 분명했다. 자일스 경은 또한 과수원이 그가 세상을 떠나던 순간의 모습으로 되돌아가는 것을 보고 싶어 할 것이 분명했다. 크로닌은 고인이 된 자일스 경의 살아 있는 대리인이 아니던가. 그리고 지금은 자일스 경의 아내에게 벗이 되어 주고 있지 않던가. 그녀는 이따금 정신이 흐려질 때면 자신의 남편이 살아 있는 것처럼 그에게 말했다. 그러나 그녀는 크로닌이 계획을 털어놓았을 때 찬성하지 않았다.

"복수를 했다고 치게. 그냥 내버려 둬."

"하지만 그 사람들은 죗값을 치러야 합니다. 자일스 경을 죽였을 수도 있어요."

"그랬을 수도 있지. 하지만 이러나저러나 마찬가지야. 어차피 살날이 얼마 안 남았었는데 뭐가 달라졌겠어?"

크로닌은 그녀의 말이 사리에 맞지 않는다고 생각했다. 그는 그녀에게 연민을 느끼고는 결심을 더욱 굳혔다.

"이런 말을 해서 미안합니다, 크로닌. 하지만 이런 식으로 집 안을 마음대로 돌아다니는 건 용납할 수 없어요. 손님들의 항의가 있었습니다. 당신한테는 당신 방이 있어요. 말동무로 삼을 마스턴 부인도 있고요. 우리가 당신을 위해서 따로 마련한 공간 안에서 지낼 수는 없나요?"

"알겠습니다."

"크로닌, 요즘 들어 하고 다니는 모습이 단정치 못해요. 부스스하고 가끔은…… 좋아요, 솔직히 말하죠, 크로닌. 더러워요. 그건 영업에도 방해가 돼요. 전혀 도움이 안 되죠."

'달은 게으르지 않아.' 크로닌은 생각했다. '달은 보고 싶어서 조바심을 낼 거야. 달은 하늘에서 구름을 걷어 낼 거고, 별들은 피범벅이 된 베개를 보면서 생각에 잠길 거야.'

"댄커스 씨, 이곳을 게으른 달이라고 부르는 이유가 뭐죠?"

댄커스가 소리 내어 웃었다. "집사람의 묘한 취향 때문이죠. 그 어감이 좋다는군요. 제법 인상적인 이름 아닌가요?"

"맞습니다." 달은 그녀의 소리를 좋아할 것이 분명했다. 잘린 목에서 나오는 날카로운 소리를, 고통에 겨운 울부짖음을.

"내가 당부한 말 잊지 말아요, 알겠죠?"

"네, 알겠습니다."

크로닌은 그의 방에 틀어박혀 지냈고, 자신과 마스턴 부인의 식사를 가지러 갈 때만 밖으로 나와서 뒤쪽 계단으로 내려갔다. 이렇게 여러 주가 흘러가는 동안 그는 스스로에게 부여한 임무에 점점 더 도취되었다. 그러나 이따금 술에 취하기라도 한 것처럼 그 임무의 정확성을 의심하기도 했다. 그런 순간은 그가 피로를 느낄 때, 작은 창 앞에 앉아서 하늘을 바라보며 아래층에서 희미하게 들려오는 콧노래를 듣다가 깜빡 잠이 들었을 때 찾아왔다.

그러던 어느 날 아침, 크로닌은 자다가 숨을 거둔 마스턴 부인을 발견했다. 그들은 시신을 아래로 옮겼고, 크로닌은 카드를 치웠다.

"우리 모두한테 슬픈 날이네요." 댄커스가 이렇게 말하는 순간 크로닌의 귀에, 멀리서 하인에게 지시를 내리는 댄커스 부인의 딱딱한 목소리가 들려왔다. 크로닌은 자신의 방으로 돌아갔다. 그는 한 순간 머릿속이 이상해지는 기분을 느꼈고, 슬픈 날이라고 말한 사람은 자일스 경이었다고 생각했다. 그러나 이내 그는 자일스 경 역시 저세상 사람이 되었으며 남은 것은 자기뿐임을 기억했다.

그날 이후로 여러 달 동안 크로닌은 계획을 실천에 옮길 자세한 방법과 절차에 온 신경을 모으느라고 자신을 제외하고는 아무와도 대화를 나누지 않았다. 계획과 관련된 세부 사항은 끊임없이 흐트러졌고, 그는 이를 바로잡느라고 점점 더 애를 먹었다.

크로닌이 면도칼을 눈앞에 두고 있는 순간에도 베개에 누운 얼굴은 흐릿했고 텅 비어 있었다. 그는 계획 속의 인물이 누구여야 하는지 기억할 수 없었다. 달빛 무늬와 이부자리를 적신 붉은 얼룩이 떠올랐지만 이제 크로닌은 이 모든 것이 무엇을 의미하는지 알 수 없을 때가 많았다. 번거로운 이 일에 대해서 생각하는 것은 크로닌을 피곤하게 했다. 결국 계획의 단편이 다시 그에게로 흘러올 때면 크로닌은 깜짝 놀라면서 미소를 짓게 되었고, 삶을 정리해야 할 나이에 자신이 세상과 맞서 싸울 수 있다고, 세상을 정복한 자와 맞서 싸울 수 있다고 생각했다니 얼마나 터무니없는 상상이었는가를 뼈저리게 느끼게 되었다.

학교에서의 즐거운 하루
Nice Day at School

엘리너는 잠이 깬 채 누워서 오늘 하루를 미리 생각하고 있었다. 화이트헤드 선생님의 얼굴이 머릿속에 떠올랐다. 엄청 뾰족한 코와 사이가 넓게 벌어진 눈 그리고 위로 올라간 입꼬리. 화이트헤드 선생님은 입 모양 때문에 끊임없이 웃고 있는 것처럼 보였지만 학생들은 좋은 기회를 놓친 그녀에게 웃을 일이 별로 없을 거라고 생각했다. 리즈 존스의 얼굴도 엘리너의 눈앞에 떠올랐다. 야성미가 흐르는 예쁘장한 얼굴에 검은빛에 가까운 눈동자, 얼굴 양옆으로 예쁘게 늘어뜨린 까만 머리, 도톰한 입술. 리즈 존스는 자기 몸에 집시의 피가 흐른다고 떠들었다. 메이비스 템플이라는 또 다른 여자아이는 리즈 존스의 입술이 흑인 입술 같다면서 "흑인의 피가 섞인 거야"라고 엘리너에게 말한 적이 있었다. "선원이 걔네 엄마랑 잤어." 메이비스 템플은 3년 전,

모두가 열한 살이었을 때 홈버 선생님의 반에서 이렇게 말하기도 했다. 그때만 해도 모든 것이 달랐다.

이른 아침의 어스름 속에서 엘리너는 달라진 것들을 생각했고 그 일이 벌어진 것을 늘 그렇듯 안타까워했다. 홈버 선생님 반에서 생활하는 것은 즐거웠다. 엘리너와 친구들은 스프링필드 종합 중등학교에 입학한 뒤 첫 담임으로 맞은 홈버 선생님을 무척 좋아했다. 훗날 결혼해서 조지 스팩스턴 부인이 되고, 아이의 엄마가 된 홈버 선생님은 정말로 아름답고 똑똑한 분이셨다. 그녀는 학생들에게 하루에 한 번, 모두가 알고 있는 그곳을 포함해서 몸의 구석구석을 씻는 것이 중요하다고 말했다. 그 일이 있고 나서 네 명이 항의서를 가져왔는데 홈버 선생님은 그 편지를 반 학생 모두가 듣도록 큰 소리로 읽으면서 문법과 철자가 틀린 곳을 지적했다. 그날 이후로 학생들은 집에 돌아가서 엄마에게 함부로 말을 전하지 못했다. "잊지 말아요. 여러분은 열세 살에도 아이를 낳을 수 있어요." 홈버 선생님은 학생들에게 이렇게 주의를 주었다. 그러고서 만약 남자아이가 창피해서 콘돔을 사러 약국에 못 들어가겠다고 하거든 포츠머스 가에 있는 주유소로 보내라고, 거기에 가면 남자 화장실에 있는 자판기에서 언제든 콘돔을 살 수 있다고 설명했다. 그녀는 자기의 애인한테서 들은 이야기라고 덧붙였다.

그때만 해도 좋은 시절이었다. 엘리너는 열세 살이 되더라도 자기한테 그런 짓을 하려는 남자는 없을 거라고 믿었고, 1학년 여학생들은 남자가 그걸 들이대는 건 생각만 해도 토할 것 같다고 입을 모아 말했다. 심지어 주택단지에 사는 남자아이들과 끊임없이 어울리고 주택단지 놀이터에서 두 번이나 속바지가 벗겨지는 일을 당한 리즈 존스도 같은 말을 했다. 스프링필드 종합 중등학교에는 남학생이 없다는 사실도 좋았다. 엘리너는 남자아이들이 학교를 거친 곳으로 만든다고 생각했다.

그러나 남자아이들은 비록 몸은 이곳에 없지만 학교 안에 깊숙이 들어와 있었고, 학년이 올라갈수록 존재감을 점점 더 또렷이 느끼게 했다. 학교 안에서 오가는 대화에는 남자 이야기가 빠지는 법이 없었다. 마침내 열세 살이 되었을 때, 크로프트 선생님 반에서 리즈 존스는 개러스 스웨일스라는 남자아이가 어느 날 밤 11시에 주택단지 놀이터의 한쪽 구석에서 자기한테 그걸 했다고 고백했다. 리즈는 개러스가 끝낼 때까지 자기는 놀이터를 둘러싼 말뚝 울타리에 몸을 기대고 서 있었다고 설명했다. 그러고서 리즈는 환상적이었다고 덧붙였다.

엘리너는 침대에 누운 채, 이렇게 얘기하던 리즈 존스의 모습을 떠올렸다. 리즈는 이 이야기를 하고 나서 몇 달이 지난 뒤 로고 폴리니라는 남자아이가 개러스보다 두 배는 잘하더라고 말했고, 좀 더 뒤에는 티치 아일링이라는 남자아이가 로고 폴리니를 완전히 우습게 만들었다고도 말했다. 수지 크럼이라는 또 다른 여자아이는 로고 폴리니가 리즈 존스랑 하는 게 하나도 안 좋았다고, 리즈 존스가 몸을 꿈틀대면서 자꾸만 꼬집는 바람에 집중할 수 없었다고 자기한테 얘기하더라고 말했다. 수지 크럼은 이 말을 할 때 로고 폴리니 말고는 다른 남자랑 잔 적이 없었다.

남자와 자는 경험은 2학년이 될 무렵부터 이미 유행이 되어 있었다. 거의 모든 여자아이가 유행에 굴복했는데 심지어 그 조용한 메이비스 템플마저도 예외는 아니었다. 많은 여자아이들은 그 경험을 좋아하지 않았고 두 번 다시 반복하지 않았다. 그러나 리즈 존스는 그게 다 죽은 말보다 나을 게 없는 개러스 스웨일스 같은 남자아이랑 했기 때문이라고 말했다. 엘리너는 상대가 개러스 스웨일스가 되었든 아니면 다른 누가 되었든 관계없이 남자와 잔 적이 없었으며 그러고 싶은 마음도 없었다. 아팠다고 말하는 여자아이들도 있었다. 엘리너는 자기도 아플 거라고 굳게 믿었다. 게다가 엘리너는 개러스 스웨일스든 다른 누구든 주유소 자판기를 찾아갈 수는 있겠지만 콘돔이 불량인 경우가 있다는 이야기도 들었다. 그런 끔찍한 일이 생긴다면 몇 주 동안은 걱정스러운 나날을 보내야 했다. 엘리너는 자기에게도 그런 일이 생길지 모른다고 생각했다.

"엘리너는 너무 순진한 척해." 리즈 존스는 이제 날마다 이렇게 말했다. "엘리너는 불쌍한 화이트헤드 선생님처럼 얌전을 떤다니까." 리즈 존스는 쉴 새 없이 엘리너를 놀려 댔고, 아직 모든 것을 그대로 간직하고 있는 엘리너를 미워했다. 리즈 존스는 엘리너 역시 화이트헤드 선생님 같은 어른이 될 거라고 모두가 믿게 만들었다. 리즈 존스는 화이트헤드 선생님이 남자를 무서워한다고 말했다. 화이트헤드 선생님은 턱과 코 밑에 수염이 났지만 전혀 신경을 쓰지 않았다. 게다가 선생님 한테서는 자주 입 냄새가 났는데, 선생님이 다가와서 몸을 숙인 채 무언가를 설명해 줄 때면 참기가 힘들 정도였다.

엘리너는 부모님과 함께 주택단지에 살고 있었는데 화이트헤드 선생님과 같은 취급을 당하는 것이 싫었다. 특히 이른 아침에 잠에서 깨 침대에 누워 있을 때면 리즈 존스가 자기를 놀리면서 하는 말 속에 무시할 수 없는 무언가가 있다는 생각이 들었다. "엘리너는 완벽한 남편감을 기다리나 봐. 화이트헤드 선생님은 평생을 기다렸지." 리즈 존스는 이렇게 말하고는 했다. 그러고서 리즈 존스는 선생님은 자기를 다 내주려고 하지 않아서 남자를 오래 사귄 적이 없다고, 요즘 같은 세상에는 여자도 이 문제를 합리적이고 자연스럽게 받아들여야 한다고 이야기했다. 화이트헤드 선생님 역시 한창때는 예뻤을 것이 분명한 만큼, 리즈 존스의 말이 맞는다고 모두 고개를 끄덕였다. "너도 똑같이 될 거야. 화이트헤드 선생님처럼 혼자 사는 신세가 되겠지. 얼굴에는 털이 날 거고 위장병에 걸려서 고약한 입 냄새를 풍길 거야. 신경과민에 불만이 가득한 사람이 되겠지." 리즈 존스가 말했다.

엘리너는 눈으로 작은 침실을 가로질러, 분홍색 벽에서 교복으로 시선을 옮겼다. 회색과 보라색이 어우러진 교복은 의자 등받이에 걸려 있었다. 방 안에는 엘리너가 세 살 때부터 간직해 온 테디 베어와 축음기도 있었고, 뉴 시커스와 파이어니어스 그리고 다이애나 로스의 음반과 사진도 있었다. 엘리너의 엄마는 그다지 관심이 없는 태도로, 이런 물건들을 사느라고 돈을 낭비하다니 끔찍한 일이라고 말한 적이 있었다. 그러나 엘리너는 스프링필드에서는 누구나 이런 물건을 산다면서 자기는 돈 낭비라고 생각하지 않는다고 대답했다.

"일어났니?" 엄마가 부르는 소리가 들렸다. 엘리너는 일어났다고 대답했다. 엘리너는 침대에서 빠져나온 뒤 화장대 거울을 들여다보았다. 엘리너는 잔잔한 제비꽃 무늬가 그려진 흰색 잠옷을 입고 있었다. 머리칼은 적갈색을 띠었고, 갸름한 얼굴에는 스프링필드 종합 중등학교의 몇몇 친구들과 달리 점이 없었다. 엘리너는 예쁘장했지만 언제까지 이런 모습을 간직할 수 있을지는 알 수 없었다. 자기 얼굴을 들여다보고 있는 지금, 엘리너는 리즈 존스가 빗대어 한 말이 정확하다고 생각했다. 엘리너의 예쁜 얼굴은 언제라도 하룻밤 사이에 그 빛을 잃을 수 있었다. 턱과 코 밑에는 수염이 날지도 몰랐다. 처음에는 부드러운 솜털로 시작되겠지만 결국 억센 털로 변할 것이 분명했다. "눈이 안 좋네요." 안과 의사는 걱정스러운 투로 이렇게 말하면서 안경을 써야 한다고 이야기할지도 몰랐다. 이도 더 이상 반짝이지 않게 될 테고 비듬 때문에 또 다른 고민거리가 생길지도 몰랐다.

엘리너는 머리 위로 잠옷을 벗은 다음 자기의 맨몸을 바라보았다. 그렇게 아름다운 몸매는 아니지만 가슴은 엉덩이와 비교할 때 적당히 컸고, 팔다리는 서로 조화를 이룬다는 생각이 들었다. 엘리너는 옷을 입고 부엌으로 갔다. 아버지는 차를 준비하고 있었고 엄마는 《데일리 익스프레스》를 읽고 있었다. 아버지는 밤새 침대에 눕지 못했다. 셰퍼드 마켓에 있는 데이지스라는 나이트클럽에서 밤새 문지기로 일하는 아버지는 낮에 잠을 잤다. 아버지는 한때 레슬링 선수였지만 1961년에 일본 선수와 시합을 하다가 등을 다치는 바람에 더 이상 링에 오를 수 없게 되었다. 아버지는 나이트클럽 문지기로 일하는 덕분에 과거 그에게 익숙했던 화려한 세상과 늘 접할 수 있다고 주장했다. 아버지는 한때 그의 경기를 관람하던 낯익은 얼굴들이 데이지스에 드나드는 모습을 자주 본다고도 말했다. 엘리너는 아버지가 이런 이야기를 할 때면 좀처럼 그 말을 믿지 못한 채 창피함을 느꼈다.

"오늘도 푹푹 찌겠어." 아버지가 티포트를 파란 포마이카 탁자에 내려놓으면서 말했다. "무더위가 통 끝날 기미가 안 보이는군."

아버지는 커다란 몸집에 얼굴은 빨갰고 잿빛 머리칼은 짧게 깎고 있었는데 오른쪽 귀에 귓불이 없었다. 그는 레슬링 경기장을 떠난 뒤로 몸이 불었고, 수년 동안 팽팽한 긴장감이 흐르는 링 위에서 민첩하게 움직인 것을 보상받으려는 듯 느리게 행동했다. 그는 나이트클럽에서 이따금 문제를 일으키다가 발각되는 사람들에게 우람한 덩치를 보이는 것만으로도 여전히 겁을 먹게 했다.

엘리너는 상자를 툭툭 쳐서 스페셜 K 콘플레이크를 그릇에 담은 뒤 우유를 붓고 설탕을 넣었다.

"정말 예쁘더구나. 미아 패로 말이다. 어젯밤에 나이트클럽에 다녀 갔단다, 엘리너." 아버지가 말했다.

마거릿 공주와 악수를 했다는 둥 앤터니 암스트롱존스가 런던을 소 개하는 책을 쓰는 중인데 그 책에 신도록 자기 사진을 찍어 줄 수 있 겠느냐고 부탁했다는 둥* 아버지가 아침 식사 중에 하는 말은 언제나 똑같았다. 아버지는 버턴 부부**와 렉스 해리슨도 단골손님이라고 했 고, 캐나다 총리도 런던에 올 때마다 나이트클럽을 찾는다고 했다. 아 버지는 엘리너를 보면서 이런 이야기를 할 때면 늘 같은 눈빛을 보냈 다. 아버지는 얼굴의 불룩한 붉은 살가죽에 거의 파묻힌 눈을 잔뜩 찡 그리고서 단 한 번도 깜박이지 않은 채 엘리너를 뚫어질 듯 바라보았 다. 정말로 마거릿 공주가 그와 악수를 했다거나 앤터니 암스트롱존 스가 그에게 말을 걸었다고는 단 한 순간도 믿은 적이 없다고 말할 수 있거든 어디 한번 그렇게 해 보라고 다그치는 것 같았다.

"정말 맑아 보이더구나. 너무나 순수한 얼굴이었어, 엘리너. '안녕하 세요, 패로.' 내가 이렇게 인사했더니 그 작은 얼굴로 나를 돌아보면서 미아라고 부르라고 대답했지." 아버지가 말했다.

엘리너는 고개를 끄덕였다. 엄마는 《데일리 익스프레스》에 눈을 고 정시킨 채 이 기사에서 저 기사로 시선을 옮겼는데 신문을 읽으면서 이따금 입술을 움직였다. "리즈 존스 말인데요, 리즈 존스에 대해서 학

---

* 영국의 사진작가 앤터니 암스트롱존스는 엘리자베스 여왕의 여동생 마거릿 공주와 결혼해
  스노든 백작 칭호를 받았다.
** 두 번 결혼하고 두 번 이혼한 리처드 버턴과 엘리자베스 테일러를 가리킨다.

교에 항의해 줄 수 있어요?" 엘리너는 이렇게 묻고 싶었고, 2학년들 사이에 퍼진 유행과 화이트헤드 선생님에 대해서 말하고 싶었다. 그리고 모두들 리즈 존스를 얼마나 무서워하는지도 얘기하고 싶었다. 엘리너는 여전히 문지기 유니폼을 입고 있는 아버지 그리고 이야기를 전혀 안 들을지도 모를 엄마에게 아침 식탁을 가로질러 말하는 자신의 목소리를 상상했다. 아버지가 이야기를 듣는 동안 부엌에는 어색한 분위기가 감돌고 엘리너의 얼굴은 불처럼 뜨겁게 달아오를지도 몰랐다. 아버지는 엘리너가 생리대를 사야 해서 돈을 달라고 했을 때처럼 결국 얼굴을 돌릴지도 몰랐다.

"손가락도 얼마나 가늘고 예쁘던지. 꼭 아기 손 같았어, 엘리너. 정말 작고 가늘었지. 미아 패로가 그 손가락 끝으로 나를 건드리더구나."

"누구요?" 엄마가 고개를 들면서 갑자기 날카로운 목소리로 물었다. "누가 어쨌다고요?"

"미아 패로. 어젯밤에 데이지스에 왔었어. 예쁘던데. 얼굴이 정말 작고 예뻤어." 아버지가 대답했다.

"아, 〈페이턴 플레이스〉에 나온 배우요?" 엄마는 이렇게 물었고 아버지는 고개를 끄덕였다.

엄마는 안경을 쓰고 있었는데 끝이 올라간 안경테는 보석으로 섬세하게 장식되어 있었다. 물론 진짜 보석은 아니고 유리였지만 특히 강한 햇살을 받을 때면 눈부시게 반짝였다. 엘리너는 다이아몬드가 바로 이렇게 빛날 거라고 생각했다. 엄마는 쉴 새 없이 담배를 피웠고 머리는 까맣게 보이도록 염색했다. 마른 그녀의 뼈 마디마디는 팽팽하게 당겨진 핏기 없는 살가죽을 뚫고서 당장이라도 튀어나올 것처럼 부자연스럽게 불거져 있었다. 엘리너는 엄마가 크게 아팠던 모양이라고 생각했다. 한번은 엄마가 나오는 꿈을 꾼 적이 있는데, 꿈속에서 엄마는 뚱뚱했고 다른 남자와 결혼해서 살고 있었다. 엘리너가 깨어나 기억하기로는 그 남자는 야채 가게를 하는 사람이었다.

엄마는 언제나 잠옷 차림으로 엷은 황갈색 가운을 걸치고서 아침을 먹었다. 잠옷 밑으로 삐져나온 엄마의 발목은 백지장처럼 하얬고 발에는 낡은 슬리퍼를 신었다. 엄마는 아침 식사를 마치고 나면 아버지와 함께 침대로 돌아가서 보챌지도 몰랐다. 엘리너는 엄마가 평생 동안 아버지에게 보채 온 것처럼 오늘도 그럴 거라고 생각했다. 방학 동안, 그리고 토요일과 일요일에 엘리너가 아직 집에 있을 때에도 엄마는 변함없이 아버지에게 보챘고, 아버지는 '해크니의 왕자'라고 불리던 시절에 레슬링 링 위에서 내던 것과 같은 소리를 침실에서 냈다.

엄마는 그림자였다. 야채 가게를 하는 남자, 아니 누구라도 좋으니 그녀가 선택한 남자를 제외한 다른 사람과 결혼했더라면 엄마는 지금과는 달랐을 거라고 엘리너는 믿었다. 엄마는 아이를 더 많이 낳았을 테고 살이 뼈를 제대로 덮고 있는 사람다운 사람이, 인간으로서 감정을 느끼게 할 만한 사람다운 사람이 되었을 것이 분명했다. 그러나 지금 이대로의 엄마는 좀처럼 진지하게 대할 수 없는 사람이었다. 엄마는 잠옷 차림으로 앉아서, 자신과 결혼한 남자가 탁자에서 일어서기를 그리고 뒤따라갈 수 있도록 침실로 들어가기를 기다리고 있었다. 침실에서 다시 나온 엄마는 아침 식사 한 자리를 정리하고 그릇을 씻었다. 그동안 아버지는 잠을 잤다. 엄마는 익스프레스 데어리 슈퍼마켓에서 장을 보면서 수프와 완두콩 캔 그리고 감자 칩 통 위에 담뱃재를 떨어뜨렸다. 11시 반에는 노섬벌랜드 암스의 아래층 휴게실 한쪽 구석에 앉아서 진토닉 한 잔을, 때로는 두 잔을 마셨다.

"이것 좀 들어 봐요." 엄마가 쌕쌕거리며 말했다. 그러고서 그녀는 욕조에 껴서 이틀 낮 사흘 밤을 꼼짝 못 한 마거릿 서전이라는 쉰다섯 살 먹은 여인에 대한 기사를 읽었다. "눈을 조심스럽게 다른 곳으로 돌린 두 명의 건장한 경찰관이 그녀를 욕조에서 빼내면서 사고는 수습되었다. 체중이 100킬로그램 남짓한 통통하게 살찐 서전은 손을 쓰기 힘들 정도로 욕조에 단단히 껴 있었고, 그녀를 다치지 않도록 들어 올려 구조를 마무리하기까지는 30분이 소요되었다."

아버지는 소리 내어 웃었고, 엄마는 받침 접시에 담배를 비벼 끄더니 새로 한 개비를 꺼내서 불을 붙였다. 엄마는 아침을 먹을 때가 없었다. 차를 석 잔 마시고 같은 개수의 담배를 피우는 것이 전부였다. 반대로 푸짐한 아침 식사를 즐기는 아버지는 달걀과 베이컨 그리고 튀긴 빵에 때로는 갈비 한 조각까지 먹었다.

"역사상 최장 목욕 시간이었다." 엄마는 계속해서 《데일리 익스프레스》를 읽었고, 아버지는 이번에도 소리 내어 웃었다.

엘리너는 자리에서 일어난 뒤 스페셜 K를 먹은 그릇과 컵 그리고 컵 받침을 싱크대로 옮겼다. 그러고서 뜨거운 물로 설거지를 한 다음 그릇과 컵을 플라스틱 덮개가 달린 빨간색 식기 건조대에 올려놓았다. 엄마는 신문 기사를 골라 읽으면서 놀란 목소리로 말하고는 했다. 엄마는 사람들과 동물들이 벌이는 일에 놀랄 뿐 결코 재미있어하는 때가 없었다. 엄마 안의 어느 한 부분이 산산조각 나서 없어져 버린 것이 틀림없었다.

엘리너는 엄마와 아버지에게 인사를 했다. 엄마는 여느 때와 마찬가지로 엘리너에게 키스를 했고, 아버지는 매사에 조심해야 한다고 말했다. 엄마의 키스만큼이나 늘 기계적으로 건네는 충고였다.

"네트볼 하는 날이니?" 엄마가 신문에서 눈도 들지 않은 채 명한 목소리로 물었다. 엘리너는 여름 학기에는 네트볼이 없다고 이미 했던 설명을 되풀이했다.

엘리너는 집을 나선 뒤 세 번 꺾인 콘크리트 계단을 내려갔다. 그러고서 주차장과 리즈 존스가 처음 남자랑 했다는 주택단지 놀이터를 지났다. "안녕, 엘리너." 루크라는 이름의 아일랜드 여자가 엘리너에게 인사했다. "날씨가 참 좋지?"

엘리너는 미소를 지었고 날씨가 정말 좋다고 대답했다. 중년의 뚱뚱한 부인인 루크는 여덟 아이의 어머니면서도 야무지지 못했다. 이곳 주택단지에 사는 사람들은 그녀의 행실이 좋지 못하다고 말했고, 그녀의 아들 중에서 얼굴이 파리하면서도 검은 기가 도는 아이는 철도역에서 일하는 서인도 제도 짐꾼의 자식이라고 수군거렸다. 루크 부인의 자식 중에서 의심의 눈길을 받는 또 다른 아이는 엘리너 또래였는데, 돌리라는 이름의 그 여자아이는 수지 크럼의 아버지가 만들었다고 모두들 믿고 있었다. 엘리너는 엄마가 마르지 않은 뚱뚱한 모습으로 나온 꿈속에서, 엄마는 어쩌면 루크 부인이었는지도 모르겠다는 생각을 했다. 뭐가 어떻게 됐든 루크 부인은 행복한 여자였다. 루크 부인의 남편 역시 행복해 보였고, 두 사람의 아이들도 누구의 자식이건 상관없이 모두 행복해 보였다. 루크 가족은 나들이라도 가는 것처럼 다 함께 빠뜨리지 않고 미사를 드리러 갔다. 루크 부인이 이따금 수지 크럼의 아버지나 다른 남자들하고 잔다고 해도 엄마가 아버지하고 자는 것만큼 엘리너에게 충격을 주지는 않았다. 리즈 존스는 벌써 몇년 전부터 반 아이들에게 인생의 모든 것에 대해서 떠들기 시작했고, 엘리너는 그 이야기를 들으면서 서로 다른 사람들이 주인공이 되었을 때 그 일이 어떤 형태로 이루어질지 어리둥절했다. 엘리너는 루크 부인에 대한 이야기들을 들은 그대로 받아들였지만 그렇다고 해서 그녀를 하찮게 생각하지는 않았다. 그러나 한 달 전쯤 돌리 루크가 로고 폴리니랑 했다고 말한 순간, 엘리너는 그 일이 벌어지는 장면을 상상하기가 싫었기 때문에 화가 났다. 엘리너는 날마다 아침 식사가 끝난 다음에 부모님의 방에서 벌어지는 일을 상상하는 것도 싫었다. 루크 부인은 상관없었다. 루크 부인은 엄마가 읽는 《데일리 익스프레스》 기사 속의 인물들이나 아버지가 꾸며 낸 거짓말에 등장하는 유명 인사들과 마찬가지로 엘리너에게는 먼 곳에 있는 사람이었다. 그러나 돌리 루크와 로고 폴리니는 루크 부인과 달랐다. 엘리너와 같은 또래고 같은 세대에 속하는 돌리 루크와 로고 폴리니는 가까운 곳에 있었고, 그래서 엘리너는 무시할 수 없었다. 부모님 역시 가까운 사람이기 때문에 엘리너는 모른 체할 수 없었다. 돌리 루크와 로고 폴리니 혹은 부모님을 떠올릴 때면 엘리너는 그 무엇도 머릿속에서 떨쳐 낼 수 없었다.

렌 패리시 제과점, 세탁소, 익스프레스 데어리 슈퍼마켓, 신문 판매점, 우체국, 노섬벌랜드 암스와 나란히 붙어 있는 주류 판매점. 엘리너는 줄지어 서 있는 상점들 앞을 지나갔다. 회색과 보라색이 어우러진 스프링필드 종합 중등학교 교복을 입은 여자아이들이 우르르 버스에서 내렸다. 한 남자아이가 엘리너에게 휘파람을 불었다. "안녕, 엘리너." 개러스 스웨일스였다. 뒤쪽에서 걸어온 개러스는 친한 사이라도 되는 것처럼 엘리너의 등에 손을 갖다 댔다. 그것도 실수로 손이 미끄러져 내려간 것처럼 가장하면서 엉덩이를 만지려고 등의 아래쪽에 갖다 댔다.

'그라임스 씨 정육점에 새로 온 남자애가 있어.' 리즈 존스가 종이쪽에 이렇게 썼다. '주택단지에 사는 애가 아니야.' 리즈 존스는 종이를 접어서 그 위에 엘리너의 이름을 적었다. 그러고서 리즈 존스는 종이쪽을 뒤로 전달하게 했다.

"쥐 레 뷔 키 트라바이애 당 라 쿠르."* 화이트헤드 선생님이 말했다.

'나도 정육점에서 그 애를 봤어.' 엘리너가 답장을 썼다. '물고기처럼 웃기게 생겼더라.' 엘리너는 쪽지를 보냈고, 리즈 존스는 다 읽은 다음에 옆에 앉은 셀마 조지프에게 보여 주었다. '엘리너답다.' 리즈 존스가 이렇게 쓰자 셀마 조지프는 작은 소리로 깔깔대며 웃었다.

"에닝글래 키 파새 세 바캉스 앙 프랑스."** 화이트헤드 선생님이 말했다.

화이트헤드 선생님은 이셔에 있는 원룸 아파트에서 살았다. 학생들은 이따금 선생님 집으로 놀러 갔는데 다녀와서는 원룸 아파트의 생김새를 아이들에게 묘사해 주었다. 화이트헤드 선생님의 집은 아주 깨끗한 데다 정리도 잘돼 있었고 안락했다. 하얗게 페인트칠한 창턱과 굽도리는 빛났고, 반짝이는 유리창 앞에는 레이스 커튼이 늘어져 있었다. 벽난로 위 선반에는 하일랜드에서 볼 수 있는 양과 어린 수탉 그리고 등에 솔을 짊어진 굴뚝 청소부 등 도자기로 정교하게 만든 장식품이 놓여 있었다. 벽난로 위에 있는 시계는 째깍거렸고, 더 이상 사용하지 않는 벽난로에는 화이트헤드 선생님이 마른 꽃을 꽂은 꽃병이 놓여 있었다. 두꺼운 받침대 위에 화려한 친츠***를 씌운 매트리스를

---

* Je l'ai vu qui travaillait dans la cour. 프랑스어로 '나는 그가 마당에서 일하는 것을 보았다'라는 뜻. 이하 모두 프랑스어이다.

** Un anglais qui passait ses vacances en France. 프랑스에서 휴가를 보낸 영국인.

*** 꽃무늬가 날염된 광택 나는 면직물. 커튼이나 가구 커버 등으로 쓰인다.

없은 침대는 눈에 띄지 않는 한쪽 구석에 자리 잡고 있었다.

"르 페쉐르 에 테놈므 키……* 엘리너?"

"페슈?"**

"트레 비엥. 에 라 블랑쉬쇄즈 에 튄느 팜므 키?"***

"라브 르 렝쥬."****

리즈 존스는 화이트헤드 선생님이 돼 보는 것은, 남자의 손길이 몸에 닿는 것을 단 한 번도 느껴 보지 못한 사람이 되는 것은 정말 특별한 경험일 거라고 말했다. '개러스 스웨일스가 화이트헤드 선생님한테 해 줄 수 있다고 말했어.' 리즈 존스가 반 아이들한테 계속 돌리고 있는 쪽지 중 하나에 이렇게 썼다. '스웨일스가 화이트헤드 선생님이랑 침대에 있는 모습을 상상해 봐!'

"라 메르 넴므 파 르 프로마쥬."***** 화이트헤드 선생님은 이렇게 말했고, 리즈 존스는 종이쪽 또 하나를 엘리너에게 보냈다. '그라임스 씨 정육점에 새로 온 남자애 이름은 데니 프라이스야. 너랑 하고 싶대.'

"엘리너." 화이트헤드 선생님이 불렀다.

엘리너는 리즈 존스가 정성 들여 동글동글하게 쓴 글씨에서 눈을 들었다. 엘리너의 아버지는 레슬링 링 위에서 내던 소리를 지금 침실에서 내고 있을 것이 분명했다. 그리고 엄마는 침실에 누워 있을 것이 분명했다. 엘리너는 어렸을 때 모르고 부모님의 방에 들어간 적이 있

---

* Le pêcheur est un homme qui? 어부는 무엇을 하는 사람이지?
** Pêche? 고기를 잡는 사람요?
*** Très bien. Et la blanchisseuse est une femme qui? 아주 잘했어. 그리고 세탁부는 무엇을 하는 여자지?
**** Lave le linge. 빨래하는 여자요.
***** La mère n'aime pas le fromage. 어머니는 치즈를 싫어하신다.

144

었다. 그때 아버지는 실오라기 하나 걸치지 않은 몸으로 일어섰고 엄마는 벌거벗은 몸을 가리려고 이불을 끌어당겼다.

"왜 쪽지를 쓰고 있는 거지, 엘리너?"

"엘리너가 쪽지를 쓰고 있는 게 아니에요, 선생님. 제가 보낸 거예요." 리즈 존스가 말했다.

"됐다, 리즈. 엘리너?"

"죄송합니다, 선생님."

"쪽지를 쓰고 있었니, 엘리너?"

"아뇨, 저는……"

"제가 보낸 거라니까요, 선생님. 이건 저희 둘만의 일이에요."

"내 수업 시간에는 개인적인 일은 용납되지 않아, 리즈. 쪽지를 가져와, 엘리너."

리즈 존스가 키득거렸다. 엘리너는 리즈 존스가 이런 일이 벌어지기를 바랐음을 알았다. 화이트헤드 선생님은 쪽지를 큰 소리로 읽을 것이 분명했다. 쪽지가 발견됐을 때 큰 소리로 읽는 것은 화이트헤드 선생님이 만든 규칙이었다.

"그라임스 씨 정육점에 새로 온 남자애 이름은 데니 프라이스야. 너랑 하고 싶대." 화이트헤드 선생님이 쪽지를 읽었다.

반 아이들이 웃음을 터뜨렸다. 모두 책상 위로 고개를 푹 숙인 채 키득거려서 웃음소리는 입을 틀어막은 것처럼 들렸다.

"엘리너랑 자고 싶대요." 리즈 존스가 조금 전보다 드러내 놓고 키득거리면서 설명했다. "엘리너는……"

"그만둬, 리즈. 사수아르s'asseoir를 미래 시제로 변형시켜 봐."

화이트헤드 선생님의 신경을 건드리는 목소리가 교실 안에 울려 퍼졌다. 엘리너는 선생님이 사랑받는 것을 단 한 순간도 스스로에게 허락하지 않았기 때문에 목소리의 매력마저 잃었다고 생각했다. 오늘 밤 선생님은 깨끗한 원룸 아파트에서 리즈 존스의 당돌함을 떠올리며 눈물을 흘릴지도 몰랐다. 선생님은 종이 울리면 여느 때와 같은 방법으로 리즈 존스에게 벌을 줄 것이 틀림없었다. 선생님은 리즈 존스의 이름을 부를 거고, 다른 아이들이 밖으로 나간 뒤에도 필요 이상으로 리즈 존스를 교실에 잡아 둔 채 시 한 편을 주고는 열 번을 베껴 쓰게 하고, 성과 관련된 쪽지나 대화를 주고받는 것은 자신의 수업 시간에는 허락되지 않는다고 마치 아기를 타이르듯이 말할 것이 분명했다. 그러고서 선생님은 그라임스 씨 가게에서 일하는 남자아이가 리즈 존스가 얘기한 대로 정말 그런 말을 했을 거라고는 믿지 않는다고 자기의 생각을 넌지시 내비칠지도 몰랐다. 선생님은 이 모든 것이 상상에 불과하다고, 스프링필드 종합 중등학교의 여학생들은 주택단지의 놀이터를 비롯해 그 어디에서도 그런 짓을 한 적이 없다고 주장할 것이 분명했다. 화이트헤드 선생님은 언제든지 현실을 피해 이셔의 원룸 아파트로 달아날 수 있다고 엘리너는 생각했다.

"다 네 잘못이야." 리즈 존스가 나중에 화장실에서 말했다. "네가 그렇게 선생님한테 알랑대는 애만 아니었다면······"

"아, 그 얘긴 그만 좀 해!" 엘리너가 소리쳤다.

"데니 프라이스가 너한테 해 주고 싶대."

"난 전혀 원하지 않아. 그 애랑 얽히고 싶은 생각은 눈곱만큼도 없어."

"너는 성에 관심이 없어, 엘리너. 데니 프라이스가 어때서?"

"그 애는 이상하게 생겼어. 머리가 마음에 안 들어."

"얘들아 들었어?" 리즈 존스가 이렇게 소리치자 주위에 모여 있는 아이들이 킥킥거렸다. "머리가 그거랑 무슨 상관이 있는데? 그걸 하는 건 머리가 아니……" 리즈 존스는 중간에 말을 멈추더니 웃음을 터뜨렸다. 리즈 존스를 전혀 좋아하지 않는 아이들도 몇 명 섞여 있었지만 모두가 덩달아 웃었다.

"너는 결국 화이트헤드 선생님처럼 될 거야. 이셔에서 혼자 살게 되겠지. 화이트헤드 선생님 같은 사람들이 네 마음을 병들게 했어." 리즈 존스가 말했다. 그러고서 리즈 존스는 엘리너가 화이트헤드 선생님과 걸음걸이가 똑같다고 덧붙였고, 늙어서 쭈글쭈글한 노처녀들이 이렇게 걷는 것은 자기의 바싹 마른 엉덩이를 혹시라도 남자가 만질까 봐 겁이 나서라고 설명했다.

엘리너는 다른 반 여자아이들 사이를 뚫고서 화장실에서 나갔다.

"리즈 존스는 심술궂은 창녀야." 에일린 레이드라는 이름의 여자아이가 이렇게 속삭이자 얼굴에 여드름이 보이는 금발의 조안 모트가 맞는다고 거들었다. 그러나 리즈 존스는 두 아이가 하는 이야기를 듣지 못했다. 리즈 존스는 세면대에 기댄 채 담배를 입에 물고서 여전히 소리 내어 웃고 있었다.

그날 스프링필드 종합 중등학교에서는 점심 식사로 스튜, 가공한 감자와 당근 그리고 디저트로 블랑망제, 초콜릿, 딸기가 나왔다.

"걔가 하는 말은 그냥 무시해 버려." 수지 크럼이 엘리너에게 말했다. 그러고서 수지는 리즈 존스가 하고 다니는 짓을 보면 매독에 걸렸다는 소식이 들려도 놀랍지 않을 것 같다고 덧붙였다.

"그건 어때, 수지?" 엘리너가 물었다.

"매독? 상처가 생기는 거야. 여자들은 이 병에 걸려도 잘 모를 때가 있어. 남자들은 거기가 상처로 뒤덮이지만."

"아니, 남자랑 하는 거 말이야."

"괜찮아. 아주 좋아. 하지만 리즈 존스처럼 그렇게 빠져들 정도는 아니야. 맨날 그러고 다닐 만큼은 아니지."

엘리너와 수지 크럼은 블랑망제를 숟가락 가득 떠서 입을 조금만 벌린 채 이 사이로 빨아들였다.

"괜찮아." 수지 크럼이 블랑망제를 다 먹고 나서 같은 말을 되풀이했다. "가끔은 괜찮아."

엘리너는 고개를 끄덕였다. 엘리너는 차라리 결혼식 날 밤까지 기다리겠다고 말하고 싶었지만 정말로 그렇게 얘기한다면 수지 크럼마저 자기한테서 등을 돌릴 거라고 생각했다. 엘리너는 그것이 특별한 경험이기를, 남자가 옷을 다 벗을 때까지 여자가 누워서 기다리고만 있는 것이 아니기를, 캄캄한 주택단지 놀이터나 에일린 레이드가 그것을 한 노섬벌랜드 암스 뒤편에서 더듬거리는 것 이상이기를 바랐다.

"우리 아빠는 내 몸에 손가락 하나라도 대는 녀석이 있으면 내장을 뽑을 거라고 했어." 수지 크럼이 말했다.

"리즈 존스네 아빠도 같은 말을 했어."

"걔네 아빠는 루크 부인이랑 했어."

"루크 부인이랑 안 한 남자는 없어." 엘리너는 한 순간 진실을 말하고 싶었다. 엘리너는 수지 크럼의 아버지 역시 루크 부인이랑 했다고, 돌리 루크는 수지의 배다른 자매라고 말하고 싶었다.

그날 오후 스프링필드 종합 중등학교에서는 별다른 사건 없이 시간이 흘러갔다. 그동안 주택단지에서는 엘리너의 아버지가 잠을 자고 있었다. 그는 또다시 레슬링 하는 꿈을 꾸었다. 그는 무릎 사이로 에디 로드리게스의 갈비뼈를 느낄 수 있었다. 관중들이 환호하면서 어서 끝내 버리라고 그를 응원했다. 2미터 떨어진 부엌에서는 엘리너의 엄마가 식사를 준비하고 있었다. 그녀는 대구를 토막 냈고 감자를 얇게 썰었다. 엘리너의 아버지는 6시 반에 바삭하게 튀긴 음식을 먹은 다음 잠깐 텔레비전 보는 것을 즐겼다. 엘리너의 엄마는 대구와 얄팍한 감자튀김을 좋아했고, 여기에 통조림 완두콩, 버터와 살구 잼을 바른 빵, 데니시 페이스트리와 차 그리고 가끔은 통조림 배를 곁들여 식사를 마무리했다. 그녀는 익스프레스 데어리 슈퍼마켓에서 통조림 배를 사고는 했는데 마찬가지로 깡통에 든 카네이션 크림을 얹어서 먹기도 했다. 그녀는 식사 준비를 마치고 나면 남편의 유니폼을 다림질했고, 다림질을 하다가 얼룩이 보이면 물에 적신 천으로 지웠다. 그녀는 텔레비전에서 방송 중인 〈크로스로즈〉를 생각하면서 오늘은 어떤 내용이 펼쳐질지 궁금해했다.

"혹시 잊었을까 봐 다시 말하는데 화요일에 사진 촬영이 있을 거예요. 깨끗한 흰색 블라우스를 입고 오도록 해요." 화이트헤드 선생님이 말했다.

모두가 함께 찍을 사진이었다. 엘리너, 리즈 존스, 수지 크럼, 에일린 레이드, 조안 모트, 메이비스 템플 그리고 다른 모든 아이들. 마흔 명의 웃는 얼굴과 가운데 줄의 맨 끝에 서 있을 화이트헤드 선생님. 소중히 간직한다면 사진은 영원히 추억을 떠오르게 하는 물건이, 스프링필드 종합 중등학교에서 보낸 시절을 담은 또 하나의 기록이 될 수 있었다. "이 안짱다리를 한 사람은 누구니?" 아버지는 몇 년 전에 홈버 선생님을 가리키면서 이렇게 물었다.

"화요일에 정해진 옷을 입고 오지 않는 사람은 사진을 찍을 수 없어요." 화이트헤드 선생님이 말했다.

하루 수업이 모두 끝났음을 알리는 종이 울렸다. "차라리 속바지를 압수하세요." 리즈 존스가 교실을 나서는 화이트헤드 선생님에게 말했다.

학생들은 교과서가 담긴 가방을 흔들면서 두세 명씩 무리를 지어 흩어졌다.

"같이 갈까?" 수지 크럼이 엘리너에게 물었다. 수지와 엘리너는 함께 교실에서 나간 뒤 학교를 벗어났다. "푹푹 찐다, 그렇지?" 수지 크럼이 물었다.

이글 스타 보험회사, 바클레이스 은행, 핼리팩스 주택금융조합. 수지와 엘리너는 느릿느릿 걸으면서 줄지어 늘어선 콘크리트 건물 앞을 지났다. 창문은 열려 있었고 공기는 가루가 되어 부서질 것처럼 건조했다. 앞에서 걸어가던 여자아이 두 명이 신발을 벗었지만 발을 딛기에는 길이 너무 뜨겁다는 것을 깨닫고는 다시 신을 신으려고 멈춰 섰다. 두 아이는 날카롭게 소리를 질렀고, 유모차를 밀면서 그 옆을 지나가는 여자들은 못마땅한 표정을 지었다.

"나는 색슨에서 일하고 싶어. 이 지겨운 곳을 빨리 떠났으면 좋겠어." 수지 크럼이 말했다.

《이브닝 스탠더드》 배달 트럭이 버스 앞에서 갑자기 방향을 틀었다. 버스 운전기사는 고함을 지르면서 경적을 울렸고, 트럭 운전석에 앉은 남자는 경멸의 표시로 손가락 두 개를 들어 보였다.

"나는 신발 파는 일을 하고 싶어. 유행하는 구두 같은 거 말이야. 색슨에서 일하면 그런 구두를 원가에 살 수 있어." 수지 크럼이 말했다.

엘리너는 집에서 엄마가 여유롭게 저녁을 준비하고 아버지가 잠에서 깨어나는 모습을 상상했다. 아버지는 잠자리에서 일어난 뒤 러닝셔츠 차림으로, 멜빵은 늘어뜨리고 바지 지퍼는 반쯤 열어 놓은 채 욕실에 서서 면도를 하고 있을지도 몰랐다. 엄마가 저녁 식사를 끝내기까지는 한참이 걸렸다. 엄마는 언제나 밥을 먹다 말고 아버지가 유니폼으로 갈아입는 동안 시중을 들었고, 다시 식탁으로 돌아와서 식사를 계속했다. 아버지는 더 이상 레슬링 선수가 아니라는 사실을 힘들어했다.

"너는 뭘 할 거야, 엘리너?"

엘리너는 고개를 저었다. 엘리너는 무엇을 할지 알지 못했다. 엘리너가 원하는 것은 주택단지와 스프링필드 종합 중등학교를 벗어나는 것뿐이었다. 엘리너는 이글 스타 보험회사에서 일하는 것은 어떨까 궁금하기도 했지만 그건 지금 당장은 중요한 일이 아닌 것 같았다. 중요한 것은 타는 듯한 더위를 제외하고는 여느 날과 다를 것 없는 오늘, 어느 날의 오후인 지금 이 순간이었다. 엘리너는 집으로 돌아갈 거고, 집에는 부모님이 계실 거고, 화이트헤드 선생님의 얼굴과 리즈 존스의 목소리가 엘리너의 머리에서 떠나지 않을 것이 분명했다. 오늘도 엘리너는 숙제를 할 거고, 텔레비전에서는 〈크로스로즈〉가 시작될 거고, 튀긴 요리를 먹고 설거지가 끝나면 텔레비전 시청이 조금 더 이어질 거고, 아버지는 엘리너에게 자러 갈 시간이라고 말하면서 집을 나설 것이다. "아침에 보자." 아버지는 이렇게 말할 거고, 아버지가 일하러 나간 뒤 곧바로 엄마와 엘리너는 잠자리에 들 것이다. 침대에 누운 엘리너는 하얀 드레스 차림으로 교회에서 결혼하는 모습을 상상하면서 남편이 될 남자는 자기를 아프게 하지 않을 섬세한 사람, 오직 그를 위해서 오랜 시간 동안 간직해 온 순결을 좋아할 섬세한 사람일 거라고 상상할지도 몰랐다. 엘리너는 런던의 나뭇잎들이 황갈색으로 물든 어느 가을날 오후, 투피스를 차려입고서 여행을 떠날지도 몰랐다. 함께 비행기에 오를 남자는 갸름하고 부드러운 손으로 엘리너의 손을 잡을 테고, 둘은 함께 에어프랑스를 타고서 비아리츠로 날아갈지도 몰랐다. 여행을 마친 엘리너는 벽과 빛깔이 같은 라벤더색 커튼이 드리워진 집으로 돌아올지도 몰랐다. 가스난로 속의 불꽃은 활활 타오르고, 자연목을 깐 바닥에는 카펫이 펼쳐져 있고, 전화기는 연한 푸른빛을 띠고 있을지도 몰랐다.

"왜 그래?" 수지 크럼이 물었다.

"아무것도 아니야."

엘리너와 수지는 렌 패리시 제과점, 세탁소, 익스프레스 데어리 슈퍼마켓, 신문 판매점, 우체국, 노섬벌랜드 암스와 나란히 붙어 있는 주류 판매점 앞을 지났다.

"저기 그 애가 있어. 데니 프라이스." 수지 크럼이 말했다.

데니 프라이스의 머리는 한쪽으로 기울어진 채 어색하게 목에 붙어 있었다. 길게 늘어진 빨간 머리 한가운데로 보이는 얼굴은 작았다. 데니 프라이스는 갈색 눈동자와 비계가 잔뜩 들어 있기라도 한 것처럼 두툼한 입술을 갖고 있었다.

"안녕." 데니 프라이스가 인사했다.

수지 크럼은 키득댔다.

"담배 줄까?" 데니 프라이스가 앵커 갑을 내밀면서 물었다. "담배 피워?"

수지 크럼이 또다시 키득대다가 갑자기 웃음을 멈추었다. "어떡해!" 담배를 뽑으려고 팔을 뻗던 수지가 소리쳤다. 수지는 데니 프라이스의 어깨 너머로, 파란 데님 작업복을 입은 남자를 보고 있었다. 그 순간 수지를 발견한 남자가 날카로운 목소리로 불렀다.

"내가 못 살아." 수지는 이렇게 말하더니 미소를 지으면서 남자가 있는 곳으로 갔다.

"쟤네 아빠야." 데니 프라이스가 수지가 간 것을 기뻐하면서 말했다. "담배 줄까, 엘리너?"

엘리너는 고개를 저으면서 다시 걷기 시작했다. 데니 프라이스가 엘리너를 따라왔다.

"네 이름을 알아. 리즈 존스한테 물어봤거든."

"응."

"나는 데니 프라이스야. 그라임스 씨 정육점에서 일해."

"응."

"너 스프링필드에 다니지?"

"응."

엘리너는 팔을 잡는 데니 프라이스의 손을 느꼈다. 데니 프라이스는 엘리너의 팔꿈치 바로 위를 잡은 손에 힘을 주었다. "같이 산책하자. 강을 따라 걷자, 엘리너." 데니 프라이스가 말했다.

엘리너는 또다시 고개를 저었다. 그런데 갑자기 무슨 일이 생기든 상관없다는 생각이 들었다. 그라임스 씨 정육점에서 일하는 남자아이와 강가를 걷는다고 해가 될 게 뭐 있을까? 엘리너는 여전히 팔을 만지작거리고 있는 손을 바라보았다. 하루 종일 고기를 만진 손을. 손톱은 물어뜯어서 짧고 살은 문질러 닦아서 빨겠다. 광고에서처럼 어느 날 한 남자가 나타나서 하얀 드레스를 입은 엘리너와 교회에서 결혼식을 올리고, 에어프랑스를 타고 함께 비아리츠로 갈 거라고 상상하는 건 헛된 꿈이 아닐까?

"다리까지 버스를 타고 가자. 37번이 거기로 가." 데니 프라이스가 말했다.

데니 프라이스는 엘리너 대신 버스 요금을 내 주었고, 옆에 바싹 앉아서 담배를 내밀었다. 엘리너가 담배를 받자 데니 프라이스가 불을 붙여 주었다. 엘리너는 데니 프라이스의 눈이 교활해 보인다고 생각했다. 그의 눈에는 욕망이 어려 있었다.

"한 주 전에 너를 봤어." 데니 프라이스가 말했다.

엘리너와 데니 프라이스는 다리에서 멀리 떨어진 채 배 끄는 길을 따라서 강가를 걸었다. 데니 프라이스가 엘리너의 몸에 팔을 두르더니 속옷과 함께 살을 한 손 가득 잡았다. "여기에 앉자." 데니 프라이스가 말했다.

엘리너와 데니 프라이스는 풀밭에 앉아서 바지선이 지나가는 모습과 남학생들이 노를 젓는 모습을 바라보았다. 저 멀리 엘리너와 데니 프라이스가 등지고 온 다리 위로 차들이 반짝이며 지나가고 있었다. "맙소사. 너는 정말 멋진 가슴을 가졌구나." 데니 프라이스가 말했다.

데니 프라이스는 엘리너의 가슴에 손을 얹은 채 엘리너의 몸을 밀어서 풀밭에 눕혔다. 엘리너는 얼굴에 와 닿는 데니 프라이스의 입술과 이 그리고 혀와 침을 느꼈다. 한 손이 엘리너의 몸을 따라 아래로 움직였다. 엘리너는 그 손이 치마 속으로 들어가는 것을, 넓적다리의 맨살에 닿는 것을 그리고 배 위로 움직이는 것을 느꼈다. 그것은 동물 같았다. 엘리너의 살을 갉아 먹고 쿡쿡 찌르는 쥐 같았다. 주위에는 아무도 없었다. 데니 프라이스가 쉰 목소리로 어눌하게 중얼거렸다. "속바지 벗어."

엘리너가 데니 프라이스를 밀자 그는 엘리너가 옷을 벗으려는 모양이라고 생각하고는 잠시 물러나 있었다. 그러나 엘리너는 옷을 벗는 대신 배 끄는 길을 따라서 내닫기 시작했다. 엘리너는 만약에 데니 프라이스가 쫓아온다면 책가방으로 후려치겠다고 마음먹었다.

그러나 데니 프라이스는 쫓아오지 않았다. 뒤를 돌아보니 데니 프라이스는 마치 다치기라도 한 것처럼 몸을 쭉 뻗은 채 풀밭에 누워 있었다.

아버지는 그날 밤 데이지스에 누가 올지 이야기했다. 그는 마거릿 공주에 대해서 말했다. 아버지는 마거릿 공주가 자신의 레슬링 경기를 관람했다고, 만약 마거릿 공주가 아니었다면 마거릿 공주와 정말 꼭 닮은 사람이었다고 이야기했다. 그러고서 아버지는 오늘 밤에 버턴 부부가 올 수도 있다고 말하면서 버턴 부부가 언제 불쑥 찾아올지는 아무도 모른다고 덧붙였다.

엄마는 아버지 앞에 얄팍한 감자튀김과 완두콩을 곁들인 튀긴 생선을 내려놓았다. 아버지는 나이트클럽에 대해서 이야기를 계속했지만 엄마는 머릿속이 〈크로스로즈〉의 장면들로 가득했기 때문에 그 말이 귀에 들어오지 않았다. 엄마는 식기 건조대에 놓인 받침 접시에 담배를 끄지 않은 채 내려놓았다. 엄마는 아침 식사 시간에 읽은 신문 기사를 떠올리면서 또다시 궁금증에 사로잡혔다.

내일은 더 끔찍한 날이 될 것이 분명했다. 바로 이 순간 데니 프라이스는 두툼한 입술로 리즈 존스에게 오늘 있었던 일을 이야기하고 있을지도 몰랐다. 그는 엘리너가 어떻게 거의 허락했다가 갑자기 몸을 뺐는지 설명할지도 몰랐다. "남자애랑 강가에 갔어요." 엘리너는 이렇게 말하고 싶었다. "그 애랑 하고 싶었어요. 2학년 사이에서 유행하는 일이거든요. 리즈 존스한테 놀림을 당하는 데에 지쳤어요." 엘리너는 눈을 내리깐 채 접시에 담긴 대구 토막을 포크로 건드리면서 이렇게 말할 수 있었다. 생리대를 사려고 돈을 달라고 했을 때처럼, 아버지의 얼굴에 어린 당혹감을 볼 필요는 없었다. 엄마는 처음에는 못 듣겠지만 엘리너는 엄마가 들을 때까지 같은 말을 몇 번이고 되풀이할 수 있었다. 엘리너는 이 자리에서 사실이 밝혀지기를 바랐다. 아버지가 아침에 유니폼 벗는 모습과 로고 폴리니가 돌리 루크와 하는 모습을 상상하는 것이 얼마나 역겨운지를 알리고 싶었다. 엘리너는 데니 프라이스가 속바지를 벗으라고 했을 때 얼마나 토할 것 같았는지를 말하고 싶었다.

"정말 놀라워요. 그 여자 말이에요. 이틀 동안이나 욕조에 껴 있었다니!" 엄마가 말했다.

아버지는 소리 내어 웃었다. "과장된 건지도 몰라. 읽는 걸 다 믿을 수는 없어. 신문도 마찬가지야."

"정말 놀라워요." 엄마가 중얼거렸다.

엄마는 덫에 걸렸다. 아버지와 결혼했고, 생활비를 받기 위해서 아버지와 잠을 잤다. 엄마는 생활비를 아껴서 아침에 마실 진을 샀다. 아버지 역시 덫에 걸렸다. 아버지는 밤마다 문지기 유니폼을 입고서 집을 나섰다. 등이 안 좋은 해크니의 왕자. 아버지는 자신이 짓밟혔기 때문에 엄마를 짓밟았다. 엘리너가 놀림을 당하고 있다고 말하고, 위안을 얻으려고 질문을 한다면 엄마와 아버지는 과연 신경을 써 줄까?

엄마와 아버지는 할 말을 찾지 못할 것이 분명했다. 엘리너는 런던의 나뭇잎들이 황갈색으로 물들 때 자기를 멀리 데리고 갈 섬세한 손을 가진 남자는 없다고, 데니 프라이스의 두툼한 입술과 그에게서 풍기는 고기 냄새만이 존재할 뿐이라고, 수지 크럼의 아버지가 루크 부인과 잤고 리즈 존스의 아버지와 철도역에서 일하는 서인도 제도 짐꾼도 루크 부인과 잤다고, 루크 씨는 이런 사실을 전혀 모른다고 말할 수 있었다. 엘리너가 자기는 이 모든 사실을 알고 있다고 이야기하면서 엄마와 아버지를 돕는다고 해도 두 사람은 할 말을 찾지 못할 것이 분명했다. 화이트헤드 선생님이 이셔에 있는 모든 것이 깨끗하게 정돈된 방에서 밤에 홀로 눕는 것으로 이 모든 것과 이혼했다고 이야기한다고 해도 엄마와 아버지는 엘리너가 무슨 말을 하는지 이해하지 못할 것이 틀림없었다. 한 남자의 망가진 등 때문에 희생자로 살아가는 여자보다는 화이트헤드 선생님이 되는 편이 나았다. 모든 것이 반짝이는 방에서 화이트헤드 선생님은 엘리너의 엄마와 아버지보다 성공적으로 가식 속에 살았다. 버리고 싶던 것을 버렸으며 완벽한 남편감은 없다는 사실을 받아들인 화이트헤드 선생님은 혼자지만 완전했다.

"오늘 학교 즐거웠니?" 엄마가 자신의 의무를 어렴풋이 깨닫기라도 한 듯이 여느 때처럼 멍한 모습으로 갑자기 물었다.

엘리너는 생선에서 눈을 들어 엄마와 아버지를 한꺼번에 쳐다보았다. 서로에 의해서 덫에 걸린 두 사람에게, 모든 것이 깨끗한 방으로 달아나기에는 너무 늦어 버린 두 사람에게 엘리너는 애써 미소를 지어 보이면서 안쓰러운 마음을 느꼈다.

마흔일곱 번째 토요일
The Forty-seventh Saturday

메이비스는 잠에서 깨어나면서 오늘이 토요일임을 곧바로 깨달았다. 그녀는 한동안 이 생각을 하면서 홀로 침대에 누워 있었다. 생각하면 할수록 기분 좋은 일이었다. 점심 준비에 필요한 재료, 부엌 바닥 청소, 침실 정리. 메이비스는 해야 할 일들을 하나하나 생각하기 시작했다. 그녀는 일어나서 가운을 향해 팔을 뻗었다. 그러고서 부엌에서 작은 수첩을 찾아 연필로 이렇게 적었다. 고등어, 파르메산 치즈, 마늘. 메이비스는 커튼을 활짝 연 뒤 물을 담은 주전자를 가스레인지에 얹었고 콘플레이크를 그릇에 담았다.

그로부터 몇 시간 뒤 정오 무렵, 매카시는 와인 판매점에서 생각에 잠긴 얼굴로 서 있었다. 그는 한숨을 쉬고 말했다. "뱅 로제* 주세요. 큰 병으로요. 1리터 병이라고 해야 하나요? 뭐라고 부르는지 모르겠군요."

"점보 뱅 로즈라고 합니다." 점원은 프랑스어의 악센트 부호를 무시한 채 이렇게 중얼거렸다. "14실링 7펜스입니다."

매카시는 이 와인 판매점에서 술을 산 적이 없었다. 그는 재킷 안쪽에 손을 넣은 채 동작을 멈추었다. 손가락 끝에 가죽 지갑이 느껴졌다.

"14실링 7펜스요?"

점원은 매카시가 옷 안쪽에서 돈을 꺼내려다 말고 멈추었음을 분명히 보았지만 별다른 신경을 쓰지 않았다. 그는 먼지가 쌓인 병에 입김을 불었다. 그러고서 혀와 입술로 탁한 휘파람을 불면서 갈색 종이를 찢어 와인을 포장하기 시작했다. 점원이 종이로 싼 와인을 쇼핑백에 넣었다.

"그 크기 와인은 10실링인 줄 알았는데요. 다른 매장에서 10실링에 샀거든요." 매카시가 말했다.

점원은 의아한 표정으로 매카시를 뚫어질 듯 쳐다보았다.

"나는 뱅 로제를 자주 산답니다." 매카시가 설명했다.

얼굴이 얽은 서른다섯 살 먹은 점원은 아무 말 없이 매카시를 쳐다보고만 있었다. 그는 지금 벌어지는 일을 한 시간쯤 후에 돌아올 상급자에게 벌써 머릿속으로 이야기하고 있었다. 그는 뱅 로제를 달라고 한 뒤 가격을 두고 언쟁을 벌이려던 남자의 생김새를 정확하게 묘사해서 이야기에 신빙성을 더하려는 마음에 매카시를 찬찬히 뜯어보았다. 그의 눈앞에 서 있는 중년의 남자는 보통 키에 모자와 안경을 썼고 콧수염을 기르고 있었다.

* 로제 와인.

"좋습니다. 말싸움을 할 시간이 없어요." 매카시는 점원에게 1파운드
짜리 지폐를 건넨 뒤 잔돈을 받았다. "3펜스가 모자라는데요." 매카시
가 이렇게 말하자 점원이 이유를 설명했다. "쇼핑백 값입니다. 요즘에
는 쇼핑백도 돈을 받아야 하거든요. 아시겠어요?"

매카시는 와인을 쇼핑백에서 꺼내면서 갈색 종이 포장만으로도 충
분하다고 말했다. 점원이 매카시에게 3펜스짜리 동전 하나를 건넸다.

"택시를 탈 거랍니다. 와인 한 병쯤 들고 가는 건 어렵지 않아요." 매
카시가 말했다.

메이비스는 집에서 고등어 두 마리를 기름을 두른 프라이팬에 얹은
뒤 코를 벌름거리면서 냄새를 맡았다. 기름에서는 연기가 피어오르고
있었다. 메이비스는 여러 번 입은 감청색 투피스 위에 비닐 앞치마를
두르고 있었다. 이제 막 컬링 핀을 뺀 머리칼은 멋지게 찰랑였고, 가슴
은 맛있는 냄새를 들이마실 때마다 부풀었다. 메이비스는 1~2분 전
에 약간 쌉쌀한 셰리주를 따라 놓은 잔을 어디에 두었는지 기억을 더
듬으면서 레인지 앞에서 식탁 쪽으로 걸음을 옮겼다.

"타-라-타-타-타-타-타-타, 타-타-타-타-타-타." 택시에 올라탄
매카시는 와인 값으로 억울하게 더 지불한 4실링 7펜스를 잊어버리려
고 애쓰면서 장단을 맞추었다. "지하층 아파트예요. 오토바이하고 사
이드카가 밖에 서 있어서 쉽게 찾을 수 있을 겁니다." 매카시가 택시
기사에게 큰 소리로 설명했다. 택시 기사는 아무런 대답도 하지 않았
다.

"오토바이하고 사이드카요. 가로등 옆에 서 있을 겁니다. 21번지예
요. 아시겠죠?" 매카시가 다시 한 번 설명했다.

"로웨이 가 21번지라고 하셨죠? 한번 찾아보죠." 택시 기사가 대답

했다.

매카시는 눈을 감고서 두 다리를 앞으로 쭉 폈다. 그는 메이비스를 생각했다. 그녀를 떠올리기에 이보다 더 좋은 순간은 없었다. 매카시는 입 왼쪽 가장자리에 담배를 문 채 오른손 엄지와 검지로는 셰리주가 담긴 잔을 들고서 식탁 옆에 서 있는 메이비스의 모습을 상상했다. 잔의 바깥쪽에는 가느다란 빨간 줄 하나와 금색 줄 하나가 둘러져 있었다. 매카시가 한낮에 와인 한 병을 들고서 택시를 타고 이렇게 이동하는 것은 오늘로 마흔일곱 번째였다.

"그 사람 말이야, 옷을 예쁘게 차려입은 네 모습을 원하지 않아?" 메이비스가 처음으로 사실을 알렸을 때 친구들이 물었다. "피스 헬멧*에 처커 부츠**가 다 뭐야?" 메이비스는 친구들의 말이 우습게 느껴졌다. 그녀는 소리 내어 웃으면서 대답했다. "차려입으라고? 내가 왜?" 그러나 그것은 이제 막 관계가 시작되었을 때, 그녀가 그토록 깊은 사랑에 빠지기 전의 일이었다.

"왔어요?" 메이비스는 지하층 아파트의 부엌에서 셰리주 잔을 손에 들고 있었다. 그녀는 이제 앞치마를 두르고 있지 않았다.

"안녕, 메이비스." 매카시가 여전히 모자를 쓴 채 와인을 내밀었다. 그가 입은 레인코트는 주름져 있었고 깨끗해 보이지 않았다. "와인을 가져왔어. 술을 좀 마시면 기분이 더 좋아질 거라고 생각했어." 현관문은 언제나 잠겨 있지 않았기 때문에 매카시는 스스로 문을 열고 안으로 들어왔다. 그는 집 안에 들어선 뒤 예일 자물쇠를 걸어 두었다. 매

---

* 아주 더운 나라들에서 머리 보호용으로 쓰는, 가볍고 단단한 소재로 된 흰색 모자.
** 발목 높이의 가죽 부츠. 처커는 폴로 경기의 시합 시간(1처커는 7분 30초)을 가리키는 용어로, 폴로 경기의 승마화로 사용되었던 데서 이름이 유래했다.

카시는 메이비스가 그 어떤 방해도 받지 않기 위해서 그가 현관문을 잠그기를 바란다는 사실을 오래전에 알았다. "방해받기 싫어요." 민망한 일이 벌어진, 다섯 번째 만남이 이루어지던 날 메이비스는 이렇게 말했다. 그날 메이비스의 집을 옆집으로 착각하고는 등에 자루를 짊어진 채 침실로 들어온 석탄 배달부는 침대 커버 위에서 즐기고 있던 매카시와 메이비스의 모습을 보고 말았다.

"아, 맙소사. 당신은 너무 예뻐." 매카시가 말했다. 매카시는 모자와 레인코트를 벗은 뒤 코르크 마개 뽑이를 찾으려고 주위를 둘러보았다. 그는 메이비스의 집에 올 때면 언제나 우선 넉넉하게 따른 브랜디를 두 잔 마셔서 몸을 데우고 곧바로 이어서 뱅 로제를 한 잔 마셨다. 그는 메이비스가 즐겨 마시는 셰리주를 좋아하지 않았다. 상표에는 '브리티시 셰리'라고 인쇄돼 있었지만 맛을 본 매카시는 라벨에 적힌 말을 도무지 믿을 수 없었다.

"이 옷 정말 예쁜데." 매카시는 메이비스의 감청색 투피스를 보고는 전에도 이렇게 말한 적이 있었다. 메이비스는 원래 언니 린다가 입던 옷이라고 이미 한두 번 말했다.

매카시는 생선 냄새를 맡았다. 집 안에는 고등어 냄새와 메이비스가 뿌린 방향제 향이 가득 배어 있었다.

"커스터드 소스를 얹은 신선한 고등어 요리를 하고 있어요." 메이비스가 레인지 앞으로 움직이면서 말했다. 방금 메이비스를 껴안았던 매카시는 잠시 후에 그녀를 다시 품에 안을 생각과 소스를 얹은 고등어 생각 사이에서 혼란스러움을 느꼈다. 매카시는 잘못 들은 것이 틀림없다고 생각했다. 고등어에 커스터드 소스라니 도무지 믿을 수 없었다. "커스터드! 커스터드라고?" 매카시가 물었다.

메이비스는 그릇에 담긴 소스를 저었다. 그녀는 매카시가 처음 집에 왔을 때를 떠올렸다. 그날 메이비스는 오믈렛을 만들었는데 안에 넣은 버섯이 제대로 익지 않았었다. 매카시는 그 사실을 지적했고, 메이비스는 버섯을 골라내 접시 한쪽에 모아 두는 그의 모습을 보면서 하마터면 울음을 터뜨릴 뻔했다. "구운 빵에 얹어 먹어요. 좀 더 익힐게요. 그럼 잘 구워진 빵에 얹어 먹어도 되잖아요." 메이비스는 큰 소리로 이렇게 말했지만 매카시는 고개를 젓더니 걱정할 것 없다고 말하려는 듯 그녀를 품에 안았다. 그러고서 그는 곧바로 그녀의 치마 지퍼를 열었다.

"커스터드라고?" 매카시는 창자가 뒤집히는 기분을 느끼면서 다시 한 번 물었다.

"마늘 커스터드 소스예요. 잡지에서 요리법을 봤어요."

"메이비스, 나는 삶은 달걀이나 먹었으면 좋겠는데. 또 속이 안 좋아."

"저런, 어떡해요! 하지만 생선은 소화가 잘돼요. 조금만 드세요. 미리 알았더라면 생선을 쪘을 텐데요. 가여워라! 어서 좀 앉아요."

매카시는 마늘 커스터드 소스로 요리한 고등어를 포크로 찍어서 입에 갖다 대는 순간 토하고 말 거라고 생각했다. 구역질이 날 테고, 곧바로 일이 벌어지고 말 것이 틀림없었다.

"메이비스, 진작 말했어야 하는데, 나는 종류와 상관없이 생선은 아무것도 못 먹어. 게다가 얼마 전부터 반숙 달걀만 먹고 있어. 내가 당신을 너무 귀찮게 하는 것 같아, 메이비스."

메이비스는 줄곧 와인을 마시면서 앉아 있는 매카시 앞으로 오더니 키스를 했다. 그러고서 그녀는 아무 걱정 말라고 말했다.

매카시는 누구에게보다도 많이 메이비스에게 거짓말을 했다. 그는 간단한 음식을 먹으려고 위장병이 있는 체했다. 그래도 메이비스는 잊었기 때문인지 아니면 기대감에 부풀어서인지, 언제나 전보다 더 정성을 들여서 요리를 했다. 매카시는 또, 어느새 당연히 받아야 할 것처럼 여기게 된 것을 얻고 나면 더 이상 미적댈 필요 없이 곧바로 떠나려고 매주 토요일마다 오후 4시에 약속이 있다고 꾸며 댔다. 그는 메이비스가 분수에 넘치는 생각을 갖지 않게 하려고 없는 아내와 두 아이를 만들어 내기도 했다.

"착한 아이답게 양치질을 해, 메이비스." 매카시는 현실적인 요구를 하고 있었다. 그는 메이비스가 마늘 냄새를 풍길까 봐 겁이 났다. 매카시는 메이비스 역시 사랑의 순간에 앞서 이를 닦는 것이 당연하다고 생각할 것임을 알고는 당당하게 요구했다.

메이비스가 욕실에 있는 동안 매카시는 노래를 흥얼거리면서 이렇게 계속되고 있는 행운에 대해서 생각했다. 그는 와인을 좀 더 마셨고, 욕실에서 나온 메이비스에게도 술을 좀 마시라고 권했다. 이 만남은 메이비스와 아파트를 나눠 쓰는 에이든이 주말에만 집을 비우기 때문에 오직 토요일에만 가능했다.

"정말 기분 좋아." 매카시는 이렇게 말하더니 메이비스를 무릎에 앉히고는 그녀가 입고 있는 감청색 투피스를 어루만졌다. 매카시가 감당하기에 조금 무거운 메이비스는 그의 무릎에 앉은 채 구두가 벗겨질 때까지 다리를 흔들었다.

이번 토요일은 메이비스의 생일이었다. 매카시가 여전히 쉰두 살에 머물고 있는 오늘, 그녀는 스물일곱 살이 되었다. 메이비스는 어젯밤 그리고 앞선 며칠 밤 동안 자신의 생일에 대해서 생각했다. 그녀는 오늘 특별히 무언가를 하고 넘어가야 할지, 매카시에게 오늘이 자신의 생일임을 알려야 할지 고민했다. 지난 토요일 그녀는 한 주만 지나면 생일이라고 말하는 것은 무언가를 강요하는 느낌을 줄지도 모른다고, 선물을 두 팔 가득 들고 와야 한다거나 어떻게든 오늘을 특별한 날로 만들어야 한다고 매카시에게 부추기는 것처럼 들릴지도 모른다고 생각했다. 메이비스는 포장된 상자를 들고 그녀의 집에 도착한 뒤 의자에 앉으면서 "고등어가 정말 먹음직스러워 보이는데!" 하고 감탄하는 매카시의 모습을, 오늘은 그녀의 스물일곱 번째 생일인 만큼 시간을 내서 오후 내내 그리고 밤새도록 머물겠다고 말하는 그의 모습을 황홀한 기분으로 상상했다. "이따가 웨스트엔드에 가자." 매카시가 그녀의 머릿속에서 말했다. "팔라듐에서 공연을 보는 거야. 지갑에 티켓이 들어 있어."

"날씨가 너무 변덕스러워. 도무지 종잡을 수가 없어." 매카시가 말했다.

메이비스는 맞는다는 표시로 소리를 냈다. 그녀는 지난 생일들을 떠올렸다. 한번은 연을 선물 받은 적이 있는데, 그날 메이비스가 원했던 맛의 케이크는 오븐에서 성공적으로 구워지지 못해서 잿빛을 띤 채 울퉁불퉁한 모양으로 나왔고 결국 장식용 설탕 가루에 뒤덮여 식탁에 올랐다. 메이비스가 울음을 터뜨리자 엄마는 찻숟가락을 들어서 그녀의 손가락 마디를 톡톡 때렸다. "공연이 끝나면 내가 음식을 잘한다고 들은 식당에 가서 저녁을 먹는 게 어때? 그다음에는 리큐어를 한 잔 마시고 폼 나게 당신의 보금자리로 돌아오는 거지." 매카시는 메이비스의 상상 속에서 이렇게 말하면서 그녀의 목에 코를 비볐다. 이런 공상에 잠겨 있던 순간, 메이비스는 매카시가 말은 하고 있지 않지만 정말로 자신의 등에 코를 비비고 있음을 알아차렸다.

"오늘은 특별한 날이에요. 11월의 아주 특별한 날이에요." 메이비스가 말했다.

매카시가 소리 내어 웃었다. "토요일은 언제나 내게 특별한 날이야. 내 가슴속에서 모든 토요일은 빨간색으로 동그라미 쳐져 있어." 매카시가 조금은 거칠게 장난을 치기 시작하는 바람에 메이비스는 더 이상 설명할 수 없었다.

전갈자리로 태어난 메이비스는 용감하고 당당하며 진취적으로 살아갈 운명이었다. 메이비스는 어린 시절에 자주 문제를 일으켰다. 개구쟁이였기 때문이 아니라 무슨 일을 하든지 공상에 잠기기를 좋아했기 때문이었다. 메이비스는 지금도 공상에 사로잡혀 있었다. 그녀는 꽃을 사러 달려 나가는 매카시의 모습을 꿈꾸었고, 꽃을 한 아름 안고서 돌아오는 그의 모습을 보았다. 그녀의 상상 속에서 매카시는 전화를 걸어서 토요일 약속을 미루었다고, 집에도 전화를 걸어서 피할 수 없는 중요한 업무로 멀리 나와 있다고 알렸다고 말했다. 메이비스는 매카시의 손이 그녀의 갈비뼈를 따라 움직이는 것을 느꼈다. 매카시가 좋아하는 행동이었다. 두 사람은 한동안 말없이 누워 있었고, 메이비스는 점점 더 기분이 가라앉으면서 슬픔이 차오르는 것을 느꼈다.

"당신은 정말 사랑스러워." 매카시가 중얼거렸다. "아, 메이비스, 메이비스."

메이비스는 매카시의 길고 창백한 팔을 힘껏 잡았다. 메이비스는 석탄 배달부가 집에 들어왔던 날을 문득 떠올리면서 목이 빨갛게 달아오르는 것을 느꼈다. 그녀는 첫날을 떠올렸다. 메이비스는 스타킹을 돌돌 말아 벗으면서, 자신을 지켜보고 있는 애인의 모습을 보았다. 이미 실오라기 하나 걸치지 않고 있던 그는 전기난로 가까이에 얼어붙은 듯 서서 얼떨떨한 표정을 짓고 있었다. 그날 메이비스는 처녀가 아니었지만 그 이후로 단 한 번도 매카시가 아닌 다른 남자에게 한눈을 팔지 않았다.

"사랑한다고 말해 줘요." 갑자기 새로운 감정에 휩싸인 메이비스는 오늘이 자신의 생일인 것도 잊은 채 이렇게 외쳤다. "지금 당장 말해 줘요. 나는 가끔 불안해져요."

"물론이야. 물론 당신을 사랑해. 벌써 수도 없이 말한 것처럼 나한테는 당신뿐이야, 메이비스."

"당신을 의심해서가 아니에요. 토요일이 지나고 또다시 토요일이 될 때까지 나는 우울해요. 말하는 건 불가능해요. 그러니까 내 말은 말로 설명하기가 어렵다는 거예요. 담배 있어요?"

매카시는 베개에 누운 채 고개를 저었다. 메이비스는 그가 담배를 피우지 않는다는 것을 알고 있었다. 그런데 왜 물었을까? 이것 역시 커스터드 소스와 마찬가지였다. 매카시는 메이비스가 기억하려고 노력해 주기를 기대하면서 애써 위장병을 지어냈지만 결국 아무 소용 없었다.

"당신은 담배를 안 피우죠. 나는 언제나 묻고 당신은 아무 말도 안 해요. 늘 그때서야 기억이 난다니까요. 내가 당신을 짜증 나게 하나요? 사랑한다고 말해 줘요. 내가 짜증스럽지 않다고 말해 줘요."

"메이비스."

"오늘은 내가 마음에 안 드는 거죠? 느낌으로 알 수 있어요. 고등어 때문이라면 미안해요. 사실대로 말해 줘요. 오늘은 내가 마음에 안 드는 거죠?"

"아니야, 그렇지 않아. 사랑해. 당신을 사랑해."

"당신은 나를 좋아하지 않아요." 메이비스는 매카시가 하는 이야기를 못 듣기라도 한 것처럼 모든 단어를 강조하면서 또박또박 말했다.

"사랑해. 정말로 사랑해."

메이비스는 고개를 젓더니 일어서서 부엌으로 갔다. 그녀는 그곳에서 담배와 성냥을 찾았다.

"나의 메이비스." 매카시가 침대에서 말했다. 그는 자기는 아직 안 끝냈다고, 당연히 받아야 할 즐거움을 아직 완전히 누리지 못했다고 생각했다. "메이비스, 나의 어린 연인." 매카시는 이렇게 중얼거리더니 쾌활한 분위기가 메이비스의 기분을 풀어 줄 거라고 생각하면서 소리 내어 웃기 시작했다. "내가 당신을 위해서 춤을 좀 출까?"

메이비스는 빨갛게 타들어 가는 담배를 손에 든 채 시트를 끌어당겨 몸을 감쌌고, 매카시는 침대에서 내려온 뒤 방 한가운데에 서서 두 팔을 앞으로 뻗었다. 그는 전에도 여러 번 그랬던 것처럼 박자 따위는 무시한 채 몸을 이리저리 흔들면서 춤을 추기 시작했다. 메이비스를 위해서 처음 이렇게 춤을 추던 날 매카시는 자신의 춤이 열정의 표현이라고, 장미와 그녀에게 바치는 보석과 금실 은실을 섞어 짠 드레스를 형상화한 것이라고 설명했다. 매카시는 메이비스에게 그의 바지에서 멜빵을 풀라고, 춤을 추는 동안 멜빵으로 그를 때리라고 말한 적도 있었다. 그는 둘만의 삶 속에 장미나 보석 혹은 식당에서 함께하는 저녁 식사가 존재하지 않는 것은 자기 잘못이라고, 자기가 죄인이라고 말했다. 그러나 메이비스는 매카시가 그렇게 생각한다는 사실에 놀라면서 그의 청을 거절했고, 벌을 줄 아무런 이유도 없다고 대답했다. 매카시는 그날 줄곧 부루퉁한 표정을 지어 보였지만 체벌을 내려 달라는 말은 두 번 다시 하지 않았다.

"어때?" 매카시가 춤을 마무리 지으면서 물었다. 메이비스는 아무런 대답 없이 몸을 감싸고 있던 시트를 젖혔고, 매카시는 쾌활한 걸음걸이로 그녀에게 성큼성큼 다가갔다. 그의 콧수염 아래로 미소가 번지고 있었다.

"가끔 그녀에 대해서 생각해요." 시간이 조금 흐른 뒤 메이비스가 말했다. "당연한 일이죠. 어떻게 생각을 안 하겠어요."

"집사람은 손쓸 도리가 없는 사람이야. 자기 것은 철저히 지키는 사람이지. 나는 집사람한테 매인 몸이야."

"나는 당신 부인 이름도 몰라요."

"아, 메이비스, 메이비스. 그냥 매카시 부인이라고 알고 있으면 안 될까?"

"질투가 나서 그래요. 미안해요."

"아니야, 메이비스. 괜찮아."

"머리가 까말 것 같아요. 키가 크고 튼튼할 것 같고요. 그 사람 얘기는 안 했으면 좋겠어요?"

"안 하는 게 아무래도 좋겠지. 물론이야."

"미안해요."

"괜찮아."

"질투심 때문이에요. 초록 눈을 가진 괴물 말이에요."

"질투할 필요 없어, 메이비스. 전혀 그럴 필요 없어. 집사람하고 나는 사이가 안 좋아. 요즘에는 같이 있지도 않아."

"그 사람은 별자리가 뭐예요?"

"별자리?"

"궁수자리인가요? 아니면 사자자리? 생일이 언제예요?"

매카시의 작은 눈이 찌그러졌다.

그는 속눈썹 사이로 메이비스를 바라보았다.

"3월 29일이야."

"그날 특별한 뭔가를 하겠죠? 집에서 아이들이랑 같이요. 모두가 당신 부인한테 선물을 줄 테고요. 특별한 케이크도 준비하나요?"

"집사람은 롤 케이크를 좋아해. 라이언스에서 자기가 직접 사."

"아이들은 작은 선물을 하나요? 울워스에서 파는 물건인가요?"

"비슷한 물건이지."

"나도 어릴 때 울워스에서 선물을 사고는 했어요. 아빠가 내 손을 잡고 울워스에 데려가셨죠. 아마 당신도 그러겠죠. 당신 부인도요."

"그래, 당신 말이 맞겠지."

"자주 당신 부인에 대해서 생각해요. 안 하려고 해도 어쩔 수 없어요. 머릿속에 그 사람 모습이 보여요."

"집사람은 몸집이 커." 매카시가 생각에 잠긴 얼굴로 말했다. "당신보다 커, 메이비스. 몸집이 크고 피부가 거무스름하지. 더 이상은 말하고 싶지 않아."

"아, 캐물으려는 건 아니었어요."

"캐묻는 게 싫은 건 아니야, 메이비스. 아니, 당신은 캐묻지 않았어. 나는 단지 이 순간을 망치고 싶지 않아."

매카시는 이렇게 이야기하고 난 뒤 자기의 입에서 나온 말이 머릿속에서 메아리치는 것을 들었다. 그는 이따금 이런 경험을 했다. "나는 단지 이 순간을 망치고 싶지 않아." 메이비스는 매카시가 한 말이 아름답다고 느끼면서 잠자코 있었다. 그녀는 다시 한 번 이 말을 떠올렸고,

매카시의 넓적다리에 손을 얹더니 그 팽팽한 피부를 손톱으로 살며시 긁었다. "아, 메이비스." 매카시가 말했다.

메이비스는 4시 20분 전에 매카시가 떠나고 나면 자신은 가운을 걸친 채 홀로 앉아서 눈물을 흘릴 것임을 알고 있었다. 점심 식사 때 사용한 그릇을 설거지하면서 그가 쓴 그릇을 애정이 담긴 손길로 씻을 것이 분명했다. 매카시가 사용한 에그 컵을 씻어 말리면서 그의 손길이 닿았던 것임을 기억할 것이 분명했다. 그녀는 이 모든 것이 터무니없는 짓임을 알았지만 전에도 그런 것처럼 또다시 이런 행동을 하게 될 것임을 알았다. 그녀는 무척이나 예쁘고 한창 젊은 자신이 쉰두 살 먹은 남자를 이토록 열정적으로 사랑하는 것을 매카시와 달리 이상하다고 생각하지 않았다. 그녀는 매카시의 모든 것을 사랑했으며 그가 곁에 있어 주기를, 그의 손길이 와 닿기를 갈망했다. "아, 내 사랑, 내 사랑." 메이비스는 이렇게 외치면서 그의 몸 위로 자신의 몸을 던졌고 통통한 팔다리로 그의 몸을 감쌌다.

선잠이 들었던 매카시는 3시 반에 잠에서 깼다. 그는 목이 타는 듯한 갈증을 느끼고는 차를 마시고 싶다는 생각을 했다. 그는 한숨을 쉬면서 옆 베개에 누워 있는 메이비스의 금빛 머리칼을 어루만졌다.

"차를 준비할게요." 메이비스가 말했다.

"메르시." 매카시가 속삭였다.

매카시는 메이비스와 함께 부엌에서 차를 마시면서 조끼의 단추를 채웠고 양말을 신었다. "나비넥타이를 샀어. 아직 좀 어색하기는 해." 매카시가 비밀이라도 털어놓듯 말했다. "다음 주에 시험 삼아 당신 목에 매 볼게."

"이 세상의 모든 걸 요구해도 돼요. 당신을 위해서라면 뭐든 할 거니까요. 뭐든 말만 하세요. 나는 당신을 그렇게 많이 사랑해요."

매카시는 그녀의 이야기를 듣고는 부츠 끈을 묶던 손을 멈추었다. 그는 지금 자신의 어깨에 팽팽하게 걸쳐져 있는 멜빵을 생각했다. 그리고 공공 도서관에서 읽은 적이 있는 발 페티시에 대한 글을 떠올렸다.

"나는 당신을 그토록 사랑해요." 메이비스가 속삭였다.

"나도 당신을 사랑해."

"밤마다 당신 꿈을 꿔요."

"나는 당신 꿈을 꿔."

메이비스는 한숨을 쉬더니 자신의 어깨 너머를 바라보았다. 그녀는 마음이 편치 않은 것 같았다. "내 꿈을 꾸는 당신 모습은 상상할 수 없어요."

"나는 좁은 트윈베드에 집사람하고 따로 누워서 당신 꿈을 꿔."

"그렇게 말하지 말아요. 나한테 침실 얘기는 하지 말아요."

"미안해."

"그 방에 놓인 트윈베드는 생각하기도 싫어요. 전에도 말했잖아요."

"아, 메이비스, 메이비스. 우리가 같이 있을 수 있다면 얼마나 좋을까."

"당신을 너무나 사랑해요."

부엌에는 침묵이 흘렀다. 잠시 후 잔을 기울여 남아 있던 차를 모두 마신 매카시는 메이비스의 집을 떠나려고 일어섰다.

그는 거실을 가로지르다가 벽난로 선반에 세워져 있는 생일 카드를 발견했다. 그는 오늘이 메이비스의 생일임을 곧바로 알아차리고는 뭐든 한마디 해야 하는 것은 아닌지 잠시 망설였다. 그러나 그는 횟수를 떠올리면서 메이비스의 머리에 키스를 했다. 그는 언제나 머리에 입을 맞추는 것으로 작별 인사를 대신했다. "마흔일곱 번째야." 매카시가 중얼거렸다. "오늘은 마흔일곱 번째야."

메이비스는 현관까지 그를 배웅했다. 그러고서 매카시가 지하 계단을 올라가는 모습을, 그의 다리가 난간을 따라 힘차게 움직이는 모습을 지켜보았다. 그의 발자국 소리가 점점 희미해지다 사라졌고 메이비스는 부엌으로 돌아와 잔에 차를 따랐다. 메이비스는 그가 언제나 사업상 약속이라고 부르는 토요일 약속을 지키는 모습과 일을 마친 뒤 버스에 몸을 싣고서 그가 사는 교외로 돌아가는 모습을 떠올렸다. 그녀의 눈앞에 열쇠로 문을 열고서 집 안에 들어서는 그의 모습이, 개 한 마리와 아이 두 명과 몸집이 크고 살갗이 거무스름한 여자가, 아내인 여자가 그를 맞는 모습이 보였다. 개는 큰 소리로 짖었고 여자는 날카로운 소리로 욕을 퍼부었다. 잘못된 행동을 했거나 무언가를 잊었거나 사소한 속임수가 발각되었기 때문인 듯했다. 메이비스는 열쇠를 여전히 손에 쥔 채, 궁지에 몰린 사람처럼 현관에 선 그의 모습을 보면서 그를 덮치는 피로감을 느낄 수 있었다. 그녀는 이런 그의 모습을 머릿속에 담은 채 눈을 감았다. 그녀의 눈꺼풀 아래에서 눈물이 흘러나왔다.

버스는 매카시를 오데온 극장에 내려놓았다. 그는 걸음을 재촉하면서 한 상점 앞에 걸린 환하게 불이 켜진 시계와 손목에 차고 있는 시계의 시간을 비교했다. 그는 차를 한 잔 마실 여유가 있다고, 배가 출출하니 데니시 페이스트리를 하나 먹는 것도 괜찮겠다고 생각했다. 차를 마신 뒤 그는 토요일이면 언제나 그렇듯 영화를 보러 갈 계획이었다.

로맨스 무도장
The Ballroom of Romance

성당 참사회원인 오코넬은 브리디의 아버지와 따로 기도를 드리기 위해서 일요일마다 농장에 왔다. 일요일에 시간을 낼 수 없을 때는 월요일에 농장을 찾았다. 일요일이 가장 바쁜 날인 그는 월요일에 올 때가 많았다. 브리디의 아버지는 괴저가 시작돼서 다리를 절단한 뒤로 더 이상 걸어 다니지 못했다. 예전에는 농장에 조랑말과 수레가 있었고 브리디의 어머니도 살아 계셨다. 브리디와 그녀의 어머니는 힘겨웠지만 아버지를 수레에 올라타도록 도와 마을로 가서 미사를 드렸다. 그러나 2년 뒤 조랑말은 다리를 절기 시작했고 결국 폐사되었다. 그로부터 얼마 안 되어 어머니마저 세상을 떠났다. "조금도 걱정하지 말아요." 오코넬은 아버지를 성당에 모시고 가는 것의 어려움에 대해서 이렇게 말했다. "제가 매주 올라오도록 하겠습니다, 브리디."

우유 트럭은 매일 농장에 올라와서 커다란 우유 통 하나를 실어 갔고, 드리스콜은 화물차를 몰고 와서 식료품을 내려놓고 브리디가 한 주 동안 모아 둔 달걀을 가져갔다. 오코넬이 1953년에 그 제안을 한 뒤로 브리디의 아버지는 농장을 떠나지 않았다.

브리디는 일요일마다 미사를 드리러 가고 매주 한 번 도로변에 있는 무도장을 찾는 것 외에도 매달 한 번 금요일 오후를 골라서 일찌감치 자전거를 타고 마을로 쇼핑을 하러 갔다. 그녀는 원피스를 만드는 데에 필요한 재료, 털실, 스타킹, 신문 등 자기에게 필요한 물건을 구매했고 아버지를 위해서 문고판 서부 소설도 샀다. 그녀는 함께 학교에 다녔던 여자들과 가게에서 마주쳐 이야기를 나누기도 했다. 브리디의 동창들 중에는 가게 점원이나 가게 주인과 결혼했거나 가게에서 일하는 사람들이 제법 있었다. 동창들 대부분은 이미 가정을 꾸리고 있었다. "이런 구덩이에 빠져서 허우적대는 대신, 언덕에서 평화로운 나날을 보내다니 너는 참 운이 좋아." 동창들은 브리디에게 이렇게 말하고는 했다. 그녀들은 아이를 가져서 혹은 큰살림을 꾸려 가느라 거의 모두가 피곤해 보였다.

금요일에 브리디는 자전거를 타고 언덕 위 농장으로 돌아오면서 동창들이 그녀의 삶을 정말로 부러워하는 모양이라고 생각하고는 했다. 그리고 브리디는 그 사실에 놀랐다. 아버지만 아니었다면 브리디 역시 마을에서 일하기를 원했을 것이다. 통조림 고기를 만드는 공장에 취직하거나 상점에서 일자리를 찾았을지도 몰랐다. 마을에는 일렉트릭이라는 이름의 극장과 피시 앤드 칩스 가게가 있었다. 사람들은 밤이면 그 가게에서 만났고 가게 앞의 길에 서서, 신문지를 말아 그 안에 담은 감자튀김을 먹었다. 저녁나절 브리디는 아버지와 함께 농가의 거실에 앉아서 마을의 모습을 상상하고는 했다. 쇼윈도에는 진열된 상품이 잘 보이도록 불이 켜져 있고, 과자점은 손님들이 일렉트릭 극장에 가져갈 초콜릿이나 과일을 살 수 있도록 아직 영업을 하고 있을 것이 분명했다. 그러나 18킬로미터 정도 떨어진 마을은 저녁나절 오락거리 삼아 자전거를 타고 다녀오기에는 너무 멀었다.

"다리가 하나밖에 없는 사람한테 매여 살다니 너한테 너무 끔찍한 일이구나." 아버지는 진심으로 괴로워하면서 이렇게 말하고는 했다. 아버지는 깊은 한숨을 쉬었고, 몸이 허락하는 한 어떻게든 밭에서 일을 하다가 절뚝거리며 집으로 돌아왔다. "네 엄마가 살아 있다면……" 아버지는 이렇게 말하다가 말끝을 흐렸다.

어머니가 살아 계셨다면 아버지를 보살피고 아버지가 소유한 얼마 안 되는 땅을 일굴 수 있었을 것이다. 그리고 우유 통을 들어서 수집 장소로 옮기고 몇 마리 안 되는 닭과 소를 돌볼 수 있었을 것이다. "딸아이가 옆에 없으면 나는 죽은 목숨이나 다름없어요." 브리디는 언젠가 아버지가 오코넬에게 말하는 것을 들었다. 오코넬은 브리디 같은 딸을 둔 것은 정말 행운이라고 대답했다.

"여기서도 행복해요. 어딜 가서 사나 똑같지 않겠어요?" 브리디는 이렇게 대답했지만 아버지는 그녀가 마음에 없는 소리를 하고 있음을, 삶을 짓누르는 현실의 무게에 서러워하고 있음을 알았다.

아버지는 그녀를 여전히 아이라고 불렀지만 브리디는 서른여섯 살이었다. 브리디는 키가 크고 튼튼했으며 얼룩진 손가락과 손바닥은 살가죽이 거칠었다. 풀과 나무에서 즙이 흘러나오고 흙에서 색소가 빠져나오기라도 한 것처럼, 브리디가 경험한 노동은 그녀의 손가락과 손바닥에 스며들었다. 브리디는 어려서부터 아버지가 기르는 사료용 사탕무와 식용 사탕무 사이로 봄마다 자라나는 억센 잡초를 뽑아냈고, 해마다 8월에는 그녀가 흙을 뒤집어 놓은 밭에 나가서 날마다 두 손으로 땅을 파헤치면서 감자를 캤다. 그녀의 얼굴 피부는 바람에 억세졌고 햇볕에 그을렸다. 그녀의 목과 코는 메말라 갔고 입술은 일찍이 주름졌다.

그러나 토요일 밤이 되면 브리디는 잡초와 흙을 잊었다. 그녀는 가진 원피스 중에서 매번 하나를 골라 입은 뒤 자전거를 타고서 무도회장으로 향했다. 아버지는 그녀가 무도회장에 가도록 늘 곁에서 부추겼다. "기분 전환이 되지 않겠니?" 아버지는 브리디가 즐겁게 노는 것을 싫어한다고 생각하는지 언제나 이렇게 당부했다. "신나게 놀다 오면 좋겠구나." 브리디는 아버지가 마실 차를 준비해 두었고, 아버지는 라디오와 때로는 서부 소설을 듣고서 자리를 잡고 앉았다. 때가 되면 아버지는 브리디가 아직 춤을 추고 있을 시간에 벽난로의 불을 다시 일으켜 놓은 다음 절뚝거리면서 위층으로 올라가 침대에 누웠다.

저스틴 드위어 소유의 무도회장은 인적이 드문 길가에 덩그맣게 서 있는 건물이었다. 주위에는 나무 한 그루 없는 소택지가 펼쳐져 있고 건물 앞 공터에는 자갈이 깔려 있었다. 분홍빛 자갈돌을 박은 시멘트에는 간결하게 '로맨스 무도회장'이라고 쓰여 있었는데, 무도회장 이름을 칠하는 데에 사용된 하늘색 페인트는 은은한 듯하면서도 뚜렷한 바탕색과 잘 어울렸다. 무도회장의 이름 위에 매달린 빨강, 초록, 주황 그리고 자주, 이렇게 네 가지 색의 전구에는 적당한 때가 되면 불이 들어왔다. 밤의 만남을 위한 장소가 영업을 시작했다는 표시였다. 건물의 정면만이 분홍색이고 나머지 벽은 평범한 회색이었다. 건물 내부로 들어가면 분홍색 스윙 도어를 제외하고 모든 것이 파랬다.

토요일 밤이 되면 키가 작고 마른 저스틴 드위어는 건물을 보호하던 철제 가림막을 자물쇠를 풀어서 활짝 열었다. 무도회장에서 연주가 시작되면 탁 트인 출입구를 통해서 음악이 쏟아져 나왔다. 저스틴 드위어는 아내를 도와 레모네이드가 담긴 나무 상자와 비스킷을 차에서 꺼내 옮긴 뒤 활짝 열어 둔 철제 가림막과 분홍색 스윙 도어 사이의 좁은 현관에 자리를 잡았다. 그가 앞에 두고 앉은 카드 게임용 탁자 위에는 돈과 입장권이 펼쳐져 있었다. 사람들은 그가 큰돈을 벌었다고 말했다. 그는 여기 말고도 다른 곳에 무도회장을 몇 개 더 소유하고 있었다.

브리디처럼 외딴 언덕 위 농장이나 멀리 떨어진 동네에 사는 사람들은 자전거나 자동차를 타고 왔다. 어린 남녀 그리고 어느 정도 나이가 든 남자와 여자. 좀처럼 다른 사람들을 접할 기회가 없는 이들이 이곳에서 만났다. 사람들은 저스틴 드위어에게 입장료를 지불한 뒤 무도회장에 들어섰다. 엷은 파랑색 벽에는 그림자가 드리워져 있고 크리스털 전등갓에서는 흐릿한 빛이 스며 나왔다. 로맨틱 재즈 밴드라고 알려진 밴드는 클라리넷과 드럼 그리고 피아노로 구성되어 있었다. 드러머는 가끔 노래를 부르기도 했다.

브리디는 프레젠테이션 수녀회 학교를 졸업한 뒤 무도회장을 출입하기 시작했다. 그때만 해도 어머니가 살아 계셨다. 브리디는 11킬로미터 남짓한 거리를 갔다가 다시 그만큼을 돌아와야 하는 먼 길이 아무렇지 않았다. 그녀는 프레젠테이션 수녀회 학교를 다닐 때에도 자전거를 타고서 날마다 그 정도 거리를 오갔다. 1936년에 구입한 러지 자전거는 어머니가 타던 거였다. 브리디는 일요일마다 자전거로 10킬로미터 정도를 달려서 미사를 드리러 갔지만 이 또한 아무렇지 않았다. 그녀는 이 모든 것에 이미 익숙했다.

"잘 지내지, 브리디?" 어느 가을 저녁 저스틴 드위어는 새로 장만한 진홍색 원피스를 입고 도착한 브리디에게 물었다. 브리디는 잘 지낸다고 대답한 뒤 드위어의 두 번째 질문에 아버지도 잘 지내신다고 답했다. "조만간 한번 찾아뵐게." 드위어가 벌써 20년째 해 오고 있는 약속을 되풀이했다.

브리디는 입장료를 낸 뒤 분홍색 스윙 도어를 밀고 들어갔다. 로맨틱 재즈 밴드는 귀에 익은 옛 노래를 연주하고 있었다. 〈데스티니 왈츠〉. 밴드는 이름과 달리 무도회장에서 단 한 번도 재즈를 연주하지 않았다. 드위어는 개인적으로 재즈를 좋아하지 않았고 세월이 흐르는 동안 유행한 여러 가지 춤도 좋아하지 않았다. 그는 자이브, 로큰롤, 트위스트를 비롯한 다양한 춤을 거부한 채 무도회장은 최대한 품위 있는 장소가 되어야 한다고 믿었다. 로맨틱 재즈 밴드는 말로니, 스완턴 그리고 드럼을 치는 데이노 라이언으로 구성되어 있었다. 중년의 세 사람은 말로니의 자동차를 타고 마을에서 여기까지 왔다. 아마추어 연주자인 그들은 평소에는 통조림 고기 공장과 전력공급위원회 그리고 주 의회에서 각각 일했다.

"별일 없죠, 브리디?" 데이노 라이언이 휴대품 보관소로 가면서 그의 앞을 지나가는 브리디에게 인사했다. 데이노는 드럼 치던 손을 잠시 멈추고 있었다. 〈데스티니 왈츠〉는 드럼이 많이 사용되지 않는 곡이었다.

"네, 잘 지내요, 데이노." 브리디가 대답했다. "당신이야말로 괜찮아요? 눈은 좀 나아졌나요?" 지난주에 데이노는 감기 때문인지 모르지만 자꾸만 눈물이 난다고 브리디에게 말했다. 그는 아침에 일어나면서 느낀 증세가 오후까지 계속되었다고 설명하면서 처음 겪는 일이라고, 반나절 이상 어디가 아프거나 불편한 것은 태어나서 처음이라고 덧붙였었다.

"안경을 써야 할 것 같아요." 데이노가 말했다. 브리디는 휴대품 보관소로 걸어가는 동안 안경 쓴 얼굴로 도로 보수 작업을 하는 데이노의 모습을 상상했다. 데이노는 주 의회에 도로 보수 작업 인부로 고용되었다. 브리디는 안경을 쓰고서 그 일을 하는 사람은 보기 드물다고 생각하면서 직업상 피할 수 없는 먼지가 그의 눈에 해를 입힌 것은 아닌지 의심했다.

"안녕, 브리디." 이니 매키라는 이름의 여자가 휴대품 보관소에서 인사했다. 이니는 브리디보다 프레젠테이션 수녀회 학교를 1년 먼저 졸업했다.

"원피스가 정말 예쁘다, 이니. 나일론이야?" 브리디가 물었다.

"트리셀이야. 다림질이 필요 없어."

브리디는 외투를 벗어서 고리에 걸었다. 휴대품 보관소에는 작은 세면대가 하나 있고 그 위에는 색이 변한 거울이 걸려 있었다. 사용한 휴지와 화장 솜 그리고 담배꽁초와 성냥이 콘크리트 바닥에 널브러져 있고, 한쪽 구석에는 초록색으로 칠한 목재 칸막이가 변기를 가리고 있었다.

"세상에, 브리디, 오늘 정말 예뻐 보인다." 거울 앞에서 차례를 기다리던 매지 다우딩이 말했다. 매지는 거울 앞으로 바짝 다가서더니 안경을 벗고서 속눈썹에 정성 들여 마스카라를 칠했다. 그러고서 누가 봐도 근시인 것을 알 수 있을 만큼 가까이 타원형 거울을 들여다보면서 콧노래를 불렀다. 기다리던 여자들은 조바심을 내기 시작했다.

"좀 빨리해!"이니 매키가 소리를 질렀다. "이러다 우리 모두 밤새 서 있겠어, 매지."

매지 다우딩은 브리디보다 나이가 많은 유일한 여자였다. 매지는 자신의 나이를 줄여서 말하고는 했지만 실제로는 서른아홉 살이었다. 여자들은 킬킬거리면서 매지 다우딩이 자신의 처지를 인정해야 한다고, 나이와 사팔눈과 칙칙한 안색을 받아들여야 한다고 수군댔고 남자들을 쫓아다니면서 그녀 자신을 웃음거리로 만들어서는 안 된다고 말했다. 과연 어떤 남자가 매지 다우딩 같은 여자한테 관심을 가질 것인가. 매지 다우딩은 레지오 마리애에서 토요일 밤마다 봉사를 하는 편이 나았다. 성당 참사회원인 오코넬은 언제나 도움의 손길을 기다리고 있지 않던가.

"그 남자 왔어?" 매지 다우딩이 마침내 거울 앞을 떠나면서 물었다. "팔이 긴 남자 말이야. 밖에서 그 남자 본 사람 있어?"

"캣 볼저하고 춤추고 있어요." 여자들 중 한 명이 대답했다. "캣이 그 사람한테 아주 찰싹 들러붙어 있던데요."

"꼬마 바람둥이라니까." 패티 번이 이렇게 말하자 모두가 웃음을 터뜨렸다. 패티가 말한 남자는 전혀 꼬마가 아니었다. 그는 쉰이 넘었다고들 했다. 결혼을 안 한 그는 아주 가끔 무도회장을 찾았다.

매지 다우딩은 캣 볼저와 팔이 긴 남자가 같이 있는 것이 몹시 못마땅했다. 그녀는 언짢은 마음을 고스란히 드러내면서 서둘러 휴대품 보관소에서 나갔다. 그녀가 두 뺨을 붉힌 채 허둥대다가 발을 헛디뎠을 때 휴대품 보관소에 있던 여자들은 웃음을 터뜨렸다. 좀 더 젊은 여자였다면 태연함을 가장했을 것이 틀림없었다.

브리디는 거울 앞에 설 차례를 기다리면서 대화를 나누었다. 빨리 밖으로 나가고 싶은 여자들은 콤팩트의 거울을 사용했다. 마침내 여자들은 어쩌다가 혼자인 사람도 있었지만 두세 명씩 무리를 지어서 밖으로 나간 뒤 무도회장의 한쪽 끝에 놓인, 등받이가 수직인 나무 의자에 자리를 잡고 앉아서 누군가 춤을 청해 주기를 기다렸다. 말로니와 스완턴 그리고 데이노 라이언은 〈하비스트 문〉과 〈누가 지금 그녀에게 키스하는지 궁금해〉와 〈내가 가까이 있을게요〉를 연주했다.

브리디는 춤을 췄다. 아버지는 지금쯤 난로 옆에서 잠에 빠져들고 있을지도 몰랐다. 라디오 에린에 주파수가 맞춰져 있는 라디오는 잔잔한 배경음을 만들고 있을 것이 분명했다. 아버지는 벌써 〈신앙과 직제〉 그리고 〈숨은 재능을 찾아라〉를 들었을 테고, 아버지가 읽고 있는 제이크 마톨의 서부 소설 『말을 달린 삼인조』는 그의 하나밖에 없는 무릎에서 판석을 깐 바닥으로 떨어졌을지도 몰랐다. 아버지는 매일 밤 그렇듯 깜짝 놀라면서 깨어난 뒤 오늘이 무슨 요일인지를 잊고는 브리디가 안 보여서 놀랄 것이 분명했다. 브리디는 보통 이 시간이면 탁자에 앉아서 옷을 깁거나 달걀을 닦았다. "뉴스 시간이니?" 아버지는 기계적으로 이렇게 묻고는 했다.

담배 연기와 먼지는 크리스털 전등갓 아래에서 희부연 안개처럼 보였고, 발소리는 쿵쿵 울렸고, 여자들은 높은 소리로 떠들면서 웃었다. 남자 파트너가 부족해서 여자끼리 춤추는 모습도 가끔 보였다. 무도회장 안에는 시끄러운 음악 소리가 울려 퍼졌다. 밴드 멤버들은 이제 모두 재킷을 벗고 있었다. 그들은 〈어느 박람회장에서 생긴 일〉의 삽입곡 몇 개를 힘차게 연주한 뒤 분위기를 낭만적으로 바꾸어서 〈흔하디흔한 일〉을 들려주었다. 템포는 폴 존스를 출 수 있도록 다시 빨라졌다. 춤이 끝났을 때 브리디는 젊은 남자와 마주 서 있었는데, 그는 이민을 가려고 돈을 모으고 있다고 말했다. 그는 이 나라에서는 더 이상 기대할 것이 없다고 생각했다. "나는 삼촌하고 산에서 살고 있어요. 하루에 열네 시간을 일하죠. 저 같은 젊은이한테 이게 어디 사는 건가요?" 브리디는 그의 삼촌을 알았다. 그의 삼촌이 소유한 돌투성이 땅과 브리디의 아버지가 일구는 땅은 단 하나의 농장만을 사이에 둔 채 떨어져 있었다. "삼촌은 해도 해도 끝없는 일로 내 진을 다 뺐어요. 이게 말이나 돼요, 브리디?"

퍼브 캐리에서 이미 술을 걸친 중년의 미혼남 세 명이 10시에 자전거로 도착하면서 무도회장은 잠시 술렁였다. 세 남자는 고함을 지르고 휘파람을 불면서 플로어 건너편에 있는 사람들에게 인사했다. 그들의 몸에서는 흑맥주와 땀과 위스키 냄새가 났다.

세 사람은 토요일마다 정확히 이맘때 도착했다. 드위어는 그들에게 입장권을 팔고 나면 카드 게임용 탁자를 접은 뒤 그날 저녁의 수입이 들어 있는 양철통에 자물쇠를 채웠다. 그의 무도회장을 찾을 손님은 이제 다 온 셈이었다.

"안녕, 브리디." 세 명의 미혼남 가운데 바우저 이건이라고 불리는 남자가 브리디에게 말했다. 또 다른 한 명인 팀 데일리는 패티 번에게 안부를 물었다. "춤출까?" 아이즈 호건은 매지 다우딩에게 춤을 청하면서 감청색 양복을 입은 가슴을 벌써 그녀의 드레스 레이스에 바짝 갖다 댔다. 브리디는 바우저 이건과 춤을 췄다. 바우저 이건이 브리디에게 근사해 보인다고 말했다.

무도회장을 찾는 여자들은 이 미혼남들이 절대 결혼하지 않을 거라고 생각했다. 그들은 이미 흑맥주와 위스키와 게으름 그리고 산속 어딘가에 살고 있는 세 명의 늙은 어머니와 결혼한 상태였다. 팔이 긴 남자 역시 술을 마시지 않는다는 사실을 빼고 나면 이들 세 명과 다를 것이 없었다. 그는 미혼남 특유의 얼굴을 하고 있었다.

"훌륭해." 바우저 이건이 술에 취해 엉성하게 페더 스텝을 밟으면서 말했다. "당신은 정말 춤을 잘 춰, 브리디."

"치우지 못해요!" 매지 다우딩이 음악 소리를 가르면서 날카롭게 소리쳤다. 매지가 입고 있는 원피스의 뒤판 속으로 손가락 두 개를 넣은 아이즈 호건은 손가락이 실수로 미끄러져 들어간 체하고 있었다. 아이즈 호건이 게슴츠레한 눈으로 웃었다. 그의 커다랗고 시뻘건 얼굴 위로는 땀이 비 오듯 흘렀고, 그에게 별명을 선사한 눈은 불룩하게 튀어나온 채 핏발이 서 있었다.

"행동 좀 조심해!" 바우저 이건이 브리디의 얼굴에 침이 튈 정도로 요란하게 웃으면서 큰 소리로 외쳤다. 사건 현장 근처에서 춤을 추고 있던 이니 매키 역시 소리 내어 웃으면서 브리디에게 윙크를 했다. 데이노 라이언은 드럼 연주를 멈추고서 노래를 불렀다. "아, 당신의 부드러운 키스가 너무나 그리워요." 데이노가 부드럽게 노래했다. "당신을 품에 꼭 안고 싶어요."

팔이 긴 남자의 이름을 아는 사람은 아무도 없었다. 그가 로맨스 무도회장에서 입 밖에 낸 말이라고는 춤을 청하는 말밖에 없었다. 그는 수줍음이 많은 남자였다. 댄스 플로어에서 춤을 추지 않을 때면 혼자서 있었다. 그는 춤을 다 추고 난 뒤면 아무한테도 작별 인사를 하지 않고 자전거를 타고 돌아갔다.

"캣이 오늘 밤에 아주 작정했군." 팀 데일리가 패티 번에게 말했다. 캣 볼저는 폭스트롯을 활기차게 마무리한 다음 왈츠를 추면서도 사람들의 눈길을 사로잡고 있었다.

"나는 당신 생각만 해요. 오직 바라면서, 당신이 내 곁에 있기를 바라면서." 데이노 라이언이 노래했다.

브리디는 데이노 라이언이라면 괜찮을 것 같다고 때때로 생각했다. 데이노는 여느 미혼남과는 달랐다. 그는 혼자 사는 것에 지치기라도 한 듯 어딘지 외로워 보였다. 브리디는 데이노 라이언이라면 괜찮을 것 같다고 토요일마다 생각했고, 주중에도 자주 같은 생각에 잠기고는 했다. 브리디가 생각하기에 데이노 라이언은 외다리가 된 아버지가 살아 계시는 동안에도 농장에 와서 사는 것을 꺼리지 않을 것 같았다. 그래서 그녀는 데이노라면 괜찮을 것 같다고 생각했다. 데이노와 함께라면 셋이서도 둘이 살 때와 다름없이 큰돈을 들이지 않을 수 있었다. 도로 보수 인부로 일하면서 받던 돈은 포기해야겠지만 하숙비가 절약되는 만큼 결과는 마찬가지였다. 한번은 브리디가 무도회장을 나선 뒤 자전거 뒷바퀴에 펑크가 났다고 거짓말을 한 적이 있었다. 데이노는 말로니와 스완턴이 말로니의 차에서 기다리는 동안 타이어를 살펴보았다. 그는 차량용 펌프로 자전거 바퀴에 바람을 넣은 뒤 괜찮을 거라고 말했다.

브리디가 데이노 라이언과 잘되기를 바라는 것은 무도회장을 드나드는 사람들에게 잘 알려진 사실이었다. 그러나 데이노 라이언에게는 이미 정해진 생활 방식이 있고, 그가 그 틀 속에서 벌써 오랫동안 살아왔다는 것 또한 잘 알려진 사실이었다. 데이노는 그리핀 부인이라고 불리는 과부의 집에서 하숙을 했다. 그리핀 부인은 마을 외곽의 오두막에서 정신적으로 문제가 있는 아들과 함께 살았다. 사람들은 데이노가 그리핀 부인의 아들에게 잘한다고 말했다. 그는 아이에게 사탕을 사 주기도 했고, 자전거의 가로대에 아이를 앉힌 채 돌아다니기도

했다. 그는 천상모후 성모 마리아 성당에서 매주 한두 시간을 보냈으며 드위어를 위해서 충직하게 일했다. 오가기가 훨씬 편리한 시내에 있는 보다 세련된 무도회장에서 더 많은 돈을, 그것도 미리 주겠다고 해도 데이노는 그 제안을 거절한 채 드위어가 시골에서 운영하는 다른 무도회장 두 곳에서 드럼을 연주했다. 데이노는 자신을 처음 무대에 서게 해 준 사람이 드위어였음을 잊지 않았다. 말로니와 스완턴 역시 드위어가 자신들을 발굴해 주었음을 잊지 않았다.

"레모네이드 마실래?" 바우저 이건이 물었다. "그리고 비스킷 한 봉지 어때, 브리디?"

로맨스 무도회장은 알코올이 첨가된 음료를 판매할 수 있도록 허가받지 않았기 때문에 주류를 팔지 않았다. 사실 드위어는 자신의 사업체가 술을 팔도록 허가받는 것을 바라지 않았다. 그는 로맨스와 알코올이 특히 품위 있는 무도회장에서는 한데 어울리기 힘든 상품임을 알았다. 여자들이 앉아 있는 나무 의자 뒤에서는 작고 통통한 드위어 부인이 비스킷과 감자 칩 그리고 병에 든 레모네이드를 팔았다. 그녀는 레모네이드와 함께 빨대를 건넸다. 드위어 부인은 물건을 팔면서 쉴 새 없이 이야기를 했는데 그녀가 기르는 칠면조에 대해서 말할 때가 많았다. 그녀는 칠면조를 자식처럼 여긴다고 브리디에게 말한 적도 있었다.

"고마워요." 브리디는 이렇게 대답했고 바우저 이건은 그녀를 가대식 탁자로 데리고 갔다. 조금 뒤면 휴식 시간이었다. 밴드 멤버 세 명은 음료수를 마시려고 댄스 플로어를 가로지를 것이 분명했다. 브리디는 데이노 라이언에게 건넬 질문을 생각해 냈다.

브리디가 로맨스 무도회장에서 처음 춤을 췄을 때, 그녀가 열여섯 살의 소녀에 불과했을 때, 그녀보다 네 살 많은 데이노 라이언 역시 이곳에 있었다. 그는 지금과 마찬가지로 말로니의 밴드에서 드럼을 연주했다. 그때만 해도 브리디는 데이노를 눈여겨보지 않았다. 춤을 추지 않는 데이노는 브리디의 눈에 가대식 탁자와 레모네이드 병 그리고 드위어 부부와 마찬가지로 무도회장의 일부로 보였다. 그 시절에 토요일 밤을 위한 파란색 정장 차림으로 브리디와 함께 춤추던 청년들은 훗날 도시로, 더블린으로 혹은 영국으로 떠났고, 결국 중년의 미혼남이 된 산에 사는 남자들만이 남았다. 당시에 브리디는 패트릭 그래디라는 남자를 사랑했다. 한 주 두 주 시간이 흐를수록 로맨스 무도회장을 떠나는 그녀의 머릿속은 그의 얼굴로, 까만 머리 아래로 보이는 갸름하고 창백한 얼굴로 가득 차올랐다. 패트릭 그래디와 춤추는 것은 색달랐다. 브리디는 패트릭이 단 한 번도 그렇게 말한 적은 없지만 그 역시 자신과 춤추는 것을 색다르게 여기고 있음을 느낌으로 알 수 있었다. 그녀는 밤이면 패트릭의 꿈을 꾸었고, 낮에도 부엌에서 어머니를 돕거나 아버지를 도와 소를 돌보는 내내 그를 생각했다. 브리디는 건물의 분홍빛 정면을 볼 수 있는 것에, 패트릭 그래디의 품에 안겨 춤출 수 있는 것에 기뻐하면서 매주 무도회장을 찾았다. 브리디와 패트릭은 할 말을 찾지 못한 채 말없이 서서 함께 레모네이드를 마시고는 했다. 브리디는 패트릭이 자기를 사랑한다는 것을 알았고, 그가 언젠가 어둑하고 낭만적인 무도회장에서 자기를 데리고 갈 거라고, 무도회장의 푸른빛과 분홍빛과 크리스털 갓이 씌워진 전등과 음악으로부터 자기를 데리고 갈 거라고 믿었다. 브리디는 그가 자기를 햇살 속으로, 도시로, 천상모후 성모 마리아 성당으로, 미소를 머금은 얼굴들이 보이는 결혼식장으로 이끌 거라고 믿었다. 그러나 다른 누군가가, 길가에 있는 무도회장에서 단 한 번도 춤춘 적이 없는 도시의 여자가 패트릭 그래디를 차지했다. 그 여자는 패트릭 그래디가 선택의 기회를 갖기도 전에 그를 낚아챘다.

브리디는 그 소식을 듣고서 눈물을 흘렸다. 밤이면 그녀는 농가의 침대에 누워서 소리 없이 울었고, 머리카락으로 흘러내린 그녀의 눈물은 베개를 축축하게 적셨다. 이른 아침에 잠에서 깨어났을 때에도 그 생각은 머릿속에 끈질기게 남아 하루 종일 떠날 줄을 모른 채, 그녀를 행복하게 했던 낮 동안의 꿈을 몰아내고 그 자리를 차지했다. 나중에 누군가가 그녀에게 말하기를, 패트릭은 결혼한 여자와 함께 영국의 울버햄프턴으로 건너갔다고 했다. 브리디는 그녀가 제대로 머릿속에 그릴 수 없는 곳에 있는 그의 모습을, 어느 공장에서 일하는 그의 모습을 상상했다. 그의 아이들은 그곳에서 태어나 현지 말씨를 익히게 될 것이 분명했다. 그가 없는 로맨스 무도회장은 전과 같지 않았다. 오랫동안 특별히 그녀의 눈에 들어오는 남자가 없고 아무도 그녀에게 청혼을 하지 않자 브리디는 자신도 모르는 사이에 데이노 라이언을 생각하게 되었다. 사랑을 얻을 수 없다면 그다음으로 가장 좋은 선택은 당연히 괜찮은 남자를 얻는 것이었다.

바우저 이건은 전혀 그런 부류에 속하지 않았다. 팀 데일리도 마찬가지였다. 캣 볼저와 매지 다우딩이 팔이 긴 남자한테 시간을 낭비하고 있는 것은 누가 봐도 분명한 사실이었다. 매지 다우딩은 결혼 안 한 남자들을 쫓아다니는 모습 때문에 무도회장에서 이미 놀림감이 되었다. 캣 볼저 역시 조심하지 않는다면 결국 매지와 같은 신세가 될 것이 틀림없었다. 무도회장에서는 어떤 이유로든 놀림감이 되기 쉬웠다. 매지 다우딩처럼 나이가 많아야 할 필요는 없었다. 프레젠테이션 수녀회 학교를 갓 졸업한 여자아이가 있었는데 한번은 아이즈 호건에게 바지 주머니에 든 것이 뭐냐고 물었다. 아이즈 호건은 펜나이프라고 대답했다. 그 여자아이는 아이즈 호건과 나눈 대화를 나중에 휴대품 보관소에서 들려주면서, 그에게 펜나이프가 자꾸만 찌르니까 너무 가까이에서 춤추지 말라고 부탁했다는 이야기를 했다. "맙소사, 너 바보 아니니?" 패티 번은 신이 나서 소리쳤고 휴대품 보관소에 있던 여자들은 웃음을 터뜨렸다. 아이즈 호건이 오직 그런 짓을 하려고 무도회장에 오는 것을 모르는 사람은 없었다. 그는 여자들한테는 도무지 쓸모가 없는 남자였다.

"레모네이드 두 병 주세요, 드위어 부인. 케리 크림스도 두 봉지 주세요." 바우저 이건이 말했다. "케리 크림스 괜찮아, 브리디?"

브리디는 미소를 머금은 얼굴로 고개를 끄덕이면서 케리 크림스를 좋아한다고 대답했다.

"브리디, 옷이 정말 멋진데!" 드위어 부인이 말했다. "빨간색이 브리디한테 참 잘 어울리죠, 바우저?"

드위어는 왼손 엄지와 검지로 담배를 쥔 채 스윙 도어 옆에 서 있었다. 그는 무도회장에서 벌어지는 일을 작은 두 눈으로 모두 지켜봤다. 그는 아이즈 호건이 매지 다우딩의 원피스 뒤판 속으로 손가락 두 개를 넣었을 때 그녀가 긴장하는 모습을 봤지만 모른 체하면서 다른 데로 눈을 돌렸다. 그러나 일이 더 심각하게 진행되었다면 비슷한 사건이 벌어질 때마다 늘 그랬던 것처럼 아이즈 호건에게 주의를 주었을 것이 분명했다. 춤 예절을 모르는 탓에 파트너에게 바짝 몸을 붙인 채춤을 추는 청년들이 어쩌다가 있기는 했다. 이런 경우에는 함께 춤을 추는 여자들 역시 어리기 때문에 너무나 당황한 나머지 아무런 저항을 하지 못했다. 드위어가 볼 때 이런 청년들은 아이즈 호건 같은 남자와는 근본적으로 달랐다. 그들은 점잖은 젊은이들로 머지않아 한 여자와 진지하게 사귀고, 드위어가 그의 아내와 그런 것처럼 교제하던 여자와 결혼을 하고 가정을 꾸려서 한 침대에서 잠을 자게 될 것이 틀림없었다. 지켜보아야 할 사람들은 중년의 미혼남들이었다. 그들은 어머니와 가축 냄새와 흙으로부터 벗어나 산양처럼 산에서 내려왔다. 드위어는 아이즈 호건에게 시선을 고정시킨 채 그가 얼마나 취했을지 가늠해 보았다.

데이노 라이언의 노래가 끝났다. 스완턴은 클라리넷을 내려놓았고 말로니는 피아노 앞에서 일어섰다. 데이노 라이언이 얼굴에 맺힌 땀을 닦았다. 그는 스완턴 그리고 말로니와 함께 드위어 부인이 펼쳐 놓은 가대식 탁자 앞으로 걸어갔다.

"맙소사, 당신은 강한 다리를 갖고 있군." 아이즈 호건이 매지 다우딩에게 이렇게 속삭였지만 매지의 신경은 팔이 긴 남자에게 온통 쏠려 있었다. 팔이 긴 남자는 캣 볼저의 곁을 떠난 뒤 남자 화장실을 향해 걸어가고 있었다. 그는 무도회장에서 단 한 번도 음료를 마시지 않았다. 매지 다우딩은 밖에 서서 기다릴 작정으로 남자 화장실 쪽으로 갔다. 아이즈 호건이 그녀를 따라왔다. "레모네이드 마실래, 매지?" 아이즈 호건이 물었다. 그는 작은 위스키 병을 갖고 있었다. 구석진 곳으로 간다면 레모네이드에 위스키를 한 방울 섞을 수도 있었다. 매지가 자기는 술을 마시지 않는다고 다시 한 번 말하자 아이즈 호건은 그 자리를 떠났다.

"금방 돌아올게." 바우저 이건이 레모네이드 병을 내려놓으면서 말했다. 그는 댄스 플로어를 가로질러 화장실 쪽으로 갔다. 브리디는 바우저 역시 작은 위스키 병을 갖고 있음을 알았다. 그녀는 데이노 라이언을 지켜보았다. 데이노는 무도회장 가운데에 서서 좀 더 잘 들으려고 머리를 기울인 채, 말로니가 하는 이야기에 귀를 기울이고 있었다. 데이노는 덩치가 크고 생김새가 굵직굵직했다. 검은 머리칼 사이로는 흰머리가 가끔 보였고 손은 큼직했다. 말로니가 이야기를 마치자 데이노가 웃었다. 데이노는 스완턴의 이야기를 듣느라고 또다시 머리를 기울였다.

"혼자예요, 브리디?" 캣 볼저가 물었다. 브리디는 바우저 이건을 기다리고 있다고 대답했다. "레모네이드를 한 병 마셔야겠어요." 캣 볼저가 말했다.

젊은 남녀들은 여전히 서로의 몸에 팔을 두른 채 음료를 사려고 줄을 서 있었다. 스텝을 전혀 모르기 때문에 겁이 나서 춤을 한 번도 안 춘 청년들은 무리 지어 서서 담배를 피우고 농담을 주고받았다. 아직 춤 요청을 받지 못한 아가씨들은 눈으로는 쉴 새 없이 다른 곳을 살피면서 대화를 나누었고 레모네이드 병에 꽂힌 빨대를 빨기도 했다.

브리디는 여전히 데이노 라이언을 바라보면서 그가 말한 안경을 쓰고 있는 모습을 상상했다. 그녀의 머릿속에서 데이노는 농장의 부엌에 앉아 아버지의 서부 소설 중 한 권을 읽고 있었다. 브리디는 그녀가 준비한 음식을 셋이 함께 먹는 모습을 상상했다. 달걀 프라이와 얇게 저민 베이컨과 튀긴 감자 빵, 차와 빵과 버터와 잼, 호밀 빵과 소다수와 가게에서 산 빵. 브리디는 아침 식사를 마친 뒤 부엌에서 나가는 데이노 라이언의 모습을 상상했다. 그녀의 눈앞에 사료용 사탕무 밭에 나가서 잡초를 뽑는 데이노의 모습과 절뚝거리면서 그의 뒤를 따라 걷는 아버지의 모습 그리고 함께 일하는 두 사람의 모습이 보였다.

브리디는 데이노 라이언이 그녀 역시 사용법을 익힌 큰 낫으로 풀을 베는 모습과 아버지가 힘이 닿는 한 갈퀴질을 하는 모습도 보았다. 일손이 늘어난 덕분에 집안일을 할 수 있게 된 그녀 자신의 모습도, 소와 닭을 돌보고 밭일을 하느라 그동안 전혀 신경을 쓸 수 없었던 집안일을 하는 그녀 자신의 모습도 보았다. 침실 커튼은 레이스가 찢어져서 꿰매야 했고, 벽지가 떨어진 곳은 밀가루 풀을 쑤어 붙여야 했다. 그리고 부엌방에는 회반죽을 다시 발라야 했다.

데이노가 자전거 바퀴에 바람을 넣어 주던 밤, 브리디는 그가 키스할 줄만 알았다. 그는 어둠 속에서 바닥에 쪼그리고 앉아 바람이 새는 소리를 들으려고 귀를 자전거 바퀴에 대고 있었다. 그러나 아무 소리도 안 들리자 그는 허리를 펴더니 자전거를 타도 괜찮을 것 같다고 브리디에게 말했다. 그의 얼굴은 브리디의 얼굴 가까이에 있었고, 브리디는 그에게 미소를 보냈다. 바로 그 순간 안타깝게도 말로니가 조바심을 내면서 자동차의 경적을 울렸다.

바우저 이건은 집으로 돌아가는 길이 같은 곳까지 함께 가자고 자주 고집을 부렸는데 그런 밤이면 브리디에게 입을 맞추었다. 오르막길에 들어서면 자전거에서 내려야 하는데 처음 동행하던 밤, 바우저는 일부러 브리디 쪽으로 쓰러지면서 그녀의 어깨에 손을 얹어 중심을 잡았다. 그다음 브리디가 느낀 것은 바우저의 축축한 입술과 덜커덕 길바닥에 부딪치는 자전거 소리였다. 바우저는 숨을 가다듬으면서 밭으로 들어가자고 말했다.

벌써 9년 전의 일이었다. 그동안 아이즈 호건과 팀 데일리 역시 비슷한 상황에서 브리디에게 키스를 했다. 브리디는 그들과 함께 밭으로 들어갔고 그녀를 안도록 허락했다. 그들은 거칠게 숨을 쉬었다. 브리디는 현실적으로 불가능한 일이지만 그들 중 한 명과 결혼하는 것을 한두 번쯤 상상했고 아버지와 함께 농가에 있는 그들의 모습을 그려 보았다.

브리디는 캣 볼저와 함께 서 있었다. 그녀는 바우저 이건이 한참 뒤에야 화장실에서 나올 것임을 알았다. 말로니와 스완턴 그리고 데이노 라이언이 다가왔다. 말로니는 자기가 가대식 탁자에서 레모네이드 세 병을 가져오겠다고 했다.

"마지막 곡을 정말 멋지게 불렀어요." 브리디가 데이노 라이언에게 말했다. "참 아름다운 노래죠?"

스완턴은 지금까지 만들어진 것 중 가장 아름다운 노래라고 대답했다. 캣 볼저는 〈대니 보이〉가 더 좋다고, 자기 생각에는 이것이 지금까지 만들어진 노래 중에 가장 아름답다고 이야기했다.

"마셔." 말로니가 데이노 라이언과 스완턴에게 레모네이드 병을 건네면서 말했다. "오늘 밤 컨디션은 어때, 브리디? 아버지도 안녕하시지?"

브리디는 아버지는 잘 지내신다고 대답했다.

"시멘트 공장이 문을 열 거래." 말로니가 말했다. "그 얘기 들은 사람 있어? 좋은 시멘트가 될 원료를 이제 막 땅속에서 발견했대. 킬말러크 지하 3미터에서."

"일자리가 생기겠군. 이 지역에 필요한 건 일자리야." 스완턴이 이야기했다.

"오코넬한테 들었어. 미국 자본이 들어갔다더군." 말로니가 말했다.

"그럼 미국 사람들이 오나요?" 캣 볼저가 물었다. "미국 사람들이 그 공장을 운영하는 거예요, 말로니?"

말로니는 레모네이드를 열심히 빨아 마시느라고 캣 볼저가 하는 말을 듣지 못했다. 캣 볼저는 질문을 되풀이하지 않았다.

"아버지가 눈이 시릴 때 쓰는 옵트렉스라는 약이 있어요. 옵트렉스를 쓰면 눈물이 멈출지도 몰라요, 데이노." 브리디가 데이노 라이언에게 조용히 말했다.

"아, 그렇군요. 하지만 그다지 걱정할 일은 아니에요."

"눈에 문제가 생기면 아무리 사소한 거라도 고생스러워요. 그냥 넘길 일이 아니에요. 약국에 가면 옵트렉스를 구할 수 있어요, 데이노. 그리고 눈을 담글 수 있는 작은 그릇 하나만 준비하면 돼요."

아버지의 눈언저리가 보기 흉할 정도로 붉어진 적이 있었다. 브리디는 시내에 있는 리오던 약국에 가서 증세를 설명했고, 리오던은 옵트렉스를 권했다. 브리디는 데이노 라이언한테 이 이야기를 하면서 그 뒤로 아버지는 눈에 문제가 생긴 적이 없다고 덧붙였다. 데이노 라이언이 고개를 끄덕였다.

"얘기 들었어요, 드위어 부인? 킬말러크에 시멘트 공장이 문을 연대요." 말로니가 큰 소리로 말했다.

드위어 부인은 빈 병을 나무 상자에 담으면서 고개를 끄덕였다. 그녀는 시멘트 공장에 관한 이야기를 들은 적이 있었다. 오랜만에 듣는 좋은 소식이라고 그녀가 말했다.

"킬말러크는 몰라보게 달라질 거야." 드위어가 아내를 도와 나무 상자에 빈 레모네이드 병을 담으면서 이야기했다.

"당연히 발전을 가져오겠죠. 그렇지 않아도 필요한 건 일자리라고 방금 말했어요, 저스틴." 스완턴이 말했다.

"당연하죠. 그런데 미국 사람들이……" 캣 볼저가 이야기를 시작했지만 말로니가 그녀의 말허리를 잘랐다.

"미국 사람들이 윗자리를 차지하겠지, 캣. 어쩌면 여기에 아예 안 올지도 모르고. 자본만 투자할지도 몰라. 공장 직원은 백 퍼센트 여기 사람으로 채용할 거야."

"미국 사람이랑 결혼하면 안 돼, 캣." 스완턴이 큰 소리로 웃으면서 말했다. "그 사람들 말을 못 알아들을 테니까."

"토종 미혼남이 수두룩하잖아?" 말로니가 이렇게 거들더니 역시 소리 내어 웃었다. 그는 레모네이드를 마시던 빨대를 던진 뒤 병 주둥이를 입에 대고 기울였다. 캣 볼저는 말로니에게 제 앞가림이나 잘하라고 대꾸한 뒤 남자 화장실 앞으로 가서 멈춰 섰다. 매지 다우딩이 여전히 화장실 밖에서 기다리고 있었지만 캣 볼저는 그녀에게 말을 걸지 않았다.

"아이즈 호건을 잘 감시해요." 드위어 부인이 남편에게 경고했다. 그녀는 매주 토요일 밤 이맘때면 남편에게 늘 같은 말을 했다. 그녀는 아이즈 호건이 화장실에서 술을 마시고 있는 것을 알았다. 이곳에 드나드는 미혼남 중에서 술에 취한 아이즈 호건만큼 말썽을 부리는 사람은 없었다.

"남은 게 좀 있어요, 데이노. 다음 주 토요일에 가져올게요. 눈에 쓰는 약 말이에요." 브리디가 조용히 말했다.

"아, 걱정할 것 없어요, 브리디."

"어렵지도 않은 일인걸요. 게다가 이제……"

"그리핀 부인이 검사를 받을 수 있게 크리디 선생님한테 진료를 예약해 줬어요. 노안은 걱정할 일이 아니에요. 신문을 읽을 때나 텔레비전을 볼 때만 불편하죠. 그리핀 부인 말로는 내가 안경을 안 써서 눈을 힘들게 하는 거래요."

데이노 라이언은 이렇게 말하는 동안 브리디의 눈을 피해 고개를 돌렸다. 브리디는 그리핀 부인이 데이노와의 결혼을 준비하고 있음을 곧바로 알아차렸다. 본능적으로 느낄 수 있는 일이었다. 데이노가 그리핀 부인의 오두막을 떠나서 다른 누군가와 결혼한다면 그녀의 정신적으로 문제가 있는 아들에게 데이노만큼 잘할 다른 하숙인을 구하기란 어려울 것이 분명했다. 이런 일이 닥칠 것을 걱정한 그리핀 부인은 데이노와 결혼하려는 것이 틀림없었다. 그리핀 부인의 정신적으로 문제가 있는 아들에게 이미 잘해 온 데이노는 이제 아버지가 되어 주려고 했다. 당연한 결과였다. 무도회장에서 매주 한 번 만나는 것으로 만족해야 하는 브리디와 달리, 밤낮으로 데이노를 보는 그리핀 부인에게는 더 많은 기회가 주어졌다.

브리디는 패트릭 그래디를 생각하면서 그의 창백하고 갸름한 얼굴을 떠올렸다. 그녀는 지금 패트릭의 아이를 넷, 아니 일곱, 아니 어쩌면 여덟 명 낳은 어머니일 수도 있었다. 그녀는 울버햄프턴에 살면서 해가 지면, 다리가 하나밖에 없는 남자를 돌보는 대신 극장에 가는 나날을 보낼 수도 있었다. 피할 수 없는 현실의 무게가 그녀를 짓누르지만 않았다면 브리디는 사랑하지도 않는 도로 보수 인부의 결혼을 슬퍼하면서 길가 무도회장에 서 있지 않았을 것이다. 우두커니 서서 울버햄프턴에 사는 패트릭 그래디를 떠올리는 지금, 브리디는 잠시 눈물이 쏟아질 것 같은 기분을 느꼈다. 그녀의 삶 속에는 농장에도 집에도 눈물을 흘릴 수 있는 곳이 없었다. 눈물은 사치였다. 눈물은 사료용 사탕무가 자라는 밭에 피어난 꽃이나 부엌방에 새로 바른 회반죽과 같았다. 아버지가 〈숨은 재능을 찾아라〉를 들으며 앉아 있는 동안에도 그녀가 부엌에서 눈물을 흘리는 것은 옳지 않았다. 눈물을 흘릴 권리는 차라리 다리 하나를 잃은 아버지에게 있었다. 아버지는 깊은 고통 속에서도 다정함을 잃지 않았고 그녀를 걱정했다.

브리디는 로맨스 무도회장에서 눈에 눈물이, 아버지가 계신 곳에서는 흘릴 수 없었던 눈물이 차오르는 것을 느꼈다. 브리디는 눈물이 흐르도록 내버려 두고 싶었고, 두 뺨 위로 흐르는 눈물을 느끼고 싶었고, 데이노 라이언을 비롯해 모두에게 동정심을 불러일으키고 싶었다. 그녀는 지금 울버햄프턴에 살고 있는 패트릭 그래디에 대해서 이야기하고 싶었고, 어머니의 죽음과 그 순간 생명을 잃은 자신의 삶에 대해서 이야기하고 싶었고, 모두가 그녀의 말에 귀 기울여 주기를 바랐다. 브리디는 데이노 라이언의 팔에 머리를 기댈 수 있도록 그가 그녀의 어깨를 감싸 안아 주기를 바랐다. 그리고 데이노 라이언이 그다운 점잖은 눈길로 그녀를 바라보고 도로 보수 인부의 손가락으로 그녀의 손등을 어루만져 주기를 바랐다. 그녀는 데이노 라이언과 한 침대에 누운 채 잠에서 깨어날 수 있을지도 몰랐다. 브리디는 그가 패트릭 그래디라고 잠시 동안 상상했다. 그녀는 데이노 라이언의 눈을 씻어 주면서 그가 패트릭 그래디라고 상상할 수 있을지도 몰랐다.

"다시 일을 시작해야지." 말로니는 그의 밴드를 이끌고 댄스 플로어를 가로질러서 악기가 있는 곳으로 갔다.

"아버님한테 안부 묻더라고 전해 줘요." 데이노 라이언이 말했다. 브리디는 마치 아무 일도 없었던 것처럼 미소를 지어 보이면서 그렇게 하겠다고 약속했다.

브리디는 팀 데일리와, 그리고 이민을 갈 계획이라고 말한 청년과 또다시 춤을 췄다. 팔이 긴 남자가 화장실에서 나오자 재빨리 그의 앞으로 걸어가는 매지 다우딩의 모습이 보였다. 매지는 캣 볼저보다 행동이 빨랐다. 아이즈 호건이 캣 볼저에게 다가갔다. 아이즈 호건은 캣 볼저와 춤을 추면서 열심히 이야기를 계속했다. 그는 귀갓길에 잠깐 동안이나마 나란히 자전거를 타고 가려고 캣 볼저를 설득하고 있었다. 그는 매지 다우딩을 바라보는 캣 볼저의 눈에서 질투심이 뿜어져 나오는 것을 알아채지 못했다. 매지 다우딩은 팔이 긴 남자에게 바짝 다가서서 퀵스텝을 추고 있었다. 캣 볼저 역시 30대의 여인이었다.

"저리 비켜." 바우저 이건이 브리디와 춤추고 있던 청년 앞에 끼어들면서 말했다. "집에 계신 엄마한테나 가라, 꼬마야." 바우저 이건은 브리디를 끌어안으면서 오늘 밤에 근사해 보인다고 또다시 말했다. "시멘트 공장 얘기 들었어? 킬말러크를 생각하면 아주 잘된 일이지?" 바우저가 물었다.

브리디는 그렇다고 대답했다. 그러고서 그녀는 스완턴과 말로니한테서 들은 대로 시멘트 공장이 인근 지역에 고용을 창출할 거라고 말했다.

"집에 돌아갈 때 자전거를 타고서 당신하고 조금 같이 가도 될까, 브리디?" 바우저 이건이 이렇게 물었지만 브리디는 못 들은 체했다. "당신은 내 여자지, 브리디? 언제나 그랬잖아?" 바우저 이건은 전혀 말이 안 되는 소리를 했다.

그는 목소리를 낮추어 속삭이면서 어머니가 집 안에 다른 여자가 들어오는 것을 허락만 한다면 내일이라도 당장 브리디와 결혼하겠다고 말했다. 브리디는 돌봐야 할 부모와 함께 사는 것이 무언지 그 누구보다 잘 알고 있었지만 바우저 이건은 그녀의 처지를 다시 한 번 생각하게 했다. 쇠약해지는 부모님을 내버려 둘 수는 없었다. 사람은 누구나 제 아버지와 어머니를 공경해야 한다.

브리디는 〈종이 울리고 있어요〉가 연주되는 동안 춤을 추었다. 그녀는 바우저 이건에게 보조를 맞춰 가면서 다리를 움직였지만 줄곧 그의 어깨 너머로 데이노 라이언을 바라보았다. 데이노 라이언은 작은 북 가운데 하나를 부드럽게 두들기고 있었다. 그리핀 부인은 볼품없는 생김새와 쉰이 다 된 나이에도 불구하고 데이노를 차지했다. 그녀는 팔다리가 통통한 땅딸막한 여자였다. 도시 처녀가 패트릭 그래디를 차지한 것처럼 그리핀 부인은 데이노를 차지했다.

음악이 멈추었다. 바우저 이건은 브리디를 힘껏 끌어안고 그녀의 뺨에 자신의 뺨을 갖다 대려고 했다. 둘을 에워싼 사람들이 휘파람을 불면서 박수를 쳤다. 저녁은 이렇게 막을 내렸다. 브리디는 바우저 이건을 등진 채 걸음을 옮겼다. 그녀는 자신이 두 번 다시 로맨스 무도회장에서 춤추지 않을 것임을 알았다. 그녀는 주 의회가 고용한 중년의 인부와 관계를 맺으려고 애쓰면서 스스로를 웃음거리로 만들었다. 그럴 나이가 지났는데도 끈질기게 춤을 추러 오는 매지 다우딩과 다를 것이 없었다.

"밖에서 기다릴게, 캣." 아이즈 호건이 큰 소리로 외쳤다. 그는 스윙 도어 쪽으로 걸어가면서 담배에 불을 붙였다. 팔이 긴 남자는 이미 무도회장을 떠나고 없었다. 사람들은 그가 자신의 땅에 있던 돌을 들어 옮겨 치우느라고 팔이 길어졌다고 말했다. 모두가 활기차게 움직이는 가운데 드위어는 의자를 정리하고 있었다.

휴대품 보관소로 돌아온 여자들은 외투를 입으면서 다음 날 미사를 드릴 때 만나자고 말했다. 매지 다우딩은 허둥대고 있었다. "괜찮아요, 브리디?" 패티 번의 질문에 브리디는 괜찮다고 대답했다. 브리디는 패티 번에게 미소를 지어 보이면서 젊은 그녀도 언젠가 길가 무도회장에서 자신이 웃음거리가 되고 있다는 판단을 내리게 될지 궁금해졌다.

"다들 조심해서 가요." 브리디가 휴대품 보관소를 나서면서 이렇게 말하자 안에서 여전히 수다를 떨고 있던 여자들 역시 잘 가라는 인사를 했다. 브리디는 휴대품 보관소 밖에서 잠시 걸음을 멈추었다. 드위어는 바닥에 떨어진 빈 레모네이드 병을 줍고 의자의 줄을 반듯하게 맞추면서 여전히 무도회장을 정돈하고 있었다. 그의 아내는 바닥을 쓸고 있었다. "잘 가, 브리디." 드위어가 말했다. "조심해서 가, 브리디." 그의 아내도 인사했다.

드위어 부부는 청소하는 동안 실내가 잘 보이도록 별도의 전구에 불을 켜 두었다. 남자들이 기대면서 남긴 머릿기름 얼룩 그리고 이름과 이니셜과 화살이 꽂힌 하트로 가득한 벽은 환한 불빛 아래에서 지저분해 보였다. 크리스털 전등갓을 뚫고 나온 불빛은 환한 빛 속에서 쓸모를 잃었다. 전등갓은 별도의 전구에 불이 들어오기 전에는 보이지 않았지만 군데군데 깨져 있었다.

"안녕히 계세요." 브리디는 드위어 부부에게 인사한 뒤 스윙 도어를 밀고 나가서 세 단짜리 콘크리트 계단을 내려갔다. 계단은 무도회장 앞에 펼쳐진, 자갈이 깔린 공터로 이어졌다. 사람들이 자전거를 곁에 세워 둔 채 무리를 지어 모여 서서 이야기를 나누고 있었다. 매지 다우딩이 팀 데일리와 함께 출발하는 모습이 보였다. 청년 한 명은 자전거 가로대에 아가씨를 태우고서 멀어져 갔다. 여기저기서 자동차에 시동을 거는 소리가 들렸다.

"잘 가요, 브리디." 데이노 라이언이 말했다.

"잘 가요, 데이노." 브리디가 인사했다.

브리디는 자전거를 세워 둔 곳으로 가려고 자갈이 깔린 공터를 가로질렀다. 뒤쪽 어딘가에서 말로니의 목소리가 들렸다. 말로니는 누가 어떻게 생각하든 시멘트 공장이 문을 여는 것은 킬말러크를 위해서 아주 반가운 일이라고 또다시 말하고 있었다. 브리디는 차 문이 요란하게 닫히는 소리를 듣고는 스완턴이 말로니의 차 문을 부서지도록 세게 닫았음을 알았다. 스완턴은 언제나 이런 식으로 차 문을 닫았다. 브리디가 자전거 앞에 도착하는 순간, 차 문 두 개가 더 쾅 소리를 내면서 닫혔다. 곧이어 시동이 걸리는 소리가 들리더니 전조등에 불이 들어왔다. 브리디는 펑크가 난 곳이 없는지 확인하려고 자전거의 두 바퀴를 만져 보았다. 말로니의 자동차 타이어는 자갈 위를 지나간 뒤 도로에 접어들면서 더 이상 소리를 내지 않았다.

"잘 가요, 브리디." 누군가가 외치는 소리에 브리디는 자전거를 도로 쪽으로 밀면서 인사로 답했다.

"조금만 같이 가도 돼?" 바우저 이건이 물었다.

두 사람은 나란히 자전거를 탔다. 자전거에서 내려야 하는 오르막길에 이르렀을 때 브리디는 뒤를 돌아보았다. 로맨스 무도회장의 정면을 장식하고 있는 네 가지 색의 전구가 저 멀리 보였다. 그녀가 지켜보는 동안 전구에서 불이 꺼졌다. 브리디는 건물 앞을 가로질러 철제 가림막을 닫고 보안장치로 자물쇠 두 개를 채우는 드위어의 모습을 상상했다. 그의 아내는 오늘 밤 벌어들인 돈을 안고서 자동차 앞 좌석에 앉아 남편을 기다리고 있을 것이 분명했다.

"그거 알아, 브리디?" 바우저 이건이 말했다. "당신이 오늘 밤처럼 근사해 보인 적은 없었어." 바우저 이건은 양복 주머니에서 작은 위스키

병을 꺼내 마개를 뽑고서 몇 모금 마시더니 브리디에게 건넸다. 브리디가 병을 받아 들고서 위스키를 마셨다. "그렇지, 안 마실 이유가 없어." 바우저 이건이 브리디가 술을 마시는 모습에 놀라서 이렇게 말했다. 브리디는 바우저와 함께 있을 때 술을 마신 적이 단 한 번도 없었다. 그녀는 두통을 가라앉히기 위해서 딱 두 번 위스키를 마신 적이 있는데 매번 그 맛이 불쾌하다고 느꼈다. "위스키를 마신다고 해가 될 게 뭐 있어?" 바우저 이건이 위스키 병을 또다시 입으로 가져가는 브리디를 보면서 말했다. 그는 브리디가 혹시라도 그가 바란 것 이상으로 위스키를 축내면 어쩌나 갑자기 두려워져서 병을 향해 손을 뻗었다.

브리디는 바우저 이건이 그녀보다 능숙하게 위스키 마시는 모습을 바라보았다. 그는 쉴 새 없이 술을 마실 것이 틀림없었다. 그는 《아이리시 프레스》를 손에 들고 부엌에 앉아 있을 뿐, 아무짝에도 쓸모없는 게으름뱅이일 것이 분명했다. 그는 장이 서는 날에 시내 술집에 가기 위해서 중고차를 마련하느라 돈을 낭비할지도 몰랐다.

"요즘 기운이 없으셔." 바우저는 그의 어머니 이야기를 했다. "앞으로 2년도 못 버티실 거야. 내 생각엔 그래." 그는 빈 위스키 병을 배수로에 던진 뒤 담배에 불을 붙였다. 두 사람은 자전거를 밀었다.

"어머니가 돌아가시면 그 지긋지긋한 집을 팔 거야, 브리디. 돼지도 팔 거고 한두 푼이라도 값이 나가는 건 모조리 처분할 거야." 바우저 이건은 담배를 입에 무느라고 말을 멈추었다. 그는 담배를 빤 뒤 연기를 내뱉었다. "손에 들어온 현금으로 좀 더 나은 곳으로 갈 수 있을 거야, 브리디."

두 사람은 길 왼편으로 울타리에 연결된 문이 하나 보이자 자연스럽게 자전거를 그 앞으로 밀고 가서 기대어 놓았다. 바우저가 문을 넘어 밭으로 들어가자 브리디 역시 그의 뒤를 따랐다. "여기 좀 앉을까, 브리디?" 바우저는 이제 막 떠오른 생각이기라도 한 것처럼, 그들이 마치 다른 목적으로 밭에 들어오기라도 한 것처럼 이렇게 물었다.

"우린 좀 더 나은 곳으로 갈 수 있어. 거긴 당신 집이 될 거야." 바우저가 오른팔을 브리디의 어깨에 두르면서 말했다. "키스해 줄 수 있어, 브리디?" 바우저는 이로 브리디의 입술을 누르면서 키스했다. 어머니가 돌아가시면 바우저는 농장을 판 다음 돈을 들고 시내로 가서 흥청망청 써 버릴 것이 분명했다. 그러고 나서 오갈 데가 없는 바우저는 따뜻한 난롯가와 그에게 요리를 해 줄 여자가 아쉬워서 결혼을 생각할 것이 틀림없었다. 그가 브리디에게 또다시 키스를 했다. 그의 입술은 뜨거웠다. 그의 뺨에 흐른 땀이 브리디의 얼굴에 묻었다. "맙소사, 키스를 정말 잘하는걸." 바우저가 말했다.

브리디는 그만 가야 할 시간이라고 말하면서 일어섰다. 두 사람은 다시 문을 넘었다. "토요일만큼 좋은 건 없어. 그럼 잘 가, 브리디."

바우저는 자전거에 올라타더니 비탈길을 내려갔고, 브리디는 언덕 꼭대기까지 자전거를 밀고 올라가서 탔다. 그녀는 긴 세월 동안 토요일 밤마다 그래 왔던 것처럼 밤을 가르며 자전거를 몰았다. 그러나 그럴 나이가 지난 지금, 그녀는 토요일 밤에 자전거에 몸을 싣고 달리는 일은 이제 더 이상 없을 거라고 다짐했다. 그녀는 이제 기다릴 생각이었다. 때가 되면, 이미 어머니를 여읜 바우저 이건이 그녀를 찾아올지도 몰랐다. 그때쯤이면 그녀의 아버지 역시 아마도 세상을 떠났을 것이다. 그녀는 농장에서 홀로 지내기가 외로워 바우저 이건과 결혼할지도 몰랐다.

오, 뽀얀 뚱보 여인이여
O Fat White Woman

남편이 운영하는 기숙 학원의 정원에서 느긋하게 쉬고 있는 딕비헌터 부인의 머릿속에는 살아 있는 것은 즐거운 일이라는 생각이 절로 떠올랐다. 짧은 풀이 자란 잔디밭에는 자그마한 테리스 올 골드 초콜릿 상자 하나가 그녀가 앉은 덱 체어 밑에 눈에 띄지 않게 놓여 있었고, 무릎 위에는 그녀가 두 번째로 좋아하는 역사소설가의 문고판 소설책 한 권이 8쪽이 보이도록 펼쳐져 있었다. 정원에는 기분 좋은 곤충 소리가 가득했고 이따금 벌들이 윙윙거리는 소리도 들려왔다. 저택에서는 아무 소리도 들려오지 않았다. 남학생들은 그녀의 남편과 비드 선생님의 빈틈없는 지도 아래 시키는 대로 열심히 공부하고 있었고, 가정부인 딤프나와 바버라는 딕비헌터 부인이 바라는 대로라면 몸을 씻고 있었다.

지금은 책을 읽을 기분이 아니라서 딕비헌터 부인은 깔끔하게 손질된 넓은 정원을 둘러보았다. 그녀의 남편은 정원을 돌볼 틈을 내지 못했지만 이곳을 자랑으로 여겼다. 높은 돌담 앞에는 개나리와 인동덩굴 그리고 작은 배나무가 자라 있고, 그 아래에 풍성하게 꾸며 놓은 다년초 화단에는 정원용 여름 꽃들이 알록달록한 색으로 활짝 피어 있었다. 너도밤나무 네 그루는 잔디밭 위에 군데군데 그림자를 드리웠고 좌우대칭으로 조성된 둥근 화단에는 장미와 제라늄이 심어져 있었다. 딕비헌터 부인이 앉은 곳에서 정면으로 보이는 담에는 아치 모양의 통로가 나 있는데 통로의 양옆에는 주목 나무 두 그루가 서 있고, 통로 너머로 보이는, 좀 더 자연 그대로의 모습을 간직한 곳에는 뒤늦게 핀 진달래가 만발해 있었다. 주목 나무 한 그루 가까이로 윌 경사의 구부정한 모습이 보였다. 그녀의 남편은 전직 경찰인 그를 시간제로 고용했다. 윌 경사는 머리카락이 다 빠진 머리에 얼룩투성이 하얀 모자를 쓴 채, 6월 오후의 더위 속에서 느릿느릿 움직이며 잡초를 뽑고 있었다. 김이 잔뜩 서린 부엌에서 아침 내내 일한 뒤 너도밤나무 그늘에 앉아, 다른 누군가가 일하는 모습을 지켜보는 것은 기분 좋은 일이었다. 그녀는 언제나 스스로를 느긋한 성격이라고 여겼지만 오늘 아침에는 치밀어 오르는 화를 참을 수 없었다. 가정부 중 한 명이 그녀가 애써 구해다 주는 데오더런트를 사용하지 않았기 때문이었다. 그녀는 가정부들을 차례로 나무랐지만 아무 소용 없었다. 하기는 놀랄 일도 아니었다. 딤프나는 겨우 열다섯 살이고 바버라 역시 딤프나보다 한두 달 먼저 태어났을 뿐이었다. 책임감이라든지 진실성을 바라기에는 둘 다 너무 어렸다. 그러나 남학생들을 교육시키는 것이 남편의 의무인 것과 마찬가지로, 딤프나와 바버라를 교육시키는 것은 딕비헌터 부인이 받아들여야 할 의무였다. "둘 다 옷 벗고 씻어." 딕비헌터 부인은 마침내 딱딱한 말투로 이렇게 지시했다. "점심 설거지가 끝나면 곧바로 씻어야 돼. 머리끝부터 발끝까지 구석구석 잘." 딤프나와 바버라는 당연히 부루퉁해졌다.

오늘 파란 순면 원피스를 입고 있는 딕비헌터 부인은 쉰한 살이었다. 원피스에는 분홍빛이 도는 루핀 무늬가 그려져 있었다. 딕비헌터 부인은 29년 전에 지금의 남편과 결혼했다. 그녀의 남편이 군에서 근무를 시작한 지 얼마 안 되었을 때였다. 부유하고 엄격한 그녀의 아버지가 결혼식장에서 딸의 손을 사위가 될 사람에게 건네주었을 때, 그녀는 사랑에 푹 빠져 있던 만큼 무척이나 기뻤다. 반드시 성공적인 결혼 생활을 이어 가고 상냥한 아내가 되겠다고 결심한 그녀는 남편의 마음에 들도록 행동하는 것을 철칙으로 삼았다. 그녀는 투덜거리는 대신 미소를 지었고, 받아들여야 할 것은 그녀다운 느긋함으로 수용했으며 좋은 아내는 마땅히 그래야 한다는 스스로의 믿음에 따라 남편을 신뢰했다. 그녀는 자신을 영리한 사람이라고 생각하지 않았다. 그러나 성가시게 잔소리하거나 자기의 주장을 내세우는 대신에 충성심과 헌신을 선물할 수는 있었다. 딕비헌터 부인은 첫날밤 웰시 호텔에서 남편이 겨우 몇 분을 함께 누워 있다가 갑자기 그녀의 곁을 떠났을 때 얼떨떨한 실망감을 애써 감추었다.

그날 이후로 그들의 결혼 생활은 정해진 틀 안에서 유지되었고, 그 결과로 딕비헌터 부인은 서서히 그리고 점점 더 빠른 속도로 몸이 불었지만 아이를 낳은 적은 없었다. 그녀는 처음에는 체중이 늘어나는 것에 신경을 쓰면서 식이요법을 시도했다. 그러나 가장 즐기는 것을 스스로 제한하던 어느 날, 이런 식으로 애를 쓰는 것은 비참한 기분을 느끼게 하고 자신을 화를 잘 내는 사람으로 만들 뿐임을 깨달았다. 칼로리를 계산하고 체중이 몇 그램 늘어나는 것에 연연하는 것은 그녀다운 행동이 아니었다. 딕비헌터 부인은 지금, 그녀는 모르지만 몸무게가 80킬로그램이 넘게 나갔다.

그녀의 남편은 전보다 살이 빠졌다. 그는 키가 컸고 강한 손가락과 부드러운 까만 머리칼을 가졌으며 누군가를 대할 때면 자신은 빈틈없는 사람이라고 말하려는 듯 상대방의 눈을 뚫어질 듯 바라보았다. 그는 깡마른 얼굴에 잘 손질됐지만 넓게 나지 않은 콧수염을 기르고 있었다. 그는 결혼하고 얼마 안 되어 군 생활을 그만두었는데 그의 말대로라면 장래성이 없기 때문이었다. 딕비헌터 부인은 놀랐지만 남편에게 당연하게 여겨지는 일이 자신에게는 그렇게 보이지 않을 수도 있다고 생각했다. 그녀는 미소를 지으면서 아무 말도 하지 않았다.

그녀의 남편은 군에서 나온 뒤 신형 다용도 철제 발판 사다리를 생산하는 회사에 들어갔다. 그는 이 사다리의 구조에 대해서 설명했지만 딕비헌터 부인은 남편이 하는 복잡한 말을 이해하지 못했다. 그녀는 미소를 지으면서 고개를 끄덕였고 정말 기발한 사다리라고 작은 소리로 말했다. 그녀의 남편은 헤링본 슈트 차림으로 활기차게 업무에 충실한 나날을 보내더니 발판 사다리 회사의 임원이 되었다. 그러나 바로 그 이튿날 회사는 재정난에 부닥쳐서 모든 생산을 중단해야 했다.

"아버님이 도와주실 수 있을 거야." 그는 이 유감스러운 소식을 딕비헌터 부인에게 전한 뒤 이렇게 중얼거렸다. 그러나 그녀의 아버지는 철제 사다리 회사를 구해 달라는 이야기를 듣는 동안 지루해 못 견디겠다는 듯 눈을 감았다.

"미안해요." 딕비헌터 부인은 만족스러운 아내가 되겠다는 꿈이 무너진 것 같아서 비참한 기분을 느끼며 말했다. 그는 괜찮다고 대답했고, 며칠 뒤 자동판매기 관리자가 되었다는 소식을 전했다. 그는 한 지역을 맡아서 그 안에 있는 학교, 수영장, 빨래방, 공장, 사무실 등 회사의 자동판매기가 설치된 곳이라면 어디든지 날마다 둘러보아야 한다고 말했다. 그는 기계가 제대로 작동하는지 점검하고 분말 커피와 가루우유, 차, 탄산음료 및 비스킷과 초콜릿을 채워 넣어야 한다고도 설명했다. 그녀는 전직 장교가 하기에는 이상한 일이라고 생각했지만 그렇게 말하지 않았다. 대신 그녀는 자동판매기 시장이 커지고 있기 때문에 장차 큰돈을 벌게 될 거라는 남편의 이야기를 잠자코 들었다. 그는 백분율과 환산율을 늘어놓으면서 설명을 이어 갔다. 그녀는 남편이 입을 파란색 스웨터를 짜고 있었다. 남편은 딕비헌터 부인이 그의 가슴에 스웨터를 대 보는 동안 두 팔을 든 채 이야기를 계속했고, 그녀는 남편의 설명을 들으면서 고개를 끄덕였다.

얼마 후 그녀의 아버지가 돌아가시면서 상당한 액수의 돈을 남겼다. "시골 저택을 한 채 사서 고급스러운 호텔로 개조하면 어떨까?" 남편은 이렇게 물었고, 딕비헌터 부인은 좋은 생각이라고 대답했다. 그녀는 남편과 자신 모두 호텔을 경영할 만한 자질이 없는 사람이라고 생각했지만 야단스럽게 떠들어 봐야 아무 소용 없다는 것을 알았다. 그녀의 남편은 무작정 발판 사다리 회사에 들어갔고, 마찬가지로 특별한 기술 없이 자동판매기 업체에서 일한 사람이었다. 그러나 남편이 갑자기 더 나은 사업 구상을 하게 되면서 두 사람의 호텔 경영자로서의 역량은 결국 시험에 들지 않았다. 어느 날 밤 술집에서 한가하게 시간을 보내던 그는 우연히 한 남자와 이야기를 나누게 되었다. 그 남자는 아들이 공부를 못해서 잔뜩 침울해 있었다.

"만약 새로운 일을 하게 된다면 나는 학원 사업을 할 겁니다. 짧은 기간에 큰돈을 벌 수 있어요." 남자는 말을 이어 가면서 자기처럼 자식 때문에 고개를 들고 다니지 못하는 부모들에 대해서 이야기했다. 그는 자기 아들도 형편없는 공통 입학시험 성적 때문에 영국의 명문 중학교에 진학하지 못한다고 한탄했다. 그 이튿날 딕비헌터 부인의 남편은 공통 입학시험 문제집을 꼼꼼히 살펴보았다.

"소규모 기숙 학원을 운영하는 거야. 학업 부진을 겪는 남학생들을 받아서 짧은 기간 동안 교육시키는 거지. 아주 잘될 거야." 학업 부진을 겪는 남학생들에게 밤낮으로 둘러싸여 지내는 것이 무언지 곧바로 감을 잡지 못한 딕비헌터 부인은 좋은 생각 같다고 대답했다. "글로스터셔에 매물로 나온 건물이 있어."

소규모로 시작된 기숙 학원은 그 규모를 유지했다. 남편의 설명대로라면 이런 유형의 학원은 작아야만 했다. 남학생 회전율은 높았고, 어느 때든지 재원생 수를 20명이 넘지 않도록 지키는 것은 오래지 않아 밀턴 그레인지의 교육 방침 중 하나가 되었다. 그리고 이것이 현명한 판단이었음은 학부모와 사립 초등학교 교장들 모두가 인정하는 눈부신 결과로 입증되었다. 교실의 뒤쪽에서 빈둥거리던 아이들은 영국의 명문 중학교에 진학했고, 학부모들은 밀턴 그레인지의 비싼 수업료를 감사한 마음으로 지불했다.

작은 탑이 있고 반쯤 담쟁이덩굴에 뒤덮인 제법 호화로운 밀턴 그레인지에서 딕비헌터 부인은 행복했다. 그녀는 주방과 기숙사 관리를 책임지고 있을 뿐 공통 입학시험에 대해서는 자세한 내용을 알지 못했다. 그러나 밀턴 그레인지에서 원장 사모님으로 살아가는 것은 크로이던에서 한쪽 벽이 옆채에 붙은 집의 1층에서 자동판매기 관리자의 아내로 살아가는 것보다 좋았다.

"맙소사, 해로에 입학하려는 아이 때문에 골치가 이만저만 아픈 게 아니야." 그녀의 남편은 이렇게 말하고는 했다. 그럴 때면 그녀는 짜증 내는 남편의 기분을 맞추려고 한숨 소리를 내면서 그의 기운을 북돋으려고 미소를 보내고는 했다. 남편이 멍청한 아이들을 맡아서 일구어 낸 성과는 놀라웠다. 그녀는 언젠가 남편이 자그마한 표창을, 어쩌면 대영제국 훈장을 받을지도 모르겠다고 이따금 생각하고는 했다. 그녀에게는 밀턴 그레인지 자체가 훌륭한 표창이었다. 밀턴 그레인지는 결혼 생활을 해 오는 동안 언제나 상냥한 모습을 보인 것에 대한, 성가시게 굴지 않은 것에 대한, 만족스러운 아내가 되고자 노력한 것에 대한 부족함 없는 상이었다.

딕비헌터 부인은 다른 남자와 결혼했다면 어떤 인생을 살고 있을지 아주 가끔 궁금했다. 그녀는 제 몸으로 낳은 자식을 가졌다면 어떤 기분을 느꼈을지, 언젠가는 아이가 태어나는 결과를 가져왔을 부부 생활을 했다면 어떤 기분을 느꼈을지도 궁금했다. 그녀는 매일 밤 더블 베드를 함께 나누어 쓰는 것이 어떤 기분일지 캄캄한 방에 홀로 누워서 1년에 한두 번쯤 상상해 보았다. 딕비헌터 부인은 얼굴 없는 남자를, 그녀 곁에 누워 있는 벌거벗은 창백한 몸을, 그녀의 살을 어루만지는 손을 상상했다. 그녀는 앳된 처녀였을 때 알고 지내던 성직자와 결혼한 자신을 이따금 상상했다. 그는 교회 강당에서 춤을 춘 뒤 더할 수 없이 격정적으로 그녀에게 입을 맞춘 적이 있었다. 딕비헌터 부인은 그날 자신의 몸에 맞닿은 그의 몸이 그녀를 끌어당기는 힘을 느꼈다. 그녀는 지금도 그의 옷 냄새와 축축한 입술을 기억했다.

그러나 이제 그녀가 속한 곳은 밀턴 그레인지였다. 그녀는 한 남자를 선택해서 그와 결혼했고, 좋든 나쁘든 글로스터셔의 작은 탑이 있는 저택에서 살게 되었다. 그녀가 익히 알고 있는 것처럼 결혼에는 서로 간의 양보가 필요했다. 그리고 그녀의 입장에서 볼 때, 주위에는 온통 감사할 일들뿐이었다. 매년 한 번 7월 마지막 토요일에 기숙 학원은 보수당 행사를 위해서 정원을 내주었고, 그녀는 남편과 함께 이따금 저녁 식사나 칵테일파티에 참석하기 위해서 차를 몰고 다른 시골 저택을 방문했다. 한번은 그 지역의 보이스카우트 단체가 그녀에게 운동회 날 트로피 수여를 해 달라고 부탁하기도 했다. 그녀가 그녀 남편의 부인이기 때문에, 그녀의 남편이 이 지역에서 존경받는 인사이기 때문이었다. 딕비헌터 부인은 트로피 수여식을 위해서 새 옷을 장만했고 그날의 행사를 즐겼다.

그녀는 겨울이 되면 구근을 심었고, 봄이 오면 새들이 집을 지으려고 잔가지와 지푸라기를 모으는 모습을 지켜보았다. 그녀는 정원을 사랑했고, "인간은 다른 그 어느 곳보다 정원에 있을 때 하느님의 마음에 가장 가까이 있어"라고 부엌에서 가정부들에게 말하고는 했다. 그녀는 정원에서 느끼는 감정이야말로 아름다운 감정이며 더할 수 없이 진실한 감정이라고 설명했다.

6월의 그날 오후, 딕비헌터 부인이 너도밤나무 아래에서 깜빡 잠이 들고 월 경사가 다년초 화단에서 잡초를 뽑고 있을 때, 수염을 기른 비드는 기본적인 것만 갖추어진 다락방에서 두 줄로 늘어선 책상 사이를 거닐고 있었다. 남학생 여섯 명이 책상 위로 고개를 숙이고서 빠른 속도로 무언가를 쓰고 있었다. 옆방에서도 또 다른 남자아이 여섯 명이 역시 무언가를 쓰고 있었다. 비드는 옆방에 있건 건너편 방에 있건 상관없이 빈둥대는 학생은 단 한 명도 없을 것임을 알고 있었다.

"아마베로, 아마베리스, 아마베리트." 비드가 팀슨이라고 불리는 남자아이의 귀에 수염에 가려진 입술을 바짝 들이대고서 작은 소리로 말했다. "아마베리무스, 팀슨, 아마베리티스, 아마베린트."* 비드는 엄지와 검지로 팀슨의 왼쪽 손등을 꼬집어 비틀었다. "아마베리티스, 아마베린트." 그가 다시 한 번 말했다. 비드가 손등의 꼬집은 살을 이리저리 비틀고 팀슨이 선생님이 바라는 대로 소리를 죽여 신음하는 동안, 딤프나와 바버라는 정원에서 잠든 딕비헌터 부인의 모습을 관찰했다. 딤프나와 바버라는 몸을 씻지 않은 채, 함께 쓰는 침실에 서서 마름모꼴 유리를 끼운 열린 창을 통해 밖을 내다보았다. 둘 다 엠버시 필터 담배를 피우고 있었다. "살찐 하얀 민달팽이." 바버라가 말했다. "저것 좀 봐."

딤프나와 바버라는 그렇게 서서 창밖을 좀 더 내다보았다. 저 멀리 보이는 월 경사가 무릎을 짚고 일어섰다. "차를 마시러 오려나 봐." 바버라가 말했다. 그녀는 입안에 담배 연기를 물고 있다가 뻐끔 내뿜었다. "저 여자는 생각이 없어. 머리로 하는 일은 할 줄을 몰라." 딤프나가 덧붙였다. "죽은 하얀 민달팽이지." 바버라가 말했다.

딤프나와 바버라는 엄지와 검지로 담배를 들고서 부엌으로 이어지는 뒤 계단을 내려갔다. 무쇠로 만든 아가 히터 위에서 주전자에 담긴 물이 끓고 있을 거라고 둘은 같은 생각을 했다. 서늘한 넓은 부엌에 앉아 늙은 월 경사와 차를 마시는 것은 기분 좋은 일이 될 것이 틀림없었다. 월 경사는 그가 사는 마을에서 벌어진 일들을 전하면서 남의 얘

---

* 모두 라틴어 동사 아마레amare의 시제 변화이다.

기를 하고는 했다. 오늘은 딤프나가 어제 먹고 남은 칠면조 페이스트와 바르기 쉬운 마가린을 사용해서 그가 먹을 샌드위치를 만들 차례였다. 딕비헌터 부인은 마가린이 버터보다 건강에 좋다고 말했다. "죽은 하얀 민달팽이." 바버라가 계단에서 소리 내어 웃으며 다시 한 번 말했다. "저 여자도 한때는 사람이었을까?"

월 경사는 잠들어 있는 딕비헌터 부인 앞을 지나갔다. 그녀의 반쯤 벌어진 입에서 코 고는 소리가 귀에 들릴락 말락 희미하게 새어 나오고 있었다. 월 경사는 그녀를 보면서 피곤한 모양이라고 생각했다. 그는 더위가 여자들을 지치게 만든다는 이야기를 가끔 들었다. 월 경사가 모자를 벗더니 정수리에 흥건한 땀을 닦았다. 그는 차를 마시려고 저택을 향해 걸어갔다.

딕비헌터는 마셜시라는 남학생과 함께 서재에 앉아 있었다. 그는 마셜시가 최근에 삼각형에 대해서 배운 내용을 제대로 이해했는지 확인하고 있었다.

"그러니까 DEF는 모든 점을 고려할 때 같아야 해요……" 마셜시가 말했다.

"왜지?" 딕비헌터가 물었다.

그의 목소리는 메마른 데다 약간 높았다. 딕비헌터는 뼈마디가 앙상한 손을 그와 마셜시 사이에 놓인 책상에 얹고 있었는데, 손끝에 보이는 손톱은 아주 작았다.

"왜냐하면 DEF가……"

"왜냐하면 삼각형 DEF가, 마셜시."

"왜냐하면 삼각형 DEF가……"

"계속해, 마셜시."

"왜냐하면 삼각형 DEF가 삼각형 ABC하고 같은 두 밑각과 두 변을 갖고 있기 때문입니다……"

"넌 지금 말도 안 되는 소리를 하고 있어." 딕비헌터가 목소리를 낮추어 말했다. "잘 생각해 봐."

딕비헌터는 책상 앞에서 일어서더니 방을 가로질러 창가로 갔다. 큰 키 때문에 어깨가 약간 구부정해진 그는 소리 없이 움직였다. 방에는 교재가 꽂힌 책장이 여러 개 놓여 있고, 벽난로 위 선반과 색이 옅은 벽은 텅 비어 있었다. 딕비헌터는 그가 차지하고 있는 이 방과 잘 어울렸다. 그가 학부모들에게 자주 이야기하는 것처럼 수업이 진행되는 방에 학생들의 두리번거리는 눈을 사로잡을 만한 물건을 두지 말아야 함은 너무나 당연했다.

창가에 서서 밖을 둘러보던 딕비헌터는 너도밤나무 아래에서 덱 체어에 앉아 있는 아내를 관찰했다. 그는 밀턴 그레인지에서 17년을 생활하는 동안 아내가 셰퍼드 파이 만드는 데에는 전문가가 되었다고 생각했다. 그러나 브리지 실력은 전혀 늘지 않았고, 그녀는 여전히 학부모들에게 지루한 이야기를 늘어놓았다. 딕비헌터도 한때는 아주 짧게나마 그녀를 사랑했다. 그러나 그 사랑은 웰시 호텔의 침실에서 맞은 첫날밤에 사그라지기 시작했다. 부푼 기대감을 안고서 날마다 상상하던 그녀의 나체는 이상하게도 그에게 혐오감을 안겨 주었다. "미안해." 그는 이렇게 중얼거리면서 옆에 있는 트윈베드로 몸을 옮겼다. 그 순간 그는 결혼 생활에서 이 부분만은 앞으로도 자신의 의지로 감당할 수 없을 것임을 예감했다. 그녀는 아무 말도 하지 않았고, 그날 이후로 두 사람은 이 문제에 대해서 단 한 번도 이야기하지 않았다.

딕비헌터는 정원에 있는 아내를 바라보면서 덱 체어에 저렇게 누워서 예사로이 잠을 잘 수 있다니 참으로 놀랍다고 생각했다. 그녀는 언젠가 디너파티에서 자신이 꾼 꿈 이야기를 한 적이 있었다. 밀턴 그레인지로 돌아오는 차 안에서 딕비헌터는 그녀의 꿈에 흥미를 느낀 사람은 아무도 없었다고 말해야만 했다. 그리고 그는 모두가 조용히 한숨을 쉬더라고 전할 수밖에 없었다. 그것이 진실이었다.

누군가 문을 두드리는 소리에 딕비헌터는 창가에서 몸을 움직이며 엄한 목소리로 대답했다. 안경을 쓴 얼굴에 손질되지 않은 머리를 길게 기르고 있는 남자아이가 칙칙한 방에 들어왔다. 아이는 마른 몸에 얇은 입술과 금방이라도 부러질 것처럼 약해 보이는 코를 갖고 있었다. 귀갑 테 안경 너머로 확대되어 보이는 눈은 별다른 특징 없이 흐릿했다. 굳이 눈동자 색을 표현하자면 야채 삶은 물의 빛깔 같았다. 긴 머리칼에는 윤기가 없었다.

"레게트." 딕비헌터가 아이에게 자기 이름이 아니라고 부정하려면 어디 한번 해 보라는 듯 즉시 말했다.

"선생님." 레게트가 대답했다.

"왜 그렇게 머리를 사방으로 움직이는 거지?" 딕비헌터가 물었다.

딕비헌터는 다른 남학생을 돌아보았다. "계속해."

"만약 DEF의 두 밑각이 ABC의 두 밑각과 같다면……" 마셜시가 설명했다.

"책을 펴서 다시 공부해." 딕비헌터가 말했다.

그는 창가를 떠나 책상 앞으로 돌아와서 앉았다. "무슨 일이지, 레게트?"

"아무래도 침대에 가서 누워야 할 것 같습니다, 선생님."

"침대라고? 뭐가 문제지?"

"목이 아픕니다, 선생님. 뒤쪽으로요. 앞도 제대로 안 보이는 것 같아요."

딕비헌터는 몹시 못마땅한 듯 짜증 난 얼굴로 레게트를 바라보았다. 그가 입술로 소리를 내면서 레게트를 노려보더니 말했다. "그러니까 시력을 잃었다는 건가, 레게트?"

"아뇨, 선생님."

"그럼 왜 불평을 늘어놓는 거지?"

"물건이 둘로 보여요, 선생님. 토할 것 같기도 하고요."

"꾀병을 부리는 건가, 레게트?"

"아뇨, 선생님."

"그럼 왜 앞이 안 보인다는 거지?"

"선생님……"

"꾀병을 부리는 게 아니라면 가서 하던 공부를 계속해. '마시다'를 프랑스어 조건법 시제로 변형시켜 봐."

"쥬 부아브……"

"이런 멍청이!" 딕비헌터가 소리쳤다. "당장 여기서 나가!"

"몸이 아파요, 선생님……"

"제발 부탁인데 그 통증도 갖고 나가라. 가서 정직하게 공부나 해, 레게트. 마셜시?"

"만약 DEF의 두 밑각이 ABC의 두 밑각과 같다면 엇각이……"

마셜시의 말소리가 갑자기 멈추었다. 마셜시는 눈을 감았다. 딕비헌터가 머리카락을 한 움큼 움켜쥐기 직전에 마셜시는 한 순간 두피에 와 닿는 그의 작은 손가락을 느꼈다.

"눈 떠." 딕비헌터가 말했다.

딕비헌터가 시키는 대로 눈을 뜬 순간, 마셜시는 그의 얼굴에 어린 기쁨을 보았다.

"설명할 때 듣지를 않았군." 딕비헌터가 말했다. 그는 왼손으로 머리 카락을 잡아당겼고, 마셜시는 그 힘에 못 이겨 일어섰다. 딕비헌터의 오른손이 천천히 뒤로 움직이더니 갑자기 앞으로 나오면서 이동을 마침과 동시에 마셜시의 턱뼈를 후려쳤다. 딕비헌터는 손날을, 비드는 엄지손가락 밑의 볼록한 부분을 늘 사용했다.

"두 개의 삼각형 ABC와 DEF를 살펴보자." 딕비헌터가 말했다. 그는 오른쪽 손날로 다시 한 번 마셜시의 얼굴을 후려친 뒤 손을 오므려 주먹을 쥐더니 마셜시의 배를 연거푸 때렸다.

"두 개의 삼각형 ABC와 DEF를 살펴보자." 마셜시가 작은 소리로 따라 했다.

"두 삼각형에서 각 ABC는 각 DEF와 같다."

"두 삼각형에서 각 ABC는 각 DEF와 같다."

딕비헌터 부인은 잠결에 누군가의 목소리를 들었다. 그녀는 눈을 뜨고서 꿈의 일부일지도 모를 형체를 보았다. 그녀는 다시 눈을 감았다.

"미세스 딕비헌터."

이름이 기억나지 않는 남학생이 앞에 서서 그녀를 내려다보고 있었다. 너무나 많은 학생들이 한두 학기를 이곳에서 보낸 뒤 다음 학생들에게 자리를 내주고 떠났다. 지금 그녀의 눈앞에 서 있는 학생은 키가 크고 마른 데다 얼굴에는 안경을 쓰고 있었다. 딕비헌터 부인은 남자아이가 건강해 보이지 않는다고 생각했다. 그 순간 마찬가지로 허약해 보이는 그 아이의 어머니, 레게트 부인이 생각났다.

"미세스 딕비헌터, 목뒤가 아파요."

딕비헌터 부인은 눈을 깜빡이면서 아이를 바라보았다. 그녀의 남편은 학생들을 보면서 공부를 안 할 수만 있다면 못할 짓이 없는 아이들이라고 말하고는 했다. 딕비헌터 부인은 이따금 아이들이 안쓰러웠지만 학생들이 해야 할 공부를 끝내야 한다는 사실 또한 이해했다. 학생들이 밀턴 그레인지에 와 있는 것은 바로 이런 이유 때문이었다. 학생들이 감당해야 하는 엄청난 학습량과 아침 8시 반부터 저녁 7시까지 이어지는 지나치게 긴 수업 시간 앞에서, 그녀는 어린 시절에 이러한 압박감을 피할 수 있었던 것만으로도 자신은 참 운이 좋다고 생각하고는 했다. 학생들은 한 명도 빠짐없이 매일 오후 점심 식사가 끝난 뒤 곧바로 비드와 함께 힘차게 걸었다. 이것은 남편의 말을 빌리자면 20분간의 재충전을 위해서였다. 놀 수 있는 시간은 당연히 없었다.

"미세스 딕비헌터."

레게트의 머리는 이상하게 이리저리 움직이고 있었다. 딕비헌터 부인은 전에도 레게트의 머리가 이렇게 움직이는 것을 본 적이 있는지 기억을 더듬다가 그런 적이 한 번도 없다는 결론을 내렸다. 레게트가 이렇게 보는 것만으로도 현기증 나는 행동을 한 적이 있다면 그녀가 그냥 지나쳤을 리 없었다. 그녀는 팔을 뻗어서 덱 체어 밑에 두었던 올골드 상자를 꺼냈다. 그러고서 그녀는 레게트에게 미소를 지어 보이면서 말했다. "초콜릿 먹을래, 레게트?"

"토할 것 같아요, 미세스 딕비헌터. 모든 게 둘로 보이고요. 머리를 가만히 둘 수가 없어요."

"원장 선생님한테 말씀드려 봐."

레게트는 그녀의 마음에 드는 학생이 아니었다. 레게트의 어머니도 마찬가지였다. 딕비헌터 부인은 레게트와 레게트의 어머니를 좋아할 수 없는 마음을 어떻게든 사과하려는 듯 또다시 미소를 지어 보였다. 그녀는 다시 한 번 레게트 앞으로 초콜릿 상자를 내밀면서 코코넛 캐러멜을 직사각형 모양의 트레이에서 밀어냈다. 그녀는 언제나 코코넛 캐러멜과 배 모양 블랙커런트를 남겼다. 레게트가 남은 초콜릿을 먹어 준다면 고마울 따름이었다.

"원장 선생님한테는 벌써 말씀드렸어요, 미세스 딕비헌터."

"너무 열심히 공부한 거 아니니?"

"아니에요, 미세스 딕비헌터."

딕비헌터 부인은 더 이상 초콜릿을 권하지 않았다. 그녀는 레게트가 뜨거운 햇볕 아래에서 머리를 흔들며 얼마나 오래 서 있을지 궁금했다. 빈둥거리는 시간이 너무 길어진다면 레게트가 곤란해질 것이 틀림없었다. 물론 어떻게 아픈지 좀 더 자세히 듣느라고 그녀가 레게트를 붙잡고 있었다고 말해 줄 수 있었다. 그러나 레게트가 낭비할 수 있는 시간에는 당연히 한계가 있었다.

"이제 서둘러 돌아가는 게 좋겠다, 레게트." 딕비헌터 부인이 말했다.

"미세스 딕비헌터……"

"너도 알다시피 규칙이 있어. 몸이 안 좋은 학생이 있을 때는 원장 선생님한테 알려야 한단다. 원장 선생님은 누가 꾀병을 부리고 누가 진짜 아픈지 판단을 내리시지. 한때는 내가 그 책임을 맡았는데, 학생들이 너무 쉽게 나를 속였단다. 물론 그 아이들을 탓하지는 않아. 나도 마찬가지 행동을 했었으니까. 하지만 원장 선생님의 생각은 다르단다. 밀턴 그레인지 같은 곳에서는 1분 1초가 값지다고 생각하시지. 당연히 시간 낭비는 허용될 수 없단다."

"선생님들이 머리카락을 뽑아요." 레게트가 갑자기 날카로운 목소리로 외쳤다. "멍이 들지 않게 교묘한 방법으로 때려요. 주먹으로 배를 세게 치기도 해요."

"교실로 돌아가는 게 좋겠다."

"때리는 걸 즐긴다니까요!" 레게트가 소리쳤다.

"어서 돌아가."

"미세스 딕비헌터, 부인의 남편이 저를 죽일 뻔했어요."

"그건 전혀 사실이 아니야, 레게트."

"비드 선생님이 미첼의 사타구니를 때렸어요. 자로 때렸죠. 자 끝으로 찌르기도 했어요."

"조용히 해, 레게트."

"미세스 딕비헌터……"

"어서 가라, 레게트." 딕비헌터 부인은 처음으로 날카롭게 말했다. 그러나 아이가 걸음을 옮기기 시작하자 그녀는 방금 한 말을 바꾸어서 레게트를 불렀다. 그녀는 레게트를 비롯한 이곳의 모든 남학생들은 특별한 목표를 이루기 위해서 밀턴 그레인지에 있는 거라고 조금 전보다 부드러운 목소리로 설명했다. 이곳의 학생들은 초등학교 교실 뒷줄에 앉아 삼목 두기나 하고 키득대면서 수업을 방해하고 게으름을 피웠기 때문에 여기에 온 거였다. 이곳의 학생들은 원장 선생님과 비드 선생님의 전문적인 가르침을 받은 뒤 공통 입학시험에서 높은 성적을 얻으려고, 그래서 영국의 명문 중학교에 입학하려고 밀턴 그레인지에 온 거였다. 체벌은 밀턴 그레인지의 교육과정 중 일부고 모든 학부모는 이 사실을 알고 있었다. 만약 이곳에 오기 전과 마찬가지로 게으름을 피운다면 체벌을 통해서 스스로의 행동을 반성할 수 있도록 학생들은 벌을 받아야 했다. "내 말 알아듣겠지, 레게트?" 딕비헌터 부인이 이렇게 말하면서 훈계를 마무리했다.

레게트는 돌아갔고, 딕비헌터 부인은 만족감을 느꼈다. 그녀가 레게트에게 이렇게 짤막한 연설을 할 수 있었던 것은 전에 다른 상황에서 남편이 학생들에게 하는 이야기를 귀담아들어 둔 덕분이었다. "학생들의 손마디를 살짝 때리는 경우가 가끔 있습니다." 그녀의 남편은 자식을 입학시키려는 부모에게 이렇게 말했다. "저희는 학생들의 터무니없는 짓을 그냥 보아 넘기지 않습니다."

딕비헌터 부인은 남편이 하는 말이 자신의 입에서 이렇게 술술 흘러나온 것이 기뻤다. 그녀는 다시 한 번 아내의 도리를 다한 것 같은 기분을 느꼈다. 꾀병을 부리는 학생은 당연히 손마디를 가끔은 맞아야 했다. 그녀의 남편은 지난 17년 동안 그가 고집해 온 방법이 탁월했음을 증명했다. 언젠가 밀턴 그레인지로 달려와서 아들을 데려간 어머니가 한 명 있기는 했다. 학습 강도가 자기 아들에게는 너무 높다는 것이 이유였다. 그날 딕비헌터 부인이 문을 열어 맞자 학원에 찾아온 그 어머니는 아들이 보낸 편지를 받았다면서 아무래도 아이를 데리고 가는 편이 낫겠다고 말했다. 아이가 몹시 흥분한 상태에서 편지를 쓴 모양이었다. 편지에는 밀턴 그레인지가 미치광이와 범죄자가 운영하는 곳이라고 적혀 있었다. 이 이야기를 들은 딕비헌터 부인은 미소를 지으면서 자기가 미치광이나 범죄자처럼 보이느냐고 조용히 물었다. 남학생의 어머니는 고개를 저었지만 캔터베리에 있는 킹스 스쿨에 진학시킬 목적으로 밀턴 그레인지에 맡겼던 아들을 데리고 갔다. 딕비헌터는 "낙오자가 될 거야"라고 예언했고, 남편이 입을 또 다른 스웨터를 짜고 있던 그녀는 힘들이지 않고 동의했다.

딕비헌터 부인은 산딸기와 꿀 크림이 든 초콜릿을 고른 뒤 초콜릿 상자를 덱 체어 밑 잔디에 내려놓고서 눈을 감았다.

"왜 그러니, 애야?" 월 경사가 잡초를 뽑으러 돌아가던 길에 물었다.

레게트는 목뒤가 아프다고 대답하고는 머리를 가만히 둘 수 없다고, 모든 게 두 개로 보인다고, 토할 것처럼 속이 울렁거린다고 덧붙였다. "이런 이런." 월 경사가 말했다. 월 경사는 그가 밀턴 그레인지에서 알고 있는 유일한 실내 공간인 부엌으로 레게트를 데리고 갔다. "잠깐 여기 좀 봐." 월 경사가 여전히 부엌 탁자에 앉아서 차를 마시고 있는 두 가정부에게 말했다.

레게트는 의자에 앉더니 안경을 벗었다. 그러고서 마구 떨리는 몸을 진정시키려는 듯 머리를 흔들려고 했다. 그러나 나중에 바버라와 딤프나가 말한 대로라면 머리를 흔드는 것조차 레게트에게는 너무나 힘겨웠다. 어깨가 앞으로 기울더니 레게트는 문질러 닦아 놓은 부엌 식탁 위에 얼굴 옆면을 부딪치면서 고꾸라졌다. 컵에 물을 담아서 먹이려고 아이의 몸을 일으켰을 때, 세 사람은 레게트의 숨이 끊어졌음을 알아차렸다.

그로부터 30분 뒤, 딕비헌터 부인은 부엌에 들어서면서 밝은 햇살에 눈이 부셔서 눈을 서너 번 깜박였다. "포크로 소시지를 찌르도록 해." 그녀는 기계적으로 이렇게 지시했다. 화요일인 오늘은 차와 소시지를 준비해야 하는 날이고, 여느 때와 마찬가지로 혹시 잊었을지 모를 바버라와 딤프나한테 이 사실을 다시 한 번 알려 주어야 했다. 말을 마친 딕비헌터 부인은 무언가 문제가 있음을 느꼈다.

그녀는 다시 한 번 눈을 깜박였다. 부엌에는 바버라와 딤프나 말고도 사람이 더 있었다. 좀처럼 딕비헌터 부인에게 말을 걸지 않는 비드가 아가 히터 옆에 서 있었고, 월 경사는 요란스럽게 우는 바버라를 달래려고 애쓰고 있었다.

"무슨 일이지, 바버라?" 딕비헌터 부인은 이렇게 물으면서 비드가 그녀에게 등을 돌리고 있음을 알아챘다. 공기에는 담배 냄새가 섞여 있었다. 딕비헌터 부인은 담배를 피우고 있는 딤프나의 모습에 놀라지 않을 수 없었다.

"비극적인 일이 벌어졌습니다, 딕비헌터 부인." 월 경사가 말했다. "어린 레게트가 그만……"

"레게트가 왜요?"

"죽었어요." 딤프나가 대답했다. 딤프나는 딕비헌터 부인을 노려보면서 콧구멍으로 담배 연기를 내뿜었다. 딕비헌터 부인의 목소리를 듣고서 고개를 든 바버라는 이제 소리를 죽여 흐느끼면서 눈물에 젖은 눈으로 그녀를 쳐다보았다.

"죽었다고?" 딕비헌터 부인이 이렇게 묻는 순간 그녀의 남편이 부엌에 들어왔다. 그는 비드를 불렀고, 비드는 그를 돌아보았다. 비드가 레게트의 시신을 아무도 사용한 적이 없는 침실로 옮겨서 침대에 눕혀 놓았다고 말했다. 그는 레게트가 숨을 거둔 것이 확실하다고 덧붙였다.

"죽었다고요?" 딕비헌터 부인이 같은 질문을 되풀이했다. "죽었다고요?"

비드는 아가 히터 옆에 서서 알아듣기 힘들 만큼 작은 소리로, 레게트의 부모가 어디에 사는지를 딕비헌터에게 물었다. 바버라는 눈물에 젖은 얼굴을 손수건으로 닦았다. 바버라의 곁에는 월 경사가 심각한 얼굴로 조각상처럼 꼿꼿하게 서 있었다. "우스터셔에 사십니다." 딕비헌터가 대답했다. "파인이라는 마을에 사시죠." 딕비헌터 부인은 가정부 두 명이 여전히 자기를 쳐다보고 있음을 알았다. 그녀는 딤프나에게 당장 담배를 끄라고 지시하고 싶었지만 말이 목에 걸려서 나오지 않았다. 그녀는 자기가 지금 정원에서 잠들어 있는 거라고 생각했다. 레게트가 와서 의자 앞에 서 있었고 그녀는 레게트에게 초콜릿을 권했다. 지금 그녀는 꿈을 꾸고 있고, 꿈속에서 레게트는 숨을 거두었다. 전부 터무니없는 일이었다. 그녀의 남편은 조용한 목소리로 여전히 파인이라고 불리는 마을과 레게트의 부모에 대해서 말하고 있었다.

비드가 그녀의 귀에는 들리지 않는 질문을 하자 그녀의 남편이 레게트의 부모는 그럴 사람들은 아닐 거라고 대답했다. 딕비헌터는 사망 원인을 가능한 한 빨리 밝혀야 하기 때문에 학원 주치의를 불렀다고 비드에게 말했다.

"심장마비일 겁니다." 비드가 대답했다.

"죽었다고요?" 딕비헌터 부인이 같은 질문을 네 번째 되풀이했다.

딤프나가 바버라에게 담뱃갑을 내밀자 바버라가 담배 한 개비를 뽑았다. 두 가정부의 눈은 더 이상 딕비헌터 부인의 얼굴을 뜯어보고 있지 않았다. 딤프나가 성냥에 불을 붙였다. 비드는 조금 전까지만 해도 레게트한테 아무 이상이 없었다고 말했다. 딕비헌터는 그의 아내에게 익숙한 모습으로 입을 오므렸다. 그의 눈에는 불안감이 어려 있었다.

부엌 바닥에는 판석이 깔려 있었다. 그 덕분에 부엌은 여름에 시원했지만 날씨가 눅눅할 때면 넓적한 회색 판석도 덩달아 축축해졌다. 학생들이 사용하는 연노란색 강화 플라스틱 그릇이 그릇장과 사이드

테이블에 쌓여 있었다. 딕비헌터 부인은 창살이 쳐진 큼직한 유리창 너머로 딸기나무와 벽돌담 그리고 자갈이 깔린 넓은 공터를 내다보았다. 모든 것이 눈에 익었지만 동시에 낯설었다. "어떻게 이렇게 갑자기…… 이렇게 예고 없이 불쌍하게……" 딕비헌터가 말했다. 그는 의사가 사망 원인을 밝히고 나면 자신이 직접 차를 몰고 우스터셔에 있는 마을로 가서 이 끔찍한 소식을 레게트의 부모에게 전하겠다고 덧붙였다.

딕비헌터 부인은 걸음을 옮기면서 두 가정부의 눈이 또다시 자신을 좇고 있음을 느꼈다. 그녀는 이번 일만 정리되고 나면 바버라와 딤프나를 해고해야겠다고 마음먹었다. 그녀는 주전자를 싱크대로 가져간 뒤 온수 수도꼭지를 틀어서 더운물로 채웠다. 비드는 딕비헌터 부인이 아가 히터 쪽으로 걸어오는데도 자신이 그녀의 길을 막고 있다는 사실을 모르는 듯 서 있는 자리에서 움직이지 않았다. 딕비헌터 부인은 적어도 잠시 후면 차를 마실 수 있다고 이야기하고 싶었지만 이번에도 말이 입 밖으로 나오지 않았다. 월 경사가 자기가 도울 만한 일이 있느냐고 딕비헌터에게 묻는 말이 그녀의 귀에 들렸다. 딕비헌터는 월 경사가 이곳에 남아 있다가 의사가 도착하면 레게트가 갑자기 몸이 불편한 것에 대해서 뭐라고 이야기했는지 그대로 전해 주기 바란다고 대답했다. 비드는 어쨌든 레게트가 랜싱에 입학하는 것은 불가능한 일이었다고 딕비헌터에게 중얼거리며 말했다. "지금은 그런 얘기를 할 때가 아닙니다." 딕비헌터가 대답했다.

딕비헌터 부인은 주전자의 물이 끓기를 앉아서 기다렸고, 월 경사와 두 가정부 역시 서 있던 곳에서 가까이에 놓인 의자에 앉았다. 의자는 두 개의 창문 사이에 놓여 있었다. 딕비헌터는 낮은 소리로 비드에게 무언가를 말하고 있었다. 딕비헌터 부인은 그 내용을 알아들을 수 없었지만 남편이 무언가를 지시하는 모양이라고 생각했다. 그 순간 바버라가 갑자기 소리치기 시작했다. 바버라는 끄지도 않은 담배를 바닥에 내동댕이치더니 의자에서 벌떡 일어섰다. 바버라의 얼굴은 눈물로 젖었고, 웃고 있지 않는데도 이가 잔뜩 드러나 있었다. "당신은 살찐 하얀 민달팽이예요." 바버라가 딕비헌터 부인을 향해 외쳤다.

월 경사는 바버라를 진정시키려고 했지만 바버라는 손톱으로 그의 얼굴을 할퀴었고 월 경사를 도우려고 다가온 비드의 턱수염을 쥐어뜯었다. 딤프나는 의자에 앉은 채 꼼짝도 하지 않았고, 마치 눈앞에서 벌어지고 있는 일이 전혀 보이지 않는 듯 태연하게 담배를 피우면서 딕비헌터 부인에게 시선을 고정하고 있었다.

"신문에 나올 거예요." 바버라가 소리쳤다.

바버라는 부엌에서 끌려 나갔다. 딕비헌터 부부의 귀에 바버라가 복도와 뒤 계단에서 흐느끼는 소리가 들렸다. "바버라가 이 얘기를 팔 거예요." 딤프나가 말했다.

딕비헌터가 딤프나를 바라보았다. 그는 딤프나를 보면서 미소를 지으려고, 미소를 통해서 그녀를 좋아한다고 말하려고 애를 썼다. "무슨 얘기?" 딕비헌터가 물었다.

"학생들을 어떤 방법으로 때리는지 말이에요."

"잘 들어, 딤프나. 그 문제에 대해서라면 너는 아무것도 몰라. 밀턴 그레인지에 있는 학생들은 특별한 목표를 갖고 여기에 온 거야. 특별한 교육을 받기 위해서."

"당신들이 한 명을 죽였어요, 딕비헌터 씨." 딤프나는 여전히 뻐끔뻐끔 담배를 피우면서 부엌에서 나갔다. "맙소사." 딕비헌터 부인이 말했다.

"죽음 앞에서 다들 당황한 거야." 딕비헌터가 신경질적으로 대답했다. "당연한 일이지. 둘 다 괜찮아질 거야."

그러나 부엌으로 돌아오면서 딕비헌터가 하는 말을 들은 비드는 밀턴 그레인지는 이제 끝났다고 말했다. 그는 두 가정부가 거짓 이야기를 끝내 신문사에 넘길 거라고 말했다. 그는 바버라와 딤프나가 지금 월 경사를 붙잡고 이야기하고 있다고 전했다. 두 가정부는 이미 한 적이 있지만 월 경사가 귀담아듣지 않았던 거짓말을 또다시 그에게 하고 있었다.

"도대체 왜 저런 아이들을 고용한 거야?" 딕비헌터가 화가 난 목소리로 아내에게 물었다.

딕비헌터 부인은 바버라와 딤프나가, 부엌에서 밤낮으로 그녀와 함께 일하면서 그녀로부터 여러 가지 쓸모 있는 기술을 배운 두 가정부가 자기를 싫어한다고 생각했다. 한 남자아이가 뜨거운 햇살을 받으며 걸어와서 그녀 옆에 멈춰 섰고, 그녀는 아이에게 초콜릿을 내밀었다. 아이는 고통을 호소했고 그녀는 원장 선생님에게 가서 말해야 한다고, 그것이 규칙이라고 말했다. 그녀는 체벌이 밀턴 그레인지의 교육과정에 포함된다고 설명하기도 했다. 그 아이는 죽었다. 그녀를 증오하는 두 가정부는 남편의 기숙 학원이 누리던 명성을 땅에 떨어뜨릴 것이 분명했다.

그녀는 월 경사의 목소리를 들었다. 월 경사는 두 가정부 중 한 명은 몹시 흥분한 상태지만 서서히 안정을 되찾고 있다고, 하지만 당돌한 나머지 한 명이 문제를 일으키려 한다고 말했다. 그는 이치를 따져 가며 두 가정부를 설득하려 했지만 둘 다 들으려고 하지 않았다고 덧붙였다.

바버라와 딤프나는 밀턴 그레인지에서 두 달 반을 일했다. 딕비헌터 부인은 판지로 만든 여행 가방을 들고서 둘이 함께 이곳에 오던 날을 기억했다. 바버라와 딤프나는 그 전에도 면접을 보려고 한 번 온 적이 있는데, 딕비헌터 부인은 그날 둘을 데리고 저택을 한 바퀴 돌면서 학원에 대해 설명했다. 그녀는 지나가는 말로 1년에 한 번, 7월 말에 정원에서 보수당 행사가 열린다고 이야기했다. 바버라와 딤프나는 관심이 없는 듯했다.

"나는 한 달 두 달, 한 해 두 해, 꾸준히 노력해서 지금의 이곳을 만들었습니다." 딕비헌터 부인은 남편이 하는 말을 들었다. "내가 이곳을 샀을 때 여기는 양계장이었어요, 비드. 이제 또다시 양계장이 되고 말겠군요."

딕비헌터 부인은 부엌에서 나가 복도를 지나서 카펫을 깔지 않은 뒤 계단을 올라갔다. 잠시 후 그녀는 바버라와 딤프나의 방문을 두드렸다. 둘은 한목소리로 들어오라고 대답했다. 바버라와 딤프나는 새로 불을 붙인 담배를 피우면서 판지로 만든 여행 가방에 짐을 꾸리고 있었다. 바버라는 안정을 되찾은 것 같았다.

딕비헌터 부인은 바버라와 딤프나에게 설명을 하려고 했다. 그녀는 레게트의 사망 원인을 아는 사람은 아직 아무도 없다고, 비드 선생님의 추측대로 심장마비일 가능성이 가장 크다고, 정말 안타까운 일이라고 말했다.

바버라와 딤프나는 계속해서 짐을 꾸릴 뿐 그녀의 이야기를 귀담아듣지 않았다. 둘은 가방에 옷을 접어서 넣기도 하고 개지 않은 채로 눌러 담기도 했다.

"내 남편이 이곳을 만들었어. 한 달 두 달, 한 해 두 해, 17년에 걸쳐서 지금의 이곳을 만들었지."

"학생들이 차를 기다려요." 딤프나가 말했다. "딕비헌터 부인, 이러고 있지 말고 가서 소시지를 포크로 찔러야 할걸요."

"급료는 신경 쓰지 마세요." 바버라가 이렇게 말하더니 소리 내어 웃었다. 더 이상 흥분한 웃음소리가 아니었다.

"내 남편은⋯⋯"

"당신 남편은 아이들한테 고통을 주면서 성적 쾌락을 느껴요. 비드도 마찬가지죠. 둘 다 동성애자예요." 딤프나가 말했다.

"당신 남편은 감옥에 갇힐 거예요. 머리에 자루를 뒤집어쓰고 교도소로 가겠죠. 그래야 사람들 얼굴에 가득한 혐오감을 굳이 안 봐도 될 테니까요. 내 말이 틀렸나요, 딕비헌터 부인?" 바버라가 물었다.

"내 남편은⋯⋯"

"쓰레기죠." 딤프나가 말했다.

딕비헌터 부인은 침대 가장자리에 걸터앉아 두 가정부가 짐을 싸는 모습을 지켜보았다. 그녀는 아무도 사용한 적 없는 침실에 있는 죽은 남자아이를 상상했고, 뒤이어 부엌에서 학원 주치의가 도착하기를 기다리고 있는 월 경사와 비드 그리고 남편의 모습을 상상했다. 세 사람은 두 가정부가 자기들 뜻대로 행동한다면 의사가 어떤 사망 원인을 찾아내든 달라질 것이 없음을 알고 있었다.

"왜 나를 그렇게 싫어하는 거지?" 딕비헌터 부인이 제법 차분한 목소리로 물었다.

바버라와 딤프나는 아무런 대답 없이 계속해서 짐을 꾸렸고, 딕비헌터 부인은 절망감에 사로잡힌 채 이야기를 이어 갔다. 그녀는 밀턴 그레인지에 대한 진실을 자신이 보고 느끼는 그대로 전하려고 노력했다. 두 가정부는 끊임없이 그녀의 말을 막았다. 바버라와 딤프나는 학생들 몸에 멍이 없는 것은 전문적인 방법으로 체벌을 가하기 때문이라고, 하지만 학생들의 머리카락을 실제로 한 움큼씩 잡아 뽑기도 하는 만큼 그녀도 이것만은 봐서 알 거라고 맞섰다. 그러나 딕비헌터 부인은 이런 모습을 본 적이 없었다. "체벌은……" 딕비헌터 부인이 이렇게 이야기를 시작하는 순간 바버라가 브리들이라는 남자아이의 머리에서 뽑힌 머리카락 한 줌을 들어 보였다. 바버라는 이 머리카락을 휴지통에서 발견했다. 브리들은 자기 머리카락이 맞는다고 말하면서 머리카락이 뽑힌 자리를 보여 주었다. 바버라가 머리카락을 스타킹이 들어 있던 비닐봉지에 다시 집어넣었다. 바버라는 머리카락이 촬영될 것이며 자기들은 일요 신문 1면을 장식할 거라고 말했다. 바버라는 사진 속에서 자기들은 자루를 뒤집어쓴 전직 원장과 수염으로 얼굴을 가린 비드 옆에 나란히 있을 거라고도 덧붙였다. 일요 신문을 읽은 사람들은 작은 탑이 있고 담쟁이덩굴에 반쯤 뒤덮인 제법 호화로운 밀턴 그레인지를 고문실로 여기며 구경하러 올지도 몰랐다. 그리고 정원의 너도밤나무 아래에 놓인 덱 체어를, 폭력이 발생하고 사람이 죽는 동안 한 여자가 그 위에 누워서 자고 있던 덱 체어를 촬영하는 사람이 있을지도 몰랐다. 딕비헌터 부부는 언젠가 밀랍 인형으로 만들어질지도 몰랐다. 딕비헌터와 마찬가지로 아이들을 괴롭히면서 성적 쾌락을 느낀 비드도 같은 운명이었다.

"너희는 돈 때문에 이러는 거야." 딕비헌터 부인은 웃으려고 애를 쓰면서 바버라와 딤프나에게 둘의 행동이 잘못된 것임을 알려 주려고 이렇게 말했다.

"그래요." 두 가정부는 입을 모아 대답하더니 제보할 사건이 있다고 일요 신문에 전화할까를 한두 번 고민한 것이 아니라고 번갈아 가면서 사실대로 이야기했다. 둘은 이런 계획을 갖고 있었기 때문에 머리카락을 비닐봉지에 보관해 왔다고, 신문사 사람들에게 해야 할 말을 이미 다 생각해 두었다고도 덧붙였다.

"이 일로 돈을 벌 생각인 거지?"

"맞아요." 딤프나가 대답했다. "부인하고는 잠깐밖에 일을 못 했네요, 딕비헌터 부인."

딕비헌터 부인은 자신을 향한 증오심을 두 가정부의 얼굴에서 읽을 수 있었고 목소리에서 들을 수 있었다. 바버라와 딤프나가 뿜어낸 증오심이 수증기처럼 방 안에 자욱했다.

"왜 나를 그렇게 싫어하는 거지?" 딕비헌터 부인이 또다시 물었다.

바버라와 딤프나는 대답이 필요 없다는 듯 아무 말 없이 웃음을 터뜨렸다.

이 순간 자신의 바람과 달리 딕비헌터 부인은 교회 강당에서 춤을 춘 뒤 격정적으로 그녀에게 입을 맞추었던 성직자를, 그의 축축한 입술을, 그의 몸이 그녀를 끌어당기던 힘을 떠올렸다. 그의 옷 냄새가 30년 세월을 가로질러 그녀의 코끝에 와 닿았다. 그 냄새는 전에도 그녀를 찾아온 적이 있는 만큼 익숙하게 느껴졌다. 그녀는 어딘가의 교구 목사관에서 그의 자식을 낳았을 수도 있었다. 그랬더라도 바버라와 딤프나는 그녀를 증오했을까?

속옷, 원피스, 립스틱, 울워스에서 산 장신구, 액자에 넣지 않은 유명 남자 가수의 사진들이 두 개의 판지 여행 가방 안에 뒤섞인 채 담겨 있었다. 바버라와 딤프나는 방 안을 돌아다니면서 자기들의 물건을 챙겼고, 침대 가장자리에 걸터앉은 딕비헌터 부인은 일찍이 경험하지 못한 비참한 기분을 느끼면서 둘의 모습을 지켜보았다. 인간이 어떻게 이처럼 잔인할 수 있을까? 아무 잘못도 없는 그녀에게 밀랍 인형으로 만들어질지도 모른다는 말을 어떻게 할 수 있을까? 너무나 비극적으로 숨을 거둔 아이의 몸이 삶의 기억을 간직한 채 아직 온기를 머금고 있는 지금, 그녀의 남편과 비드에 대해서 신문사에 거짓 정보를 넘길 생각을 어떻게 이토록 태연하게 할 수 있을까?

딕비헌터 부인은 아직 성장이 끝나지 않았을 정도로 어린 두 가정부를 바라보았다. 둘은 그녀에 대해서 이야기를 나누었을 것이 분명했다. 바버라와 딤프나는 바로 이 방에서 밤낮으로 그녀에 대해서 의심을 품었고, 결국 그녀를 증오하게 되었다. 둘은 밤이면 머리를 맞대고 수군거리면서, 그녀가 결혼한 첫날부터 조각상처럼 또 다른 조각상과 함께 살아왔다고 이야기했을까?

딕비헌터 부인은 문득 모든 것이 자기 잘못이라는 생각을 했다. 밀턴 그레인지는 다시 양계장이 될 것이고, 그녀의 남편은 교도소에서 정신과 의사에게 검사를 받을 것이고, 그녀는 일인용 침실에서 살게 될 것이 분명했다. 모든 것이 그녀의 잘못이었다. 그녀는 29년 만에 폭력과 죽음을 대가로 그에 못지않게 처참한 현실을 마침내 이해했다.

두 가정부는 큰길로 나가서 버스를 탈 거라고 말하고 있었다. 바버라와 딤프나는 딕비헌터 부인에게 다시 한 번 눈길을 주거나 말을 건네지도 않은 채 둘이 함께 쓰던 방에서 나갔다. 딕비헌터 부인의 귀에 뒤 계단을 내려가는 둘의 발자국 소리가 들렸다. 딤프나의 목소리도 들렸다. 딤프나는 바버라에게 이제 괜찮으냐고 물었고, 바버라는 그렇다고 대답했다. 둘은 딕비헌터 부인을 하얀 민달팽이라고, 살찐 하얀 민달팽이라고 불렀다.

딕비헌터 부인은 두 가정부가 쓰던 방에서 나가지 않았다. 그녀는 아무런 생각도 할 수 없는 상태로 침대 가장자리에 걸터앉아 있었다. 남편의 얼굴이, 잘 가꾼 콧수염과 영리해 보이는 까만 눈동자를 가진 얼굴이, 첫날밤 웰시 호텔의 침실에서 보았던 얼굴이 떠올랐다. 딕비헌터 부인은 첫날밤 눈물을 흘리지 않았던 것과 달리, 울고 있는 자신의 모습을 보았다. 혼란 속에서 그녀는 그 순간에 그리고 다른 많은 순간에 이의를 제기하고, 고개를 젓고, 웃음기 없는 얼굴을 하고 있는 자신의 모습을 보았다.

"군 생활을 그만두고 발판 사다리 회사에 들어갈 거야." 남편이 이렇게 이야기하는 순간 그녀는 말도 안 되는 소리에 괴로운 나머지 그의 얼굴을 손으로 후려쳤다. 그녀는 자기 아버지의 돈을 욕심내는 발판 사다리 영업 사원이 아니라 군 장교와 결혼했다고 화를 참지 못한 채 소리쳤다. 그녀는 남편이 자동판매기에 분말 커피를 채우면서 하루하루를 살아가겠다고 터무니없는 이야기를 할 때에도 또다시 눈물을 흘렸다. 딕비헌터 부인은 남편에게 웰시 호텔에서 그날 밤 그녀를 실망시켰다고, 그날 이후로 줄곧 그녀를 실망시켰다고 날카로운 소리로 외쳤다. 그녀는 남편이 책임지고 돌보아야 할 아이들을 학대했다고 학생들이 보는 앞에서 그를 비난했다. 그녀는 또다시 이런 짓을 한다면 경찰을 부르겠다고 남편을 위협했다. 그녀는 학생들을 돌아보면서 잠시 정원에서 뛰놀아도 좋다고 말했다. 햇살이 눈부신 날, 좁은 교실에만 갇혀 있는 것은 말도 안 되는 일이었다. 단지 특정 학교에 진학할 목적으로 시험에 통과하기 위해서 그토록 고통스럽게 노력하는 것은 터무니없는 짓이었다. 그녀는 학생들이 모두 교실에서 나간 뒤 손으로 책상을 내리치면서, 남편에게 조심하지 않는다면 모두가 일요신문에 나오게 될 거라고 내뱉듯 말했다. 그러고서 그녀는 남편이 그에게 맡겨진 아이들을 좀 더 다정한 모습으로 대하지 않는다면, 해가 될 것이 분명한 무례한 비드를 당장 해고하지 않는다면 그녀가 영원히 밀턴 그레인지를 떠나겠다고 덧붙였다.

딕비헌터 부인은 오랜 결혼 생활을 되돌아보면서, 한때 두 가정부가 사용했던 방에서 한참을 운 뒤 여전히 눈물을 흘리면서 방에서 나갔고 뒤 계단을 내려가 부엌으로 갔다. 그녀는 남편에게 모든 것이 자기 잘못이라고, 미안하다고 말했다. 그녀는 뜨개질을 했고 구근을 심었지만 결국 한 아이가 죽고 말았다고 이야기했다. 그녀가 느긋한 성격 탓에 태평하게 지내면서 진실을 외면했기 때문에 두 가정부는 그녀를 증오했다. 딕비헌터 부인은 자신이 충성과 헌신을 다했음에도 결국 한 아이가 죽었고, 이제 그녀의 남편은 머리에 자루를 뒤집어쓴 채 밀턴 그레인지에서 끌려 나가게 될 거라고, 장차 교도소에서 정신과 의사에게 검사를 받게 될 거라고 말했다. 모두가 그녀의 잘못이었다. 그녀는 이곳을 찾은 기자들에게 이렇게 말할 생각이었다. 그녀는 설명을 하고, 잘못에 대한 책임을 떠맡고, 아내로서의 도리를 다할 작정이었다.

그녀의 남편과 월 경사와 비드가 딕비헌터 부인을 바라보았다. 그녀는 부엌 한가운데에서 탁자에 한쪽 손을 올려놓고 있었다. 분홍빛 무늬가 그려진 파란 원피스를 입은 통통한 그녀는 눈물을 흘리고 있었다. 월 경사는 이 비극적인 사건 앞에서 그녀의 정신이 잠시 이상해진 모양이라고 생각했고, 비드는 그녀가 자신의 모습을 볼 수 있다면 어디든 다른 데로 가서 울 거라고 짜증스러워하면서 생각했다. 그리고 딕비헌터는 이런 순간에 저토록 한심하기 짝이 없는 멍청한 모습을 보이다니 참으로 그녀다운 행동이라고 생각했다.

그녀는 이야기를 계속했다. 딕비헌터 부인은 자기를 증오했다고 바버라와 딤프나를 탓해서는 안 된다고, 죽음을 막을 수 있었는데도 뒷짐 지고 구경만 한 자기의 잘못이라고 말했다. 그녀는 웰시 호텔의 침실에서 자기가 눈물을 흘렸거나 짐을 싸서 떠났어야 했다고 말했다. 그녀의 목소리는 끊임없이 부엌 안에 울려 퍼졌다. 그녀는 같은 이야기를 자꾸만 되풀이하면서 급히 말을 쏟아 내고 있었다. 세 남자는 한숨을 쉬면서 고개를 돌렸다. 이제 그들 모두는 같은 생각을 했다. 그녀는 구근을 심었다는 둥 만족스러운 아내가 되려고 노력했다는 둥 지껄이면서 말도 안 되는 이야기를 하고 있었다.

이스파한에서
In Isfahan

그들은 차하르바그 여행사의 위층 사무실에서 아주 우연히 만났다. 아래층 사무실에서 한 소년이 노먼턴에게 위층에 올라가서 기다리라고, 미니버스 엔진에 문제가 생겨서 출발이 조금 늦겨질 거라고 말했다.

두 벽을 따라 의자가 줄지어 놓여 있는 위층 사무실은 사무실이라기보다는 작은 대기실처럼 보였다. 철제 뼈대와 빨간 비닐을 씌운 스펀지 고무로 만든 의자는 기본적인 형태만 갖추고 있었다. 사무실의 카운터에는 이스파한을 소개하는, 프랑스어와 독일어로 작성된 무료 안내 책자가 쌓여 있었다. 시라즈와 페르세폴리스를 소개하는 영어 안내 책자도 보였다. 벽에는 이란 관광청에서 제작한 포스터가 붙어 있었다. 다마반드 산, 찰루스 길, 남부 부족들의 원주민 무용수, 곤봉

돌리기, 페르세폴리스에 위치한 아파다나 궁, 이스파한의 신학교 등이 사진 속에 보였다. 차하르바그 관광 요금과 조건은 명확하게 명시돼 있었다. '소형 버스 디럭스를 이용한 관광. 일인당 375리알(5달러). 프랑스어 및 영어 가이드. 소형 버스로 호텔 픽업. 버스가 투숙 중인 호텔을 경유하지 않을 경우에는 여행사 사무실에서 집합. 모든 입장료 포함 가격. 노 쇼핑. 차하르바그 여행사는 여러분 모두의 행운을 빕니다.'

여자는 손에 볼펜을 쥔 채, 핸드백 위에 펼쳐 놓은 여행안내 책자로 고개를 숙이고서 항공우편으로 보낼 편지를 쓰고 있었다. 몹시 불편해 보이는 자세였지만 여자는 괜찮은 모양이었다. 여자는 노먼턴이 들어온 것에 아랑곳없이 계속해서 편지를 썼다. 각 문장에 어떤 내용을 담아야 할지 손을 멈추고서 생각하지도 않았다. 위층 사무실에는 두 사람을 제외하고는 아무도 없었다.

그는 카운터 위 선반에서 소책자 몇 개를 집어 들었다. '이스파한 에테 카피탈 드 리랑 수 레 셀주키드 에 레 사파비드. 수 르 렌뉴 드 세 되 디나스티 라르 이슬라미크 드 리랑 아베 타텡 소 나포제.'*

"관광 예약을 하셨나요?"

노먼턴은 여자가 영국인이라는 사실에 놀라면서 그녀를 돌아보았다. 여자는 말랐고 일어섰을 때의 키는 그다지 크지 않을 것 같았다. 30대로 보이는 그녀는 손가락에 결혼반지를 끼고 있지 않았다. 창백한 얼굴에 두 눈은 알이 크고 둥근 선글라스에 가려져 있었다. 입술이

---

* Isfahan était capitale de l'Iran sous les Seldjoukides et les Safavides. Sous le règne de ces deux dynasties l'art islamique de l'Iran avait atteint son apogée. 이스파한은 셀주키드 왕조와 사파비드 왕조 시대에 이란의 수도였다. 이 두 왕조가 통치하던 시절에 이란의 이슬람 예술은 절정기에 도달했다.

두툼한 입은 육감적이고 머리칼은 매끄럽고 까맸다. 그녀는 분홍색 원피스를 입고 발에는 굽이 높은 흰색 샌들을 신고 있었다. 그녀의 차림새에서 고급스러운 구석은 찾아볼 수 없었다.

여자는 자신의 눈에 전형적인 영국인처럼 보이는 남자를 바라보았다. 머리가 희끗희끗한 중년의 남자는 리넨 정장 차림에 머리에는 옷과 어울리는 리넨 모자를 쓰고 있었다. 그의 얼굴 위로, 특히 눈과 입 주위로 굵은 주름과 잔주름이 보였다. 그가 미소를 짓자 더 많은 굵은 주름과 잔주름이 잡혔다. 그의 피부는 구릿빛이었지만 그 상태를 볼 때 일시적으로 햇볕에 탄 것 같았다. 여자는 그가 이란에 온 지 몇 주 밖에 안 된 모양이라고 생각했다.

"네, 관광 예약을 했습니다. 미니버스에 문제가 생겼다는군요." 노먼턴이 대답했다.

"저희 둘밖에 없는 건가요?"

노먼턴은 사람들이 더 있을 거라고 대답했다. 미니버스는 여러 호텔을 경유하면서 관광 예약을 한 사람들을 태울 예정이었다. 노먼턴이 벽에 붙은 안내문을 가리켰다.

여자가 까만 선글라스를 벗었다. 그녀의 눈은 이목구비 중에서 가장 놀랄 만한 특징을 갖고 있었다. 갈색의 아름다운 둥근 눈동자는 그 끝을 알 수 없게 깊었고, 평범한 얼굴 위에서 신비롭게 보였다. 까만 선글라스를 벗자 입술과 머리칼 그리고 눈이 한데 어우러져 인도 사람 같은 인상을 주었다. 그러나 목소리는 그녀가 순수한 영국인임을 드러냈다. 런던내기 특유의 콧소리 섞인 억양을 감추려고 애쓰지 않는다면 그녀의 목소리가 조금은 더 듣기 좋을 것 같았다.

"엄마한테 편지를 쓰고 있었어요." 그녀가 말했다.

그는 미소를 지어 보이면서 고개를 끄덕였다. 그녀는 다시 선글라스를 쓴 뒤 봉투 겸용 편지지의 가장자리에 혀로 침을 발랐다.

"미니버스가 준비됐습니다." 아래층에 있던 소년이 말했다. 검은 테 안경을 쓴 열다섯 살쯤 되어 보이는 소년은 웃는 얼굴에 새하얀 이를 갖고 있었다. 소년은 깔끔하게 소매를 걷어 올린 흰 셔츠와 갈색 면바지를 입었다. "관광이 시작됩니다. 저는 관광 안내원 하피즈입니다." 소년이 말했다.

하피즈는 두 사람을 미니버스로 안내했다. "두 분 독일 사람입니까?" 하피즈는 이렇게 물은 뒤 두 사람이 영국인이라고 대답하자 이란을 찾는 영국인은 많지 않다고 말했다. "미국 사람과 프랑스 사람이 많이 와요. 독일 사람도 가끔 오죠."

그들은 미니버스에 올라탔다. 운전기사가 고개를 돌리더니 머리를 숙여 인사하면서 미소를 지었다. 그는 하피즈에게 페르시아어로 무언가를 말한 뒤 소리 내어 웃었다.

"농담을 했어요. 저한테 행운을 빈대요. 제가 오늘 처음 관광 안내를 나가거든요. 많이 이해해 주세요." 하피즈는 불안한 듯 혀로 입술을 축이면서 소책자와 여행안내서를 읽었다.

"내 이름은 아이리스 스미스예요." 여자가 말했다.

그가 자기 이름은 노먼턴이라고 대답했다.

그들은 버스에 몸을 싣고서 푸른 이스파한을 가로질렀다. 창밖으로 돔과 뾰족탑 그리고 차하르바그 가에 늘어선, 관광객을 상대로 영업하는 상점들이 지나갔다. 가는 곳마다 파란 모자이크로 외부가 장식된 건물과 파란 택시가 눈에 들어왔다. 메마른 땅에서 자라는 풀과 나무는 더욱 귀하게만 보였다. 하늘의 빛깔은 뜨거운 하루를 예고라도 하듯 흐릿했다.

미니버스는 파크 호텔과 인터콘티넨털 호텔 그리고 노먼턴이 묵고 있는 샤 압바스 호텔에서 잠시 멈추었다. 그러나 버스는 아이리스 스미스가 테헤란 공항에서 값싸고 깨끗하다고 소개받은 올드 애틀랜틱 호텔 앞에서는 정차하지 않았다. 프랑스인 관광객 한 무리와 햇볕에 화상을 입은 독일인 커플 한 쌍 그리고 조심성 있어 보이는 미국인 아가씨들이 버스에 올라탔다. 하피즈는 할 수 있는 외국어가 영어뿐이라고 설명한 뒤 계속해서 영어로 이야기했다. "신사 숙녀 여러분, 저는 테헤란에서 공부하고 있는 학생입니다." 하피즈가 자랑스러워하면서 자기를 소개하더니 곧이어 이렇게 고백했다. "저는 이스파한을 잘 모릅니다."

프랑스인 관광객을 인솔하고 있는, 짜증을 잘 낼 것처럼 생긴 남자는 가이드가 프랑스어를 못 하는 것에 대해서 벌써 항의했다. 노먼턴의 눈에 그는 대학교수처럼 보였다. 하피즈가 이스파한을 잘 모른다고 말하자 그는 완전히 속았다고 투덜대면서 또다시 항의했다.

"아닙니다, 아니에요. 그건 제 잘못이 아닙니다. 저는 가난한 이란 학생입니다. 어젯밤에 처음으로 이스파한에 왔어요. 아버지는 저를 이스파한에 보낼 여유가 없으셨죠." 하피즈가 짜증을 잘 내는 프랑스인을 보면서 웃었다. "그러니까 제 얘기를 잘 들어 주세요, 신사 숙녀 여러분. 오늘 아침에 우리는 즐거운 여행을 시작할 겁니다. 여러 흥미로운 장소를 보게 될 거예요." 하피즈는 다시 한 번 생긋 웃었다. 그는 영어로 제작된 이란항공 안내 책자를 읽기 시작했다. "'이슬람의 통치를 받던 페르시아의 대표작이라고 할 수 있는 이스파한은 최소한 2,000

년 전에 건설되었다!' 신사 숙녀 여러분, 우리는 지금 체헬 소툰에 도착했습니다. 40개의 기둥이라는 뜻을 가진 체헬 소툰은 서정적인 아름다움을 간직한 궁전입니다. 샤 압바스 2세는 이곳에서 왕족들에게 연회를 베풀었습니다. 모두 버스에서 내려 주십시오."

노먼턴은 궁전의 40개의 기둥 사이를 천천히 걸어 다녔다. 미국인 아가씨들은 사진을 찍었고 독일인 커플도 마찬가지였다. 프랑스인 관광객 중 한 명은 움직이는 거라고는 관광객들과 안내원들뿐인데도 무비카메라로 촬영을 했다. 노먼턴은 아이리스 스미스라는 이름의 여자가 굽 높은 샌들을 신고서 비틀거리는 모습을 보면서 장소에 어울리지 않는 사람이라고 생각했다.

"자, 이제 샤 사원으로 가겠습니다." 하피즈가 관광객들을 집합시키려고 손뼉을 치면서 소리쳤다. 짜증을 잘 내는 프랑스인 여행객은 체헬 소툰에서 시간을 낭비했다고 투덜댔다. 하피즈가 그를 보면서 미소 지었다.

"샤 사원은 샤 압바스 대제가 17세기 초에 건설한 가장 아름답고 인상적인 사원이다." 미니버스가 다시 출발하자 하피즈가 안내 책자에 적힌 내용을 읽었다.

그러나 미니버스가 목적지 앞에 멈추었을 때 그들은 샤 사원 관람이 보수 공사로 인해서 불가능하다는 사실을 알게 되었다. 유감스럽게도 셰이크 로트폴라 사원 역시 마찬가지였다.

"그럼 카펫 공방으로 이동하겠습니다." 하피즈가 말했다. 그는 프랑스인 교수의 항의에 고개를 저으면서 미소로 답하고 있었다.

관광객들의 카메라는 카펫 직조공들 사이를 움직였다. 다양한 연령의 여성으로 구성된 직조공들은 수출용 이스파한 카펫을 빠른 속도로 짜고 있었다. "여기 좀 보세요." 하피즈가 고인이 된 케네디 대통령의 모습이 들어간 카펫을 가리키면서 말했다. "이 기술을 좀 보세요, 신사 숙녀 여러분."

미니버스에서 하피즈는 이어서 금요일 사원이라는 뜻의 자멕 사원으로 이동하겠다고 말했다. 그는 안내 책자를 들여다본 뒤 자멕 사원이 9세기부터 18세기까지를 아우르는 페르시아 건축양식을 보여 준다고 설명했다. "'이스파한에서 가장 역사 깊고 규모가 큰 사원. 절대 놓치지 말 것! 좁은 통로를 따라 솟아 있는 수많은 뾰족탑!' 신사 숙녀 여러분, 모두 버스에서 내려 주십시오. 한 시간 뒤에 버스로 돌아와 주시기 바랍니다."

하피즈가 이렇게 말하자 프랑스인 관광객 사이에서 수군대는 소리가 들렸다. 이 관광 상품은 가이드가 안내하면서 구경할 만한 장소에 대해서 설명하도록 짜여 있었다. 그렇기 때문에 관광 요금으로 375리알을 받았다.

"좋습니다, 신사 숙녀 여러분." 하피즈가 말했다. "신사 숙녀 여러분, 제 앞으로 모여 주십시오. 안내를 시작하겠습니다. 나머지 신사 숙녀 분께서는 한 시간 뒤에 버스로 돌아와 주시기 바랍니다."

한 시간은 금요일 사원 안에서 보내기에는 길었다. 노먼턴은 사람들로 붐비는 먼지투성이 좁은 길을 걸어서, 금요일 사원에서 멀리 떨어진 시장으로 갔다. 편지 대서인들은 도움을 필요로 하는 까막눈 손님을 기다리면서 등받이가 없는 의자에 앉아 자고 있었고, 팔 물건을 들고 나온 농사꾼들은 뜨겁고 눈부신 햇살 아래에서 머리 회전이 빠른 상점 주인들과 흥정을 하고 있었다. 신발 수선공은 흙바닥에 몸을 쪼그리고 앉아서 신발을 만들고 있었고, 나무 밑에 놓인 목제 의자에 앉은 남자는 면도를 하고 있었다. 셔벗을 먹으면서 뜨거운 공기만큼이나 열띤 논쟁을 벌이는 남자들도 보였다. 베일을 쓴 여자들은 바삐 길을 가다가 걸음을 멈추고서 정육점 가판대에 진열된 내장을 쿡 찔러 보거나 쌀을 만지작거렸다.

"관광 경로를 이탈하셨네요, 노먼턴 씨."

그녀의 굽 높은 하얀 샌들에는 먼지가 뽀얗게 앉아 있었다. 그녀는 피곤해 보였다.

"당신도 마찬가지인 것 같군요." 노먼턴이 대답했다.

"이렇게 당신을 만나다니 잘됐네요. 저 원피스 가격을 물어보고 싶었거든요."

아이리스가 가판대 위에 축 늘어져 있는 파란색 원피스를 가리켰다. 그녀는 이 지역이 여자 혼자서 물건 값을 묻기 어려운 곳이라고 설명했다. 그녀는 봄베이에서 산 경험이 있기 때문에 이런 사실을 알고 있었다.

노먼턴이 가판대 주인에게 원피스 가격을 물었다. 노먼턴한테는 싸게 느껴졌지만 아이리스는 너무 비싸다고 생각했다. 가판대 주인은 길을 계속 가는 두 사람을 쫓아오면서 물건 값을 깎아 주겠다고 말했다. 그는 가방, 면직물, 상아에 그린 그림 등 다른 물건도 많다고 덧붙이면서 하나같이 빼어난 솜씨로 만들어졌지만 싼값에 주겠다고 이야기했다. 노먼턴은 그에게 됐다고 대답했다.

"봄베이에 사세요?" 노먼턴은 그녀가 어쩌면 런던에서 자란 인도 사람이거나 혼혈일지도 모르겠다고 생각했다.

"네, 봄베이에 살아요. 가끔 영국에서 지내기도 하고요."

아이리스 스미스는 그녀에게 어울리지 않는 말을 했다. 그녀가 방금

한 이야기는 위엄과 품격 그리고 멋과 풍요로움을 품고 있었다.

"봄베이에는 한 번도 가 본 적이 없습니다." 그가 말했다.

"봄베이에서 사는 것도 나름 괜찮아요. 그런대로 사교 활동을 할 수 있어요."

두 사람은 금요일 사원에 도착했다.

"여기는 다 보셨습니까?" 노먼턴이 금요일 사원을 가리키면서 물었다.

아이리스는 그렇다고 대답했지만 노먼턴이 느끼기에는 그녀가 사원에서 별로 시간을 보내지 않은 것 같았다. 노먼턴은 그녀가 무엇 때문에 이스파한에 왔는지 도무지 짐작할 수 없었다.

"저는 여행을 좋아해요." 아이리스가 말했다.

프랑스인 관광객들은 벌써 미니버스에 올라앉아 있었다. 그러나 무비카메라를 들고 다니던 사람의 모습은 보이지 않았다. 그들은 시끄럽게 떠들면서 하피즈와 차하르바그 관광에 대해서 불평을 늘어놓고 있었다. 독일인 커플이 도착했다. 열심히 사원을 구경하고 온 탓에 두 사람의 그을린 피부는 분홍빛으로 달아 있었다. 하피즈가 미국인 아가씨 두 명과 버스에 올랐다. 두 아가씨와 시시덕거리기 시작한 하피즈는 소리 내어 웃고 있었다.

"이제 '흔들리는 탑'을 보러 가겠습니다." 하피즈가 미니버스에서 말했다. "이스파한에서 8킬로미터 떨어진 곳에 위치한 흔들리는 두 개의 탑." 하피즈가 소리 내어 읽었다. "아주 유명한 탑입니다, 신사 숙녀 여러분. 아주 흥미로운 탑이죠."

운전기사가 버스를 출발시켰다. 그 순간 프랑스인 관광객들이 무비카메라를 들고 다니는 남자가 타지 않았다면서 날카로운 목소리로 항의했다. "우 에스 킬 레?"* 빨간 옷을 입은 여자가 소리쳤다.

"페르시아 농담을 하나 해 줄게요." 하피즈가 미국인 아가씨들에게 말했다. "이란 학생 한 명이 파티에 갔어요……"

"아탕시옹!"** 빨간 옷을 입은 여자가 외쳤다.

"엥베실!"*** 프랑스인 교수가 하피즈에게 소리쳤다.

하피즈는 프랑스인 관광객들을 보면서 미소를 지었다. 프랑스인 관광객들이 그에게 소리를 지르고 있는데도 하피즈는 대체 뭐가 문제인지 모르겠다면서 여유롭게 안경을 벗더니 뽀얗게 앉은 먼지를 닦았다. "이란 학생 한 명이 파티에 갔어요." 그가 다시 이야기를 시작했다.

"버스에 안 탄 사람이 있는 것 같은데요." 노먼턴이 말했다. "무비카메라를 들고 다니는 사람 말입니다."

미니버스 운전기사가 웃음을 터뜨렸고 실수를 깨달은 하피즈 역시 덩달아 웃었다. 하피즈는 미국인 아가씨들 옆 좌석에 앉더니 주먹으로 무릎을 치면서 새하얀 이를 드러낸 채 거리낌 없이 웃어 젖혔다. 운전기사가 경적을 울리면서 버스를 돌렸다. "나쁜 사람!" 하피즈가 버스에 올라타는 프랑스 남자를 보면서 이렇게 말했다. 그는 또다시 소리 내어 웃고 있었다. "하 하 하." 운전기사와 미국인 아가씨들도 덩달아 웃었다.

"일 레 푸!"**** 프랑스인 관광객 중 한 명이 화가 난 목소리로 중얼거렸다. "엥크루아야블!"*****

---

* Où est-ce qu'il est? 이 사람은 대체 어디에 있는 거죠?
** Attention! 이봐요!
*** Imbécile! 멍청한 놈!
**** Il est fou! 미친놈!
***** Incroyable! 어이가 없군!

노먼턴은 미니버스 안을 훑어보다가 아이리스 스미스가 이미 그를 보고 있음을 깨달았다. 그녀는 외국인들의 감정 폭발에 재미있어하고 있었다. 노먼턴은 아이리스를 보면서 미소를 지었고, 그녀 역시 노먼턴에게 미소를 보냈다.

하피즈는 남자 두 명이 흔들리는 탑에 올라가서 탑을 흔들도록 돈을 지불했다. 버스를 놓쳤던 프랑스인 관광객은 무비카메라로 탑이 흔들리는 모습을 촬영했고, 하피즈는 은자의 무덤이 가까이에 있다고 설명하면서 그들이 서 있는 지붕에서 보이는 한 지점을 가리켰다. 그러고서 경관이 너무나 아름답다고 말하더니 갖고 있는 안내 책자 중 하나를 펼쳐 들고서 천천히 읽었다. 잠시 후 하피즈는 미국인 아가씨들에게 또다시 말을 걸었다. "파티에서 그 학생은 아름다운 여자의 옷 가슴에 그려진 비행기를 바라봤어요. '왜 내 비행기를 보는 거죠?' 여자가 물었어요. '내 비행기가 마음에 드나요?' '내 마음에 드는 건 비행기가 아닙니다.' 학생이 대답했죠. '내 마음에 드는 건 비행기가 내려앉은 공항이에요.' 이게 바로 페르시아 농담입니다."

흔들리는 탑이 있는 지붕 위는 지나치게 더웠다. 노먼턴은 리넨 모자를 쓰고 있었고 아이리스 스미스는 검정색 시폰 스카프를 머리에 두르고 있었다.

"이제 여행사 사무실로 돌아가겠습니다." 하피즈가 말했다. "오늘 오후에는 반크 교회를 방문할 겁니다. 신기한 불의 사원도 관람할 예정입니다." 하피즈가 안내 책자를 들여다보았다. "미국 박물관 관람도 일정에 포함돼 있습니다. '이곳에는 진귀한 고문서와 그림이 전시되어 있다.'"

미니버스가 차하르바그 여행사 앞에 도착하자 하피즈가 한 명도 빠짐없이 사무실로 들어가 달라고 말했다. 하피즈는 앞장서서 아래층 사무실을 가로질러 위층 사무실로 올라갔다. 모두에게 차가 제공되었고, 하피즈는 사탕 바구니를 돌렸다. 바구니에는 한 개씩 따로 포장된, 이 지역에서 만든 사탕이 담겨 있었다. 하피즈는 아주 신기한 맛이 날 거라고 말했다. 차하르바그 여행사의 임원으로 보이는 가벼운 정장 차림의 남자 서너 명 역시 위층 사무실에서 차를 마시고 있었다. 프랑스인 교수가 관광이 만족스럽지 못했다고 불평을 해도 남자들은 그저 웃고만 있었다. 그들은 프랑스어도 영어도 알아듣지 못한다고 말하면서 프랑스인 교수가 두 언어를 번갈아 사용하면서 이야기해도 그 차이를 전혀 느끼지 못하는 체했다. 노먼턴은 그들이 틀림없이 프랑스어와 영어에 능통할 거라고 생각했다.

"점심 식사 후에 관광을 계속하실 건가요?" 노먼턴이 아이리스 스미스에게 물었다. "반크 교회하고 미국 박물관에 가실 생각인가요? 신학교도 볼만하죠. 여기에서 가장 아름다운 곳이에요. 신학교를 보지 않고서는 이곳을 여행했다고 말할 수 없죠."

"벌써 이 지역을 다 구경하셨나요?"

"여기저기 걸어 다녔습니다. 이스파한을 알게 됐죠."

"그럼 왜……"

"할 만한 가치가 있는 일이니까요. 단체 관광에서는 늘 얻는 게 있어요. 우선 다른 사람들을 만날 수 있죠."

"저는 오늘 오후에는 쉴래요."

"신학교는 찾기 쉽습니다. 샤 압바스 호텔에서 멀지 않아요."

"거기에 묵고 계세요?"

"네."

아이리스는 노먼턴이 어떤 사람인지 궁금했다. 그녀가 까만 선글라스를 벗고 있었기 때문에 노먼턴은 그녀의 눈에 어린 호기심을 읽을 수 있었다. 그러나 노먼턴은 외모로 볼 때는 자신보다 아이리스가 훨씬 더 궁금증을 자아내는 사람이라고 생각했다.

"아름답다고 들었어요." 아이리스가 말했다. "호텔 말이에요."

"네, 맞습니다."

"이스파한에서는 뭐든지 다 아름다운 것 같아요."

"이곳에는 오래 계실 건가요?"

"내일 아침까지요. 새벽 5시 버스를 타고 테헤란으로 가요. 여기에는 어젯밤에 도착했어요."

"런던에서 오셨나요?"

"네."

티파티가 끝났다. 가벼운 정장 차림의 남자들이 허리를 굽혀 인사했다. 하피즈는 미국인 아가씨들에게 오후 2시에 다시 만나기를 기대하겠다고 말했다. 그러고서 저녁때 특별한 계획이 없다면 또다시 만나면 어떻겠느냐고 덧붙였다. 그는 모두에게 미소를 지어 보이면서 오후 2시에 즐거운 관광을 계속할 수 있을 거라고 약속했고, 모두에게 다시 한 번 관광 안내를 할 수 있게 된다면 영광으로 생각하겠다고 말했다.

노먼턴은 아이리스 스미스에게 작별 인사를 하면서 자기도 오후 관광은 하지 않을 거라고 말했다. 그는 아이리스에게 말하지 않았지만, 오전에 단체 관광에 참가한 사람들 중 누구도 오후 관광을 즐기지 못할 것임을 알고 있었다. 무비카메라를 들고 다니는 프랑스인을 또다시 남겨 둔 채 버스가 출발한다고 해도 더 이상 재미있지는 않을 것이 분명했다. 게다가 프랑스인 교수의 짜증스러운 성격과 하피즈가 사용하는 피진 영어*는 시간이 지날수록 사람을 지치게 할 것이 틀림없었다.

노먼턴은 신학교에 꼭 가 보라고 아이리스에게 다시 한 번 당부했다. 그는 신학교 옆에는 상점가도 있는데 그곳에는 관광객들을 상대로 하는 부티크들이 늘어서 있다고, 거기에서 마음에 드는 원피스를 발견할지도 모른다고, 하지만 물건 값이 다른 곳보다 비쌀 거라고 설명했다. 아이리스는 고개를 저었다. 그녀는 싼값에 쇼핑하는 것을 좋아했다.

노먼턴은 샤 압바스 호텔로 걸어갔다. 그는 아이리스 스미스에 대해서는 더 이상 생각하지 않았다.

아이리스는 약한 수면제 한 알을 삼킨 뒤 올드 애틀랜틱 호텔의 침대에서 잠을 잤다. 그녀가 깨어났을 때 시곗바늘은 6시 45분을 가리키고 있었다.

커튼을 쳐 두었기 때문에 방은 캄캄했다. 아이리스는 침대에 눕기 전에 분홍색 원피스를 벗어서 걸어 두었다. 그녀는 지금 속치마 차림으로 누워서 잠이 덜 깬 눈으로 보이지 않는 천장을 바라보고 있었다. 그녀는 잠들기 전에 잠깐 동안, 천장에 그물처럼 얽혀 있는 금과 얇게 벗겨지고 있는 페인트를 눈으로 좇았다. 커튼이 쳐져 있었지만 그때만 해도 방 안은 충분히 환했다.

아이리스는 침대에서 내려온 뒤 방을 가로질러 창가로 갔다. 밖에는 어스름이 내리고 있었다. 오후의 눈부신 햇살과는 확연하게 달라 보

---

* 영어의 제한된 어휘들이 토착 언어 어휘들과 결합되어 만들어진 단순한 형태의 혼성어. 식민지 지역이었던 현지에 확립된 언어가 없는 곳에서 찾아볼 수 있다.

이는 빛이 서서히 어둠에게 자리를 내주고 있었다. 어젯밤 자정 무렵 그녀가 이곳에 도착했을 때의 분위기 역시 뚜렷이 달랐다. 이스파한은 완전한 고요 속에서 칠흑처럼 까맸다.

이스파한은 지금 어젯밤과 달리 고요하지 않았다. 올드 애틀랜틱 호텔 밖의 꽉 막힌 길에 멈춰 선 파란 택시들은 요란한 엔진 소리를 내뿜었고, 관광객들은 여러 다른 언어로 떠들었다. 오후 수업을 마치고 떼를 지어 집으로 돌아가는 아이들은 보도에서 서로의 이름을 소리쳐 불렀고, 경찰은 호루라기를 불면서 교통정리를 했다.

네온 불빛이 어스름 속에서 깜빡였다. 저 멀리로 신학교의 웅장한 반구형 지붕이 솟아 있었다. 어둠 속에서 조명을 받아 큼직한 푸른 보석처럼 보이는 신학교의 지붕은 모든 것을 내려다보고 있었다.

아이리스는 몸을 씻은 뒤 여행 가방을 열어서 어머니가 만들어 준 검정색과 흰색이 섞인 원피스를 꺼내 입었다. 그러고서 옷과 어울리는, 주름 장식이 달린 검정색 숄을 둘렀다. 그녀는 굽이 높은 샌들에 앉은 먼지를 크리넥스 티슈로 닦았다. 밤에 걸맞은 신발을 신으면 좋겠지만 다시 짐을 푸는 것은 번거로운 일이었다. 게다가 누가 그녀의 신발을 쳐다볼 것인가. 아이리스는 몇 달째 끈질기게 떨어지지 않는 기침 때문에 약을 먹었다. 기침은 괜찮은 듯하다가도 밤이면 다시 시작되었다. 언제나 마찬가지였다. 아이리스는 영국에 돌아갈 때마다 감기에 걸렸다.

호텔방에서 노먼턴은 이란의 왕이 모스크바를 방문해 러시아인들과 협상 중이라는 기사를 읽었다. 그는 신문이 카펫 위에 떨어지도록 내버려 둔 채 눈을 감았다.

7시가 되면 그는 아래층으로 내려가서 바에 자리를 잡고 앉은 뒤 관광객 무리를 구경할 생각이었다. 바에서 일하는 종업원들은 이제 그를 알았다. 그가 바에 들어서면 언제나 그들 중 한 명이 손가락 하나를 들면서 고개를 끄덕여 인사를 하고는 했다. 잠시 후 바의 종업원은 노먼턴에게 보드카 라임과 부순 얼음을 가져다주었다. "좋은 하루 보내셨습니까?" 종업원들은 너 나 할 것 없이 노먼턴에게 이렇게 물었다.

오전에 차하르바그 관광이 시작된 뒤로 노먼턴은 치킨 샌드위치 하나만을 먹고 그가 어림잡기에 15킬로미터가 넘는 길을 걸었다. 지칠 대로 지친 그는 몸 위로 흐르는 따뜻한 물을 즐기면서 욕조에 몸을 담갔다. 그는 물이 식어서 한기가 느껴질 때까지 그렇게 나른한 상태로 시간을 보냈다. 목욕을 마친 그는 잠시 침대에 몸을 뻗고 누웠다가 일어나서 낮에 입었던 것과 다른 리넨 정장을 느린 동작으로 입었다.

그가 묵고 있는 샤 압바스 호텔의 객실은 굉장히 넓었다. 발코니가 딸린 호텔 방에는 돔과 뾰족탑 사진이 크게 확대되어 걸려 있었고 나이트클럽 댄스 플로어만큼이나 커다란 더블베드가 놓여 있었다. 노먼턴은 그가 사용할 침대를 처음 본 순간부터 댄스 플로어만큼 크다고 줄곧 생각했다. 호텔 방은 대가족이 머물기에 부족함이 없을 정도로 넓었다.

노먼턴은 7시에 아래층으로 내려갔다. 그는 엘리베이터를 싫어하기도 했지만 호화로운 호텔을 가로질러 걷는 것은 언제나 즐거운 일이기 때문에 계단을 이용했다. 로비에는 마흔 명 남짓한 스위스 관광객이 도착해 있었다. 노먼턴은 기둥 옆에 서서 잠시 그들의 모습을 지켜보았다. 인솔자가 데스크에서 투숙 수속을 밟고 있었고 짐꾼은 공항 버스에서 가방을 내려 옮기고 있었다. 자기 가방을 전달받은 관광객들은 기분이 좋아 보였다. 노먼턴은 스위스 고고학자들일 거라고, 제네바의 한 학회 회원들이 단체 관광을 온 모양이라고 추측했다. 잠시 후 그는 곧장 바로 향하는 대신에 땅거미가 내린 호텔 밖으로 걸음을 내디뎠다.

그들은 관광객을 상대로 하는 상점가에서 만났다. 아이리스는 브로치 하나와 정사각형 모양의 물들인 순면 스카프 한 장 그리고 캔버스 천으로 만든 쇼핑백 한 개를 사서 들고 있었다. 노먼턴은 아이리스를 본 순간, 그녀가 여기에 있을지도 모른다는 생각에 자기가 이곳에 왔음을 깨달았다. 노먼턴과 아이리스는 함께 걸으면서 상아로 만든 미니어처의 가격을 비교했다. 미니어처들은 이란의 전통적인 폴로 경기 장면을 다양하게 표현하고 있었다. 노먼턴이 아이리스를 다시 만나고 싶었던 것은 다른 무엇도 아닌 호기심 때문이었다.

"신학교는 문이 닫혔던데요." 아이리스가 말했다.

"들어갈 수 있어요."

노먼턴은 아이리스를 데리고 상점가를 벗어난 뒤 신학교 밖에 있는 초인종을 눌렀다. 잠시 후 그는 문지기에게 몇 리알을 쥐여 주면서 금방 나오겠다고 말했다.

탁 트인 뜰에 내려앉은 고요, 파란색 모자이크 벽, 푸른 물, 조용히 기도하는 사람들. 아이리스는 평화로움에 놀라면서 이곳을 천상의 작은 동굴이라고 불렀다. 그녀는 어디선가 들려오는 소리에 나이팅게일이 틀림없다고 말했고, 노먼턴은 나이팅게일이 사는 곳은 시라즈임을 알면서도 그럴 수도 있겠다고 대답했다. "와인과 장미와 나이팅게일이라……" 노먼턴은 아이리스가 기뻐할 것을 알고서 이렇게 말했다.

시라즈도 아름답지만 이스파한만큼은 아니었다. 아이리스는 신학교 안뜰에서 자라는 풀은 여느 풀과 다르다고 말했다. 심지어 포석과 물마저도 차원이 다른 푸른빛을 띠고 있었다. 파란색은 신성함을 상징했고, 이곳을 찾는 사람은 신성함을 느낄 수 있었다.

"타지마할보다 아름다워요. 황홀함 그 자체예요."

"술 한잔 어때요, 미스 스미스? 샤 압바스 호텔의 황홀함을 보여 드리죠."

"네, 좋아요."

아이리스는 까만 선글라스를 쓰고 있지 않았다. 그녀가 말할 때마다 들려오는 콧소리 섞인 억양은 노먼턴의 신경을 건드렸다. 그러나 그녀의 눈은 한낮의 밝은 햇살 아래에서보다 훨씬 더 화려해 보였다. 아이리스에게 그녀의 눈이 신학교의 건축물만큼이나 아름답다고 말할 수 없는 것은 유감이었다. 만약 그렇게 말한다면 그녀가 오해할 것이 틀림없었다.

"뭘 드시겠어요?" 노먼턴이 호텔 바에서 물었다. 주위에는 스위스 관광객들이 뺑 둘러앉아서 프랑스어로 대화를 나누고 있었다. 전날 밤에 바에 있던 텍사스의 석유 기업가 부부들이 또다시 이곳에 와서 같은 구석 자리를 차지하고 있었다. 차하르바그 관광을 함께한, 햇볕에 그을린 독일인 커플도 여행 와서 사귄 다른 독일인들과 함께 앉아 있었다.

"위스키소다 마실게요. 고마워요."

종업원은 술을 가져왔고, 노먼턴은 아이리스에게 호텔 구경을 시켜 주겠다고 말했다. 그는 호텔을 둘러보면서 술을 마시면 된다고 설명했다. "제가 안내원 하피즈가 되겠습니다."

아이리스는 대리석 복도에서 숨을 죽였고, 끝없이 이어진 모자이크 벽을 손가락으로 가리켰고, 굽이 높은 샌들이 묻힐 정도로 푹신한 카펫을 밟으면서 끊임없이 감탄사를 쏟아 냈다. 노먼턴은 그런 그녀에게 호텔을 구경시켜 주는 것이 즐거웠다. 희미하게 빛나는 금, 파랗고 빨간 모자이크 사이로 보이는 유리 거울, 아름답게 완성된 가구, 계단, 샹들리에. 아이리스는 이 모든 것이 황홀하다고 말했다.

"여기가 제 방입니다." 노먼턴이 윤이 나는 마호가니 문에 열쇠를 꽂아 돌리면서 이야기했다.

"세상에!"

"앉으세요, 미스 스미스."

노먼턴과 아이리스는 의자에 앉아서 술을 홀짝였다. 두 사람은 호텔 방에 대해서 대화를 나누었다. 아이리스가 발코니에 나갔다가 들어와서 다시 의자에 앉았다. 그녀는 공기가 제법 차가워졌다고 말하면서 몸을 조금 떨더니 기침을 했다.

"감기 걸리셨군요."

"영국에 가기만 하면 감기에 걸려요."

노먼턴과 아이리스는 위에 유리판을 깐 탁자를 사이에 둔 채 짙은 색 트위드를 씌운 안락의자에 앉았다. 객실 정비원이 와서 침대 시트를 정리하고 간 모양이었다. 노먼턴의 초록색 잠옷이 언제라도 입을 수 있도록 베개 위에 단정하게 놓여 있었다.

노먼턴과 아이리스는 하피즈와 짜증을 잘 내는 교수 그리고 무비 카메라를 들고 다니던 프랑스인을 비롯해 단체 관광 중에 만난 사람들에 대해서 이야기했다. 아이리스는 하피즈와 미국인 아가씨들을 관광 상점가에 있는 찻집에서 봤다고 말했고 노먼턴은 미니버스가 고장 나서 미국 박물관 앞에 서 있더라고, 운전기사와 하피즈가 스파크 플러그를 들여다보고 있더라고 이야기했다.

"엄마도 그곳을 좋아하실 거예요." 아이리스가 말했다.

"신학교요?"

"그곳에 어린 정신을 느끼실 거예요. 신성함도요."

"어머니는 영국에 계신가요?"

"본머스에 계세요."

"그리고 당신도……"

"엄마랑 휴가를 보냈어요. 6주 동안 머물 계획으로 왔는데 1년을 보냈죠. 남편은 봄베이에 있어요."

노먼턴은 자기가 잘못 생각한 모양이라고 생각하면서 그녀의 왼손을 흘긋 바라보았다.

"결혼반지는 빼고 다녀요. 봄베이에 돌아가면 다시 낄 거예요."

"저녁 식사 하실래요?"

아이리스가 머뭇거렸다. 그녀는 고개를 저었지만 금세 생각을 바꾸었다. "정말요? 여기, 이 호텔에서요?"

"여기는 다른 건 다 좋은데 음식은 별로예요."

노먼턴이 저녁 식사를 하겠느냐고 물은 것은 이 넓은 침실에 그녀와 함께 있기가 갑자기 싫어졌기 때문이었다. 그녀에게 호텔을 구경시켜 주는 것은 즐거웠지만 노먼턴은 그 어떤 오해도 생겨나지 않기를 바랐다.

"아래층으로 갑시다." 노먼턴이 말했다.

두 사람은 바에서 술을 한 잔씩 더 마셨다. 스위스 관광객들은 돌아가고 없었다. 독일인들도 마찬가지였다. 텍사스 사람들은 조금 전보다 더 시끄러웠다. "한 잔 더 주세요." 노먼턴이 두 사람 앞에 놓인 잔을 두드리면서 종업원에게 주문했다.

아이리스는 본머스에서 1년 동안 속기 타이피스트로 일했다. 그녀는 결혼 전에 어머니와 함께 런던에서 살 때도 속기 타이피스트로 일했다고 말했다. "제 결혼 후 성은 아잔이에요."

"당신을 처음 봤을 때 인도 사람의 분위기를 느꼈죠."

"인도 사람하고 결혼하면 그렇게 되나 봐요."

"그럼 순수한 영국인이신가요?"

"늘 동양 쪽으로 끌어당겨진 기분을 느끼기는 했어요. 정신적 친밀감이라고나 할까요."

아잔 부인이 하는 말은 질 낮은 연애소설에 나오는 대화를 떠올리게 했다. 그녀의 말뿐만 아니라 목소리, 어울리지 않는 신발, 기침, 밤공기가 차가운데도 얇게 입은 옷, 이 모든 것이 한데 어우러져 싸구려 연애소설의 분위기를 풍겼다. 오직 그녀의 눈만이 달랐다. 그녀가 자신에 대해서 이야기를 하면 할수록 그녀의 눈은 점점 더 다른 사람의 것처럼 보였다.

"저는 남편을 무척 존경해요. 아주 좋은 사람이죠. 굉장히 똑똑해요. 남편은 저보다 스물두 살이 많아요."

두 사람이 여전히 바에 앉아 있는 동안 아잔 부인은 결혼 생활에 대해서 이야기를 시작했다. 그녀는 말하지는 않았지만 돈 때문에 결혼했다. 그녀는 남편을 존경한다고 말하면서 결혼 생활이 행복하지만은 않다는 사실을 털어놓은 셈이었다. 우선 그녀는 아이를 가질 수 없었다. 결혼하던 당시에는 둘 다 알지 못했지만 이것이 사실로 드러나자 남편은 불만을 갖게 되었다. 그녀 역시 남편이 생각했던 것만큼 부자가 아니라는 것을 알게 되면서 불만을 품었다. 그녀는 리젠트 팰리스 호텔에서 다른 사람을 기다리다가 지금의 남편을 우연히 만났고, 그는 가구 사업체를 운영한다고 자신을 소개했다. 남편은 사실을 말했지만 가구 사업이 고전을 면치 못하고 있다는 설명을 덧붙이지 않았다. 아잔 부인은 첫날밤에 남편의 손길이 몸에 닿는 것이 싫게 느껴졌고, 이런 사실에서 실망감을 느꼈다. 또 다른 문제도 있었다. 그녀와 남편이 사는 봄베이의 방갈로에서는 시어머니와 숙모 그리고 남편의 남동생과 영업 지배인도 함께 생활했다. 그런 공동생활에 익숙하지 않은 젊은 여자에게 봄베이의 방갈로에서 지내는 것은 힘든 일이었다.

"힘든 것 이상일 듯하군요."

"가끔은요."

"당신이 인도 사람처럼 생겨서 결혼한 모양이네요. 다른 면에서는 완전히 그 반대인데 말이죠. 영국인 특유의 창백한 피부라든지, 당신의…… 영국인 목소리 말입니다."

"저는 봄베이에서 발성법을 가르쳐요."

노먼턴은 눈을 깜박이더니 자신의 얼굴에 드러났을지도 모를 무례함을 감추려고 미소를 지었다.

"클럽에 오는 인도 여자들한테요. 남편과 제가 회원으로 가입한 클럽이 있거든요. 봄베이에 살면서 가장 좋은 것은 사교 생활을 즐길 수 있다는 점이에요."

"봄베이에 있는 당신 모습을 상상하니 왠지 좀 이상하네요."

"돌아가지 말까도 생각했어요. 그냥 엄마랑 같이 지낼까 생각했죠. 하지만 지금 영국에는 기대할 것이 별로 없어요."

"저는 영국을 좋아합니다."

"그러실 것 같아요." 아잔 부인이 다시 기침을 하더니 핸드백에서 약을 꺼내 위스키에 조금 부었다. 그리고서 약을 섞은 위스키를 크게 한 모금 마신 뒤 숙녀답지 못하게 행동해서 미안하다고 사과했다.

"그렇게 기침이 나올 때는 카디건을 입는 게 좋아요." 노먼턴은 종업원에게 손짓을 하면서 술을 더 주문했다.

"이러다 취하겠어요." 아잔 부인이 키득거리면서 말했다.

노먼턴은 아잔 부인에게 호기심을 느낀 것이 옳았다고 생각했다. 그녀의 이야기는 이상했다. 노먼턴은 클럽의 인도 여성들이 잘못 배운 소리를 만들어 내려고 입술을 일그러뜨리고 마땅히 그래야 하는 것처럼 'h' 소리를 생략하면서 아잔 부인처럼 콧소리 섞인 억양으로 영어를 말하는 모습을 상상했다. 그는 부자가 아닌 나이 많은 남편과 함께, 그리고 남편의 가족을 비롯해 영업 지배인과 함께 방갈로에 있는 아잔 부인의 모습을 상상했다. 그녀가 들려준 이야기는 한 편의 씁쓸하고 짤막한 동화였다. 그 이야기 속에는 신데렐라와 왕자가 아닌 왕자 그리고 얼음처럼 차가운 호박으로 변해 버린 마차가 등장했다. 노먼턴은 이제 호기심 대신 거북함을 느꼈다. 그는 아잔 부인이 왜 이스파한에 왔는지 또다시 궁금해졌다.

"이제 저녁 식사를 하러 갑시다." 노먼턴이 약간 조급한 목소리로 제안했다.

그러나 아잔 부인은 황홀한 눈으로 그를 쳐다보면서 자기는 아무것도 먹을 수 없다고 말했다.

아잔 부인은 노먼턴을 보면서 이미 결혼했을 거라고 추측했다. 노먼턴은 많이 웃었고 쾌활해 보였지만 그의 얼굴 주름에는 고통이 어려 있었다. 그녀는 그가 심각한 병을 앓았던 것은 아닌지 궁금했다. 노먼 턴이 그녀를 호텔 방으로 데리고 갔을 때 아잔 부인은 의자에 앉아 있 는 동안 그가 혹시 치근덕거릴지도 모른다고 생각했다. 그러나 치근 덕대는 남자들에 대해서 조금 알고 있는 그녀의 눈에 노먼턴은 전혀 그럴 사람처럼 보이지 않았다. 그는 치근덕댈 필요가 없을 만큼 매력 적인 남자였다. 그의 태도에는 깊은 품격이 어려 있었고 그는 무척 멋 졌다.

"당신이 식사하는 모습을 지켜볼게요. 배가 고프면 식사하세요. 저 는 그냥 보고 있을게요. 정말 괜찮아요. 저 때문에 저녁을 굶으시면 안 되죠." 아잔 부인이 말했다.

"사실 배가 좀 고프네요."

이런 말을 할 때면 미소 때문에 노먼턴의 입은 곡선을 그렸다. 아잔 부인은 그가 혹시 건축가일지도 모른다고 생각했다. 그녀는 이스파한 에 오기로 마음먹은 순간부터 그것이 그냥 떠오른 생각이 아님을 알 고 있었다. 그녀는 예전부터 변함없이 운명을 믿어 왔다.

두 사람은 식당으로 갔다. 식당은 호텔의 다른 모든 곳과 마찬가지 로 굉장히 넓고 화려했다. 식당은 흐릿하게 불을 밝히고 있었고 테이 블 위에는 오일 램프가 놓여 있었다. 노먼턴은 웨이터에게 아잔 부인 은 저녁 생각이 없다고 말했다. 아잔 부인은 노먼턴이 그녀의 사정을 설명하는 방식이 마음에 들었다. 노먼턴은 치킨 케밥과 샐러드를 주 문했다.

"와인 드시겠어요?" 노먼턴이 한결같은 미소를 보이면서 물었다. "페르시아 와인은 맛이 아주 좋답니다."

"한 잔 마실게요."

노먼턴은 와인을 주문했다.

"늘 혼자 여행하시나요?" 아잔 부인이 물었다.

"네."

"결혼은 하셨죠?"

"네, 했습니다."

"그럼 아내분이 집에 있기를 좋아하는 사람인가 보네요."

"네."

아잔 부인은 미드허스트나 세븐오크스 근처의 주택에 있는 노먼턴의 모습을 상상했다. 그녀는 그의 아내도 상상해 보았다. 그의 아내는 정원도 잘 가꾸고 여러 위원회에서 활동도 하는 유능한 여자일 것 같았다. 그녀의 눈앞에 생생하게 떠오르는 노먼턴의 아내는 약간 살이 쪘지만 나무랄 데 없는 좋은 여자였다.

"당신 얘기는 하나도 안 하는군요." 아잔 부인이 말했다.

"할 말이 별로 없어서요. 유감스럽지만 저한테는 당신처럼 들려줄 만한 얘기가 없는 것 같군요."

"이스파한에는 왜 오셨나요?"

"휴가 중입니다."

"늘 휴가를 혼자 보내시나요?"

"혼자 있는 걸 좋아해서요. 호텔에 있는 것도 좋아하죠. 사람들을 구경하고 여기저기 걸어 다니는 것도 좋아합니다."

"저하고 똑같네요. 여행을 좋아하시죠?"

"네, 좋아합니다."

"당신이 런던 인근 마을의 주택에서 사는 모습이 떠올라요."

"똑똑하시네요."

"아내분 모습도 그려지고요." 아잔 부인은 생생하게 떠오르는 그의 부인을 묘사했다. 물론 그의 부인이 살쪘을 것 같다는 말은 하지 않았다. 노먼턴이 고개를 끄덕이더니 아잔 부인에게 천리안을 가진 모양이라고 말하면서 웃었다.

"사람들 말로는 저한테 심령술사 같은 면이 있대요. 당신을 만나서 기뻐요."

"저도 당신을 만나서 기쁩니다. 당신 이야기도 잘 들었습니다. 어딜 가서도 듣기 힘든 얘기예요."

"전부 사실이에요. 말 한 마디 한 마디 전부 다요."

"물론 압니다."

"혹시 건축가세요?"

"정말 놀라우십니다." 노먼턴이 대답했다.

노먼턴은 식사를 마쳤고 아잔 부인과 함께 와인 병을 비웠다. 그러고서 두 사람은 커피를 마셨다. 아잔 부인은 커피를 더 주문해 줄 수 있느냐고 물었다. 스위스 관광객들 그리고 독일인 커플과 친구들은 벌써 식당에서 나갔다. 다른 손님들 역시 이미 식사를 마치고 돌아갔다. 텍사스에서 온 사람들은 아잔 부인이 커피를 더 마시고 싶다고 말하는 순간 식당을 나서고 있었다. 이제 식당에 남은 손님은 두 사람뿐이었다.

"물론입니다." 노먼턴이 대답했다.

그는 이제 그녀가 돌아가기를 바랐다. 그들은 함께 저녁 시간을 때웠다. 그는 그녀의 듣기 싫은 목소리와 아름다운 눈을 한동안 기억하게 될지도 몰랐다. 잘못된 결말로 끝난 그녀의 동화 같은 이야기도 쉽게 잊지 못할 것이 분명했다. 그러나 그게 전부였다. 그녀와 함께 보내는 저녁 시간은 이것으로 끝이었다.

종업원이 커피를 가져왔다. 종업원은 하루 일과로 몹시 지친 듯 보였다.

"술을 한 잔 더 해야 할까요? 여기에 담배가 있을까요?" 아잔 부인이 물었다.

노먼턴은 브랜디를, 그녀는 위스키를 주문했다. 종업원이 그녀에게 미국 담배를 가져다주었다.

"봄베이로 돌아가고 싶지 않아요."

"유감입니다."

"이스파한에 영원히 머물고 싶어요."

"몹시 지루할 텐데요. 여기에는 클럽이 없어요. 영국인이 나갈 만한 사교 모임은 없을 겁니다."

"저는 거창한 사교 생활을 좋아하지 않아요." 아잔 부인은 육감적인 입을 활짝 벌리면서 노먼턴에게 미소를 보냈다. "아버지는 조합에서 계산원으로 일하셨어요. 믿기 힘드시죠?"

"아뇨." 노먼턴은 거짓말을 했다.

"제가 아무한테도 말하지 않는 작은 비밀이에요. 클럽의 여자들이나 시어머니, 아니면 남편의 숙모한테 이 사실을 말한다면 모두 놀라서 기절할지도 몰라요. 남편한테도 말한 적 없어요. 엄마랑 저만 알고 있는 비밀이죠."

"그렇군요."

"이제 당신도 알게 됐네요."

"낯선 사람한테 비밀을 털어놓는 건 안전하죠."

"제가 왜 당신한테 비밀을 말한 것 같아요?"

"우리는 밤에 스쳐 지나가는 배와 같으니까요."

"당신이 공감할 줄 아는 사람이기 때문이에요."

종업원이 두 사람 가까이에서 서성이더니 대담하게 다가왔다. 그는 노먼턴과 아잔 부인이 바로 자리를 옮겨 주기를 바랐다. 바는 손님들이 원하는 대로 시간제한 없이 영업을 했고, 술도 다양하게 준비되어 있었다. 종업원은 두 사람이 사용한 커피포트와 잔을 능숙하게 치웠다.

"저 종업원 말이에요, 꼭 마술사 같네요. 이스파한에서는 모든 것이 마술 같아요."

"여기에 오기를 잘했다고 생각하세요?"

"여기에서 당신을 만난걸요."

노먼턴이 일어섰다. 그러나 그는 아잔 부인이 계속 앉아 있어서 잠시 그대로 서 있어야 했다. 그녀의 핸드백은 테이블에 놓여 있고, 그 위에는 주름 장식이 달린 검정색 숄이 얹혀 있었다. 그녀의 잔에는 아직 위스키가 남아 있었다. 노먼턴은 그녀가 잔을 입으로 가져가서 원하는 만큼 마시기를, 아니면 그냥 술을 남기기를 바랐다. 아잔 부인이 일어서더니 손에 잔을 든 채 노먼턴과 함께 식당 밖으로 나갔다. 그녀의 나머지 한 손이 그의 팔 밑으로 들어왔다.

"아래층에 디스코텍이 있던데요." 그녀가 말했다.

"아, 죄송하지만 저한테 어울리는 곳은 아닌 것 같군요."

"저한테도 마찬가지예요. 다시 바에 가요."

아잔 부인은 화장실에 가야겠다고 말하면서 노먼턴에게 잔을 건넸다. 잔에 술이 많이 남았는데도 그녀는 위스키소다를 마시겠다고 말했다. 그러고서 그녀는 얼음은 넣지 말아 달라고 덧붙였다.

바에는 종업원 한 명을 제외하고는 아무도 없었다. 노먼턴은 자기가 마실 브랜디와 아잔 부인이 원한 위스키를 주문했다. 그는 촌스러운 분홍색 원피스를 입고 눈이 안 보이는 까만 선글라스를 쓴 아이리스 스미스가 아잔 부인보다 좋았다. 아이리스 스미스는 아잔과 결혼했고 이야깃거리가 될 만한 사연을 가졌다는 점을 제외하고는 그 어떤 타이피스트라도 될 수 있었다.

"불편한 점들이 있지만 그래도 괜찮아요." 아잔 부인이 의자에 앉으면서 말했다. "남편이 그걸 원하고, 시어머니하고 숙모가 방갈로에서 같이 살지만, 게다가 남편 동생하고 영업 관리인까지 있지만 그래도 나름대로 괜찮아요. 영국인이라는 이유로 다들 저를 못마땅하게 여기기는 하죠. 특히 시어머니랑 숙모가요. 남편은 저한테 푹 빠졌기 때문에 제가 영국인인 것에 신경 안 써요. 영업 관리인도 아마 신경 쓰지 않을 거예요. 개들도 신경 쓰지 않죠. 무슨 말인지 아시겠어요? 뭐가 어떻게 됐든 자기한테 푹 빠진 사람이 있다는 건 기분 좋은 일이에요. 그리고 그 클럽 같은 사교 모임도 좋고요. 현찰이 부족하지만 여자가 살기에는 영국보다 나아요. 무엇보다 하인들이 있잖아요."

아잔 부인은 위스키를 마신 탓에 평소와 다르게 말하고 있었다. 그녀는 한 시간 전까지만 해도 남편이 그걸 원한다거나 현찰이 부족하다는 식의 표현을 사용할 리 없었다. 그녀가 이런 쪽으로 생각하고 말할 수 있으면서 쉽게 드러나는 자신의 콧소리 섞인 억양을 인식하지 못한다는 것은 이상했다.

"남편을 사랑하지 않으시는군요."

"남편을 존경해요. 단지 그걸 남편하고 해야 하는 게 싫을 뿐이에요. 그게 정말 싫어요. 사실 단 한 순간도 남편을 사랑하지 않았어요."

노먼턴은 아잔 부인에게 남편을 사랑하지 않는 모양이라고 말한 것을 후회했다. 엉겁결에 입에서 나온 이 말은 후회스러울 수밖에 없었다. 노먼턴은 이 말 때문에 아잔 부인과 원치 않는 대화를 하게 되었다.

"이번에 돌아가면 아마도 모든 것이 좋아질 겁니다."

"저는 제가 어디로 돌아가는지 알아요." 아잔 부인은 말을 멈추더니 노먼턴과 눈을 마주치려고 했다. "죽을 때까지 이스파한을 잊지 않을 거예요."

"매우 아름다운 곳이죠."

"차하르바그 여행사도 하피즈도 결코 잊지 않을 거예요. 당신이 나를 데려갔던 곳도 결코 잊지 않을 거고요. 샤 압바스 호텔도 절대로 잊지 않을 거예요."

"이제 호텔로 돌아가셔야 할 시간인 것 같습니다."

"저는 이 바에 영원히 앉아 있을 수 있어요."

"유감스럽게도 저는 야행성 인간과는 거리가 멀답니다."

"봄베이로 돌아가면 당신 모습을 떠올리게 될 거예요. 당신이 아내와 함께 있는 모습을, 영국에서 행복하게 지내는 모습을 그리게 되겠죠. 아내분이 집 떠나는 것을 좋아하지 않아서 혼자 여행하는 당신의 모습이 이따금 궁금할 거예요."

"봄베이에서 모든 것이 좋아지기를 바랍니다. 전혀 기대하지 않았는데 상황이 나아지는 경우가 있죠."

"강장제를 마신 기분이에요. 당신 덕분에 아주 행복해졌어요."

"그렇게 말씀해 주시니 고마울 따름입니다."

"우리 둘 사이에는 미처 하지 못한 말이 많은 것 같아요. 저를 기억하실 건가요?"

"아 그럼요. 물론입니다."

아잔 부인은 잔에 남은 위스키를 아쉬운 듯 마지못해 들이켰다. 그러고는 핸드백에서 약을 꺼낸 뒤 잔에 조금 따라서 마셨다. 그녀는 이약을 먹으면 목이 덜 간질거린다고, 진절머리 나는 기침이 시작되면 늘 목이 간질거린다고 말했다.

"같이 걸어갈래요?"

두 사람은 바에서 나갔다. 아잔 부인은 모자이크로 장식된 기둥 사이를 걸어가면서 또다시 노먼턴에게 매달렸다. 그녀는 올드 애틀랜틱 호텔에 도착할 때까지 그들이 함께 보낸 저녁에 대해서 쉴 새 없이 이야기하면서 정말 즐거운 시간이었다고 말했다. 그녀는 이스파한에 오기를 정말 잘했다고 몇 번이고 되뇌었다.

그녀는 작별 인사를 하면서 노먼턴의 뺨에 입을 맞추었다. 그녀의 아름다운 눈이 그를 집어삼킬 듯 쳐다보았다. 노먼턴은 저 눈이야말로 그녀가 어떤 사람인지를 드러내고 그녀의 진정한 모습을 보여 주는 것이라고 잠시 생각했다.

그는 2시 반에 깨어나 다시 잠들지 못했다. 벌써 날이 밝아 오고 있었다. 노먼턴은 방 안에 신선한 공기가 들어오도록 커튼을 조금 열어둔 틈으로 비집고 들어오는 빛이 점점 더 환해지는 모습을 침대에 누운 채 지켜보았다. 또 하루가 지났다. 노먼턴은 이른 아침의 산책부터 초록색 잠옷으로 갈아입고 침대에 눕던 순간까지, 지난 하루를 잘게

쪼개면서 뒤돌아보았다. 그는 밤마다 늘 이렇게 기억을 더듬었다. 그는 눈을 감고서 어제의 일들을 자세히 떠올렸다.

차하르바그 여행사를 다시 찾은 노먼턴은 하피즈한테서 위층 사무실로 올라가라는 말을 들었다. 그는 여행사 사무실에 앉아서 어머니에게 편지를 쓰고 있는 그녀를 보았고, 단체 관광을 예약했느냐고 묻는 그녀의 목소리를 들었다. 그는 독일인 커플의 햇볕에 그을린 얼굴과 조심성 있어 보이는 미국인 아가씨들의 얼굴 그리고 프랑스인 관광객들의 얼굴을 다시 한 번 보았다. 그는 또다시 오후의 산책을 했고 뒤이어 욕조에 몸을 담갔다. 그녀가 관광객들을 상대로 하는 상점가에서 그에게 다가왔다. 그녀는 까만 선글라스를 쓰고 있었고 손에는 쇼핑한 몇 가지 물건을 들고 있었다. 그는 그녀가 들려주는 개인적인 이야기를 들었다.

그는 자신의 사생활에 대해서 그녀에게 아무것도 말하지 않았다. 런던 근교의 마을에서 정원을 가꾸는 아내와 함께 사는 부유한 건축가. 노먼턴은 그녀가 그를 싸구려 연애소설에 등장하는 남자 주인공처럼 생각하도록 내버려 두었다. 건축가는 의사만큼이나 낭만적인 주인공이 될 수 있었다. 그녀의 환상을 깨뜨릴 이유가 없었다. 그녀는 이국적인 장소를 여행하는 그의 모습을, 혼자 있는 것을 좋아하기 때문에 그리고 아내가 집 떠나는 것을 싫어하기 때문에 홀로 여행하는 그의 모습을 영원히 상상할 것이 분명했다.

왜 그녀에게 말할 수 없었을까. 그녀의 이야기를 들은 대가로 왜 자신의 이야기를 들려줄 수 없었을까. 그녀는 바보 같은 짓을 했지만 그 사실을 숨기려 하지 않았다. 삶은 그녀를 실망시켰고 그녀는 스스로를 실망시켰다. 우습게도 그녀는 인도 여자들에게 발성법을 가르쳤지만 그것을 우스꽝스럽게 여기지 않았다. 그녀는 그에게 비밀을 털어놓았고, 그는 그 비밀을 아는 사람이 정말로 자신과 그녀 그리고 그녀의 어머니뿐이라는 사실을 믿었다.

시간이 흘렀다. 그는 댄스 플로어만큼 넓은 이 침대에 그녀와 함께 누워 있어야 했다. 동이 틀 무렵 그는 그녀의 눈에 어린 신비로움에 사로잡힌 채 그 황홀한 두 눈을 들여다보고 있어야 했다. 그는 그녀가 그에게 그런 것처럼, 그녀에게 자신의 이야기를 들려주고 동정을 구하고 있어야 했다. 그는 런던 근교의 마을이 아니라 거칠고 추한 햄스테드에 있는 방에 걸어 들어갔다고, 그 방에서 예전에 첫 번째 부인이 그랬던 것처럼 두 번째 부인이 다른 남자와 함께 자기 침대에 누워 있는 광경을 보았다고 말하고 있어야 했다. 그는 왜 자기가 바람난 아내를 둘 운명을 타고났는지, 왜 다른 기질과 성격을 지닌 두 여자가 그에게 해를 끼치면서 다른 남자와 바람피울 생각을 했을지 그녀에게 겸손하게 물었어야 했다. 그는 그의 몸을 녹이는 그녀의 따뜻한 체온을 느끼면서, 두 번째 부인이 그에게 고백한 사실을 말하고 있어야 했다. 두 번째 부인은 그를 속이고 있다는 사실을 떠올리면 더 큰 성적 쾌감을 느낀다고 털어놓았었다.

그의 이야기는 의심할 여지 없이 불쾌한 기억을 담고 있었으며 그녀의 이야기보다 나을 것이 없었다. 그는 자신의 실체를 드러내 보이는 것이 싫어서 이런 이야기를 할 용기를 내지 못했다. 그는 어딜 가든 겉돌면서, 결코 내면을 드러내 보이지 않으면서 쉽게 여행했다. 그는 낯선 사람으로 대할 때는 받아들일 만했지만 두 번의 결혼 생활에서 겉보기와 다른 사람임을 용서받지 못했다. 바람난 아내와 한 번 결혼 생활을 한 것은 그나마 운이 좋은 편에 속했다. 두 번째 아내에게도 배신을 당하자 그는 복수심을 품게 되었다. 그는 이 문제에 대한 그녀의 생각을 겸손하게 물었어야 했다.

4시 반에 그는 창가에 서서 텅 빈 거리를 내려다보았다. 그녀는 지금 테헤란으로 가는 5시 버스를 타려고 버스 터미널로 가고 있을 것이 분명했다. 그는 옷을 입고 면도까지 하더라도 시간 안에 충분히 그곳에 갈 수 있었다. 그는 그녀를 대신해서 추가로 발생할 항공 요금을 지불할 수 있었다. 그는 그녀에게 자신의 이야기를 들려줄 수 있고 그들은 함께 며칠을 보낼 수 있었다. 그들은 와인과 장미와 나이팅게일의 도시인 시라즈에 함께 갈 수 있었다.

그는 창가에 서서 아무 일도 벌어지지 않고 있는 거리를 바라보았다. 그는 마냥 이렇게 서 있기만 한다면 용기를 내지 못할 것임을 알고 있었다. 그녀는 공감할 줄 아는 남자를, 이스파한의 온갖 경이로운 것들보다 그녀의 눈에 더 경이롭게 보이는 남자를 만났다. 그녀는 인간에게 잔인성을 불러일으키는 옹졸함에 대해서 전혀 모른 채 이 기억을 안고서 봄베이의 방갈로로 돌아갈 것이 분명했다. 그리고 그는 매력 없는 겉모습과 달리 내면 깊은 곳에 뛰어난 자질을 지닌 여인을 기억하게 될 것이 분명했다. 그녀의 눈은 그녀가 뛰어난 자질을 지닌 여인임을 신비롭게 드러내 보였다. 그러나 이 이른 아침에 그는 또 다른 진실을 깨달았다. 그는 허상에 불과했다. 그녀는 자질을 지녔지만 그는 그렇지 못했다.

페기 미한의 죽음
The Death of Peggy Meehan

나는 다른 모든 어린이와 마찬가지로 이중생활을 했다. 나는 아침마다 옷을 입고, 신발을 신고, 머리를 빗고, 먹기 싫은 포리지를 숟가락으로 젓고, 9시 10분 전에 수녀원에서 운영하는 초등학교에 가는 평범한 삶을 살았다. 그리고 동시에 나는 내가 바라는 일들만 생겨나고 지루함이란 존재할 수 없으며 내가 그 안에서 신이자 왕인 세계 속에 살았다.

평범한 삶 속에서 나는 외동이었다. 부모님은 내가 태어나기 수년 전에 나를 갖게 되리라는 희망을 포기한 상태였다. 부모님을 기억할 때면 여느 부모들과 달랐다는 점이 가장 먼저 떠오른다. 부모님은 연세가 많으셨다. 적어도 내게는 그렇게 보였다. 잿빛 옷차림에 안경을 쓰고, 잿빛 머리칼과 얼굴을 가진 부모님은 백발이 성성한 노인처럼 안달하는 분들이셨다. "아, 안 돼, 안 돼." 부모님은 자주 이렇게 중얼거리셨고, 차를 마시러 오라거나 아이끼리 같이 놀게 하자는 초대를 나를 위해서 거절하셨다. 부모님은 나 때문에 비와 바다, 무심코 계속 따라갈 수 있는 담 그리고 늘 축축한 풀밭을 두려워하셨다. 부모님은 빠지는 일이 거의 없이 성 구세주 성당에서 미사를 드리셨다.

우리 가족은 코크에서 50킬로미터 정도 떨어진 작은 해변 도시에서 살았는데 아버지는 그곳에서 코스그리프 앤드 맥러플린 사무 변호사 및 선서 입회관 사무소의 선임 서기로 일하셨다. 겨울이면 나는 어머니와 아버지를 내 양옆에 둔 채 가운데에 서서 짧은 산책 길을 왔다 갔다 했다. 우리가 산책하는 동안 갈매기는 높은 소리로 울었고, 아버지는 혹시 비가 오지는 않을지 걱정하셨다. 우리는 들판이나 도시 뒤쪽으로 완만한 경사를 이룬 히스가 무성한 황무지를 가로지르며 걸어 본 적이 없었다. 월터 롤리 경*이 낚시를 했다고 전해지는 강가를 따라서 산책한 적도 없었다. 여름에 코크에서 여행객들이 오면 어머니는 내가 모래사장 가까이에만 가도 싫어하셨다. 어머니는 모래밭에 벼룩이 득실거린다고 말씀하셨다. 우리 가족은 여름에는 산책 길을 걷지 않았다. 대신 우리는 코크로 이어지는 큰길을 따라 걸으면서 내 눈에 움직이는 것처럼 보이는 집 앞을 지나갔다. 그 집은 우리가 가까워지면 몇 분 동안 사라졌다. 나는 나중에 이것이 기복을 이룬 지형이 만들어 낸 자연의 눈속임임을 알게 되었다. 우리는 해마다 7월이면 코크 시의 북부에 위치한 몬테노트로 갔고, 이사벨라 이모가 그곳에서

* 영국의 정치인, 탐험가, 작가, 시인이자 엘리자베스 1세의 총신으로 알려진 인물이며, 미국 대륙을 탐험하고 유럽에 감자를 이식하고 담배를 전파했다. 신세계 최초의 영국 식민지를 세운 공적이 있다.

운영하는 하숙집에서 2주를 보냈다. 역시 잿빛 인상을 풍기는 이사벨라 이모는 신앙심이 깊었다.

이 이야기는 내가 일곱 살이던 1936년의 여름, 이사벨라 이모의 몬테노트 하숙집에서 시작된다. 이모의 하숙집은 우리 집보다 훨씬 더 컸다. 주택들이 연달아 다닥다닥 붙은 거리에 있는 우리 집은 작고 좁았지만 이사벨라 이모네 집은 나름대로 웅장했다. 그러나 어울리지 않게 층계참이 좁고 희미한 불이 복도를 밝히는 이모네 집은 어두웠다. 집 안에서는 마루 광택제와 곰팡이 냄새가 났는데 나는 이 냄새를 맡을 때면 어린 시절부터 줄곧 신앙생활과 오래된 사제복이 떠올랐다. 이모네 집에는 어딜 가나 성모 마리아상과 봉헌초와 까만 액자에 끼워진 아기 예수의 그림이 보였다. 노인과 중년의 남자 그리고 청년이 섞여 있었지만 하숙인은 모두 성직자였다. 보통 이모네 집에서는 수용할 수 있는 최대 인원인 열한 명의 하숙인이 생활했다. 우리가 여름에 이모네 집에서 묵는 동안 하숙인 중 서너 명은 항상 휴가를 떠나고 없었다.

1936년 여름, 우리는 여느 해와 다름없이 집을 떠났다. 아버지는 출발에 앞서 모든 창문 및 앞문과 뒷문을 잠갔고, 집 밖으로 나와서 창문과 문이 제대로 걸어 잠겼는지 확인했다. 우리는 각자 짐을 든 채 기차역으로 걸어갔다. 어머니는 판지로 만든 갈색 여행 가방을, 아버지는 같은 종류의 더 큰 가방을 들었다. 나는 6펜스짜리 생선 바구니를 들고 갔는데, 그 안에는 우리 가족이 기차에서 먹을 샌드위치와 정성 들여 준비한 차가 담긴 보온병 그리고 사과 세 개가 들어 있었다.

몬테노트의 집에서 이사벨라 이모는 대성당 참사회원 맥그래스와 퀸 사제가 각각 트럴리와 골웨이로 휴가를 떠났다고 말했다. 이사벨라 이모는 우리를 두 사람의 방으로 안내하면서 대성당 참사회원 맥그래스의 방은 아버지가, 퀸 사제의 방은 어머니와 내가 사용하면 된다고 말했다. 퀸 사제의 방에는 침대 발치에 가대식 침대 하나가 세워져 있었다. 이사벨라 이모는 이 가대식 침대를 대성당 참사회원 맥그래스의 남동생이 미국에서 와 있는 동안 사용했는데 그의 체중을 못이겨 캔버스 천이 망가졌었다고, 하지만 지난 한 해 동안 랠러 사제라고 불리는 보좌신부가 틈틈이 수리해 두었다고 설명했다.

"아주 좋아 보이십니다, 마혼 씨." 그날 밤 식당에서 얼굴이 빨갛고 쾌활한 스미스 사제가 아버지에게 말했다. "그리고 우리 친구는 몰라보게 자랐구나." 스미스 사제가 큰 소리로 웃으면서 엄지와 다른 손가락 하나로 내 목덜미를 잡았다. 그러고서 그는 내가 교리문답을 잘 배웠는지, 초등학교에서 수녀님들 말씀을 잘 듣고 있는지 물었다. "어디 아프신 데는 없죠, 마혼 부인?" 그는 어머니에게 이렇게 물었다.

어머니는 건강하다고 대답했고, 얼굴이 빨간 스미스 사제는 다른 사제들과 같이 앉으려고 가장 큰 식탁 앞으로 갔다. 그는 이모네 집에서 풍기는 것과는 다른 냄새를 남겼다. 나는 스미스 사제가 식탁 밑에서 의자를 끌어내려고 쩔쩔매는 모습을 보았다. 새로 온 젊은 보좌신부인 파슬로 사제가 의자를 꺼내서 앉도록 스미스 사제를 도왔다. 나는 스미스 사제가 식사를 하러 오기 전에 또 흑맥주를 마신 모양이라고 생각했다.

이모네 집에서는 쳐다보고 듣는 것 말고는 전혀 할 일이 없을 때가 가끔 있었다. 스미스 사제는 흑맥주를 너무 많이 마셨고, 보기 안쓰러울 정도로 마른 데다 피부는 회반죽처럼 창백한 마제니스 사제는 오래 못 살 것 같았다. 리어든 사제는 조금만 깔끔하게 하고 다닌다면 주교가 될 수 있을 것 같았다. 대성당 참사회원 맥그래스는 아이에게 세례를 베풀어 달라는 청을 거절한 적이 있었고, 젊은 랠러 사제는 사방으로 돌아다녔다. 이사벨라 이모는 몇 시간 동안 쉬지 않고 어머니와 아버지한테 사제들에 대한 이야기를 늘어놓았다. 이모는 지난 한 해 동안 하숙집을 떠난 사제가 어떻게 되었는지 이야기했고 새로 온 사제의 신상에 대해서 이런저런 사실들을 알려 주었다. 성당 미사에 빠지는 법이 없고 종교적인 문제라면 무엇에든 관심을 보이는 부모님은 당연히 기쁜 마음으로 이모의 이야기에 귀를 기울였다. 하느님과 성당은 코스그리프 앤드 맥러플린에서 아버지에게 주어진 업무나 어머니가 해야 할 집안일 혹은 우리가 사는 도시 뒤쪽으로 완만한 경사를 이룬, 히스가 무성한 황무지를 가로질러 걷고 싶은 내 욕망보다 훨씬 더 중요했다. 하느님과 이사벨라 이모네 집에서 생활하는 사제들 그리고 수녀원이 운영하는 초등학교의 수녀들과 성 구세주 성당의 사제들은 모든 것의 중심에 있었다. "우리 친구의 마음을 끌지도 모르겠군요." 한번은 스미스 사제가 식당에서 이렇게 말했다. 내가 장차 사제직에 관심을 갖게 될지도 모른다는 뜻임을 나는 곧바로 알아차렸다. 부모님은 아무런 대답도 안 하셨지만 오후에 간식으로 소시지와 감자빵을 먹을 때, 나는 그보다 더 기쁜 일은 없을 거라고 생각하는 두 분의 마음을 읽을 수 있었다.

해마다 우리 가족이 이모네 집에서 머무는 동안, 부모님과 이모는 오후 한나절 시간을 내서 도시를 가로질러 아버지의 형을 만나러 갔다. 큰아버지 역시 사제셨다. 부모님과 이모가 돌아올 때까지, 누가 되었든 하숙집에 있는 사제가 나를 돌봐 주었다. 나를 데려갈 수 없는 사정이 있었다. 내가 아기일 때 부모님은 나를 큰아버지 댁에 데리고 가셨다. 그런데 큰아버지는 나를 보고 화를 내셨다. 그로부터 수년이 흐른 뒤 나는 어머니가 리어든 사제한테 소곤대는 이야기를 우연히 들었다. 어머니는 아버지가 한때 사제가 되려고 한눈파는 일 없이 열심히 노력했지만 마지막 순간에 생각을 바꾸었다고 넌지시 말했다. 아니, 분명히 그렇게 말하는 것 같았다. 아버지가 나중에 자식을 낳았다는 사실은 큰아버지의 눈에 도덕적으로 옳게 보였을 리 없었다. 나는 큰아버지가 엄격한 사람일 거라고 생각했고, 자신을 찾아온 아버지와 어머니 그리고 이사벨라 이모를 엄한 눈길로 쳐다보는 큰아버지의 모습을 상상했다. 부모님과 이모는 그런 큰아버지를 존경했다. 세 사람은 어두운 얼굴로 돌아왔고, 큰아버지를 만나고 온 날 밤이면 언제나 어머니는 여느 때보다 훨씬 더 오랫동안 침대 옆에서 기도했다.

"파슬로 신부님이 너를 데리고 산책 가신대." 이모네 집에서 머물고 있던 1936년의 어느 날 아침, 이모가 이렇게 말했다. "너랑 친해지고 싶으시대."

이곳에서의 산책은 몬테노트를 출발해서 부두를 지나고 강을 건너 시내까지 줄곧 걷는 것을 의미했다. 처음 몇 번은 재미있을 수 있지만 그다음부터는 우리 동네에서 콘크리트 길을 따라 산책하는 것보다 더 끔찍했다. 나는 풀이 제멋대로 자란 이모네 뒤뜰에서 혼자 노는 편이 훨씬 더 좋았다. 나는 어른인 체하면서 비밀스럽게 혼잣말을 하고 사악한 생각도 할 수 있었다. 우리 집과 이모네 뒤뜰에서 나는 아버지가 읽는 신문 기사 속에 등장하는 사람이, 아버지가 우리 모두 기도해 줘야 한다고 말하는 사람이, 보석상의 창문을 깨고 들어가서 시계와 반지를 훔친 도둑이 되었다. 나는 흑맥주를 너무 많이 마시고 계단에서 발을 헛디디는 스미스 사제가 되었다. 나는 마제니스 사제가 되어서 정원의 구석진 곳, 잡초 위 혹은 탁자 밑에 누워서 죽음의 순간에, 내가 저지른 소름 끼치는 범죄를 고백했다. 나는 마음속으로 부모님의 독실함을 조롱했고 부모님의 목소리를 흉내 냈다. 나는 이사벨라 이모의 독실함 역시 조롱했다. 나는 현실에서는 꿈도 꾸지 못할 태도로 부모님께 말대꾸했다. 나는 소리 내어 웃으면서 하느님과 신앙생활에 대해서 불경스러운 말을 했다. 신성모독은 재미있었다.

"준비됐니?" 부모님과 이모가 큰아버지 댁으로 출발한 뒤 파슬로 사제가 물었다. "버스를 탈까?"

"버스요?"

"시내까지 타고 가자."

나는 태어난 뒤로 한 번도 버스를 타고 시내에 가 본 적이 없었다. 버스는 더 먼 곳으로 갈 때만 타야 했다. 걷지 않는다니 이상했다. 산책의 핵심은 걷는 거였다.

"버스 탈 돈이 없는데요." 내가 이렇게 대답하자 파슬로 사제가 소리 내어 웃었다. 파슬로 사제는 버스 위층에서 담배에 불을 붙였다. 그는 작고 여윈 청년으로 이모네 집에서 생활하는 그 어느 사제보다도 훨씬 더 젊었다. 그의 머리칼은 불그스름했고 얼굴은 비뚤어진 것처럼 보였다. "톰슨네에 가서 차를 마실까? 재미있을 것 같지 않니?" 파슬로 사제가 물었다.

우리는 톰슨네 카페에서 차를 마셨고 내가 지금까지 먹어 본 것과는 맛이 다른 번 빵과 케이크 그리고 머랭을 먹었다. 파슬로 사제는 담배를 열네 개비 피웠고 티포트에 담겨 있던 차를 혼자 다 마셨다. 나는 탄산이 든 오렌지에이드를 세 병 마셨다. "영화 보러 갈까?" 파슬로 사제가 계산대에서 돈을 지불한 뒤 물었다. "파빌리온에 가 볼까?"

나는 당연히 극장에 가 본 적이 없었다. 어머니는 우리가 사는 곳에 하나밖에 없는 극장인 스타 픽처 하우스에 벼룩이 득실거린다고 말했다.

"어른 한 명하고 어린이 한 명요." 파슬로 사제가 파빌리온의 매표소에서 말했다. 우리는 어둠 속으로 안내되었다. 스크린에 THE END라는 글자가 떠 있는 것을 보면서 나는 우리가 너무 늦게 온 모양이라고 생각했다. "아, 딱 맞춰 왔구나." 파슬로 사제가 말했다.

나는 영화를 이해하지 못했다. 영화는 키스하는 어른들과 지진과 자동차 사고에 대한 이야기였다. 키스를 엄청나게 많이 받은 여자가 자동차 사고로 죽었고, 그 여자한테 키스했던 남자는 다른 여자랑 결혼했다. 영화의 마지막 장면에서 그 남자는 어느 방에 부인이랑 같이 앉아서 자동차 사고로 죽은 여자를 바라보고 있었다. 그 여자는 자꾸만 괜찮다고 말했다.

"맙소사, 정말 멋진 영화지?" 우리가 파빌리온 화장실에 서 있을 때 파슬로 사제가 물었다. 이곳에는 내가 지금까지 경험해 본 적이 없는, 서서 사용해야 하는 변기가 있었다. "내용이 좋았지?"

나는 몬테노트로 돌아오는 내내 영화를 떠올렸다. 죽은 여자의 얼굴과 지진이 일어난 뒤 길 위에 널려 있던 시체들 그리고 마지막 장면에서 어느 방에 부인이랑 같이 앉아 있던 남자의 모습이 자꾸만 생각났다. 머랭과 오렌지에이드 때문인지 나는 흔들리는 버스에서 속이 울렁거렸다. 하지만 상관없었다.

"재미있는 오후 보냈니?" 파슬로 사제가 물었고 나는 지금까지 이렇게 재미있어 본 적이 없다고 대답했다. 내가 다른 영화도 다 이렇게 재미있느냐고 묻자 파슬로 사제는 물론이라고 대답했다.

하지만 부모님은 기쁘지 않은 것 같았다. 아버지는《코크 이그제미너》를 집어 들더니 파빌리온에서 상영 중인 영화를 찾아보았고, 어린이에게 적당한 영화가 아니라고 말씀하셨다. 어머니는 나를 목욕시켰고 혹시 벼룩이 있지는 않은지 내 옷을 살펴보았다. 파슬로 사제가 식당에서 나한테 윙크를 할 때에도 부모님은 그를 못 본 체했다.

그날 밤 어머니는 큰아버지 댁에 다녀온 뒤면 늘 그렇듯 아주 오래 기도했다. 나는 희미하게 불을 밝힌 방에 누워서, 어머니가 무릎을 꿇고 앉아 있는 것을 알면서도 낮에 본 영화에 대해서 생각했고 배우들이 키스하던 모습을 떠올렸다. 그 사람들은 어머니 아버지와는 전혀 다른 방법으로 키스했다. 수녀원이 운영하는 초등학교의 상급반에는 예쁜 여자아이들이, 어머니보다 훨씬 더 예쁜 여자아이들이 있었다. 그중에는 금발에 주근깨가 살짝 난 클레어라는 아이가 있었고, 클레어보다 어리고 머리칼이 까만 페기 미한이라는 아이도 있었다. 클레어하고 페기가 이름을 물어보면서 내게 말을 건 적이 있기 때문에 이 두 명을 떠올렸다. 나는 클레어하고 페기가 아주 친절하다고 생각했다.

눈을 뜨자 무릎을 꿇고 있던 어머니가 일어서는 모습이 보였다. 어머니는 웃음기 없는 얼굴로 입술을 계속 움직이면서 침대 옆에 잠깐 서 있었다. 여전히 기도하고 있는 모양이었다. 마침내 어머니는 침대에 누웠고 불을 껐다.

나는 어머니의 숨소리를 들었다. 잠시 후 어머니한테서는 잠든 사람들이 내는 숨소리가 들렸다. 하지만 나는 잠을 잘 수가 없었다. 나는 침대에 누워서 낮에 본 영화를 여전히 떠올렸다. 기억 속에서 나는 톰슨네에 앉아 있었고, 파슬로 사제가 담배에 연거푸 불을 붙이는 모습을 지켜보았다. 무슨 이유 때문인지 모르지만 나는 파슬로 사제 그리고 수녀원이 운영하는 초등학교의 두 여자아이와 함께 톰슨네에 앉아 있는 내 모습을 상상하기 시작했다. 우리 넷은 함께 몸을 흔들면서 걸으며 파빌리온에 갔다. "아, 바로 이런 게 사는 거야." 파슬로 사제는 우리를 데리고 어둠 속으로 들어가면서 이렇게 말했고, 나는 파빌리온에 와 본 적이 있다고 클레어와 페기에게 이야기했다. 클레어와 페기는 자기들은 여기에 처음 와 본다고 대답했다.

가까운 성당에서 11시를 알리는 종소리가 들려왔다. 나는 계단에서 발을 헛디디는 소리와 그 뒤를 잇는 스미스 사제의 웃음소리 그리고 스미스 사제에게 조용히 하라고 말하는 리어든 사제의 목소리를 들었다. 12시를 알리는 종소리가 들려왔다. 12시 반 그리고 1시 15분 전이 되었고 마침내 새벽 1시를 알리는 종이 울렸다.

새벽 1시가 지나자 나는 더 이상 자고 싶은 생각이 없었다. 나는 수녀원이 운영하는 초등학교 교실에 서 있었고, 클레어는 나를 보면서 미소를 지었다. 클레어와 함께 있는 것은 기분 좋은 일이었다. 나는 온몸에 온기를 느꼈고 행복했다.

잠시 후 나는 페기 미한과 모래사장을 걷고 있었다. 우리는 페기가 생각해 낸 놀이를 하면서 달리다가 다시 걸었다. 페기는 다음 주쯤 자기랑 같이 소풍을 가겠느냐고 물었다.

나는 어떻게 해야 할지를 몰랐다. 나는 클레어와 페기 중 한 명이 내 친구이기를 바랐다. 나는 영화 속 배우들이 사랑한 것처럼 둘 중 한 명을 사랑하고 싶었다. 둘 중 한 명과 키스하고 둘 중 한 명과 같이 있고 싶었다. 단둘이서. 침실을 가득 메운 어둠 속에서 클레어와 페기는 둘

다 가깝게 그리고 정말 내 앞에 존재하는 것처럼 느껴졌다. 내 귓가에 어머니의 숨소리가 들려왔지만 클레어와 페기는 어머니보다 더 가까이 있는 것 같았다. "이리 와." 페기 미한이 속삭였다. 클레어 역시 우리가 늘 가장 친한 친구였다고, 함께 달아나는 것이 어떻겠느냐고 속삭였다. 둘이 같이 내 앞에 있는 것은 옳지 않았다. 그런데도 둘 다 생생하게 내 눈앞에 남아 있었다. "화요일." 페기 미한이 말했다. "화요일에 소풍 가자."

페기의 아버지가 우리를 차에 태우고 도심에서 멀리 떨어진 곳으로, 히스가 무성한 황무지 너머로, 히스가 무성한 황무지보다 더 멋진 산비탈 쪽으로 달렸다. 그런데 자동차 문 하나가, 페기 미한이 기대고 있던 뒷문 하나가 갑자기 열렸다. 페기는 영화 속 여자와 다름없이 흙먼지가 쌓인 길 위에 숨이 끊어진 채 누워 있었다.

"가엾은 페기." 시간이 조금 흐른 뒤, 페기 미한을 잘 모르면서도 클레어는 이렇게 말했다. "우리의 가엾은 페기." 그러고서 클레어는 미소를 지으면서 내 손을 잡았다. 우리는 서로 사랑에 빠져 히스가 무성한 황무지를 함께 가로질러 걸었다.

며칠 뒤 우리는 몬테노트에 있는 이모네 집을 떠나 기차를 타고서 우리가 사는 해변 도시로 돌아왔다. 그로부터 일주일 뒤 수녀원이 운영하는 초등학교의 새 학기가 시작되었다. 수녀원장은 학생들이 모두 모여 있는 앞에서 페기 미한이 죽었다는 소식을 전했다. 그녀는 도시에 디프테리아가 돌고 있다는 말도 덧붙였다.

나는 처음에는 그 생각을 하지 못했고, 현실의 죽음과 내가 처음으로 극장에 가면서 시작된 환상을 연결하지 못했다. 어쩌면 내 머릿속 생각의 일부분은 잠깐 걸음을 멈추고서 그 우연의 일치를 들여다봤을지도 몰랐다. 그러나 그 이상은 아니었다. 나는 학교에서 파빌리온에 가 봤다고 이야기했고, 영화의 장면들을 묘사했고, 파슬로 사제가 한 말을 전했고, 그가 톰슨네 카페에서 담배 열네 개비를 어떻게 피웠는지 설명했다. 내가 페기의 소식을 전하자 어머니는 디프테리아는 끔찍한 병이라고 말하면서 당연히 우리 모두 가엾은 페기 미한의 영혼을 위해서 기도해야 한다고 덧붙였다.

한 주 두 주 그리고 한 달 두 달 시간이 흐를수록 나는, 내가 극장에 다녀온 날 밤에 상상했던 이야기를 점점 더 또렷하게 기억하고 있음을 깨달았다. 나는 특히 페기 미한이 차에서 어떻게 떨어졌는지, 숨이 끊어진 페기가 어떻게 보였는지를 또렷이 기억했다. 나는 그것이 내가 지금까지 품은 생각 중에 가장 사악한 것이라고, 신성모독보다 더 나쁜 것이라고, 그렇지만 동시에 신성모독에 포함되는 것이라고 혼잣말을 했다. 밤이면 침대에 누워서 잠을 이루지 못한 채 용서를 구하는 기도를 하려고 절망적으로 노력했다. 그러나 나는 용서를 얻지 못했다. 끊임없이 떠오르는 모습들은, 살아 있을 때의 페기의 얼굴과 죽은 뒤의 페기의 얼굴은 잠시도 내 눈앞을 떠나지 않았다. 죽은 뒤의 페기의 얼굴은 영화 속 여자의 얼굴과 같았다.

그로부터 1년 후, 나는 이모네 하숙집의 같은 방에서 잠을 이루지 못한 채 누워 있다가 페기를 보았다. 어둠 속에 갑자기 한 조각 빛이 떠올랐는데 그 빛의 한가운데에 페기가 서 있었다. 페기는 내가 기억하는 세일러복 차림으로, 땋은 머리를 등 뒤로 늘어뜨리고 있었다. 페기는 나를 보고 웃더니 사라졌다. 그 순간, 내가 페기를 바라보던 순간과 페기가 사라지고 난 뒤, 나는 환상과 현실은 서로의 중요한 부분임을 본능적으로 깨달았다. 내가 페기의 죽음을 불렀다.

지금 되돌아보면 당시에 나를 사로잡은 생각은 철없는 감정일 뿐이었다. 그것은 철없는 공포심이었으며 어른이라면 무서워도 그냥 몸을 한 번 떨고 잊어버릴 미신이었다. 그러나 나는 그 문제에 대해서 그 누구와도 상의할 수 없는 어린애였기 때문에 내 의지가 내가 생각하는 것보다 강력하다는 믿음 속에서 살았다. 나는 동화책을 읽으면서 마녀와 주문과 악령과 사람들 안에 갇혀 있는 힘에 대해서 배웠다. 혼자만의 놀이를 즐기면서 신앙생활과 선함과 독실함을 사악하게 부정했다. 혼자만의 놀이를 즐기면서 스미스 사제를 조롱했고 죽어 가는 마제니스 사제가 범죄자라는 설정을 했다. 나는 놀이 속에서 나 스스로 범죄자가, 창문을 깨고 보석상 안으로 들어간 남자가 됐다. 나는 어머니와 아버지를 존경해야 한다고 배웠으면서도 부모님을 우스꽝스럽게 흉내 냈다. 나는 이사벨라 이모의 독실함을 조롱했다. 나는 내가 꾸며 낸 이야기 속에 페기 미한을 위한 자리가 없기 때문에 그녀를 살해했다. 나는 악령에 홀린 사악한 인간이었다. 나는 수녀님들한테서 나 같은 사람들에 대한 이야기를 들은 적이 있었다.

처음에는 파슬로 사제한테 조언을 구하면 어떨까 생각했다. 나는 파슬로 사제한테 우리가 같이 외출한 날을 기억하는지 물은 뒤, 내가 꾸며 낸 이야기에서 내가 어떻게 페기 미한을 영화 속 여자처럼 자동차 사고로 죽게 만들었는지 털어놓고, 페기 미한이 디프테리아에 걸려서 정말로 죽었다고 말할까 생각해 보았다. 그러나 파슬로 사제는 그해에 그 나름대로의 걱정거리를 안고 있는 듯 초조해 보였다. 그래서 나는 파슬로 사제한테 말하지 않았고 그 누구한테도 이야기하지 않았다. 나는 몬테노트에 머물도록 예정된 날이 다 지나고 집으로 돌아가면 다시는 페기가 보이지 않기를 바랐다. 그러나 집으로 돌아간 첫날, 나는 오후 4시에 부엌에서 페기를 보았다.

그날 이후로 페기는 불규칙하게 나를 찾아왔다. 한 달 동안 나타나지 않을 때도 있었고 한번은 1년 동안 모습을 보이지 않기도 했다. 페기는 늘 갑자기 찾아왔다. 언제나 다른 옷을 입고 있는 페기는 내가 자라나는 속도에 맞추어서 성장하고 있었다. 내가 수녀원이 운영하는 초등학교를 졸업한 뒤 그리스도 수사회 학교에 입학했을 때 페기는 교실에 나타난 적도 있었다. 페기는 그날 칠판 가까이에 서서 웃고 있었다.

페기는 결코 말을 하지 않았다. 산책 길 혹은 학교 혹은 이모네 집 혹은 우리 집, 페기는 어디에 나타나든 상관없이 그리고 내게서 멀리 있든 가까이에 있든 상관없이 그녀의 미소와 눈으로만 말했다. 페기는 악령에 홀린 나를 찾아온, 하느님이 보낸 사자였다. 페기의 눈과 미소에는 단순한 메시지가, 내가 늘 사악한 생각만 했으며 하느님이나 성모 마리아 혹은 우리를 위해 돌아가신 예수님을 제대로 믿은 적이 없다는 메시지가 담겨 있었다.

나는 기도하려고 노력했다. 어머니처럼 침대 옆에 무릎을 꿇고서. 이모와 이모의 집을 가득 채운 사제들처럼. 수녀님들과 그리스도 수사회의 사제들처럼. 우리가 사는 도시의 다른 남자아이와 여자아이처럼. 그러나 기도는 나오지 않았다. 나는 내 입에서 단 한 번도 기도가 나온 적이 없음을 깨달았다. 나는 성당에서 무릎을 꿇고 언제나 기도하는 시늉을 했을 뿐 마음속으로는 소리 내어 웃고 신을 모독했다. 나는 기도를 생각하는 것만으로도 진저리가 났다. 나는 부모님을 비정상적으로 싫어했고 이사벨라 이모와 이모네 집에서 생활하는 사제들을 증오했다. 그러나 하느님의 천국에서 이제 막 돌아온 죽은 페기 미한은 한 조각의 빛 속에서 용서 그 자체였다. 페기는 내게서 악령을 쫓아내려고 미소 지었다.

페기는 내 어머니의 장례식장에도 나타났고 시간이 더 흐른 뒤 아버지의 장례식장에도 찾아왔다. 나는 클레어를 위해서 페기를 죽였다. 그러나 클레어는 법원에서 근무하는 남자와 결혼해서 매든 부인이 되었고 너무 일찍 뚱뚱해졌다. 나는 당연히 누구와도 결혼하지 않았다.

나는 이제 마흔여섯 살이 되었고 내가 자란 해변 도시에서 혼자 살고 있다. 이곳 사람들 중에 내가 혼자 사는 이유를 아는 이는 아무도 없다. 그 누구도 내가 어린애의 끈끈한 동지애로 인생의 절반을 살았으리라고는 상상하지 못할 것이다. 더 이상 어린애가 아닌 만큼 당연히 나는 페기가 죽은 것이 나 때문이라고는 이제 믿지 않는다. 한 순간의 부주의한 환상 속에서 나는 페기의 죽음을 바랐고, 이미 죽은 페기는 살아 있는 내 생각을 지배했다. 나는 페기의 죽음을 바라지 말았어야 했다. 중년에 접어든 페기는 아름다운 여인이다. 그녀는 뚱뚱한 매든 부인과는 비교가 안 될 만큼 아름답다.

그게 전부다. 마흔여섯이 된 나는 짧은 산책 길을 홀로 걷는다. 바닷가를 걷거나 코크로 이어지는 길을 따라 걷기도 한다. 코크로 이어지는 길에는 움직이는 집이 있다. 나는 아버지가 그랬던 것처럼 코스그리프 앤드 맥러플린에서 일한다. 먹을 음식을 손수 요리하고, 철제 틀에 매트리스를 얹은 침대에서 혼자 잠을 잔다. 일요일에는 위선적으로 성 구세주 성당에 미사를 드리러 간다. 나는 고해를 하러 가지만 진정으로 고해하지 않는다. 나는 남성 봉사 단체와 종교 단체에서 활동한다. 페기는 내가 가는 곳에 늘 있다. 그녀는 내 곁을 절대로 떠나지 않을 것임을 기억시키려고 한 조각의 빛 속에서 모습을 드러낸다. 그리고 나는 성당에서 무릎을 꿇고 있을 때와 주님의 살과 피를 받을 때와 철제 침대에 누워 있을 때, 이 모든 순간을 가릴 것 없이 언제나 그녀를 갈망한다. 코스그리프 앤드 맥러플린 사무실에서 나는 실오라기 하나 걸치지 않은 그녀의 몸을 꿈꾼다. 우리가 늙었을 때에도 나는 내 쪼그라든 사악한 몸으로 그녀를 갈망할 것이다.

이 작은 도시에서 나는 혼자 사는 이상한 남자다. 사람들은 내가 세상으로부터 격리된 채 자라서 이렇게 되었다고 말하면서 나처럼 자란 사람은 병적인 상상력을 키울 수밖에 없다고 이야기할지도 모른다. 맞는 말일 수도 있다. 그러나 결과가 어떻게 되든 상관없다. 내가 아는 거라고는 이 해변 도시에서, 아니 이곳을 벗어난 어디에서든 그녀만큼 내 눈앞에 실재하는 존재는 없다는 사실이다. 그녀를 위해 살면서 나는, 내가 소망하는 대로 그녀를 소유할 수 없음을 알기에 하루하루를 절망으로 보낸다. 나는 환영을 향한 육욕을 품고 있다. 이런 내 욕망은 신이 내게 보내는 조롱이며 내가 품은 사악하기 그지없는 생각을 처단하려고 신이 내리는 적절한 벌이다.

복잡한 성격
A Complicated Nature

애트리지는 어느 파티에서 그가 소름 끼칠 만큼 무서운 사람이라고, 한 여자가 말하는 소리를 우연히 들었다. "사악한 혀를 가진 사람이에요." 드 폴 부인이라고 불리는 그 여자가 말했다. "뱀처럼 둘로 갈라진 혀를 가졌죠."

그는 스스로에게 눈곱만큼의 미안한 마음도 없이 그 여자의 말이 맞는다고 인정했다. 그러나 애트리지는 그녀가 지적한 그의 특징이 '예리하다'는 말로 표현되는 것을 더 좋아했다. 애트리지는 그의 빠른 눈이 자신의 의지와 상관없이 다른 사람의 결점을 찾아내면 참지를 못했다. 그렇지만 그는 사람들의 장점을 찾으려고 특별히 애쓰지는 않았다.

다른 사람들에게 예리한 그는 자신에게도 예리했다. 그는 자신의 결점은 고백했지만 장점은 지루하게 여겼다. 그는 자신이 친구로 삼은 사람들에게는 친절하고 관대했으며 마땅히 그래야 한다고 생각했다. 그는 깔끔한 사람이었지만 이것을 타고난 성격의 일부라고 생각했기 때문에 전혀 자랑으로 여기지 않았다. 그는 입는 옷에 세심한 주의를 기울였으며 특히 오페라를, 그중에서도 바그너의 오페라를 좋아하는 교양 있는 사람이었다. 그는 벨라스케스도 굉장히 좋아했다. 그는 훌륭한 취향을 스스로 가꾸었고, 자신의 취향을 살려서 하고 있는 일을 자랑스럽게 여겼다.

머리는 희끗희끗해졌고 얼굴에는 고급스러운 무색 테 안경을 쓴 쉰 살의 그는 체중 감량에 열을 올리고 있었다. 중년에 접어들면서 몸이 불어난 탓에 얼굴은 둥글어졌고 그가 바라는 것보다 발그스름해졌다. 허영심은 그의 약점이었다.

애트리지는 한때 결혼 생활을 했다. 부모님은 두 분 다 1952년에, 아버지는 2월에 그리고 어머니는 11월에 돌아가셨다. 애트리지는 외동이었고 줄곧 부모님과 함께 살았었다. 부모님의 죽음이 남긴 외로움이 싫어서—그때만 해도 애트리지는 그렇게 생각했다—그는 1953년에 버니스 골더라는 여자와 결혼했다. 그러나 더할 수 없이 불행했던 이 결합은 겨우 3개월 동안 지속되었다. 시에나로 신혼여행을 갔을 때 전 부인은 그에게 "고약하고 재미없는 늙은이"라고 소리쳤고, 그는 더 불같이 화를 내면서 자기가 고약하고 재미없을지는 모르지만 늙은이는 아니라고 말했다. "당신이 젊었던 적은 단 한 순간도 없을 거예요." 그녀는 조금 진정된 목소리로 대꾸했다. "어렸을 때에도 잿빛 먼지 같았겠죠." 그는 전혀 그렇지 않다고, 자기는 단지 복잡한 성격을 타고났을 뿐이라고 애써 설명했다. 그러나 그녀는 그가 하는 말에 귀를 기울이지 않았다.

지금 애트리지는 부모님이 남겨 주신 주식 덕분에 그 수익금으로 넉넉하게 생활하면서 혼자 살았다. 그는 아파트에 살면서 직접 요리를 했고 조촐한 디너파티를 여는 것을 자랑스럽게 생각했다. 집은 그의 훌륭한 취향에 따라 꾸며져 있었다. 욕실에는 이탈리아제 푸른색 타일이 붙어 있고, 침실은 수수하면서도 남성적이었으며 현관은 포근한 느낌을 주었다. 거실은 겉으로 드러나지 않는 그의 내면의 한 부분을, 심지어 그 자신도 추측만 할 수 있을 뿐 잘 모르는 신비한 요소를 반영했다. 적어도 그는 개인적으로 그렇게 믿었다. 그는 돈을 모아서 진홍색과 검정색과 갈색이 섞인 이집트산 카펫들을 샀고, 구입한 카펫을 왁스 칠을 한 바닥에 깔았다. 그는 첫 번째 카펫을 산 1959년 이후로 바닥이 카펫으로 뒤덮일 때까지, 해마다 1월과 7월에 받는 영-미 전신 회사 배당금을 따로 저금해 두려고 노력했다. 그는 마지막 카펫을 1년 전에 구입했다.

거실 벽에는 그가 소장한 그림의 배경 역할을 하는 담청색 굵은 삼베가 붙어 있었다. 그 위에 벨라스케스의 소형 작품 네 점, 툴루즈 로트레크와 드가의 작품 각 한 점, 미켈란젤로 유파의 갈색목탄 습작품 두 점이 걸려 있었다. 거실에는 셰러턴이 제작한 진품임이 확인된 소파 하나와 소형 탁자 하나, 그가 없애기로 거의 마음을 굳힌 금장식이 들어간 리전시 양식의 대리석 탁자 하나 그리고 스태퍼드셔 모양의 인형 몇 개가 놓여 있었다. 거실 장식과 가구 배치에는 극적인 면이, 화려하면서도 극적인 면이 있었다. 애트리지는 이것이 자신 안에 잠재하는 요소와 더불어 그의 복잡한 성격의 한 부분과 관계가 있다고 생각했다.

"저는 위급한 상황에서는 아무런 도움이 안 되는 사람입니다." 어느 날 오후 애트리지는 거실에서 정떨어질 만큼 가혹한 목소리로 아이보리색 수화기에 대고 말했다. 그의 집 위층에 사는 마타라 부인이라고 불리는 여자는 그의 말을 듣지 못한 것 같았다. "문제가 생겼어요." 그녀는 당황한 목소리로 설명하더니 내려오겠다고 말했다. 그러고서 그녀는 급히 수화기를 내려놓았다.

11월 말의 어느 오후였다. 비가 내리고 있었고 3시 반밖에 안 되었는데도 바깥은 벌써 어스레했다. 전화벨이 울렸을 때 애트리지는 거실 창을 통해서 빗속의 어스름을 물끄러미 내다보고 있었다. 그는 우울하게 내리는 비와 하나둘 불을 밝히는 다른 집의 유리창 그리고 다섯 층 아래에서 비질을 하고 있는 남자를 바라보았다. 남자는 아파트의 콘크리트 앞마당에 떨어진 흠뻑 젖은 낙엽을 쓸고 있었다. 전화벨이 울리는 순간 애트리지는 그의 친구인 나이 많은 하코트이건 부인일 거라고 생각했다. 그는 하코트이건 부인과 함께 2주 뒤에 페르세폴리스로 떠날 예정이었다. 기본적인 예약은 이미 오래전에 다 해 두었지만 아직 처리해야 할 사소한 문제가 몇 가지 남아 있었다. 알 수 없는 목소리가 전화로 그의 이름을 부르면서 말하다니 정말로 놀랄 만한 일이었다. 애트리지는 엘리베이터에서 마타라 부인에게 한두 번 인사를 건넨 적이 있을 뿐이었다. 그녀가 남편과 함께 이곳으로 이사 온 것은 겨우 1년 전이었다.

"정말 죄송해요." 애트리지가 문을 열자 마타라 부인이 말했다. 애트리지는 자신의 의지와는 상관없이 그녀에게 안으로 들어오라고 했다. 자기 집과 구조가 같기 때문에 애트리지의 집 내부를 훤히 알고 있는 그녀는 곧바로 거실로 향했다. "제가 너무나 큰 폐를 끼치고 있다는 거 알아요. 하지만 정말로 누구한테 도움을 청해야 할지 알 길이 없어서 그래요." 마타라 부인은 몹시 흥분한 다급한 목소리로 말했고, 애트리지는 그녀의 이야기를 들으면서 한숨을 쉬었다. 그는 마타라 부인이 무엇이 문제인지 밝히고 나면 입주자들의 어려움을 해결하기 위해서 건물 관리인인 체임벌린을 고용한 거라고 말할 작정이었다. 그녀는 이웃에게 해를 끼치는, 바로 그런 부류의 여자였다. 그녀를 보면 누구라도 짐작할 수 있는 사실이었다. 애트리지는 엘리베이터에서 그녀를 만났을 때 어떤 사람인지 제대로 판단하지 못했다는 사실에 화가 났다.

작고 마른 마타라 부인은 애트리지의 눈에 그와 나이가 비슷해 보였다. 머리는 까맸는데 애트리지는 그녀가 틀림없이 염색을 했을 거라고 추측했다. 그는 그녀가 혹시 유대인이 아닌지 궁금했다. 유대인이 맞는다면 그녀의 정서 상태를 설명할 수 있을 것 같았다. 그녀는 생김새가 유대인처럼 보였다. 그리고 그녀의 성 역시 짐작건대 외국 성이었다. 마찬가지로 엘리베이터에서 마주친 적이 있을 뿐인 그녀의 남편은 의류 사업을 해 오는 동안 만들어진 눈매를 갖고 있었다. 애트리지는 그들이 오스트리아 출신이거나 어쩌면 폴란드 출신일 거라고 추측했다. 마타라 부인은 완벽한 영어를 구사했지만 뭐라고 딱 꼬집어 말할 수 없는 억양을 갖고 있었다. 그녀는 최상류층 출신이 아니었다. 하기는 유대인 혈통을 지닌 사람이 최상류층에 속하는 경우는 드물었다. 유대인이었던 그의 전 부인 역시 절대로 최상류층 출신이 아니었다.

마타라 부인은 그가 15년 전에 90기니를 주고 산 의자의 끝에 걸터앉았다. 그녀가 앉은 의자 역시 틀림없는 셰러턴 작품이었다. 의자는 높은 등받이와 상감 세공을 한 날씬한 호두나무 팔걸이가 돋보였다. 애트리지는 의자를 맡겨서 스프링을 갈고 충전재를 대고 네 가지 색조의 분홍색 줄무늬가 들어간 천을 씌웠다.

"정말로 무서운 일이, 끔찍한 일이 저희 집에서 벌어졌어요, 애트리지 씨." 마타라 부인이 말했다.

퓨즈가 나갔는지도 몰랐다. 수도꼭지가 잠기지 않거나 음식물 쓰레기 처리기가 고장 났을 수도 있었다. 그의 전 부인은 신혼여행을 갔을 때 자기가 멍청한 탓에 전기 헤어 컬링기를 고장 내고는 터무니없이 호들갑을 떨었다. 플라스틱 헤어 롤이 머리를 뒤덮고 있는 그녀는 괴상하게 보였다. 애트리지는 그녀와 헤어진 것을 천만다행으로 여겼다.

"저는 정말로 고칠 줄 아는 게 없습니다. 이럴 때 도움을 청하라고 체임벌린이 있는 겁니다." 애트리지가 말했다.

마타라 부인은 고개를 저었다. 그녀는 의자에 앉아 있는 작은 새처럼, 굴뚝새나 보통보다 작은 참새처럼 보였다. 유대 참새. 애트리지는 마음속으로 말하면서 이런 비유를 찾아낸 것에 흐뭇해했다. 그녀는 손에 쥔 자그마한 손수건을 얼굴로 가져갔다. 그러고서 그녀는 양쪽 눈을 차례로 손수건으로 닦았다. 다시 설명을 시작한 그녀는 자기 집에서 어떤 남자가 죽었다고 말했다.

"맙소사!"

"정말 끔찍한 일이에요! 아, 세상에!" 마타라 부인이 소리쳤다.

애트리지는 3년 전 시칠리아를 여행하고 돌아온 뒤 크리스마스에 하코트이건 부인이 그에게 선물한 조지 왕조 양식의 디캔터에서 브랜디를 따랐다. 하코트이건 부인은 여행 중에 보여 준 그의 친절에 감사하기 위해서라고 말하면서 디캔터 한 쌍을 선물했다. 너무 과분한 선물이었다. 디캔터는 그녀의 집안에 대대로 내려온 가보였다. 그는 시칠리아에서 하코트이건 부인이 배탈 났을 때 『노생거 수도원』을 큰 소리로 읽어 준 것 말고는 그녀를 위해서 한 일이 아무것도 없었다.

애트리지는 죽었다는 남자가 그녀의 남편이 아닐 거라고 추측했다. 자기 남편을 가리키면서 어떤 남자라고 말할 여자는 없었다. 애트리지는 유리창 청소부가 발판 사다리에서 떨어진 모양이라고 생각했다. 그는 상상 속에서 창가에 세워진 발판 사다리와 바닥에서 몸을 움츠리고 있는, 흰색 작업복을 입은 남자의 시신을 또렷하게 볼 수 있었다. 심지어 상태를 확인하려고 시체 위로 몸을 굽히고 있는 마타라 부인의 모습도 보였다.

"쭉 들이켜세요." 애트리지가 마타라 부인의 오른손에 브랜디 잔을 쥐여 주면서 말했다. 그는 그녀가 잔을 떨어뜨리지 않기를 바랐다.

마타라 부인은 잔을 떨어뜨리지 않았다. 그녀는 애트리지가 따라 준 브랜디를 모두 마신 뒤 놀랍게도 잔을 내밀었다. 누가 봐도 술을 더 달라는 뜻이었다.

"아, 괜찮으시다면……" 애트리지가 술을 따르고 있을 때 마타라 부인이 말을 시작했다. 애트리지는 그가 첫 잔에 브랜디를 따르고 있을 때, 시칠리아에서 있었던 일과 디캔터를 선물로 받던 날을 떠올리고 있을 때, 마타라 부인은 그에게 요구할 사항을 정리하고 있었음을 깨달았다.

"당신의 친구였다고 말해 주세요." 마타라 부인이 말했다.

그녀는 이야기를 계속했다. 남자는 심장마비로 죽었다. 그의 시체가 그녀의 집에 있는 것은 곤란했다. 그녀는 6년 전에 시작된 불륜을 털어놓더니 자세히 설명하기 시작했다. 그녀는 모턴이라는 사람이 초대한 파티에서 그 남자를 만났다. 남자는 유부남이었다. 죽은 남자의 부인에게 상처를 줄 필요가 있을까? 굳이 남편에게 알려서 남편을 화나게 할 필요가 있을까? 마타라 부인은 자리에서 일어서더니 거실을 가로질러서 브랜디 디캔터가 놓인 곳으로 갔다. 그녀는 그 남자가 남편의 것이기도 한 그녀의 침대에서 죽었다고 말했다.

"아, 맙소사. 상황이 이렇게 절망적이지만 않다면 여기에 오지 않았을 거예요." 그녀의 목소리는 날카로웠다. 그녀는 거의 히스테리를 일으키고 있었다. 브랜디 기운에 그녀의 두 뺨이 발그스름해졌다. 눈에 또다시 눈물이 고였지만 그녀는 이번에는 손수건을 눈에 가져가지 않았다. 눈물이 발그스름한 뺨 위로 흘러내렸다. 마스카라와 다른 색조 화장품이 번지면서 눈물을 따라 흘러내렸다.

"몇 시간 동안 앉아 있었어요." 그녀가 소리쳤다. "아무튼 몇 시간처럼 느껴졌죠. 앉아서 그 사람을 보고만 있었어요. 우리는 둘 다 실오라기 하나 걸치지 않고 있었어요, 애트리지 씨."

"이런 세상에!"

"아무런 감정도 느껴지지 않았어요. 나는 그 사람을 사랑하지 않았거든요. 아, 맙소사, 어떻게 이런 일이 벌어졌지 하는 생각 말고는 아무것도 떠오르지 않았어요."

애트리지는 자기가 마시려고 브랜디를 조금 따랐다. 그에게는 지금 술이 필요했다. 마타라 부인은 그의 전 부인을 너무나 또렷하게 생각나게 했다. 유대인처럼 보인다거나 성가시게 굴고 있기 때문이 아니었다. 그녀가 전 부인을 떠오르게 하는 것은 실오라기 하나 걸치지 않고 있었다는 말을 너무나 태연하게 했기 때문이었다. 신혼여행을 간 시에나에서 그의 전 부인은 방 안을 성큼성큼 걸어 다니면서 쉴 새 없이 벗은 몸을 과시했다. "당신은 화폭 속의 누드를 좋아하는 게 문제예요." 전 부인은 이렇게 말했다.

"당신의 친구라고 말해 주세요." 마타라 부인이 같은 말을 되풀이했다. 그녀는 자기 집으로 애트리지가 같이 가 주기를 바랐다. 그녀는 남자에게 옷을 입히도록 애트리지가 도와주기를 바랐다. 그녀는 인간애를 발휘해서 사망 장소를 조작해야 한다고 말했다.

애트리지는 분노와 강한 혐오감에 사로잡힌 채 고개를 저었다. 그의 머릿속에 떠오르는 장면들은 불쾌하기 짝이 없었다. 침대 위에는 벌거벗은 채 죽은 남자 시체가 있었다. 그리고 그는 마타라 부인과 함께, 사후경직이 시작된 탓에 다루기가 힘든 시체에 애써 옷을 당겨 가며 입히고 있었다.

"아 맙소사, 어쩌면 좋아요!" 마타라 부인이 소리쳤다.

"의사한테 전화를 거셔야 할 것 같군요, 마타라 부인."

"맙소사, 의사가 무슨 소용 있어요? 그 사람은 죽었어요."

"통상적인……"

"제 얘기 들어 보세요. 우리는 점심을 먹고 있었어요. 평소처럼 오믈렛하고 샐러드를 먹고, 푸이 퓌세를 마셨죠. 그런데 얼마 안 지나서 그 가엾은 사람이 죽었어요."

"조금 전에 말씀하시기로는……"

"아, 무슨 말인지 아시잖아요. '아름다워. 아, 당신은 너무 아름다워.' 그 사람이 말했어요. 그러고는 축 늘어졌죠. 사실 저는 그 사람이 쓰러진 줄 몰랐어요. 그러니까 제 말은 그 사람이 죽었는지 몰랐다는 뜻이에요. 그 사람은 늘 그랬던 것처럼 축 늘어졌거든요. 성교 후의……"

"그만 듣는 게 좋겠군요."

"아, 하느님 맙소사!" 마타라 부인이 소리쳤다. 그녀는 일어서더니 또다시 디캔터가 놓인 곳으로 갔다. 핀을 꽂아 두었던 머리카락은 흘러내려서 부스스했다. 립스틱은 번져서 턱에까지 묻어 있었다. 애트리지는 정말로 보기 흉한 모습이라고 생각했다.

"이 문제는 제가 도울 수 있는 일이 아닙니다, 마타라 부인." 애트리지는 최대한 단호하게 말했다. "의사한테 전화를 걸 수는 있습니다만……"

"제발 의사 얘기는 그만두세요!"

"친구분 일은 도울 수 없습니다, 마타라 부인."

"그 사람한테 옷을 입히게 도와 달라는 것뿐이에요. 너무 무거워서 저 혼자 힘으로는 불가능해요……"

"정말 죄송합니다, 마타라 부인."

"그리고 그 사람을 여기로 옮기게 도와 달라는 것뿐이에요. 엘리베이터까지는 몇 미터밖에 안 돼요……"

"그건 불가능합니다."

마타라 부인이 술을 가득 따른 잔을 든 채로 애트리지 앞으로 다가왔다. 그녀는 자기 얼굴을 그의 얼굴에 바짝 들이댔다. 애트리지는 이런 그녀의 얼굴을 보면서 포악한 육식동물을 떠올렸다. 그의 코끝에 그녀의 향수 냄새가 느껴졌다. 그리고 또 다른 냄새도 났다. 애트리지는 그것이 정사를 나눈 후의 냄새라는 생각을 피할 수 없었다. 그는 어니스트 헤밍웨이의 책에서 이 냄새에 대한 글을 읽은 적이 있었다.

"남편하고 저는 만족스러운 결혼 생활을 하고 있어요." 마타라 부인은 그녀의 입술과 애트리지의 입술이 거의 맞닿을 정도로 가까이에서 말했다. "위에 있는 남자한테는 이 일에 대해서 전혀 모르는 부인이 있어요. 아무 잘못 없는 여자죠. 이해 못 하시겠어요, 애트리지 씨? 제 애인의 시체가 남편 침대에서 발견된다면 무슨 일이 벌어질지 모르시겠어요? 이 일로 얼마나 큰 고통을 느끼게 될지 짐작이 안 되시나요?"

애트리지는 뒤로 물러섰다. 그는 벌써 한참 전부터 부아가 치밀었지만 여전히 화를 참기로 단단히 마음먹고 있었다. 마타라 부인은 교양 있는 행동에 대해서 전혀 아는 바가 없었다. 만약 그 반대의 경우였다면 낯선 사람의 사생활을 이렇게 침해하지는 않았을 것이다. 게다가 터무니없는 불법 행위를 제안할 리도 없었다. 애트리지의 눈에 보이는 대로라면 마타라 부인은 정신적으로 문제가 있는 여자였다.

"죄송합니다." 애트리지는 차갑게 들리기를 바라면서 이렇게 말했다. "유감스럽지만 부인과 부인의 남편이 어떻게 만족스러운 결혼 생활을 하고 있는지부터가 이해 안 가는군요."

"정말이에요. 제 애인 역시 만족스러운 결혼 생활을 하고 있었고요. 제 얘기 좀 들어 보세요, 애트리지 씨." 마타라 부인이 금방이라도 그를 덮치려는 동물처럼 또다시 애트리지 앞으로 다가왔다. "들어 보세요, 애트리지 씨. 우리는 육체적인 이유로 만났어요. 매주 한 번 점심 때요. 모턴이 초대한 파티에서 만난 뒤로 5년 동안 매주 한 번 만났죠. 오믈렛을 먹고 푸이 퓌세를 마시고 섹스를 하려고요. 우리 둘의 결혼 생활과는 관계없는 일이었어요. 하지만 이제 얘기가 달라지게 생겼어요. 그 여자는 이제 자기의 결혼 생활을 실패한 것으로 여기겠죠. 남편의 죽음을 슬퍼해야 할 마당에 실패한 결혼 생활을 애통해할 거예요. 죽을 때까지 그러겠죠. 저는 이혼당할 거고요."

"미리 생각하셨어야죠……"

마타라 부인이 왼손으로 애트리지의 따귀를 때렸다. 그녀의 손바닥이 그의 분홍빛 통통한 살을 얼얼하게 했다.

"마타라 부인!"

애트리지는 그녀의 이름을 소리쳐 부르려고 했다. 그러나 항의하려는 그의 목소리는 날카로운 속삭임이 되어 나왔다. 신혼여행을 다녀온 뒤로 그는 누구한테 맞아 본 적이 없었다. 시에나의 호텔 방에서 맞았을 때 느낀 두려움이 되살아났다. "당신을 죽일 거예요! 아직 안 죽었다면 내 손으로 당신을 죽이겠어요!" 전 부인은 그에게 이렇게 소리쳤다.

"그만 가 보십시오, 마타라 부인." 그는 여전히 날카로운 목소리로 속삭이듯 말했다. 그가 헛기침을 했다. "지금 당장요." 그는 한결 나아진 목소리로 말했다.

마타라 부인이 고개를 저었다. 그녀는 그에게는 권리가 없다고, 자기한테 이런저런 생각을 했어야 한다고 말할 권리가 없다고 소리쳤다. 그녀는 이렇게 화내는 여자는 보기 힘들 정도로 격하게 화를 내면서, 예절을 알고 인정 있는 사람이라면 자기한테 미리 생각했어야 한다는 말은 못 할 거라고 외쳤다. 마타라 부인은 그의 거실에서 고래고래 소리를 질렀고 그는 악몽을 꾸고 있는 것만 같은 기분을 느꼈다. 그의 눈앞에 서서 눈물을 흘리고, 그의 브랜디를 마시고, 그를 때리는 여자. 그녀는 악몽 속에나 존재할 법한 공포와 모순과 폭력 그 자체였다.

마타라 부인이 갑자기 조금 전까지와는 달리 난폭하지 않은 부드러운 목소리로 말했다. 그녀는 리전시 양식의 대리석 탁자에 브랜디 잔을 내려놓더니 고개를 숙이고 그 자리에 서 있었다. 그녀의 얼굴이 보이지 않고 그녀가 내는 소리도 전혀 들리지 않았지만 애트리지는 그녀가 여전히 울고 있다는 것을 알았다. 그녀가 미안하다고 속삭였다.

"용서해 주세요, 애트리지 씨. 정말 죄송해요."

애트리지는 사과를 받아들인다는 표시로 고개를 끄덕였다. 몹시 지저분한 일이지만 그녀에게는 화를 낼 만한 일일 수도 있었다. 애트리지는 시간이 조금 흐른 뒤 하코트이건 부인을 비롯해 다른 사람들에게 이 이야기를 들려줄 생각을 했다. 사실상 처음 보는 것과 다름없는 여자가 전화를 걸어서 도움이 필요하다고 말하더니 위층에 있는 그녀의 집에서 내려와 이 끔찍한 비극을 털어놓았다고 이야기할 작정이었다. 그는 마타라 부인을 묘사하는 자신의 모습을 상상했다. 상상 속에서 그는 마타라 부인이 처음에는 제법 말쑥해 보였지만 어떻게 곧 헝클어진 모습으로 변했는지, 어떻게 그의 브랜디를 따라 마셨는지 그리고 어떻게 갑자기 그를 때렸는지 자세히 설명했다. 그는 이 이야기를 듣고는 숨을 제대로 못 쉴 정도로 놀라는 하코트이건 부인과 다른 사람들의 모습을 상상했다. 그는 자신의 입가에 번진 희미한 미소가 눈에 보이는 듯한 기분을 느꼈다. 상상 속에서 그는 마타라 부인을 비난할 수는 없다고 뒤이어 말하면서 미소 짓고 있었다. 그는 마타라 부인이 집으로 돌아가는 것으로 사건은 마무리되었다고 말하는 자신의 목소리를 들었다.

그러나 현실 속에서 마타라 부인은 집으로 돌아가지 않았다. 그녀는 계속 울면서 서 있었다.

"저도 죄송합니다." 애트리지는 이제 그만 돌아가라는 뜻을 조심스럽게 담은 이 말이 그녀를 거실 문 앞으로 걸어가게 할 거라고 생각했다.

"한 가지만 도와주신다면 좋을 텐데요." 마타라 부인이 여전히 고개를 숙인 채 말했다. "그 사람한테 옷을 입히는 것만 도와주신다면요."

애트리지는 대답을 하려고 했지만 소리가 목에 머물 뿐 입 밖으로 나오지 않았다.

"저 혼자서는 할 수 없어요." 그녀가 말했다.

그녀는 고개를 들더니 거실을 가로질러 그를 바라보았다. 그녀의 얼굴은 이제 화장품과 눈물로 온통 얼룩졌고, 머리카락은 아까보다 더 많이 핀에서 빠져 흘러내려 와 있었다. 그가 지금 서 있는 곳에서도 그녀의 까만 머리칼 밑에 감춰진 제법 많은 흰머리가 보이는 것 같았다. 그녀의 목에는 발진이 돋은 듯했다. 아니면 목이 그냥 빨갛게 달아오른 건지도 몰랐다.

"저 혼자 할 수 있다면 당신을 귀찮게 하지 않았을 거예요." 그녀는 친구에게 전화를 걸 수도 있지만 친구가 집에 도착할 때까지 기다릴 만한 시간이 없다고 말했다. "시간이 아주 조금밖에 없어요."

그녀가 이렇게 말하고 있을 때, 애트리지는 어렴풋한 흥분을 느꼈다. 그것은 그가 〈탄호이저〉의 마지막 커튼이 내려가기 직전이나 우피치 미술관에서 로렌초 디 크레디의 〈수태고지〉를 볼 때마다 느끼는 감정과 같은 흥분이었다. 마타라 부인은 전형적인 밀애를 즐기다가 그에 걸맞은 대가를 치르게 된 가련하고 볼품없는 인간이었다. 이런 그녀를 보면서 안쓰러운 기분을 느끼기란 어려웠다. 그러나 무슨 이유 때문인지 안쓰러운 기분을 느끼지 않는 것은 더 어려웠다. 죽은 남자는 그녀를 홀로 비참하게 비난받도록 남겨 둔 채 자신은 처벌을 모면했다. "당신한테는 인간미가 없어요." 그의 전처는 시에나에서 이렇게 말했다. "당신은 사랑을 할 수 없어요. 동정할 줄도 모르죠. 당신은 아무런 감정도 느낄 줄 몰라요." 그녀는 속옷 차림으로 서서 그를 비웃었다.

"제가 알아서 할게요." 마타라 부인이 문을 향해 걸어가면서 말했다.

애트리지는 움직이지 않았다. 그의 전 부인은 시에나에 머무는 동안 줄곧 심하게 짜증을 냈다. 심지어 광장에 앉아서 사람들을 구경하는 것조차 거부했다. 그녀는 성당을 관람할 때에도 전혀 흥미를 느끼지 않았다. 그녀가 원하는 것은 오직 침대에서 다시 시도해 보는 것뿐이었다. "당신은 여자들을 좋아하지 않아요." 그녀는 브롤리오 잔을 손에 든 채 몸을 꼿꼿이 세우고 앉으면서 그리고 담배를 피우면서 말했다.

애트리지는 마타라 부인을 따라서 현관으로 갔다. 그 순간 한 여인의 모습이 그의 머릿속에 떠올랐다. 바로 죽은 남자의 부인이었다. 애트리지는 마타라 부인이 묘사한 그대로의 모습을, 남편의 충실한 사랑을 받고 있다고 믿는 죄 없는 여인의 모습을 보았다. 애트리지는 수수한 차림으로 정원에 있는 금발의 여인을 상상했다. 그녀는 숨이 끊어진 채 외설스럽게 누워 있는 남자의 자식들을 낳았고, 그를 위해서 가정을 꾸몄고, 그의 따분한 사업상 친구들을 손님으로 맞아서 시중을 들었고, 이제 고통 받을 운명에 처했다. 애트리지에게 여자들을 좋아하지 않는다고 말한 것은 터무니없는 소리였다. 그에게 동정할 줄도 모른다고 말한 것은 말도 안 되는 소리였다.

애트리지는 또다시 어렴풋한 흥분을 느꼈다. 이번에 느끼는 흥분은 그의 정신뿐만 아니라 육체에도 속하는 혼란스러운 감정이었다. 애트리지는 다시 한 번 하코트이건 부인 혹은 다른 누군가에게 이 이야기를 하고 있는 자신의 모습이 희미하게 보이는 것 같은 기분을 느꼈다. 이야기를 하는 그의 목소리는 차분했다. 애트리지의 목소리는 작고 볼품없는 유대 여인과 그가 본 적조차 없는 철저하게 낯선 사람인 또

다른 여인을 향해서 그가 갑자기 느끼게 된 연민을 이야기했다. "운명의 순간이었죠. 나는 그 여자들을 그냥 지나칠 수 없었어요." 그의 목소리가 하코트이건 부인과 다른 사람들에게 설명했다.

애트리지는 자신이 한 말이 사실임을 알고 있었다. 그가 느끼는 흥분은 연민과, 그리고 연민 속에서 움튼 동정과 관계있었다. 그의 복잡한 성격은 이런 식으로 움직였다. 침대에서 남자가 죽은 인상적인 사건 같은 극적인 요소와 곤경에 처한 여자를 그냥 지나치지 못하는 인정처럼 아름다운 마음이, 〈목초지의 성모〉에서 느껴지는 찬란함만큼 아름다운 사례가 존재해야 했다. 담배를 피우면서 브롤리오를 마시던 그의 전 부인은 이러한 사실을 백만 년이 흐른다고 해도 이해하지 못할 것이 분명했다. 시에나의 호텔 방에서 그녀는 평범한 일이 일어나기를, 쥐들이나 행하는 일이 일어나기를 기대했다.

애트리지는 여태껏 살아오는 동안 지금 같은 기분을 느낀 적이 없었다. 그의 인생에서 지금 이 순간은 그 무엇보다 귀하고 그가 아는 한 그 무엇보다 중요한 기회였다. 그는 벌거벗은 채 죽어 있는 남자에게 옷을 입히도록 돕는 자신의 모습을 마치 연극을 관람하듯 지켜보았다. 그에게 옷을 입히기만 하면 그만이었다. 시신을 한 층에서 다른 층으로 옮길 필요는 없었다. 그냥 침실 밖으로 옮기기만 하면 그만이었다. "우리는 시신을 엘리베이터에 실은 다음 그냥 거기에 뒀어요." 여전히 이야기를 전하고 있는 그의 목소리가 말했다. "'내 집까지 사건에 끌어들일 필요는 없습니다.' 저는 그 여자한테 이렇게 얘기했죠. 그 여자는 알겠다고 하더군요. 선택의 여지가 없던 거죠. 그 남자는 엘리베이터에서 심장마비를 일으킨 사람이 된 겁니다. 외판원이었는지, 아니면 다른 어떤 일을 하는 사람이었는지 누가 알겠습니까."

훌륭한 이야기였다. 모든 훌륭한 예술 작품처럼 얼토당토않고 현란하며 거의 믿기 힘들 정도였다. 벨리니의 천재성 앞에서 정신이 번쩍 들기 전이라면 누가 〈목초지의 성모〉를 정말로 믿을 수 있을까. 모차르트의 음악이 전류처럼 온몸을 타고 흐르기 전까지 〈마술피리〉는 터무니없는 이야기에 불과했다.

"도와주실 건가요, 애트리지 씨?"

애트리지는 마타라 부인 쪽으로 걸어갔다. 그는 목소리가 조금 전처럼 날카로운 속삭임으로 나올까 봐 두려웠다. 그는 돕겠다는 뜻을 전하려고 마타라 부인에게 고개를 끄덕여 보였다.

서둘러 현관을 지나고, 급히 계단을 올라가는 동안 애트리지는 몸속에서 흥분이 끊임없이 일고 있는 것을 느꼈다. 한 층을 이동할 때는 엘리베이터보다 계단이 빨랐다. 애트리지는 여러 달이 지난 뒤에야 하코트이건 부인이든 다른 누구에게든 이 사건에 대해서 조금이라도 이야기할 수 있을 것 같았다. 적어도 현재로서는 이 일은 절대로 그 누구에게도 공개되어서는 안 될 것 같았다.

"어떤 사람이었죠?" 애트리지가 계단에서 속삭이며 물었다.

"네?"

"직업 말입니다." 그는 이제 마타라 부인보다 마음이 더 급했고 조바심이 났다. "영업 사원이었거나 아니면 그와 비슷한 일을 했나요?"

그녀는 고개를 젓더니 자신의 친구는 골동품 중개인이었다고 대답했다.

애트리지는 그 사람 역시 유대인이었던 모양이라고 생각했다. 어쨌든 애트리지는 그 남자가 자기를 만나러 오는 길이었을 수도 있다는 사실이 반가웠다. 골동품 중개인들은 가끔 그를 찾아왔다. 마타라 부인은 모턴이 초대한 파티에서 혹은 그 어디에서든, 그림과 도자기로 만든 스태퍼드셔 모양의 인형을 수집하는 애트리지 씨가 자기 집 아래층에서 산다고 그 남자에게 말할 수 있었을지도 모른다. 그녀는 애트리지에게 그가 관심을 가질 만한 물건들을 갖고 있는 남자를 안다고 말할 수 있었을지도 모른다. 그 남자는 애트리지에게 전화를 걸었을지도 모르고, 애트리지는 언제든 오후에 한번 방문하라고 말했을지도 모른다. 그 남자는 결국 엘리베이터에서 쓰러졌고 죽었다.

마타라 부인은 손에 들고 있는 현관 열쇠를 자기 집 문의 열쇠 구멍에 넣으려는 참이었다. 그녀의 손이 떨리고 있었다. 애트리지는 마타라 부인이 열쇠를 꽂아 돌리지 못하도록 그녀의 팔을 잡았다. 그는 스스로의 행동에 놀랐다.

"이 건물에서 이사를 나가기로 약속하시겠습니까? 형편이 허락하는 한 최대한 빨리 말입니다."

"물론이에요, 물론이고말고요! 어떻게 여기에서 살겠어요?"

"여기서 부인과 마주치면 불편할 것 같아서요. 그럼 우린 합의를 본 겁니다."

"네, 네."

마타라 부인이 열쇠 구멍에 열쇠를 넣고서 돌렸다. 두 사람은 애트리지의 집 현관과 크기가 똑같지만 그것 말고는 완전히 다른 공간에 들어섰다. 애트리지는 참으로 볼품없는 현관이라고 생각했다. 현관에는 아프리카의 신진 화가가 그린 것으로 보이는 유화 두 점이 걸려 있었다. 하나는 진홍색 모래 위에서 놀고 있는 흑인 아이들 그림이고, 다른 하나는 젖먹이 아이를 안고 있는 앳된 흑인 여자 그림이었다.

"아, 맙소사!" 마타라 부인이 이렇게 외치면서 갑자기 돌아섰다. 그 녀는 걸음을 내딛지 못했다. 마타라 부인이 뾰족한 머리를 애트리지 의 가슴에 파묻으면서 그에게 안겼다. 그녀의 두 손이 그의 회색 양복 윗도리를 움켜쥐었다.

"걱정하지 마세요." 애트리지가 진홍색 모래 위에서 놀고 있는 아이 들 그림에서 눈을 떼며 말했다. 그녀의 두 손 중 하나가 쥐고 있던 그 의 양복 윗도리를 놓더니 그의 손안으로 파고들었다. 그녀의 손은 차 가웠고 살이 없는 것처럼 느껴졌다.

"해야만 합니다." 애트리지가 말했다. 그는 마치 과거의 자신의 모습 을 되돌아보듯 또다시 아주 잠깐 동안 자기의 모습을 보았다. 그는 유 대 여자와 그녀의 현관에 서서 그녀를 위로하려고 손을 잡고 있었다.

두 사람이 여전히 그곳에 서 있을 때, 애트리지가 그녀를 앞으로 나 아가게 하려는 순간에 소리가 들렸다.

"오 하느님!" 마타라 부인이 속삭였다.

애트리지는 마타라 부인이 그녀의 남편이 돌아왔다고 생각하고 있 음을 알았다. 그 역시 같은 생각을 했다. 그녀의 남편이 평소보다 일찍 돌아온 것이 틀림없었다. 그녀의 남편은 시체를 발견했고, 이제 곧 이 웃 남자와 현관에서 손을 잡고 있는 아내를 보게 될지도 몰랐다.

"이봐요!" 목소리가 들렸다.

"세상에!" 마타라 부인은 이렇게 소리치면서 앞으로 달려갔다. 애 트리지는 그녀가 향하는 곳이 거실임을 알았다. 누군가의 웅얼거리 는 목소리가 들리더니 뒤이어 마타라 부인이 우는 소리가 들렸다. 목 소리의 주인공은 남자였지만 그 남자는 마타라 부인의 남편이 아니었 다. 분위기로 미루어 볼 때 목소리의 주인공은 그녀의 남편일 수가 없었다.

"그만 됐어요." 거실에서 누군가의 목소리가 말했다. "그만, 그만 됐어요."

마타라 부인의 울음소리가 계속해서 들렸다. 잠시 후 남자가 거실 문에 모습을 드러냈다. 그는 옷을 완전히 차려입고 있었다. 그는 키가 크고, 머리는 까맣고, 혈색이 좋지 않은 얼굴에는 수염을 기르고 있었다. 그는 현관에서 말소리가 들려오는 순간, 무슨 일이 벌어졌는지 알 수 있었다고 말했다. 그는 마타라 부인이 도움을 청하러 다녀온 모양이라고 짐작했다. 그는 자기는 정말로 괜찮다고, 바보같이 잠시 의식을 잃었던 탓에 약간 정신이 멍할 뿐이라고 더할 수 없이 태연하게 말했다. 그러고서 자기는 골동품 사업을 하고 있으며 마타라 부인은 고객 중 한 명이라고 설명했다. "잠깐 기절했던 것뿐입니다." 그는 이렇게 말하면서 애트리지에게 미소를 보냈다. 그는 최근 들어 아주 잠깐씩 몇 차례 의식을 잃었다고 이야기하면서, 의사는 전혀 걱정할 필요가 없다고 말했지만 좀 더 조심해야겠다고 덧붙였다. 그는 고객의 거실에서 벌렁 드러누웠다니 정말 부끄럽다고도 말했다.

마타라 부인이 거실로 통하는 문에 모습을 드러냈다. 그녀는 자기 몸을 떠받쳐 주기를 바라기라도 하듯 문간에 기댔다. 마타라 부인이 눈물을 흘리면서 키득거리자 남자는 그녀가 자신의 고객이어야 함을 잊은 채 날카롭게 말했다. 그는 히스테리를 일으키지 않도록 조심하라고 그녀에게 주의를 주었다.

"맙소사! 이런 소동을 겪었다면 당신도 히스테리를 일으킬 거예요." 마타라 부인이 큰 소리로 대답했다.

"자, 그만해요……"

"난 정말로 당신이 죽은 줄 알았어요. 안 그래요?" 마타라 부인이 애트리지에게 물었다. 그러나 그녀의 눈은 그를 향하고 있지 않았다. 마타라 부인이 애트리지에게 대답할 틈도 주지 않은 채 말을 이었다. "나는 아래층에 사시는 이분한테 달려갔어요. 난 정말 엉망이었다고요. 안 그래요?"

"맞습니다."

"우리는 옷을 입힌 다음 당신을 이분의 집으로 옮길 생각이었어요."

애트리지는 그녀의 말이 사실과 다르다고, 자기 집을 그런 용도로 사용하도록 동의한 적이 없다고 말하려고 고개를 저었다. 그러나 두 사람 모두 애트리지에게 전혀 신경을 쓰지 않고 있었다. 남자는 당황한 듯 보였고 마타라 부인은 가혹했다.

"최근에 자주 의식을 잃었다면 나한테 그 사실을 말했어야죠."

"죄송합니다. 이렇게 폐를 끼쳐서 죄송합니다." 남자가 애트리지에게 말했다. "용서해 주세요, 마타라 부인."

"용서하라고요! 그렇게 멍청한 짓을 저지른 당신을 용서하라고요!"

"제발 진정해요, 미리엄."

"정말로 당신이 죽은 줄 알았어요."

"난 안 죽었어요. 잠깐 의식을 잃었던 것뿐이죠."

"아, 맙소사. 그 진절머리 나는 의식을 잃었었다는 소리는 집어치워요!"

마타라 부인의 말투는 애트리지에게 전 부인을 떠올리게 했다. 그는 두통에 시달린 적이 있었는데 전 부인은 마타라 부인과 거의 같은 단어를 사용해 가면서 바로 이렇게 짜증 난 목소리로 소리를 질렀었다. 그녀는 ICI에서 근무하는 손더스라는 남자와 재혼했다.

"예의를 지켜요." 남자가 마타라 부인에게 말했다.

그들은 애트리지가 지금까지 만난 사람들 중에서 가장 불쾌한 두 명이었다. 남자가 죽지 않은 것은 유감이었다. 그는 지나치게 살이 찐 데다 행동만 번지르르했다. 재킷 위에는 비듬이 수북이 떨어져 있고, 셔츠는 배가 꽉 끼어서 심지어 단추 하나가 떨어져 나가기까지 했다.

"아무튼 고맙습니다." 마타라 부인이 예의 없이 의무적으로 말했다. 그녀는 오른손을 내민 채 애트리지 앞으로 다가왔다. 그의 따귀를 때렸고 나중에는 위로를 구하려고 그의 손안으로 파고들었던 손이었다. 마침내 그가 잡은 손은 딱딱하고 차가웠으며 조금 전과 마찬가지로 살이 없는 것처럼 느껴졌다. "우리한테는 여전히 비밀이 있어요." 마타라 부인이 말했다. 그녀는 애트리지에게 그 어떤 관심도 보이지 않으면서 의무적으로 미소를 지었다.

남자가 현관문을 열어 두었다. 그는 문 옆에 서서 역시 미소를 짓고 있었다. 그는 애트리지가 어서 나가기를 간절히 바랐다.

"오늘 오후에 있었던 일은 비밀이에요. 전부 다요." 마타라 부인은 시선을 떨군 채 소녀 같은 모습을 꾸며 보이면서 속삭였다. "때린 건 미안해요."

"때렸다고요?" 남자가 물었다.

"아까 당황했을 때요. 아래층에서. 내가 이분을 때렸어요." 그녀가 도저히 참을 수 없는지 킥킥거렸다.

"맙소사!" 남자도 덩달아 키득거렸다.

"괜찮습니다." 애트리지가 말했다.

그러나 괜찮지 않았다. 그녀가 말한 비밀은 마음에 담아 둘 가치조차 없었다. 그것은 추잡할 뿐 애트리지가 남몰래 곰곰이 생각해 보고 싶은 일이 절대 아니었다. 하코트이건 부인이나 다른 누군가에게 말하고 싶은 일도 결코 아니었다. 그러나 상황이 다르게 전개되었다면 이 이야기는 그의 전 부인 귀에까지 들어갔을지 모른다. 얼마든지 가능한 일이었다. 애트리지는 이 이야기를 전해 듣는 그녀의 모습을 상상했다. 그녀는 자기가 한때 먼지에 비유한 남자가 연민의 정 때문에 사망 당시의 정황을 조작했다는 사실에 크게 놀랄지도 몰랐다. 애트리지는 전 부인과 결혼한 남자가 자기가 한 것과 같은 일을 할 수 있으리라고는 상상할 수 없었다. 마타라 부인의 남편과 지금 현관문 옆에 서 있는 비듬투성이 남자도 마찬가지였다. 이런 남자들은 정신을 못 차릴 정도로 겁을 먹었을 것이 분명했다.

"안녕히 가세요." 마타라 부인이 인사했다.

"안녕히 가십시오." 남자가 문을 보고 미소 지으면서 말했다.

애트리지는 무슨 말이든 하고 싶었다. 이곳에 조금 더 머물면서 그의 전 부인 이야기를 하고 싶었다. 그는 다른 사람에게 한 번도 털어놓은 적이 없는 이야기를, 전 부인이 그에게 끔찍한 일을 저질렀다는 말을 하고 싶었다. 그는 전처 때문에 그리고 그녀의 이해심 부족에 질려서 유대인이라면 질색이라고 말하고 싶었다. 그는 전 부인 때문에 결혼을 혐오했다. 그를 독설가로 만든 것은 바로 그녀였다. 그의 가슴속에 적개심을 싹틔운 것도 바로 그녀였다.

애트리지는 두 사람의 얼굴을 차례로 바라보았다. 그들은 이해하지 못할 것이 분명했다. 그리고 그들은, 애트리지가 마타라 부인의 난감한 처지 앞에서 그랬던 것처럼 이해하려고 노력할 능력조차 없는 사람들일지도 몰랐다. 그는 지금까지 언제나 냉담한 편이었고, 스스로도 이러한 사실을 인정했다. 그의 전 부인은 그가 지닌 성격의 여러 단면

들을 가꾸어 가면서 그의 냉담함을 몰아낼 수 있었을지도 모른다. 그녀는 온갖 짜증을 내는 대신에 그에게 애정을 쏟으면서 그의 복잡한 성격을 받아들일 수 있었을지도 모른다. 그녀가 갈구하던 사랑은 동정과 연민이 마침내 오늘 오후에 그를 찾아온 것처럼 때가 되면 저절로 다가왔을 것이 분명했다. 애트리지는 온기를 가슴속 깊은 곳에 묻어 둔 사람들도 있다고 현관에 있는 두 얼굴에게 말하고 싶었다. 그러나 그는 전 부인과 마찬가지로 이 두 얼굴이 이해하지 못할 것임을 알았다.

집으로 돌아가는 애트리지의 등 뒤에서 문이 닫히는 소리가 들렸다. 그는 현관에서 소리를 죽인 채 키득거리는 두 사람을 상상했다. 그 남자가 정말로 죽었다면 애트리지는 지금 왕자가 된 기분을 느꼈을지도 몰랐다.

오후의 무도
Afternoon Dancing

전쟁이 끝난 뒤로 해마다 여름이면 두 부부는 9월에 사우스엔드로 가서 루프 부인이 운영하는 프로스펙트 호텔에 묵었다. 포피와 앨버트 그리고 앨리스와 레니. 그들은 어릴 때부터 알고 지낸 사이였다. 그들은 같은 학교에 다녔고, 모두 1938년 여름에 결혼했다. 그들은 같은 거리에 집을 구했다. 포피와 앨버트는 SE4 페이퍼 가 10번지에 살았고, 앨리스와 레니는 41번지에 살았다. 그들은 모두 50대 중반에 접어들었으며 포피를 제외하고는 모두 살이 쪘다. 레니는 인쇄업자였고 앨버트는 런던 전력국에서 전기 기사로 일했다. 레니와 앨버트는 매일 밤 함께, 페이퍼 가에서 길모퉁이만 돌면 나오는 노스버트 가의 카디널 울시에서 가볍게 술을 마셨다. 두 남자의 아내들은 매주 두 번, 수요일과 금요일에 빙고 게임을 하러 갔다. 앨리스의 두 자녀인 베릴

과 론은 결혼을 해서 자식을 낳았다. 포피의 아들인 머빈 역시 결혼을
했으며 1969년에 캐나다로 갔다.

　포피는 앨리스와 매우 달랐다. 앨리스는 자신감 넘치는 포피와 다
르게 소심했다. 중년의 포피는 작고 말랐지만 강인해 보였고 얼굴에
는 안경을 쓰고 있었다. 겉모습만으로는 포피는 걱정이 많아 보였다.
그러나 포피는 걱정과는 거리가 먼 성격이었다. 포피는 언제나 시원
하게 웃었고, 앨리스와 함께 버스를 타고 가다가 재미있어 보이는 사
람을 발견하면 그녀를 팔꿈치로 쿡 찔렀다. "포피 에드워즈, 너는 정
말 말썽꾸러기야!" 테터롤 초등학교의 커리 선생님은 40년 전에 이렇
게 말했다. 포피는 여러 가지 면에서 여전히 말썽꾸러기였다. 그녀는
아들을 키울 때 무책임한 엄마였으며 지금도 여전히 무책임한 아내였
다. 그녀는 아들에게 다른 집 엄마들처럼 정성 들여 옷을 입히지 않으
면 남들이 어떻게 생각할지, 성의 없이 만든 앨버트의 샌드위치를 남
들이 어떻게 볼지 전혀 신경 쓰지 않았다. 앨버트가 군 복무 중이던
1941년에 포피는 공습 대피 지도원과 어울리기 시작했다. 그는 건강
이 좋지 않아서 육해공군 중 그 어디에도 입대하지 못한 남자였다. 전
쟁이 끝났을 때도 포피는 여전히 그 남자를 만나고 있었다. 그때만 해
도 포피와 앨버트는 결혼 생활을 유지하기 힘들 것처럼 보였고 앨리
스는 이런 상황이 걱정스럽기만 했다. 그런데 앨버트가 제대하기 한
달 전, 그 남자는 홀번에서 군 트럭에 치여 그 자리에서 숨을 거두었
다. 페이퍼 가에 사는 사람들 거의가 무슨 일이 벌어지고 있었는지를,
그리고 앨버트가 하마터면 부인을 빼앗길 뻔했다는 사실을 알고 있었
지만 앨버트는 아무것도 몰랐다. 그 당시에 날씬하고 자그마한 20대
여성이었던 포피는 장난기 어린 담청색 눈과 노란 머리칼을 갖고 있

었다. 그녀의 노란 머리칼은 과산화수소로 탈색한 것처럼 보였지만 사실은 그녀의 본래 머리색이었다. 앨리스는 포피보다 통통했고 머리칼은 까맸으며 믿음직스러운 인상을 풍겼고 그녀 나름대로 여자답게 예뻤다. 베릴과 론은 태어나기 전이었다.

두 남편이 이탈리아와 아프리카에서 군 복무를 하고 있던 전쟁 중에 포피는 자기가 공습 대피 지도원을 만나는 것처럼 좀 느긋하게 지내라고 앨리스에게 몇 번이고 충고했다. 포피는 또 모두가 결국엔 폭탄을 맞아 죽을 거라고도 말했고, 앨리스는 믿지 않을지 모르지만 레니와 앨버트 역시 이탈리아와 아프리카의 섹시한 여자들과 눈 딱 감고 즐기고 있을 거라고도 말했다. 그러나 앨리스는 레니로부터 육신이 지칠 대로 지친 상태에서 여자와 한 번 즐긴 적이 있다는 고백을 들은 뒤에도 포피의 가벼운 행동을 따라 하지 못했다. 공습 대피 지도원은 자신과 마찬가지로 건강이 좋지 않은 친구들을 앨리스에게 끊임없이 소개해 주었지만 그녀는 그들과 예의를 지켜 가며 대화를 나누었고, 깊은 관계는 원하지 않는다고 분명히 선을 그었다. 포피는 전쟁이 끝나고 찾아온 평화와 공습 대피 지도원의 죽음으로 조금은 얌전해졌으며 그로부터 18개월 뒤 아기를 낳으면서 한결 더 차분해졌다.

그러나 그래 봤자 포피였다. 앨리스는 중년 말기에 이르러 다시 춤을 추러 다니자고 제안하는 포피를 보면서 예전과 달라진 것이 전혀 없다고 생각했다. 포피는 두 사람이 일곱 살이었을 때 그라운즈 부인의 세탁물을 빨랫줄에서 걷어서 본드 부인의 빨랫줄에 널어놓자고 했고, 열 살 때는 데이비 리카드하고 같이 울워스에 가서 카운터에 진열된 통에 든 당근을 그의 재킷 주머니에 몰래 넣어 가지고 나오자고 했다. 열다섯 살 때는 자기들하고 조금이라도 인연이 있었던 선생님들한테 익명의 편지를 보내자고 했고, 열여섯 살 때는 리갈 극장에서 앞줄에 앉은 사람들의 머리카락을 자르자고 했다. "춤을 추러 가자고?" 앨리스가 물었다. "아, 포피, 다들 뭐라고 하겠어?"

앨리스의 말은 두 남편이 그리고 페이퍼 가에 사는 다른 결혼한 여자들이, 또 베릴과 론이 뭐라고 하겠느냐는 뜻이었다. 빙고 게임을 하러 가는 것은 경우가 달랐으며 얼마든지 받아들여지는 일이었다. 그러나 쉰네 살에 춤을 추러 가는 것은 완전히 다른 이야기였다. 앨리스와 포피는 결혼 전까지만 해도 자주 춤을 추러 다녔다. 토요일 밤이면 나중에 앨리스와 포피의 남편이 된 남자 둘을 비롯해 여러 남자들이 그녀들을 댄스홀에 데리고 갔다. 남편들이 우스꽝스러운 기분이 든다면서 점점 더 불평하고 있기는 했지만 지금도 해마다 6월이면 그들은 한두 번쯤 넷이 함께 사우스엔드로 춤을 추러 갔다. 그러나 지금 포피가 생각하는 것은 사우스엔드에 있는 그랑 팔레나 30년 전에 드나들던 초라한 댄스홀이 아니었으며 쑥스러워하는 남편도, 발을 밟는 젊은 남자도 아니었다. 지금 포피가 생각하는 것은 오후에 시간을 내서 남편은 물론이고 그 누구도 모르게 웨스트엔드로 가고, 그곳에 있는 댄스홀에서 춤을 추는 거였다. "티타임을 이용해서 폭스트롯을 추는 거야. 토튼햄 코트 댄스룸스에 가자. 인기가 대단한 곳이야." 앨리스는 결국 동의했다.

앨리스와 포피는 꽤 규칙적으로, 거의 매주 화요일마다 토튼햄 코트 댄스룸스에 갔다. 그녀들은 여러 해 전에 그랬던 것처럼 옷을 차려입었고, 너무 요란하지 않게 립스틱을 바르고 아이섀도를 칠했다. 앨리스는 조금이라도 날씬해 보이려고 복숭아색 코르셋을 입었고, 한때는 금발이었지만 지금은 희끗희끗해진 머리를 말았다. 그녀의 머리는 이제 부드러운 웨이브를 넣으려고 말아도 풀고 나면 젊었을 때와 달리 푸스스하게 곱슬곱슬해 보였다. 이런 모습이 이따금 그녀를 우울하게 했지만 앨리스는 어쩔 수 없는 일이라는 것을 알았기 때문에 중년의 곱슬곱슬하고 푸스스한 머리를 받아들였다. 포피는 정수리 부분에 머리숱이 많이 줄어들었지만 이 사실을 알지 못하는 것 같았다. 앨리스는 물론 포피에게 아무 말도 하지 않았다. 중년의 포피는 하얗게 센 머리를 늘 밝은 적갈색으로 염색했다. 앨리스는 지나친 염색이 대머리의 원인이 될 수 있다는 글을 잡지에서 읽은 적이 있지만 이 또한 포피에게 말하지 않았다. 안타깝게도 포피의 경우에 이미 손을 쓰기에는 늦은 것 같다는 생각이 들었기 때문이었다. 오후의 무도를 즐기러 가는 날이면 앨리스와 포피는 머리에 스카프를 뒤집어썼고 외투 자락을 꽁꽁 여며서 화려한 옷과 보석을 감췄다. 포피는 금색 장식이 들어간 주황색 테 안경을 쓰고는 이것을 특별한 날을 위한 안경이라고 불렀다. 두 사람은 페이퍼 가를 벗어날 때까지 늘 걸음을 재촉했다.

앨리스와 포피는 3시 15분 전쯤 댄스홀에 도착하면 곧바로 발코니에 자리를 잡고 앉아서 차를 마셨다. 발코니에는 진홍색 플러시 천을 씌운 의자가 놓여 있고 진홍색 조명이 켜져 있었다. 자그마한 원형 탁자들도 놓여 있었는데 그 위에는 편의상 종이가 씌워져 있었다. 앨리스와 포피는 차를 마시고 데니시 페이스트리와 스위스 롤 몇 조각을 먹은 뒤 댄스 플로어로 이어지는 계단을 내려갔다. 그러고서 둘은 기둥 옆에 서서 이야기를 나누었다. 이따금 남자들이 다가와서 둘 중 누구라도 좋으니 춤을 추지 않겠냐고 묻고는 했다. 앨리스와 포피는 남자들이 오건 안 오건 그다지 신경 쓰지 않았다. 그녀들을 즐겁게 하는 것은 밴드였다. 보통은 레오 리츠와 그의 밴드가 연주를 했다. 앨리스와 포피는 다른 사람들이 춤추는 모습을 구경하는 것과 진홍색 플러시 천을 씌운 의자와 차도 즐겼다. 예전 같으면 단지 재미로 둘이서 춤을 췄겠지만 쉰네 살이 된 그녀들은 이제 그럴 나이가 지났다고 생각했다. 한번은 하얗게 센 머리가 조금 길어 보이는 나이 많은 남자가 앨리스에게 몸을 너무 밀착시키면서 춤을 춘 적이 있었다. 앨리스는 결국 그녀를 놓아 달라고 부탁해야 했다. 술이 흥건하게 취한 중년의 남자가 코카콜라를 사 주겠다면서 앨리스와 포피를 줄곧 따라다닌 적도 있었다. 그는 버밍엄에서 왔다고 자기를 소개하면서 런던에는 사업차 머물고 있으며 자신의 회사를 위해서 만화영화를 제작하고 있는 사람들과 점심 식사를 했다고 말했다. 그는 앨리스와 포피가 나중에 텔레비전을 보다가 알아볼 수 있도록 그 만화영화가 자신의 회사가 생산하는 벽지용 풀 광고라고 설명했다. 앨리스와 포피는 그다음 주 화요일에 이 남자가 댄스홀에 나타나지 않아서 기뻤다.

다른 남자들은 한결 점잖았다. 자신의 이름을 시드니라고 소개한 남자가 있었는데 그는 아내가 젊은 남자 때문에 집을 나가서 외롭게 지내고 있었다. 호크라는 섬세한 남자도 있고 말이 없는 대머리 남자도 있었다. 대머리 남자는 춤 솜씨가 뛰어났기 때문에 앨리스와 포피는 그와 춤추기를 좋아했다. 그랜틀리 팔머라는 남자도 있었는데 들리는 말에 의하면 그는 서인도 제도 댄스 경연 대회에서 상을 탄 적이 있었다.

그랜틀리 팔머는 자메이카 사람이었다. 앨리스와 포피는 처음에 그가 춤을 청했을 때 피부색 때문에 응하지 않았었다. 그는 클럽에서 바텐더로 일하고 있다고, 그래서 밤에 춤을 출 수 있는 기회가 별로 없다고 나중에 두 사람에게 말했다. 그는 춤이 무척이나 소중하기 때문에 다른 일을 해 볼까도 가끔 고민하지만 바텐더 일 말고는 할 줄 아는 것이 없다고도 이야기했다. 앨리스와 포피는 마침내 그랜틀리 팔머와 더없이 친한 사이가 되었다. 이제 그녀들이 댄스홀에 들어서기만 하면 말쑥하게 차려입은 그가 미소를 지으면서 달려왔다. 그는 그녀들과 번갈아 가면서 춤을 췄다. 차를 마시는 것은 언제나 뒤로 미루어졌다. 마침내 세 사람이 자리를 잡고 앉아서 차를 마시려 할 때면 언제나 그랜틀리 팔머는 자기가 사겠다고 고집을 부렸다. 그는 스위스 롤을 권하고 자동판매기에서 담배를 뽑아다 주기도 하면서 늘 앨리스와 포피를 배려했다. 그는 자신이 일하는 클럽인, 노팅힐 게이트에 있는 럼바 랑데부에 대해 이야기하면서 꼭 한 번 오라고 설득하고는 했다. 그럴 때마다 앨리스와 포피는 자기들이 서인도 제도 클럽인 럼바 랑데부에 간 것을 알면 남편들이 뭐라고 할지 상상하면서 소녀처럼 키득거렸다. 두 사람의 남편들은 그녀들이 오후 티타임에 토튼햄 코트 댄스룸스에 춤추러 간 것만으로도 기절할 정도로 놀랄 것이 분명했다.

그랜틀리 팔머는 마흔두 살이 된 지금까지 한 번도 결혼한 적이 없었다. 그는 마이다 베일에 있는 셋방에서 혼자 살았다. 그랜틀리 팔머는 자신을 타고난 독신남이라고 묘사하면서 아이도 낳아야 하고 여러 가지를 감수해야 하는 결혼 생활은 자기와 맞지 않을 것 같다고 말했다. 그는 젊었을 때 꽤나 말썽을 부렸다고 이야기하면서 낭만적인 연애 경험이 많다는 사실을 알리려는 듯 일부러 더 환한 미소를 지어 보였다. 그는 자신의 과거를 이야기할 때마다 큰 소리로 웃었고, 한창때에는 자기가 생각하기에도 바람둥이였다고 덧붙였다.

앨리스는 그랜틀리 팔머가 잔뜩 신이 난 눈으로 반짝이는 이를 드러내면서 이런 이야기를 할 때마다 그 역시 포피가 예전에 그랬던 것처럼 그리고 어떤 면에서는 여전히 그런 것처럼 말썽꾸러기임이 틀림없다는 생각을 떨쳐 버릴 수 없었다. 앨리스의 눈에는 그랜틀리 팔머가 남자의 탈을 쓴 포피처럼 보였다. 앨리스는 언젠가 이런 생각을 포피에게 말하고는 곧바로 후회했다. 포피가 흑인 남자와 비교당한 것을 기분 나쁘게 생각할지도 모르기 때문이었다. 그러나 포피는 전혀 언짢아하지 않았다. 포피는 엠버시 필터 담배를 뻐끔뻐끔 피우면서 자기 생각에는 그랜틀리 팔머가 앨리스를 좋아하는 것 같다는 말로 그녀의 목을 시뻘겋게 달아오르게 했다. "나는 뼈하고 가죽만 남은 말라깽이라고 생각할 거야." 포피가 말했다. "흑인들은 살집 있는 여자를 좋아해." 이런 대화가 오갈 때 두 사람은 버스 위층에 앉아 있었다. 포피는 담배 연기를 내뿜으면서 귀가 째질 것 같은 소리로 웃었고 버스에 타고 있는 사람들은 그런 그녀를 재미있다는 듯 쳐다보았다. 포피는 자기를 쳐다보는 사람들을 테에 금색 장식이 들어간 안경 너머로 뚫어질 듯 바라보면서 미소를 보냈다. "제 친구한테 푹 빠진 남자가 있어요." 포피는 계단을 통통걸음으로 내려가는 버스 승무원의 등에 대고 소리쳤다. "제 친구 말로는 그 남자가 지독한 말썽쟁이래요."

앨리스는 댄스 플로어에서 내려올 때에도 계속 손을 잡고 있으려는 것도 그렇고 가끔 팔을 꼬집는 것도 그렇고, 그랜틀리 팔머가 무례하다고 말했다. 그러나 그녀의 불평은 진심이 아니었다. 그랜틀리 팔머의 허물없는 태도가 언짢게 느껴진 적은 없었다. 그의 행동은 술에 취한 남자가 몸을 밀착시키고 머리에 침을 흘리는 것과는 완전히 달랐다. "저 사람을 뺏기겠어, 앨리스." 그랜틀리 팔머가 댄스홀에 처음 온 여자한테 눈길을 주기라도 하면 그런 그의 모습을 지켜보면서 포피는 짐짓 놀란 얼굴로 이렇게 소리치고는 했다. 한번은 그랜틀리 팔머가 여기에 처음 온 사람인데 분홍색 옷을 입은 통통한 여자를 봤느냐고 앨리스와 포피에게 물은 적이 있었다. 그는 그 여자가 결혼을 안 했으며 속기 타이피스트라고 설명하기까지 했다. "굉장해요." 그는 자메이카 사람 특유의 느릿한 말투로 고개를 저으면서 이렇게 중얼거렸다. "정말 굉장해요." 앨리스와 포피는 미혼의 속기 타이피스트를 다시는 보지 못했다. 포피는 그랜틀리 팔머에게 틀림없이 꿍꿍이속이 있었을 거라면서 아마도 마이다 베일에 있는 그의 방으로 그 여자를 유인했을 거라고 말했다. "너를 질투하게 만들려고 그랬겠지." 포피가 덧붙였다.

앨리스와 포피가 결혼한 남자들은 그랜틀리 팔머와 전혀 달랐다. 그들은 조용한 남자로 외모는 그럭저럭 비슷했지만 사고방식은 정말로 비슷했다. 그들은 둘 다 보통 체격에 50대에 들어서면서 머리가 벗어지기 시작했다. 앨리스의 남편 레니는 콧수염을 길렀고, 포피의 남편 앨버트는 그렇지 않았다. 두 남자는 크리스털 팰리스 풋볼 클럽의 열렬한 팬이었으며 포피의 말대로라면 여자에 대해서는 아는 것이 전혀 없었다. 포피는 공습 대피 지도원은 여자에 대해서 아는 남자였다고, 그랜틀리 팔머도 마찬가지라고 이야기했다. "그 사람은 너랑 데이트하고 싶어 해." 포피가 앨리스에게 말했다. "그 사람 눈을 보면 알 수 있어." 어느 날 오후 그랜틀리 팔머는 앨리스와 춤을 추다가 혹시 특별한 일이 없는 저녁에 자기와 단둘이서 한잔할 생각은 없느냐고 물었다. 앨리스는 고개를 저었고 그는 두 번 다시 그런 말을 꺼내지 않았다. "너한테 푹 빠졌어. 사랑에 눈이 멀어서 정신을 못 차리고 있는 거야." 그랜틀리 팔머가 이런 제안을 했다는 이야기를 듣고서 포피가 말했다. 앨리스는 소리 내어 웃었다. 그랜틀리 팔머가 머리는 푸시시한 데다 희끗희끗하고 몸에는 코르셋을 입은 쉰네 살의 할머니한테 푹 빠지다니, 앨리스는 그건 말도 안 되는 소리라고 생각했다.

포피가 느닷없이 죽었다. 루프 부인이 운영하는 프로스펙트 호텔에서 여름휴가를 보내고 있을 때 포피는 아프다는 말을 했다. 그러나 심한 통증을 호소하지는 않았다. 포피는 본래 웬만해서는 아픈 내색을 하지 않았다. "집에 돌아가자마자 페이스 선생님한테 진료를 받도록 해." 앨버트가 당부했다. 그로부터 두 달 뒤의 어느 날 밤 포피는 숨을 거둔 채 깨어나지 않았다.

포피의 죽음 앞에서 앨리스는 어쩔 줄을 몰랐다. 포피는 거의 50년 동안 그녀의 친구였다. 둘 사이의 애정은 서로의 나이 들어 가는 모습을 지켜보는 동안 그리고 함께 시간을 보내면서 공유할 수 있는 추억을 쌓아 가는 동안 점점 더 깊어졌다. 두 사람의 자식들, 앨리스가 낳은 베릴과 론 그리고 포피가 낳은 머빈은 함께 놀면서 자랐다. 머빈이 캐나다로 이민을 가는 큰 사건이 벌어졌을 때 앨리스는 포피를 위로했다. 론의 결혼과 그 뒤를 이은 베릴의 결혼 앞에서 포피는 속내를 드러내지 않는 앨리스의 마음을 읽고는 그녀가 하지 못하는 말을 대신해 주었다. 론의 결혼 상대인 힐다는 탐탁지 않았다. 힐다는 어떤 남자와 결혼하든 남편을 쥐고 흔들 것 같은 여자였다. 그러나 포피는 베릴의 결혼 상대인 토니는 마음에 들어 했고, 앨리스 역시 포피의 생각에 동의했다.

앨리스는 포피가 머빈을 보고 싶어 하는 것과 마찬가지로 집을 떠나간 자식들을 그리워했다. "아, 앨리스, 네 마음 알아." 포피는 베릴의 결혼식 다음 날 눈물을 흘리는 앨리스에게 이렇게 말했다. 론이 결혼 전까지 그랬던 것처럼 베릴 역시 줄곧 부모님과 함께 살았었다. 포피한테 마음을 털어놓을 수 있다는 사실은 그리고 그녀의 마음을 너무나 잘 이해해 주는 포피가 곁에 있다는 사실은 앨리스한테 큰 힘이 되었다.

앨리스의 자식들이 성인이 된 뒤에도 포피가 가림막이 되어 막아 주던 정적은 그녀의 죽음과 함께 가혹하게 내려앉았다. 정적은 싸늘하게 앨리스를 에워쌌고 앨리스는 침울하고 적막한 삶에 적응하려고, 포피가 놀러 오거나 그녀가 포피네 집에 놀러 가는 일 없이 하루 이틀 흘러가는 나날에 적응하려고 애를 썼다. 이제 둘이 함께 마시던 맥스웰 하우스 커피도 없고 한 잔의 차도 없었으며 비스킷과 포피가 좋아하던 산딸기 잼 케이크도 없었다. 앨리스는 한밤중에 잠을 이루지 못한 채 깨어 있다가 레니가 죽더라도 이렇게까지 그리워하지는 않을 거라는 생각을 자기도 모르는 사이에 하게 되었다. 그녀는 진저리 치면서 이런 생각을 머릿속에서 몰아내려고 했지만 소용없었다. 앨리스는 이것이 다 자기와 포피가 서로에게 모든 것을 이야기했기 때문이라고, 레니에게 그렇게 하기란 불가능하기 때문이라고 마음속으로 몇번이고 생각했다. 그러나 이런 변명은 설득력이 없었다. 그녀는 대신 이것이 다 자기와 포피가 평생 동안 알고 지내 왔기 때문이라고 생각해 보았지만 설득력이 없기는 마찬가지였다. 그녀와 레니 역시 평생동안 알고 지내 오지 않았던가. 앨리스는 포피가 세상을 떠난 뒤로 혼자 가는 것이 내키지 않아서 여섯 달 동안 빙고 게임장을 찾지 않았다. 오후의 춤을 즐기러 갈 생각은 더더욱 들지 않았다.

포피가 죽은 뒤 처음 돌아온 여름에 앨리스와 레니 그리고 앨버트는 여느 때와 마찬가지로 사우스엔드의 프로스펙트 호텔에 갔다. 두 남자는 가지 말아야 할 이유가 없다고 생각했다. 그러나 호텔에 도착하자마자 앨버트는 갑자기 말이 없어졌다. 앨리스는 앨버트가 스스로 상상했던 것보다 괴로워하고 있음을 알 수 있었다. 하지만 하루가 지나자 앨버트는 다시 본래의 모습에 가까워졌다. 마침내 더 이상 그의 기분을 띄워 줄 필요가 없게 되었을 때 앨리스는 비참한 기분을 느끼기 시작했다. 그것은 포피의 죽음 때문이 아니라 포피가 없는 지금, 그녀 자신이 필요 없는 존재로 느껴지기 때문이었다. 앨리스는 지금까지 함께한 휴가에서 네 명이 함께 나눈 대화가 없었음을 점점 더 분명히 깨달았다. 두 남자 역시 휴가 때마다 남자들은 남자들끼리 그리고 여자들은 여자들끼리 대화를 나누어 왔음을 시간이 지날수록 앨리스보다 더 절실히 깨달았다. 레니와 앨버트는 대화에 앨리스를 포함시키려고 최선을 다하기 시작했다. 그러나 그런 노력은 힘겨울 뿐만 아니라 어색했다.

앨리스는 혼자서 산책을 하기 시작했다. 그녀는 바다가 보이는 해안 도로를 따라가다가 부두 위를 걸었고 갔던 길을 따라서 되돌아왔다. 그녀가 그랜틀리 팔머를 생각하기 시작한 것은 바로 그 여름 사우스엔드에서였다. 그 전까지만 해도 그녀는 그랜틀리 팔머가 포피의 죽음을 까맣게 모르리라는 사실조차 생각하지 못했다. 세 사람은 화요일 오후마다 토튼햄 코트 댄스룸스에서 만나는 좋은 친구가 아니었던가. 앨리스는 그녀와 포피가 갑자기 댄스홀에 나타나지 않는 것에 어리둥절해하면서 그랜틀리 팔머가 무슨 생각을 했을지 궁금했다. 아니, 그가 여전히 댄스홀에 드나들고 있을지부터가 궁금했다. 어느 날 밤 그녀는 프로스펙트 호텔에서 남편의 으르렁거리는 듯한 숨소리를 듣다가 그랜틀리 팔머에게 포피의 죽음을 알리고 싶은 충동을 갑자기 그리고 절실하게 느꼈다. 그녀는 포피가 죽었다는 사실을 그가 당연히 알아야 한다는 생각과 그에게 사실을 알리지 않았다니 자기가 너무 야박했다는 생각에 사로잡혔다. 포피는 그랜틀리 팔머가 자신의 죽음에 대해서 알기를 바랄 것이 분명했다. 앨리스는 이런 사소한 일로 친구를 실망시키는 것은 옳지 않다고 생각했다. 그날 밤이 깊어 가고 있을 때, 앨리스는 여전히 남편의 숨소리를 들으면서 토튼햄 코트 댄스룸스에 가기로 결심했다. 그녀는 자신이 레오 리츠와 그의 밴드가 여전히 그곳에서 연주하는지 궁금해하고 있음을 문득 깨달았다.

"아침 식사가 질이 좀 떨어졌어." 앨버트가 런던으로 돌아오는 길에 이렇게 말하자 레니가 루프 부인의 집안에 일이 있었다는 사실을 다시 한 번 기억시켰다. "추락한 찰리 쿡이라, 알 만해." 레니가 크리스털 팰리스의 선수를 두고 이렇게 말하더니 앨버트에게 스포츠 면이 펼쳐져 있는 《데일리 미러》를 건넸다. "내년에는 괜찮아지겠지." 앨버트는 여전히 아침 식사를 마음에 두고서 말했다.

페이퍼 가로 돌아온 지 한 주가 되었을 때 앨리스는 복숭아색 코르셋과 오후의 무도를 처음 즐긴 날에 입었던 원피스를 입었다. 파란색과 초록색이 섞인 새틴 원피스의 어깨와 가슴 부분에는 스팽글이 붙어 있었다. 페이퍼 가에 자리 잡은 앨리스의 집은 그 어느 때보다 조용하게 느껴졌다. 예전에는 포피가 오래된 습관대로 몸에 향수를 잔뜩 뿌리면서 처녀 때와 마찬가지로 떠들고 깔깔대는 소리가 집 안에 가득했었다. 앨리스는 집 밖으로 나온 뒤 41번지의 문을 닫았다. 그러고서 그녀는 페이퍼 가를 따라서 걸음을 재촉했다. 죄책감은 둘이 나누어 짊어질 수 있을 때보다 무겁게 그녀의 어깨를 짓눌렀다. 앨리스는 만약 아는 사람이 자기한테 멋져 보인다고 말한다면 거짓말을 할 작정이었다. 그녀는 빙고 게임을 하러 간다고 둘러대기로 마음먹고 있었다. 앨리스와 포피는 언젠가 테드먼 부인이 외투 속에 화려한 옷과 보석이 감춰진 것을 눈치채기라도 한 듯 두 사람을 위아래로 훑어보았을 때 바로 이렇게 거짓말을 한 적이 있었다. 테드먼 부인은 빙고 게임을 하러 간다는 앨리스와 포피의 말을 믿지 않았다. 누가 봐도 알 수 있는 사실이었다. 그러나 포피는 테드먼 부인이 어떻게 생각하든 상관없다고 말했다. 포피가 없는 지금 앨리스는 겁이 났다. 포피 없이는 모든 것이 예전과 달랐다. 시시하거나 조용하거나 무시무시했다. 앨리스는 버스를 탔고, 3시 15분 전에 댄스홀 안으로 들어갔다.

"이런, 이런!" 그랜틀리 팔머가 그만의 환한 미소를 지으면서 말했다. "이런, 이런, 낯선 숙녀분이 오셨군요!"

"안녕하세요, 팔머 씨."

"아, 그렇게 부르시면 안 되죠!"

"안녕하세요, 그랜틀리."

세 사람은 서로의 이름을 갖고 농담을 하고는 했다. "앨리스와 포피라!" 그랜틀리 팔머는 처음 함께 차를 마시던 날 이렇게 말했다. "이런, 이런, 너무 멋진 이름이네요!" 그녀들은 포피가 죽기 바로 전에 그랜틀리 팔머를 성이 아닌 이름으로 부르기 시작했다. "그랜틀리라니 재밌는 이름이야." 그랜틀리가 처음 말을 걸어온 날 포피는 버스에서 이렇게 말했다. 그러나 두 사람은 곧 그 이름에 익숙해졌다.

"포피는 어디 있죠?"

"포피는 죽었어요, 그랜틀리."

작년에 사우스엔드에서 보낸 휴가와 병세의 악화 그리고 장례식. 앨리스는 포피의 죽음에 대해서 모든 것을 이야기했다. "맙소사!" 그랜틀리 팔머가 앨리스의 눈을 들여다보면서 소리쳤다. "맙소사, 앨리스."

밴드는 〈브로드웨이의 자장가〉를 연주하고 있었다. 중년의 여인들이 둘씩 짝을 지어 혹은 혼자서 여기저기에 흩어져 서 있었다. 그녀들은 앨리스와 포피가 한창때 그랬던 것처럼 노련한 눈으로 다가오는 남자들을 평가하고 있었다. "차 한잔 하시죠." 그랜틀리 팔머가 말했다.

두 사람은 차를 마시고 스위스 롤과 데니시 페이스트리를 먹으면서 포피에 대한 대화를 나누었다. "행복하게 지내다 돌아가셨나요?" 그랜틀리 팔머는 이렇게 물었고 앨리스는 포피가 충분히 행복했다고 대답했다.

발코니를 메운 정적 속에서 그들은 댄스 플로어 위에 있는 사람들이 빙글빙글 도는 모습을 내려다보았다. 앨리스는 포피가 죽었기 때문에, 지금은 엄숙한 순간이기 때문에 그랜틀리 팔머가 춤을 청하지 않을 거라고 생각했다. 그녀는 실망감을 느꼈다. 어쨌든 포피가 죽은 지는 벌써 1년이 넘었다.

"정말 끔찍한 일이에요." 그랜틀리 팔머가 말했다. "친구가 죽다니요. 그것도 한창때 말입니다."

"포피가 그리워요."

"물론이죠, 앨리스."

그랜틀리 팔머가 탁자 위로 팔을 뻗어서 앨리스의 한쪽 손을 잡았다. 그는 그렇게 잠시 그녀의 손을 잡고 있다가 놓았다. 그의 행동은 앨리스에게 젊은 아가씨가 된 듯한 기분을 느끼게 했다. 텔레비전에서 남자들은 아가씨들의 손을 이렇게 만졌다. 앨리스는 〈바람과 함께 사라지다〉에 나온 애슐리라는 남자가 얼마나 멋있었는지를 갑자기 떠올렸다. 그녀는 몇 년 전에 재상영된 이 영화를 포피와 함께 관람했다. 애슐리를 연기한 배우는 레슬리 하워드였다.

그랜틀리 팔머가 잠시 자리를 비우더니 차가 담긴 티포트 하나와 스위스 롤 한 접시를 새로 들고 왔다. 레오 리츠와 그의 밴드는 〈9월의 사랑〉을 연주하고 있었다.

"당신을 다시는 못 만날 줄 알았어요, 앨리스."

그랜틀리 팔머가 진지한 눈으로 앨리스를 바라보았다. 그는 처음 만난 순간 그녀가 아주 좋은 사람이라는 생각이 들었다고 웃음기 없는 얼굴로 말했다. 고급스러운 검정색 코듀로이 정장을 입은 그는 납빛 두 손으로 찻잔을 감싸 들고 있었다.

"포피 소식을 전하려고 온 거예요, 그랜틀리."

"당신이 다시 오기를 줄곧 바라고 있었어요. 한 시도 당신 생각을 안 한 적이 없어요." 그는 이 말을 강조하려고 고개를 끄덕이더니 차에는 입도 대지 않은 채 잔을 탁자에 내려놓았다. 그러고서 그는 앨리스 쪽으로 의자를 조금 더 끌어당겼다. 앨리스는 어떤 부위인지는 모르지만 그의 다리를 느낄 수 있었다. 아마도 복사뼈인 것 같았다. 뒤이어 앨리스는 그의 손 하나가 탁자 밑에서 그녀의 오른쪽 무릎을, 그리고 잇따라 왼쪽 무릎을 만지는 것을 느꼈다.

그녀는 움직이지 않았다. 그녀는 원피스 옷감을 통해서 그의 따뜻한 체온을 느끼면서 앞을 똑바로 바라보고만 있었다. 앨리스 그리고 포피와 차를 처음 같이 마시던 날 그랜틀리 팔머는 무인도에 고립된 자메이카 성직자 세 명이 등장하는 농담을 했고, 그녀들은 배꼽이 빠지도록 웃었다. 그가 원하는 것은 사랑이 아니라 섹스일 뿐이라는 사실이 분명해졌을 때에도 포피는 앨리스가 그와 만나야 한다고 고집을 부렸다. 포피는 자기가 공습 대피 지도원과 사귀었기 때문에 앨리스 역시 그랜틀리 팔머와 사귀기를 원하는 것 같았다.

그의 손이 여전히 그녀의 왼쪽 무릎에 얹혀 있었다. 앨리스는 마른 납빛 손이 그녀가 입은 원피스 옷감 위에, 푸른 사틴 위에 얹혀 있는 모습을 상상했다. 그의 손이 움직이면서 사틴을 밀어 올렸다. 손바닥은 그녀의 다리를 어루만졌고 엄지손가락은 허벅지를 눌렀다.

앨리스는 다리를 뒤로 빼면서 불친절해 보일지도 모르는 행동을 위장하려고 미소를 지었다. 그녀는 목과 뺨과 눈두덩이 뜨겁게 달아오르는 것을 느낄 수 있었다. 눈에 눈물이 차오르는 것을 느낄 수 있었다. 등에, 이마와 곱슬곱슬한 잿빛 머리칼이 만나는 곳에 축축하게 땀이 배어나는 것을 느낄 수 있었다.

그랜틀리 팔머는 그녀의 얼굴을 마주하지 못하고 눈길을 돌렸다. "줄곧 당신을 좋아했어요, 앨리스. 내 마음 아세요? 나는 포피보다 당신을 좋아했어요. 물론 포피도 좋아했지만요."

남자가 손을 여자의 무릎에 얹는 것은 춤을 추다가 자연스럽게 몸이 닿는 것과는 전혀 달랐다. 춤을 추는 동안은 모든 것이 무심결에 벌어질 수 있었다. 앨리스는 지금 이 자리를 떠나고 싶었다. 그녀는 그랜틀리 팔머가 춤을 청하지 않기를 바랐다. 앨리스는 분홍색 원피스를 입은 여자와 같이 있는 그의 모습을, 여자를 마이다 베일로 데려가기 전에 탁자 밑으로 손을 넣어서 그녀의 무릎을 만지작거리는 그의 모습을 상상했다. 앨리스는 마이다 베일에 있는 자신의 모습도 상상했다. 방 안에 놓인 화분에서는 백합이 자라고 있었다. 그녀는 그랜틀리 팔머가 백합을 기른다고 말한 적이 있는지 기억나지 않았다. 한쪽 벽에는 침대보 비슷한 것이 걸려 있었다. 밝은 빨강과 파랑 그리고 노랑이 어우러진 천이었다. 방 안에는 불이 이글거리는 가스난로와 그녀가 브리티시 홈 스토어스에서 본 것과 같은 플로어 스탠드 그리고 벽에 걸린 것과 비슷한 밝은색 천을 씌운 침대가 놓여 있었다. 탁자 하나와 등받이가 수직인 의자 두 개 그리고 낡을 대로 낡은 초록색 칸막이도 보였다. 칸막이 뒤에는 싱크대와 레인지가 놓여 있을 것이 분명했다. 방 안에서 그랜틀리 팔머가 그녀 앞으로 다가오더니 외투를 벗긴 뒤 원피스 단추를 풀었다. 그러고서 그는 페티코트를 머리 쪽으로 올려서 벗긴 다음 복숭아색 코르셋과 브래지어를 끌렀다.

"나랑 춤출래요, 앨리스?"

앨리스는 고개를 저었다. 옷은 이제 몸에 들러붙기 시작했고 겨드랑이는 축축했다.

"춤추기 싫어요?"

앨리스는 오늘은 춤을 추지 않겠다고 대답했다. 그녀의 입에서 떨리는 거친 목소리가 흘러나왔다. 그녀는 포피의 소식을 전하러 온 것뿐이라고 다시 한 번 말했다.

"당신과 친구가 되고 싶어요, 앨리스. 이제 포피가……"

"그만 가 봐야겠어요, 그랜틀리. 가야 돼요."

"가지 마세요."

그의 두 손이 또다시 탁자를 가로지르더니 앨리스의 손목을 잡았다. 그의 이와 눈은 그녀를 향해 반짝였다. 그러나 그는 미소를 짓고 있지 않았다. 앨리스의 마음속 깊은 곳에서 그녀의 목소리가 이곳에 오지 말았어야 했다고 메아리처럼 되뇌고 있었다. 셋이 함께 있을 때는 모든 것이 달랐다. 포피는 깔깔대면서 재미로 가식적인 행동을 했고 세 사람은 마치 연애라도 하듯 장난스럽게 시시덕거렸다. 그러나 해가 되는 것은 아무것도 없었다.

그랜틀리 팔머의 얼굴에는 흥분한 기색이 뚜렷했다. 그가 앨리스의 손목을 놓았다. 그리고 앨리스는 다시 한 번 탁자 밑에서 그의 한쪽 다리가 자신의 다리에 닿는 것을 느꼈다. 그가 탁자 앞으로 의자를 바짝 끌어당기더니 또다시 한 손으로 그녀의 허벅지를 더듬었다.

"안 돼요, 안 돼." 앨리스가 말했다.

"당신을 찾았어요. 나는 당신의 성을 몰라요. 포피의 성도 모르죠. 당신이 어디 사는지도 몰랐어요. 그런데도 나는 당신을 찾아 헤맸어요, 앨리스."

그랜틀리 팔머는 어떻게 그녀를 찾았는지 말하지 않았다. 그는 자기가 하는 말을 강조하려고 고개를 끄덕이면서 찾았다는 말만을 되풀이했다.

"당신을 찾으면 밤에 만나서 술을 한잔하고 싶었어요. 내 방에 가면 당신한테 들려주고 싶은 음반들이 있어요, 앨리스. 당신이 듣기에는 그 음반들이 어떤지 알고 싶어요."

"당신 방에는 갈 수 없어요……"

"여기에 앉아 있는 것하고 똑같아요, 앨리스. 아무 일 없을 거예요."

"그럴 수는 없어요, 그랜틀리."

지금 그녀의 모습을 본다면, 그녀가 나누고 있는 대화를 듣는다면, 그녀의 다리에 얹힌 그의 손을 본다면 베릴과 론은 무슨 말을 할까? 그녀는 베릴과 론이 어릴 때의 모습을 문득 떠올렸다. 베릴은 식탐이 많았지만 생선 앞에서는 종류를 가릴 것 없이 입을 다물었고, 론의 손톱에는 물어뜯지 못하도록 네일-그로를 발라 줘야 했다. 앨리스는 론이 태어날 때를, 체중이 너무 적게 나가서 론의 상태가 얼마나 위태로 왔는지를 떠올렸다. 그녀는 베릴이 전기 주전자에 데었을 때를, 그래서 레니가 999에 전화 걸었을 때를 떠올렸다. 레니는 치료를 받을 수 있는 가장 빠른 방법은 999에 전화하는 거라고 말했다. 그녀는 레니와 결혼한 첫날밤을 떠올렸다. 앨리스는 모든 일에 부끄러워하는 그녀를 위해서 어머니가 만들어 주신 랩을 어깨에 두르고서 옷을 벗었다. 앨리스는 지금 그녀가 할 일은 일어서서 나가는 거라고 마음속으로 말했다.

그는 더 이상 그녀의 몸에 손을 대고 있지 않았다. 그는 뒤로 물러났고 앨리스는 그를 바라보면서 얼굴에 어려 있던 흥분이 사라졌음을 확인할 수 있었다. 그의 눈은 생기를 잃었고 그의 입은 우울한 듯 일그러졌다.

"미안해요." 앨리스가 말했다.

"첫날부터 당신한테 반했어요, 앨리스. 줄곧 당신한테 끌렸죠."

그는 앨리스에게 진실을 말하고 있었다. 앨리스는 그가 어떤 식으로든 오로지 육체적으로 그녀를 원하고 있음을 알면서도 그의 말을 진심으로 받아들이자니 이상한 기분이 들었다. 그의 감정은 누군가를 못 견디도록 좋아하는 것과는 달랐다. 그러나 앨리스는 그가 그녀를 육체적으로 갈망하는 것 역시 그녀에게 마음을 빼앗기는 것 못지않게 이상한 일이라고 생각했다. 그가 욕정을 느끼지만 않는다면 그녀는 댄스홀을 다시 찾을 수도 있었다. 그들은 여기 발코니에 몇 번이고 마주 앉을 수 있고, 앨리스는 포피에 대한 이야기를 더 들려주고 그는 자기에 대해서 더 이야기하면서 서로를 웃게 할 수도 있었다. 그러나 그녀에게 욕정을 느끼지 않는다면 그는 이런 성가신 일들을 피하고 싶어 할 것이 분명했다.

"나는 흑인 여자한테는 끌리지가 않아요." 그랜틀리 팔머가 그녀로 부터 멀찌감치 손을 치운 채 말했다. "백인 여자가 좋아요. 가능하다면 60세가 넘은 백인 여자요. 몸무게는 80킬로그램 정도가 좋고요. 그래 서 댄스홀에 오는 거예요." 그는 앨리스 쪽으로 고개를 돌리더니 그녀 의 눈을 침울한 표정으로 바라보았다. "나는 그런 면에서 괴상한 인간 이에요. 추잡한 흑인이죠."

앨리스는 토할 것 같은 기분을 느꼈다. 땀에 축축하게 젖은 등이 오 싹했다. 앨리스는 무슨 말을 해야 할지 몰라서 핸드백을 집고는 잠시 어색하게 들고 있었다. "가야겠어요." 마침내 그녀는 이렇게 말했다. 자리에서 일어서자 다리가 후들거렸다.

그랜틀리 팔머는 그대로 의자에 앉아 있었다. 그동안 그가 보여 주 었던 예의는 온데간데없이 사라져 버렸다. 그의 얼굴에는 억울함과 분노와 살기가 어려 있었다. 앨리스는 그가 그녀를 모욕할지도 모른 다고 생각했다. 앨리스는 그가 댄스홀에서 그녀에게 고함을 지르고 욕을 하면서 폭행을 가할지도 모른다고 생각했다. 그러나 그는 그러 지 않았다. 그녀에게 단 한 마디 말도 하지 않았다. 그는 색깔 있는 흐 릿한 불빛 아래에 앉아서 점점 더 깊은 절망 속으로 빠져들고 있는 것 같았다. 그는 상스러우면서도 애처로워 보였다. 그는 다른 사람처럼 보였다.

앨리스는 어색하게 서서 마이다 베일에 있는 그 방을, 그녀가 상상 속에서 백합과 밝은 색깔의 천으로 장식했던 그 방을 다시 한 번 떠올 렸다. 그의 납빛 손이 또다시 그녀의 코르셋과 브래지어를 풀었다. 그 가 어떤 욕망을 가졌든, 그에게 그녀의 몸 앞에서 감탄할 기회를 허락 하는 것이 나쁠 이유는 없다는 생각이 한 순간 그녀의 머리를 스쳐 지나갔다. 다른 사람들이 알게 된다면 역겨워할 만한 생각이었다. 베릴과 론은 혐오감을 느낄 테고, 레니와 앨버트 역시 같은 기분을 느낄 것이 분명했다. 그랜틀리 팔머는 그들 모두에게 메스꺼움을 느끼게 할 것이 분명했다. 그리고 그녀 역시 할머니가 다 된 나이에 그의 관심을 받아들였다는 이유로 그들 모두에게 메스꺼움을 느끼게 할 것이 분명했다. 그들은 그랜틀리 팔머를 보면서 문제가 있는 사람이라고, 그가 자기 입으로 말했듯 역겹고 추잡한 인간이라고 말할 것이 분명했다. 하지만 누구에게나 문제는 있었다. 단지 사람들이 그 문제에 그다지 신경을 쓰지 않고 혐오감 따위는 더군다나 느끼지 않을 뿐이었다. 베릴은 식탐을 부렸고 론은 손톱을 물어뜯지 않았던가. 레니는 손수건이나 휴지 없이 코를 풀 때가 있었다. 심지어 포피도 완벽하지 않았다. 그녀는 이따금 버스에서 지나친 행동을 했다. 그녀의 높고 날카로운 목소리와 정신없는 행동은 다른 승객들에게 의심할 나위 없이 혐오감을 주었다.

앨리스는 그랜틀리 팔머에게 이 모든 이야기를 들려주고 싶었다. 그녀는 머릿속으로 조리 있는 이야기를 만들려고, 자신과의 대화를 만들어 보려고 안간힘을 썼다. 그 이야기의 소재는 식탐을 부리던 그녀의 딸과 손톱을 물어뜯던 그녀의 아들 그리고 싱크대에다 코를 푸는 남편과 스스로 성적 도착의 대상이 되도록 허락한 그녀 자신이었다. 그러나 그녀는 각각의 소재들을 좀처럼 일관성 있게 연결시킬 수 없었다. 결국 그녀는 이 소재들을 모아서 조리 있는 이야기를 만들기란 불가능하다는 사실을 본능적으로 깨달았다. 그녀가 끌어내리려던 의미는 구체화되지 못했고, 이야기의 소재들은 그녀의 머릿속에서 뒤엉켜 어지럽게 빙글빙글 돌았다.

"잘 있어요." 앨리스는 그가 대답하지 않으리라는 것을 알면서 이렇게 인사했다. 그는 스스로에게 수치심을 느끼고 있었고 그녀가 어서 가기를 원하고 있었다. "잘 있어요." 그녀가 또다시 인사했다. "잘 있어요, 그랜틀리."

그녀는 그랜틀리 팔머를 등진 채 걸음을 옮기면서 페이퍼 가에 있는 집을 생각하려고, 집 안으로 들어가서 레니가 돌아오기 전에 옷을 갈아입는 자신의 모습을 생각하려고 애를 썼다. 그녀는 아침에 갈비 두 토막을 사 두었고 냉장고에는 냉동 콩도 조금 남아 있었다. 앨리스는 싱크대 앞에서 감자 껍질을 벗기는 자신의 모습을 보았다. 그러나 동시에 자신의 등 뒤에 있는 그랜틀리 팔머를 느낄 수 있었다. 그는 그럴 필요가 없음에도 수치심을 느끼면서 여전히 탁자 앞에 앉아 있었다. 앨리스는 그랜틀리 팔머와 함께 차를 마신 자신이, 그러지 말았어야 함에도 단지 포피가 죽었다는 이유로, 그래서 같이 있을 때 즐거운 사람이 아무도 없다는 이유로 그를 만나러 온 자신이 부끄러웠다.

앨리스가 댄스홀을 나설 때 레오 리츠와 그의 밴드는 〈스캐터브레인*〉을 연주하고 있었고, 중년의 남녀들은 미소를 머금은 얼굴로 춤을 추고 있었다. 그 가운데에는 연주에 맞추어 콧노래를 흥얼거리는 사람들도 있었다.

* scatterbrain. 영어로 '덜렁이'라는 뜻.

또 한 번의 크리스마스
Another Christmas

사람은 누구나 지난 시간을 되돌아본다고 그녀는 생각했다. 우리는 지금까지 지나 보낸 해를, 지금까지 받은 크리스마스카드가 도착하던 순간과 아이들이 지금보다 어렸을 때를 되돌아본다. 그녀가 거실 장식에 사용하고 있는 호랑가시나무가 싫어서 패트릭이 울음을 터뜨린 해가 있었다. 크리스마스이브에 브리짓의 눈에 코크스 알갱이가 들어간 해도 있었다. 그녀는 한밤중에 브리짓을 해머스미스에 있는 병원으로 데려가야 했다. 두 사람이 결혼하고 함께한 첫해도 있었다. 그해에 그녀와 더모트는 여전히 워터포드에 살고 있었다. 두 사람이 런던으로 이사 온 뒤로는 크리스마스 때마다 집주인인 조이스 씨가 그들과 함께 있었다. 그녀와 더모트는 그동안 조이스 씨가 늙어 가는 모습을 지켜보았다.

그녀는 이제 중년에 접어들었고 곱슬곱슬한 까만 머리는 희끗희끗해졌다. 쾌활하기로 유명한 그녀는 살이 찌고 있었다. 그녀의 남편은 반대였다. 그는 마른 데다 금욕적인 분위기를 풍겼다. 사제처럼 보이기까지 하는 그는 좋은 사람이었다. "우리 결혼할까, 노라?" 그가 1953년 11월 6일 밤에 워터포드에 있는 타라 볼룸에서 물었다. 노라는 그의 청혼에 놀랐다. 그녀는 더모트의 형 네드가 청혼할 줄만 알았다. 그의 형은 몸집이 컸고 얼굴은 어리고 건강해 보였다. 네드는 더모트와는 전혀 다른 사람이었다.

더모트는 노라가 액자 걸이용 레일들을 연결하면서 방을 가로질러 종이 사슬을 매다는 동안 참을성 있게 의자를 잡고 있었다. 그는 전등에 무언가를 붙이려면 조심해야 한다고 노라에게 주의를 주었다. 그는 노라가 액자 뒤에 호랑가시나무 잔가지를 꽂을 때에도 여전히 의자를 잡아 주었다. 그는 천성적으로 조심성이 많았고 작은 일에도 불안해했다. 특히 노라가 혹시라도 의자에서 떨어질까 봐 걱정했는데, 그는 장식품을 달기 위해서든 다른 어떤 이유에서든 절대로 의자 위에 올라가지 않았다. 그는 자기가 이런 일에는 도움이 안 될 거라고 결론을 내렸다. 중요한 것은 그의 판단이었다. 그는 집에 대해서는 아무것도 할 줄 몰랐다. 그러나 아들들이 이미 자라서 노라가 손수 할 수 없는 일이 있을 때면 해결해 주었기 때문에 문제 될 것은 없었다. 그 누구도 더모트를 비난할 수는 없었다. 그는 본래 그런 사람이었다. 더모트는 집을 돌볼 줄 모르는 것을 제외하고는 무슨 일을 하든지 사려 깊었고 언제나 다른 사람들을 배려했다. 그는 술은 입에 대지도 않았고 똑똑했으며 아내와 자식을 매우 사랑했다. 그는 아내를 더할 나위 없이 존중하기도 했다.

"이렇게 빨리 돌아오다니 놀랍지 않아, 노라?" 더모트가 의자를 잡은 채 물었다. "눈 깜짝할 사이에 1년이 지난 것 같지?"

"정말 그래요."

"그래도 지난 한 해 동안 많은 일이 있기는 했어."

"정말 많은 일이 있었죠."

노라가 장식한 그림 가운데 두 점은 워터포드의 모습을, 부두의 경관과 양을 몰고 아일랜드 은행 앞을 지나가는 남자의 모습을 담고 있었다. 노라가 어머니한테서 선물로 받기 전까지 이 그림들은 농가의 현관에 걸려 있었다.

성모 마리아와 아기 예수의 그림도 있고 크기가 작은 그림들도 몇 점 있었다. 노라는 마지막 하나 남은 호랑가시나무 잔가지를 성모 마리아의 광륜 위에 얹었다. 잔가지에는 새빨간 열매가 달려 있었다.

"차를 준비할게요." 노라가 의자에서 내려오면서 더모트에게 미소를 보냈다.

"차 좋지, 노라."

갈색 안락의자 세 개, 등받이가 수직인 의자들이 빙 둘러 놓여 있는 탁자 하나 그리고 텔레비전 받침대 하나만으로도 가득 차 있는 거실은 크리스마스 장식 때문에 평소보다 더 좁아 보였다. 붙박이 가스난로 위의 선반에는 크리스마스카드들이 화려하게 장식된 초록색 시계를 가운데에 두고 양옆으로 보기 좋게 놓여 있었다.

노라와 더모트의 집은 풀럼의 주택이 연이어 붙은 거리에 자리 잡고 있었다. 가족 모두가 함께 생활하기에 늘 비좁았던 집은 패트릭과 브렌던이 독립을 한 뒤로 훨씬 살기 좋아졌다. 패트릭은 여섯 달 전에 미들랜드 은행에서 수습 기간을 마치고 거의 곧바로 펄이라는 아가씨와 결혼했다. 브렌던은 리버풀에 있는 컴퓨터 생산 업체에서 수습사원으로 일하고 있었다. 부모와 함께 사는 나머지 세 명의 자녀는 아직 모두 학생이었다. 브리짓은 수녀원이 운영하는 집 근처 학교에, 캐설과 톰은 새크리드 하트 초등학교에 다녔다. 패트릭과 브렌던이 따로 살게 되면서 둘이 늘 함께 쓰던 방은 브리짓 차지가 되었다. 그러나 브렌던이 집에서 사흘을 보낼 계획이었기 때문에 브리짓은 이번 크리스마스에 예전처럼 부모님의 방에서 자야 했다. 패트릭과 펄은 크리스마스 날 왔다가 바로 그날 떠나서 크리스마스 다음 날은 크로이던에 사는 펄의 가족과 함께 보낼 예정이었다. 노라와 더모트는 지금까지도 크리스마스 다음 날을 박싱 데이라고 부르는 대신에 아일랜드 식으로 스테파노 축일이라고 불렀다.

"아이들이 모두 한자리에 모이다니 정말 멋진 일이야. 예전처럼 우리 가족이 한자리에 모이는 거야, 노라."

"그리고 펄도요."

"펄도 이제 우리 가족이지."

"차하고 같이 비스킷 먹을래요? 나이스 비스킷이 한 봉지 있어요."

더모트는 좋다고 대답하고는 고맙다는 말을 덧붙였다. 더모트는 이민 온 뒤로 줄곧, 벌써 21년째 노스템스 가스에서 계량기 검침원으로 일하고 있었다. 워터포드에서는 세관 직원으로 일했는데 월급이 적기도 했지만 다른 직원 여섯 명과 함께 쓰던 사무실이 늘 마음에 안 들었었다. 사무실은 환기가 안 되어 답답한 데다 언제나 담배 연기로 가득 차 있었다. 더모트는 노라가 좋은 생각이라고 믿었기 때문에 그리고 그녀가 늘 런던의 상점에서 일하기를 원했기 때문에 영국에 왔다. 노라는 디킨스 앤드 존스 백화점의 침구류 매장에 일자리를 얻었고,

더모트는 계량기 검침원으로 취직했다. 그는 방문하는 집의 계량기 위치를 일일이 기억했으며 고객들을 친절하게 대했다. 더모트는 처음부터 이 일이 마음에 들었다. 그는 차를 타고 돌아다니는 이동 시간을 사색의 기회로 삼았는데 특히 종교적인 문제들에 대해서 많은 생각을 했다.

노라는 작은 부엌에서 차를 준비한 뒤 쟁반에 받쳐서 거실로 가져갔다. 올해 그녀는 여느 해보다 늦게 장식을 끝냈다. 그녀는 언제나 크리스마스 일주일 전에 집 꾸미는 것을 좋아했다. 장식을 하고 나면 모두가 크리스마스 분위기를 한껏 느낄 수 있기 때문이었다. 그러나 올해 노라는 말리 신부님이 크리스마스 바자회 때 가판대 하나를 맡아 달라고 부탁하는 바람에 물건들을 준비하느라고 눈코 뜰 새 없이 바빴다. 말리 신부님은 그것을 패션 가판대라고 불렀지만 신부님이 원하는 것이 정확히 무엇인지 이해하지 못한 노라는 사람들에게 낡은 옷도 좋으니 오래된 옷을 기증해 달라고 부탁했다. 노라는 바자회 준비로 시간을 보내느라고 오늘 오후가 되도록 집을 꾸밀 틈을 내지 못했다. 이틀 뒤면 벌써 크리스마스였다. 그러나 결과적으로는 잘된 일이었다. 브리짓과 캐설 그리고 톰은 퍼트니로 영화를 보러 갔고 더모트는 월요일 오후에 일하지 않았다. 노라는 더모트와 단둘이서 한두 시간을 보낼 수 있게 된 것이 반가웠다. 조이스 씨 문제를 의논해야 했다. 노라 역시 굳이 그 이야기를 꺼내고 싶지는 않았지만 그냥 덮어 둘 수 있는 문제도 아니었다.

"차를 마시면 술 마시는 것 못지않게 기분이 좋아져." 더모트가 비스킷 하나를 반으로 쪼개면서 말했다. 노라는 마음속에 담아 둔 이야기를 생각 끝에 지금 당장 꺼내지 않기로 했다. 그녀는 더모트의 모습을 지켜보았다. 그는 비스킷을 야금야금 먹더니 설탕을 세 숟가락 듬뿍 떠서 차에 넣고 저었다. 더모트는 차를 좋아했다. 그가 워터포드의 사보이 극장에 노라를 처음 데리고 갔을 때, 두 사람은 영화가 끝난 뒤 극장 안에 있는 카페에서 차를 마셨다. 더모트와 노라는 차를 마시면서 영화에 대해서 그리고 그들이 아는 사람에 대해서 대화를 나누었다. 더모트는 형이 물려받은 시골 농장에서 살다가 워터포드에 왔다고 말했다. 그 농장은 노라 아버지의 농장에서 꽤 가까웠다. 그날 밤 더모트는 이제 워터포드 생활에 적응한 것 같다고 노라한테 말하면서 그다지 멋진 곳은 아니지만 여러 가지 면에서 자기한테 맞는 곳인 듯하다고 덧붙였다. 노라와 결혼하지 않았다면 그는 여전히 워터포드에서 살고 있을 것이 틀림없었다. 더모트는 마음에 들지 않는 일을 하면서 세관에서 하루에 여덟 시간을 보냈겠지만 그에게 힘이 되어 주는 종교 덕분에 그럭저럭 견뎌 나갈 수 있었을 것이다.

"잭 신부님한테서는 카드가 왔어?" 더모트가 시카고에서 사제직을 수행하고 있는 먼 친척을 두고 물었다.

"아직요. 잭 신부님이 보낸 카드는 언제나 느지막이 도착하잖아요. 작년에는 2월에 왔어요."

노라는 가스난로를 마주한 채 갈색 안락의자에 앉아서 차를 홀짝홀짝 마셨다. 크리스마스 장식을 한 거실에 더모트와 단둘이 앉아 있는 것은 기분 좋은 일이었다. 난로 위 선반에 놓인 초록색 시계는 똑딱거렸고, 크리스마스카드는 거실을 장식하고 있었고, 밖에는 땅거미가 내리고 있었다. 노라는 비스킷 하나를 더 집으면서 미소를 짓다가 소리 내어 웃었다. 더모트는 담배에 불을 붙이고 있었다. "멋지지 않아요?" 노라가 물었다. "잠깐 동안이지만 이렇게 단둘이서 평화를 누리는 거요."

더모트가 진지한 얼굴로 고개를 끄덕였다.

"평화는 천천히 방울져 내리며 찾아오지." 더모트는 이렇게 말했고 노라는 그가 어느 책에서 읽은 구절을 인용하고 있다는 것을 알았다. 그는 노라가 이해하지 못하는 말을 자주 했다. "크리스마스는 평화와 온정을 베풀어야 할 때야." 더모트가 덧붙여 말했고 노라도 이번만큼은 그가 하려는 말을 이해했다.

더모트가 재떨이에 담뱃재를 떨었다. 가스난로 옆에는 언제든 그가 쓸 수 있도록 재떨이가 놓여 있었다. 더모트의 행동은 언제나 느렸다. 그는 똑똑했지만 생각이 느렸다. 그는 머릿속에서 모든 것을 저울질 했고 신중하게 한참을 생각하고 난 뒤에야 결론을 내렸다. "잘 생각해 봐야 해, 노라." 22년 전 그날, 노라가 영국으로 이민 가자는 제안을 했을 때 더모트는 이렇게 말했다. 그리고 일주일 뒤 더모트는 그녀가 진정으로 원한다면 따르겠다고 대답했다.

두 사람은 브리짓과 캐설 그리고 톰에 대해서 이야기를 나누었다. 극장에서 돌아온 셋은 옷을 갈아입은 뒤 브리짓의 학교에서 열리는 크리스마스 파티에 참석하려고 곧바로 또다시 나갔다.

"아이들한테는 중요한 날이지. 내일 아침에는 늦잠 자게 내버려 둬, 노라."

"영원히 자도 돼요." 노라는 이렇게 대답한 뒤 혹시라도 이 말이 거칠게 들렸을까 봐 소리 내어 웃었다. 크리스마스 때문에 잔뜩 흥분한 아이들이 조용히 있어 준다면 고마울 따름이었다.

"캐설이 원하는 건 구했어?"

"화학 실험 장비를 샀어요. 상자에 담긴 실험 세트예요."

"당신은 뭐든 척척이야, 노라."

노라는 아니라고 대답했다. 그녀는 두 사람 모두의 잔에 차를 더 따랐다. 그러고서 자신이 낼 수 있는 가장 태연한 목소리로 말했다. "조이스 씨는 안 오실 거예요. 크리스마스 날 우리하고 같이 지내지 않으실 거예요."

"지금까지 안 오신 적이 없어, 노라."

"올해는 안 오실 거예요." 노라는 침울한 얼굴로 미소를 지었다. "아이들한테도 미리 말해 두는 게 좋을 것 같아요."

"여기가 아니면 어디에 가시겠어? 어디서 저녁 식사를 하시겠어?"

"예년과 같다면 라이언스가 영업을 할 거예요."

"조이스 씨는 거기에 가실 리 없어."

"불러시 카페에 칠면조 디너 광고가 붙어 있었어요. 요즘에는 칠면조를 사 먹는 사람이 많아요. 직장 생활을 하는 엄마들은 요리할 시간이 없거든요. 호텔이나 카페에 가서 먹는 거죠. 일인분에 3~4파운드면 돼요."

"조이스 씨는 카페에 가시지 않을 거야. 크리스마스 날에 혼자서 카페에 갈 수 있는 사람은 아무도 없어."

"조이스 씨는 우리 집에 안 오실 거예요."

사실을 말해야 했다. 헛된 기대 속에서 조이스 씨의 자리를 마련해 두는 것은 부질없는 짓이었다. 조이스 씨는 지난 8월부터 발길을 끊었기 때문에 크리스마스 때에도 오지 않을 것이 분명했다. 그는 금요일 밤마다 찾아와서 차를 마시며 이야기를 나누었고 그들과 함께 9시 뉴스를 시청하고는 했다. 그는 해마다 크리스마스 날이면 아이들을 위해서 정성껏 고른 선물 그리고 초콜릿과 견과와 담배를 가지고 왔다.

그는 패트릭과 펄에게 결혼 선물로 라디오를 사 주기도 했다.

"내 생각에는 오실 것 같아. 건강이 안 좋으셨던 건지도 몰라. 마음 아픈 일이지만 조이스 씨는 이제 고령이셔서, 노라."

매주 금요일 조이스 씨는 더모트 그리고 노라와 함께 거실에서 갈색 안락의자에 앉아, 잘 들리는 쪽 귀가 화면에 조금이라도 더 가까워지도록 벗어진 머리를 기울인 채 텔레비전을 보았다. 그는 키가 큰 편이지만 이제 등이 좀 굽었고, 늙어서 쇠약한 데다 뼈가 다 드러날 정도로 앙상했다. 얼굴에는 하얗게 센 콧수염을 기르고 있었다. 젊은 시절에 그는 건축업자로 일하면서 풀럼에 집을 장만했다. 그는 자수성가한 사람으로 한 번도 결혼한 적이 없었다. 8월의 그날 저녁 조이스 씨는 평소와 다름없었고, 브리짓은 자러 가면서 그에게 키스를 했다. 노라가 기억하는 한 금요일 저녁에 조이스 씨가 와 있을 때면 브리짓은 잠자리에 들기 전에 늘 그렇게 인사를 했다. 조이스 씨는 캐설에게 오후에 하고 있는 신문 배달은 잘되어 가느냐고 물었다.

지금까지 집과 관련된 문제는 전혀 없었다. 더모트와 노라는 조이스 씨가 그들을 항상 공정하게 대한다고 생각했다. 그들은 세 들어 살고 있었지만 동시에 조이스 씨의 친구이기도 했다. 아일랜드인들이 버밍엄과 길포드에서 폭탄 테러를 일으켜 영국인들을 죽음으로 몰아넣었을 때에도 조이스 씨는 변함없이 금요일 밤마다 놀러 왔고 크리스마스 날을 그들과 함께 보냈다. 그들은 뉴스를 보고 난 뒤에 런던 탑과 버스를 비롯해 곳곳에서 발생한 폭탄 테러에 대해 이야기를 나누었다. 조이스 씨는 테러범들을 '미치광이'라고 불렀고 아무도 그의 말에 이의를 제기하지 않았다.

"조이스 씨는 아이들을 잊으실 리 없어, 노라. 크리스마스잖아."

그늘진 곳에서 더모트의 목소리가 들려왔다. 노라는 가스난로의 온기를 얼굴에 느꼈다. 그녀는 지금 거울을 들여다본다면 자기 얼굴이 빨갛게 달아 있을 거라고 생각했다. 더모트의 얼굴은 붉어진 적이 없었다. 그는 불안하고 초조할 때에도 절대로 감정을 드러내지 않았다. 그의 얼굴은 그 어떤 상황에서도 창백한 상태를 유지했고, 그의 눈 역시 격정으로 빛나는 법이 없었다. 더모트보다 더 좋은 남편을 가진 여자는 있을 리 없었다. 그러나 더모트는 조이스 씨 문제에 대해서만은 노라를 놀라게 할 정도로 너무나 잘못하고 있었다.

"내일 칠면조를 찾아오면 되는 거지?" 더모트가 물었다.

노라는 더모트가 무슨 문제라도 있느냐고 묻기를 바라면서 고개를 끄덕였다. 그녀는 질문을 받았을 때 고개를 끄덕이는 것만으로 대답하는 법이 없었다. 그러나 더모트는 아무것도 묻지 않은 채 담배를 비벼 껐다. 그러고서 그는 티포트에 차가 남았는지 물었다.

"더모트, 조이스 씨한테 뭐 좀 전하고 올래요?"

"전할 말이라도 있어?"

"타탄 무늬 넥타이를 하나 샀어요."

"크리스마스 날에 드리지그래, 노라? 늘 그래 왔잖아." 더모트의 목소리는 부드러웠지만 분명한 뜻을 담고 있었다. 노라는 고개를 저었다.

모든 것이 그녀의 잘못이었다. 그녀가 영국으로 가야 된다고 말하지 않았더라면, 런던의 상점에서 일하고 싶어 하지 않았더라면 그들은 스스로 놓은 덫에 걸리지 않았을 것이다. 아이들의 말투에는 런던 억양이 섞여 있었다. 패트릭과 브렌던은 영국 회사에서 일하고 있고 앞으로 런던에 집을 마련할 것이 분명했다. 패트릭은 영국 여자와 결혼했다. 그들은 가톨릭 신자고 아일랜드 이름을 가졌지만 워터포드를 고향으로 여기지 않았다.

"조이스 씨랑 화해하는 게 어때요, 더모트? 넥타이를 가지고 가서 미안하다고 말할 수 있겠죠?"

"미안하다고?"

"무슨 말인지 알잖아요." 노라의 목소리에는 전에 없이 그리고 그녀의 의지와 상관없이 짜증과 조바심이 섞여 있었다. 그녀는 아이들에게는 가끔 그럴 때가 있지만 더모트에게는 이런 식으로 말한 적이 없었다.

"뭐가 미안하다고 말하라는 거지, 노라?"

"그날 밤에 당신이 한 말요." 노라는 흥분한 마음을 가라앉히려고 애쓰면서 미소를 지었다. 더모트가 또다시 담배 한 개비를 집더니 불을 붙였다. 성냥불이 잠깐 동안 그의 얼굴을 환하게 비추었다. 그의 얼굴에는 전혀 달라진 것이 없었다.

"나는 조이스 씨하고 다퉜다고 생각 안 해, 노라." 더모트가 말했다.

"알아요, 더모트. 당신은 그럴 의도가 없었죠……"

"논쟁 같은 건 없었어."

물론 논쟁은 없었다. 그러나 8월의 그날 저녁, 평소와 다른 일이 벌어졌다. 9시 뉴스에서 또다시 잔인무도한 사건이 보도되었고, 더모트가 텔레비전을 끄고 난 뒤 평소처럼 사건에 대한 견해가 오갔다. 조이스 씨는 아무런 이유 없이 마구잡이로 살인을 저지르고 생명을 앗아가다니 저런 사람들의 사고방식을 이해할 수 없다고 다시 한 번 말했다. 더모트는 고개를 설레설레 흔들었고 노라는 야만적인 행동이라고 말했다. 바로 그때 더모트가 북아일랜드의 가톨릭교도들이 받은 고통을 잊어서는 안 된다고 덧붙였다. 폭탄 테러는 범죄지만 애초에 북아일랜드의 가톨릭교도들이 수대에 걸쳐 짐승 같은 취급을 받지 않았다면 그런 범죄는 일어나지도 않았을 것임을 기억해야 한다는 뜻이었다. 거실에 침묵이 흘렀다. 노라가 나서서 그 거북한 침묵을 깨뜨렸다. 그녀는 모두 지난 일이라고 말하면서 죄 없는 사람들을 죽이는 것은 과거의 일로도 현재의 일로도 그 어느 때의 일로도 정당화될 수 없다고 서둘러 말했다. 그런데도 더모트는 진실을 외면해서는 안 된다고 쓸데없는 말을 덧붙였다. 조이스 씨는 잠자코 있었다.

"넥타이를 가져갈 필요는 없을 것 같아, 노라. 조이스 씨는 크리스마스 날 틀림없이 큰마음을 먹고 오실 거야."

"절대로 그럴 리 없어요." 노라의 목소리가 높아졌다. 그녀의 말투에는 이제 짜증 이상의 감정이 섞여 있었다. 그러나 그녀는 화를 참았다. "조이스 씨는 안 오실 거예요."

"크리스마스는 온정을 베푸는 때야, 노라. 우리한테 따뜻한 사랑을 다시 한 번 기억시키려고 또 한 번의 크리스마스가 찾아오는 거야."

더모트는 기도에 응답하는 하느님의 목소리를 흉내 내기라도 하는 것처럼 천천히 말했다. 노라는 그의 신중한 말투에서 그런 느낌을 받았다.

"이건 여느 때 같은 또 한 번의 크리스마스가 아니에요. 끔찍한 크리스마스죠. 부끄러워해야 할 크리스마스라고요. 게다가 당신은 상황을 더 악화시키고 있어요, 더모트." 노라의 입술이 언짢은 마음을 드러내면서 가늘게 떨렸다. 노라는 마음을 가라앉히려고 노력할수록 오히려 예민해지고 있었다. 그녀는 울음이 터져 나올 것 같은 기분을 느꼈다. 조이스 씨는 늘 너그러웠고 그들의 기분을 상하지 않게 하려고 조심성 있게 행동했다고 노라가 목소리를 높여 말했다. 조이스 씨는 그들이 아일랜드 사람인 것을 개의치 않았고, 더모트와 노라의 아이들이 I.R.A.*의 자녀들과 같은 학교에 다니는 것을 마음에 두지 않았다. 그런데 더모트는 조이스 씨가 베풀어 준 너그러움과 조심성을 보란 듯이 내동댕이쳤다. 북아일랜드의 가톨릭교도들이 고통을 받았다는 사실을, 수대에 걸쳐 가해진 부당함이 뒤틀려 그들이 내세우는 대의명분의 빌미가 되었다는 사실을 모르는 사람은 없었다. 그러나 이러한 사실을 평생 풀럼을 벗어나 본 적이 없는 노인에게 말해서는 안 되었다.

"진실을 말해야 해, 노라. 진실은 말하라고 있는 거야."

"나는 예전부터 북아일랜드 사람들이 싫었어요. 가톨릭이건 프로테스탄트건 상관없어요. 자기들끼리 알아서 싸우라고 해요. 우리를 괴롭히지 말고요."

"그렇게 말하면 안 돼, 노라."

"그건 당신 자신한테 해야 할 말이에요."

그는 아무런 대꾸도 하지 않았다. 더모트가 담배를 빨자 잠시 그의 얼굴이 어슴푸레 빛났다. 더모트와 노라는 지금까지 결혼 생활을 이어 오는 동안 단 한 번도 심각하게 다툰 적이 없었다. 그러나 그녀는 지금 견디기 힘든 심각한 상황을 마주하고 있는 기분을 느꼈다. 그녀는 새로운 폭탄 테러가 발생할 때마다 영국의 분노 여단**의 소행이기를, 제발 아일랜드와 관계없는 일이기를 기도한다고 더모트에게 말한 적이 있었다. 그리고 노라는 자신이 일하는 매장에서 이제 워터포드

* Irish Republican Army. 아일랜드 공화국군. 북아일랜드의 가톨릭계 과격파 무장 조직으로, 영국령 북아일랜드의 독립을 요구하며 반영反英 테러 활동을 벌였다.
** 무정부주의자로 이루어진 영국의 반체제 테러 조직. 1968년부터 1971년까지 각국의 대사관에서 폭탄 테러를 일으키고 은행 강도를 저질렀다.

억양 때문에 당황스러움을 느낀다고도 말한 적이 있었다. 그럴 때마다 더모트는 용기를 내야 한다고 대답했다. 노라는 조이스 씨에게 그 말을 하던 날에 더모트 자신이 용기를 냈음을 비로소 깨달았다. 더모트는 그 말을 하기에 앞서 기도를 하고 곰곰이 생각했을 것이 분명했다. 그리고 마침내 그 말을 하는 것이 가톨릭교도로서의 의무라는 결론을 내렸을 것이 분명했다.

"조이스 씨는 당신이 살인 행위를 비난하지 않는다고 생각하세요." 노라는 마음속이 들끓고 있었지만 차분한 목소리로 말했다. 그녀는 거리로 뛰쳐나간 뒤 워터포드 억양이 한껏 드러나는 말투로 폭탄 테러범들은 숨을 들이마실 자격조차 없을 만큼 비열한 자들이며 그들을 기다리는 것은 증오와 죽음뿐이라고 거침없이 외치고 싶은 충동을 느꼈다. 그녀는 풀럼 브로드웨이에서 희끗희끗한 머리칼을 바람에 흩날리며 그 어느 때보다 열띤 목소리로 행인들에게 장광설을 늘어놓는 자신의 모습을 상상했다. 그러나 그녀는 상상 속의 그 어떤 행동도 할 수 없었다. 노라는 그런 부류의 여자가 아니었다. 그들의 거실에서 가슴속의 분노를 터뜨릴 용기가 없는 것과 마찬가지로 그녀에게는 그런 상상을 행동으로 옮길 만한 용기가 없었다. 다행스럽게도 지금까지 결혼 생활을 이어 오는 동안 그런 용기가 필요했던 적은 없었다. 노라가 익히 알고 있는 이 사실은 지금 그녀에게 위로가 되지 못했다.

"조이스 씨도 지금쯤은 깨달으셨을 거야. 하나의 사건이 어떻게 다른 사건의 원인이 되는지를 말이야."

노라는 더모트의 말에 모욕당한 기분을 느꼈다. 그녀는 소리칠 용기를, 더모트에게 분노를 쏟아 낼 용기를 내려고 애를 썼다. 그러나 그런 용기는 그녀 안에 좀처럼 생겨나지 않았다. 노라는 자리에서 일어선 뒤 어둠 속에서 휘청거렸다. 그 순간 신발 밑창 아래에 호랑가시나무 조각이 느껴졌다. 노라는 불을 켰다.

"조이스 씨가 오게 해 달라고 기도할게." 더모트가 말했다.

노라는 더모트를 바라보았다. 창백하고 여윈 그의 얼굴은 사제의 분위기를 풍겼다. 더모트가 타라 볼룸에서 청혼한 이래로 노라는 처음으로 그를 사랑하지 않았다. 그는 그녀보다 똑똑했지만 반쯤 눈이 먼 것 같았다. 그는 좋은 사람이었지만 선량함 속에 매정함을 품고 있는 것 같았다. 그 매정함을 떨쳐 낼 수 있다면 그는 더 좋은 사람이 될 수 있을 것 같았다. 크리스마스 날 마지막 순간까지 더모트는 집주인이 올 거라는, 하느님의 진리를 영광스럽게 받들었기 때문에 하느님이 기도에 응답해 주실 거라는 가식적인 믿음을 간직하고 있는 것이 분명했다. 노라는 그의 생각에 동의할 수 없었고, 이 모든 것이 위선으로 여겨졌다.

더모트는 이야기를 계속했지만 노라는 듣지 않았다. 그는 신념을 지켜야 한다고 말했고 가톨릭 신자로 살아가는 것에 대해서 이야기했다. 그는 범죄는 범죄를 낳는다고, 하느님은 악이 또 다른 악을 부른다는 사실을 우리가 깨닫기 바라신다고 설명했다. 더모트가 이야기하는 동안 노라는 그를 쳐다보면서 듣는 체했지만 마음속으로는 다른 생각을 하고 있었다. 그녀는 열두 달 뒤 또 한 번의 크리스마스가 돌아왔을 때 더모트가 여전히 자전거를 타고서 이 집 저 집을 돌아다니며 가스 검침을 하고 있을지, 아니면 사람들이 아일랜드인이 아닌 계량기 검침원을 원하면서 그를 거부했을지 궁금했다. 아일랜드 억양을 가진 사람을 거부하는 일은 실제로 벌어지고 있으며 심지어 일상이 되어 가고 있었다. 이것은 범죄가 범죄를 낳는다거나 하느님이 무언가를 일깨워 주려 하신다는 거창한 범주에 속하지 않았고, 진실과 양심의 범주에도 속하지 않았다. 현재와 같은 상황에서 아일랜드인을 거부하는 것은 이해할 수 있는 일이고 받아들일 만한 일인지도 몰랐다. 아니 아일랜드 억양을 지닌 남자가 문제를 일으켜서 최악의 사태를 낳았으므로 당연히 아일랜드인을 거부해야 하는 것처럼 보이기까지 했다. 그가 잔학 행위의 죄가 누구에게 있는지를 심판할 수 있는 사람이라고는 그 누구도 믿지 않을 것이다. 악의 없는 연로한 집주인은 소중히 여기던 우정을 잃은 채 생의 마지막 크리스마스를 쓸쓸히 보내고는 한 해를 못 넘기고 죽을지도 몰랐다. 더모트의 생각은 한편으로는 심오해 보일지 몰라도 결국 옹졸하기 그지없었다.

처녀 때였다면 눈물을 흘렸겠지만 노라는 만족스러운 결혼 생활을 해 오는 동안 툭하면 울던 습관을 떨쳐 버렸다. 노라는 찻잔과 접시를 치우면서 폭탄 테러범들이 자신들이 풀럼의 어느 거실에서 거둔 승리를 알게 된다면 기뻐할 거라고 생각했다. 크리스마스 날 한 가족이 전통 음식을 가운데에 놓고 둘러앉아 있을 때, 폭탄 테러범들은 더욱더 큰 승리를 얻게 될 것이 분명했다. 모두가 들뜬 마음으로 크리스마스 크래커를 먹으면서 잡담을 나눌 것이고, 여왕과 교황은 성탄 축하 메시지를 전할 것이고, 더모트는 여왕과 교황의 메시지에 대해서 예전 같으면 조이스 씨와 나누었을 대화를 패트릭 그리고 브렌던과 나눌 것이 분명했다. 더모트는 전과 다름없이 다정한 모습을 보일 것이고, 브리짓과 캐설과 톰에게 조이스 씨는 여행 중이라 못 오셨다고 설명할 것이 분명했다. 그리고 노라는 더모트를 바라볼 때마다 지금까지 보낸 크리스마스를 떠올릴 것이 분명했다. 그녀는 더모트를 부끄러워하고 자신을 부끄러워할 것이 틀림없었다.

결손가정
Broken Homes

"정말 훌륭하십니다." 남자가 말했다.

그는 키가 작고 통통했으며 살찐 얼굴에서는 면도를 하고 난 뒤의 희끗희끗한 수염 자국이 보였다. 그는 마찬가지로 희끗희끗한 앞머리를 눈썹 위까지 내려오게 잘랐고 단정치 못한 옷차림을 하고 있었다. 빨간색 저지 터틀넥 위에 입은 재킷 가슴 주머니 밖으로 볼펜 한 자루와 연필 한 자루가 삐져나와 있었다. 그가 자리에서 일어서자 검정색 코듀로이 바지가 납작 눌려 주름진 것이 보였다. 요즘엔 이런 남자가 흔하게 보인다고 말비 부인은 마음속으로 생각했다.

"저희는 그 아이들을 돕고자 노력하고 있습니다. 물론 부인께도 도움을 드리려는 거고요." 남자가 말했다. "저희 활동의 기본 방침은 보다 깊은 이해를 이끌어 내는 거랍니다." 남자가 가지런한 작은 이를 드러내 보이면서 웃었다. "세대 간에요." 그가 덧붙여 말했다.

"물론 아주 좋은 일이죠." 말비 부인이 대답했다.

그는 말비 부인이 타 준 인스턴트커피를 홀짝거리면서 분홍색 웨이퍼를 야금야금 먹었다. 그러다가 그는 문득 충동에 사로잡힌 듯 웨이퍼를 커피에 살짝 담갔다.

"연세가 어떻게 되시나요, 말비 부인?"

"여든일곱입니다."

"나이에 비해서 정말 고우십니다."

그는 이야기를 계속했다. 그는 자기도 여든일곱에 말비 부인처럼 정정했으면 좋겠다고, 아니 살아 있기라도 하면 좋겠다고 말했다. "하지만 아무래도 그건 어려울 것 같네요." 그가 소리 내어 웃었다. "저 자신을 알거든요."

말비 부인은 그가 무슨 말을 하려는 건지 알 수 없었다. 그녀는 그의 말을 분명히 들었다고 확신했지만 앞서 그가 건강이 안 좋다고 말한 기억은 없었다. 말비 부인은 그가 커피를 홀짝거리고 곤죽처럼 된 웨이퍼를 먹는 모습을 지켜보면서 차근차근 기억을 더듬었다. 그가 말한 대로라면 그가 제공한 정보로 미루어 그가 장수할 가능성이 적다는 것을 예측할 수 있어야 했다. 그가 자신에 대해서 한 말 중에 그녀가 가는귀가 먹은 탓에 듣지 못한 이야기가 있는 걸까? 만약 그녀가 놓친 이야기가 없다면 그는 왜 이런 애매모호한 말을 한 걸까? 어떤 반응을 보이는 것이 좋을지, 미소를 지어야 할지 아니면 걱정스러운 마음을 드러내 보여야 할지 판단하기란 쉬운 일이 아니었다.

"그러니까 제 생각에는 화요일에 아이들을 보낼 수 있을 것 같습니다. 화요일 아침에 일을 시작하기로 하죠. 어떠신가요, 말비 부인?"

"정말 고맙습니다."

"좋은 아이들이에요."

그가 자리에서 일어섰다. 그는 작은 앵무새 두 마리와 창턱에 놓인 제라늄을 보면서 자기 생각을 말한 뒤 매섭게 추운 오늘 같은 날에도 그녀의 거실은 토스트처럼 따뜻하다고 덧붙였다.

"한 가지 궁금한 게 있는데 혹시 집을 잘못 찾아오신 건 아닌가요?" 말비 부인은 마침내 이 말을 하기로 마음을 굳히고서 물었다.

"잘못요? 잘못 찾아왔느냐고요? 말비 부인이 맞으시죠?" 그가 목소리를 높였다. "말비 부인 맞죠?"

"네, 맞아요. 하지만 내 집 부엌은 손볼 필요가 없어요."

그가 고개를 끄덕였다. 그의 머리가 천천히 움직이다가 멈추자 그의 까만 눈동자가 희끗희끗한 앞머리 밑에서 그녀를 뚫어질 듯 바라보았다. 남자는 말비 부인이 혹시라도 그의 입에서 나오면 어쩌나 두려워하던 바로 그 말을, 그녀가 그의 이야기를 알아듣지 못한 거라는 말을 했다.

"저는 공동체 의식을 생각하는 겁니다, 말비 부인. 야채 가게 위층에 달랑 앵무새 두 마리만 데리고 혼자 계신 부인을 생각하는 거랍니다. 제 아이들한테서 도움을 얻으실 수 있을 겁니다, 말비 부인. 아이들도 부인한테서 도움을 얻게 될 거고요. 그 어떤 비용도 청구되지 않을 겁니다. 이렇게 생각하세요, 말비 부인. 사회봉사 차원에서 실험적 시도를 해 보는 거라고 말입니다." 그가 말을 멈추었다. 그의 모습은 말비 부인에게 아주 오래전 디콘 선생님의 역사 수업 시간에 교과서에서 본 원두당원*의 사진을 떠오르게 했다. "이해하시겠죠, 말비 부인?" 말비 부인이 원두당원을 떠올리는 동안 다른 무언가를 이야기한 그가 이렇게 말했다.

"그렇지만 부엌은 지금도 아주 보기 좋아요."

"잠깐 봐도 될까요?"

말비 부인이 앞장섰다. 그는 조가비 색상과 비슷한 옅은 분홍색 벽을 흘긋 쳐다본 뒤 흰색 페인트로 칠해진 부분으로 시선을 옮겼다. 그러고서 그는 페인트칠을 다시 하려면 100파운드는 들겠다고 말하더니 자기가 한 설명을 말비 부인이 한 마디도 못 들었다고 생각하는지 했던 이야기를 끔찍하게도 처음부터 다시 시작했다. 그는 자신을 타이트 종합 중등학교의 교사라고 소개했다. 그는 말비 부인이 타이트 종합 중등학교를 알 리 없다고 생각하는 것 같았다. 그러나 그녀는 그 학교를 알았다. 타이트 종합 중등학교는 유리와 콘크리트를 사용해서 흉측하게 사방으로 뻗어 나가게 지은 건물이었다. 그 학교의 학생들은 보도 위로 건들건들 걸어가면서 음란한 이야기를 큰 소리로 떠들어 댔다. 남자는 이 아이들에 대해서 앞서 한 말을 되풀이했다. 그는 일부 학생이 결손가정의 자녀들이라고 말했다. 그리고 화요일 아침에 그녀한테 보내려는 학생들도 견디기 힘든 환경인 결손가정의 자녀들이라고 설명했다. 그는 그런 아이들에 관한 한 우리 모두에게 특별한 책임이 있다고 생각한다고 말했다.

말비 부인은 결손가정이 존재한다는 것은 유감스러운 일이라고 다시 한 번 동의했다. 그러고서 그녀는 손볼 필요가 없는 부엌 장식에 필요한 비용을 생각하는 중이라면서 페인트와 붓은 비싸다고 꼭 집어서 말했다.

---

* 영국 청교도 시대의 의회파를 달리 이르던 말. 머리를 짧게 깎은 데서 '원두당圓頭黨'이라고 불렀다.

"부인을 위해서 새롭게 단장해 드리려는 겁니다." 남자가 목소리를 높여 대답했다. "화요일 아침 일찍 보내겠습니다, 말비 부인."

남자가 돌아갔고, 말비 부인은 그가 자신의 이름을 밝히지 않았음을 깨달았다. 그녀는 자기가 착각했는지도 모른다는 생각에 초인종이 울리던 순간부터 시작해서 그와 만난 일을 머릿속으로 되짚어 보았다. 그는 "타이트 종합 중등학교에서 왔습니다"라고 말했을 뿐 자신의 이름을 밝히지 않았다. 말비 부인은 확신했다.

그녀는 노년에 접어든 뒤로 이런 사소한 일들을 분명히 믿고 싶어 했다. 여든일곱 살의 나이에는 무언가를 확신하려면 정신을 바짝 차려서 집중하고 제대로 들으려고 애를 쓰면서 때로는 많은 노력을 기울여야 했다. 그리고 사람들이 여든일곱의 노인은 이해하지 못했을 거라고 생각하는 경우가 많기 때문에 상대방의 말을 알아들었다는 사실을 분명히 밝혀야 했다. 요즘에는 이런 노력을 대화보다는 소통이라고 불렀다.

말비 부인은 파란 바탕에 더 짙은 파란색 꽃무늬가 들어간 원피스를 입고 있었다. 그녀는 키가 큰 여인이었지만 늙어 가면서 몸이 조금 오그라들었고 등이 약간 굽었다. 그녀의 숱 없는 흰머리 아래로 기미 낀 얼굴이 보였다. 한때 그녀의 얼굴에서 가장 매력적인 부분이던 커다란 갈색 눈은 예전에 비해서 그 빛을 잃은 채 이제 안경알 뒤에서 피곤한 기색을 드러내고 있었다. 집 아래층에 있는 야채 가게를 운영하던 그녀의 남편 어니스트는 5년 전에 세상을 떠났다. 그녀의 두 아들 데릭과 로이는 1942년 6월 같은 달에 같은 사막 퇴각 작전에 참전 중 사망했다.

야채 가게는 캐서린 가라 불리는 풀럼의 소박한 거리에 자리 잡은 꾸밈없는 상점이었다. 말비 부인의 남편이 사망한 뒤 야채 가게를 인수한 킹이라는 성을 가진 유대인 부부는 그녀를 살펴 주었다. 그들은 말비 부인의 바깥출입을 지켜보다가 하루라도 그녀의 모습이 보이지 않으면 초인종을 눌러서 아무 일 없는지를 물었다. 일링에 사는 조카는 1년에 두 번 말비 부인을 보러 왔다. 이즐링턴에 사는 조카도 한 명 있었지만 그 조카는 관절염 때문에 거동이 불편했다. '바퀴 달린 식사'에서 봉사하는 그로브 부인과 할버트 부인은 매주 한 번 식사를 배달해 주었고, 사회복지사인 미스 팅글과 부시 신부님은 전화로 안부를 물었다. 계량기 검침을 하러 오는 사람들도 있었다.

고령의 말비 부인은 1920년에 결혼한 뒤로 줄곧 살아온 이곳에서 행복하게 지내고 있었다. 그녀의 인생을 덮친 크나큰 비극이었던 두 아들의 죽음은 더 이상 악몽이 아니었다. 그리고 남편이 세상을 떠난 뒤 흐른 시간은 그녀에게 혼자 사는 법을 배우게 했다. 이제 그녀가 바라는 것은 죽는 날까지 지금과 똑같은 환경에서 생활하는 것뿐이었다. 그녀는 죽음이 두렵지 않았다. 그녀는 두 아들 그리고 남편과 다시 만나게 될 거라고는 믿지 않았지만 숨 쉬기를 멈추는 순간 존재하기를 완전히 멈출 거라고도 믿을 수 없었다. 죽음에 대해서 생각한 끝에 말비 부인은 숨이 끊어지고 나면 자면서 꿈을 꾸는 것과 같을 거라고 결론을 내렸다. 천국과 지옥은 잠에서 깨어남과 동시에 벗어날 수 있는 것이 아닐 뿐, 명멸하는 기분 좋은 꿈이나 악몽에 지나지 않았다. 자애롭고 전능하신 하느님은 말비 부인의 생각에 벌이나 상을 내리지 않으셨다. 최후의 순간까지 살아남는 인간의 양심이 벌이나 상을 내릴 뿐이었다. 거의 평생 동안 풀기 힘들었던 하느님이라는 존재에 대한 의문은 이런 맥락에서 생각할 때, 교회와 예수 그리스도에게 요구

되는 신비주의적 특징을 잊어버릴 때 비로소 해결되었다. 그러나 말비 부인은 부시 신부님의 기분을 상하게 할까 봐 두려워서 신부님이 그녀를 찾아올 때에도 이 같은 결론을 마음속에 담아 둔 채 이야기하지 않았다.

말비 부인이 이제 두려워하는 것은 치매에 걸려서 리치먼드에 있는 선셋 홈에 강제로 입소되는 것뿐이었다. 부시 신부님과 미스 팅글은 선셋 홈에 대해서 열심히 설명한 적이 있었다. 다른 노인들에게 둘러싸여 함께 노래를 부르고 카드 게임을 하면서 공동생활을 하는 것은 말비 부인에게는 생각만으로도 끔찍했다. 말비 부인은 관광버스 여행을 거부할 정도로 단체로 들떠서 하는 일들을 예전부터 싫어했다. 그녀는 야채 가게 위에 있는 이 집이 좋았다. 그녀는 계단을 걸어 내려가고 거리로 나서는 것이, 야채 가게 앞을 지나면서 킹 부부에게 고갯짓으로 인사를 건네는 것이, 밥 스킵스의 가게에서 새 모이와 달걀과 난로 불쏘시개와 갓 구운 빵을 사는 것이 좋았다. 그녀는 올해 예순두 살 된 밥 스킵스가 태어나던 때를 기억했다.

캐서린 가를 떠나게 될지도 모른다는 두려움이 그녀의 삶에 질서를 부여했다. 말비 부인은 그녀를 찾아오는 모든 사람들을 조심스럽게 대하면서 혹시라도 자신을 노망기 있는 노인으로 여기지는 않는지 알고 싶은 마음에 그들의 눈에 어린 생각을 끊임없이 살폈다. 그래서 그녀는 단 한 마디도 놓치지 않겠다고 마음먹고는 상대방이 하는 말에 열심히 귀를 기울였고 집중했다. 언제나 미소를 지었으며 상냥하면서도 협조적인 자세를 보이려고 노력했다. 말비 부인은 그녀가 두려워하는 일이 닥쳤을 때, 스스로 치매에 걸렸다고 진술하거나 멀쩡하다고 주장하는 것은 아무 소용 없다는 것을 알고 있었다.

타이트 종합 중등학교의 교사가 떠난 뒤 말비 부인은 걱정을 떨쳐 내지 못했다. 머리가 희끗희끗한 이 남자의 방문은 처음부터 그녀를 어리둥절하게 했다. 이름을 밝히지 않은 것부터가 이상했고, 담배를 입에 물었다가 다시 빼서 담뱃갑에 도로 집어넣는 행동도 석연치 않았다. 그녀가 담배 연기를 불쾌하게 여길지도 모른다고 생각한 걸까? 그렇다면 그녀에게 물어보면 그만이었다. 그러나 그는 담배 이야기는 꺼내지도 않았다. 어디에서 그녀에 대한 이야기를 들었는지도 말하지 않았다. 예컨대 부시 신부님의 이름을 꺼내지도 않았고 그로브 부인과 할버트 부인 또는 미스 팅글에 대해서도 말하지 않았다. 그는 어쩌면 야채 가게의 손님이었는지도 몰랐다. 그러나 여기에 대해서도 그는 아무 말이 없었다. 게다가 무엇보다 이해할 수 없는 것은 그녀의 부엌이 손댈 필요가 전혀 없다는 사실이었다. 그녀는 다시 한 번 부엌을 보러 가면서 자신의 눈에 띄지 않는 무슨 문제가 있는지 의심하기 시작했다. 그리고 그 남자가 사회봉사에 대해서 한 말을 머릿속으로 다시 한 번 생각해 보았다. 그런 남자에게 맞서기란 어려웠다. 같은 말을 몇 번이고 되풀이해야 하고, 그러다가 혹시 내 입에서 나오는 소리가 노망난 사람의 말처럼 들리지는 않을지 살펴야 했다. 게다가 그 남자는 좋은 일을 하려는 것임을, 결손가정의 아이들을 도우려는 것임을 고려해야 했다.

"안녕하세요." 금발을 길게 늘어뜨린 남자아이가 화요일 아침에 그녀에게 인사했다. 같이 온 남자아이 두 명이 더 보였다. 한 명은 곱슬곱슬한 까만 머리카락이 머리를 뒤덮고 있었고, 또 한 명은 기름지고 엉클어진 빨간 머리카락을 어깨에 닿도록 기르고 있었다. 여자아이도 한 명 보였다. 마른 데다 새처럼 입이 튀어나온 여자아이는 무언가를 씹고 있었다. 아이들은 페인트 통 몇 개와 붓 여러 개, 천, 파란 플라스틱 양동이 하나 그리고 트랜지스터라디오를 나누어 들고 있었다. "부엌을 칠하러 왔어요." 금발의 남자아이가 말했다. "휠러 부인이시죠?"

"아니, 아니. 나는 말비 부인이란다."

"맞아, 빌로. 말비였어." 여자아이가 말했다.

"휠러라고 한 줄 알았는데."

"휠러는 페인트 가게에서 본 순간 온수 장치 상표야." 곱슬머리 남자아이가 이야기했다.

"역시 빌로야." 여자아이가 말했다.

말비 부인은 아이들을 안으로 들어오게 하면서 정말 고맙다고 말했다. 그러고는 아이들을 부엌으로 데리고 가면서 정확히 말하자면 부엌은 다시 페인트칠할 필요가 없다고, 직접 보면 알 거라고 이야기했다. 그녀는 곰곰이 생각해 봤는데 벽을 닦아 줄 수 있다면 고맙겠다고, 그녀 혼자서 해결하기에 너무 힘든 일이었다고 덧붙였다.

아이들은 뭐든지 그녀가 원하는 대로 하겠다고, 문제없다고 대답한 뒤 페인트 통을 탁자 위에 내려놓았다. 빨간 머리 아이가 라디오를 켰다. "오픈 하우스를 다시 찾아 주신 여러분 모두를 환영합니다." 쾌활한 목소리가 이렇게 말하더니 청취자들에게 목소리의 주인공이 피트 머레이임을 다시 한 번 밝혔다. 그러고서 목소리는 업민스터에 있는 누군가를 위해서 음악을 틀겠다고 말했다.

"커피 마실래?" 말비 부인이 시끄러운 라디오 소리 때문에 한껏 목소리를 높여서 물었다.

"좋아요." 금발의 아이가 대답했다.

아이들은 모두 헝겊 조각을 덧댄 청바지를 입고 있었다. 여자아이는

'나는 예수와 함께 누웠다'라고 적힌 티셔츠를 입었고, 나머지 아이들은 서로 다른 색의 티셔츠를 입고 있었다. 금발의 아이는 주황색, 곱슬머리 아이는 하늘색, 빨간 머리 아이는 빨간색 티셔츠 차림이었다. 금발의 아이가 가슴에 단 배지에는 '핫 잼롤'이라고 적혀 있었고, 다른 아이들의 배지에는 '조스'와 '베이 시티 롤러스'라고 적혀 있었다.

말비 부인은 아이들이 음악을 듣고 있는 동안 네스카페를 준비했다. 아이들은 전기난로, 탁자 가장자리, 벽에 제가끔 기댄 채 담배에 불을 붙였다. 아이들은 노래를 듣느라고 아무 말도 하지 않았다. "완전 쓰레긴데." 마침내 빨간 머리 아이가 이렇게 말하자 나머지 아이들이 맞장구를 쳤다. 아이들은 그래도 계속해서 라디오를 들었다. "피트 머레이는 쓰레기야." 여자아이가 말했다.

말비 부인은 커피를 건네면서 아이들을 위해 탁자 위에 꺼내 놓은 설탕과 우유를 가리켰다. 그녀는 여자아이에게 미소를 지어 보였다. 그러고서 그녀는 벽을 닦는 것은 이제 힘에 부쳐서 못 하겠다고 다시한 번 이야기했다.

"알겠어, 빌로?" 곱슬머리 아이가 말했다. "벽을 닦으라고."

"너나 잘해." 빌로가 대답했다.

말비 부인은 아이들을 부엌에 남겨 둔 채 문을 닫으면서 빨리 청소가 끝나기를 바랐다. 라디오 소리가 너무 시끄러웠다. 그녀는 15분 정도 그 소리를 참고 듣다가 마침내 밖으로 나가서 필요한 물건이나 사야겠다고 마음먹었다.

밥 스킵스의 가게에서 말비 부인은 타이트 종합 중등학교에서 온 아이들 네 명이 지금 그녀의 집에서 부엌 벽을 닦고 있다고 말했다. 그녀는 생선 가게 주인에게도 같은 말을 했고 생선 가게 주인은 놀랐다.

말비 부인은 그녀가 집에 찾아왔던 교사와 색깔에 대해서 이야기를 나눈 적이 없기 때문에 아이들이 페인트칠을 하는 것은 어차피 불가능했다는 생각이 문득 들었다. 교사가 색깔 이야기를 꺼내지 않은 것은 이상한 일이었다. 말비 부인은 아이들이 가져온 통에 무슨 색 페인트가 들어 있는지 궁금해졌다. 이런 생각들이 이제야 나다니 말비 부인은 조금 걱정스러웠다.

"안녕하세요, 휠러 부인." 빌로라는 이름의 남자아이가 현관에서 그녀에게 인사했다. 빌로는 홀 스탠드의 거울을 들여다보면서 머리를 빗고 있었다. 위층에서 음악 소리가 들려왔다.

말비 부인은 계단 카펫에 노란 얼룩이 묻어 있는 것을 발견하고는 몹시 화가 났다. 층계참 카펫에도 비슷한 얼룩이 보였다. "아, 이런!" 말비 부인이 부엌문 앞에서 소리쳤다. "아, 이런, 안 돼!"

조가비 색상과 비슷한 옅은 분홍색 벽 한쪽 면이 노란 에멀션 페인트로 군데군데 칠해져 있었다. 검정색과 흰색이 어우러진 비닐 바닥에도 통에서 쏟아진 페인트가 묻어 있었다. 게다가 바닥에 쏟아진 페인트를 밟고 지나다닌 자국도 보였다. 곱슬머리 아이가 식기 건조대를 딛고 서서 노란 페인트로 천장을 칠하고 있었다. 부엌에는 다른 아이들의 모습은 보이지 않았다.

곱슬머리 아이가 말비 부인을 내려다보면서 웃었다. "안녕하세요, 휠러 부인."

"벽만 닦으라고 했잖니!" 말비 부인이 소리쳤다.

그녀는 이렇게 말하면서 피로가 밀려오는 것을 느꼈다. 그녀는 카펫 여기저기에 묻은 얼룩을 발견하고 차분한 조가비색을 뒤덮은 흉측한 노란 페인트를 본 것만으로도 화가 치밀어서 안정을 잃은 상태였다. 그런 데다 분노를 터뜨리자 그녀의 얼굴과 목이 달아올랐다. 그녀는 눕고 싶은 기분을 느꼈다.

"왜요, 휠러 부인?" 곱슬머리 아이는 그녀를 보면서 다시 한 번 빙그레 웃더니 계속해서 천장에 페인트를 처덕처덕 발랐다. 페인트가 아이의 몸에, 식기 건조대에, 컵과 받침 접시에, 나이프와 포크와 숟가락에 그리고 바닥에 정신없이 떨어졌다. "색이 마음에 드세요, 휠러 부인?" 곱슬머리 아이가 물었다.

라디오는 끊임없이 소음을 뿜어냈다. 어떤 가수인지 모르지만 듣기 싫은 콧소리를 섞어서 서투르게 노래를 부르고 있었다. 곱슬머리 아이는 페인트 붓으로 라디오를 가리키면서 멋진 노래라고 말했다. 말비 부인은 휘청대면서 부엌을 가로지른 뒤 라디오를 껐다. "이봐요, 빌어먹을. 할머니!" 곱슬머리 아이가 화를 내면서 대들었다.

"나는 벽을 닦으라고 말했다. 이런 색깔을 고른 적도 없어."

곱슬머리 아이는 말비 부인이 라디오를 끈 것에 여전히 화가 나서 페인트 붓을 손에 쥔 채 몸부림을 쳤다. 아이의 곱슬머리와 티셔츠 그리고 얼굴에는 페인트가 잔뜩 묻어 있었다. 그리고 아이가 붓을 이리저리 휘두를 때마다 페인트가 유리창에, 작은 그릇장에, 전기난로에 그리고 수도꼭지와 싱크대에 튀었다.

"라디오 왜 껐어?" 빌로라는 이름의 남자아이가 부엌으로 들어오면서 묻더니 곧장 라디오 앞으로 갔다.

"나는 부엌 칠을 원한 적이 없어." 말비 부인이 다시 한 번 말했다. "분명히 말했을 텐데."

라디오에서 노래가 조금 전보다 더 크게 흘러나왔다. 식기 건조대 위에서 곱슬머리 아이가 머리와 몸을 팅기면서 흔들기 시작했다.

"저 아이한테 제발 그만 칠하라고 해!" 말비 부인이 최대한 높은 소리로 외쳤다.

"잠깐만요." 빌로라는 아이가 그녀를 밖으로 밀어낸 뒤 부엌문을 닫았다. "저 안에서는 아무 소리도 안 들려요."

"나는 부엌 칠을 원하지 않아."

"그게 무슨 말씀이세요, 휠러 부인?"

"내 이름은 휠러가 아니다. 나는 부엌을 칠할 생각이 없어. 벌써 말했잖니."

"그럼 우리가 집을 잘못 찾아온 건가요? 선생님이 우리한테……"

"페인트를 닦아 내 주겠니?"

"만약에 집을 잘못 찾아온 거라면……"

"집을 잘못 찾아온 건 아니야. 저 아이한테 페인트를 닦아 내라고 말해 줄래?"

"종합 중등학교 남자 선생님이 찾아오지 않았나요, 휠러 부인? 뚱뚱한 남자요."

"그래, 그래, 왔었다."

"그 선생님이 시킨 일이에요."

"저 아이한테 말 좀 해 줄래?"

"물론이죠, 휠러 부인."

"바닥에 떨어진 페인트도 닦아 주겠니? 밟고 다녀서 카펫에 여기저기 묻었더구나."

"문제없어요, 휠러 부인."

말비 부인은 부엌에 다시 들어가고 싶지 않아서 목욕탕으로 간 뒤 욕조를 닦을 때 사용하는 스펀지 클로스에 더운물을 적셨다. 계단 카펫과 층계참 카펫에 묻은 페인트를 힘껏 문지르자 지워지기 시작했다. 그러나 얼룩을 문질러 닦는 일은 그녀를 지치게 했다. 말비 부인은 스펀지 클로스를 제자리에 가져다 두면서 상황이 어떻게 돌아가고 있는지 도무지 알 수 없는 혼란스러움을 느꼈다. 지난 몇 시간 동안 벌어진 모든 일들은 꿈만 같았다. 그녀가 텔레비전에서 본 드라마처럼 느껴지기도 했다. 그러나 분명 이것은 드라마가 아니라 현실이었다. 말비 부인은 세면대 아래 선반에 스펀지 클로스를 내려놓은 뒤 잠시 목욕탕에 우두커니 서 있었다. 꿈속에서 이따금 그런 것처럼 그녀의 눈앞에 욕실에 우두커니 서 있는 자신의 모습이 보였다. 그녀는 종합 중등학교의 교사가 찾아왔을 때 입고 있던 것과 같은 파란 원피스 차림을 한 구부정한 자신의 몸을 보았다. 핏기 없는 얼굴이지만 두 뺨은 빨갛게 달아 있고, 하얗게 센 머리는 단정하게 손질되어 있고, 손가락은 부러질 듯 약해 보였다. 꿈속에서는 뒤이어 무슨 일이든 벌어질 수 있었다. 그녀는 갑자기 40년은 더 젊어질 수 있고, 데릭과 로이가 살아 있을 수도 있었다. 그녀는 심지어 더 젊어져서 닥터 램지로부터 임신했다는 이야기를 들을 수도 있었다. 텔레비전 드라마였다면 상황이 다르게 전개될 수도 있었다. 집으로 찾아온 아이들이 그녀를 죽일지도 몰랐다. 그녀가 현실에서 바라는 것은 부엌이 정리되고, 벽에 칠한 페인트를 그녀가 카펫에 묻은 얼룩을 제거한 것처럼 모두 닦아 내고, 모든 오해를 푸는 것이었다. 한 순간 그녀는 부엌에서 아이들에게 대접할 차를 준비하면서 괜찮다고 말하는 자신의 모습을 보았다. 그녀는 인생을 살아 보니까 모든 것에 적응이 되더라고 말하는 자신의 목소리를 듣기까지 했다.

말비 부인은 마침내 목욕탕에서 나왔다. 라디오에서는 여전히 소음이 흘러나오고 있었다. 말비 부인은 라디오 소리 때문에 거실에 앉아 있고 싶지 않았다. 그녀는 침실로 이어지는 계단을 올라가면서 차분하고 조용한 방 안 분위기를 상상했다.

"뭐야!" 말비 부인이 침실 문을 여는 순간 여자아이가 소리쳤다.

"야, 꺼져!" 빨간 머리 남자아이가 명령했다.

두 아이는 그녀의 침대에 누워 있었고, 두 아이의 옷은 바닥에 널브러져 있었다. 앵무새 두 마리가 방 안을 제멋대로 날아다녔다. 남자아이의 벌거벗은 어깨와 뒤통수가 시트와 담요 밖으로 삐죽 나와 있었다. 여자아이가 남자아이 밑에서 빠끔히 얼굴을 내밀더니 말비 부인을 뚫어질 듯 쳐다보았다. "애들이 아니야." 여자아이가 남자아이에게 속삭였다. "그 할머니야."

"안녕하세요, 할머니." 남자아이가 고개를 돌렸다. 부엌에서 여전히 시끄러운 라디오 소리가 들려왔다.

"죄송해요." 여자아이가 말했다.

"왜 앵무새가 여기에 있지? 왜 앵무새를 꺼냈니? 너희한테는 이렇게 행동할 권리가 없어."

"섹스를 해야 됐어요." 여자아이가 설명했다.

앵무새가 화장대 거울에 앉아서 반짝이는 눈으로 방 안에서 벌어지는 일을 지켜보고 있었다.

"정말 멋져요. 앵무새 말이에요." 남자아이가 말했다.

말비 부인이 두 아이의 널브러진 옷 사이로 발을 디디며 걸었다. 앵무새는 화장대 거울에 앉아서 움직이지 않았고, 말비 부인이 손을 뻗어 잡는 순간 날개를 퍼덕였지만 반항하지 않았다. 말비 부인은 앵무새를 손에 쥔 채 다시 문 앞으로 갔다.

"이럴 권리가 없어." 말비 부인은 그녀의 침대에 누워 있는 두 아이에게 말하기 시작했지만 목소리가 너무 작게 나왔다. 그녀의 목소리는 가늘게 떨리면서 귀에 들리지도 않는 속삭임이 되었다. 그녀는 지금 벌어지는 일은 생길 수 없는 일이라고 다시 한 번 생각했다. 그녀의 눈에 앵무새를 들고서 불행한 얼굴로 서 있는 자신의 모습이 또다시 보였다.

그녀는 거실에서 눈물을 흘렸다. 그리고 앵무새를 새장에 넣고 창가에 놓인 안락의자에 앉았다. 창밖으로 캐서린 가가 내다보였다. 그녀는 햇살 속에 앉아서 그 따사로움을 느끼고 있었지만 여느 때처럼 즐겁지 않았다. 그녀는 자기 침대에 남자아이와 여자아이가 누워 있다는 사실이 너무나 싫어서 눈물을 흘렸다. 침실에서 본 모습이 그녀의 머릿속에 또렷이 남아 있었다. 남자아이의 광택이 없는 검정 가죽 부츠는 무거워 보였고, 여자아이의 초록색 신발은 굽이 엄청 높은 데다 밑창은 두꺼웠다. 여자아이의 속옷은 보라색이고 남자아이의 속옷은 더러웠다. 그녀의 침실에서는 불쾌한 땀 냄새가 진동했다.

말비 부인은 기다리면서 머리가 지끈거리기 시작하는 것을 느꼈다. 그녀는 눈물에 젖은 눈과 뺨을 손수건으로 닦았다. 자전거를 타고서 캐서린 가를 지나가는 사람들의 모습이 보였다. 광택제 공장에서 일하는 여공들과 벽돌 찍는 곳에서 일하는 남자들이 점심 식사를 하려고 집으로 돌아가고 있었다. 야채 가게에서 리크와 양배추가 담긴 바구니를 손에 들고 나오는 사람들도 보였다. 종이봉투를 들고 나오는 사람들도 있었다. 두통은 점점 더 심해졌지만 캐서린 가를 오가는 사람들을 구경하는 동안 말비 부인은 기분이 좀 나아졌다. 그녀는 조금 전보다 마음의 평정을 되찾았다.

"죄송해요." 여자아이가 갑자기 나타나서 다시 한 번 말했다. 아이는 감당하기 힘든 신발을 신고서 비틀거리고 있었다. "침실로 올라오실 줄 몰랐어요."

말비 부인은 여자아이에게 미소를 지어 보이려고 했지만 뜻대로 되지 않았다. 그녀는 대신 고개를 끄덕였다.

"다른 애들이 새를 방 안에 넣었어요. 그냥 장난이었어요." 여자아이가 말했다.

말비 부인은 또다시 고개를 끄덕였다. 그녀는 앵무새 두 마리를 새장에서 꺼낸 것이 어떻게 장난인지 이해할 수 없었지만 아무 말도 하지 않았다.

"이제 다시 페인트칠을 할게요. 아까 일은 죄송해요." 여자아이가 말했다.

여자아이는 부엌으로 갔고 말비 부인은 캐서린 가에 있는 사람들을 계속해서 바라보았다. 여자아이는 페인트를 닦아 내겠다고 말해야 할 때 페인트칠을 하겠다고 잘못 말했다. 여자아이는 위층에서 내려온 뒤 미안하다는 말을 하려고 곧장 그녀에게 오느라고 남자아이들한테서 실수로 페인트칠이 되었다는 이야기를 듣지 못했다. 말비 부인은 아이들이 돌아가고 나면 침실 창문을 활짝 열어서 땀 냄새를 빼야겠다고, 침대 시트를 갈아야겠다고 생각했다.

부엌에서 라디오 소음 사이로 시끌벅적 떠드는 소리가 들렸다. 웃음소리에 이어서 무언가가 깨지는 것 같은 소리가 들리더니 더 큰 웃음소리가 났다. 아이들이 라디오에서 흘러나오는 노래를 따라 부르기 시작했다.

말비 부인은 20분을 앉아 있다가 부엌 앞으로 갔고, 그냥 문을 열었다가 혹시라도 의자에 올라가 있던 아이를 떨어뜨릴까 봐 노크를 했다. 그러나 대답이 없었다. 말비 부인은 조심스럽게 문을 열었다.

노란 페인트가 더 넓은 면적에 칠해져 있었다. 창 둘레로 벽 전체가 노랗게 칠해진 상태였고 싱크대 뒤쪽 벽도 거의 다 노란색으로 뒤덮여 있었다. 천장 역시 반쯤 노랗게 칠해졌고 하얗던 목조 부분은 윤이 나는 짙은 청색으로 변해 있었다. 아이들 네 명 모두가 페인트칠을 하고 있었다. 페인트 통 하나가 바닥에 쓰러져 있었다.

말비 부인은 부엌문 앞에 서서 아이들을 쳐다보면서 또다시 울었다. 눈물을 참을 길이 없었다. 그녀는 두 뺨을 타고 흐른 따뜻한 눈물이 차갑게 식는 것을 느꼈다. 그녀는 1942년에 전보 두 통을 받고서 바로 이 부엌에서 눈물을 흘렸다. 두 번째 전보가 도착했을 때 그녀는 영원히 눈물을 멈추지 못할 거라고 믿었었다. 그 당시였다면 부엌이 노랗게 칠해졌다는 이유만으로 눈물을 흘리는 것은 우스꽝스럽게 여겨졌을 것이 분명했다.

아이들은 그녀가 부엌문 앞에 서 있는 것을 보지 못했다. 아이들은 페인트 붓을 앞뒤로 신나게 움직이면서 계속 노래를 불렀다. 깔끔한 직선을 이루었던 옅은 분홍색과 흰색 목조 부분이 만나는 경계선은 이제 삐뚤빼뚤했다. 빨간 머리 아이가 윤이 나는 짙은 청색 페인트를 칠하고 있었다.

말비 부인은 지금 눈앞에 보이는 광경이 실제로 벌어지는 일이 아닌 듯한 기분을 또다시 느꼈다. 그녀는 일주일 전에 꿈을 하나 꾸었는데 여느 때보다 더 생생했던 그 꿈속에서 총리가 텔레비전에 나와, 영국은 이제 더 이상 스스로를 책임질 능력이 없기 때문에 독일에게 침략을 요청했다고 말했다. 그 꿈이 유난히 마음에 걸렸던 이유는 아침에 깨어났을 때 그 장면을 정말로 텔레비전에서 본 것 같은 생각이, 실제로 전날 밤 거실에 앉아서 총리가 그 자신과 야당 대표가 영국을 위한 최선책은 침략이라는 결론을 내렸다고 말하는 것을 들은 듯한 기분이 들었기 때문이었다. 그녀는 곰곰이 생각한 끝에 그것은 당연히 사실이 아니라는 판단을 내렸다. 그런데도 그녀는 물건을 사러 밖으로 나갔을 때 여러 신문의 1면 머리기사 제목을 흘긋 바라보았다.

"마음에 드세요?" 빌로라는 남자아이가 부엌 한쪽 끝에서 그녀를 보고 웃으며 큰 소리로 물었다. 아이는 그녀가 얼마나 큰 충격을 받았는지 전혀 모르고 있었다. "깔끔하죠, 휠러 부인?"

말비 부인은 대답하지 않았다. 그녀는 아래층으로 내려간 뒤 건물 현관문을 지나서 캐서린 가로 나섰다. 그러고서 그녀는 한때 남편이 운영했던 야채 가게로 들어갔다. 야채 가게는 점심시간에도 문을 닫지 않았다. 지금까지 단 한 번도 그런 적이 없었다. 잠시 기다리자 킹이 입을 닦으면서 나타났다. "안녕하세요, 말비 부인." 킹이 인사했다.

킹은 잘 손질된 콧수염과 유대인 특유의 눈을 가진 덩치가 큰 남자였다. 그는 본래 잘 웃는 사람이 아니기 때문에 지금도 미소를 짓고 있지 않았다. 그렇지만 그는 뚱한 사람이 절대로 아니었다. 오히려 그 반대였다.

"필요한 거 있으세요?" 킹이 물었다.

말비 부인이 설명을 시작했다. 킹은 그녀의 이야기를 들으면서 고개를 설레설레 흔들었고 계속해서 얼굴을 찡그렸다. 표정이 풍부한 그의 눈이 휘둥그레졌다. 그가 아내를 불렀다.

세 사람이 보도 위로 서둘러 걸음을 옮겨 말비 부인 집의 열려 있는 현관문 앞까지 가는 동안, 말비 부인이 느끼기에 킹 부부는 그녀의 말을 믿지 않는 것 같았다. 킹 부부는 그녀의 말이 사실이 아니라고, 노란색 페인트와 라디오에서 나오는 팝 음악과 아이 두 명이 그녀의 침대에 누워 있는 동안 침실을 날아다닌 새를 비롯해 모든 것이 그녀의 상상에 불과하다고 생각하는 것이 틀림없었다. 말비 부인은 킹 부부의 생각을 읽을 수 있었다. 그렇지만 그녀는 그들의 기분을 정확히 이해할 수 있었기 때문에 두 사람을 탓하지 않았다. 세 사람은 집 안에 들어서는 순간 라디오에서 흘러나오는 소음을 분명히 확인할 수 있었다.

층계참 카펫에는 또다시 페인트가 묻어 있었다. 노란색 발자국이 거실을 가로질러 부엌까지 이어져 있었다.

"이 불량배 녀석들!" 킹이 아이들에게 소리쳤다. 그는 라디오의 스위치를 사납게 눌러서 끄더니 당장 페인트칠을 멈추라고 말했다. "대체 무슨 짓들을 하는 거야?" 그가 무섭게 물었다.

"우리는 저 할머니 부엌을 칠하러 왔어요." 빌로라는 아이가 킹의 호통에도 전혀 기죽지 않은 채 대답했다. "우리는 지시받은 대로 하는 거예요, 아저씨."

"그래서 저 요란한 페인트를 바닥에 마구 흘리고 다니도록 지시를 받았다는 거냐? 유리창이랑 나이프하고 포크를 페인트 범벅이 되게 하라고 지시를 받았다는 거야? 제멋대로 침실에 들어가 뒹굴어서 이 가엾은 할머님을 기절할 만큼 놀라게 만들라는 지시를 받았다는 거냐?"

"할머니를 놀라게 한 사람은 없어요, 아저씨."

"내가 무슨 말을 하는지 알 텐데."

킹에게 최선의 방법으로 문제를 해결하도록 맡겨 둔 채 말비 부인은 킹 부인과 야채 가게로 돌아가서 가게 안쪽에 있는 작은방에 앉았다. 3시에 킹이 가게로 들어오면서 아이들이 모두 돌아갔다고 말했다. 그는 학교에 전화를 걸었고 잠시 기다린 뒤 말비 부인을 찾아왔던 교사와 연결이 되었다. 킹은 가게에서 통화를 했지만 그가 방금 벌어진 일은 망신거리라고 말하는 소리가 말비 부인의 귀에 들렸다. "여든일곱 되신 분한테 이런 고통을 안겨 드리다니요! 마땅히 보상을 하셔야 될 겁니다."

킹은 대화를 좀 더 이어 간 뒤 수화기를 내려놓았다. 그가 작은방에 삐죽 고개를 디밀더니 교사가 당장 이쪽으로 와서 피해 내용을 확인할 거라고 말했다. "무얼 드릴까요?" 말비 부인의 귀에 킹이 손님에게 묻는 소리가 들렸다. 여자 목소리가 토마토, 콜리플라워, 감자 그리고 요리에 쓸 큰 사과가 필요하다고 대답했다. 킹은 손님에게 방금 벌어진 사건을 이야기하면서 그 일 때문에 두 시간을 허비했다고 말했다.

말비 부인은 킹 부인이 따라 준 달콤한 밀크티를 마셨다. 그녀는 노란 페인트와 윤이 나는 짙은 청색 페인트를 생각하지 않으려고 애썼다. 그녀는 침실에서 본 광경과 방 안에 진동하던 냄새와 그녀가 지우고 난 뒤에 다시 카펫에 묻어 있던 얼룩을 기억하지 않으려고 애썼다. 그녀는 아이들이 카펫에 묻은 페인트를 마르기 전에 지웠는지 킹에게 묻고 싶었지만 이야기를 꺼내지 않았다. 친절을 베푼 킹에게 보채는 듯 보일 수는 없었다.

"요즘 애들은 도무지 알 수가 없어요." 킹 부인이 말했다.

"그런 애들은 맞아야 돼." 킹이 작은방으로 들어와서 밀크티 잔을 들며 말했다. "나라면 그런 녀석들 엉덩이에 불이 나도록 때리겠어."

누군가 가게에 들어오는 소리가 나자 킹은 급히 작은방에서 나갔다.

"무엇을 드릴까요?" 말비 부인은 킹이 손님에게 공손하게 묻는 소리를 들었다. 말비 부인을 찾아왔던 교사의 목소리가 뒤이어 들렸다. 그가 자신이 누구인지를 밝히자 킹은 더 이상 공손한 태도를 보이지 않았다. 킹은 이런 일은 여든일곱 살 노인을 죽게 할 수도 있다고 벼락 치듯 소리를 질렀다.

말비 부인이 자리에서 일어서자 킹 부인이 급히 다가와서 그녀의 팔을 잡아 부축했다. 두 사람은 이렇게 가게 안으로 들어갔다. "3.5펜스입니다." 킹이 오렌지 값을 물어본 여자에게 대답하고 있었다. "알이 굵은 건 4펜스입니다."

킹은 작은 오렌지 네 알을 건넨 뒤 돈을 받았다. 그가 자전거를 타고 가게 앞을 지나가는 청년을 소리쳐 불렀다. 청년은 오후 신문 배달을 시작하려는 참이었다. 킹은 토요일 아침에 이따금 그를 돕는 청년에게 급한 일이 생겨서 그러는데 10분만 가게를 봐줄 수 있느냐고 물었다. 그는 저녁 신문이 한 번쯤 조금 늦게 도착한다고 해서 문제 될 것은 없다고 설득했다.

"부엌이 환해진 걸 부정하실 수는 없을 것 같은데요, 말비 부인." 교사가 말비 부인의 부엌에서 말했다. 희끗희끗한 앞머리 밑에서 그의 눈이 말비 부인을 바라보았다. 그는 한쪽 벽을 손가락 끝으로 만지면서 만족스러운 듯 고개를 끄덕였다.

노란 페인트와 윤이 나는 짙은 청색 페인트가 부엌 전체에 칠해져 있었고, 두 색은 깔끔하지 못하게 들쭉날쭉한 선을 그리면서 만나고 있었다. 바닥에 쏟아졌던 페인트는 모두 닦였지만 얼룩을 제거하는 과정에서 검정색과 흰색이 어우러진 비닐 바닥은 색이 흐릿해졌고 지저분해졌다. 유리창을 비롯해 다른 표면에 묻어 있던 페인트도 닦였지만 흔적을 남겼다. 그릇장도 닦였지만 역시 페인트 흔적이 남아 있었다. 아이들은 포크와 나이프, 수도꼭지 그리고 컵과 받침 접시를 모두 물에 씻거나 닦아 두었다.

"내 눈을 못 믿겠네요!" 킹 부인이 감탄한 듯 큰 소리로 말하더니 남편을 돌아보았다. 그녀는 어떻게 이 많은 일을 해냈느냐고 남편에게 물었다. "아까 부엌 꼴이 어땠는지를 보셨어야 해요." 그녀가 교사에게 말했다.

"문제는 카펫입니다." 킹이 말했다. 그는 앞장서서 부엌을 나가 거실로 갔고, 층계참 카펫과 거실 카펫에 묻은 노란 얼룩을 가리켰다. "닦아 내려고 보니까 저 요란한 페인트가 벌써 말랐더군요. 배상이 필요한 부분이죠." 킹이 정색하고 교사에게 말했다. "1~2실링은 물어내셔야 할 겁니다."

킹 부인은 자기 남편이 최선을 다해 돕고 있다는 사실을 알리려고 말비 부인을 팔꿈치로 쿡 찔렀다. 말비 부인을 찌른 팔꿈치는 배상금을 받게 될 테니, 게다가 입은 손해보다 더 많은 돈을 받게 될 테니 이제 모든 문제는 해결된 거라고 말하고 있었다. 또 그 팔꿈치는 말비 부인이 시간이 조금만 지나면 바뀐 환경에 적응해서 편하게 지내게 될 거라고 말하고 있었다.

"배상요?" 교사가 허리를 굽히더니 거실 카펫에 묻은 페인트를 긁으면서 물었다. "유감스럽지만 배상은 불가능할 것 같군요."

"카펫이 망가졌습니다." 킹이 딱딱한 말씨로 서둘러 말했다. "당신은 말비 부인께 폐를 끼쳤어요."

"부인께서는 부엌을 돈 한 푼 안 들이고 새로 칠하셨습니다." 교사역시 딱딱거리며 킹에게 대답했다.

"학생들은 부인께서 기르시는 새를 풀어 놓았고, 부인 침대에서 못 된 짓을 했습니다. 그런 짓을 할 권리가 없었어요."

"그 아이들은 결손가정에서 자랐어요. 카펫 문제는 최선을 다해서 해결해 보겠습니다, 말비 부인."

"부엌은요?" 말비 부인이 속삭였다. 그녀는 들리지 않을 정도로 목소리가 작게 나와서 헛기침으로 목청을 가다듬었다. "부엌은요?" 그녀는 다시 한 번 속삭이며 물었다.

"부엌이 왜요, 말비 부인?"

"나는 부엌을 칠하고 싶지 않았어요."

"아, 이제 와서 그런 말도 안 되는 이야기는 하지 마세요."

교사가 재킷을 벗더니 짜증스러운 얼굴로 의자 위에 던지고는 거실을 떠났다. 말비 부인의 귀에 교사가 부엌에서 수돗물을 트는 소리가 들렸다.

"페인트칠을 끝내는 방법밖에 없었습니다, 말비 부인." 킹이 말했다. "반쯤 칠하다 말면 부인을 정말 화나게 만들었을 겁니다. 아이들이 페인트칠을 끝낼 때까지 제가 지키고 서 있었죠."

"일단 칠한 페인트는 지울 수가 없어요." 킹 부인이 거들었다. "힘든 일을 해냈어요, 레오." 킹 부인이 남편에게 말했다. "정말 끔찍한 말썽꾸러기들이었어요."

"저희는 그만 가 봐야겠습니다." 킹이 말했다.

"제법 멋져요. 부엌 말이에요, 아주 화사해요." 그의 아내가 덧붙였다.

킹 부부는 돌아갔고 교사는 카펫에 묻은 노란 페인트를 말비 부인의 설거지용 솔로 문질렀다. 그는 층계참 카펫에는 어차피 얼룩이 있었다고 말했다. 그가 손가락으로 가리키는 얼룩은 말비 부인이 욕실 청소용 스펀지 클로스로 페인트를 지우고 남은 자국이었다. 그는 부엌을 마음에 들어 해야 할 거라고 말비 부인에게 말했다.

말비 부인은 아무 말도 해서는 안 된다는 것을 알았다. 그녀는 킹 부부가 함께 있을 때에도 아무 말도 해서는 안 된다는 것을 알고 있었고 지금도 마찬가지였다. 그녀는 킹 부부에게 부엌의 본래 색은 자신이 직접 고른 것이었다고 말할 수도 있었다. 그리고 얼룩을 문질러 닦는 교사에게 카펫을 본래대로 되돌리는 것은 불가능하다고 말할 수도 있었다. 그러나 그녀는 성가신 사람 취급을 받고 싶지 않아서 아무 말 없이 그를 지켜보고만 있었다. 페인트칠을 하도록 아이들을 부엌에 들여놓고서 뒤늦게 법석을 떤다면 킹 부부는 그녀를 성가시게 여길지도 몰랐다. 그녀가 성가신 존재가 된다면 교사와 킹 부부는 한편이 될 테고, 부시 신부와 미스 팅글 그리고 그로브 부인과 할버트 부인마저도 그들과 같은 편이 될지 몰랐다. 그들은 지금 벌어진 일이 모두 그녀의 나이가 많기 때문이라고, 부엌으로 페인트를 갖고 들어간 아이들이 당연히 그 페인트를 사용할 것임을 그녀가 이해하지 못했기 때문이라고 자기들끼리 합의를 볼지도 몰랐다.

"장담하는데 아무도 못 알아볼 겁니다." 교사가 일어서더니 카펫에 남아 있는 흐릿한 노란 얼룩을 가리키며 말했다. 그는 재킷을 입었다. 그가 사용한 설거지용 솔과 물이 담긴 그릇은 거실 바닥에 그대로 놓여 있었다. "끝이 좋으면 다 좋은 겁니다. 협조해 주셔서 감사합니다, 말비 부인."

말비 부인은 그녀의 두 아들 데릭과 로이를 생각했다. 지금 왜 두 아들이 생각나는지 그녀도 알 수 없는 일이었다. 그녀는 교사와 함께 계단을 내려갔다. 교사는 쾌활한 목소리로 사회봉사에 대해 말했다. 그는 이런 결손가정의 아이들을 너그럽게 보아주어야 한다고, 이해하려고 노력해야 한다고, 그냥 등을 돌려서는 안 된다고 말했다.

말비 부인은 갑자기 데릭과 로이에 대해서 말하고 싶어졌다. 이런 충동에 사로잡힌 채 그녀는 전사 소식을 들은 직후에 그랬던 것처럼 두 아들의 시신을 상상했다. 데릭과 로이는 사막의 모래 위에 누워 있고, 사막의 새들이 두 아들의 시신을 내리 덮치고 있었다. 데릭과 로이의 네 개의 눈은 사라지고 없었다. 말비 부인은 전쟁이 일어나서 모든 것을 산산조각 내기 전까지만 해도 그녀의 가족은 행복했다고, 캐서린 가에서 만족스럽게 살아가는 가족이었다고 교사에게 설명하고 싶었다. 그러나 전쟁이 터진 뒤로는 모든 것이 달라졌다. 삶을 이어 갈 이유가 없는 상황에서 삶을 이어 가기란 쉬운 일이 아니었다. 집 안의 모든 공간은 두 아들이 자라는 동안의 수없이 많은 추억을 담고 있었다. 요리를 하고 청소를 하는 것도 부질없는 일로만 여겨졌다. 전쟁만 아니었다면 두 아들의 것이 되었을 가게는 다른 사람에게 넘겨져야 했다.

그러나 시간은 연달아 두 차례 입은 쓰라린 상처를 어루만져 주었고, 말비 부인은 끔찍한 공허감을 참아 내며 살아왔다. 가게를 킹 부부가 차지하고 있는 것은 두 아들이 그 공간을 채우고 있는 것과는 물론 달랐지만 킹 부부는 적어도 친절한 사람들이었다. 가정이 파괴되고 34년이 흐른 지금, 시간이 베푼 자비 덕분에 말비 부인은 고령의 삶 속에서 행복했다. 그녀는 교사에게 이런 이야기도 하고 싶었다. 왜 이런 이야기를 하고 싶은지 그 이유는 알 수 없었지만 어찌 보면 지금 같은 상황에 맞는 이야기인 것 같기도 했다. 그러나 이야기를 시작하기가 어려울 것이 분명하기 때문에, 이야기를 풀어 가려고 노력하는 것이 노망난 늙은이의 행동처럼 보일지도 모르기 때문에 그녀는 입을 다물었다. 대신 정신을 모아서 잘 가라는 인사를 했다. 말비 부인은 단지 아이들에게 자기 의견을 분명히 밝히지 않았음을 그녀 스스로도 알고 있다는 것을 드러내 보이려고 미안하다고 말했다. 말비 부인은 자신과 아이들 사이에 대화가 제대로 이루어지지 않았음을 그녀 스스로도 알고 있다는 사실을 교사에게 분명히 전하고 싶었다.

교사는 그녀가 하는 말을 귀담아듣지 않은 채 애매하게 고개를 끄덕였다. 그는 세상을 좀 더 살기 좋은 곳으로 만들려고 노력하고 있다고 말했다. "그런 아이들을 위해서죠, 말비 부인. 결손가정의 희생양들 말입니다."

토리지
Torridge

어른이 된 토리지의 모습이 어떠할지 혹은 윌트셔와 메이스해밀턴 그리고 애로스미스가 어떤 어른이 될지 생각해 본 사람은 아무도 없을 것이다. 열세 살의 토리지는 이름을 부를 때 나는 소리에 걸맞은 푸딩 같은 얼굴을 하고 있었다. 그리고 토리지의 작은 눈과 짧은 머리카락은 생쥐를 떠오르게 했다. 회색 교복 셔츠의 옷깃 아래로 둘러맨 기숙사 넥타이는 적당한 형태와 크기의 적갈색 삼각형을 이루면서 정성스럽게 매듭지어져 있었다. 토리지의 검정 구두는 언제나 윤이 났다.

토리지는 독특한 면이 있는 아이였다. 토리지는 따돌림을 당하고 있었지만 보는 사람이 짜증 날 정도로 그 사실을 모르는 것 같았다. 토리지는 운동을 잘하지 못했고 수업 시간에 선생님의 설명을 제대로 이해하지 못했다. 토리지는 반쯤 웃고 있는 찡그린 얼굴로 고개를 한쪽으로 비딱하게 기울인 채 교실에 앉아 있었다. 토리지는 가끔 신음 소리가 터져 나오게 만드는 질문을 던지기도 했다. 그럴 때마다 토리지는 이런 반응을 이끌어 낸 것에 만족한 듯 활짝 웃으면서 전혀 당황하거나 창피한 기색 없이 교실을 둘러보았다. 토리지는 가식적인 행동을 하고 있는 것처럼 보일 정도로 순진했다. 그러나 토리지는 정말로 순진했고, 시간이 흐르면서 결국 모두가 그 사실을 인정하게 되었다. 불도그 예이츠라는 선생님은 토리지의 순진성을 날카롭게 공격하고 경멸했다. 그는 토리지의 모습이 뜻하지 않게 눈에 들어올 때마다 한숨을 쉬었고, 정말로 그렇게 믿는 체하면서 토리지를 언제나 포리지라고 불렀다.

월트셔와 메이스해밀턴 그리고 애로스미스는 토리지와 나이만 같을 뿐 모든 면에서 달랐다. 세 명 모두 금발에 몸은 말랐고 이목구비는 또렷했다. 그리고 세 명 모두 토리지와 같은 교복을 단정치 못하게 입었고 기숙사 넥타이는 되는대로 맸으며 상처투성이 구두의 끈은 마구잡이로 묶었다. 월트셔와 메이스해밀턴 그리고 애로스미스는 여러 운동 경기에서 두각을 나타냈고 이해력이 뛰어났다. 어른들은 셋을 보면서 호감 가는 아이들이라고 말하고는 했다.

세 아이는 어떻게 보면 너무나 개성 있는 토리지 때문에 친해졌다. 첫 학기의 첫날 밤, 세 아이의 눈에 들어온 토리지는 처음부터 특별했다. 기숙사의 불이 꺼지자 어둠 속에서 누군가가 애써 울음을 참는 소리가 들렸다. 그때 토리지가 집을 그리워하는 기색이라고는 전혀 찾아볼 수 없는 새된 목소리로 자기 아버지는 단추 사업을 한다고 말했다. 그러고는 자기도 커서 틀림없이 단추 사업을 하게 될 거라고 덧붙였다. 이튿날 아침에 그 목소리의 주인공이 누구였는지 밝혀졌다. 빨간색과 파란색 줄무늬가 있는 잠옷을 입은 남자아이가 세면장에서 여전히 재잘거리고 있었다. "너희 아빠는 뭐 하셔, 토리지?" 애로스미스가 아침 식사 시간에 물었다. 그것이 시작이었다. "우리 아빠는 단추 사업을 하셔." 토리지가 환하게 웃으면서 대답했다. "토리지스라는 회사 알지?" 그러나 그런 회사를 아는 아이는 아무도 없었다.

토리지는 다른 신입생과 달리 특별히 누군가와 친해지지 않았다. 토리지는 집을 그리워하는 작은 무리의 아이들과 한동안 어울렸다. 공통점이라고는 집에 가고 싶어 하는 마음밖에 없던 이 아이들은 얼마 후 뿔뿔이 흩어졌고 토리지는 혼자가 되었다. 그러나 토리지는 매우 행복해 보였다. 토리지가 신입생 기숙사 사감실에 있는 모습이 자주 눈에 띄었다. 올드 프로스티*라고 불리는 친절한 사감은 머리가 하얗게 셀 정도로 나이가 지긋했는데 다른 교사들에게 받는 부당한 대우를 하소연하는 학생들의 이야기에 귀를 기울이면서 공감을 표시했고 세상은 살기 힘든 곳이라는 사실에 늘 기꺼이 동의했다. "불도그 예이츠 선생님이 토리지한테 뭐라고 하는지 들어 보셔야 돼요." 윌트셔는 토리지가 있는 데에서 올드 프로스티에게 이렇게 말하고는 했다. "불도그 예이츠 선생님은 토리지가 아무런 감정도 못 느끼는 줄 아나 봐요." 올드 프로스티는 불도그 예이츠가 끔찍한 사람이라고 대답했다. "신경 쓰지 마라, 토리지." 그는 다정한 목소리로 이렇게 덧붙였고, 토리지는 미소를 지으면서 불도그 예이츠가 하는 말에 전혀 신경 쓰지 않는다는 사실을 분명히 밝혔다. "토리지는 진정한 행복을 아는 아이야." 미친 월리스라고 알려진 새로 온 젊은 선생님이 어느 날 무심결에

---

* Old Frosty. 프로스티는 '서리 내린' '쌀쌀맞은'이라는 뜻.

말했다. 이 말 한마디는 지리 수업 시간에 대소동을 일으켰고, 그 후로 "우리 아빠는 단추 사업을 하셔" 혹은 "토리지스라는 회사 알지?"와 마찬가지로 수도 없이 아이들의 입에 오르내리는 이야기가 되었다. 토리지가 아는 진정한 행복은 농담거리가 되었고 어느새 윌트셔와 메이스해밀턴 그리고 애로스미스의 전유물처럼 되어 버렸다. 세 아이는 농담을 발전시켜서 토리지를 아는 것은 귀한 경험이며 토리지의 천진함과 행복으로 가득한 은밀한 왕국은 이국적이기까지 하다고 말했다. 윌트셔는 언젠가 학교가 토리지를 자랑스러워할 날이 올 거라고 진지한 얼굴로 말하기도 했다. 세 명은 이런 농담을 지겹도록 되풀이하고 다녔다.

학교 안에서 일부 상급생들은 신입생들에게 유행처럼 관심을 보였다. 그 관심은 식당에서 흘긋 바라보거나 미소를 보내는 것에서부터 정해진 시간에 외진 곳에서 만나자는 내용의 편지를 보내기까지 정도를 달리했다. 이렇게 해서 상급생과 하급생은 다양한 형태의 친밀한 관계를 맺기 시작했다. 영향력 있는 5학년으로부터 기분 좋지만 당황스럽기도 한 관심을 받은 신입생은 으쓱한 기분을 느끼는 동시에 잠시나마 집 생각을 잊을 수 있었다. 경당經堂 뒤에서 만나려면 철조망이 쳐진 담장을 넘어야 했다. 게다가 담장은 가시금작화 덤불이 우거진 경사지를 가로지르고 있었다. 그러나 상급생들은 아는 것이 많았고 하급생들을 세심하게 챙길 줄 알았다. 가시금작화 덤불 사이로는 사람이 많이 다녀서 다져진 길이 나 있었고, 그 길을 따라가면 아늑하고 조용한 공간이 나왔다. 바로 이곳에서 아이들은 그런대로 안전하게 담배를 피울 수 있었다. 언덕을 따라서 조금 더 멀리 가면 돌과 골함석을 이용해서 대충 만든 피신처가 나왔다. 아이들이 그곳을 찾는 이유 역시 흡연과 로맨스였다.

신입생들은 상급생들이 보이는 관심의 성격을 금세 알아챘고, 그와 동시에 우쭐대던 마음은 변형되어서 새로운 상황에 적응했다. 극심한 공포를 느끼면서 학교생활의 이 같은 영역으로부터 달아나는 신입생들도 있었다. 앤드루스와 버틀러, 웹과 메이스해밀턴, 딜런과 프랫, 토트힐과 골드피시 스튜어트, 굿과 월트셔, 세인스버리 메이저와 애로스미스, 브레위트와 화이트. 이들 사이의 로맨스를 모르는 아이들은 없었다. 이들 상급생과 하급생 간의 이름의 조합에서는 이따금 공연장 분위기가 느껴지기도 했다. 짝을 이룬 두 명의 이름을 부를 때면 서로 부둥켜안고서 소프트 탭 댄스를 추다가 발을 끄는 동작을 할 때와 같은 기분이 느껴졌다. 로맨스를 이어 가던 상급생과 하급생 사이에서 신의를 저버리는 일이 발생하기도 했다. '고결한' 앤서니 스웨인은 상급생들을 돌아가면서 사귀었다. 상급생들은 변덕스럽고 잔인한 '보석'인 앤서니를 갈망하면서도 동시에 경멸했다.

토리지한테서는 푸딩을 떠오르게 하는 생김새 때문에 '보석'의 자질을 찾아볼 수 없었다. 식당에서 토리지에게 눈길을 보내는 상급생은 당연히 없었다. 신입생 가운데에는 이런 운명을 맞는 혹은 이런 행운을 누리는 아이들이 있었는데 그렇다고 해서 장점이 전혀 없는 것으로 여겨지지는 않았다. 별다른 자질을 타고나지 못한 아이들이 신기하게도 5학년이나 6학년의 갈망의 대상이 되는 일은 결코 드물지 않았다. 신입생들은 어떻게 이런 일이 가능한지 어리둥절해했지만 스스로 5학년이나 6학년이 되고 나면 욕망이라는 것이 표면적인 잘생긴 용모보다 깊은 무언가와 관계있음을 비로소 깨달았다.

이 같은 진리를 명백하게 증명하기라도 하듯 토리지가 '보석'과 보호자의 세계에 눈을 뜨게 되는 날이 찾아왔다. 토리지는 학교 안에서 지금껏 성생활을 삼가던 5학년 선배로부터 편지를 받았다. 그 상급생은 검은 머리에 키가 크고, 이마가 튀어나온 얼굴에는 안경을 쓴 피셔라는 이름의 아이였다.

"이게 무슨 뜻이야?" 토리지가 베개 밑 잠옷 속에 쑤셔 넣어져 있던 편지를 발견하고서 물었다. "누가 산책을 하고 싶대."

토리지가 편지를 소리 내어 읽었다. "산책을 하고 싶으면 경당 뒤에 있는 발전소 옆에서 만나자. 화요일 오후 4시 반에. R. A. J. 피셔."

"맙소사." 암스트롱이 말했다.

"너를 흠모하는 사람이 생긴 거야, 포리지." 메이스해밀턴이 말했다.

"흠모하는 사람?"

"너를 '보석'으로 만들고 싶어 하는 사람 말이야." 윌트셔가 설명했다.

"'보석'이 뭔데?"

"남창이야, 포리지."

"남창?"

"친구라고 생각하면 돼. 너한테 보호자가 돼 주려는 거야."

"보호자라니?"

"너를 좋아하는 거야, 포리지."

"나는 이 선배를 알지도 못해."

"이마가 큰 선배 있잖아. 좀 멍청한 선배 말이야."

"좀 멍청하다고?"

"그 선배 엄마가 떨어뜨려서 머리를 땅에 부딪쳤대. 너희 엄마가 그런 것처럼, 포리지."

"우리 엄마는 나를 떨어뜨린 적 없어."

모두들 토리지의 침대 둘레로 모여들었고, 아이들은 편지를 돌려 가면서 읽었다. "너희 아빠는 무슨 일을 하셔, 포리지?" 월트셔가 뜬금없이 묻자 토리지는 아버지는 단추 사업을 하신다고 자동적으로 대답했다.

"피셔한테 답장을 보내야 돼." 메이스해밀턴이 조언했다.

"친애하는 피셔에게, 사랑해." 월트셔가 써야 할 말을 알려 주었다.

"하지만 나는……"

"그 선배를 모르는 건 아무 상관 없어. 답장을 써서 그 선배 잠옷에 넣어 둬야 돼."

토리지는 아무 말도 하지 않았다. 토리지는 편지를 재킷의 가슴 주머니에 넣은 다음 천천히 옷을 벗기 시작했다. 아이들 모두 이런 일이 생긴 것을 재미있어하면서 자기 침대로 돌아갔다. 이튿날 아침 세면실에서 토리지가 말했다. "괜찮은 선배인 것 같아. 피셔라는 선배 말이야."

"꿈에서 봤어, 포리지?" 메이스해밀턴이 물었다. "그 선배가 너한테 장난이라도 쳤어?"

"산책을 해서 나쁠 건 없지."

"전혀 없지, 포리지."

그러나 이것은 실수로 벌어진 일이었다. 피셔는 서두른 탓에, 아니 어쩌면 흥분한 탓에 편지를 엉뚱한 베개 밑에 넣고 말았다. 피셔가 마음을 얻고 싶었던 것은 여전히 세인스버리 메이저와 연결되어 있는 애로스미스였다.

화요일에 토리지가 발전소 옆에 나타난 순간, 착오가 있었음은 분명해졌다. 토리지는 피셔의 편지에 답장할 필요가 없다고 생각하고는 식당에서 피셔에게 한두 차례 미소를 보냈다. 그러나 피셔는 아무런 반응을 보이지 않았고, 토리지는 그 모습에 놀랐다. 지금 토리지는 발전소 옆에서 아무런 반응이 없는 피셔의 모습에 더더욱 놀랐다. 피셔는 토리지를 보더니 등을 돌리고는 휘파람 부는 시늉을 했다.

"안녕, 피셔." 토리지가 말했다.

"그냥 지나가. 나는 누굴 기다리는 중이야."

"내가 토리지야, 피셔."

"네가 누구든 관심 없어."

"나한테 편지 보냈잖아." 토리지는 여전히 미소를 짓고 있었다. "산책하자고 말이야, 피셔."

"산책? 무슨 산책?"

"내 베개 밑에 편지를 두고 갔잖아, 피셔."

"맙소사!"

미리 와서 경당 버팀벽 뒤에 몸을 웅크리고 있던 애로스미스와 메이스해밀턴 그리고 윌트셔는 포리지와 피셔가 만나는 장면을 지켜보았다. 토리지는 귀에 익은 왁자지껄한 웃음소리가 들리자 여느 때와 다름없이 덩달아 웃었다. 얼굴이 백지장처럼 하얘진 피셔는 성큼성큼 걸음을 옮기면서 그 자리를 떠났다.

"불쌍한 포리지." 애로스미스가 숨을 헐떡이면서 짐짓 일그러진 얼굴로 위로를 전했다. 그러나 애로스미스의 얼굴에는 즐거운 기색이 또렷했다. 메이스해밀턴과 윌트셔는 버팀벽에 기댄 채 새된 소리로 웃어 댔다.

"나는 상관없어." 토리지가 말했다.

토리지는 여전히 웃음기 어린 얼굴로 돌아갔다. 신입생에게 편지를 보내려던 피셔의 시도는 이것으로 마무리될 수 있었다. 그러나 피셔는 두 번째 편지를 썼고, 이번에는 편지가 제대로 전달되도록 신경을 썼다. 하지만 여전히 세인스버리 메이저가 확실하게 소유하고 있던 애로스미스는 R.A.J. 피셔와 그 어떤 관계로도 얽히고 싶어 하지 않았다.

피셔가 저지른 실수에 대해서 자세한 이야기를 들은 토리지는 아무렇지도 않은 얼굴로 그럴 줄 알았다고 말했다. 그러나 월트셔와 메이스해밀턴 그리고 애로스미스는 토리지가 일찍이 경험하지 못한 슬픔에 사로잡혔다고 주장했다. 월트셔는 무언가 아름다운 일이 토리지에게도 일어날 뻔하다가 안타깝게도 무산되었다고 했다. 애로스미스는 우정이 꽃망울을 터뜨리려는 순간 꽃이 거칠게 뽑히고 말았다면서 토리지를 보면 피카소의 슬픈 어릿광대가 생각난다고 이야기했다. 어쨌든 이번 일은 토리지의 감성을 깨우는 데에 도움이 될 거라고 모두가 동의했다. 모두들 최근에 토리지가 종교에 관심을 갖게 된 것도 다 그 때문이라고 생각했다. 토리지는 가드 하비라고 불리는 학교 신부님의 설교에 감화를 받은, 비슷한 성향의 학생들과 어울리기 시작했다. 가드 하비는 위태로워 보일 정도로 마른 금욕적인 사람이었다. 그의 뾰족뾰족한 얼굴은 우유처럼 하얬고, 그의 신부복에서는 향냄새가 났다. 가드 하비는 그의 방에서 성경 낭독을 진행한 뒤 학생들에게 커피와 비스킷을 대접했다. 그러나 그 자신은 다과를 드는 법이 없었다. 성가를 부르면서 회합을 마무리 짓는 경우가 대부분이었기 때문에 신부님을 따르는 아이들은 '가드 하비의 홍방울새'라고 불렸다. 이 종교 모임에서 환영을 받은 토리지는 행복을 되찾았다.

반대로 R.A.J. 피셔는 더 깊은 우울에 잠겼다. 애로스미스는 여전히 손에 넣기 어려웠고, 마치 피셔를 조롱이라도 하듯 세인스버리 메이저에게 충성을 다했다. 피셔가 애원하는 눈빛을 보낼 때면 애로스미스는 거만한 표정을 지었고 피셔가 보내는 편지들을 무시했다. 피셔는 비참함을 느끼면서 점점 더 내성적으로 변해 갔다. 애로스미스가 재미있어하면서 다른 아이들에게 보여 주는 피셔의 편지는 갈망으로 가득 차 있었고 서서히 절망에 젖어 들었다. 다음 학기가 시작되었을 때 피셔는 학교로 돌아오지 않았다. 그 누구도 예상하지 못한 일이었다.

바로 그 학기 초에 모두를 어리둥절하게 만든 조회가 열렸다. 학생들은 무슨 문제 때문에 예정에 없던 조회가 열리는 것인지 수많은 추측을 했다. 들리는 소문에 의하면 식당에서 오가는 미소와 눈길을, '보석' 그리고 보호자와 관련된 모든 것을, 심지어 고결한 앤서니 스웨인의 지조 없는 행동을 뿌리 뽑기 위해서 학교가 가능한 모든 조치를 취할 거라고 했다. 학생들이 기다리고 있는 동안 가운을 입은 교사들이 강당에 도착했다. 교사들 역시 높이 올린 연단 위에서 엄숙한 얼굴로 기다렸다. 지난 학기에 비행을 저지른 학생들을 대상으로 한 공개 체벌이 예정되어 있다고 아이들이 수군거렸다. 아이들은 군 출신인 학교의 권투 사범이 교장 선생님의 지시에 따라 체벌을 가하게 될 거라고 속삭였다. 권투 사범은 과거에 시행됐던 공개 체벌에 대해서 수업 중에 학생들에게 말한 적이 있었다. 그러나 공개 체벌은 실시되지 않았다. 통통하고 피부가 빨간 교장이 젠체하면서 연단으로 올라왔다. 권투 사범의 모습은 보이지 않았다. 교장은 분노로 얼굴을 씰룩대면서 학교의 전통에 대해서 길게 이야기를 늘어놓았다. 조회가 끝난 뒤 아이들은 교장이 화가 났음을 분명히 드러내 보이려고 일부러 얼굴을 씰룩댄 것 같다고 말했다. 그는 지난 14년 동안 이 학교의 교장임을 자랑스러워했다고 이야기했다. 그리고 품위에 대해서 말한 뒤 자기가 얼마나 실망했는지를 설명했다. 그는 학교의 명예가 훼손되었다면서 근절되기를 바라는 관행이 있다고 말했다. "나는 지금 마땅히 수치스러워해야 할 여러분 앞에 서 있습니다." 교장은 이렇게 덧붙이더니 잠시 동안 말을 멈추었다. "이 모든 것을 당장 그만두십시오." 교장은 이 명령을 끝으로 학생들 눈에 익은 모습으로 가운을 잡아당기면서 연단에서 내려갔다.

여름 학기의 첫날, 왜 그 시간에 조회가 열렸는지를 아무도 이해하지 못했다. 교사들은 이유를 알고 있는 것 같았지만 무슨 비밀이라도 있는 듯, 그 비밀을 반드시 지키기라도 해야 하는 듯 아무 말도 해 주지 않았다. 심지어 이런 일이 있을 때마다 믿을 만한 정보원이 돼 주었던 올드 프로스티마저 입을 굳게 다물었다.

교장이 학생들 앞에서 이야기한 실망과 수치심은 아무런 변화도 가져오지 못했다. 학기가 시작된 뒤 시간은 흘러갔고 '보석'과 보호자의 세계는 전과 다름없이 유지되었다. 여전히 눈길이 오가고 만남이 이루어졌으며 언덕 위 오두막에는 담배와 로맨스가 존재했다. 본래 주목받는 아이가 아니었던 R. A. J. 피셔는 금세 잊혔다. 그러나 피셔가 실수로 토리지의 베개 밑에 편지를 넣어 둔 것과 발전소 옆에서 이루어졌던 만남 그리고 기대했던 관계를 맺지 못한 토리지에 대한 이야기는 전설이 되었다. 학기가 바뀌어도 이 이야기들은 계속 전해졌고, 신입생들은 흥미로운 눈으로 토리지를 바라보면서 R. A. J. 피셔의 모습을 상상했다. 월트셔와 굿, 메이스해밀턴과 웹 그리고 애로스미스와 세인스버리 메이저의 관계는 세 명의 상급생이 졸업할 때까지 이어졌다. 세 명의 졸업과 동시에 월트셔와 메이스해밀턴 그리고 애로스미스는 새로운 보호자를 찾았고, 이 새로운 관계 역시 비슷한 방법으로 끝났다. 그 이후에 월트셔와 메이스해밀턴 그리고 애로스미스는 더 이상 '보석'이기를 멈추고 보호자가 되었다.

토리지는 종교 활동을 이어 갔다. 토리지는 가드 하비가 베푸는 다과와 영적인 충만의 기회를 계속해서 누렸고 경당에서는 도움의 손길이 되었다. 토리지는 놋쇠로 만들어진 성물들에 쌓인 먼지를 누가 시키지 않았는데도 털고 닦았으며 성가집의 찢어진 부분을 스카치테이프로 붙였다. 월트셔와 메이스해밀턴 그리고 애로스미스는 토리지에 대해서 사실이 아닌 이야기들을 끊임없이 퍼뜨렸다. 세 명은 토리지가 처녀 잉태로 태어났으며 방언의 능력을 지니고 있지만 그 능력을 쓰고 싶어 하지 않는다고 떠들고 다녔다. 월트셔와 메이스해밀턴 그리고 애로스미스는 토리지가 세 개의 신장을 갖고 있다고도 말했다. 마침내 세 명은 토리지와 가드 하비 사이에 관계가 있었다는 소문까지 퍼뜨렸다. 월트셔는 곰팡내 나는 교회당의 분위기와 가드 하비의 우중충하고 뼈만 앙상한 모습을 묘사하면서 '사랑과 성령'이라는 말로 둘 사이의 관계를 설명했다. 가드 하비의 신부복 자락에서 휙 소리가 나는 모습이나 그의 바싹 여윈 손가락은 새로운 의미를 갖게 되었다. 떠도는 소문 속에서 가드 하비의 손가락은 신성한 방법으로 토리지의 몸을 눌렀고, 그 손가락에 담긴 성스러움은 아무도 상상할 수 없는 열정이 되었다. 토리지는 여전히 토리지였기 때문에 이런 소문은 훌륭한 농담거리가 되었다. 그러나 토리지를 미워하는 사람은 아무도 없었기 때문에 농담이 터뜨리는 웃음 속에서 악의란 찾아볼 수 없었다.

토리지는 재미있는 인물일 뿐 그 누구도 토리지의 몰락을 원하지 않았다. 사실 토리지는 더 이상 떨어질 곳도 없는 아이였다.

월트셔와 메이스해밀턴 그리고 애로스미스는 학교를 졸업한 뒤에도, 세 명 모두 결혼을 하고 가정을 꾸린 뒤에도 우정을 이어 갔다. 그들은 매년 한 번 졸업생 회보를 받았는데, 그 안에는 세 명이 이룬 성취와 더 큰 성공을 거둔 동문들의 소식이 담겨 있었다. 동문 칵테일파티도 수시로 열렸고, 해마다 6월이면 동문의 날 행사가 학교에서 개최되었으며 동문 크리켓 대회도 열렸다. 월트셔와 메이스해밀턴 그리고 애로스미스는 가끔 이러한 행사에 참가했다. 그들은 이따금 재건축 계획에 대한 안내문과 함께 기금 마련에 도움을 달라는 요청을 받았고, 가끔 기부금을 보냈다.

중년에 접어들면서 세 친구는 전보다 뜸하게 만났다. 쉘의 중역인 애로스미스는 해외 여러 나라에서 주재원으로 오랫동안 근무했다. 그는 2년에 한 번 가족과 함께 영국에 들어왔는데 그때마다 세 친구는 한자리에 모였다. 매번 아내들도 같이 만났고 세월이 흐르면서 아이들도 자리를 함께하게 되었다. 셋은 오래된 학창 시절의 추억을 떠올리면서 불도그 예이츠, 올드 프로스티, 군 출신이었던 퀀투 사범, 통통한 교장 그리고 무엇보다도 토리지에 대해서 이야기하고는 했다. 어느새 세 가족에게 토리지는 신화와 같은 존재가 되었다. 세 명 모두가 신입생일 때 시작된 농담은 그 안에 추진력이 담겨 있기라도 한 것처럼 세월이 흘러도 계속되었다. 토리지의 천진스러움과 조롱 앞에서도 흔들리지 않고 진정으로 행복해하던 모습 그리고 종교 활동을 즐기던 모습은 세 아내와 아이들의 머릿속에 생생하게 그려졌다. 단정하게 맨 적갈색 기숙사 넥타이, 반짝반짝 윤이 나는 구두, 생쥐의 털처럼 보이던 머리카락, 작은 눈 두 개가 박힌 푸딩 같은 얼굴. 그들은 토리지의 생김새까지 어느 정도 정확하게 상상할 수 있게 되었다. "우리 아빠는 단추 사업을 하셔. 토리지스라는 회사 알지?" 애로스미스가 이렇게 말하기만 하면 곧바로 웃음이 터져 나왔다. 토리지가 음식을 먹는 방법, 토리지가 달리는 방법, 토리지가 불도그 예이츠에게 미소로 답하던 방법, 토리지가 아기 때 머리를 바닥에 부딪치면서 떨어졌다는 소문과 신장을 세 개 가졌다는 소문. 월트셔와 메이스해밀턴 그리고 애로스미스가 이 모든 이야기를 솜씨 있게 전한 덕분에 가족들은 무척 재미있어했다.

그러나 그들은 R. A. J. 피셔가 실수로 토리지의 베개 밑에 편지를 넣어 두었던 일과 토리지와 가드 하비 사이의 관계를 둘러싸고 웃음거리가 되어 퍼졌던 소문은 가족들에게 이야기하지 않았다. 그런 이야기를 꺼낸다면 가족에게 드러내 보이기 곤란한 '보석'과 보호자의 세계, 언덕 위 오두막에서 벌어지던 로맨스와 흡연, 얽히고설킨 연애 감정을 밝히는 결과가 될 것이기 때문이었다. 물론 세 남편은 그들의 아내들과 자연스럽게 대화를 나누다가 이런 주제에 대해서 가볍게 이야기를 나누기도 했지만 자세하게는 말하지 않았다. 세 남자의 이야기를 들은 아내들은 남편들의 모교에서 선후배 간에 형성되었던 관계가자기들이 다닌 학교에서 하급생이 상급생을 향해 품고는 했던 플라토닉한 흠모의 감정과 크게 다를 것이 없다고 생각했다. 이렇게 해서 세 부부는 그 주제에 대해서는 더 이상 이야기를 나누지 않았다.

1976년 6월의 어느 저녁, 월트셔와 메이스해밀턴은 피커딜리 플레이스에 있는 바인이라는 바에서 만났다. 둘은 애로스미스와 그의 가족이 영국을 방문한 1974년 여름 이후로 만난 적이 없었다. 오늘 밤 월트셔와 메이스해밀턴은 애로스미스를 만난 뒤 세 가족이 다 함께 리치먼드에 있는 우드랜즈 호텔에서 식사를 할 예정이었다. 세 가족이 가장 최근에 모였을 때는 코뱀의 월트셔 집에서 식사를 했고, 그 전에는 일링의 메이스해밀턴 집에서 모임을 가졌다. 애로스미스는 돌아가면서 모임을 주최해야 한다고 고집을 부리면서 매 세 번째 만날 때마다 우드랜즈 호텔에 가족 모두를 초대한 뒤 식사를 대접했다. 우드랜즈 호텔에서 모임을 갖는 것이 애로스미스에게는 여러모로 편리했다. 그는 2년마다 맞는 휴가의 대부분을 서머싯에 있는 처갓집에서 보냈지만 런던 생활을 조금이라도 맛보기 위해서 늘 한 주 동안 우드랜즈 호텔에 묵었다.

피커딜리 플레이스의 술집 바인에서 월트셔와 메이스해밀턴은 두 번째 잔을 들어 급히 술을 마셨다. 둘은 이렇게 얼굴을 보는 것이 여느 때와 마찬가지로 즐거웠고 애로스미스와 그의 가족을 오랜만에 만날 생각에 잔뜩 들떠 있었다. 둘은 여전히 어렴풋이 닮은 데가 있었다. 월트셔와 메이스해밀턴은 머리가 벗어진 데다 살이 쪄서 뚱뚱했다. 그리고 둘 다 가느다란 흰색 줄무늬가 들어간 눈에 띄지 않는 파란 양복을 입고 있었다. 그나마 월트셔의 양복이 메이스해밀턴의 것보다 약간 맵시 있었다.

"이러다 늦겠다." 월트셔가 지난번에 만난 이후로 어떻게 한몫을 봤는지 이야기한 뒤 이렇게 말했다. 월트셔는 무역업에 종사했고 메이스해밀턴은 공인회계사였다.

월트셔와 메이스해밀턴은 잔을 비웠다. "안녕히 가십시오." 바텐더가 술집을 나서는 두 사람에게 인사했다. 공손하고 나지막한 바텐더의 목소리는 은은하게 불을 밝힌 실내 분위기에 어울렸다. "다음에 또 봐요, 제리." 윌트셔가 대답했다.

둘은 윌트셔의 차를 타고서 해머스미스로 접어들어 다리를 건넌 뒤 반즈와 리치먼드 쪽으로 향했다. 금요일 저녁이라서 도로에는 차가 많았다.

"문제가 좀 있었대." 메이스해밀턴이 말했다.

"애로스 부부 말이야?"

"애로스 부인이 몸바사에 있는 남자한테 홀딱 반했던 모양이야."

윌트셔가 고개를 끄덕이면서 자전거와 택시 사이로 비집고 들어갔다. 그는 놀라지 않았다. 6년 전 어느 날 밤, 애로스미스 부인과 윌트셔는 그녀가 먼저 원해서 간통을 범했다. 물론 지저분한 짓이었기 때문에 윌트셔는 일을 저지르고 난 뒤 기분이 좋지 않았다.

우드랜즈 호텔에서 회색 플란넬 양복 차림으로 앉아 있는 애로스미스는 술기운이 오른 상태였다. 애로스미스 역시 살이 쪄서 뚱뚱한 편이었다. 윌트셔나 메이스해밀턴과 다른 점이 있다면 머리숱이 예전 그대로라는 것뿐이었다. 대신 그의 머리색은 극적인 변화를 겪었다. 한때 올드 프로스티가 '애로스미스의 더부룩한 금발'이라고 부르던 그의 머리는 이제 백발이 되었다. 머리 밑으로 보이는 얼굴에는 전보다 더 분홍빛이 돌았다. 게다가 묵직한 검은 테 안경을 쓰기 시작한 뒤로 애로스미스는 어린 시절의 그와는 전혀 딴판으로 보였다.

그는 우드랜즈 호텔 바에서 혼자 위스키를 마시며 히죽거렸다. 오늘 밤 모두를 깜짝 놀라게 할 것을 생각하니 자꾸만 웃음이 나왔다. 서머싯에서 장인 장모와 5주 동안 갑갑한 시간을 보낸 뒤라서 그는 지금 기분이 무척 좋다. "내가 한 잔 사죠." 그는 두툼한 입술에 립스틱을 지나치게 두껍게 바른 여자 바텐더에게 술을 권했다. 그러고서 그는 기꺼이 호의를 받아들이겠다고 말하는 바텐더 앞에 자기 잔을 밀어 놓았다.

그의 아내 그리고 청소년기에 접어든 아들 둘과 딸 하나가 메이스해밀턴 부인과 함께 바에 들어섰다. "여기야, 여기, 여기!" 애로스미스가 익살스럽게 소리쳤다. 그 모습을 보면서 그의 아내와 메이스해밀턴 부인은 애로스미스가 또다시 술에 취한 것을 알아차렸다. 바텐더가 이제 막 위스키를 따라 준 잔을 애로스미스가 급히 비우는 동안 일행은 자리에 앉았다. "한 잔 더 줘요." 그는 바텐더에게 주문한 뒤 일행에게 무엇을 마시겠느냐고 물으려고 바를 가로질렀다.

일행이 음료를 선택하고 있는 동안 월트셔 부인과 열두 살 먹은 쌍둥이 딸이 도착했다. 애로스미스가 메이스해밀턴 부인에게 한 것과 마찬가지로 월트셔 부인에게 키스했다. 애로스미스가 이렇게 많은 음료 주문을 제대로 전달하는 것은 불가능하다고 판단한 바텐더는 일행이 차지한 두 테이블 옆으로 와서 섰다. 마침내 주문이 끝났고 활기찬 대화가 시작되었다.

세 명의 아내는 외모와 몸가짐이 제각각이었다. 애로스미스 부인은 비쩍 마른 몸에 회색 머리와 어울리는 회색 옷을 멋들어지게 입고 있었다. 그녀는 습관을 버리지 못한 채 쉴 새 없이 담배를 피웠다. 월트셔 부인은 작았다. 그녀는 수줍은 성격 때문에 남들과 함께 있을 때면 몸을 움츠려서 이따금 공처럼 보였다. 오늘 밤 그녀는 색깔이 바랜 듯 보이는 분홍색 옷을 입었다. 메이스해밀턴 부인은 게으른 탓에 살찐 통통한 거구에 되는대로 고른 베고니아 무늬 원피스를 입고 있었다.

윌트셔 부인은 그녀를 볼 때면 겁을 먹었고, 애로스미스 부인은 그녀를 짜증스럽게 여겼다.

"아, 이걸 마시면 기분이 상쾌해질 것 같네요!" 애로스미스 부인이 말했다. 그녀는 진토닉을 마시면서 푸른 기가 도는 눈꺼풀을 잠깐 내리깔았다.

"이렇게 만나서 참 좋아요." 메이스해밀턴 부인이 모두에게 환한 미소를 보내면서 그리고 잔을 살짝 들어 올리면서 진실성 없는 말을 쏟아 냈다. "다들 정말 많이 컸군요!" 메이스해밀턴 부인한테는 아이가 없었다.

"맙소사, 가슴이 커졌어." 애로스미스의 큰아들이 윌트셔의 쌍둥이 딸을 두고 남동생한테 속삭였다. 애로스미스의 두 아들은 아버지의 모교에 입학하지 않았다. 한 명은 옥스퍼드에 있는 사립 초등학교에 다녔고, 나머지 한 명은 차터하우스 학교에 다녔다. 그럴 만한 나이가 된 두 아이는 셰리주를 주문하면서 가능한 한 많이 마시겠다고 마음먹었다. 두 아이한테는 이 가족 모임이 지루하기만 했다. 대학 입학을 앞둔 두 아이의 누나는 식사를 하는 내내 말을 하지도 않고 웃지도 않겠다고 결심하고 있었다. 윌트셔의 쌍둥이 딸들은 음식을 애타게 기다렸다.

애로스미스는 윌트셔 부인 옆에 앉았다. 그는 아무 말 없이 있다가 한쪽 손을 뻗더니 그녀의 두 무릎을 꼭 쥐었다. 그 나름대로는 오빠가 여동생을 대하듯 친밀감을 표시하고 싶어서 한 행동이었다. 그가 설득력 없는 목소리로 그녀를 만나서 무척이나 반갑다고 말했다. 그는 이 말을 하는 동안 그녀를 바라보지 않았다. 그는 여자들이나 아이들과 시간을 보내는 것을 좋아하지 않았다.

월트셔 부인 역시 애로스미스의 손이 그녀의 무릎에 얹혀 있는 것이 싫었다. 그녀는 마침내 그가 손을 치우자 홀가분한 기분을 느꼈다. "여기야, 여기, 여기!" 애로스미스가 갑자기 소리를 지르는 바람에 월트셔 부인은 깜짝 놀랐다. 월트셔와 메이스해밀턴이 도착했다.

세 사람이 어렸을 때 누구나 인정하던 비슷한 생김새는 바인에 월트셔와 메이스해밀턴 둘만 있을 때는 어렴풋이 알아볼 수 있을 정도밖에 안 되었다. 그러나 지금 애로스미스가 합류하면서 부족하던 부분을 보충해 주기라도 하듯 셋은 또다시 너무나 닮아 보였다. 세 남자는 똑같이 살이 쪘고, 애로스미스의 얼굴에 감도는 분홍빛은 나머지 두 명의 얼굴에도 똑같이 어려 있었다. 단지 애로스미스의 희끗희끗한 숱 많은 머리가 나머지 두 명의 대머리 앞에서 장소를 잘못 찾은 듯 어울리지 않을 뿐이었다. 평소에 예사롭게 보이던 애로스미스의 머리는 월트셔와 메이스해밀턴의 대머리와 대조를 이루어 마치 가발처럼 보였다. 애로스미스의 회색 플란넬 양복 역시 나머지 두 명의 가느다란 세로줄 무늬 정장 앞에서 실수로 입은 것처럼 보였다. "안녕, 친구들!" 애로스미스가 월트셔와 메이스해밀턴의 어깨를 두드리면서 큰 소리로 말했다.

일행은 음료를 또 주문한 뒤 잔을 비웠다. 애로스미스의 두 아들은 취했다고 서로에게 말했고 월트셔의 쌍둥이 딸들을 보면서 풍만해지고 있는 몸에 대해서 또다시 목소리를 낮추어 이야기했다. 월트셔 부인은 친차노 비안코가 혈류를 타고 돌자 사람들과 함께하는 이 자리가 조금은 편안해졌다. 애로스미스 부인은 익숙한 초조함을 느끼기 시작했다. 그녀의 몸은 다른 곳에 있기를, 낯선 남자와 단둘이 있기를 갈망하고 있었다. 메이스해밀턴 부인은 목소리를 높여서 자신의 정원에 대해 이야기했다.

이윽고 일행은 바에서 나와 식당으로 자리를 옮겼다. "음료를 한 잔씩 더 갖다 줘요." 애로스미스가 립스틱을 두껍게 바른 바텐더에게 주문했다. "최대한 빨리요."

은은하게 불을 밝힌 넓은 식당에서 웨이터는 일행을 자리로 안내했다. 그들이 둘러앉은 테이블 위에는 카네이션을 꽂은 작은 꽃병들이 놓여 있었다. 식당 한가운데에 놓인 기다란 테이블 위로 천장에 매달린 샹들리에가 보였다. 웨이터가 셀러리 수프를 가져왔다. 훈제 연어와 파테, 애로스미스가 추가로 주문한 음료, 누이 생조르주와 부브레 그리고 앙주 로제, 소고기 등심, 치킨 알라킹, 송아지 고기 에스칼로프도 테이블에 놓였다. 애로스미스 부인은 손을 저어 야채를 사양한 채코스 요리가 나오는 중간에 담배를 피웠다. 그녀는 6년 전, 이렇게 세 가족이 모여서 저녁 식사를 하고 난 뒤 월트셔에게 제안했었다. 두 사람 모두 술에 취한 탓에 문제 될 것이 전혀 없다고 생각했었다. "아, 정말 즐겁죠?" 왁자지껄한 소음 사이로 메이스해밀턴 부인의 우렁찬 목소리가 들렸다.

샹티이 트리플과 오렌지 서프라이즈를 먹는 동안 토리지라는 이름이 들렸다. 조금 더 일찍 시작될 때도 있었지만 보통은 디저트가 나올 때쯤 토리지의 이야기가 나왔다. "가엾은 녀석이야." 월트셔가 말했다. 모두가 공감하는 주제이기 때문에 일행은 웃음을 터뜨렸다. 메이스해밀턴 부인의 정원 이야기를 듣고 싶어 하는 사람은 아무도 없었다. 애로스미스의 두 아들은 월트셔의 쌍둥이 딸들을 주제로 단둘이서만 대화를 나누었고, 애로스미스 부인은 자신의 욕구에 대해서 당연히 말할 수 없었다. 월트셔 부인 역시 자신의 소심함을 이야깃거리로 삼을 수 없었다. 그러나 토리지는 달랐다. 토리지는 이제 어떤 면에서는 오래된 친구나 다름없었다. 그는 모두의 마음속에 존재했기 때문에 가족 간의 훌륭한 대화 주제가 되었다. 월트셔의 쌍둥이 딸들은 토리지가 얼마나 순진했는지를 증명하는, 새로운 일화를 재미있게 들었다. 애로스미스의 딸은 메이스해밀턴 부인한테 질문을 받는 것보다 차라리 토리지 이야기를 하는 편이 좋았다. 애로스미스의 두 아들한테는 유쾌하게 웃는 체하면서 마음껏 떠들 수 있는 기회가 되었다. 메이스해밀턴 부인은 이야기를 듣는 것만으로도 토리지가 끔찍한 사람으로 여겨졌고 애로스미스 부인 역시 본 적은 없지만 토리지가 너무나 싫었다. 오직 월트셔 부인만이 의문을 품었다. 그녀는 세 남자가 토리지에 대한 기억을 왜곡하고 있다고 믿었지만 물론 자신의 생각을 말하지 않았다. 오늘 밤, 월트셔는 토리지가 애로스미스에게 깜빡 속았던 일을 이야기했다. 토리지는 불도그 예이츠가 목욕탕에서 급사했다는 애로스미스의 말을 곧이곧대로 믿었었다. 애로스미스의 작은아들이 자기 학교에도 누나의 개가 죽었다는 거짓말을 믿은 남자아이가 있었다고 말했다.

"할 말이 있어." 애로스미스가 갑자기 큰 소리로 외쳤다. "그 친구가 오늘 여기에 올 거야. 우리의 토리지 말이야."

모두가 웃음을 터뜨렸다. 토리지가 올 거라고 믿는 사람은 아무도 없었다. 애로스미스 부인은 이렇게 술에 취한 남편은 한심하기 짝이 없다고 마음속으로 생각했다.

"토리지를 부르면 좋을 것 같았어." 애로스미스는 진지했다. "정말로 커피를 마시러 올 거야."

"애로스는 아무튼 못 말린다니까." 월트셔가 손바닥으로 테이블을 치면서 말했다.

"우리 아빠는 단추 사업을 하셔. 토리지스라는 회사 알지?" 애로스미스가 소리쳤다.

월트셔와 메이스해밀턴이 기억하는 한 토리지는 동문회보에 등장한 적이 없었다. 토리지가 하는 일에 대한 기사도 그의 부고도 실린 적이 없었다. 어쨌든 토리지를 찾아서 이 자리에 나오게 한 것은 애로스미스다운 일이었다. 애로스미스는 늘 새로운 차원의 농담거리를 찾았고 늘 하는 농담에도 신선함을 불어넣고 싶어 했다. 중년의 토리지를 보는 것만으로도 그동안 들었던 일화들이 더 재미있어질 것이 분명했다.

"옛 동창들이 한자리에 모여서 나쁠 건 없잖아? 더 많이 모일수록 더 즐거운 법이지." 애로스미스가 시끄럽게 말했다.

월트셔 부인은 애로스미스를 보면서 약자를 괴롭히는 불량배와 다름없다고 생각했다. 세 남자 모두 똑같았다.

9시 반에 토리지가 도착했다. 생쥐 털처럼 보이던 머리카락은 희끗희끗해지지도 숱이 줄지도 않은 채 예전과 똑같았다. 토리지는 전혀 살도 찌지 않았고 중년에 접어들면서 체중이 약간 줄었다. 그는 이제 오히려 호리호리해 보였고 움직임 역시 가벼웠다. 학교에 다닐 때만 해도 토리지는 조심성이 많은 탓인지 행동이 느렸었다. 옅은 색 리넨 양복을 멋지게 차려입은 토리지가 탭 댄서처럼 날렵한 걸음걸이로 우드랜즈 호텔의 식당을 가로질렀다.

아무도 그를 알아보지 못했다. 토리지와 함께 학교를 다닌 세 남자의 눈에 그들이 앉은 테이블 앞으로 다가오는 사람은 낯설기만 했다.

그는 아내들과 아이들의 머릿속에 각인된 모습과는 전혀 딴판이었다.

"반가워, 애로스." 토리지가 미소를 지으면서 애로스미스에게 인사했다. 미소 역시 달랐다. 토리지가 사무적으로 잠깐 지어 보인 미소는 우아했다. 어릴 때 작던 눈은 얼굴에 살이 빠진 덕분에 더 이상 작아 보이지 않았다. 토리지의 눈이 잠깐 스쳐 지나간 미소에 걸맞게 한순간 반짝였다.

"이런 이런. 예전의 포리지가 아니잖아!" 애로스미스가 흐릿한 발음으로 소리쳤다. 그의 얼굴은 술기운 때문에 시뻘겋게 달아오르기 시작했고, 이마는 땀에 젖어 번들거렸다.

"맞아, 예전의 포리지야." 토리지가 차분한 목소리로 대답했다. 토리지는 애로스미스 앞으로 손을 내밀었고 월트셔와 메이스해밀턴과도 차례로 악수했다. 그는 아내들을 소개받고는 역시 악수를 했다. 뒤이어 아이들을 소개받은 그는 한 차례 더 악수를 했다. 그의 손은 차갑고 조금 단단했다. 그들은 축축한 손을 상상했었다.

"커피 마실 시간에 잘 맞춰서 오셨네요, 토리지 씨." 메이스해밀턴 부인이 말했다.

"브랜디가 낫지." 애로스미스가 제안했다. "브랜디 좋지, 친구?"

"그래, 고마워, 애로스. 샤르트뢰즈로 할게."

웨이터가 의자 하나를 가져와서 토리지가 앉을 수 있도록 메이스해밀턴 부인과 애로스미스의 두 아들 사이에 자리를 마련해 주었다. 월트셔는 토리지를 오게 한 것은 끔찍한 실수라고 생각하고 있었다. 애로스미스는 터무니없는 짓을 저질렀다.

메이스해밀턴은 테이블 너머로 토리지를 찬찬히 뜯어보았다. 예전의 토리지였다면 알코올이 들어간 음료는 마시지 않겠다고, 보통 밤에는 차와 비스킷을 먹는다고 말했을 것이다. 지금 그의 눈앞에 있는 남자가 자기 아버지는 단추 사업을 한다고 말하는 모습은 상상할 수 없었다. 토리지에게서 느껴지는 온화함은 메이스해밀턴을 불편하게 만들었다. 메이스해밀턴은 그의 아내와 나머지 두 명의 아내 그리고 아이들에게 지금까지 한 이야기를 떠올리면서 거짓말쟁이가 된 기분을 느꼈다. 그러나 그가 한 말들은 거짓말이 아니었다.

아이들은 토리지를 흘끔흘끔 쳐다보면서 지금껏 묘사되었던 그의 모습을 찾으려고 애를 써 보았지만 소용없었다. 애로스미스 부인은 여러 해 동안 들어 온 이야기가 전부 다 헛소리였던 것이 분명하다고 생각했고, 메이스해밀턴 부인은 당혹감을 감추지 못했다. 월트셔 부인은 기뻤다.

"R.A.J. 피셔가 어떻게 됐는지 아무도 짐작하지 못했어." 토리지가 운을 떼지도 않은 채 불쑥 피셔 이야기를 꺼냈다.

"아, 맙소사. 피셔가 있었지." 메이스해밀턴이 말했다.

"피셔가 누구예요?" 애로스미스의 작은아들이 물었다.

토리지가 아이를 돌아보면서 조금 전과 같은, 한순간 스쳐 지나가는 미소를 지었다. "불행한 일을 당하고서 학교를 떠난 선배란다."

"넌 정말 달라졌어." 애로스미스가 말했다. "정말 딴사람이 된 것 같지 않아?" 그가 월트셔와 메이스해밀턴에게 물었다.

"전혀 못 알아볼 정도야." 월트셔가 대답했다.

토리지가 자연스럽게 웃었다. "나는 모험을 즐기는 사람이 됐어. 뒤늦게 세상에 눈을 뜬 셈이지."

"무슨 불행한 일인데요?" 애로스미스의 작은아들이 물었다. "피셔라는 사람은 퇴학당했나요?"

"아, 아니야. 전혀 그렇지 않아." 메이스해밀턴이 급히 대답했다.

"피셔 문제는 편지를 쓰면서 시작됐어. 기억 안 나? 피셔가 그 편지를 내 잠옷에 넣어 놨었잖아. 그런데 그 편지를 받아야 할 사람은 내가 아니었지."

토리지가 또다시 미소를 지었다. 그는 월트셔 부인을 대화에 끌어들이려고 공손한 얼굴로 그녀를 돌아보았다. "학교 다닐 때 저는 순진한 아이였답니다. 하지만 순진함은 사라지기 마련이죠. 저 역시 세상에 눈을 뜨게 됐답니다."

"네, 당연한 일이죠." 월트셔 부인이 중얼거렸다. 그녀는 잘은 모르지만 토리지가 과거의 모습과 달라서 기뻤다. 그러나 그녀는 토리지가 마음에 들지 않았다. 그에게서는 적의가, 예술품의 분위기를 풍기는 냉혹함이 느껴졌다. 그가 말한 순진성을 상실하는 과정에서 스스로를 재창조하기라도 한 듯 토리지 자체도 예술품처럼 보였다.

"나는 피셔 생각을 가끔 해." 토리지가 말했다.

월트셔의 쌍둥이 딸들이 키득거렸다. "그 피셔라는 사람이 뭐가 그렇게 대단한데요?" 애로스미스의 큰아들이 팔꿈치로 동생을 쿡 찌르면서 중얼거렸다.

"요즘엔 뭘 하면서 지내?" 월트셔가 역시 무언가 이야기를 시작한 메이스해밀턴의 말을 막으면서 물었다.

"단추를 만들어. 우리 아버지가 단추 사업 하시던 거 기억할 텐데?" 토리지가 대답했다.

"아, 술이 오는군." 애로스미스가 소란스럽게 말했다.

"저는 학교 소식은 잘 모른답니다." 웨이터가 그의 앞에 샤르트뢰즈를 내려놓는 순간 토리지가 이야기했다. "가엾은 피셔에게 벌어진 일을 생각할 때 말고는 학교는 잊고 살죠. 저희 교장은 멍청이였어요."
토리지가 윌트셔 부인을 보면서 말했다.

윌트셔의 쌍둥이 딸들이 또다시 키득거렸다. 애로스미스의 딸은 하품을 했고, 그녀의 두 남동생은 피셔의 이름이 또 나온 것이 재미있어서 낄낄거렸다.

"커피 드실래요, 토리지 씨?" 메이스해밀턴 부인이 물었다. 그녀는 웨이터가 새로 가져다 놓은 티포트를 들어서 잔에 커피를 따를 준비를 하고 있었다. 토리지가 미소를 지으면서 고개를 끄덕였다.

"자개단추를 만드시나요?" 메이스해밀턴 부인이 물었다.

"아뇨, 자개단추는 안 만듭니다."

"학교 다닐 때 먹던 그 끔찍한 완두콩 기억나?" 애로스미스가 물었다.

"플라스틱 단추만 만드는 거야, 포리지?"

"아니, 플라스틱은 안 써. 가죽을 쓰지. 다양한 가죽 단추를 만들어. 뿔 단추도 만들고. 우리는 특화 제품 생산에 집중하고 있어."

"정말 흥미롭네요!" 메이스해밀턴 부인이 감탄한 듯 말했다.

"아뇨, 아닙니다. 평범한 일일 뿐입니다." 토리지는 잠시 말을 멈추더니 이야기를 계속했다. "언젠가 피셔가 목재 사업을 한다는 얘기를 들었어. 물론 사실과 거리가 먼 이야기였지."

"1년 전에 퇴학당한 애가 있어요." 애로스미스의 직은아들이 낄낄대며 터져 나오는 웃음을 감추려고 불쑥 이렇게 말했다. "라디오를 훔쳤거든요."

토리지가 관심을 보이면서 고개를 끄덕였다. 그는 애로스미스의 두 아들에게 어느 학교에 다니는지를 물었다. 큰아들은 차터하우스 학교에 다닌다고 대답했고, 작은아들은 사립 초등학교 이름을 댔다. 토리지는 또다시 고개를 끄덕이더니 두 아이의 누나에게 같은 질문을 했다. 애로스미스의 딸은 대학 입학을 앞두고 있다고 대답했다. 토리지는 월트셔의 쌍둥이 딸들과 그 아이들이 다니는 학교에 대해서 한참 대화를 나누었다. 아이들은 진심으로 관심을 보이는 토리지와 이야기 나누는 것이 즐거웠다. 아이들은 더 이상 키득거리지 않았다.

"나는 피셔가 나를 '보석'으로 삼고 싶어 하는 줄 알았단다." 학교 이야기를 나누고 난 뒤 토리지가 여전히 아이들을 바라보면서 말했다. "우리 학교에서는 그런 터무니없는 장난이 끊임없이 일어났지. 기억나?" 토리지가 메이스해밀턴을 돌아보면서 물었다.

"보석요?" 메이스해밀턴이 대답하기 전에 쌍둥이 중 한 명이 물었다.

"남창 같은 거란다." 토리지가 설명했다.

애로스미스의 두 아들이 넋을 잃은 얼굴로 토리지를 쳐다보았다. 큰아들은 입을 딱 벌리고 있었다. 월트셔의 쌍둥이 딸들은 또다시 키득거리기 시작했고, 애로스미스의 딸은 호기심을 감추지 못한 채 얼굴을 찡그렸다.

"'고결한' 앤서니 스웨인은 매춘부와 다름없었어."

잠시 혼자만의 생각에 빠져 있던 애로스미스 부인은 단추 사업을 한다는 이 남자가 섹스에 대해서 말하고 있음을 갑자기 깨달았다. 그녀는 토리지가 이런 식으로 말하는 것에 놀라서 테이블 너머로 비스듬히 그를 바라보았다.

"이봐, 토리지." 월트셔가 고개를 가로저으면서 토리지를 노려보았다. 그는 아무도 눈치채지 못하도록 슬며시 아내들과 아이들을 가리켰다.

"앤드루스와 버틀러. 딜런과 프랫. 토트힐과 골드피시 스튜어트. 너희 아버지는 늘 열정적이었단다. 특히 세인스버리 메이저하고 특별한 관계를 유지했지." 토리지가 애로스미스의 딸에게 말했다.

"이것 봐!" 애로스미스가 소리쳤다. 그는 벌떡 일어서려다가 마음을 바꾸었다.

"맙소사, 너희 셋이 얼마나 많은 가슴을 아프게 했던지!"

"그런 식으로 말하지 마세요." 토리지의 말을 막으려고 나선 것은 윌트셔 부인이었다. 월트셔 부인의 행동에 모두가 놀랐지만 가장 크게 놀란 사람은 그녀 자신이었다. "아이들은 아직 어려요, 토리지 씨."

그녀의 목소리가 움츠러들었다. 그녀는 당혹감에 얼굴이 달아오르는 것을 느꼈다. 속이 울렁거리기 시작했다. 그녀의 노력에 경의를 표하기라도 하듯 토리지는 정중하게 사과했다.

"이만 돌아가는 게 좋겠어, 토리지." 애로스미스가 말했다.

"가드 하비에 대한 네 생각은 옳았어, 애로스. 신부복을 입고 있었지만 가드 하비는 뼛속까지 게이였어. 올드 프로스티도 마찬가지였고."

"그만요!" 메이스해밀턴 부인이 소리쳤다. 그녀가 느끼던 당혹감은 걷잡을 수 없는 분노로 변하고 있었다. 메이스해밀턴 부인은 남편을 노려보았다. 그녀의 눈은 당장 어떻게 좀 해 보라고 요구하고 있었다. 그러나 그녀의 남편과 그의 두 친구는 가드 하비에 대한 토리지의 폭로에 잠깐 정신이 멍한 상태였다. 학창 시절의 기억이 단숨에 밀려와 그들을 덮쳤다. 기숙사, 식당, 흘끔거리던 눈과 편지, 경당 뒤에서 이루어지던 만남. 가드 하비가 동성애적 성향을 지니고 있었다는 사실은, 터무니없는 농담으로 시작된 소문에 진실이 담겨 있었다는 사실은 그들이 다닌 학교에 널리 퍼져 있던 위선과 통하는 면이 있었다.

"사실 가드 하비가 없었다면 나는 지금의 내가 아닐 거야. 나는 요즘 사람들이 말하는 퀴어야." 토리지는 아이들을 보면서 설명했다. "나는 남자들하고 성행위를 한단다."

"그만해, 토리지!" 애로스미스가 벌떡 일어나서 소리쳤다. 그의 얼굴은 잘 익은 딸기색이 되어 있었고, 그의 번들거리는 눈은 분노로 흔들렸다.

"오늘 밤에 초대해 줘서 고마워, 애로스. 우리 모교는 나 같은 졸업생이 있다는 사실을 자랑스러워해야 돼."

메이스해밀턴 부인과 월트셔 부인 그리고 세 남자가 동시에 말하기 시작했다. 애로스미스 부인은 가만히 앉아 있었다. 그녀는 남편이 떠들썩하게 취한 반면에 자기는 조용히 취했다는 생각을 했다. 그리고 토리지가 한 이야기로 미루어 볼 때 어린 시절의 남편은 한때 그녀에게 보여 주었던 것보다 훨씬 더 강한 성적 욕구를 지녔던 모양이라고 생각하고 있었다. 남편은 더 이상 그녀에게 성적 욕구를 보이지 않았다. 그녀의 남편은 이제 자라서 어른이 되었을 남자아이들과 즐거운 시간을 보냈다. 올드 프로스티는 〈굿바이 미스터 칩스〉의 주인공인 미스터 칩스 같은 사람이었다고 남편은 여태껏 그녀에게 이야기했다. 그리고 그녀는 세인스버리 메이저나 가드 하비에 대해서는 들어 본 적이 없었다.

"역겨워서 못 듣겠군요!" 메이스해밀턴 부인의 목소리가 모두가 한꺼번에 떠드는 소리를 뚫고서 크고 높게 울렸다. 그녀는 경찰을 불러야 한다고, 이렇게 불쾌한 대화를 들어야 한다니 어이없는 일이라고 소리쳤다. 그녀는 아이들을 식당에서 내보내야 한다고 말하려다가 토리지가 떠나려는 모습을 보고는 그만두었다. "당신처럼 불쾌한 사람은 처음 봤어요." 그녀가 큰 소리로 말했다.

당혹감이 안개처럼 테이블 주위를 에워쌌다. 남편이 애로스미스 부인과 간통을 저질렀다는 사실을 알고 있는 월트셔 부인은 또 한 차례속이 뒤집히는 기분을 느꼈다. "그 여자는 완전히 굶주려 있었어. 그래서 그런 거야." 그녀가 간통 사실을 알게 되었을 때, 남편은 난폭하기까지 한 말투로 이렇게 털어놓았다. "나는 고통스러워하는 그 여자를 도와준 것뿐이야." 월트셔 부인은 눈물을 흘렸고 남편은 최선을 다해서 그녀를 위로했다. 그녀는 자기에게 남편이 단 한 번도 성적 욕구를 불러일으키지 못했다는 사실을 말하지 않았고, 늘 자신에게 문제가 있다고 믿어 왔다. 그러나 지금 그녀는 그 믿음이 흔들리는 것을 느꼈다. 의심을 품게 할 만한 그 어떤 말도 직접적으로 오가지 않았지만 월트셔 부인은 그녀의 마음속에서 고개를 드는 의혹이 근거 없는 것이 아님을 본능적으로 알 수 있었다. 옆에 앉은 남자는 그녀를 동정하기라도 하듯 악의 어린 차가운 미소를 지어 보였다.

애로스미스의 작은아들은 테이블 위로 고개를 숙인 채 두 손으로얼굴을 반쯤 가리고서 손가락 사이로 아버지를 흘끔흘끔 바라보았다. 아이는 버스에서 굳이 옆에 앉으려는 남자들이나 차에 태워 주겠다는 남자들을 조심하라고 부모님한테서 숱하게 들어 왔다. 오늘 밤 이 자리에 나타난 사람, 지금까지 재미있는 농담거리가 되어 왔던 이 사람은 더 이상 농담이 아니라 정말로 그런 남자들 중 한 명임이 틀림없었다. 그리고 더 당황스러운 것은 아버지 역시 한때는 그런 남자들과다름없는 사람이었던 것 같다는 사실이었다.

애로스미스의 딸 역시 아버지를 찬찬히 뜯어보았다. 그녀는 언젠가라고스의 호텔에서 무심코 방문을 열었다가 어머니가 아프리카 직원의 품에 안겨 있는 모습을 보았다. 그녀는 그날 이후로 줄곧 아버지를 불쌍하게 여겨 왔다. 그때 라고스에서는 결코 유쾌하지 못한 장면이 연출되었다. 그녀는 어머니에게 고래고래 소리를 질렀고, 나중에 분을 이기지 못한 채 아버지에게 자기가 본 것을 이야기했다. 아버지는 지친 얼굴로 고개를 끄덕였지만 놀란 것 같지는 않았다. 어머니는 초라하게 눈물을 흘렸다. 그녀는 두 팔로 아버지를 안고서 위로했지만 어머니한테는 눈곱만큼의 연민도 느끼지 않았다. 그녀는 어머니를 동정할 수도, 이해할 수도 없었다. 식당 테이블에 앉아 있는 이 순간, 그녀의 머릿속에 당시의 상황이 생생하게 떠올랐다. 지금의 혼란스러운 상황에서 그 일을 기억하는 것은 적절한 듯하면서도 꼭 그런 것 같지만도 않았다. 부모님의 결혼은 엉망이었다. 보이는 것보다 더 실패한 결혼이었다. 테이블 건너편에서 그녀의 어머니는 자꾸만 초점이 풀어지는 눈과 우울한 얼굴로 담배를 피우고 있었다. 어머니가 딸에게 미소를, 술에 취한 부드러운 미소를 지어 보였다.

애로스미스의 큰아들 역시 당혹스러운 상황을 의식하고 있었다. 방금 들은 이야기와 같은 일이 흔하게 벌어지는 학교에 다니기 때문에 아이는 이제 막 밝혀진 사실을 쉽게 믿을 수 있었다. 아이는 일찍이 생각해 본 적이 없는 일을, 아버지와 아버지의 친구들이 학창 시절에 다른 남자아이들과 열정적으로 사귀는 모습을 자신의 의지와는 상관없이 상상할 수밖에 없었다. 아이는 이 같은 사실을 냉소적으로 받아들여야 마땅했지만 그럴 수 없었다. 대신 아이는 헉하고 숨을 내쉬고 싶었다. 이제 막 밝혀진 사실은 저녁 내내 아이의 얼굴에 번져 있던 미소를 단숨에 앗아 갔다.

윌트셔의 쌍둥이 딸들은 슬픈 얼굴로 하얀 테이블보를 내려다보았다. 테이블보는 와인과 그레이비소스로 여기저기 얼룩져 있었다. 두 아이 역시 웃고 싶은 마음을 잃어버린 채 눈을 깜박이면서 눈물을 참았다.

"그래, 나는 그만 가는 게 좋겠어." 토리지가 말했다.

메이스해밀턴 부인이 조바심을 내면서 남편을 쳐다보았다. 그녀는 남편이 서둘러 토리지를 보내거나 적어도 무슨 말이라도 하기를 바라는 것 같았다. 그러나 메이스해밀턴은 잠자코 있었다. 메이스해밀턴 부인은 직접 나서서 말할 작정으로 혀로 입술을 축였다. 그러나 그녀는 생각을 바꾸었다.

"피셔는 목재 사업을 하지 않았습니다." 토리지가 말했다. "가엾은 피셔는 벌써 죽었거든요. 그래서 우리의 멍청한 교장이 그날 조회를 열었던 겁니다, 메이스해밀턴 부인."

"조회요?" 메이스해밀턴 부인은 사무적이면서도 분노가 어린 목소리로 말하고 싶었지만 마음과 달리 기어들어 가는 소리로 물었다.

"아무도 이유를 알 수 없는 조회가 열렸었죠. 가엾은 피셔가 아버지 농장의 헛간에서 목을 맸거든요." 토리지는 이렇게 말하더니 애로스미스를 돌아보았다. "사실 내가 이 소식을 들은 건 가드 하비한테서야. 가엾은 피셔는 편지를 남겼지만 부모님이 전해 주지 않으셨어. 그건 너한테 쓴 편지였어, 애로스미스."

애로스미스는 테이블에 기댄 채 여전히 서 있었다. "편지라고? 나한테 쓴 편지?"

"또 편지를 썼던 거지. 피셔가 왜 자살한 것 같아, 애로스?"

토리지는 애로스미스에게 그리고 테이블을 가운데에 두고 둘러앉은 모두에게 미소를 지어 보였다.

"다 거짓말이야." 월트셔가 말했다.

"모두 사실이야."

토리지는 그 자리를 떠났고, 테이블 앞에 앉은 일행은 모두 입을 다물고 있었다. 헛간 대들보에 매달린 남학생의 시신, 달랑거리는 그 아이의 발 아래로 짚 더미 위에 놓인 편지. 피셔의 시신은 이미 모두를 휘감고 있는 혼란 속에 매달린 채 모두를 더 깊은 당혹감에 빠져들게 했다. 웨이터 두 명이 사이드 테이블 옆을 맴돌았다. 한 명은 소스 통을 정리하면서 시간을 보내고 있었고, 다른 한 명은 원뿔 모양으로 냅킨을 접고 있었다. 애로스미스가 천천히 자리에 앉았다. 토리지가 한 말은 모두의 뇌리에서 떠날 줄을 몰랐고 테이블에는 계속해서 침묵이 흘렀다. 테이블을 차지하고서 떠나지 않는 것은 바로 토리였다. 차가운 미소와 탭 댄서 같은 우아함으로 무장한 토리지는 분명히 실패한 어린 시절임에도 그 흘러간 시간에 등을 돌리지 않았고, 중년의 남자가 되어 의기양양한 모습으로 모두의 눈앞에 앉아 있었다.

애로스미스 부인이 갑자기 눈물을 흘리기 시작했고 월트셔의 쌍둥이 딸들도 울음을 터뜨렸다. 월트셔 부인은 두 딸을 달랬다. 애로스미스의 딸은 자리에서 일어서더니 모두에게 등을 돌린 채 걸음을 옮겼고, 메이스해밀턴 부인은 세 남자를 돌아보면서 이런 일이 벌어지게 하다니 부끄러운 줄 알아야 할 거라고 말했다.

예루살렘의 죽음

Death in Jerusalem

"그럼 그때 보자." 폴 신부가 기차 창밖으로 몸을 내밀면서 말했다. "예루살렘에서 만나, 프랜시스."

"아무 일 없으면 그때 봐, 폴." 프랜시스가 이렇게 말하는 동안 더블 린행 기차는 움직이기 시작했고, 그의 형은 창밖으로 손을 내밀고 흔들었다. 프랜시스는 특별히 눈에 띌 것 없는 소박한 모습으로 플랫폼에 서서 손을 흔들어 인사했다. 사람들은 프랜시스를 보면서 형처럼 신부가 되었어야 한다고 입을 모아 말했다. 그의 조용하고 명상에 잠기기를 좋아하는 성품이 수도원 생활에 걸맞을 것 같기 때문이었다. 그러나 프랜시스는 코나리 철물점을 운영하는 것에 만족했다. 늙어서 일이 힘에 부치기 전까지만 해도 어머니가 손수 맡아서 돌보던 철물점이었다. "내년에 성지순례 갈까?" 폴 신부가 그해 7월에 물었다. "같이 갈래, 프랜시스?" 프랜시스는 가게를 비울 수 없다고, 집에 자기가 없으면 어머니가 당황하실 거라고 설명했다. 그러나 폴 신부는 프랜시스가 안 된다고 내놓는 모든 이유를 무시했다. 그는 프랜시스 그리고 어머니와 함께 살면서 살림을 맡아 하는 여동생 키티가 있지 않느냐고 요란스럽게 말했다. 그러고서 그는 키티의 남편 마일스한테 2주 정도는 가게를 맡겨도 괜찮을 거라고 덧붙였다. 프랜시스는 일곱 살이 되던 해 이후로 30년 동안 성지순례를 꿈꿔 왔다. 그에게는 한 푼도 쓰지 않고 모아 둔 돈이 있었다. 그러나 폴 신부는 그 돈을 가져갈 수는 없다고 그해 7월에 여러 번 말했다.

프랜시스는 플랫폼에 서서 기차가 시야에서 사라질 때까지 지켜보았다. 그의 머릿속은 여전히 형의 모습으로 가득 차 있었다. 폴 신부의 혈색 좋은 얼굴이 담배 연기 뒤에서 또다시 미소를 지었다. 신부복을 입은 그의 육중한 몸은 시선을 사로잡기에 충분했다. 신부복의 옷깃은 살이 불거져 나올 만큼 목에 꽉 끼었고, 정성스럽게 닦은 그의 검정 구두는 반짝반짝 윤이 났다. 그의 커다랗고 강한 손에는 손등에 기미가 껴 있고, 숱 많고 곱슬곱슬한 머리는 희끗희끗했다. 한 시간 반 뒤면 기차는 더블린에 도착할 테고, 폴 신부는 택시를 잡아탈 것이 분명했다. 그는 그레셤 호텔에서 하룻밤을 보내면서 다른 사제와 어울려 술을 한두 잔 마실 테고, 식사를 한 뒤에는 브리지 게임을 할지도 몰랐다. 프랜시스의 형은 그런 사람이었다. 그는 예전부터 낭비벽이 있었고 느긋했으며 언제나 미소와 유머를 잃지 않았다. 그런 성격 덕분에 그는 미국으로 가서 성공을 거두었다. 그는 스타이그밀러 신부와 함께 1980년 이전에 완료하고자 하는 성전 건축에 필요한 기금을 마련하려고 샌프란시스코를 출발해서 로마와 피렌체까지, 샤르트르와 세

비야까지 그리고 팔레스타인까지 종횡무진 누비고 다니며 부유한 사람들을 만났다. 그는 모금에 뛰어난 수완을 발휘했다. 폴 신부가 모으는 기부금은 성당 건설뿐만 아니라 그가 원장으로 있는 남아 보육원과 구세주 병원 그리고 시의 서쪽 지역에 있는 성 마리아 양로원을 위해 사용되었다. 폴 신부는 해마다 7월이면 어머니 그리고 남동생과 여동생이 여전히 살고 있는 아일랜드 티퍼러리 주의 작은 도시로 돌아갔다. 고향에 머무는 동안 그는 철물점 위층에 있는 집에서 지냈다. 아버지가 돌아가시면서 그는 철물점을 물려받을 수도 있었지만 성직자의 길을 걷기 위해서 사양했다. 코나리 부인은 이제 여든 살이 되었다. 그녀는 언제나 검은색 옷을 입고서 카운터 뒤, 구멍이 육각형인 철조망 옆 한쪽 구석에 조용히 앉아 있었다. 저녁이 되면 그녀는 프랜시스와 함께 레이스 커튼이 드리워진 거실에 앉아서 시간을 보냈고, 그녀의 딸 부부는 부엌을 차지하고 있었다. 폴 신부가 매년 여름 고향으로 돌아오는 것은 무엇보다도 그녀를 위해서였다. 그는 어머니를 보러 오는 것을 의무로 여겼다.

역을 떠나 마을로 걸어가는 동안 프랜시스는 벌써 형이 그리워지는 마음을 느꼈다. 프랜시스보다 열네 살이 많은 폴 신부는 어린 시절에는 자주 아버지의 역할을 대신해 주었다. 아버지는 프랜시스가 다섯 살 때 돌아가셨다. 어린 프랜시스의 눈에 형은 누구나 부러워할 힘과 지식을 지닌 사람이었다. 형은 프랜시스에게 영웅이었고, 어린 프랜시스는 성공의 표본처럼 보이는 형을 숭배하기까지 했다. 마침내 어른이 된 프랜시스에게 형은 너그러움의 표본이기도 했다. 형은 10년 전에 어머니를 모시고 로마에 다녀왔다. 그로부터 2년 뒤에는 여동생 키티와 매부를 데리고 역시 로마에 다녀왔다. 형은 여동생 에드나가 캐나다로 이민 갈 때 필요한 비용을 대 주었고, 두 명의 조카가 미국에서 첫걸음을 내디딜 수 있도록 도움을 주었다. 프랜시스는 어린 시절에 형처럼 주근깨 가득한 건강한 얼굴을 갖지 못했다. 중년에 접어든 지금도 그는 형처럼 불그레한 혈색과 통통한 몸 그리고 사람들을 편안하게 대하는 여유를 지니지 못했다. 프랜시스는 가냘픈 몸에 얼굴은 창백한 편이었다. 게다가 그의 엷은 갈색 머리는 벗어지기 시작했다. 프랜시스는 가끔 쌕쌕거리면서 힘겹게 숨을 쉬었다. 그는 철물점에서 면으로 된 갈색 겉옷을 걸치고 일했다.

"안녕하세요, 코나리 씨." 한 여자가 시내 중심가에서 프랜시스에게 인사했다. "폴 신부님이 떠나셨나 보네요?"

"네, 또 떠났습니다."

"안전한 여행 하시도록 기도할게요." 여자는 이렇게 약속했고 프랜시스는 고맙다는 인사를 했다.

1년이 흘렀다. 샌프란시스코에서는 남아 보육원의 부속 건물 한 채가 완공되었고, 폴 신부와 스타이그뮐러 신부가 늦어도 1980년 이전으로 완공을 계획하고 있는 성당 건설 기금은 목표액을 채웠다. 프랜시스 가족이 사는 티퍼러리 주의 작은 도시에서는 세례식과 장례식 그리고 첫 번째 성찬식이 거행되었다. 반샤 출신의 농부인 올드 로린은 어린 염소를 좋은 가격에 팔고는 자축하려고 맥셰리가 운영하는 식료품 잡화점 겸 술집에 갔다가 숨을 거두었다. 도런네 포목점에서 일하는 클랜시는 모린 탤벗과 결혼했고, 놀런 씨가 데리고 있는 미장공은 캐런과 결혼했다. 부모의 압력을 이기지 못한 조닌 미거는 튀김집에서 일하는 시머스와 결혼했다. 리머릭 가의 농장에서 자란 말이

페어리하우스 그랜드 내셔널에 참가했다는 소문이 돌았지만 결국 사실이 아닌 것으로 밝혀졌다. 그 한 해 동안 프랜시스는 매일 저녁 어머니와 함께 철물점 위, 레이스 커튼이 드리워진 거실에 앉아서 시간을 보냈다. 코나리 부인은 주중에는 구멍이 육각형인 철조망 옆 한쪽 구석에 앉아서 프랜시스가 일하는 모습을 구경했다. 프랜시스는 나사못의 개수를 세고, ㄷ자 모양 못의 무게를 달고, 손님들에게 마당 청소용 솔이나 탭 와셔에 대해서 조언했다. 토요일이면 그는 시어 부인의 하숙집에서 생활하는 그리스도 형제회 소속 수도사 세 명을 만나러 가고는 했다. 집으로 돌아온 그는 당국이 수녀들과 수도사들을 얼마나 실망시키고 있는지에 대해서 어머니에게 설명했고, 시어 부인이 데리고 있는 나이 많은 가정부 아이타가 더 이상 식사 준비를 맡아서 할수 없게 되었다는 사실을 전했다. 어머니는 고개를 끄덕이면서 이야기를 들을 뿐 좀처럼 말을 하지 않았다. 프랜시스가 우스갯소리를 할때에도 어머니는 웃는 법이 없었고, 오히려 소리 내어 웃는 아들을 놀란 얼굴로 쳐다보기만 했다. 젊은 호건이 달걀에서 못을 발견하고는 내뱉은 말을 전했을 때에도, 아이타가 우유가 담긴 병에 민트 소스를 넣었다는 이야기를 전했을 때에도 마찬가지였다. 그러나 포런 박사는 어머니의 기분을 즐겁게 해 드리는 것이 좋다고 말했다.

그 한 해 동안 프랜시스는 곧 떠나게 될 성지순례에 대해서 어머니에게 줄곧 이야기했다. 프랜시스는 이듬해 봄에 두 주 동안 집과 가게를 비우게 될 것임을 어머니에게 이해시키려고 노력했다. 그는 전에도 며칠간 집을 떠난 적이 있었지만 그것은 어머니가 지금보다 젊었을 때의 일이었다. 그는 트럴리에 사는 숙모를 방문하기도 했었지만 3년 전에 숙모가 세상을 떠난 뒤로는 단 한 번도 집을 떠나지 않았다.

프랜시스와 어머니는 늘 가까웠다. 그가 태어나기 전에 어린 두 딸을 잃은 어머니는 프랜시스가 죽지 않고 살아남은 것은 선물이라는 생각에 문득 잠기고는 했다. 프랜시스는 그녀가 한결같이 가장 아끼는 자식이었으며 과연 자립할 수 있을지 늘 마음이 쓰이는 자식이었다. 티퍼러리 주에 남는 대신 허세를 부리며 샌프란시스코로 간 것은 폴다운 행동이었고, 아무짝에도 쓸모없는 남자와 결혼한 것은 키티다운 행동이었다. "그런 사내와 연을 맺으려는 처녀는 이 도시를 통틀어 아무도 없을 거다." 당시에 어머니는 이렇게 말했지만 키티는 끝내 고집을 꺾지 않은 채 마일스와 결혼했다. 마일스는 번듯하게 하는 일 없이 남의 집 유리창이나 닦으면서 푼돈을 벌었고, 사설 마권 영업자도 노번한테 내기 돈을 갖다 바쳤다. 키티와 그녀의 자식들은 철물점 영업 덕분에, 그녀와 프랜시스 그리고 어머니 사이에 이루어진 합의 덕분에 생계를 유지할 수 있었다. 그녀의 자식 중 셋은 이미 다른 도시로 갔는데, 코나리 부인은 아이들이 좀 더 나은 아버지를 두었더라면 집을 떠나는 일은 없었을 거라고 말했다. 코나리 부인은 아기 때 세상을 떠난 두 딸이 살아 있다면 지금 어떤 모습일지 이따금 생각에 잠기고는 했다. 그녀는 두 딸 역시 프랜시스와 같았을 거라고, 한 순간도 걱정을 끼치지 않는 자식들이었을 거라고 상상했다. 프랜시스는 낭비벽이 있고 미국에 대해서 허풍을 떠는 폴과 달리, 절대로 거들먹거리는 인상을 풍길 사람이 아니었다. 프랜시스는 키티처럼 어리석지도 않고, 에드나처럼 용서받지 못할 잘못을 저지른 적도 없었다. 에드나는 이미 고인이 되어 토론토에 묻혔지만 코나리 부인은 여전히 딸을 용서하지 못했다.

프랜시스는 가족을 향한 어머니의 마음을 이해했다. 일찍이 홀로된 어머니는 가족 모두를 위해 최선을 다하면서 힘겨운 삶을 사셨다. 프랜시스는 이제 어머니가 겪은 고난과 실망을 보상하기 위해서 최선을 다했다. 저녁마다 키티와 마일스 그리고 둘의 막내 아이는 부엌에서 텔레비전을 봤지만 그동안 프랜시스는 어머니의 기분을 북돋우려고 노력했다. 어머니는 마일스가 피닉스 공원에 가서 승리가 예상되는 말인 거스티 스피리트에 돈을 걸려고 금전 등록기 서랍에 손을 댄 이후로 10년 동안 그를 못 본 체했다. 프랜시스는 마일스와 충분히 잘 지냈지만 그 사건이 오랜 후유증을 남긴 것은 당연하다고 생각했다. 사건이 터졌을 때 부엌에서는 한바탕 요란한 말다툼이 벌어졌었다. 키티는 마일스에게 소리를 질렀고 마일스는 거짓말을 늘어놓았다. 프랜시스는 이러다가 연로한 어머니한테 심장마비를 일으키겠다고 말하면서 두 사람을 진정시키려고 애썼다.

코나리 부인은 무엇이 되었든 예기치 않은 혼란한 상황이 닥치는 것을 싫어했다. 이 같은 사실을 누구보다 잘 아는 프랜시스는 성지순례를 떠나기에 앞서 1년 내내 신약성경을 읽어 드리면서 어머니가 마음의 준비를 할 수 있도록 도왔다. 그는 베들레헴과 나자렛 그리고 오병이어의 기적을 비롯해 다른 모든 기적에 대해서 어머니에게 이야기했다. 코나리 부인은 끊임없이 고개를 끄덕였지만 프랜시스는 자기가 아무 이유 없이 성경 속의 일화들을 이야기하는 것으로 어머니가 생각하시는 건 아닌지 의심스러웠다. 어린 시절 프랜시스는 지금 그가 어머니에게 해 드리는 것과 같은 이야기들을 들으면서 경외감과 매력을 느꼈다. 어린 프랜시스는 물 위를 걷는 모습과 광야에서 유혹받는 모습을 상상했고, 골고타 언덕으로 짊어지고 간 십자가와 무덤을 막았던 돌이 치워진 장면 그리고 죽은 지 사흘 만에 다시 살아나는 장면을 눈앞에 그렸다. 이제 곧 그런 장소들을 직접 둘러보게 될 거라는 사실은 더할 수 없이 특별하게 느껴졌다. 프랜시스는 어머니가 좀 더 젊어서 아들의 행운을 기뻐해 주실 수 있다면, 그가 성지순례 중에 날마다 보내려고 마음먹고 있는 엽서를 받고서 아들의 경험을 함께 나눌 수 있다면 얼마나 좋을까 하는 아쉬움을 느꼈다. 그러나 어머니의 눈은 너는 실수하는 거라고, 성지순례 같은 과시적인 일을 하는 것은 바보짓이라고 끊임없이 프랜시스에게 말하는 듯했다. '여정을 완벽하게 짰어.' 그의 형이 샌프란시스코에서 편지를 보냈다. '우리는 무엇 하나 놓치지 않을 거야.'

프랜시스는 처음으로 공항에 왔다. 그는 더블린에서 에어링구스를 타고 런던으로 간 뒤 엘알항공 여객기로 갈아타고서 텔아비브로 갔다. 그는 불안했고 비행기 여행이 피곤하게 느껴졌다. 그는 줄곧 먹기만 하는 것 같았고 이토록 많은 낯선 사람들 속에 있다는 사실이 이상했다. "지금까지 먹어 보지 못한 꿀을 맛보게 될 겁니다." 그의 옆에 앉은 이스라엘 사업가가 말했다. "갈릴리 무화과도 정말 맛있답니다. 꼭 먹어 보세요." 이스라엘 사업가는 밤과 이른 새벽의 예루살렘도 반드시 경험해야 한다고 덧붙이더니 야드바셈과 진귀한 보물이 보관되어 있는 '경전의 전당'처럼 프랜시스가 한 번도 들어 본 적이 없는 장소들을 나열하면서 꼭 가 보라고 당부했다. 그는 또 마사다의 순교자들에게 경의를 표하고, 존중의 표시로 히브리어 단어 몇 개쯤은 배우라고 조언했다. 그는 기념품을 살 수 있는 가게를 추천하면서 아랍 노점상들을 조심하라고 경고했다.

"용감한 친구, 기분은 어때?" 폴 신부가 텔아비브 공항에서 말했다.

그는 샌프란시스코를 출발해서 하루 전에 이곳에 도착했다. 이미 한두 잔 걸친 폴 신부는 예루살렘의 플라자 호텔에 도착하자 술을 한잔하자고 제안했다. 저녁 9시 반이었다. "자기 전에 간단하게 한잔하는 거야." 폴 신부가 고집을 부렸다. "그다음 곧바로 자면 그만이야, 프랜시스." 두 사람은 사방이 탁 트인 널찍한 라운지에 앉아 있었다. 라운지에는 나지막한 둥근 테이블과 현대적인 네모난 안락의자가 놓여 있었다. 폴 신부는 여기가 바라고 말했다.

프랜시스와 폴 신부는 텔아비브를 출발해서 예루살렘으로 오는 동안 차 안에서 필요한 이야기를 나누었다. 폴 신부는 어머니와 키티와 마일스의 안부를 물었다. 그는 또 대성당 참사회원인 나이 든 마혼과 머레이 경사의 소식도 물었다. 그러고서 그는 자기는 스타이그뮐러 신부와 보람찬 한 해를 보냈다고, 여러 가지 좋은 일이 있었지만 무엇보다도 남아 보육원이 최고의 축구 선수 두 명을 배출했다고 이야기했다. "아침 9시 반에 관광을 시작할 거야." 폴 신부가 말했다. "나는 8시면 내려와서 아침 식사를 하고 있을 거야."

프랜시스는 자러 갔고, 폴 신부는 위스키 한 잔을 더 주문하면서 얼음을 가져다 달라고 했다. 실망스럽게도 호텔에는 아일랜드 위스키가 없었다. 폴 신부는 하는 수 없이 헤이그로 만족해야 했다. 그는 미국인 커플과 대화를 나누게 되었는데 두 사람한테서 아일랜드에 오면 반드시 티퍼러리 주를 방문하겠다는 약속을 받아 냈다. 11시에 바텐더가 폴 신부 앞으로 오더니 리셉션 데스크에서 그를 찾는다고 전했다. 폴 신부가 리셉션 데스크로 가서 이름을 대자 앳된 얼굴의 호텔 여직원이 메시지가 담긴 봉투를 건넸다. 그녀는 전보가 왔다고 형편없는 영어로 이야기하더니 고개를 저으면서 텔렉스로 왔다고 고쳐 말했다.

봉투를 연 폴 신부는 코나리 부인의 부고를 읽었다.

프랜시스는 곧바로 잠이 들었고 다시 어린아이가 된 꿈을 꾸었다. 꿈속에서 그는 누군지 알아볼 수 없는 친구와 물고기를 잡고 있었다.

폴 신부는 위스키와 얼음을 방으로 가져다 달라고 전화로 주문했다. 그는 술을 마시기 전에 겉옷을 벗고 침대 옆에 무릎을 꿇고 앉아 어머니의 구원을 위해서 기도했다. 기도를 마친 그는 위스키를 홀짝이면서 한쪽 끝에서 반대쪽 끝까지 호텔 방을 천천히 오갔다. 그는 자신과 말다툼을 벌이다가 마침내 결론에 도달했다.

폴 신부와 프랜시스는 아침 식사로 노란 아이스크림처럼 보이는 스크램블드에그를 먹고 맛있는 오렌지 주스를 마셨다. 왜 베이컨이 안 보이는지 궁금해하는 프랜시스에게 폴 신부는 이스라엘에서는 베이컨을 쉽게 구할 수 없다고 설명했다.

"잠은 잘 잤어?" 폴 신부가 물었다. "제트래그는 없었어?"

"제트래그?"

"제트기로 여행한 다음에 느끼게 되는 피로감이야. 며칠 동안 사람을 녹초로 만들지."

"아, 난 잘 잤어, 폴."

"잘했다."

폴 신부와 프랜시스는 느긋하게 식사를 했다. 폴 신부는 그가 맡은 교구에서 지난 한 해 동안 있었던 일을 좀 더 자세히 이야기했다. 그는 특히 남아 보육원 출신의 두 젊은 축구 선수에 대해서 말했다. 프랜시스는 시어 부인의 하숙집 식사가 형편없어졌다고 그리스도 형제회 소속 수도사 세 명한테서 들은 대로 전했다. "차를 준비시켜 뒀어." 폴 신부가 말했다. 20분 뒤 두 사람은 예루살렘의 햇살 속으로 발을 내디뎠다.

렌터카는 구시가 성벽을 향해 가다가 멈추어 섰다. 운전기사는 폴 신부가 요청하는 대로 차를 일시 정차 가능 구역으로 옮겼고, 두 사람은 차에서 내려 집과 올리브 나무가 여기저기 흩어져 있는 넓은 골짜기 너머를 바라보았다. 저 멀리 보이는 맞은편 산비탈에 길이 구불구불 나 있었다. "올리브 산이야." 폴 신부가 말했다. "저건 예리코로 이어지는 길이고." 폴 신부가 어느 한 곳을 가리키며 말을 이었다. "커다란 올리브 나무 여덟 그루가 모여 있는 거 보여? 저기 길에서 약간 벗어난 곳에, 성당이 있는 곳에 말이야."

프랜시스는 폴 신부가 말하는 곳을 찾았다고 생각했지만 확신할 수는 없었다. 산비탈에는 올리브 나무가 너무나 많았고 성당도 여럿 보였다. 프랜시스는 먼 곳을 가리키는 형의 손가락을 슬쩍 바라본 뒤 그 끝이 향하는 방향을 눈으로 좇았다.

"겟세마니 동산이야." 폴 신부가 말했다.

프랜시스는 잠자코 있었다. 그는 저 멀리 올리브 나무가 무리 지은 곳에 있는 성당을 계속해서 뚫어질 듯 바라보았다. 산비탈에는 야생화가 만발해 있고 얼룩덜룩한 주황색과 파란색 집들은 가난해 보였다. 아랍 여인 두 명이 염소를 몰고 있었다.

"더 가까이에서 볼 수 있어?" 프랜시스가 이렇게 묻자 그의 형은 물론이라고 대답했다. 두 사람은 대기 중인 차로 돌아갔다. 폴 신부가 운전기사에게 성 스테파노의 문으로 가자고 말했다.

무거운 카메라를 든 관광객들이 고난의 길에 떼를 지어 몰려들었

다. 구릿빛 피부의 아이들이 맨발로 돌아다니면서 구걸을 하고 있었
다. 노점상들은 관광객을 붙잡고서 면 원피스, 금속 제품, 기념품, 성
물 등 다양한 물건을 사라고 떠들어 댔다. "저리 비켜요." 폴 신부는 이
렇게 말하면서도 퉁명스럽게 보이지 않으려고 계속해서 상냥하게 웃
었다. 프랜시스는 가만히 서서 눈을 감은 채, 잠시라도 십자가를 짊어
지고 가는 예수의 모습을 그려 보고 싶었다. 그러나 기억할 수 있는 한
그에게 익숙하기만 한 십사처는 지금 이 순간 비현실적으로 다가왔
다. 아무리 노력해도 예수의 수난 길은 그의 상상 속으로 들어오려 하
지 않았다. 몸이 지금 거칠게 떠밀리고 있는 시끌벅적한 길보다는 차
라리 자신이 다니는 소박한 성당이 문제의 본질에 더 가까운 것처럼
느껴졌다. "빌어먹을, 정말로 진짜라니까요!" 화가 난 미국인의 목소리
가 사기를 당했다고 주장하는 더 날카로운 목소리에 맞서 이렇게 소
리쳤다. 두 목소리는 작은 상자 안, 플라스틱 덮개 밑에 깔끔하게 들어
있는 나뭇조각 하나를 두고서 그것이 예수가 짊어지고 간 십자가 조
각이 맞는지 아닌지를 따지며 말다툼을 벌이고 있었다.

　프랜시스와 폴 신부는 성묘 성당에 도착해서 예수가 못 박히는 장
면을 재현한 방으로 갔고, 그곳에서 기도를 드렸다. 그러고서 그들은
천사의 방을 지나 예수의 무덤으로 갔다. 대리석 방 안에서는 모두가
침묵을 지켰다. 그러나 성당을 벗어나자 안경을 쓴 말이 없던 한 남자
가 이 도시의 성벽 안에 시신이 묻혔었다는 건 말이 안 되는 소리 같
다고 이야기했다. 프랜시스는 그가 하는 말을 우연히 들었다. 그들은
히스기야의 못으로 걸어갔고, 구시가를 벗어나 자파 게이트로 향했다.
그들이 대절한 차는 자파 게이트에서 기다리고 있었다. "출출하지?"
폴 신부가 물었다. 프랜시스는 아니라고 대답했지만 폴은 기사에게

호텔로 돌아가자고 말했다.

'장례식을 월요일로 미룰 것.' 폴 신부는 이렇게 전보를 보냈다. 일요일 아침 일찍 출발하는 비행기가 있었다. 그 비행기를 타면 오후에 런던에서 출발하는 더블린행 비행기 시간에 맞춰 도착할 수 있었다. 운이 좋다면 일요일 저녁 늦은 시간에 출발하는 기차가 있을 테고, 만약 없다면 차를 대절하면 그만이었다. 오늘은 화요일이었다. 그들에게는 나흘하고 반나절이 주어졌다. '장례식 월요일 11시.' 리셉션 데스크에서 받은 전보에는 이렇게 적혀 있었다. '아, 정말 잘됐지?' 폴 신부는 전보를 구겨 뭉치면서 마음속으로 생각했다.

"간단하게 한잔할까?" 폴 신부가 사방이 탁 트인 바에서 물었다. "아니면 거하게 한잔할까?" 그가 소리 내어 웃었다. 폴 신부는 어머니의 죽음에도 불구하고 기분이 좋았다. 그는 유쾌하게 미소를 지으면서 머리를 흔들어 바텐더에게 신호를 보냈다.

그의 얼굴은 아침 햇볕에 빨갛게 달아 있었다. 이마와 코에는 땀이 송골송골 맺혔다. "오후에는 베들레헴에 가자." 폴 신부가 계획을 말했다. "제트래그만 없다면 말이야."

"난 괜찮아."

예수 탄생 부티크라는 간판이 달린 상점에서 프랜시스는 어머니에게 드릴 작은 금속 접시 하나를 샀다. 작은 접시에는 물고기 한 마리가 새겨져 있었다. 프랜시스는 조금 전에 예수 탄생 성당에서 여물통이 있었다는 자리에 잠시 서 있었지만 그 사실을 좀처럼 믿을 수 없었다. 이국적인 그리스 정교회 장식, 외국인처럼 보이는 사제들, 동양의 냄새. 고난의 길에서도 지금 이곳을 에워싼 분위기 때문에 정신을 모으기가 힘들었다. 금, 유황 그리고 몰약. 프랜시스는 성당이 요셉과 마리아 그리고 그들의 아이의 성당이기보다는 왕들의 성당 같다는 생각이 자꾸만 들었다. 프랜시스와 폴 신부는 예루살렘으로 돌아와 성모 마리아의 묘와 겟세마니 동산으로 갔다. "여기가 아닌 어디라도 될 수 있겠어." 겟세마니 동산에서 프랜시스는 안경을 쓴 조용한 남자가 하는 말을 들었다. "온통 추측일 뿐이로군."

그날 오후 폴 신부는 겉옷을 벗고 침대에 누워서 쉬었다. 5시 반부터 7시 15분까지 잠을 잔 뒤 상쾌한 기분으로 깨어났다. 그는 수화기를 들고 위스키와 얼음을 방으로 가져다 달라고 주문했다. 주문한 술을 받은 그는 옷을 벗고서 목욕을 했다. 그는 욕조 옆 타일 벽 선반에 술잔을 올려놓은 채 따뜻한 물속에서 느긋하게 시간을 보냈다. 나자렛과 갈릴리를 둘러볼 시간은 충분했다. 폴 신부는 동생에게 그 어느 곳보다도 갈릴리를 꼭 보여 주고 싶었다. 갈릴리는 특별한 분위기를 지닌 아름다운 곳이었다. 반면에 그는 나자렛에는 그다지 볼 것이 없다고 생각했지만 그렇다고 해서 그냥 지나친다면 아쉬움이 남을 게 분명했다. 폴 신부는 갈릴리 호에서 동생에게 어머니의 죽음을 알릴 계획이었다.

'멋진 하루를 보냈어요.' 프랜시스는 예루살렘 항공 사진이 인쇄된 엽서에 이렇게 적었다. '예수님의 무덤이 있는 성묘 성당과 겟세마니 그리고 베들레헴에 다녀왔어요. 폴도 건강하게 잘 있어요.' 프랜시스는 수신인 칸에 어머니 이름을 적고 키티와 마일스, 시어 부인의 하숙집에서 생활하는 그리스도 형제회 소속 수도사 세 명 그리고 마흔 경사에게도 엽서를 썼다. 그는 예루살렘을 방문하는 영광스러운 기회를 갖게 된 것에 감사했다. 그는 『마르코 복음』과 『마태오 복음』을 읽은 뒤 묵주기도를 드렸다.

"와인 한잔 할래?" 폴 신부가 저녁 식사 자리에서 말했다. 그는 와인을 그다지 좋아하지 않았지만 웨이터가 장황한 와인 목록을 주고 간 터라서 이렇게 물었다.

"아, 아니, 괜찮아." 프랜시스는 사양했지만 폴 신부의 눈은 이미 목록에 적힌 와인 이름들을 훑어 내려가고 있었다.

"이 지방에서 생산되는 와인이 있어요?" 폴 신부가 웨이터에게 물었다. "맛있는 레드 와인으로요."

웨이터가 고개를 끄덕이더니 급히 그 자리를 떠났다. 프랜시스는 식사 전에 바에서 위스키를 마신 데다 레드 와인까지 주문한 폴 신부를 보면서 형이 취하지 않기를 바랐다. 프랜시스는 위스키가 익숙하지 않기 때문에 형이 석 잔을 비우는 동안 한 잔을 겨우 마셨다.

"조금 전에 바에서 막노동자처럼 보이는 사람들이 하는 얘기를 들었어. 이 지방 레드 와인을 두고 칭찬을 늘어놓더구나."

프랜시스에게 와인은 성찬식을 떠오르게 했지만 그는 말하지 않았다. 대신 그는 수프가 맛있다고 말했고 이 호텔 특유의 관행에 대해서 형에게 이야기했다. 이곳에서는 호텔 짐꾼이 막대 끝에 달린 작은 칠판에 손님의 이름을 적어 들고서 종을 울리며 다녔다.

"호출하는 방법이지." 폴 신부가 설명했다. "고래고래 이름을 부르는 것보다 좋지 않아?" 폴 신부는 술기운에 번들거리기 시작한 눈으로 여느 때처럼 너그러운 미소를 지었다. 그는 부담을 느끼기 시작했다. 침대에 누워 계신 어머니의 모습이 뇌리에서 떠나지 않았다. 그는 자기가 저지른 짓을 알면 어머니가 뭐라고 하실지, 프랜시스에게 소식을 전하지 않은 것에 대해서 어머니가 얼마나 호되게 나무라실지 끊임없이 생각했다. 어쨌든 이 세상에 어머니는 단 한 분뿐이라는 생각에 그는 의무감과 자비심에서 해마다 어머니를 보러 고향에 갔었다. 그러나 어머니를 진심으로 좋아한 적이 없었다.

프랜시스는 저녁 식사를 마치고 산책을 했다. 거리에는 장난감처럼 보이는 총을 든 젊은 군인들이 있었다. 그러나 프랜시스는 그들이 손에 든 것이 진짜 총임을 알았다. 쇼윈도에는 팔려고 세워 둔 텔레비전들이 있었고, 다른 어디에서와 마찬가지로 가구와 옷가지도 진열되어 있었다. 이런저런 영화를 선전하는 포스터도 보였는데 그 가운데에는 실오라기 하나 걸치지 않은 두 여자가 몸부림치는 모습이 실린 것도 있었다. 티퍼러리 주에서는 결코 볼 수 없을 포스터였다. "뭐 찾으세요?" 앳된 여자가 깨진 앞니를 드러내 보이면서 물었다. 경찰차인지 구급차인지 알 수 없지만 다급한 날카로운 사이렌을 울리면서 근처를 지나가는 차 소리가 들렸다. 프랜시스는 여자를 보면서 고개를 저었다. "아뇨, 찾는 거 없습니다." 그는 이렇게 대답한 뒤 비로소 그녀의 질문에 담긴 의미를 깨달았다. 매우 짙은 피부에 키가 작은 그녀는 아직도 어린애 티를 완전히 벗지 못한 상태였다. 프랜시스는 그녀를 위해 기도하면서 걸음을 재촉했다.

프랜시스가 호텔로 돌아왔을 때, 형은 라운지에서 남자 두 명 그리고 여자 두 명과 함께 앉아 있었다. 폴 신부는 모두에게 한 잔씩 돌리라고 주문하던 차에 동생의 모습을 보고는 위스키 한 잔을 더 가져오라고 바텐더에게 큰 소리로 말했다. "아, 아니야." 프랜시스는 서둘러 방으로 올라가서 오늘 하루의 일을 돌이켜 보고, 신약을 읽고, 엽서를 몇 장 더 쓰고 싶은 마음에 술을 사양했다. 어디에 있는지 보이지 않는 스피커에서 음악이 흘러나오고 있었다.

"제 동생 프랜시스입니다." 폴 신부가 함께 앉아 있는 사람들에게 프랜시스를 소개하자 네 사람은 각자 자기 이름을 말하더니 뉴욕에서 왔다고 덧붙였다. "이분들한테 티퍼러리에 대해서 말하고 있었다." 폴 신부는 프랜시스에게 이렇게 말하면서 네 사람에게 담뱃갑을 돌렸다.

"예루살렘이 마음에 드세요, 프랜시스?" 미국인 일행 중 한 여자가 물었다. 프랜시스는 아직 제대로 보지 못했다고 말한 뒤 아무래도 성의 없는 대답으로 들렸을 것 같아서 예루살렘에 온 것은 평생 잊지 못할 경험이라고 덧붙였다.

폴 신부는 티퍼러리 주에 대해서 좀 더 설명하고는 자신이 맡고 있는 샌프란시스코 교구에 대해서 이야기했다. 그는 남아 보육원과 전도유망한 축구 선수 두 명 그리고 새 성전 건설을 위한 계획에 대해서도 말했다. 미국인들은 그의 이야기에 귀를 기울였다. 잠시 후 대화의 주제는 그들의 영국과 이스탄불 그리고 아테네 여행담으로 바뀌었다. 그들은 텔아비브 세관에서 벌어졌던 말다툼에 대해서도 이야기했다. "저는 그만 자러 가야겠습니다." 마침내 그들 중 남자 한 명이 일어서며 말했다.

나머지 일행과 프랜시스도 자리에서 일어섰다. 그러나 폴 신부는 그대로 앉아서 바텐더에게 또다시 손짓을 했다. "밤술 한잔 하자." 그가 동생을 설득했다.

"아, 아니야……" 프랜시스는 거절하려고 이야기를 시작했다.

"같은 걸로 두 잔 더 줘요." 폴 신부는 갑자기 무뚝뚝한 말투로 주문했고, 바텐더는 서둘러 술을 가지러 갔다. "잘 들어. 너한테 할 얘기가 있다."

폴 신부는 저녁 식사를 마친 뒤 프랜시스가 산책을 간 동안, 미국인들과 대화를 시작하기 전에, 더 이상은 마음의 짐을 감당하지 못하겠다고 혼잣말을 했다. 철물점 위, 작은 초들이 불을 밝히고 있는 당신의 방에서 이미 판자처럼 뻣뻣해진 몸을 뻗고 누운 노모의 모습이 마치 어머니가 그러기를 바라기라도 하는 것처럼 그의 눈앞에서 사라지지 않았다. 어머니는 폴 신부를 끈질기게 따라다니면서 그를 괴롭히려는 것 같았다. 좋은 생각이기는 했지만 그는 계획을 끝까지 밀고 나갈 자신이, 갈릴리에 갈 때까지 기다릴 자신이 없었다.

프랜시스는 더 이상 술을 마시고 싶지 않았다. 그는 형이 주문해 준 위스키와 미국인들이 그에게 대접한 술도 억지로 마신 터였다. 그는 지금 바텐더가 가져온 술을 원하지 않았다. 그는 술잔을 비우지 않기로 마음먹고는 형이 눈여겨보지 않기를 바랐다. 그는 잔을 들어서 입에 갖다 댔지만 사실은 한 방울도 마시지 않았다.

"안 좋은 일이 생겼다." 폴 신부가 말했다.

"안 좋은 일? 그게 뭔데, 폴?"

"들을 준비 됐니?" 폴은 잠시 말을 멈춘 뒤 마침내 사실을 알렸다. "돌아가셨다."

프랜시스는 형이 한 말을 이해하지 못했다. 그는 누가 죽었다는 소리인지, 형이 왜 여느 때와 다르게 행동하는지 알 수 없었다. 그는 그렇게 생각하고 싶지 않았지만 사실을 인정할 수밖에 없었다. 형은 취해서 정신이 맑지 못했다.

"어머니가 돌아가셨다." 폴 신부가 말했다. "막 전보를 받았어."

플라자 호텔의 라운지인 이 드넓은 공간, 끝 간 데 없이 늘어선 테이블과 그 둘레에 앉은 사람들, 날렵하게 움직이는 웨이터들과 바텐더들. 이 모든 것이 갑자기 꿈처럼 느껴졌다. 프랜시스는 자신이 눈에 보이는 이곳이 아닌 다른 어딘가에 있는 기분을, 형과 함께 앉아 있는 것이 아닌 듯한 기분을 느꼈다. 폴 신부는 손수건으로 입을 닦고 있었다. 혼란에 빠진 프랜시스는 잠시 동안 다시 한 번 힘겹게 고난의 길을 올라가는 기분을 느꼈고, 또다시 예수 탄생 부티크 안에 있는 듯한 착각에 사로잡혔다.

"진정해, 프랜시스." 형은 이렇게 말하고 있었다. "위스키를 한 모금 들이켜."

프랜시스는 형의 명령에 따르지 않았다. 그는 형에게 다시 한 번 말해 보라고 했고, 폴 신부는 어머니가 돌아가셨다는 말을 또다시 했다.

프랜시스는 눈을 감은 채 주위에서 들리는 소리들로부터 귀를 막으려고 애를 썼다. 그는 어머니의 영혼이 구원받을 수 있도록 기도했다. '성모 마리아시여, 빌어 주소서.' 그 자신의 목소리가 프랜시스의 머릿속에서 말했다. '거룩한 마리아시여, 어머니가 범한 몇 안 되는 사소한 죄가 용서받을 수 있도록 빌어 주소서.'

폴 신부는 마음속에 담아 두었던 비밀을 털어놓자마자 홀가분한 기분을 느꼈다. 물론 좋은 의도에서였지만, 가까웠던 사람의 사망 소식을 듣기에 가장 적합한 곳에 도착할 때까지 비밀을 간직할 수 있을 거라고 믿었던 것은 바보 같은 생각이었다. 폴 신부는 위스키를 한 모금 들이켠 뒤 또다시 손수건으로 입을 닦았다. 그는 동생의 모습을 지켜보면서 동생이 눈을 뜨기를 기다렸다.

"언제 돌아가셨대?" 마침내 프랜시스가 물었다.

"어제."

"그런데 전보가 이제야……"

"어젯밤에 도착했다, 프랜시스. 나는 네가 괴로워하는 걸 늦추고 싶었어."

"늦춘다고? 어떻게 그럴 수가 있어? 나는 어머니한테 엽서를 보냈어, 폴."

"내 말 들어 봐, 프랜시스⋯⋯"

"언제 말할 작정이었지?"

"갈릴리에 도착하면 너한테 알릴 생각이었어."

프랜시스는 또다시 꿈을 꾸고 있는 듯한 기분에 사로잡혔다. 그는 형을 이해할 수 없었다. 그는 전보가 어젯밤에 도착했다는 형의 말이 무슨 뜻인지, 왜 지금 같은 순간에 형이 갈릴리 이야기를 하는지 이해할 수 없었다. 그는 아일랜드로 돌아가야 할 지금, 자기가 왜 이 시끄러운 곳에 앉아 있는지 알 수 없었다.

"장례식은 월요일에 치르기로 했다." 폴 신부가 말했다.

프랜시스는 장례식 날짜를 이렇게 정한 것이 어떤 의미를 갖는지 이해하지 못한 채 고개를 끄덕였다. "내일 이맘때면 집에 도착하겠지." 프랜시스가 말했다.

"그럴 필요 없어, 프랜시스. 일요일 아침에 출발해도 늦지 않아."

"하지만 어머니가 돌아가셨어⋯⋯"

"장례식에 맞춰 갈 수 있어."

"어머니가 돌아가셨는데 여기에 있을 수는 없어."

폴 신부는 스스로와 말싸움을 하면서 그런 계획을 세울 때 자신이 두려워한 것이 바로 이것이었음을 깨달았다. 만약 어젯밤에 프랜시스의 방문을 두드렸다면 동생은 감동을 얻기 위해서 이 먼 길을 와 놓고도 돌멩이 하나 보지 못한 채 당장 집으로 돌아가려 했을 것이다.

"아침에 곧장 갈릴리로 가자." 폴 신부가 조용히 말했다. "갈릴리에 가면 마음의 위로를 얻을 수 있을 거야, 프랜시스."

그러나 프랜시스는 고개를 저었다. "어머니 곁에 있고 싶어."

폴 신부는 또다시 담배 한 개비를 뽑아 들고 불을 붙였다. 그러고서 주위를 맴돌던 웨이터에게 술 한 잔을 더 달라는 표시로 고갯짓을 했다. 그는 마음의 평정을 유지해야 한다고 속으로 생각했다. 그는 '마음의 평정을 유지하다'라는 표현을 좋아했다.

"마음을 편하게 가져, 프랜시스." 폴 신부가 말했다.

"아침 비행기가 있어? 지금 예약할 수 있을까?" 프랜시스는 도움이 될 만한 호텔 직원을 찾으려는 듯 주위를 두리번거렸다.

"서둘러 집에 돌아간다고 해서 좋을 건 하나도 없어, 프랜시스. 일요일에 출발하면 그만이야."

"어머니 곁에 있고 싶어."

폴 신부는 화가 치밀어 오르는 것을 느꼈다. 그는 언쟁을 벌이기 시작하면 발음이 어눌해질 것임을 경험을 통해서 알고 있었다. 그는 마음의 평정을 유지한 채 천천히 그리고 또박또박 말하면서 단순한 몇 가지 근거로 자신의 생각이 맞는다는 사실을 증명해야 했다. 그는 하필이면 이런 때를 골라서 돌아가시다니 참으로 어머니다운 행동이라고 생각했다.

"너는 이 먼 길을 왔어." 폴 신부는 이상하게 들리지 않을 정도로만 천천히 말했다. "왜 필요 이상으로 일정을 단축하려는 거니? 일요일에 출발해도 계획보다 일주일이나 줄이는 거야. 어머니도 우리가 서둘러 돌아오는 건 원치 않으실 거다."

"어머니도 원하실 거야."

프랜시스의 생각은 옳았다. 어머니가 평생 떨쳐 내지 못한 강한 소유욕은 유럽 대륙을 가로질러 프랜시스에게 손을 뻗치고도 남았다. 어머니는 눈을 감는 순간, 당신의 죽음이 어떤 결과를 초래할지 알고 있었다.

"여기에 오는 게 아니었어." 프랜시스가 말했다. "어머니는 내가 가는 걸 원치 않으셨어."

"넌 서른일곱 살이야, 프랜시스."

"여기 온 게 잘못이야."

"넌 잘못한 거 없어."

폴 신부가 어머니를 모시고 로마에 갔을 때, 어머니는 음식에 대해 불평하고 가는 곳마다 더럽다고 말하면서 한 주 내내 까다롭게 굴었다. 그리고 그가 지출을 할 때마다 쓸데없이 돈을 쓴다고 나무랐다. 폴 신부는 평생 어머니를 위해서 최선을 다했다고 생각했다. 그는 성직자가 되기로 결심하고는 어머니에게 가장 먼저 이 사실을 알렸다. 그는 어머니가 틀림없이 기뻐하실 거라고 믿었지만 기대와 달리 어머니는 "난 네가 가게를 물려받을 줄 알았다"라고 말씀하셨다.

"며칠 기다린다고 달라질 건 없어, 프랜시스."

"기다릴 건 아무것도 없어."

프랜시스는 살아 있는 한 자신을 용서하지 못할 것이라고 생각했다. 그는 살아 있는 한, 어머니가 편안히 눈을 감으실 때까지 왜 몇 년 더 기다리지 못했는지 자신을 나무랄 것이 틀림없었다. 그는 어머니의 방에서 임종을 지킬 수도 있었다.

"나한테 알리지 않은 건 있을 수 없는 일이야. 나는 편하게 앉아서 엽서를 썼어, 폴. 어머니한테 드릴 접시도 샀고."

"그 얘기라면 벌써 들었다."

"형은 위스키를 너무 많이 마시고 있어."

"자, 프랜시스, 바보처럼 굴지 마."

"형은 이미 반쯤 취했고, 어머니는 저 먼 곳에 누워 계셔."

"우리가 뭘 어떻게 해도 어머니를 되살릴 수는 없어."

"어머니는 그 누구한테도 상처를 준 적이 없으셔." 프랜시스가 말했다.

폴 신부는 소리 내어 부정하지 않았지만 프랜시스의 말은 사실이 아니었다. 어머니는 지금의 남편과 결혼하겠다던, 폴과 프랜시스의 여자 형제 키티를 끊임없이 책망하면서 상처를 주었다. 물론 오랜 세월이 흐른 뒤 키티 역시 자기가 잘못된 선택을 했음을 깨닫기는 했다. 어머니는 결혼도 안 한 에드나가 유산을 하자 캐나다로 내쫓기도 했다. 그러나 에드나의 유산 사실은 가족 말고는 아는 사람이 없었다. 어머니는 프랜시스는 모르고 있지만 그를 그늘지게 만들었다. 다른 자식들에게 의지할 수 없게 된 어머니는 마치 파괴하기 위해서 낳기라도 한 것처럼 막내를 움켜잡고는 놓아주지 않았다.

"어머니 장례미사는 형이 집전할 거야?"

"그래, 당연히 그래야지."

"나한테 진작 말했어야 해."

프랜시스는 왜 하루 종일 실망감을 느꼈는지 비로소 깨달았다. 대절한 차가 일시 정차 가능 구역에 멈춰 서고 형이 골짜기 너머 보이는 겟세마니 동산을 가리켰을 때부터 프랜시스는 실망을 느꼈지만 이런 감정을 인정하지 않았다. 그는 고난의 길과 성묘 성당 그리고 베들레헴에서도 실망감을 느꼈다. 프랜시스는 온통 추측일 뿐이라고 되뇌던 안경 쓴 남자를 떠올렸다. 카메라를 든 수많은 사람들은 명상에 잠기는 것을 불가능하게 했고, 이리저리 몸을 떠미는 사람들은 집중을 방해했다. 볼 것이 너무나 많다는 그의 말은 진심이 아니었다.

"어머니의 죽음이 방해가 됐어." 프랜시스가 말했다.

"그게 무슨 뜻이지, 프랜시스?"

"예루살렘처럼 느껴지지가 않았어. 베들레헴도 마찬가지였고."

"하지만 틀림없는 예루살렘이야, 프랜시스. 틀림없는 베들레헴이고."

"어딜 가나 총을 든 군인들이 있어. 길에서 어린애나 다름없는 여자가 나한테 다가오기도 했지. 십자가 조각을 파는 남자도 있었고. 형은 여기서 술을 마시고 담배를 피우고 있어······"

"내 말 들어 봐, 프랜시스······"

"나자렛에 가 봤자 역시 실망만 하게 될 거야. 갈릴리 호도 마찬가지일 테고. 오병이어 성당 역시 똑같을 거야." 프랜시스의 목소리가 어느새 높아져 있었다. 그는 다시 목소리를 낮추었다. "나는 오늘 오전에 어딜 가도 내가 그곳에 있다는 사실을 실감할 수 없었어. 집에 있을 때와는 달리 현실이 아닌 것처럼 느껴졌어."

"그건 어머니의 죽음과 아무 관계 없어, 프랜시스. 아무래도 제트래그의 영향이 좀 있는 것 같구나. 갈릴리에 가면 괜찮아질 거야. 갈릴리에서는 누구라도 특별한 분위기를 느낄 수 있단다."

"갈릴리 근처에도 안 갈 거야." 프랜시스가 테이블을 내리쳤다. 폴 신부는 동생에게 진정하라고 말했다. 사람들은 프랜시스와 폴 신부를 돌아보면서 얼굴이 창백한 남자가 사제를 향해 분노를 터뜨리고 있음을 알아차렸다.

"진정해!" 폴 신부가 날카로운 목소리로 명령했지만 프랜시스는 말을 듣지 않았다.

"어머니는 내가 집에 있는 편이 낫다는 걸 아셨던 거야." 프랜시스가 새된 소리로 외쳤다. "어머니는 내가 바보짓을 하고 있다는 걸 아셨던 거라고. 돌봐야 할 가게를 내팽개치고 무슨 대단한 일을 하겠다고 이랬는지……"

"목소리 좀 낮추겠니? 넌 바보짓을 하고 있는 게 아니야."

"내일 아침 비행기가 있는지 알아봐 주겠어?"

폴 신부는 한동안 아무 말 없이 그대로 앉아서 동생이 미안하다고 말하기를 기다렸다. 어머니의 죽음은 물론 충격적인 일이었다. 프랜시스가 감정이 북받쳐서 죄의식을 느끼는 것은 당연한 일이지만 조금만 있으면 안정을 되찾을 것이 분명했다. 그러나 프랜시스는 안정을 찾지 못했고 미안하다는 말도 하지 않았다. 그 대신 프랜시스는 눈물을 흘리기 시작했다.

"네 방으로 가자." 폴 신부가 말했다. "내가 항공편을 알아볼게."

프랜시스는 고개를 끄덕였지만 움직이지 않았다. 그는 흐느낌을 멈추더니 "난 이제 성지를 영원히 증오하게 될 거야"라고 말했다.

"그럴 필요는 없어, 프랜시스."

그러나 프랜시스는 그래야 한다고 생각했다. 그리고 기억할 수 있는 한 아주 오래전부터 존경해 온 형 역시 증오하게 될 거라고 생각했다. 플라자 호텔의 라운지에 앉아 있는 프랜시스는 사방에서 조롱이 고개 드는 것을 느꼈다. 형의 속임수와 그의 술잔에 끊임없이 채워지는 위스키 그리고 어머니의 죽음에도 태연한 그의 태도는 변함없이 그 창시자의 어머니를 섬겨 온 교회를 향한 경멸처럼 보였다. 프랜시스의 머릿속에 또렷하게 떠오르는 어머니의 두 눈은, 너는 실수하는 거라고 내가 벌써 말하지 않았느냐고 상기시켰고 어머니의 경고에 귀 기울이지 않은 것을 호되게 나무랐다. 당연히 돌아보는 곳마다 비웃음으로 가득했다. 플라스틱 덮개 밑에 들어 있는 나뭇조각도, 장난감이 아닌 총을 들고 있는 군인도, 이곳 성지에서 몸부림치는 나체도 조롱거리가 되어 마땅했다. 프랜시스는 사자에게 엽서를 보내면서 그 일부가 되었다. 그는 형에게 더 이상 아무 말도 하지 않은 채 기도를 하기 위해서 방으로 갔다.

"오전 8시에 있습니다." 리셉션 데스크에 있는 여직원이 말했다. 폴 신부는 좌석 두 개를 예약할 수 있겠느냐고 물으면서 급한 일이 생겨서 그런다고, 누가 돌아가셨다고 설명했다. "문제없습니다." 여직원이 대답했다.

폴 신부는 느린 걸음으로 바가 있는 아래층으로 내려갔다. 그는 한쪽 구석에 앉아서 담배에 불을 붙였고 누구를 기다리기라도 하는 것처럼 위스키 두 잔과 얼음을 주문했다. 그는 두 잔을 모두 비우고 술을 더 주문했다. 프랜시스는 티퍼러리로 돌아갈 테고 장례식을 치른 뒤 어머니가 그를 위해 정해 둔 삶에 또다시 스스로를 얽어맬 것이 분명했다. 그는 면으로 된 갈색 겉옷을 걸치고서 손님들한테 못과 경첩과 철사를 팔 것이고, 규칙적으로 미사를 드리러 갈 것이며 고해성사를 할 것이고, 남성 종교 단체에서 활동할 것이 분명했다. 그는 레이스 커튼이 드리워진 거실에 홀로 앉아서 그를 현재의 모습으로 만든 여인을, 그녀의 기억과 결혼한 채 영원히 살아가도록 만든 여인을 그리워할 것이 분명했다.

폴 신부는 마지막 하나 남은 담배에 불을 붙였다. 그러고서 그는 위스키를 계속해서 두 잔씩 주문했다. 프랜시스가 느낀 가슴속에 뿌리 내리는 증오를 폴 신부 역시 감지할 수 있었다. 폴 신부는 계속해서 7월에 티퍼러리를 방문할 것인지 생각해 보았다. 아마도 다시는 고향을 찾지 않게 될 것 같았다.

그는 한밤중이 되어서야 침대에 가서 누우려고 자리에서 일어섰다. 그는 자신이 휘청거리고 있음을 깨달았다. 사람들은 신부가 담뱃재가 잔뜩 떨어진 사제복 차림으로 예루살렘에서 저렇게 취해 있다니 부끄러운 일이라고 생각하면서 그를 쳐다보았다.

그 시절의 연인들
Lovers of Their Time

뒤돌아보면 그것은 런던에서의 그 특별한 10년과 관계있는 것 같았다. 그는 1960년대가 아니더라도 그런 일이 생길 수 있었을지 궁금했다. 새해 첫날이 영국에서 공휴일로 지정되기 한참 전인 1963년 1월 1일에 모든 것이 시작되었기 때문에 그는 이런 기분을 더욱 강하게 느꼈다. "2실링 9펜스입니다." 그녀가 카운터 너머에서 미소를 지으며 그에게 치약과 손톱 줄이 담긴 봉투를 건넸다. "꼭 콜게이트로 사 와요." 집을 나서는 그에게 아내가 큰 소리로 당부했다. "지난번에 사 온 치약은 맛이 고약했어요."

그의 이름은 노먼 브릿이었다. 그가 일하는 트래블와이드라는 여행사에서 그의 자리 앞에 놓인 작은 플라스틱 이름패에 그렇게 적혀 있었다. 그녀가 담청색 유니폼 상의에 달고 있는 배지에는 '마리'라는 이름이 새겨져 있었다. 그의 아내는 힐다라고 불렸는데, 집에서 장신구를 조립해 회사에 납품하고 작업량에 따라 임금을 받았다.

그린스 약국과 트래블와이드는 패딩턴 역과 에지웨어 가의 중간에 있는 빈센트 가에 자리 잡고 있었고, 힐다가 하루 종일 들어앉아 일하는 집은 퍼트니에 위치했다. 마리는 리딩에서 어머니 그리고 어머니의 친구인 드럭 부인과 함께 살았다. 마리의 어머니와 드럭 부인은 모두 과부였다. 마리는 매일 아침 패딩턴행 8시 5분 기차를 탔고, 집으로 돌아올 때는 오후 6시 30분 기차를 탔다.

1963년에 그는 힐다와 마찬가지로 마흔 살이었고 마리는 스물여덟 살이었다. 그는 키가 크고 호리호리했으며 얼굴에는 데이비드 니븐을 떠오르게 하는 콧수염을 기르고 있었다. 힐다 역시 몸이 가늘고 날씬했으며 이목구비가 뚜렷한 얼굴은 창백했다. 그녀의 까맣던 머리는 희끗희끗해지기 시작했다. 마리는 통통했고 얼굴에는 정성스럽게 화장을 했으며 머리는 금빛으로 물들이고 있었다. 그녀는 입꼬리를 한쪽으로 살짝 올리면서 힘없는 미소를 자주 지었다. 그럴 때면 그녀의 눈은 작아지면서 반짝였다. 그녀에게서는 게으름과 너그러움이 동시에 느껴졌다. 마리와 그녀의 친구 메이비스는 리딩에서 자주 춤을 추러 갔고 꽤 많은 남자 친구와 어울렸다. 그녀들은 남자 친구들을 '사내들'이라고 불렀다.

노먼은 그린스 약국에서 이따금 물건을 사는 동안 마리는 화끈한 여자가 틀림없을 거라는 결론에 도달했다. 그는 근처에 있는 드러머보이에서 마리와 술을 한잔하게 된다면 그녀와의 만남이 거리의 포옹으로 쉽게 이어질 수 있을 거라고 생각했다. 노먼은 작은 소시지 두 개처럼 보이지만 소시지보다 더 부드러운 그녀의 산호색 입술이 그의 콧수염과 작은 입을 누르는 것을 상상했다. 그는 자기 손에 쥐인 그녀의 손에서 느껴지는 온기를 상상했다. 그러나 이 모든 것은 상상일 뿐, 그녀는 현실 밖의 존재였다. 그녀는 욕망의 대상이었으며 드러머 보이의 자극적인 분위기 속에서 관능적인 빛을 발하기 위해 그리고 환상 속에서 그가 그녀의 담배에 불을 붙여 줄 수 있게 하려고 존재했다.

"날씨가 춥죠?" 노먼이 그녀가 건네는 손톱 줄과 치약을 받아 들면서 물었다.

"너무 추워요." 그녀가 맞장구를 치더니 무언가 할 말이 더 있는 듯 머뭇거렸다. "트래블와이드에서 일하시죠? 올해 친구하고 스페인에 가려고 해요." 마침내 그녀가 이렇게 덧붙였다.

"관광객이 많이 찾는 곳이죠. 코스타 브라바에 가시나요?"

"맞아요." 그녀가 잔돈으로 3펜스를 건넸다. "5월에 갈 거예요."

"5월에 코스타 브라바에 가면 그렇게 덥지 않을 겁니다. 혹시라도 도움이 필요하면……"

"예약만 하면 돼요."

"기쁜 마음으로 도와 드리죠. 아무 때나 오세요. 제 이름은 브릿입니다. 창구에 있을 겁니다."

"괜찮으시다면 찾아뵐게요, 브릿 씨. 아마 4시쯤 잠깐 시간을 낼 수 있을 거예요."

"오늘요?"

"빨리 예약을 하고 싶어서요."

"물론이죠. 그럼 기다리겠습니다."

평소에 여자 손님을 대할 때 사용하는 부인이나 아가씨라는 호칭을 생략한 채 말하는 것은 쉽지 않았다. 그는 기쁜 마음으로 예약을 해 주겠다고 대답했지만 그건 어디까지나 업무상 판에 박힌 말이었고 그 말을 할 때 사용한 차분한 목소리 역시 사무적인 것에 지나지 않았다. 그는 마리가 말한 친구가 남자일 거라고, 차를 몰고 다니는 세련되면서도 거친 남자일 거라고 추측했다. "그럼 이따 뵙겠습니다." 그는 이렇게 말했지만 마리는 이미 다른 손님을 응대하면서 리필 립스틱에 대해서 조언을 건네고 있었다.

그녀는 4시에 트래블와이드에 오지 않았고, 5시 반에 사무실 문을 닫을 때까지도 나타나지 않았다. 그는 실망감과 뒤섞인 기대감을 느꼈다. 마리가 4시에 왔더라면 그녀를 위해 처리해야 할 업무는 미래의 일이 아니라 이미 과거의 일이 되어 버렸을 거라고 그는 여행사 사무실을 나서면서 생각했다. 그녀는 언젠가 올 것이 분명했다. 만약 그가 다른 손님 때문에 바쁠 때 그녀가 온다면 그는 그녀가 기다릴 수 있기를 바라는 수밖에 없었다. 그녀가 티켓을 찾으러 올 때, 그는 그녀를 또다시 만날 수 있었다.

"정말 죄송해요." 길에서 마리가 말했다. 그녀의 목소리는 그의 등 뒤에서 들려왔다. "짬을 낼 수가 없었어요, 브릿 씨."

노먼이 그녀를 돌아보면서 미소를 지었다. 그는 입을 벌리면서 콧수염이 움직이는 것을 느꼈다. 그는 충분히 이해한다고 대답했다. "그럼 다음에 언제든지 오세요."

"시간이 나면 내일 갈게요. 아마 점심시간에 갈 수 있을 거예요."

"저는 12시부터 1시까지 자리에 없습니다. 혹시 한잔하지 않으실래요? 꼭 사무실이 아니더라도 한잔하면서 얼마든지 조언을 해 드릴 수 있습니다."

"아, 바쁘실 텐데요. 아니에요, 그렇게까지 폐를 끼칠 수는 없어요."

"폐라니요. 10분 정도 시간을 낼 수 있으시죠?"

"아, 너무 감사합니다, 브릿 씨. 하지만 정말로 폐를 끼치는 것 같아서요."

"새해를 기념하는 뜻에서 한잔하시죠."

노먼이 드러머 보이의 문을 밀었다. 드러머 보이는 그가 크리스마스 회식이나 퇴사하는 직원을 위한 송별회 때를 제외하고는 좀처럼 드나들지 않는 술집이었다. 론 스톡스와 블랙스태프는 특별한 일이 없으면 저녁때마다 드러머 보이에 들렀다. 노먼은 그들이 지금 드러머 보이에 있기를, 그래서 그가 그린스 약국 여직원과 함께 있는 모습을 보기를 바랐다. "뭘 드시겠어요?" 노먼이 마리에게 물었다.

"저는 박하를 넣은 진을 굉장히 좋아해요. 제가 사게 해 주세요. 뭘 드실지 물어야 할 사람은 저예요."

"그런 말씀 마세요. 저쪽에 앉읍시다."

너무 이른 시간이라서 드러머 보이에는 손님이 많지 않았다. 길모퉁이를 돌아가면 바로 보이는 광고 회사 달턴, 듀어 앤드 히긴스의 간부들 그리고 프라인 앤드 나이트의 건축가들이 6시 전에는 도착할 것이 분명했다. 지금 술집에는 모르는 사람이 없는, 나이 든 알코올 중독자 그리건과 푸들 지미를 데리고 온 버트라는 남자밖에 없었다. 실망스럽게도 론 스톡스와 블랙스태프는 보이지 않았다.

"크리스마스이브 점심때 여기에 오셨더군요." 마리가 말했다.

"네, 맞아요." 노먼은 말을 멈추고 박하를 넣은 진이 담긴 잔을 종이컵 받침에 내려놓았다. 컵 받침에는 기네스 광고가 인쇄되어 있었다. "저도 당신을 봤습니다."

노먼은 더블 다이아몬드를 조금 마신 뒤 콧수염에 묻은 거품을 조심스럽게 닦았다. 그는 바깥 거리에서 그녀를 껴안는 것이 당연히 불가능할 것임을 비로소 깨달았다. 그것은 그의 어머니가 아신다면 헛된 희망이라고 부를 상상에 지나지 않았다. 그러나 노먼은 25분쯤 뒤에 집에 도착했을 때, 자기가 그린스 약국의 여직원한테 코스타 브라바에서 보낼 휴가를 위한 조언을 하고 왔다는 사실을 힐다에게 말하지 않을 것임을 알았다. 그는 드러머 보이에 다녀왔다는 사실조차도 말하지 않을 작정이었다. 그는 유로투어스가 올여름에 독일과 룩셈부르크에서 제공할 예정인 새로운 패키지 상품을 검토하려고 블랙스태프가 직원들을 늦게까지 붙잡아 두었다고 둘러댈 작정이었다. 힐다는 그가 제법 미인인 젊은 여자와 술집에 앉아 있었다는 사실을 상상조차 못 할 것이 분명했다. 그녀는 그의 성욕에 유감스러운 데가 있다고 꽤 자주 농담 삼아 말하고는 했다.

"5월 마지막 두 주 동안 떠날까 생각 중이에요. 메이비스도 그때 시간을 낼 수 있거든요." 마리가 말했다.

"메이비스요?"

"제 친구요, 브릿 씨."

힐다는 거실에서 V. P. 와인을 마시며 드라마 〈제트 카〉를 보고 있었다. 그녀는 식사를 오븐에 넣어 두었다고 말했다. "고마워." 노먼이 대답했다.

노먼이 저녁에 집에 돌아왔을 때 힐다는 이따금 나가고 없었다. 그녀는 친구인 파울러 부부네 집에 가서 V. P.를 마시고 브리지 게임을 하고는 했다. 카드 게임을 하거나 당구를 칠 수 있는 허가받은 클럽에 갈 때도 있었다. 사람들과 어울리는 것을 무척 좋아하는 힐다는 외출

계획이 있을 때면 늘 그에게 미리 알렸고 언제나 그의 식사를 오븐에 넣어 두었다. 그녀는 낮 동안 바이올렛 파크스를 만나서 함께 장신구를 만들 때가 많았다. 역시 장신구 조립 일을 시작한 바이올렛 파크스는 이렇게 힐다와 하루를 보내고는 했다. 장신구 조립은 주로 플라스틱 구슬을 줄에 꿰거나 제공된 세팅에 플라스틱 부품들을 붙이는 작업으로 이루어졌다. 힐다는 손이 빨랐고, 집에서 일하는 덕분에 일단 교통비부터 절약할 수 있어서 매일 출근하는 것보다 돈을 많이 벌었다. 힐다는 바이올렛 파크스보다 일을 잘했다.

"별일 없죠?" 노먼이 쟁반에 음식을 받쳐 들고서 거실로 돌아와 텔레비전 앞에 앉을 때 힐다가 물었다. "V. P. 좀 마실래요?"

힐다는 이렇게 말하면서도 텔레비전 화면을 메운 배우들에게서 눈을 떼지 못했다. 텔레비전을 장만한 이후로 단둘이 있더라도 저녁 시간을 전보다 덜 부담스럽게 보내는 것은 사실이었지만 힐다는 지금 파울러 부부네 집이나 클럽에 가지 못한 것을 아쉬워하고 있을 것이 분명했다.

"아니, 괜찮아." 노먼이 와인을 마시겠느냐는 힐다의 질문에 대답했다. 그러고서 그는 리솔로 보이는 음식을 먹기 시작했다. 은박 용기에는 노릇노릇하게 구운 둥그런 리솔 두 개가 그레이비소스와 함께 들어 있었다. 그는 힐다가 침실에서 요구하지 않기를 바라면서 그녀를 쳐다보았다. 가끔은 이렇게 보는 것만으로도 그녀의 생각을 읽을 수 있었다.

"뭐죠? 생각이 간절한가요?" 그의 시선을 느낀 힐다가 물었다. 그녀는 소리 내어 웃으면서 윙크했다. 그녀의 여윈, 아니 바싹 마른 얼굴에서 나오는 도발적인 목소리는 이상하게 들렸다. 그녀는 생각이 간절하냐는 등 그가 눈곱만큼도 그러고 싶은 마음이 없을 때에도 몸이 후끈 달아오른 걸 알겠다는 등 언제나 뜬금없는 이야기를 했다. 노먼은 힐다가 도대체 무얼 보고 그런 말을 하는지 이해할 수 없었다. 노먼은 그녀가 지나치게 요구한다고 생각했고 그렇지 않은 여자와의 결혼 생활은 어떨지 궁금했다. 힐다가 잠자리에서 보이는 격렬함에 녹초가 된 그는 이따금 침대에 누운 채 어둠을 바라보면서 골똘히 생각에 잠기고는 했다. 그는 힐다의 지칠 줄 모르는 욕구가 아이를 갖지 못하는 그녀의 처지와 어느 정도 관계있는 것은 아닌지, 그녀의 자유분방함이 모성애에서 비롯된 좌절감을 드러내는 것은 아닌지 궁금했다. 결혼 초기에 그녀는 문서 정리원으로 근무하던 회사에 날마다 출근했고, 저녁이면 그와 함께 영화를 보러 가고는 했다.

그날 밤 노먼은 힐다가 잠든 뒤에도 깨어 있었다. 그는 힐다의 거친 숨소리를 들으면서 그린스 약국에서 일하는 마리를 생각했다. 그는 하루 동안 있었던 일을 돌이켜 보았다. 퍼트니에 있는 집을 나서면서 손톱 줄과 치약에 대해 힐다가 외치는 소리를 들었고 지하철에서 《데일리 텔레그래프》를 읽었다. 더디게만 흐르는 오전 시간을 보내면서 마리한테서 잔돈을 건네받을 순간을 기쁜 마음으로 기다렸다. 안개처럼 눈앞에 어른거리는 그녀의 미소를 보면서 그는 오전에 다녀간 손님들의 질문과 요구 사항을 떠올렸다. "뉴캐슬행 왕복 티켓을 예매해 주세요." 한 커플은 이렇게 요청했다. "주중에는 좀 더 싸죠?" 얼굴이 납작한 남자는 여동생 부부와 함께 네덜란드에서 일주일을 보내고 싶어 했다. 한 여자 손님은 그리스에 대해서 물었고, 또 다른 손님은 나일 강 크루즈에 대해서 문의했다. 실리 제도에 대해 묻는 손님도 있었다. 마침내 노먼은 자기 앞 창구에 'CLOSED' 팻말을 올려놓은 뒤 점심 식사를 하러 에지웨어 가 끝에 있는 베트네 샌드위치 가게로 갔다. "손톱 줄 한 갑하고 콜게이트 치약 작은 거 하나만 주세요." 그는 그린스 약국에서 이렇게 말했고, 둘이 나눈 대화가 그 뒤를 이었다. 또다시 안개처럼 눈앞에 어른거리는 그녀의 미소를 보면서 그는 오후 근무를 했고, 일을 마친 뒤 드러머 보이에서 그녀와 나란히 앉았다. 그녀는 박하를 넣은 진이 담긴 잔을 끝없이 입에 가져갔고 끊임없이 미소를 지었다. 마침내 잠이 든 노먼은 그녀의 꿈을 꾸었다. 그들은 하이드 파크를 산책하고 있었는데 그녀의 신발 한 짝이 벗겨졌다. "나는 당신이 엉큼한 사람이라는 걸 알아요." 마리는 꿈속에서 이렇게 말했다. 그 뒤를 이은 것은 침실을 또 한 차례 휩쓸고 간 힐다의 이른 아침 욕구였다.

"그 남자한테 느끼는 내 감정이 뭔지 모르겠어." 마리가 메이비스에게 털어놓았다. "어쨌든 여느 남자를 대할 때랑은 달라."
"유부남 아니야?"
"그렇겠지. 그런 남자가 결혼을 안 했을 리 없잖아."
"조심해, 마리."
"그 남자는 프랑크 시나트라의 눈을 가졌어. 아주 파란 눈 말이야."
"제발, 마리……"
"나는 나이 많은 남자가 좋아. 그 사람은 멋지게 콧수염을 기르고 있어."
"인터내셔널에 다니는 남자도 콧수염을 길렀어."
"그 사람은 머리에 피도 안 말랐어. 게다가 맙소사, 완전 비듬투성이야!"
마리와 메이비스는 함께 기차에서 내린 뒤 승강장에서 헤어졌다. 마리는 지하철을 타러 갔고 메이비스는 서둘러 버스 정류장으로 향했다. 리딩에 살면서 날마다 패딩턴까지 기차로 가는 것은 편리했다. 30분밖에 안 걸리는 데다 수다를 떨다 보면 시간은 금세 흘렀다. 컴퓨터 프로그래머인 메이비스가 거의 날마다 한 시간씩 초과 근무를 했기 때문에 두 사람은 저녁때는 함께 기차를 타지 않았다.

"보험에 대해서 메이비스한테 말했어요. 메이비스도 좋대요." 마리는 약국에 손님이 뜸한 틈을 타서 살짝 빠져나와 아침 11시 반에 트래블와이드에서 이렇게 말했다. 전날 밤에 노먼이 보험과 관련해서 꺼낸 이야기가 있었다. 그는 고객들에게 늘 보험 가입을 권유했다. 마리는 추가 비용 지불을 결정하기에 앞서 친구와 상의해야 한다고 대답했고, 노먼은 그녀의 입장을 충분히 이해했다.

"그럼 그대로 예약을 진행하겠습니다. 계약금만 내시면 됩니다." 노먼이 말했다.

마리는 수표를 쓴 뒤 창구 너머에 있는 그의 앞으로 분홍색 종이쪽을 밀어 놓았다. "트래블와이드에 지불하도록 썼어요."

"네, 정확합니다." 노먼은 수표를 흘긋 바라보고는 마리에게 영수증을 써 주었다. "여행안내 책자를 한두 권 더 살펴봤습니다. 거기에 대해서 설명을 해 드리고 싶군요. 집에 돌아가서 친구분한테 좀 더 자세한 얘기를 전하실 수 있도록 말입니다."

"아, 정말 고맙습니다, 브릿 씨. 하지만 그만 돌아가야 해요. 오전 근무 중에 이렇게 밖에 나와 있으면 안 되거든요."

"혹시 점심시간에 뵐 수 있을까요?"

노먼은 자신의 상냥한 태도에 스스로 놀랐다. 그는 힐다를 떠올렸다. 힐다는 지미 영이 진행하는 방송에 귀를 기울인 채 빠른 손놀림으로 주황색과 노란색 구슬을 줄에 꿰면서 장신구를 만들고 있을 것이 분명했다.

"점심시간에요, 브릿 씨?"

"여행안내 책자를 같이 살펴볼 수 있을 겁니다."

마리는 그가 자기를 좋아하는 것이 틀림없다고 생각했다. 그는 여행안내 책자와 점심 식사를 핑계로 그녀를 만나려 했다. 마리 역시 그가 싫지 않았다. 그녀가 메이비스에게 한 말은 진심이었다. 그녀는 나이 많은 남자가 좋았고 그의 콧수염도 마음에 들었다. 그의 콧수염은 무언가를 바르기라도 한 것처럼 무척이나 부드러워 보였다. 그녀는 노먼이라는 이름도 좋았다.

"네, 좋아요." 마리가 대답했다.

노먼은 베트네 샌드위치 가게에 가자고 말할 수 없었다. 그곳에서는 벽에 고정된 선반 앞에 서서 종이 접시에 담긴 샌드위치를 먹어야 했다.

"드러머 보이에 갈까요?" 그가 대신 이렇게 제안했다. "저는 12시 15분부터 점심시간입니다."

"그럼 12시 반에 만나요, 브릿 씨."

"안내 책자를 갖고 가겠습니다."

노먼은 또다시 힐다를 떠올렸다. 그는 힐다의 뻣뻣하고 창백한 팔다리와 그녀가 코웃음 치는 모습을 생각했다. 힐다는 텔레비전을 보다가 이따금 갑자기 그의 무릎에 올라앉고 싶어 했다. 그녀는 늙어 가면서 점점 더 망가질 것이 분명했다. 뼈만 앙상하게 남을 테고, 이미 거친 머리카락은 희끗희끗해지면서 메말라 갈 것이 분명했다. 노먼은 힐다가 클럽이나 친구인 파울러 부부네 집에 가려고 외출하는 저녁이 좋았다. 여러모로 최선을 다하는 힐다를 그런 마음으로 대하는 것은 옳지 않았다. 그러나 하루 종일 일을 한 뒤에 누군가를 무릎에 앉히고 있는 것은 때로는 피하고 싶은 일이었다.

"같은 걸로 마실래요?" 그가 드러머 보이에서 물었다.

"네, 부탁해요, 브릿 씨." 마리는 어젯밤에는 그가 술을 샀으니 오늘은 무슨 일이 있어도 자기가 계산하겠다고 말할 생각이었다. 그러나 허둥대다가 이렇게 말하는 것을 잊고 말았다. 그녀는 노먼이 옆자리에 두고 간 안내 책자를 집어 들었다. 마리는 책자를 읽는 체했지만 눈으로는 바 앞에 서 있는 노먼을 줄곧 지켜보고 있었다. 그는 미소를 머금은 얼굴로 돌아서서 술을 손에 들고 자리로 돌아왔다. 그는 이곳의 영업 방식이 제법 괜찮은 것 같다고 말했다. 노먼 역시 박하를 넣은 진을 마셨다.

"제가 사려고 했는데요. 그렇게 말하는 걸 깜빡했어요. 죄송해요, 브릿 씨."

"제 이름은 노먼입니다." 노먼은 상황을 능숙하게 다루는 스스로에게 다시 한 번 놀랐다. 두 사람은 잔을 비웠고, 노먼은 셰퍼드 파이를 권하면서 그녀가 원한다면 햄 앤드 샐러드 롤도 괜찮을 거라고 말했다. 그는 마리의 기분을 들뜨게 하려고 진을 한 잔 더 사 줄 작정이었다. 18년 전에도 그는 마음속에 같은 생각을 품고서 힐다에게 V. P. 와인을 연거푸 사 주고는 했다.

둘은 안내 책자를 다 훑어보았다. 마리는 자기는 리딩에 산다면서 그곳에 대해서 설명했다. 그녀는 자기 어머니 그리고 같이 살고 있는 어머니 친구 드럭 부인에 대해서도 말했다. 그녀는 또 메이비스에 대해서 많은 이야기를 했다. 남자 이야기는 없었다. 마리는 애인이나 약

혼자가 있다는 말은 하지 않았다.

"배가 하나도 안 고파요." 마리는 음식에 전혀 손을 대지 않았다. 그녀는 노먼과 계속해서 진을 마시고 싶을 뿐이었다. 그녀는 대낮에 이런 충동을 단 한 번도 느껴 본 적이 없었지만 오늘은 조금 취하고 싶었다. 그녀는 노먼의 팔짱을 끼고 싶었다.

"당신을 알게 돼서 기뻐요." 노먼이 말했다.

"운이 좋았던 것 같아요."

"나도 그렇게 생각해요, 마리." 노먼은 집게손가락으로 마리의 손등 뼈 사이를 어루만졌다. 그의 손길이 얼마나 부드럽던지 마리는 몸을 떨고 싶을 정도였다. 그녀는 손을 치우지 않았고, 노먼은 가만히 있는 그녀의 손을 잡았다.

그날 이후로 노먼과 마리는 날마다 드러머 보이에서 점심을 같이 먹었다. 트래블와이드에서 일하는 론 스톡스와 블랙스태프 그리고 그린스 약국의 약사인 파인먼을 비롯해서 주변 사람들은 그런 둘의 모습을 보았다. 여행사와 약국의 다른 직원들도 노먼과 마리가 거의 항상 손을 잡고서 거리를 오가는 모습을 보았다. 두 사람은 에지웨어 가를 걸으면서 함께 쇼윈도를 들여다보고는 했는데 특히 놋쇠 제품으로 가득한 골동품 상점에 시선을 빼앗겼다. 저녁이면 그는 마리와 함께 패딩턴 역으로 걸어가서 역 주변의 바에 들어가 술을 한잔하고는 했다. 그들은 다른 사람들과 마찬가지로 플랫폼에서 포옹했다.

둘의 관계를 메이비스는 여전히 못마땅하게 여겼고 마리의 어머니와 드럭 부인은 알지 못했다. 그해 5월 코스타 브라바에서 보낸 휴가는 마리가 노먼 브릿이 곁에 없는 것을 아쉬워하는 바람에 실패로 돌아갔다. 메이비스가 바닷가에서 잡지를 읽는 동안 마리는 이따금 눈물을 흘리기도 했지만 메이비스는 못 본 체했다. 메이비스는 마리의 기분이 가라앉은 탓에 남자들과 어울릴 수 없게 되자 몹시 화가 났다. 여러 달 동안 기다려 온 휴가가 한낱 여행사 직원 때문에 완전히 엉망이 되고 말았다. "미안해, 메이비스." 마리는 웃으려고 애쓰면서 끊임없이 이렇게 말했지만 런던으로 돌아온 뒤 둘 사이는 멀어졌다. "넌 바보짓을 하고 있어." 메이비스가 냉혹하게 쏘아붙였다. "너한테서 그 사람 얘기를 듣는 것도 지긋지긋해." 메이비스가 이렇게 말한 뒤로 둘은 더 이상 아침에 기차를 같이 타지 않았다.

노먼과 마리는 육체관계를 갖지 않았다. 둘에게 주어진 한 시간 15분의 점심시간 동안 그들이 서로를 향한 열정을 발산할 수 있는 장소는 없었다. 트래블와이드와 약국, 드러머 보이, 그들이 산책하는 길. 어딜 가나 사람들 천지였다. 게다가 둘 다 외박할 수 있는 처지가 못 되었다. 마리의 어머니와 드럭 부인은 무언가 옳지 못한 일이 벌어지고 있다고 생각하게 될 테고, 침실에서 욕구를 채우지 못한 힐다는 더 이상 텔레비전 앞에 무심하게 앉아 있지 못할 것이 분명했다. 노먼과 마리가 경솔한 행동을 한다면 이런 걱정은 현실이 될 것이 분명했다. 두 사람은 외박을 한다면 감수해야 할 위험을 잘 알고 있었다.

"아, 노먼." 10월의 어느 저녁 마리는 패딩턴 역에서 몸을 옹송그린 채 노먼에게 매달리며 속삭였다. 안개가 낀 추운 날이었다. 마리의 옅은 금빛 머리칼은 안개에 젖어 들었다. 그녀에게 바짝 다가서 있는 노먼의 눈에 아주 작은 물방울들이 보였다. 환하게 불을 밝힌 역은 몹시 피곤한 얼굴을 한 사람들로 붐볐다. 그들은 어서 집으로 돌아가고 싶은 간절한 마음에 걸음을 재촉하고 있었다.

"알아." 플랫폼에 서 있는 노먼은 여느 때와 마찬가지로 자신의 무능함을 느꼈다.

"나는 잠들지 못한 채 누워서 당신 생각을 해요." 마리가 속삭였다.

"나는 당신 때문에 살아." 노먼도 속삭이며 대답했다.

"나도 마찬가지예요. 아, 정말이에요. 나는 당신 때문에 살아요." 마리는 말을 마저 끝내지 못한 채 움직이기 시작하는 기차에 서둘러 올라탔다. 노먼의 눈에 마지막으로 들어온 것은 그녀의 커다란 빨간색 핸드백이었다. 둘이 다시 만나려면 열여덟 시간을 기다려야 했다.

노먼은 기차를 등지고 돌아서서 천천히 인파를 헤치며 나아갔다. 퍼트니에 있는 집으로 돌아가기 싫은 마음은 육체적인 고통으로 느껴졌다. "아, 맙소사!" 한 여자가 그에게 화를 내며 소리쳤다. 여자의 길을 막아서게 된 노먼이 피하려고 옆으로 비켜선다는 것이 그녀와 같은 쪽으로 움직이는 바람에 그녀와 부딪치고 말았던 것이다. 노먼은 여자를 도와 플랫폼에 떨어진 잡지들을 주워 주면서 부질없이 사과를 했다.

바로 그 순간이었다. 노먼은 여자를 등진 채 걸어가다가 표지판을 보았다. 역에서 가장 큰 매점 위로 보이는 표지판에는 빨간 네온 글자로 '호텔 입구'라고 적혀 있었다. 그레이트 웨스턴 로열 호텔의 뒤쪽으로 이어지는 통로로, 여행을 마친 기차 승객들이 그 편의 시설을 이용하기 위해서 사용하는 지름길이었다. 노먼은 이 호텔에 마리와 함께 묵을 수 있다면 얼마나 좋을까 하는, 단 하룻밤만이라도 남편과 아내가 되는 영광을 누릴 수 있다면 얼마나 좋을까 하는 생각에 잠겼다. 신문이나 여행 가방을 손에 들고 걸음을 재촉하는 사람들이 빛나는 빨간 표지판 아래로 스윙 도어를 밀며 오갔다. 노먼은 자기가 왜 그러는지 이유를 알지 못한 채 덩달아 스윙 도어를 지나갔다.

그는 중간에 한 번 꺾인 짧은 계단을 올라간 뒤 또다시 문을 통과했고, 마침내 그레이트 웨스턴 로열 호텔의 드넓은 로비에 도착했다. 그의 앞 왼쪽에는 곡선을 그리는 기다란 프런트가, 오른쪽에는 포터 데스크가 보였다. 작은 탁자와 안락의자가 사방에 놓였고 바닥에는 카펫이 깔려 있었다. 엘리베이터와 바 그리고 식당으로 가는 길을 안내하는 표지판이 보였다. 그의 왼쪽으로 완만한 경사를 이룬 계단은 우아한 자태를 드러내고 있었다. 계단에도 역시 카펫이 깔려 있었다.

노먼은 지금 눈앞에 보이는 사람들처럼 호텔 로비에 잠시 앉아 있는 자신과 마리의 모습을 그려 보았다. 로비에 앉은 사람들은 음료 혹은 티포트와 갖가지 종류의 비스킷이 담긴 접시를 앞에 두고 있었다. 접시는 반쯤 비어 있었다. 노먼은 잠시 그대로 서서 사람들을 구경하다가 호텔에 묵고 있기라도 한 것처럼 계단을 올라갔다. 그는 웅장하고 화려한 이곳에서 마리와 하룻밤을 보내는 것은 어떻게든 가능할거라고 마음속으로 생각했다. 계단을 올라가다 보니 층계참에 1층 로비와 마찬가지로 안락의자와 탁자가 놓인 라운지가 마련되어 있었다. 조용히 대화를 나누는 사람들의 모습이 보였다. 나이 많은 외국인 웨이터 한 명이 절름거리면서 은도금한 티포트를 쟁반에 담고 있었다. 주인의 무릎 위에서 잠든 페키니즈의 모습도 보였다.

2층의 모습은 아래층과 달랐다. 넓고 기다란 복도가 뻗어 있고, 복도를 따라서 양옆으로 객실 문이 보였다. 복도는 여러 갈래로 갈라지면서 똑같은 모습의 또 다른 복도로 이어졌다. 객실 청소부들이 눈을 내리깐 채 그의 옆을 지나갔다. '직원 외 출입 금지'라고 붙어 있는 방에서 누군가 작게 웃는 소리가 들렸다. 웨이터가 뚜껑을 덮은 접시들과 냅킨으로 감싼 와인 한 병이 놓인 카트를 밀며 지나갔다. '목욕탕' 이라는 표지판을 발견한 노먼은 그레이트 웨스턴 로열 호텔의 목욕탕 은 어떻게 생겼는지 한번 구경하고 싶은 마음에 안을 들여다보았다. "맙소사!" 그는 이렇게 속삭이면서 1960년대를 특별한 10년으로 만들 게 될 멋진 생각 하나를 떠올렸다. 그날 이후로 그는, 2층 목욕탕을 처음 들여다보던 순간을 기억할 때마다 그 당시에 경험한 기쁨의 전율을 매번 다시 맛보았다. 그는 천천히 목욕탕 안으로 들어가 문을 걸어 잠그고는 욕조 가장자리에 느리게 걸터앉았다. 욕조와 마찬가지로 목욕탕은 굉장히 넓었다. 마치 궁전 안의 공간 같았다. 대리석 벽에는 흰색 줄무늬와 회색 줄무늬가 섬세하게 섞여 있었다. 노먼이 지금껏 살아오는 동안 본 적이 없을 정도로 무시무시하게 큰 황동 수도꼭지는 그가 마리와 함께 목욕탕에 올 것임을 벌써 알고 있는 것 같았다. 수도 꼭지가 윙크를 하면서 그를 초대하는 것 같았다. 목욕탕은 편안한 곳이라고, 이제 대부분의 객실에 욕실이 마련되어 있기 때문에 이곳을 사용하는 사람은 좀처럼 없다고 수도꼭지는 말하고 있었다. 노먼은 방수 외투 차림으로 욕조에 걸터앉아서 힐다가 지금 그의 모습을 본다면 뭐라고 할지 생각했다.

노먼은 드러머 보이에서 넌지시 이야기를 꺼냈다. 그는 집에 돌아가기 싫어서 호텔 안을 정처 없이 돌아다녔다고 말한 뒤 그레이트 웨스턴 로열 호텔의 내부를 묘사하면서 천천히 본론으로 다가갔다. "그러다가 목욕탕에 가게 됐어."

"화장실 말이에요? 볼일이 급했나요?"

"아니, 화장실을 말하는 게 아니야. 2층에 목욕탕이 있어. 대리석으로 만든 목욕탕이야."

마리는 투숙객도 아니면서 그렇게 목욕탕에 들어가다니 정말 대담하다고 노먼에게 말했다.

"내가 하고 싶은 말은 마리, 거긴 우리가 갈 수 있는 곳이라는 뜻이야."

"가다니요?"

"비어 있을 때가 많아. 틀림없이 거의 항상 비어 있을 거야. 내 말은 우리가 지금 거기에 갈 수 있다는 거야. 원한다면 바로 지금 말이야."

"하지만 우리는 점심 식사 중이잖아요, 노먼."

"바로 그거야. 거기에서 점심을 먹을 수 있어."

드러머 보이의 주크박스에서 손을 잡아 달라고 애원하는 침울한 목소리가 흘러나왔다. "내 손을 잡아요. 내 모든 삶도 가지세요." 엘비스 프레슬리가 노래했다. 광고 회사 달턴, 듀어 앤드 히긴스의 간부들은 캐네디언 퍼시픽을 고객사로 유치하고 싶은 바람을 큰 소리로 이야기하고 있었다. 프라인 앤드 나이트의 건축가들은 지역 건축 규제에 대해서 덜 시끄러운 목소리로 불평했다.

"목욕탕에서요, 노먼? 하지만 목욕탕에 마음대로 들어갈 수는 없어요."

"왜 안 돼?"

"그럴 수는 없어요. 그건 절대로 안 돼요."

"정말 괜찮다니까."

"당신하고 결혼하고 싶어요, 노먼. 당신하고 같이 있고 싶어요. 이렇게 호텔 목욕탕에 가는 건 싫어요."

"알아. 나도 당신하고 결혼하고 싶어. 하지만 방법을 찾아야 해. 당신도 알잖아. 결혼할 수 있는 방법을 찾아야 해."

"네, 알아요."

둘은 이 문제에 대해서 자주 대화를 나누었다. 그들은 언젠가 어떻게 해서든 당연히 결혼할 거라고 생각했다. 그들은 힐다에 대해서 이야기했다. 노먼은 힐다의 모습을 묘사하면서 마리의 머릿속에 그녀의 모습을 그려 주었다. 마리는 퍼트니의 집에서 허리를 굽힌 채 장신구를 만들고 있거나 파울러 부부와 함께 혹은 클럽에서 V. P.를 마시려고 외출하는 힐다의 모습을 상상했다. 노먼은 힐다를 돋보이게 할 만한 이야기는 하지 않았다. 마리가 얘기를 들어 보니 힐다에게 호감이 가지 않는다고 머뭇거리며 말하자 노먼은 그렇게 생각하는 것이 당연하다고 대답했다. 노먼이 힐다에 대해서 말하지 않은 단 한 가지는 그가 개인적으로 밤의 굶주림이라고 부르는, 그녀가 침실에서 보이는 욕구였다. 그는 마리가 속상해할지도 모른다는 생각에 이 이야기는 꺼내지 않았다.

그들이 힐다와 관련해서 생각해야 할 것은 경제적인 문제였다. 그는 트래블와이드에서든 아니면 다른 어디에서든 큰돈을 벌 가망이 없었다. 힐다를 잘 아는 노먼은 이혼 이야기가 나오자마자 그녀가 최대한 많은 이혼 수당을 요구할 것임을 쉽게 짐작할 수 있었다. 그는 이혼을 한다면 법에 정해진 대로 힐다에게 이혼 수당을 지급해야 했다. 힐다는 장신구를 만들어 봤자 푼돈을 벌 뿐인데 그 일도 점점 더 힘들어지고 있다고 주장할 것이 분명했다. 그녀는 그 이유로 해가 갈수록 동상에 쉽게 걸린다거나 관절염 증세가 서서히 나타나고 있다고 말할 테고, 그것도 아니면 생각나는 대로 아무 핑계나 둘러댈 것이 틀림없었다. 힐다는 자기를 버린 그를, 길든 동반자 없이 살게 만든 그를 증오할 것이 분명했다. 그리고 아이를 갖지 못하는 억울함에 그의 외도를 물고 늘어질 것이 분명했다. 그녀는 근거 없는 인과관계를 찾아낼 테고, 비통함이 가득한 눈으로 그를 바라볼 것이 분명했다.

마리는 그가 가진 적 없는 아이를 품에 안겨 주고 싶다고 말했다. 그녀는 당장 아이를 갖고 싶어 했고 자기는 그럴 수 있다고 믿었다. 노먼 역시 그럴 거라고 믿었다. 마리를 본다면 그녀가 다산형임을 누구라도 알 수 있었다. 그러나 아이를 갖는다면 마리는 일을 그만두어야 했다. 어차피 마리는 결혼을 하면 직장을 그만두고 싶어 했다. 이것은 세 사람 모두가 그의 변변찮은 월급으로 어렵사리 겨우 먹고살아야 함을 의미했다. 정확히 말하자면 셋만이 아니었다. 태어날 아이들까지 생각해야 했다.

이것은 풀기 힘든 수수께끼처럼 그를 조롱했다. 그는 아무런 답도 찾지 못했다. 그러나 그는 마리와 함께 더 많은 시간을 보낸다면, 그녀와 더 많은 대화를 나누고 변함없는 애정을 간직한다면 뜻하지 않은 순간에 해결 방법을 찾을 수 있는 가능성이 커질 거라고 믿었다. 그렇다고 해서 노먼이 이 문제에 대해서 이야기할 때 마리가 항상 귀를 기울이는 것은 아니었다. 마리는 문제를 해결해야 한다는 것에 동의했지만 이따금 아무 문제가 없는 듯 행동했다. 그녀는 힐다의 존재를 잊어버리고 싶어 했다. 노먼과 함께 있는 한 시간 남짓한 시간 동안 그녀는 머지않아, 6월이나 7월이면 둘이 부부가 되어 있을 거라고 믿고 싶어 했다. 그러나 노먼은 언제나 그녀를 꿈에서 깨어나게 했다.

"호텔에서 술이나 한잔하자. 오늘 저녁에 기차를 타기 전에. 오늘은 간이식당 대신에 호텔에서 마시는 거야."

"하지만 거긴 호텔이에요, 노먼. 그러니까 내 말은 거긴 그곳에 묵는 사람들이 이용하는 곳이에요."

"누구라도 한잔하러 호텔에 갈 수 있어."

그날 저녁 호텔 바에서 술을 마신 뒤 노먼은 라운지로 꾸며진 1층과 2층 사이의 층계참으로 마리를 데리고 갔다. 호텔 안은 따뜻했다. 마리는 안락의자에 몸을 파묻고 앉아서 자고 싶다고 말했고, 노먼은 소리 내어 웃었다. 그는 서둘러서는 안 된다는 것을 알았기 때문에 목욕탕에 가 보자는 말을 하지 않았다. 그는 마리를 기차에 태워서 그녀의 어머니와 드럭 부인 그리고 메이비스에게 보냈다. 그는 집으로 돌아가는 내내 마리가 그레이트 웨스턴 로열 호텔의 화려하고 웅장한 모습을 끊임없이 떠올릴 것임을 알고 있었다.

12월이 되었다. 안개 낀 날은 드물었지만 날씨는 더 추워졌고 얼음같이 차디찬 바람이 불었다. 매일 저녁 기차를 타기 전에 두 사람은 호텔에서 술을 마셨다. "목욕탕을 보여 주고 싶어. 그냥 재미로." 노먼은 전혀 강요하는 기색 없이 가볍게 말했다. 드러머 보이에서 말한 뒤로 목욕탕 이야기를 꺼내는 것은 이번이 처음이었다. 마리는 키득대면서 노먼에게 정말 못 말릴 사람이라고 말했다. 그녀는 목욕탕을 구경하다가는 기차를 놓칠 거라고 말했지만 노먼은 시간은 충분하다고 대답했다. "세상에!" 마리가 문 앞에 서서 안을 들여다보며 속삭였다. 노먼은 객실 청소부가 목욕탕 앞에서 서성거리는 그들의 모습을 볼까 봐 걱정스러운 마음에 마리의 어깨에 팔을 두르더니 그녀를 안으로 끌어당겼다. 그러고서 그는 문을 걸어 잠그고 그녀에게 키스했다. 단둘만 있는 곳에서 키스하는 것은 거의 열두 달 만에 처음이었다.

노먼과 마리는 1월 1일 점심시간에 호텔 목욕탕으로 갔다. 그는 둘이 제대로 만난 지 1년이 되는 날을 기념해야 마땅하다고 생각했다.

노먼은 화끈한 여자일 거라고 믿었던 그녀의 첫인상을 떨쳐 버린 지 오래였다. 마리는 육감적으로 보였지만 오해를 불러일으키기 쉬운 겉모습 속에 숨은 그녀는 고지식하기 그지없었다. 바싹 마른 데다 관능적인 삶에는 전혀 관심이 없을 것처럼 보이는 힐다 역시 외모와는 딴판이라는 사실은 참으로 이상했다. "한 번도 해 본 적이 없어요." 마리는 목욕탕에서 이렇게 고백했고, 노먼은 이런 그녀가 더욱 사랑스러웠다. 그는 이 문제를 대하는 그녀의 단순함이, 결혼할 때까지 순결을 지키려는 그녀의 바람이 사랑스럽게만 느껴졌다. 그러나 마리가 다른 그 누구와도 결혼할 수 없다고 수없이 맹세한 만큼 둘의 첫날밤을 앞당긴다고 해서 문제 될 것은 없었다. "아, 맙소사. 사랑해요." 마리는 목욕탕에서 처음으로 맨몸을 드러낸 채 속삭였다. "당신은 정말 다정해요."

그날 이후로 목욕탕에서의 밀회는 예사로운 일이 되었다. 노먼은 호텔 바에서 느긋하게 걸어 나와 드넓은 1층 라운지를 가로질러 엘리베이터를 타고서 2층으로 올라갔다. 5분 후에 마리가 그의 뒤를 따랐다. 그녀의 가방 속에는 집에서 챙겨 온 수건이 들어 있었다. 목욕탕에서 노먼과 마리는 늘 속삭이며 말했고, 사랑을 나눈 뒤 따뜻한 욕조에 몸을 담그고 앉아 물속에서 손을 잡은 채 미래에 대해 여전히 작은 목소리로 대화를 나누었다. 문을 두드리며 안에서 무엇을 하는 거냐고 묻는 사람은 아무도 없었다. 노먼과 마리가 따로 호텔 바로 돌아올 때에도 그들에게 질문을 던지는 사람은 없었다. 둘이 함께 사용한 수건은 마리의 가방 속에서 콤팩트와 손수건을 눅눅하게 만들었다.

한 달 두 달 지나가던 시간은 이제 1년 2년 단위로 흘러갔다. 드러머 보이의 주크박스에서는 엘비스 프레슬리의 목소리가 더 이상 흘러나오지 않았다. "왜 그녀가 떠나야 했는지 나는 몰라요. 그녀는 말하지 않았죠…… 지난날이 좋았어요." 비틀스가 노래했다. 〈엘리너 릭비〉와 〈서전트 페퍼〉 역시 사람들의 삶 속으로 파고들었다. 비밀 요원들이 펼쳐 보이는 과거 그 어느 때보다 기상천외한 환상적인 모험이 런던 극장가를 점령했다. 카나비 가는 쾌활한 쓰레기통처럼 소음과 색깔로 넘쳐흘렀다. 그리고 그레이트 웨스턴 로열 호텔의 목욕탕에서 노먼 브릿과 마리의 밀회는 파격적인 국면으로 치달았다. 두 사람은 목욕탕에서 샌드위치를 먹고 와인을 마셨다. 노먼은 바하마, 브라질, 페루, 성대한 부활절 행사가 열리는 세비야, 그리스 섬, 나일 강, 시라즈, 페르세폴리스, 로키 산맥 등 알고는 있지만 가 본 적 없는 머나먼 곳들에 대해서 마리에게 속삭였다. 그들은 호텔 바와 드러머 보이에서 박하를 넣은 진을 마시는 대신에 돈을 절약해야 했다. 그들은 힐다 문제를 해결하기 위해서 머리를 쥐어짜야 했지만 언젠가 베네치아나 토스카나의 거리를 함께 걸을 수 있을 거라고 모든 걱정을 뒤로한 채 기분 좋은 상상에 빠져들기도 했다. 그들의 밀회는 힐다가 침실에서 발산하는 욕구로 인해 시작되는 행동과 전혀 달랐으며 트래블와이드를 떠나는 직원이 있을 때 드러머 보이에서 열리는 환송회에서 블랙스태프가 어김없이 드러내는 음탕함과도 거리가 멀었다. 블랙스태프는 회식 자리가 있을 때마다, 자기는 마누라랑 밤에 하는 것을 좋아하는데 마누라는 아침에 하는 것을 좋아한다고 걸쭉한 농담을 하고는 했다. 그는 아이들이 언제 들어올지 모르기 때문에 아침에 하는 것은 굉장히 어려운 일이라고 늘 설명을 덧붙였고, 그의 아내가 좋아하는 것에 대해서 남들에게 말하지 말아야 할 은밀한 것들까지 밝히고는 했다. 블랙스태프는 이런 이야기를 할 때면 팔꿈치로 쿡 찌르는 동작을 해 보이면서 요란한 소리로 발작적인 웃음을 터뜨렸다. 한번은 그의 아내가 드러머 보이에 온 적이 있었다. 노먼은 그녀의 사생활에 대해서 너무나 많은 것을 아는 탓에 얼굴을 보는 것만으로도 민망함을 느꼈다. 블랙스태프의 부인은 장식된 안경을 쓴 통통한 중년의 여인이었다. 그녀의 겉모습 역시 실체를 감추고 있을 것이 분명했다.

노먼 브릿과 마리는 둘이 같이 싫어하는 모든 생각을 목욕탕 안에서만큼은 잊어버렸다. 그들이 머무는 짧은 시간 동안 목욕탕을 지배하는 것은 사랑의 기운이었으며 사랑은 육체적으로 가까워지고자 하는 그들의 열정을 신성한 것으로 만들어 주었다. 노먼과 마리는 그렇게 믿었다. 사랑은 정도를 벗어난 그들의 행위를 용서해 주었다. 그들은 오직 사랑 때문에 호텔 직원들의 눈을 속였고 이런 행동을 할 용기를 얻었다. 노먼과 마리는 사랑이 모든 것을 용서해 줄 거라고 굳게 믿었다.

그러나 시간이 흐르면서 노먼은 고객들에게 티켓을 팔거나 마리를 저녁 기차에 태우다가도 문득 우울해졌다. 시간이 더 많이 흐르면서 노먼을 사로잡은 우울함은 더욱 강렬해졌다. "당신이 곁에 없을 때 난 너무 슬퍼." 어느 날 노먼이 목욕탕에서 이렇게 속삭였다. "더 이상은 못 견딜 것 같아." 마리는 집에서 그녀의 커다란 빨간색 가방에 담아 온 수건으로 몸의 물기를 닦았다. "부인한테 말해야 돼요." 마리는 전에 없이 날카로운 목소리로 대꾸했다. "너무 늦게 아이를 낳는 건 싫어요." 그녀는 더 이상 스물여덟 살이 아니었다. 그녀는 이제 서른한 살이었다. "이건 나한테 공평하지 못해요."

노먼은 지금처럼 관계를 유지하는 것이 마리에게 공평한 일이 못 된다는 것을 알고 있었다. 그날 오후에 노먼은 트래블와이드에서 다시 한 번 찬찬히 생각을 해 보았다. 그리고 그는 가난이 그들을 피폐하게 만들 거라는 결론을 얻었다. 지금보다 훨씬 더 많은 돈을 벌 가망은 없었다. 마리가 원하고 그 역시 원하는 자식들은 그들이 가진 것을 압지처럼 빨아들일 것이 분명했다. 그들은 시에서 영세민을 위해 제공하는 주택을 알아봐야 할지도 몰랐다. 이런 생각을 하는 것은 그를 지치게 했고 머릿골을 아프게 했다. 그러나 노먼은 마리의 말이 옳다는 것을 알았다. 호텔 목욕탕에서 덧없는 목가적 놀이나 하면서 끝없이 시간을 흘려보낼 수는 없었다. 그는 잠시나마 아주 진지하게 힐다를 죽일까도 생각해 보았다.

그 대신 노먼은 목요일 저녁, 힐다가 텔레비전에서 〈어벤저스〉를 보고 난 뒤 사실을 털어놓았다. 그는 누군가를 만났다고, 마리라는 여자를 만났는데 사랑하게 됐다고, 그 여자와 결혼하고 싶다고 말했다. "이혼했으면 해." 노먼이 이야기했다.

힐다는 텔레비전을 끄지 않은 채 소리만 줄이고는 여전히 화면에서 눈을 떼지 않았다. 노먼은 버림을 받는 순간 힐다의 얼굴에 증오가 어릴 거라고 상상했지만 그녀의 얼굴에서는 아무런 감정도 읽을 수 없었다. 그녀의 눈에서도 그가 상상한 비통함은 찾아볼 수 없었다. 그 대신 힐다는 고개를 설레설레 젓더니 술잔에 V. P.를 조금 더 따랐다.

"제정신이 아니로군요." 힐다가 말했다.

"원한다면 그렇게 생각해도 좋아."

"대체 어디서 만난 거죠?"

"일하다 만났어. 그 여자도 빈센트 가에서 일해. 점원이야."

"그 여자가 당신을 어떻게 생각하는지 물어봐도 될까요?"

"그 여자는 나를 사랑해, 힐다."

힐다가 소리 내어 웃었다. 그녀는 말도 안 되는 소리는 집어치우라고, 완전히 헛소리라고 대꾸했다.

"힐다, 꾸며 낸 얘기가 아니야. 나는 사실을 말하는 거야."

힐다는 술잔을 들여다보면서 웃었다. 그녀는 시선을 옮겨서 텔레비전 화면을 잠시 바라보다가 마침내 입을 열었다.

"이 매혹적인 일이 시작된 지는 얼마나 됐죠? 물어봐도 될까요?"

노먼은 여러 해가 되었다고 말하고 싶지 않았다. 그는 꽤 되었다고 애매하게 대답했다.

"당신은 제정신이 아니에요, 노먼. 가게에 진열된 물건에 마음이 끌린다고 해서 당황할 필요는 없어요. 당신은 여자 꽁무니나 쫓아다니는 사람은 아니잖아요."

"여자 꽁무니를 쫓아다녔다고 말한 적은 없어."

"당신은 섹시하지도 않아요."

"힐다……"

"남자들은 원래 가게에 진열된 물건에 마음을 빼앗기기 마련이에요. 당신 어머니가 그렇게 말해 주지 않던가요? 나라고 다른 물건에 끌린 적이 없을 것 같아요? 블라인드를 설치하러 왔던 남자하고 럭비 응원가를 불러 대던 그 욕정에 가득 찬 키 작은 우편배달부 기억나요?"

"내가 말하고 싶은 건 이혼해 달라는 거야, 힐다."

힐다는 소리 내어 웃더니 V. P. 와인을 들이켰다. "당신 참 난처하게 됐군요." 그녀는 이렇게 말하더니 또다시 소리 내어 웃었다.

"힐다……"

"아, 제발요!" 힐다가 갑자기 화를 냈다. 노먼이 보기에 힐다는 그가 요구하는 것 때문이 아니라 그가 이야기를 끝내지 않는 것에 화를 내는 것 같았다. 힐다는 그가 우스꽝스러워 보인다고 자기의 기분 그대로를 말했다. 그러고서 그녀는 노먼이 예상한 이야기들을 쏟아 냈다. 그녀는 자기들 같은 사람은 이혼하지 않는다고, 그의 애인이 돈 많은 여자가 아니라면 이혼은 말도 안 되는 소리라고, 이혼으로 이득을 볼 사람은 사무 변호사밖에 없다고 말했다. "사무 변호사들 때문에 당신은 결국 빈털터리가 될 거예요." 힐다는 큰 소리로 따졌다. 그녀의 목소리는 분노로 여전히 떨리고 있었다. "두고두고 그 사람들한테 돈을 지불해야 될 테니까요."

"상관없어." 노먼은 마음에도 없는 소리를 했다. "다 상관없어. 다만……"

"어떻게 상관이 없죠? 멍청하기는."

"힐다……"

"그 여자는 잊어버려요. 해가 진 다음에 공원에 데리고 가든지 맘대로 하고요. 당신하고 나한테 달라지는 건 없어요."

힐다는 텔레비전 소리를 다시 키우고는 V. P. 와인 병을 빠른 속도로 비웠다. 그날 밤 침실에서 그녀는 여느 때보다 더 흥분한 모습으로 그를 향해 돌아누웠다. "맙소사, 나를 흥분하게 만들었어요. 우리가 말한 거요, 그 여자가 말이에요." 힐다가 어둠 속에서 팔다리로 그를 껴안으면서 속삭였다. "그 우편배달부하고 했어요. 정말이에요. 부엌에서 했어요. 그리고 말이 나온 김에 하는 얘긴데, 파울러도 가끔 우리 집에 와요." 힐다는 사랑을 나눈 뒤 이렇게 덧붙였다.

노먼은 아무 말 없이 힐다 옆에 누워 있었다. 그는 힐다의 말을 믿어야 할지 말아야 할지 종잡을 수 없었다. 처음에는 마리 이야기를 듣고서 힐다가 자존심을 지키려고 하는 말처럼 들렸다. 그러나 다시 생각해 볼수록 정말인 것 같기도 했다. "한번은 포섬도 했어요. 파울러 부부하고 나 그리고 클럽에 자주 드나들던 어떤 남자 한 명, 이렇게 넷이서요."

힐다는 손가락으로 그의 얼굴을 어루만지기 시작했다. 노먼은 그녀의 이런 행동이 정말 싫었다. 그러나 그녀는 얼굴을 어루만져 주면 노먼이 흥분할 거라고 믿는 것 같았다. "당신이 반한 그 여자 얘기나 더 해 봐요."

노먼은 힐다의 입을 다물게 할 작정으로, 그리고 그의 얼굴을 어루만지는 그녀의 손을 멈추게 할 작정으로 이야기를 시작했다. 힐다가 파울러와 우편배달부에 대해서 비밀을 털어놓은 만큼 이제 마리와의 관계가 언제 시작되었는지 이야기해도 괜찮을 것 같았다. 손톱 줄과 콜게이트 치약을 구입한 1월 1일에 대해서 말하고, 마리와 메이비스가 코스타 브라바 여행 상품을 예약한 덕분에 마리를 알게 되었다고 힐다에게 설명하면서 노먼은 심지어 즐거움을 맛보았다.

"하지만 같이 자지는 않았죠?"

"아니, 잤어."

"맙소사, 어디에서요? 출입문 뒤에서요? 공원에서요?"

"우리는 호텔에 가."

"말도 안 돼요!"

"내 말 들어 봐, 힐다."

"맙소사, 계속해요. 어서 말해 봐요."

노먼은 힐다에게 목욕탕에 대해서 이야기했다. 그녀는 끊임없이 질문을 던지면서 그가 자세하게 설명하도록 유도했고, 마리가 어떤 여자인지 말해 달라고 졸랐다. 두 사람이 이야기를 끝냈을 때는 이미 날이 밝고 있었다.

"이혼은 잊어버려요." 힐다는 아침 식사를 하면서 예사롭게 말했다. "더 이상 그 얘기는 듣고 싶지 않아요. 나 자신을 위해서라도 나는 당신이 폐인이 되는 걸 원치 않아요."

노먼은 그날 마리를 보고 싶지 않았지만 약속이 되어 있기 때문에 그녀를 만나야 했다. 마리는 전날 밤 그가 아내에게 사실을 말할 계획이었음을 알고 있었다. 그녀는 결과를 알고 싶어 할 것이 분명했다.

"어떻게 됐어요?" 마리가 드러머 보이에서 물었다.

노먼은 어깨를 으쓱한 뒤 고개를 저었다.

"집사람한테 말했어."

"뭐라던가요, 노먼? 힐다가 뭐래요?"

"이혼 얘기를 꺼내다니 제정신이 아니래. 내가 당신한테 한 것하고 똑같은 얘기를 하더군. 이혼 수당을 감당하지 못할 거라고 했어."

두 사람은 아무 말 없이 앉아 있었다. 마침내 마리가 입을 열었다.

"그럼 헤어질 수 없단 말인가요? 그냥 집에 안 들어갈 수는 없나요? 우리 둘이서 집을 구하면 되잖아요. 우린 아이를 낳을 수 있어요, 노먼. 그냥 집에서 나와요. 그럴 수 없나요?"

"우리를 찾아낼 거야. 나는 결국 이혼 수당을 지불하게 될 테고."

"한번 시도해 봐요. 내가 계속 일한다면 그 사람들이 얼마를 원하든 당신이 지불할 수 있을 거예요."

"생각처럼 쉽지는 않을 거야, 마리."

"아, 노먼, 그 여자가 있는 집에서 그냥 나와요."

노먼은 정말로 집에서 나왔다. 힐다가 너무나 놀랐음은 말할 필요도 없었다. 어느 날 밤, 힐다가 클럽에 간 사이에 노먼은 옷가지를 챙겨서 마리와 함께 킬번에 구해 둔 방 두 개짜리 작은 아파트로 갔다. 그는 힐다에게 어디로 가는지 말하지 않았고, 돌아오지 않을 거라는 쪽지 한 장만을 남겨 두었다.

노먼과 마리는 킬번에서 남편과 아내로 살아갔다. 그들은 화장실과 목욕탕을 열다섯 명의 다른 사람들과 함께 사용해야 했다. 이윽고 노먼 앞으로 법정에 출두하라는 소환장이 도착했다. 법정에 출두한 노먼은 그가 아내에게 비겁하고 비열하게 행동했다는 비난을 받았다. 그는 힐다에게 규칙적으로 생활비를 보내겠다고 동의했다.

킬번의 방 두 개짜리 아파트는 더럽고 불편했다. 그곳에서의 삶 역시 그들이 드러머 보이와 그레이트 웨스턴 로열 호텔에서 경험했던 것과는 딴판이었다. 노먼과 마리는 좀 더 나은 곳을 구하기로 했지만 그들이 생각하는 적당한 집세에 나온 집을 찾기란 쉽지 않았다. 그들은 우울한 기분에 빠져들었다. 그들이 꿈꾸던 아담한 집과 아이들 그리고 일상의 만족감은 두 사람이 함께 있는 이 순간 그 어느 때보다 멀게만 느껴졌다.

"리딩에 가서 살아요." 마리가 제안했다.

"리딩?"

"엄마네 집 말이에요."

"하지만 당신 어머니는 당신하고 인연을 끊으셨잖아. 몹시 화가 나셨다고 당신이 말했잖아."

"사람은 누구나 생각이 바뀌기 마련이에요."

마리의 말은 옳았다. 어느 일요일 오후 그들은 마리의 어머니 그리고 그녀의 친구 드럭 부인과 차를 마시려고 리딩으로 갔다. 마리의 어머니와 드럭 부인은 노먼에게 한 마디 말도 건네지 않았다. 노먼은 마리와 부엌에 있다가 드럭 부인이 하는 이야기를 듣게 되었다. 드럭 부인은 노먼이 마리의 아버지가 되고도 남을 나이라는 사실에 구역질이 난다고 말했다. "신경 쓸 것 없어." 마리의 어머니가 대답했다. "생각할 가치도 없는 사람이야."

그러나 딸의 경제적 도움이 아쉬웠던 마리의 어머니는 그날 밤 두 사람이 런던으로 돌아가기 전에 한 달 안에 들어와도 좋다고 허락했다. 다만 사정이 허락하는 대로 곧바로 결혼식을 올려야 한다는 조건을 달았다. "사람들한테는 하숙인이라고 말해야 한다." 마리의 어머니가 당부했다. "이 집에 묵는 하숙인일 뿐이다." 드럭 부인이 이웃의 눈을 생각해야 한다고 덧붙였다.

리딩 집은 킬번의 방 두 개짜리 아파트보다 끔찍했다. 마리의 어머니는 끊임없이 노먼의 흉을 봤다. 그가 사용하고 나온 화장실, 카펫이 깔린 계단을 쿵쿵대며 걷는 그의 걸음걸이 혹은 전등 스위치에 남은 그의 손가락 자국 등 모든 것이 타박거리가 되었다. 마리는 늘 어머니의 비난에 맞섰고 그럴 때마다 한바탕 말다툼이 벌어졌다. 싸움을 좋아하는 드럭 부인은 어김없이 끼어들었고, 말다툼을 하다 보면 마리의 어머니를 시작으로 언제나 마리까지 울부짖었다. 노먼은 힐다와의 이혼 문제를 상담하려고 사무 변호사를 찾아가서 그녀가 우편배달부를 비롯해 파울러와 저지른 간통 사실을 말했다. "증거를 갖고 계신가요, 브릿 씨?" 사무 변호사는 이렇게 묻더니 노먼이 없다고 대답하자 못마땅한 듯 입을 오므렸다.

노먼은 쉽지 않을 것임을 알았다. 그는 자기의 본능이 옳았음을 깨달았다. 힐다에게 말하지 말았어야 했다. 대책 없이 집을 나오지 말았어야 했다. 모든 것이 처음부터 마리에게 불공평했다. 이 모든 것은 유부남과 어울리는 젊은 여자가 감수할 수밖에 없는 일이었다. "그런 일들은 미리 생각했어야지." 노먼이 열려 있는 문 앞을 지날 때면 마리의 어머니는 큰 소리로 이렇게 말하고는 했다. "이기적인 인간이야." 드럭부인이 소리 높여 거들었다.

노먼이 모든 일이 해결될 기미가 안 보인다고 이야기할 때면 마리는 말도 안 되는 소리라고 맞섰다. 1년 전쯤과 달리 마리는 더 이상 비탄에 빠져 있지만은 않았다. 그녀 역시 중압감에, 특히 리딩 집에서 그녀를 짓누르는 중압감에 시달리고 있었다. 노먼은 결국 우리가 졌다고 말했고 마리는 울었다. 노먼 역시 잠시 눈물을 흘렸다. 그는 트래블와이드에 다른 지점으로 옮겨 달라고 요청했고 그레이트 웨스턴 로열 호텔에서 멀리 떨어진 일링으로 발령되었다.

18개월 뒤 마리는 맥주 공장에서 일하는 남자와 결혼했다. 노먼이 혼자 지내고 있다는 소문을 들은 힐다는 그에게 지난 일은 잊어버리자는 내용의 편지를 보냈다. 일링 집의 거실에 외롭게 앉아 있던 노먼은 힐다의 생각에 동의하고는 집으로 돌아갔다. "악감정은 갖지 말기로 해요." 힐다가 말했다. "서로를 속이지도 말고요. 클럽에서 만난 그남자 있잖아요, 울워스 매장 관리자 말이에요. 그동안 그 사람이 여기서 지냈어요." 노먼은 악감정을 갖지 않기로 동의했다.

1960년대는 지나갔지만 그 떠난 자리에는 마리와 나눈 사랑의 경이로움이 남았다. 그가 마리와의 관계를 털어놓았을 때 힐다가 드러낸멸시도, 킬번의 방 두 개짜리 더러운 아파트도, 전혀 즐겁지 못했던 리딩에서의 생활도 마리와의 사랑이 선물한 경이로움을 퇴색시키지 못했다. 그레이트 웨스턴 로열 호텔로 마리와 함께 걸어가던 길, 호텔 바에서 마실 능력이 안 되었던 술, 따로 위층으로 올라갈 때 그들이 보인 세심하게 계획된 태연함. 이 모든 것이 노먼에게는 기적적으로 현실이 되었던 환상처럼 여겨졌다. 호텔 2층의 목욕탕은, 속삭임과 애무로 가득 찬 목욕탕은 이 환상 속에 완벽하게 녹아들었다. 노먼이 날마다 반복되는 업무 속에서 접하는 머나먼 곳들은 그가 그 장소들에 대해서 어떤 본드걸과 비교해도 뒤지지 않을 만큼 관능적인 젊은 여인에게 속삭여 이야기할 때 마법의 기운을 얻었다. 노먼은 이따금 지하철에서 눈을 감고는 그의 가슴속에 남은 크나큰 기쁨을 맛보면서 섬세한 줄무늬가 있는 대리석과 거대한 놋쇠 수도꼭지 그리고 두 사람이 충분히 들어갈 만큼 커다란 욕조를 떠올리고는 했다. 이따금 그의 귓가에는 어렴풋한 음악 속에 섞인 현악기를 퉁기는 소리와 비틀스의 목소리가 들려왔다. 비틀스는 엘리너 릭비를 비롯해 그 당시의 여러 인물들을 찬양한 것처럼 목욕탕에서의 사랑을 찬미하고 있었다.

멀비힐의 기념물
Mulvihill's Memorial

벌거벗은 남자가 여자의 옷을, 빨간색과 검정색 줄무늬 원피스와 페티코트와 스타킹과 남은 속옷을 천천히 벗겼다. 안락의자에 몸을 기댄 남자는 여자를 무릎에 앉힌 뒤 여자의 목에 코를 비볐다.

두 번째 남자가 방 안으로 들어오더니 옷을 벗었다. 회색 치마와 스웨터를 입은 두 번째 여자도 옷을 벗었다. 네 명이 안락의자와 바닥에 드러누웠고 남녀의 복잡한 결합이 시작되었다.

영화는 끝이 났고 터무니없는 성행위가 펼쳐지던, 멀비힐이 제도실 문에 붙여 둔 도화지 위에는 네모난 환한 빛이 덩그마니 떠 있었다. 멀비힐은 초록색 전등갓이 씌워진 스탠드를 켰다. 그러고서 그는 압정을 뽑은 뒤 도화지를 뗐다. 그는 서류 캐비닛 맨 아래 서랍에 영사기를 넣으면서 어릴 때 부르던 노래를 목소리를 낮추어 흥얼거렸다. "누가 한탄하고 있나요?" 멀비힐은 영사기와 그가 소장한 필름들을 보관하는 서랍을 당연히 열쇠로 잠가 두었다. 그가 가진 필름 중에는 가족이 있는 곳에서 틀어도 괜찮은 것들도 있었다. 멀비힐은 그런 필름들은 가끔 집에서 보기도 했지만 나머지는 감히 집에서 감상할 만한 것이 못 되었다. "뭐 해?" 그의 누나는 멀비힐이 이따금 목공 작업을 하는 정원 창고 문 밖에서 큰 소리로 묻고는 했다. 그가 남몰래 갖고 있는 필름들을 누나가 발견하는 것은 생각만 해도 끔찍했다. 그래서 멀비힐은 금요일 저녁마다 직원들이 이그니스 앤드 이그니스 빌딩을 모두 떠나고 난 뒤, 그리고 서인도 제도 출신의 청소부들이 그의 사무실이 있는 복도에 도착하기 전에 문을 걸어 잠그고서 불을 껐다. 그는 벌써 수년째 똑같은 일을 해 오고 있었다.

멀비힐은 보통 키에 얼굴에는 안경을 썼고 뚱뚱하지도 마르지도 않은 중년의 남자였다. 해리스 트위드 재킷을 즐겨 입는 멀비힐은 그가 피우는 포 스퀘어 담배의 광고를 연상시켰다. 그는 누나와 함께 사는 펄리 외곽 지역에서 런던 중심가로 날마다 출근했다. 그와 나이 차이가 조금 나는 누나와는 파스코라는 이름의 스코티시테리어 덕분에 사이가 돈독해졌다. 멀비힐의 직업은 상표 디자이너였다. 그는 수프 캔, 커피 포장용 플라스틱 통, 씨앗 주머니, 일회용 샴푸 봉지 등에 들어가는 라벨을 디자인했다. 그가 헝가리 출신의 전시 광고 제작자인 월킨스키와 함께 사용하는 제도실은 둘의 작품으로 가득 차 있었다. 벽에는 과거에 다양한 상품의 판촉용으로 제작되었던 도안들이 확대되어 붙어 있고, 비스듬히 기울어진 제도판 두 개를 제외한 사무실 곳곳에는 매장 비치용 판지 광고판이 서 있었다. 제도판에는 초록색 전등갓이 씌워진 등이 달려 있었다. 여기저기 놓인 잼 병에는 붓과 연필이 빼

곡히 꽂혀 있고, 사무실 한쪽 구석에는 여러 가지 색깔의 종이들이 준비되어 있었다. 불도그 클럽으로 집은 역시 다양한 색깔의 셀로판 묶음이 벽에 걸려 있고, 종이용 접착제 통은 사방에 널려 있었다. 평범한 사원에 불과한 멀비힐과 윌킨스키는 텔레비전에 방송되거나 신문의 컬러판 부록에 등장하는, 이그니스 앤드 이그니스가 제작한 대표적인 광고는 직접 만들지 못했다. 그들은 빨간색 아페리티프를 입으로 가져가는, 멋지게 손본 사람들과 향수 비누 거품을 온몸에 바른 여자들 그리고 면도날의 부드러운 움직임에 한결 멋스러워진 남자들을 모티프로 제품 라벨과 광고판을 만들 뿐이었다. 이그니스 앤드 이그니스는 실크 옷을 입고서 성벽 앞에 새초롬한 얼굴로 서 있는 앳된 얼굴의 아름다운 여자들 혹은 몸에 좋은 콩을 잔뜩 먹고서 깔깔대며 노는 아이들처럼 언제나 행복 혹은 황홀경을 꿈꾸게 하는 이미지들을 광고에 담았다. 이그니스 앤드 이그니스는 현재를 중요하게 여겼지만 처참한 전쟁이 일어나기 전의 뜨거운 여름날들, 흑빵과 잼, 빛바랜 꽃무늬 원피스 같은 과거의 것들 역시 잊지 않았다. 미래는 꾸밈없는 흰색 가구와 스테인리스스틸 그리고 맛있고 가벼운 일본 음식으로 간단하게 표현할 수 있었다. 이그니스 앤드 이그니스가 창조하는 경이로운 세상에서 여제는 터키시 딜라이트를 먹고 남자들은 쾌속정을 타고 질주했으며 사람들은 영원한 사랑에 빠졌다.

멀비힐은 벽의 못에 걸어 두었던 방수 외투를 내렸고, 점심시간에 구입한 짤막한 목재 두 조각을 챙겼다. 주말에 책장을 고칠 계획이었다. 그는 〈어느 주부의 고백〉을 보는 동안 파이프에 포 스퀘어를 가득 넣었지만 아직 불을 붙이지 않았다. 그는 엘리베이터 안에서 담배를 피울 생각이었다. "안녕하세요, 바이올렛." 멀비힐은 서인도 제도 출신의 덩치 큰 여자에게 인사했다. 그녀는 멀비힐이 근무하는 층에 있는 사무실들을 이제 막 청소하기 시작한 터였다. 지난주 금요일에 멀비힐에게 아들의 위가 안 좋아졌다고 말한 그녀는 그 뒤의 이야기를 들려주었다. 멀비힐은 연거푸 고개를 끄덕이고 위로의 말을 건네면서 잠시 그녀의 이야기를 들은 뒤 걸음을 옮겼다. 그는 금요일 저녁이면 늘 그렇듯 트럼펫 메이저에 들러서 레드 와인을 한 잔 마시고, 늘 그곳에서 만나는 사람들과 15분 정도 이런저런 이야기를 나눌 작정이었다. 이것은 한 주의 업무를 마친 뒤면 늘 반복되는 일상이었지만 오늘은 이루어질 수 없는 계획이었다. 늘 이용하는 엘리베이터 안에서, 건물 깊숙한 안쪽에 있는 엘리베이터 안에서, 그를 주차장으로 내려가게 하고 뒤이어 좁은 거리로 나설 수 있게 해 줄 엘리베이터 안에서, 멀비힐은 파이프에 불을 붙이다가 죽었다.

트럼펫 메이저에서 멀비힐을 보고 싶어 하는 사람은 아무도 없었다. 멀비힐은 금요일 저녁마다 트럼펫 메이저에 들렀지만 너무 잠깐 머물렀기 때문에 아무도 그의 빈자리를 느끼지 못했다. 그는 와인 한 잔이면 충분하다고 늘 고집을 부리면서 누군가 술을 돌려도 받아 마신 적이 없었다. 사람들은 결국 멀비힐 나름대로의 원칙을 인정했다. R.B. 스트레더스는 금요일이면 늘 그렇듯 팁 데인티와 캡스틱 그리고 릴리아와 함께 라운지 바에서 시간을 보냈다. 이그니스 앤드 이그니스의 다른 직원들도 그곳에 왔다. 우편배달 업무를 맡고 있는 어린 남자 직원 두 명은 퍼블릭 바에 앉아 있었다. 프레드 스타인과 아트 바이어도 보였다. 8시 15분에 옥스밴험이 술집에 들어오더니 한쪽 구석에 자리를 잡고 앉은 스트레더스 일행에 합류했다. 멀비힐과 마찬가지로 옥스밴험도 금요일 저녁 늦도록 일하는 것으로 유명했다. 사람들은 옥스밴험이 한 주 동안 끝내지 못한 일을 마무리하는 것으로 믿었지만 사실 그는 멀비힐과 마찬가지로 은밀한 취미를 즐겼다. 그는 사무실 바닥에서 비서인 로위나와 정사를 벌였다.

"모두들 기분 어때요?" 옥스밴험이 물었다. "더 중요한 질문이 있어요. 다들 뭘 마실 거죠?"

모두들 여느 때와 같은 술을 마셨다. 회사에서 카피라이터 중 가장 중요한 역할을 하는 릴리아는 점심시간 때부터 술에 취해 있었다. 한때 남아프리카 공화국의 럭비 선수가 될 뻔했지만 지금은 이그니스 앤드 이그니스에서 상무이사로 근무하는 R. B. 스트레더스는 빨리 술기운이 돌기를 바라고 있었다. 팁 데인티의 몸은 가끔 흔들거렸다.

옥스밴험은 물을 탄 위스키를 크게 한 모금 마시더니 만족스러운 듯 크게 숨을 들이켰다. 로위나는 지금쯤 회사 건물을 나서고 있을 것이 분명했다. 둘이 함께 있는 모습을 보이지 않으려고 의논한 끝에 로위나는 옥스밴험이 나간 뒤 언제나 10분쯤 사무실에 더 머물렀다. 여느 때 같으면 회사의 중역과 그의 비서가 함께 있는 모습을 보인다고 해도 문제 될 것이 없었다. 그러나 섹스를 한 직후에 함께 있는 모습을 보이는 것은 신중한 행동이 될 수 없었다. 서로를 대하는 태도에 숨길 수 없는 무언가가 확연히 드러날지 몰랐다. "잘 알겠습니다." 남자처럼 말하는 것이 몸에 밴 로위나는 10분 뒤에 나오라는 옥스밴험의 당부에 이렇게 대답했다. 옥스밴험의 눈에 로위나는 더할 수 없이 냉정한 사람으로 보였다.

"월요일 아침에는 제과 회사 직원들부터 만나야 해. 제법 괜찮은 광고가 나온 것 같아." 옥스밴험이 말했다.

차림새가 단정하지 못한 중년의 릴리아는 신발에 대해서 이야기했다. 그녀는 왼손에 움켜쥔 종이 뭉치를 누가 낚아챌까 봐 두렵기라도 한 듯 가슴에 끌어안고 있었다. 그녀의 희끗희끗한 머리는 풀어져 있고 눈은 게슴츠레했다. "클리프 행어스는 어때요?" 릴리아가 새로 출시될 샌들의 이름에 대해 말하다가 팁 데인티에게 물었다.

릴리아가 움켜쥔 종이에는 새로 출시될 상품에 붙일 만한 이름들이 가득 적혀 있었다. 광고를 의뢰한 업체는 샌들이 실용적인 측면에 부합하면서 멋지게 디자인되었다고 이그니스 앤드 이그니스 직원들에게 설명했다. 팁 데인티는 클리프 행어스라는 이름 때문에 그 신발을 신으면 끔찍한 일이 생길 것 같은 기분이 든다고 말했다. 릴리아는 이가 그녀의 야윈 얼굴을 온통 차지하고 있는 것처럼 보일 정도로 입을 크게 벌리면서 미소를 지었다. "행어스는요?" 릴리아가 다시 물었다. "그냥 행어스는 어때요?" 팁 데인티는 행어스라는 단어를 들으면 사람들이 죽음을 떠올리게 될 거라고 대답했다.

옥스밴험은 캡스틱과 R.B. 스트레더스에게 제과 회사 직원들에 대해서 이야기한 뒤 이그니스 앤드 이그니스가 새로 출시될 초콜릿 바 광고를 따 내려고 준비한 시안에 대해서 설명했다. 이그니스 앤드 이그니스는 고민 끝에 초콜릿 바 이름으로 '고Go'를 제안하기로 했다. 초콜릿 바 포장지와 제품을 담아 상점에 납품하게 될 다양한 상자 그리고 쇼윈도에 붙일 스티커와 매장 비치용 판촉물을 디자인한 사람은 바로 멀비힐이었다.

"'고'라는 이름이 마음에 들더군요." 옥스밴험이 말했다. "옥수수 밭의 그 쓸쓸한 분위기도 마음에 들어요." 그는 등이 조금 아팠다. 로위나는 손에 살이 닿기만 하면 손톱 끝으로 짓누르는 버릇이 있었다. 그러나 그 정도 고통은 감수할 가치가 충분했다. 로위나를 옥스밴험에게 떠맡긴 사람은 그녀의 아버지이자 매컬로크 페인트의 그 성질 고약한 광고부장인 스미스슨이었다. 로위나를 처음 유혹하던 순간 옥스밴험은 수년간 까다롭게 굴어 온 스미스슨에게 드디어 복수하는 거라고 생각했다. 그러나 얼마 지나지 않아서 옥스밴험은 자신이 로위나를 이용하는 것과 마찬가지로 그녀 역시 그를 이용하고 있음을 깨달았다. 로위나는 옥스밴험이 그녀를 카피라이팅 부서로 옮겨 주기를 원했다.

"스트롤러스는 어때요?" 릴리아가 묻자 팁 데인티는 클락스에서 벌써 사용하고 있다고 대답했다. "클리프 행어스는요, 스트레더스?" 릴리아가 또다시 물었다. R. B. 스트레더스는 럭비 경기라도 하듯 퉁명스럽게 그건 아무짝에도 쓸모없는 이름이라고 직설적으로 대답했다.

식품 잡화점에서 관리자로 일하는 멀비힐의 누나는 9시 15분 전이 되었는데도 동생이 돌아오지 않자 놀랐다. 멀비힐은 금요일에는 어김없이 이 시간에 귀가했다. 금요일이 아닌 날에는 7시 10분까지 집에 돌아와서 라디오 연속 방송극 〈아처스〉를 앞부분만 조금 놓치고 거의 다 듣고는 했지만, 멀비힐은 월요일에 새롭게 일을 시작할 수 있도록 금요일에는 사무실에 남아서 한 주 동안 밀린 업무를 끝내는 것을 좋아했다. 멀비힐한테서는 트럼펫 메이저에서 마신 와인 냄새가 조금 났지만, 그가 술집에서 들은 소문들을 전해 주었기 때문에 누나는 저녁 식사가 조금 늦어지는 것쯤은 신경 쓰지 않았다. 누나는 동생이 소문 따위나 들으려고 술집에 가는 것이 아님을 알고 있었다. 멀비힐은 이그니스 앤드 이그니스에서 그의 운명을 손에 쥐고 있는 옥스밴험 그리고 R.B. 스트레더스와 잠깐이라도 시간을 보내려고 트럼펫 메이저에 갔다. 물론 옥스밴험이나 R.B. 스트레더스가 멀비힐을 채용한 것은 아니었다. 멀비힐이 이그니스 앤드 이그니스에서 처음 근무를 시작했을 때, 두 사람은 회사에 없었다. 그러나 옥스밴험은 멀비힐의 직속상관이 되었고, R.B. 스트레더스는 상무이사인 만큼 당연히 중요했다. 멀비힐의 누나는 두 사람을 만난 적이 없었지만 동생의 이야기만으로도 그들의 모습을 쉽게 상상할 수 있었다. 옥스밴험은 얼굴이 팽팽하고 짙은 줄무늬 양복을 입고 다녔다. R.B. 스트레더스는 자기가 참가한 럭비 경기에 대해서 말하기를 즐기는 덩치 큰 남자였다. 릴리아는 이야기를 들어 보니 정상이 아닌 사람 같았다. 이그니스 앤드 이그니스에서 가장 뛰어난 광고를 디자인한 캡스틱은 얼굴에 수염을 기른 키가 작은 남자로, 술에 어느 정도 취하면 모욕적인 말을 쏟아 내는 경향이 있었다. 반대로 팁 데인티는 술을 마시면 여느 때보다 상냥해졌다.

멀비힐의 누나는 그녀에게 금요일의 사람들인 그들의 소식을 듣고 싶었다. 조바심을 내면서 그들의 소식을 기다리는 동안 권리를 박탈당한 기분을 느꼈고 짜증이 나기까지 했다. 멀비힐은 책장 수선에 필요한 목재를 가져오겠다고 했지만 점심시간에 이미 구입해 두었을 것이 분명했다. 그는 죽치고 앉아서 술을 마실 사람이 절대 아니었다. 멀비힐은 심지어 술을 싫어했다. 10시가 조금 지나자 스코티시테리어 파스코가 불안해하기 시작했고, 11시가 되자 멀비힐의 누나는 짜증이 두려움으로 변하는 것을 느꼈다. 그러나 그녀는 이른 아침이 되어서야 경찰에 신고를 했다.

다음 주 월요일 아침 이그니스 앤드 이그니스의 직원들은 주말 동안 여러 가지 방법으로 재충전을 하고서 상쾌한 기분으로 회사에 도착했다. 건물 깊숙한 안쪽의 엘리베이터에서 이미 시신을 치웠기 때문에 죽음의 흔적은 남아 있지 않았다. 헝가리 출신의 월킨스키는 둘이 함께 쓰는 사무실에 멀비힐이 아직 와 있지 않은 것을 보고는 놀랐다. 언제나 먼저 출근해 있던 사람은 멀비힐이었다. 월킨스키가 멀비힐이 왜 늦는지 여전히 궁금해하고 있을 때, 차를 돌리는 에디트가 그에게 멀비힐이 죽었다는 이야기를 들었다고 했다. 에디트는 받침 접시에 설탕 두 조각을 얹어서 월킨스키에게 차를 건넸다. 그러고서 그녀는 계속해서 멀비힐의 소식을 전하면서도 커다란 갈색 에나멜 티포트에서 고인의 자리에 놓을 차를 따랐다. "아, 멍청하기는!" 에디트는 스스로를 나무랐다.

"어쩌다 죽었대요, 에디트? 맙소사, 대체 왜 죽었대요?"

에디트는 고개를 저었다. 그녀는 들고 있기가 무거워서 티포트를 멀비힐의 제도판에 걸쳐 놓으면서 정말 끔찍한 일이라고 대답했다. 그러고서 아직도 믿을 수 없다고 말하더니 혈기 왕성한 남자다 보니 금요일을 즐기다가 그랬는지 모른다고 농담 삼아 이야기하면서 웃었다. "어떻게 된 일인지 곧 알게 되겠죠. 정말 안됐어요!" 에디트가 말했다.

"확실한가요, 에디트?" 월킨스키의 살찐 얼굴이 너무나 얼떨떨한 나머지 일그러졌고, 두꺼운 안경알은 그의 눈에 어린 당혹감을 더욱 두드러지게 했다. "죽었다고요?" 그가 또다시 물었다.

"확실해요." 에디트는 이렇게 대답한 뒤 다른 사람들에게도 소식을 전하려고 그 자리를 떠났다.

맙소사, 죽었다니! 월킨스키는 차를 마시지도 못한 채 몇 분 동안 계속 같은 생각을 했다. 마침내 그가 잔을 입으로 가져갔을 때 차는 이미 차갑게 식어 있었다. 사무실 동료로 멀비힐처럼 편한 사람은 어디에도 없었다. 멀비힐은 시무룩하거나 따분하지 않고 잘난 체하지도 않는 기분 좋은 사람이었다. 혹시라도 일자리를 잃게 될까 봐 조금 지나치게 걱정하는 경향이 있기는 했지만, 이 세상에 결점 없는 사람이 어디 있을까. 윌킨스키가 아는 한 멀비힐은 필리에서 그의 누나 그리고 개와 함께 행복하게 살았다. 토요일 밤에는 치즈를 안주 삼아 와인을 마시러 오는 친구도 몇 있었다. 멀비힐은 그들과 함께 텔레비전에서 방영하는 오래된 영화를 보기도 했다. 멀비힐은 필름과 관계있는 것이라면 무엇에든 흥미를 느꼈다. 그는 DIY만큼이나 사진 촬영을 즐겼다. 1971년에 그는 윌킨스키의 큰딸 결혼식을 새로 구입한 카메라에 담기도 했다. 멀비힐은 무척이나 멋진 사진을 촬영했고 사진에 손수 제목을 적어 넣기까지 했다. 연회장 계단을 내려오는 행복한 신랑신부의 모습을 담은 사진은 정말 훌륭했다. 그러나 안타깝게도 1년 전에 두 사람은 결혼 생활을 정리했고, 멀비힐이 찍은 사진들은 필요 없는 것이 되고 말았다. 윌킨스키는 가엾게도 저세상 사람이 된 멀비힐과 마찬가지로 딸의 결혼식 사진 역시 과거의 것이 되었음을 생각하며 서글픔에 잠겼다. 그때 아트 바이어의 비서인 어니 태플로가 사무실 안으로 들어왔다. 그는 충격적인 소식에 놀라서 고개를 설레설레 흔들었다. 뒤이어 렌 빌링스가 들어왔고 해리 플랜트와 타이포그라퍼인 캐롤 트로터 역시 사무실에 들렀다.

그날 아침 건물의 다른 곳에서는 평소와 다름없이 시간이 흘러갔다. 제과 회사 직원들은 새로 출시할 초콜릿 바 판매 촉진을 위해서 이그니스 앤드 이그니스가 제안하는 광고를 검토하러 왔다. 옥스밴험은 멀비힐이 디자인한 포스터와 광고 그리고 라벨과 쇼윈도에 부착할 스티커를 보여 주었다. "고'라…… 네, 마음에 드는군요." 제과 회사 직원 중 한 명이 말했다. 옥스밴험은 텔레비전이 설치된 강당으로 그들을 데려가서 방송용으로 제작된 광고를 틀었다. 광고에 등장하는 아이들은 카우보이와 인디언처럼 옷을 입고 있었다. 프레젠테이션이 끝난 뒤 옥스밴험의 비서인 로위나는 그의 사무실에서 제과 회사 직원들에게 음료를 대접했다. 고객의 마음에 들도록 행동하는 것 역시 주어진 업무의 일부이기 때문에 로위나는 줄곧 미소를 지으면서 부드러운 목소리로 속삭였다. 손님을 접대하다가 로위나는 금요일 저녁에 사무실에서 벌어진 정사와 몇 군데 견과처럼 갈색을 띤 옥스밴험의 힘센 몸 그리고 그의 겨드랑이에서 풍기던 액취 방지제 냄새를 문득 떠올렸다. 그녀는 어둠 속에서 하는 것을 좋아했지만 옥스밴험은 불을 켜 두는 것을 좋아했다. 게다가 그는 거울 이야기를 여러 번 꺼냈다. 그러나 사무실에는 거울이 없었다. 두 사람은 한 주는 그가 원하는 대로 또 그다음 주에는 그녀가 원하는 대로, 이렇게 번갈아 가면서 서로의 취향을 따랐다. 한 가지 문제가 있다면 로위나는 개인적으로 옥스밴험이 싫었다. "당장 손을 써 주세요." 그녀는 마침내 지난주 금요일에 진지한 목소리로 요구했다. 그리고 오늘 아침에 옥스밴험은 그녀가 이달 말에 카피라이팅 부서로 옮겨지도록 조치를 취했다. "새 여자가 필요해. 당신이 알아서 사람을 구하도록 해." 그는 새 비서를 구하라는 뜻으로 로위나에게 말했다.

옥스밴험은 제과 회사 직원들을 R. B. 스트레더스에게 소개했고, 그들은 다 함께 스트레더스의 사무실에서 술을 더 마셨다. 옥스밴험은 뒤이어 제과 회사 직원들과 함께 점심 식사 장소로 이동했다. 그는 택시에서 스트레더스가 남아프리카 공화국 럭비 팀의 후보 선수였다고 말했다. 장차 고객이 될지도 모를 업체의 직원들은 이 이야기를 듣고서 깊은 인상을 받고는 했다. 옥스밴험은 고 초콜릿 바의 포장재를 디자인한 직원이 엘리베이터 안에서 심장마비를 일으켰다고 이야기할 만한 기회가 있었는데도 멀비힐의 죽음에 대해서는 말하지 않았다. 그런 이야기를 꺼냈다가는 분위기를 침울하게 만들지도 몰랐다. 옥스밴험은 오직 제과 회사 직원들 모두가 각자 원하는 고기와 야채를 주문할 수 있도록 하는 데에 온 신경을 썼고, 유독 술을 많이 마시는 직원 한 명의 와인 잔이 비지 않도록 열심히 술을 따랐다. 그리고 적절한 때가 되었을 때 시가와 브랜디를 대접했다. 마침내 제과 회사에서 온 직원들 중 가장 직위가 높은 사람이 말했다. "계약을 체결해도 괜찮을 것 같군요." 나머지 직원들도 동의했다. 그들은 초콜릿 바 광고용으로 제작된 이미지가 제품과 잘 맞는다면서 이그니스 앤드 이그니스의 유능한 직원들에게 일을 맡긴다면 안심해도 좋을 것 같다고 말했다.

"수요일 11시 반이에요. 퍼트니 베일 화장장입니다." 멀비힐의 누나는 위로의 말을 전하려고 전화를 건 사람에게 이렇게 말했다.

그로부터 몇 주가 지나는 동안 이그니스 앤드 이그니스 건물 안에서는 순조롭게 시간이 흘러갔다. 로위나는 카피라이팅 부서에서 만족스러운 나날을 보내면서 광고 문구 작성을 연습했고 신발과 속옷 그리고 정원용 씨앗을 위한 다양한 상품명을 생각해 보았다. 그녀는 마침내 가구 광택제 텔레비전 광고 문구를 작성한 뒤 옥스밴험에게 이제 더 이상 금요일 저녁은 없을 거라고 선언했다. 그녀는 시장조사 업무를 담당하고 있는 젊은 신입 사원과 점심시간을 함께 보내기 시작했다. 그는 옥스밴험과 달리 미혼남이었다.

성질 고약한 스미스슨이 스트레더스에게 전화를 걸더니 매컬로크 페인트를 대하는 이그니스 앤드 이그니스의 최근 노력이 만족스럽지 못하다고 항의했다. 스트레더스로부터 호출을 받은 옥스밴험은 로위나가 목적을 달성하자마자 또다시 미친 듯이 화를 내다니 골칫거리 늙은이다운 행동이라고 말했다. "다시 한 번 검토해 보도록 하겠습니다." 옥스밴험은 성질 고약한 스미스슨에게 전화를 걸어서 조심스럽게 말했다.

"개인 물품이 좀 있습니다." 윌킨스키가 멀비힐의 누나에게 전화를 걸어서 말했다. "댁으로 보내 드릴까요?"

"고맙습니다, 윌킨스키 씨."

"아뇨, 아닙니다. 그런데 서류 캐비닛이 잠겨 있습니다. 혹시 멀비힐이 열쇠를 갖고 있지 않았나요?"

"네, 열쇠 꾸러미가 있어요. 괜찮다면 우편으로 보내 드리겠습니다, 윌킨스키 씨."

윌킨스키는 멀비힐이 사용하던 붓과 연필, 물감과 펠트펜 등 나머지 물건들을 모두 정리했다. 정확히 따지자면 모두 이그니스 앤드 이그니스의 자산이었지만 윌킨스키는 멀비힐의 누나에게 보내야 마땅하다고 생각했다. 서류 캐비닛과 제도판 그리고 초록색 전등갓이 씌워진 스탠드는 멀비힐의 후임자가 사용해야 할 물건들이었다.

열쇠가 도착했다. 서랍을 연 윌킨스키는 멀비힐이 그동안 디자인한 라벨과 스티커와 포장지를 비롯해 모든 포장용 상자와 판촉용품 샘플을 보관해 두었음을 알게 되었다. 샘플들은 하나씩 두꺼운 하얀 종이에 붙어 있었고, 세부 내용이 기록된 종이들은 깔끔하게 철해져 있었다. 월킨스키는 멀비힐의 누나가 압정과 고무줄, 작은 놋쇠 경첩 한 쌍과 부러진 파이프 몇 개 그리고 치과용 접착제와 안경 두 개가 든 오래된 포 스퀘어 담배통들과 더불어 이 샘플 철 역시 갖고 싶어 할 거라고 생각했다. 서랍 속에는 멀비힐의 카메라와 영사기도 나란히 들어 있었다. 그리고 맨 아래 서랍에는 치약 튜브에 집어넣을 레터링 아이디어로 가득 찬 종이 밑에 그의 필름들이 보관되어 있었다.

월킨스키는 건물 안을 이리저리 돌아다닐 핑곗거리가 생긴 것을 내심 반가워하면서 지하로 내려간 뒤 사무실 관리를 맡고 있는 베츠에게 커다랗고 튼튼한 종이 상자 하나를 달라고 부탁하면서 상자가 필요한 이유를 설명했다. 베츠는 월킨스키가 원하는 것을 최선을 다해서 찾아 주었다. 월킨스키는 상자를 들고서 사무실로 돌아와 영사기와 카메라를 조심스럽게 포장했다. 그는 금속 케이스에 담긴, 깔끔하게 제목을 적어 넣은 필름들을 정리하다가 캐롤 트로터가 있는지 봐 달라고 부탁한, 그녀의 아버지 은퇴 기념 파티 때 촬영한 필름을 찾기 시작했다. "스코티시테리어의 삶 속 하루." 월킨스키가 읽었다. "스코티시테리어, 하고 싶은 말을 하다." "3시의 스코티시테리어.' '트로터 씨의 은퇴 기념 파티'라는 라벨이 붙은 필름에는 조금 더 편집 작업을 해야 한다는 메모가 붙어 있었다. 월킨스키는 이 필름을 캐롤 트로터에게 전하려고 한쪽에 빼 두었다. 그다음 필름 케이스에는 놀랍게도 '어느 주부의 고백'이라는 라벨이 붙어 있었다. 월킨스키는 다른 필름들을 살펴보다가 〈처녀들의 기쁨〉〈음란한 넬〉〈버니와의 잠자리〉라는 제목을 보고는 더욱더 놀랐다.

월킨스키는 금속 케이스들을 좀 더 자세히 들여다보다가 색다른 제목이 붙은 필름들은 대부분 멀비힐의 작품이 아니지만 그중 두세 편은 그가 촬영한 것이 틀림없다는 결론을 내렸다. 예를 들자면 〈쉬운 여자〉에는 편집이 필요하다는 메모가 붙어 있었다. 〈시작해 볼까, 나의 정부여〉와 제목이 없는 두 개의 필름 케이스에는 짜깁기에 대한 메모가 붙어 있었다. "맙소사!" 윌킨스키가 외쳤다.

그는 어떻게 생각해야 할지 판단이 서지 않았다. 그는 점심시간에 소호를 어슬렁거리면서 스트립쇼 극장 광고 사진들을 기웃거리거나 성인영화를 판매하는 포르노 숍에 들어가는 멀비힐의 모습을 상상해 보았다. 그러나 이런 행동들은 멀비힐과 전혀 어울리지 않았다. 윌킨스키는 카메라를 손에 든 멀비힐과 함께 그린 파크에 제법 자주 가고는 했다. 멀비힐은 그곳에서 가을 풍경 혹은 봄날의 오리 떼를 촬영했다.

윌킨스키는 의자에 앉아서 혀끝으로 두툼한 입술을 축였다. 그들은 1960년부터 사무실을 같이 사용했다. 그런데도 윌킨스키는 멀비힐에 대해서 아무것도 알지 못했다. 멀비힐은 그런 영화들이 어떤 식으로 만들어지는지 보려고 〈처녀들의 기쁨〉과 〈버니와의 잠자리〉를 구입한 뒤 손수 성인영화를 찍기 시작한 것이 분명했다. 그는 일자리를 잃을까 봐 두려워하면서 날마다 이그니스 앤드 이그니스의 거대한 로비를 겸손한 모습으로 가로질렀다. 로비 벽에는 신발, 씨앗 봉지, 철제품, 비스킷, 위스키 병 등의 사진이 걸려 있었다. 멀비힐은 바삐 타자기를 두드리는 소리와 사소한 대화를 나누는 목소리로 가득 찬 복도를 따라서 날마다 겸손한 모습으로 걸었다. 그러고서 그는 날마다 새롭게 탄생하는 단어와 이미지를 조합하면서 자기에게 주어진 업무를 겸손하게 수행했다. 윌킨스키는 늘 사진작가가 되기를 꿈꿨었다는 멀비힐의 말을 떠올렸다. 멀비힐은 결국 사진작가 대신에 포르노물 제작자라도 되어서 다람쥐 쳇바퀴 같은 일상으로부터 벗어나려고 했던 걸까? 한 남자에게 일어난 것치고는 슬픈 일이었다. 또한 이것은 추한 일이기도 했다.

어쨌든 월킨스키는 멀비힐의 유품을 정리해야 했다. 그러나 그는 필리로 보낼 상자에 〈시작해 볼까, 나의 정부여〉나 〈어느 주부의 고백〉 같은 필름은 넣지 말아야 한다고 생각했다. 유족을 당황하게 만들 필요는 없었다. 월킨스키는 처음에는 포르노 필름들을 그냥 버리려고 했다. 그러나 1955년에 헝가리를 떠나기는 했지만 그는 외국에서는 늘 조심해야 한다는 사실을 여전히 마음에 새겨 두고 있었다. 문제가 될 만한 일들은 무슨 수를 써서라도 피했으며 지하철과 거리에서는 눈에 띌 정도로 예의 바르게 행동했다. 고인의 유품을 함부로 없애서는 안 될 것 같았다.

"필름이라고?" 수화기에서 옥스밴험의 목소리가 들려왔다. "지저분한 필름이란 말이지?"

"가정용이라고 부를 만한 것들도 있지만 나머지는 점잖은 여성을 불쾌하게 만들 것 같습니다."

"내가 가서 보도록 하지."

"개를 찍은 필름도 있습니다."

그날 늦게 옥스밴험은 월킨스키의 작은 사무실로 와서 개를 찍은 것까지 필름을 모조리 가져갔다. 그는 개인적으로 포르노에 전혀 관심이 없는 데다 한참 아래에 있는 부하 직원이던 라벨 디자이너의 사적인 세계를 엿보고 싶은 마음 역시 눈곱만큼도 없었기 때문에 필름들을 사무실 깊숙한 곳에 넣어 두었다. 그는 앞일은 모르는 법이라는 생각에 필름들을 버리지 않았다. 고객사나 장차 고객이 될 기업의 직원 중 누군가 은연중에 그런 물건에 대한 관심을 드러내 보일지 몰랐다. 상반신을 드러낸 여종업원, 갬블링 클럽, 거나하게 취할 수 있는 술판. 옥스밴험은 고객이 원하는 것이라면 무엇이든 제공하려고 세심한 배려를 아끼지 않았으며 그들의 이야기에 귀를 기울이는 동시에 가이드가 되어 주었다. 그날 저녁 트럼펫 메이저에서 술에 어지간하게 취한 옥스밴험은 멀비힐이 그런 것에 탐닉했다니 그와 어울리지 않는 일이라고 생각했다. 파이프와 해리스 트위드 재킷이 보여 주던 이미지와 달리 멀비힐은 추잡한 남자였던 것이 분명했다.

이윽고 멀비힐의 유품이 담긴 상자가 필리에 도착했다. 멀비힐의 누나는 어느 날 저녁 식품 잡화점에서 일을 마치고 돌아오다가 문 앞에 놓여 있는 상자를 발견했다. 현관에서 상자를 연 그녀는 윌킨스키에게 보냈던 열쇠 꾸러미가 들어 있는 것을 보았다. 열쇠는 상자 덮개에 스카치테이프로 붙어 있었다. 서류 캐비닛 열쇠만이 빠지고 없었지만 멀비힐의 누나는 어차피 차이를 알지 못했다. 그녀는 동생이 이그니스 앤드 이그니스에서 디자인한 샘플들을 붙여 놓은 하얀색 두꺼운 종이를 한 장 한 장 넘겼다. 그녀는 동생이 쓰던 파이프들을 어떻게 해야 할지 난감했다. 마침내 그녀는 유품을 모두 상자에 담은 뒤 계단 밑 벽장으로 힘겹게 끌어 옮겼다. 파스코가 그녀의 발치에서 부산하게 움직였다. 평소에 잠겨 있던 벽장에 들어갈 수 있게 되어서 신이 난 것 같았다.

한 시간쯤 지난 뒤 멀비힐의 누나는 부엌에서 달걀을 휘저어 스크램블드에그를 만들면서 이제 정말 동생과는 이별인 모양이라고 생각했다. 벽장 속에 있는 상자는 화장장 장례실에서 엷은 황갈색 커튼을 향해 미끄러져 가던 관을 떠오르게 했다. 그녀는 이미 동생의 옷가지를 정리했고, 거의 대부분을 노인 구호 단체 헬프 더 에이지드에 기증하려고 따로 모아 두었다. 그녀는 옆집 남자에게 드라이버 하나와 망치 하나 그리고 펜치 한 자루만 남겨 두고 정원 작업실에 있는 물건들을 모두 가져도 좋다고 말했다.

그녀는 언제나 동생을 좋아했다. 멀비힐보다 나이가 많은 그녀는 어린 시절에 그를 늘 챙겼다. 그녀는 멀비힐의 손을 꼭 잡고 길을 건너면서 동생이 건네는 질문에 대답하고는 했다. 그들의 어머니는 멀비힐이 여덟 살 때 돌아가셨다. 그로부터 30년 뒤 아버지가 돌아가셨을 때 멀비힐과 그녀는 펄리의 집에서 계속 함께 사는 것이 당연하다고 생각했다. "개를 한 마리 기르자." 9년 전의 어느 토요일 아침 멀비힐이 이렇게 말했고, 그로부터 얼마 지나지 않아 파스코가 두 사람의 삶 속으로 들어왔다. 그 전에 멀비힐 가족이 기른 동물은 아버지의 고양이였던 미스 머핀이 전부였지만 멀비힐의 누나는 동생의 제안을 곧바로 받아들였다. 걱정이 많은 멀비힐과 지나치다 싶을 정도로 차분한 그의 누나는 단 한 번도 다툰 적이 없었다. 그리고 두 사람 모두 단 한 순간도 결혼을 생각한 적이 없었다.

멀비힐의 누나는 스크램블드에그를 먹으면서 화장터에서 그렇게 하듯 상자 위에 장미꽃 한 송이를, 고인을 추모하기 위한 꽃 한 송이를 놓아두어야겠다고 생각했다.

이그니스 앤드 이그니스에서 1년이 흘렀다. 월킨스키와 사무실을 같이 쓰게 된 젊은 신입 사원은 휘파람 불기를 좋아했다. 그는 수화기에 대고 자기 아내를 '병아리'라고 불렀는데, 이 호칭이 월킨스키의 신경에 거슬리기 시작했다. 그는 1951년형 피아트 한 대를 갖고 있었는데 그 차에 대해서 떠들었고, 이동식 주택도 한 채 갖고 있었는데 이것에 대해서도 자랑을 늘어놓았다.

로위나 스미스슨은 이제 카피라이팅 부서에 자리를 잡았다. 그녀가 문구를 제작한 광고가 상을 타기도 했다. 냉동식품 광고를 담당하게 된 그녀는 텔레비전 방송용 광고를 기획했는데, 광고는 연회장의 음식보다 팩에 포장된 생선을 더 좋아하는 한 평범한 가정의 모습을 부각시켰다. 이그니스 앤드 이그니스 직원들은 로위나 스미스슨이 성공의 길로 접어들었다고 입을 모아 말했다. 반면에 부스스한 몰골로 중년에 접어들면서 총기를 잃은 릴리아는 추락하고 있다고들 말했다.

그 한 해 동안 옥스밴험은 이그니스 앤드 이그니스의 리셉셔니스트 세 명 중 한 명에게 관심을 가졌는데 그 젊은 여직원은 미술부에 자리를 얻고 싶어 했다. 트럼펫 메이저는 술고래인 캡스틱, 릴리아, 팁 데인티 그리고 R.B. 스트레더스의 덕을 여전히 보고 있었다. 크리스마스를 앞두고 회사에서는 몇 차례 파티가 열렸고, 이그니스 앤드 이그니스의 회장이 대영제국 훈장을 받는 것으로 한 해는 마무리되었다.

"물론 그렇게 해 주시면 정말 감사하겠습니다." 옥스밴험이 그 한 해가 지난 어느 날 아침 수화기에 대고 말했다. 그는 성질 고약한 스미스슨과 통화하고 있었다. 스미스슨은 딸을 원하는 부서에 넣어 주려고 옥스밴험이 들인 공을 모두 잊은 듯 끊임없이 그를 들볶았다. 로위나는 데이트하기 시작한, 시장조사 업무를 맡고 있는 남자 직원과 곧 결혼할 예정이었다. 옥스밴험은 로위나가 누구를 사귀든지 아무 상관 없었다. 그러나 그녀의 아버지가 무례하게 굴 때면 로위나와 사무실 바닥에 누워서 쾌락을 즐겼다는 사실이 불쾌하게 느껴졌다. "점심 식사를 하면서 문제를 바로잡도록 하죠." 옥스밴험이 성질 고약한 스미스슨을 설득했다.

점심 식사는 악다구니를 부리는 성질 고약한 스미스슨 때문에 불쾌하기 짝이 없었다. 커피와 위스키가 테이블에 놓일 때에야 비로소 스미스슨은 조용해졌고, 옥스밴험도 마음속으로 쏟아 내던 욕을 멈추었다. 그때 성질 고약한 스미스슨이 뜻밖에 성인영화 이야기를 꺼냈다. 그는 두 시간 동안 실컷 옥스밴험을 괴롭힌 뒤라서 기분이 좋은 상태였다. 그는 스웨덴 여행 중에 본 성인영화에 대해서 길게 설명을 늘어놓았다. "눈 뜨고 못 볼 정도로 화끈했죠." 스미스슨은 시뻘건 커다란 얼굴을 옥스밴험의 얼굴에 바짝 들이대고서 말했다.

그때까지만 해도 옥스밴험은 멀비힐의 사망 이후에 사무실에 깊숙이 치워 둔 금속 케이스들을 까맣게 잊고 있었다. 그는 스미스슨에게 그 이야기를 하지 않았지만 그날 저녁, 깔끔하게 적어 넣은 제목들을 하나하나 읽었고 그로부터 일주일 뒤 영사기 한 대를 빌렸다. 그가 틀어 본 필름은 예상했던 대로 혐오스러웠다. 그러나 그는 자기 의견은 전혀 중요하지 않음을 알고 있었다. "화끈한 영화 몇 편을 구했는데 혹시 관심이 있으실지 모르겠군요." 스미스슨과 통화할 일이 생겼을 때 옥스밴험이 이렇게 말했다.

두 사람은 텔레비전이 설치된 강당에 편하게 앉아서 〈어느 주부의 고백〉 〈처녀들의 기쁨〉 그리고 〈음란한 넬〉을 봤다. 성질 고약한 스미스슨은 〈처녀들의 기쁨〉을 가장 좋아했다. 옥스밴험은 어떻게 이 필름들이 그의 손에 들어왔는지를 설명하면서 그중 몇 편은 아무래도 고인이 된 멀비힐의 작품이 틀림없는 것 같다고 덧붙였다. "〈스코티시테리어의 삶 속 하루〉를 틀어 볼까요? 무슨 내용인지 궁금하군요." 그러나 성질 고약한 스미스슨은 차라리 〈처녀들의 기쁨〉을 다시 한 번 보겠다고 대답했다.

옥스밴험은 트럼펫 메이저에서 이 이야기를 들려주었다. "딸아이한테는 절대로 말하면 안 됩니다." 성질 고약한 스미스슨은 평소의 그답지 않게 기쁜 얼굴로 웃으면서 말했다. 이튿날 옥스밴험과 스미스슨 사이에 있었던 일은 이그니스 앤드 이그니스 빌딩 전체에 퍼졌지만 로위나의 귀에는 당연히 들어가지 않았다. 로위나에게 그녀의 아버지가 음란 영화 애호가라고 대놓고 말하려는 사람은 아무도 없었다. 멀비힐의 이름이 다시 사람들의 입에 오르내리기 시작했고, 그의 얼굴과 옷차림이 사람들의 기억 속으로 돌아왔다. 이그니스 앤드 이그니스의 신입 사원들은 멀비힐이 어떤 사람이었는지 설명을 들었다. 이런 사실을 알게 된 윌킨스키는 멀비힐이 이런 식으로 기억되는 것이 마음 아팠다. 그는 이것이 부당하다고 생각하면서 동시에 죄책감을 느꼈다. 처음에 본능적으로 떠오른 생각대로 그 필름들을 버려야 했다. 이그니스 앤드 이그니스의 직원들은 그 포르노 필름들을 '멀비힐의 기념물'이라고 부르기 시작했고, 뚱뚱한 광고부장이 텔레비전이 설치된 강당에서 〈처녀들의 기쁨〉을 보는 모습을 상상하면서 웃음을 터뜨렸다. 윌킨스키는 고인이 된 멀비힐의 얼굴이 괜한 추문으로 더럽혀지고 있는 것만 같았다. 윌킨스키는 고민 끝에 용기를 내어 옥스밴험을 찾아갔다.

"저희는 1960년부터 사무실을 같이 썼습니다." 윌킨스키의 말에 옥스밴험은 놀란 얼굴로 그를 쳐다보았다. "그 필름들을 '멀비힐의 기념물'이라고 부르는 건 옳지 않습니다."

"멀비힐은 이제 죽고 없어. 자네는 그 친구가 남긴 물건을 어떻게 하기를 바라나?"

"베츠 씨한테 부탁해서 소각로에 태우는 게 좋을 것 같습니다."

옥스밴험은 소리 내어 웃더니 윌킨스키가 이 문제를 조금 지나치다 싶게 헝가리 사람의 시각으로 바라보고 있다고 말했다. 그는 윌킨스키를 안심시키려고 얼굴에 미소를 지어 보였지만 윌킨스키는 자신의 출신을 들춘 것을 모욕으로 받아들였다. 멀비힐의 끔찍한 포르노가 다루기 힘든 광고부장에게 위로가 된다면 멀비힐의 죽음은 헛되지 않을 수도 있었다. 직원들은 월급을 받아야 하고, 회사는 돈을 벌어야 한다. "이건 옳지 않아." 윌킨스키는 어느 날 한밤중에 다시 한 번 조용히 말했다. 그의 말을 들은 사람은 아무도 없었다. 그의 옆에 누운 아내는 잠든 채 다른 무언가를 꿈꾸고 있었다.

얼마 후 두 가지 일이 동시에 일어났다. 멀비힐의 누나가 윌킨스키에게 전화를 걸었고, 옥스밴험은 실수를 저질렀다.

"궁금한 게 있어서요." 멀비힐의 누나가 말했다. "동생이 찍은 필름이 틀림없이 있을 텐데 아무리 찾아도 없네요."

"혹시 개를 촬영한 건가요?"

"그리고 스카우트를 찍은 것도 있어요. 펄리를 담은 것도 있고요."

"제가 한번 알아보겠습니다, 미스 멀비힐."

전화가 늦게 걸려 왔기 때문에 윌킨스키가 옥스밴험을 만나려면 다음 날 아침까지 기다려야 했다. 그는 멀비힐의 누나한테서 전화가 온 것이, 멀비힐의 누나가 당연히 그녀의 것이 되어야 할 물건들을 찾으려 하는 것이 반가웠다. 그는 옥스밴험이 번거롭다는 핑계로 필름을 두 종류로 나누지 않는 것은 독단적인 행동이라고 생각했다. "아, 성가시게 그럴 필요 없어." 옥스밴험은 짜증 섞인 목소리로 이렇게 대답했다.

윌킨스키는 멀비힐의 누나와 통화를 한 저녁에 기차를 놓치지 않으려고 서둘렀다. 옥스밴험은 텔레비전이 설치된 강당에서 성질 고약한 스미스슨을 접대하고 있었다. "아뇨, 아뇨." 성질 고약한 스미스슨이 고집을 부렸다. "우리의 처녀들이나 다시 봅시다, 옥스."

그러나 옥스밴험은 〈처녀들의 기쁨〉을 생각하는 것만으로도 욕지기가 날 지경이었다. 그 필름이라면 벌써 쉰 번은 본 것 같았다. 옥스밴험은 하키 스틱을 내려놓고 점퍼스커트를 벗기 시작하는 여학생 세 명을 또 봐야 한다면 죽고 말 거라고 생각했다. "필름이 너무 닳은 것 같더군요. 그래서 복사본을 하나 만들어야겠다고 생각했죠."

"그럼 여기 없다는 겁니까?"

"일주일 뒤에 가져온다고 했습니다."

옥스밴험과 스미스슨은 다른 필름들을 뒤적이기 시작했다. "〈스코티시테리어의 삶 속 하루〉. 이걸 한번 틀어 볼까요?" 옥스밴험이 제안했다. 잠시 후 화면에 개 한 마리가 등장하더니 부엌을 한가로이 걸어 다녔다. 뒤이어 중년의 여인이 개에 목줄을 채우더니 도심지를 벗어난 주택 지역을 산책시켰다. 다시 부엌으로 돌아온 개는 고개를 한쪽으로 기울인 채 간식을 달라는 뜻을 전했고, 중년의 여인은 개에게 음식 한 조각을 주었다. 또 다른 산책 장면이 화면을 채웠다. 버스 정류장이 등장했고, 개는 킁킁거리며 바닥에 떨어져 있는 종잇조각의 냄새를 맡았다. "이런, 젠장!" 마침내 개가 밥을 먹고 난 뒤 자기 시작하자 성질 고약한 스미스슨이 더 이상 못 참겠다는 듯 투덜댔다.

"죄송합니다."

"나는 또 저 여자랑 개가……"

"압니다. 저도 마찬가지였어요."

"저런 걸 찍다니 누군지 모르지만 정신 나간 놈이군."

옥스밴험은 〈음란한 넬〉에 이어서 〈시골 재미〉와 〈오, 맙소사!〉 그리고 〈업소녀〉를 틀었다. 그러나 성질 고약한 스미스슨은 시큰둥한 표정이었다. 그는 〈어느 주부의 고백〉에도 처음 봤을 때와 다름없이 흥미를 느끼지 못했고, 〈오늘 밤에는 안 돼요〉도 마음에 들어 하지 않았다. 옥스밴험이 다른 어떤 필름을 틀어도 그는 달가워하지 않았다. 옥스밴험은 〈처녀들의 기쁨〉을 복사하는 중이라고 말한 것을 후회했다. 흥분될 만한 필름을 찾는 이 지루한 작업은 밤새도록 계속될 것만 같았다. 스미스슨은 〈처녀들의 기쁨〉만 한 것은 없다고 쉴 새 없이 투덜댔지만 옥스밴험의 눈에는 그가 화면에 끊임없이 펼쳐지는 장면을 은근히 즐기고 있는 것처럼 보였다.

"그 개가 나오는 필름이 더 없는 거 확실합니까?" 스미스슨은 심지어 이렇게 묻기까지 했다. "그 여자가 속옷을 벗고 있는 거라도 뭐 한 번 참고 보도록 하죠." 스미스슨은 큰 소리로 웃더니 위스키 잔을 비우고는 다시 채우라는 뜻으로 옥스밴험 앞으로 내밀었다.

"그 여자는 필름을 촬영한 사람의 누나인 것 같던데요. 옷을 벗지는 않을 겁니다." 옥스밴험은 바삐 술을 따르고 얼음을 집으면서 덩달아 큰 소리로 웃었다. "이것까지만 보고 오늘은 끝내도록 하죠?"

"그냥 남은 것도 다 봅시다, 옥스."

옥스밴험과 스미스슨은 〈와서 가져요〉 〈광란의 여인들〉 〈스코티시 테리어, 하고 싶은 말을 하다〉 〈욕망의 거리〉, 보이스카우트 캠핑을 담은 필름, 골프장에서 촬영한 사진들, 〈토요일 아침, 펄리〉 그리고 〈몸

팝니다〉를 차례로 보았다. 그러고서 제목이 없는 필름을 몇 분간 보다가 옥스밴험은 무언가가 잘못되었음을 깨달았다. 그러나 유감스럽게도 깨달음은 너무 늦었다.

"이런, 세상에!" 성질 고약한 스미스슨이 소리쳤다.

"자네는 서류 캐비닛을 열어서 필름들을 꺼냈어, 월킨스키. 그다음에 뭘 했지?" 옥스밴험이 이를 갈면서 물었다. 그는 초조한 기색을 드러내지 않으려고 안간힘을 썼다.

"멀비힐의 누나한테 돌려줘야 한다고 생각했습니다. 멀비힐의 누나한테서 어제 전화가 왔어요. 그래서 부장님을 뵈러 갔죠……"

"필름을 하나라도 틀어 봤나?"

"아뇨, 아닙니다. 저는 다만 고인이 된 멀비힐과 멀비힐의 누나가 어떤 심정일지 생각했을 뿐입니다. 멀비힐의 누나가 원하는 건 개를 찍은 필름이에요. 보이스카우트 캠프에서 찍은 필름하고요. 갖고 계신가요?"

"정말로 필름을 하나도 안 틀어 봤나? 이를 테면 〈쉬운 여자〉라든지 〈시작해 볼까, 나의 정부여〉 같은 필름 말이야. 제목이 없는 필름 두 편도 안 틀어 봤고?"

"네, 안 봤습니다. 그런 데에는 관심이 없어서요. 베츠 씨한테 박스를 얻었죠……"

"필름을 본 다른 누군가가 있나? 혹시 서류 캐비닛을 열어 둔 적이 있어?"

"아뇨, 없습니다. 박스를 얻으려고 베츠 씨한테 다녀온 시간은 기껏해야 10분밖에 안 될 겁니다. 게다가 서랍을 걸어 잠그고 다녀왔죠.

고인의 유품인데 잘 관리해야 한다고 생각했거든요."

"그러니까 그 필름들을 틀어 본 사람은 아무도 없다는 말이지?"

"네, 없습니다. 멀비힐의 누나한테서 어제 전화가 왔어요. 개를 찍은 필름을 애타게 찾고 있더군요. 보이스카우트 캠프에서 찍은 것도요."

"이런 맙소사, 윌킨스키!"

"꼭 찾아 드리겠다고 약속했습니다."

"필름은 전부 다 없앴어. 모조리 없애 버렸네."

"없애 버리셨다고요? 하지만 저는……"

"어젯밤에 내 손으로 없앴네."

윌킨스키는 사무실로 돌아가다 말고 복도에 잠시 멈춰 선 뒤 안경을 벗어서 손수건으로 닦았다. 직원들이 새 광고 교정쇄와 타이핑한 광고 문안을 들고서 그의 곁을 바삐 스쳐 지나갔지만 생각을 정리하기에는 멀비힐의 후임자가 휘파람을 불어 대는 사무실보다 복도가 나았다. 옥스밴험은 아픈 사람처럼 보이기까지 했고 목소리마저 떨리고 있었다. 윌킨스키는 고개를 젓고는 그의 제도판이 기다리고 있는 사무실을 향해서 발소리를 죽여 가며 천천히 걸음을 옮겼다. 그는 예기치 않게 일이 진행된 것에 여전히 어리둥절했고 멀비힐의 누나에게 뭐라고 말해야 할지 막막했다.

그 뒤를 이어 성질 고약한 스미스슨은 지금까지 이그니스 앤드 이그니스에게 제작을 맡겨 온 매컬로크 페인트 광고 의뢰를 철회했고, 로위나 스미스슨은 회사를 그만두었다. 로위나는 사표를 내지도 않은 채 어느 날 점심시간 이후로 사무실에 돌아오지 않았다. 그녀와 결혼을 약속했던, 시장조사 업무를 담당하고 있는 남자 직원은 약혼이 깨졌음을 알리면서 파혼을 결정한 것은 자신임을 분명히 밝혔다. 이그니스 앤드 이그니스의 대들보나 다름없는 중요한 고객사인 신발 제조 업체 퀘이커가 광고 의뢰를 철회할 거라는 소문이 돌았다. 일주일 뒤 소문은 사실이 되었다. 옥스밴험이 1년 전에 광고 제작을 따낸 초콜릿 제조업체와 세면도구 생산업체 그리고 매클즈필드 금속의 직원들로부터 질문이 쇄도했다. 이그니스 앤드 이그니스는 급히 오찬 자리를 마련했고, 점심 식사를 마친 뒤 브랜디를 대접하면서 적극적인 해명을 했다. 업계지는 '이그니스 앤드 이그니스, 곤경에 처하다'라는 표제를 인쇄할 계획이었지만 밤 11시에 표제와 더불어 기사를 파기했다. 이그니스 앤드 이그니스가 고비를 넘긴 듯 보였기 때문이었다.

월킨스키는 다른 직원들과 마찬가지로 어떻게 된 일인지를 곰곰이 생각해 보았다. 트럼펫 메이저에 모여 앉은 사람들은 성질 고약한 스미스슨이 이그니스 앤드 이그니스를 무너뜨리겠노라고 맹세한 데에는 나름대로의 이유가 있을 거라고 수군거렸다. 그러나 월킨스키를 비롯해 그 어느 누구도 스미스슨이 그토록 분노한 이유를 알지 못했다. 어느 날, 로위나 스미스슨의 전 약혼자인, 시장조사 업무를 담당하고 있는 남자 직원이 좀처럼 드나들지 않던 트럼펫 메이저에 나타났다. 그는 비가 그치기를 기다리면서 칼스버그 맥주를 두 병 더 마셨다. 그는 바 앞에 서서 지루하게 시간을 보내다가 팁 데인티에게 반드시 비밀을 지켜 달라고 당부하면서, 회사가 위기에 처했을 때 윔블던에 있는 스미스슨의 집에서 무슨 일이 벌어졌었는지를 이야기했다. 그는 로위나를 집에 바래다준 뒤 막 돌아가려는 참이었다. 그때 성질 고약한 스미스슨이 정말로 황소와 똑같은 모습으로 씩씩대면서 거실로 들이닥쳤다. 스미스슨 부인은 오벌틴을 마시던 중이었고, 로위나는 외투도 벗지 않은 상태였다. "넌 더러운 창녀야!" 성질 고약한 스미스슨이

로위나에게 소리쳤다. "이 싸구려 매춘부 같은 년!" 그는 딸의 약혼자가 보고 있는 것에 전혀 신경을 쓰지 않는 듯했다. 심지어 아내가 오벌틴 잔을 떨어뜨린 것도 알아채지 못했다. 그는 고래고래 소리를 지르면서 욕설과 폭언을 쏟아 내고 있었다. 그의 얼굴은 잘 익은 딸기처럼 시뻘겠다.

이튿날 오전 10시 반이 되자 숨겨졌던 사실이 이그니스 앤드 이그니스 직원 모두에게 알려졌다. 옥스밴험과 로위나 스미스슨이 옥스밴험의 사무실 바닥에서 나눈 정사를 멀비힐이 촬영했던 것이다. 그 상황에서 사무실에 커튼을 쳐 두었던 것은 당연했고, 멀비힐은 그 기다란 파란색 드랄론 커튼 뒤에 숨어 있었던 모양이었다. 사무실 불은 환하게 켜져 있었고, 두 주인공은 처음부터 끝까지 실오라기 하나 걸치지 않고 있었다.

그날 점심시간에 이그니스 앤드 이그니스 직원들은 드넓은 세련된 로비를 지나가면서도 벽에 걸린 사진들에 눈길을 주지 않았다. 사진들이 속삭이며 전하는 메시지는 성적 암시로 넘쳐 났지만 고인이 된 포르노물 제작자를 둘러싼 이야기가 적어도 지금은 그들의 마음을 더 사로잡았다. "멀비힐!" 누군가가 어색하게 멀비힐에게 존경을 표시했다. 멀비힐이 진실을 밝히고자 노력했다고 생각하는 직원들이 제법 많았다. 그들이 믿는, 멀비힐의 양심에 따른 행동은 로비의 벽을 메운 사진들의 황홀한 매력과 그 사진이 전하던 메시지를 조금은 더럽게 느껴지게 만들었다. 윌킨스키는 그렇게 생각했다. 그는 멀비힐의 누나에게 전화를 걸어서 회사에서 벌어진 일을 이야기해 주고 싶었다. 그러나 그것은 당연히 불가능했다. 대신에 그는 그녀가 요청한 일에 대해서 이렇게 늦게 답변해서 미안하다는 내용과 그녀가 말한 필름이 실수로 폐기되었다는 내용을 담아서 편지를 썼다. 그가 편지에 적은 내용은 정확히 따지고 보면 거짓말이 아니었다. 이런 그의 생각이 더욱 확고해지는 가운데 그날 하루는 저물어 갔고, 로비의 벽을 메운 사진들은 역시나 패배를 모른 채 또다시 황홀한 매력을 발산하기 시작했다.

육체적 비밀
Bodily Secrets

그녀는 59세의 나이에 과부가 되어 홀로 지내고 있었다. 고인이 된 남편 오닐은 그 지역의 석탄 사업체를 물려받았으며 자신의 노력으로 장난감 공장을 설립한 사람이었다. 그녀의 자식들은 성인이 되어 집을 떠났고, 친정 부모와 시부모는 모두 돌아가셨다. 그녀의 남편은 키는 작았지만 넓은 어깨를 가진 듬직한 남자였다. 그의 짧게 깎은 머리카락은 곤두서 있었고, 숱 많은 눈썹 밑에 자리 잡은 신중한 두 눈은 간격이 뚝 떨어져 있었으며 코는 실핏줄이 내비쳐서 빨갛게 보였다. 그는 63세의 나이로 세상을 떠났다. 아르칸젤로 하우스의 바람이 잘 통하는 널찍한 현관에서 쓰러진 뒤 그는 자신이 누구이며 무슨 일이 벌어졌는지 자각하지 못한 채 눈을 감았다. 그는 성년聖年을 맞아 아내와 로마를 방문했을 때 아르칸젤로 하우스라는 이름의 이탈리아 호텔

498

에 묵었는데 여행을 마치고 돌아와서는 같은 이름의 저택을 지었다.

한때 미인 소리를 들었던 그녀는 중년의 나이에도 여전히 큰 키에 당당한 아름다움을 간직하고 있었다. 통통하게 살이 찐 몸은 단것을 좋아하는 그녀의 식성을 드러내 보였다. 머리는 희끗희끗해졌지만 본래 빛깔인 갈색을 품은 채 살짝 윤기를 머금고 있었다. 그녀는 사치스럽게 옷을 사들였다. 또한 시간을 들여서 정교하게 화장을 했고, 마찬가지로 공을 들여서 손톱을 가꾸었으며 필요한 계절이 돌아오면 발톱역시 손질했다. 그녀는 자식을 모두 넷 낳았는데 세 명의 딸 중에 둘은 결혼해서 한 명은 더블린에 또 한 명은 트림에 살고 있었다. 나머지 한명은 필라델피아에서 간호사로 일하고 있었다. 그녀의 아들은 결혼을 해서 석탄 사업체를 운영하고 있었지만 자신이 매입한 4백만 제곱미터에 달하는 토탄 습지를 개발하는 것에 관심이 더 많았다. 그는 때가되면 토탄 습지 개발이 아버지와 할아버지가 이미 건설해 놓은 기업왕국을 능가하는 사업으로 성장할 거라고 믿었다. 부친과 조부로부터기업가 정신을 물려받은 그는 자신에게 주어진 역할을 깨달은 순간부터 스스로를 아버지와 할아버지의 경쟁자로 여겼다. 그는 포탈링턴에있는 선술집 딸인 델마와 결혼했는데 오닐 부인은 며느리를 천하다고생각하면서 못마땅하게 여겼다. 그녀는 특히 언젠가 델마가 아르칸젤로 하우스에 들어와서 자신의 자리를 차지하게 될 거라는 사실이 언짢았다.

아르칸젤로 하우스의 정원과 위층에서는 들판 너머로 펼쳐진 작은도시를 한눈에 볼 수 있었다. 시야를 가로막는 것은 장난감 공장밖에없었다. 남쪽에서 불어오는 바람은 먼 거리를 지나오는 동안 희미해진 아이들의 울음소리, 어디선가 차에 시동을 거는 소리, 제재소의 톱질 소리, 삐걱거리면서 댈리 언덕을 올라가는 대형 화물차 소리를 싣고 왔다. 수녀원의 종소리와 영광의 성모 마리아 성당의 종소리 그리고 주일마다 들려오는 개신교 교회의 종소리는 바람이 불어오는 방향과 관계없이 들려왔다. 어둠이 내리면 가로등과 집집마다 밝혀진 등이 아름답게 밤을 수놓았다. 오닐 부인이 늘 생각하는 것처럼 도시는 바로 이 순간에 가장 아름답게 보였다. 텅 비어 버린 아르칸젤로 하우스에서 오닐 부인은 커다란 통 안에 달랑 남겨진 자갈 한 알이 된 듯한 기분을 점점 더 뼈저리게 느꼈다. 그녀는 이런 자신의 감정을 함께 브리지 게임을 하는 사람들에게 털어놓고는 했다. 그녀의 이야기를 들은 사람들은 아르칸젤로 하우스를 팔고서 단층집을 한 채 지으라고 조언했지만 오닐 부인은 단층집은 자신의 취향에 맞지 않는다고 생각했다.

남편이 세상을 떠났을 때 오닐 부인은 56세였다. 37년간 결혼 생활을 이어 오는 동안 잦은 의견 충돌이 벌어졌지만 오닐 부부는 서로를 사랑하는 동반자였다. 그들은 특히 골프와 아이들이라는 두 가지 관심사를 공유했다. 오닐 부부는 이따금 열리는 경마 대회를 함께 관람하기도 했다. 그러나 그녀의 남편은 브리지 게임을 하지 않았고 그녀는 좀처럼 남편을 따라서 커머셜 호텔 바에 가지 않았다. 그녀의 남편은 일주일에 한두 번 호텔 바에서 저녁 시간 보내기를 좋아했다. 오닐 부부는 해마다 여름이 되면 골프를 치러 라힌치나 번도란에 갔고, 성년聖年이 지난 뒤 여러 해 동안 로마로 여행을 가서 그들의 저택을 지을 때 모델이 되었으며 저택의 이름이 되어 주기도 한 호텔에 묵었다. 오닐 부인은 브리지 게임을 하지 않는 밤이면 미래에 대해서 생각에 잠기고는 했고, 아르칸젤로 하우스를 팔아야 할 것인지 고민했다. 그녀는 텔레비전 방송이 끝나고 나면 사방이 탁 트인 널찍한 거실에 홀로 앉아서 아주 조금 외로움을 느꼈다. 그리고 브리지 게임과 골프와 모두 성인이 된 자식들 말고도 자신의 삶에 무언가 다른 관심사가 있었으면 좋겠다는 바람을 막연히 품어 보고는 했다. 시간은 남편을 잃은 그녀가 감당해야 하는 상실감을 무뎌지게 했지만 텅 빈 집에서 하루가 다르게 커져 가는 공허감을 채워 주지는 못했다. 오닐 부인이 아르칸젤로 하우스에서 모든 것의 중심을 차지했던 때도 있었다. 그녀는 가족의 하루하루를 책임지고 모두를 돌보았다. "자, 한번 해 봐요. 당신도 아이들과 마찬가지로 어린애나 다름없군요." 오닐 부인은 그녀의 눈앞에서 숨을 거둔 남편에게 수도 없이 이렇게 말했었다. 한창 때 미인이었던 그녀는 건축가인 맥과이어 곁을 지키고 서서 감독하면서 손수 저택을 설계하다시피 했다. 그녀는 맥과이어가 로마에 있는 훌륭하게 계획된 멋진 호텔을 상상할 수 있도록 열심히 그 모습을 설명했다. 그녀는 성공적으로 저택을 완성한 것에 지금도 만족했다. 그렇다고 해서 누구나 다 아르칸젤로 하우스를 마음에 들어 하지는 않았다. 그녀도 물론 이러한 사실을 알고 있었다. 아르칸젤로 하우스는 너무나 독특하고 현대적이었으며 어찌 보면 지나치게 웅장했다. 그러나 이 지역에서 가장 교양 있는 인물로 여겨지는, 나이 지긋한 성당 참사회원 케니는 아르칸젤로 하우스가 더블린 외곽에서 볼 수 있는 가장 흥미로운 건물이라는 사실에 기꺼이 돈을 걸겠다고 말했다. 아르칸젤로 하우스는 《사회와 사람》 기고란에 실리기도 했다. 오닐 부인의 저택을 지나치다 싶게 자랑스러워하는 맥과이어는 독일 건축가에게 자동차 여행을 할 기회가 있다면 아르칸젤로 하우스를 구경하러 오라고 청하기도 했다. 이런 아르칸젤로 하우스를 오닐 부인이 어떻게 쉽게 포기할 수 있을까. 한때 황무지와 다름없던 정원은 눈부시게 아름다워졌고, 아치 모양의 새하얀 현관 지붕은 6월부터 8월까지 갖가지 색깔의 클레마티스로 뒤덮였다. 3월이 되면 저택 뒤쪽의 테라스는 아침 식사를 해도 좋을 만큼 따뜻했다. 저택과 정원이 오닐 부인이 바라는 모습을 갖춘 것은 그녀가 가족과 집을 책임지고 돌볼 때였다. 여전히 아름다운 모습을 간직한 저택은 그녀의 노력 덕분에 모든 것이 전과 다름없이 유지되고 있다는 사실을 확인시켜 주었다.

오닐 부인은 이따금 이런 생각을 하다가 재혼을 해야 할지 고민에 빠지고는 했다. 이러한 고민은 그녀의 의지와 관계없이 수시로 머릿속에 떠올랐다. 그녀는 다시 결혼하고 싶은 마음이 전혀 없었지만 과부가 된 여자들이 재혼하는 것은 흔히 벌어지는 일이었다. 골프 클럽을 드나드는 사람 중에 스위트먼이라는 남자가 있었다. 평생 독신으로 지낸 그는 오닐 부인보다 서너 살 젊었는데 상냥하고 사교성이 있었지만 술을 마시면 게슴츠레해졌고, 딜로리스 피츠피니의 말대로라면 구두쇠였다. 오닐 부인과 나이가 같은 커킨도 있었다. 그러나 커킨을 생각할 때면 고인이 된 커킨 부인이 떠올랐다. 커킨 부인은 골프도 치지 않았고 브리지 게임도 하지 않았으며 심지어 아이를 낳지도 못한 음울한 여인이었다. 커킨 역시 그녀의 음울함에 물든 남자였다. 아니, 어쩌면 애초에 커킨이 자신의 음울함으로 그녀를 물들였는지도 몰랐다. 스위트먼과 커킨을 제외하고는 생각해 볼 만한 남자가 없었다. 굳이 더 찾아보자면 애그뉴 역시 고려해 볼 만했다. 얼굴에 병색이 엿보이는 애그뉴는 낯빛과 마찬가지로 누르스름한 손을 허공에 놀리면서 힘없는 높은 목소리로 말했다. 그는 골프 클럽에 드나드는 다른 사람들보다 젊었고, 오닐 부인보다도 일고여덟 살 어렸다. 그런데도 오닐 부인은 재혼 상대자로 애그뉴를 떠올리고는 했다. 그녀의 아들 캐설이 장난감 공장의 문을 닫아야겠다고 선언하던 아침, 오닐 부인은 여느 때와 다른 감정으로 애그뉴를 생각했다. 애그뉴는 17년 동안 장난감 공장을 관리해 왔다.

오닐 부인은 결혼한 이후로 줄곧 입어 온, 파란색과 노란색이 섞인 페이즐리 가운 차림으로 침대 가장자리에 걸터앉아서 수화기를 귀에 댄 채 아들의 이야기를 듣고 있었다. 캐설은 체계적으로 공장 폐업을 준비해 왔다고, 장난감 공장의 직원들은 문제없이 다른 사업 분야로 흡수할 수 있을 거라고 말했다. 장난감 공장은 전쟁이 끝난 직후에는 수익성이 좋았지만 치열해진 경쟁을 결국 더 이상 견디지 못했다. 오닐 부인의 남편 역시 세상을 떠나기 한참 전에 조만간 장난감 공장을 없애야 할 거라고 말했다. 장난감 공장 폐업은 그다지 큰 손실을 걱정할 필요 없는 사소한 일에 불과했다.

"지금은 기껏 만들고 있는 게 폭스테리어밖에 없어요." 캐설이 나무로 만든, 바퀴 달린 개를 두고 말했다.

"그럼 건물은 어떻게 할 작정이니? 헐어 버리는 편이 낫겠지?" 오닐 부인이 물었다.

"토탄 가공 장소로 쓸 수 있을 것 같아요. 검토 중이에요."

오닐 부인은 아무 말도 하지 않았다. 그녀는 자기가 낳았지만 얼굴이 까만 이 아들을 믿지 않았다. 장난감 공장으로 쓰이기를 멈추고 그가 벌이는 사업 장소로 사용되기 시작하는 순간, 건물은 규모가 늘어날 것이 분명했다. 소음이 발생하고, 심지어 화학약품 냄새가 진동할지도 몰랐다. 아들이 더 많은 돈을 벌어들일 목적으로 무슨 일을 벌일지는 그 누구도 알 수 없었다. 근처에 사는 사람이라고는 혼자된 여자한 명뿐인데 거리낄 것이 무얼까.

"그건 두고 봐야 할 문제다." 오닐 부인이 말했다.

"아, 물론이죠. 그렇고말고요. 서두를 필요 없는 일이죠."

오닐 부인은 애그뉴에 대해서 묻지 않았다. 그녀는 애그뉴가 토탄 사업이나 석탄 사업 분야에서 일하는 것을 상상할 수 없었다. 게다가 캐설은 애그뉴를 좋아하지 않았다. 캐설은 눈 깜짝할 사이에 애그뉴를 길바닥으로 내쫓고도 남을 사람이었다.

캐설은 그의 아버지처럼 곤두선 머리카락과 간격이 뚝 떨어진 작은 눈 그리고 아버지를 쏙 빼닮은 이마를 갖고 있었다. 그는 오닐 부부의 자식들 중 첫째로 태어났으며 외아들인 덕분에 가장 큰 관심 속에서 자랐다. 장차 많은 것을 물려받게 될 그는 어려서부터 공격적인 재계의 주목을 받았고, 필라델피아에 사는 쇼반을 제외한 두 딸은 결혼하기 전까지 남자들로부터 세속적 관심을 받았다.

오닐 부인은 그 누구든 아르칸젤로 하우스에 오는 것을 환영했지만 델마만은 반갑지 않았다. 델마는 하루빨리 아르칸젤로 하우스를 차지하고 싶어서 못 견디겠다는 듯 탐욕스러운 눈으로 오닐 부인을 바라보았다. 오닐 부인은 자신의 아들이 델마와 결혼하지 않기를 간절히 바랐지만 캐설은 끝내 델마를 아내로 맞았다. 이제 돌이킬 수 없는 일이었다. 오닐 부인은 수화기를 내려놓으면서 한숨을 쉬었다. 델마의 부은 듯한 얼굴과 얼굴에 비해서 너무 작은 코가 눈앞에 선했다. 오닐 부인은 델마의 얼굴을 머릿속에서 지우려고 애쓰면서 잠시 그대로 앉아 있었다. 마침내 며느리의 모습을 눈앞에서 몰아낸 오닐 부인은 옷을 갈아입고서 장난감 공장으로 갔다. 애그뉴는 안쪽 사무실에 있었고, 그녀가 안으로 들어갔을 때 문을 등진 채 창가에 서 있었다.

"애그뉴 씨."

"아, 오닐 부인. 어서 들어오세요, 오닐 부인." 오닐 부인은 재빨리 돌아서서 인사하는 애그뉴를 보면서 자신감 넘치는 동작으로 퀵스텝을 추는 그의 모습을 떠올렸다. 애그뉴는 클럽의 회원은 아니었지만 해마다 12월에 열리는 골프 클럽 무도회에 참석했다. 그는 언젠가 오닐 부인에게 자기는 골프를 쳐 본 적이 없다고 말했다. "크로케는 좀 쳤죠. 한때는 꽤 날렵하게 크로케를 쳤습니다." 그는 이렇게 덧붙였다. 애그뉴는 독특한 표현 방식을 가진 사람으로, 때로는 이상하게 들리는 말을 하기도 했다. 유행이 지난 크로케 이야기를 꺼내다니 역시 애그뉴다웠다.

"바쁘실 때가 아니라면 좋겠군요, 애그뉴 씨. 제가 방해가 되는 건 아닌가요?"

"방해라니요, 무슨 그런 말씀을요. 좀 앉으세요, 오닐 부인. 차 한잔 드시겠어요?"

애그뉴는 언제나 이렇게 격식을 차리면서 늘 수줍어 보이는 모습으로 물었다. 오닐 부인의 남편은 그를 대할 때 한결같이 성으로 불렀고, 캐설도 마찬가지였다. 그러나 오닐 부인은 골프 클럽 무도회에서 다른 남자들이 애그뉴를 이름의 첫 글자를 따서 B. J.라고 부르는 소리를 들었다. 오닐 부인은 애그뉴가 자신을 노라라고 부르는 것은 꿈에도 상상할 수 없었다.

"아뇨, 차는 생각이 없네요. 고맙습니다."

"그럼 셰리주라도 조금 드시겠어요? 맛있고 달콤한 셰리주가 한 병 있습니다."

"아뇨, 괜찮아요. 고맙습니다, 애그뉴 씨."

애그뉴는 미소를 지었고, 오닐 부인이 접대를 받아들이기를 바라면서 열었던 캐비닛의 유리문을 조심스럽게 닫았다. 그는 가는 세로줄 무늬가 들어간 갈색 양복 차림에 초록색 실크 넥타이를 매고 있었다.

"이제 막다른 길에 다다른 모양입니다." 애그뉴가 말했다.

"알아요. 정말 죄송합니다."

"오닐 씨가 벌써 오래전에 예상하신 일입니다."

"네, 유감스럽지만 그런 걸로 알고 있습니다."

애그뉴는 다시 미소를 지었다. 그의 목소리는 전과 다름없이 차분했다. "아르칸젤로 하우스를 처음 방문하던 날, 저는 잔뜩 겁을 먹고 있었습니다. 기억하시나요, 오닐 부인? 남편분께서 《아이리시 타임스》에 구인 광고를 내셨었죠."

"까마득한 옛일처럼 느껴지는군요."

"정말 그렇죠? 아주 오래된 일 같아요."

애그뉴의 얼굴에 깊은 생각에 잠긴 듯한 표정이 어렸다. 그는 양복 저고리의 주머니에서 담뱃갑을 꺼내더니 접혀 있던 은박지를 펴면서 천천히 열었다. 그러고서 그는 책상에 대고 담뱃갑을 가볍게 쳐서 담배 한 개비가 삐죽 나오게 했다. 애그뉴가 오닐 부인 쪽으로 몸을 기울이면서 담배를 권했다. 그의 손목은 가늘었다. 오닐 부인은 지금까지 그의 손목을 본 적이 없었다.

"고맙습니다, 애그뉴 씨."

애그뉴는 책상 위로 다시 몸을 기울여서 오닐 부인이 물고 있는 담배에 라이터로 불을 붙여 주었다. 라이터 불빛은 그윽한 금색으로 빛났다.

"앞으로 무슨 일을 해야 할지 아직 잘 모르겠습니다." 애그뉴는 자기가 피울 담배에 불을 붙인 뒤 기다란 손가락 사이에 힘없이 끼워 두었다.

"캐설이 당신을 위해서 자리를 마련할 거예요. 장난감 공장 직원들 모두에게 새로운 일자리를 제공하는 것은 남편의 뜻이었어요."

오닐 부인은 이 점을 분명히 하고 싶었다. 그녀는 나중에 필요할 경우 캐설에게 말할 수 있도록 이 명백한 사실을 공장 안쪽 사무실에서 똑똑히 밝혀 두고 싶었다. 그녀는 담배를 빤 뒤 콧구멍으로 연기를 한껏 내뿜었다. 오닐 부인은 혼자 있을 때 담배를 피우는 법이 없었지만 이렇게 이따금 피우는 담배를 즐겼다.

"제가 새로운 일에 맞는 사람인지 잘 모르겠습니다, 오닐 부인. 저는 토탄 판매에 대해서는 아는 것이 없답니다."

그녀는 오닐가에게 부의 원천이 되어 준 석탄에 대해서 말했다. 오닐가는 국내 최대의 석탄 사업체를 소유하고 있었으며 오닐가의 석탄 사업은 여전히 호황을 누리고 있었다.

애그뉴는 고개를 저었다. 한때 까맣던 그의 머리는 이제 백발이 되다시피 했다. "저는 석탄 사업에도 맞지 않을 것 같습니다."

"어쨌든 당신한테 이 이야기를 해야 할 것 같았어요."

"말씀만으로도 정말 감사합니다, 오닐 부인."

"남편은 단 한 명의 직원이라도 소홀히 대하는 것을 원치 않을 거예요."

"물론 압니다."

오닐 부인은 담배에 묻은 립스틱 자국을 물끄러미 바라보다가 담배를 다시 입으로 가져갔다. 그녀는 조금 난처한 기분을 느꼈다. 담배를 피우면서 공장 밖으로 나가고 싶지 않았지만 눈앞에 보이는 재떨이에 비벼 끄기에는 담배가 아직 길게 남아 있었다.

"저희 가족이 도움이 될 만한 일이 있다면 주저 말고 말씀해 주세요, 애그뉴 씨."

"더블린으로 갈까 생각 중입니다."

애그뉴는 대화를 나눌 때 상대방에게 눈길을 보내면서 미소를 짓고는 했지만 지금 이렇게 말하는 그의 얼굴에서는 웃음기를 찾아볼 수 없었다. 그는 흥미로운 이야기 주제를 꺼냈다는 표시를 전혀 내지 않았다. 그가 매번 더블린에 가서 주말을 보내는 이유를 아는 사람은 아무도 없었다. 그의 수수께끼 같은 더블린 방문은 호기심을 불러일으켰다. 애그뉴는 비밀을 품고 있었지만 오닐 부인의 남편에게조차 그것이 무엇인지 털어놓지 않았다. 오닐 부인의 남편은 애그뉴가 우울한 모습으로 돌아왔다는 것 말고는 그녀에게 전해 준 말이 없었다. 그녀는 남편한테서 애그뉴가 주말 내내 술을 마시기라도 한 것처럼 잔뜩 충혈된 눈으로 돌아왔다는 이야기를 한두 번 듣기도 했다.

"하지만 더블린에 영원히 머물 생각은 없습니다." 애그뉴가 덧붙여 말했다. "사실을 말씀드리자면 더블린은 제가 그다지 좋아하는 도시가 아니랍니다, 오닐 부인."

오닐 부인은 남은 담배를 재떨이에 비벼 끄면서 반으로 부러뜨렸다. 그녀는 애그뉴가 그토록 자주 더블린에 가면서도 그곳을 그다지 좋아하지 않다니 알 수 없는 일이라고 생각하면서 자리에서 일어섰다.

"장난감 공장은 남편이 사업체 중에서 가장 좋아한 곳이었어요. 남편은 사업 규모가 줄어드는 것을 지켜보면서 슬퍼했답니다."

"한때는 전성기를 누렸죠."

"맞아요, 한때는 그랬죠."

오닐 부인은 애그뉴와 함께 사무실을 나선 뒤 조립되지 않은 테리어로 가득 찬 창고를 가로질렀다. 갈색 반점이 찍힌 꼬리가 달린, 나무를 깎아 만든 흰색 몸통이 보였고 갈색 머리와 바퀴를 달 받침대 그리고 바퀴도 보였다. 탈구된 이 모든 부분들이 그 누구도 원치 않는 것처럼 사방에 수북이 쌓여 있었다. 창고 안에서 일하고 있는 사람은 아무도 없었다.

애그뉴는 오닐 부인과 함께 또 다른 텅 빈 구역들을 지나서 자갈이 깔린 앞마당으로 나왔다. 마당은 작은 공장 앞에 반원을 그리면서 펼쳐져 있었다. 철사를 감은 상자를 대형 트럭에 싣고 있는 남자 한 명이 보였다. 애그뉴는 영국에서 아직 주문이 들어오고 있다고 설명했다. 페인트칠을 하는 작업장에서는 여직원 세 명이 여전히 정상 근무를 하고 있었다.

애그뉴가 손을 내밀었다. 그의 누르스름한 얼굴이 다시 한 번 미소로 환해졌다. 애그뉴는 차가운 손으로 오닐 부인의 손을 부드럽게 잡았다. 그는 자기 걱정은 하지 말라고 하면서 자기는 괜찮을 거라고 오닐 부인을 안심시켰다.

클럽하우스에서 한바탕 웃음이 터져 나왔다. 데시 피츠피니가 케리 경찰 여덟 명과 소 한 마리를 소재로 우스갯소리를 했기 때문이었다. 이제 막 82타로 라운드를 마친 딜로리스 피츠피니는 자신의 성적에 대해서 말하고 싶은 마음에 농담은 그 정도로 그만두라고 부탁했다. 스위트먼은 말에 대해서 이야기하다가 커러로 갈 계획을 세우기 시작했다. 그는 사람들을 모아서 경마를 보러 가거나 함께 랜스다운 로드 스타디움에 가는 것을 좋아했다. 한 주 동안 시간을 내서 로슬레어에 있는 켈리스에 묵을 때도 있었다. 배가 나오고 얼굴이 불그레한 플래너건은 자기가 한잔 살 차례라면서 무엇을 마시겠느냐고 사람들에게 물었다.

"공장이 문을 닫을 거라는 얘기를 들었습니다." 사무 변호사인 버틀러리건이 여느 때와 다름없이 시끄러운 목소리로 말했다. 오닐 부인은 갑자기 울적한 기분을 느끼면서 고개를 끄덕였다. 그녀는 91타로 골프 코스를 도는 동안 장난감 공장에 대해서 잊고 있었다. 그녀는 8번 홀에서 러프에서 나오느라고 세 타를 더 치고 말았다. 그녀는 데시 피츠피니와 한편이 되어서 덜로리스 그리고 플래너건에 맞서 골프를 쳤다. 결과는 물론 그녀 팀의 패배였다.

수익을 내지 못하는 사업을 정리하기로 한 것 때문에 우울한 기분에 빠져드는 것은 어리석은 짓이었다. 캐설과 애그뉴가 말한 대로 장난감 공장이 문을 닫는 것은 벌써 오래전부터 예견된 일이었다. 그녀의 남편이 세상을 뜨기 전에 결단을 내리지 못한 것은 단지 감정에 얽매였기 때문이었다.

"아, 어쩔 수 없는 일이죠." 버틀러리건이 시끄러운 소리로 말했다. "문을 닫는 편이 나아요, 노라."

오닐 부인이 부탁한 적이 없는데도 플래너건은 그녀에게 진 앤드 프렌치 한 잔을 또 건넸다. 그는 장난감 공장에 대해서 오가는 대화를 우연히 듣고는 이렇게 말했다. "애그뉴가 앞으로 무슨 일을 해야 할지 고민하고 있다는 얘기를 들었습니다."

"용감한 애그뉴 말이로군요!" 버틀러리건이 소리 내어 웃었다. 버틀러리건 역시 플래너건과 마찬가지로 배가 나온 데다 얼굴이 불그레했다. 버틀러리건은 또다시 소리 내어 웃으면서 목청을 돋워 외쳤다.

"아, 애그뉴는 반드시 역경을 헤쳐 나갈 겁니다."

애그뉴는 남다른 사람이었지만 모두가 그를 좋아했다. 커머셜 호텔 바에서 우연히 마주친다면 애그뉴는 반 시간 정도 편안한 말동무가 되어 주었다. 그는 또한 길을 가다가 멈추어 서서 언제라도 기꺼이 대화 상대가 되어 주었다. 그는 세인트케빈스라고 불리는 맥셰인 자매의 집에 세 들어 살았다. 세인트케빈스에서, 낮은 콘크리트 담에 둘러싸인 앞뜰을 가꾸는 애그뉴의 모습이 자주 눈에 띄고는 했다. 담 위에는 은색으로 칠한 철책이 쳐져 있었다. 애그뉴는 맥셰인 자매가 기르는 개 맨디를 데리고 시내를 산책하기도 했다. 그는 더블린에 갈 때를 제외하고는 일요일마다 개신교 교회에서 예배를 드렸다.

"우리 모두 애그뉴를 그리워하게 될 겁니다." 플래너건이 말했다. "그 자유분방한 개신교도를요." 플래너건은 사무 변호사 버틀러리건과 마찬가지로 요란한 소리를 내면서 웃었다. 이 사람들은 해마다 12월에 애그뉴의 퀵스텝 앞에서 자신들이 얼마나 부끄러워지는가를 알기나 하는 걸까? 오닐 부인은 생각에 잠겼다.

"자유분방하다는 표현이 정확하겠군요." 버틀러리건이 동의했다. "지난주에도 더블린에 다녀왔겠죠?"

두 남자는 동시에 웃음을 터뜨렸다. 그 소리가 얼마나 요란하던지 리타 플래너건은 남편이 벌써 술에 취한 것은 아닌지 확인하려고 바를 가로질러 날카로운 시선을 보냈다. 새발 격자무늬 치마와 부드러운 얇은 황갈색 골프 재킷을 입은 오닐 부인은 자신의 머릿속을 차지한 생각을 알게 된다면 그들이 뭐라고 할지 궁금했다. 그녀는 지금과 달리 과부의 신세에서 벗어나는 것은 어떨지 그 가능성에 대해서 자신의 의지와 상관없이 또다시 곰곰이 생각하고 있었다. 그녀는 스위트먼이 계획 중인 커러 여행을 주제로 한 대화에 끼어들지 않은 채 진 앤드 프렌치를 홀짝였다. 그녀는 역시 자신의 의지와 관계없이 꼬리에 꼬리를 물고 이어지는 생각을 좇다가 결혼식 날을 떠올렸다. 오닐가는 피로연 비용을 모두 대겠다고 고집을 부렸다. 부유하지 못한 그녀의 집안 사정을 배려한 행동이었다. 나이 지긋한 성당 참사회원 케니가 결혼식을 진행했다. 그는 물론 당시에는 나이가 지긋하지 않았고 성당 참사회원도 아니었다. 결혼식 진행을 도운 콜쿤이라는 이름의 보좌신부는 훗날 사제복을 벗고 환속했다. 오닐 부인은 남편과 함께 브레이로 신혼여행을 갔다. 그녀는 인터내셔널 호텔에서 맞은 첫날밤에 잔뜩 겁을 먹고 있었다. 그녀는 어떻게 행동해야 할지 전혀 알지 못했다. 그냥 옷을 벗으면 되는 것인지 아니면 남편이 무언가를 말할 때까지 기다려야 하는 것인지 알지 못했고, 앞서 키스를 해야 하는 것인지도 알지 못했다. 식당에서 나와 호텔 방으로 올라왔을 때 그녀의 얼굴은 새빨갛게 달아 있었다. "식당 종업원이 알고 있는 것 같았어요." 그녀는 바로 뒤에 호텔 가정부가 있는 것을 알지 못한 채 계단에서 이렇게 속삭였다. 그녀의 남편 역시 겁을 먹고 있기는 마찬가지였다. 결국 먼저 키스를 한 사람은 그녀였다. 그녀는 남편의 넥타이를 풀기까지 했다. 애그뉴와 함께 브레이의 호텔 방에 있는 것은 어떤 기분일까? 그녀의 어깨에는 이제 전에 없던 살이 쪘다. 그녀의 넓적다리와 엉덩이도 당연히 예전과 달랐다. 그녀의 몸은 남편이 죽기 여러 해 전부터, 쇼반의 출생과 거의 때를 같이해서 이런 상태로 방치되었다. 그녀와 남편은 캐설과 딸 셋으로 충분하다는 결론에 도달한 뒤로 아르칸젤로 하우스에서 각방을 썼다. 처음에는 오닐 부인이 안전한 날을 골라서 남편의 침실로 갔다. 그러나 그녀가 남편의 침실을 찾는 횟수는 점점 줄어들었고 마침내 두 사람은 완전히 따로 잠을 자게 되었다. 이제 홀로된 상황에서 다시 부부 생활을 시작하는 것은 부정한 행동일까? 59세의 나이에 그런 일을 하는 것이 사람들의 눈에 어떻게 비칠지 짐작하기란 어려웠다.

음울한 여인을 아내로 두었던 홀아비 커킨이 늘 그렇듯 슬픔이 어린 눈으로 오닐 부인에게 다가왔다. 그는 바로 그 눈 때문에, 브리지 게임도 하지 않고 골프도 치지 않던 아내의 죽음을 여전히 슬퍼하고 있는 것처럼 보였다. 안경 뒤에 숨은 채 실의에 빠진 듯 촉촉하게 젖어 있는 그의 눈은 가장자리에 분홍빛을 띠고 있었다. 커킨의 납작한 얼굴에서 보이는 것은 음식을 먹을 때 불편하게 움직이는 이를 제외하고는 그의 눈밖에 없었다. 커킨은 지금 투명한 테이토 봉지에 담긴 감자 칩을 씹어 먹고 있었다. 그의 머리칼은 납빛을 띠었고, 팔다리는 옷 밖으로 삐죽 나와 있었다. 버터 공장을 운영하는 커킨이 두 번째 아내를 구한다는 허울 아래 가정부를 찾고 있음은 뻔한 사실이었다. 커킨이 잡담을 나눌 생각으로 오닐 부인에게 다가갈 때면 클럽하우스에 있는 사람들 중 적어도 한두 명은 팔꿈치로 옆에 있는 사람을 쿡 찌르면서 그의 모습을 지켜보고는 했다.

"오늘 나는 정말 형편없었죠? 당신 앞에 있었는데, 내가 공 치는 거 봤어요, 노라? 정말 엉망이었죠?"

오닐 부인은 아니라고 대답했다. 그녀는 오늘 그에게 운이 따르지 않는 것을 못 봤다고 사실대로 말했다.

"뭐 한 가지 물으려던 참이었어요." 커킨이 말했다. "정원에 델피니움이 활짝 피었는데 한 다발 드릴까요, 노라?"

오닐 부인은 진 앤드 프렌치를 한 모금 마신 뒤 아르칸젤로 하우스에도 델피니움이 만발했다고 대답했고, 호의에 감사한다고 덧붙였다.

"아니면 아스파라거스 고사리는 어때요? 정원에 아스파라거스 고사리도 있나요?"

"아스파라거스도 기르고 있어요. 순이 나오기 전에 먹기는 하지만요."

"아, 그럼요. 먹어도 되죠, 노라."

스위트먼은 바에서 짐승처럼 땀을 흘리고 있었다. 제정신인 여자라면 스위트먼과 결혼하고 싶어 할 리 없었다. 곤란할 정도로 쏟아지는 땀은 아이러니하게도 그의 이름을 부정했다. 덜로리스 피츠피니가 그의 특징으로 꼽는 인색함 역시 받아들이기 쉽지 않을 것이 분명했다.* 스위트먼은 클럽하우스에서 그가 술을 돌릴 차례가 된 것을 잊기 일쑤였고, 덜로리스의 말대로라면 경마를 보러 가거나 랜스다운 로드 스타디움에 가기 위해서 사람들을 모으는 것 역시 어떻게든 자기 돈을 아끼기 위해서였다. "스위트먼은 너무 인색해서 여자들을 곁눈질하지도 못할 사람이에요." 덜로리스는 이렇게 말한 적이 있었다. 그녀의 말은 맞는지도 몰랐다. 스위트먼은 주 의회에서 감독관으로 일했는데 누군가를 자기 차에 태워 줄 때면 비싼 기름 값에 대해서 말하고는 했다.

오닐 부인은 커킨이 마리골드는 어떠냐고 물으면서 지루한 이야기를 계속하는 동안 스위트먼을 지켜보았다. 골프를 한 번도 쳐 본 적이 없다는 애그뉴의 말은 그녀를 놀라게 했었다. 그녀는 애그뉴가 골프에도 뛰어난 재능을 보일 거라고 생각했다. 애그뉴는 한창때 운동을

* '스위트먼sweetman'은 멋있고 돈 잘 쓰는 남자 애인을 의미하기도 한다.

아주 잘했을 것처럼 보였다. 오늘 부인은 이유는 알 수 없지만 애그뉴가 춤추는 모습을 보면서 그가 공 다루는 감각을 타고났을 거라는 생각을 했다.

"솔직히 말씀드리자면 저는 마리골드를 그다지 좋아하지 않아요."

"집사람은 마리골드를 굉장히 좋아했어요. 마리골드를 한 상자 안겨 주면 마음에 쏙 들 때까지 몇 번이고 옮겨 심었죠."

커킨은 고개를 흔들었고, 오늘 부인은 고개를 끄덕였다. 그녀는 커킨이 그만 다른 곳으로 가 주기를 바라는 마음에 침묵이 흐르도록 잠자코 있었다.

"〈다이너스티〉라는 드라마를 보신 적 있습니까?" 그가 또다시 입을 열었다.

"가끔 봐요."

"혹시 아세요, 노라? 그 사람들은 어디에서 그런 이야깃거리를 찾는 걸까요?"

"만들어 내는 거겠죠."

"미국은 정말 놀라운 나라 같죠?"

"제 딸아이 하나가 미국에 살고 있어요."

"아, 맞아요. 미국에 사는 따님이 있었죠."

카운터 앞에 있는 버틀러리건은 금방이라도 노래를 부를 것처럼 보였다. 그는 아주 가끔 박자에 맞추어 주먹으로 카운터를 두드리면서, 다른 사람들도 함께하도록 부추기며 노래를 불렀다. 결국 골프 클럽 총무인 월시 박사가 그에게 이야기를 해야 했다. 월시 박사는 골프 클럽에서 노래를 부르는 것은 장소에 걸맞은 행동이 아니라고 설명하면서 사무 변호사가 아무 데서나 노래를 하는 것은 사회적으로 용인되는 일이 아닌 것 같다고 덧붙였다. 그러나 버틀러리건은 또다시 노래를 불렀고 다시 한 번 경고를 받았다. 고인이 된 커킨 부인과 마찬가지로 브리지 게임도 하지 않고 골프도 치지 않던 버틀러리건의 부인은 사람들 말대로라면 남편과 끔찍한 결혼 생활을 했다.

"따님이 〈다이너스티〉에 대해서 말한 적이 있나요?" 커킨이 물었다. "실제로 그런 일이 벌어진다던가요?"

"쇼반은 〈다이너스티〉에 대해서 말한 적이 없어요."

"그렇군요. 그 드라마는 정말 놀랍더군요."

10분 뒤 클럽하우스에 모여 있던 사람들은 술자리를 끝냈고, 오닐 부인은 차를 몰고서 아르칸젤로 하우스로 돌아왔다. 그녀는 스크램블드에그를 만든 다음 텔레비전에서 방송되는, 마약 밀반입을 주제로 한 영화를 봤다. 여러 나라의 경찰이 네 명의 폭력배를 뒤쫓은 끝에 로스앤젤레스에서 조직의 우두머리를 찾아냈다. 오닐 부인은 깜빡 잠이 들었다. 그녀가 깨어났을 때는 신부 한 명이 나와서 코크 억양이 드러나는 말투로 성체 축일에 대해서 말하고 있었다. 그녀는 신부의 이야기를 끝까지 들은 뒤 텔레비전을 껐다.

오닐 부인은 침실에서 적어도 지난 10년 동안 단 한 번도 한 적이 없는 행동을 했다. 그녀는 잠옷을 입기 전에 옷장의 기다란 거울 앞에 서서 자신의 맨몸을 찬찬히 살펴보았다. 그녀는 자신의 몸이 더 이상 내세울 만한 것이 못 된다고 마음속으로 생각했다. 문득 물기를 닦아주기를 기다리면서 욕조 안에 서 있던 어린 시절 자신의 몸이 기억났다. 그녀는 마침내 브레이의 인터내셔널 호텔에서 실오라기 하나 걸치지 않고 있던 자신의 몸과 그 뒤를 이은 서투른 관능적 몸짓도 떠올렸다. 오닐 부인은 자식을 넷 낳은 데다 단것을 좋아했다. 게다가 클럽

하우스에서 조금씩 마신 진이 서서히 영향을 미치면서 결국 그녀에게
큰 타격을 입혔다. 그녀는 이제 꼼꼼하게 화장을 하고 머리를 매만져
야 할 뿐만 아니라 옷으로 몸의 단점을 가려야 했다. 그녀는 첫아이인
캐설을 임신했을 때 바로 이 거울을 들여다보면서 엄청나게 나온 배
가 문제없이 들어갈 거라고 믿었고, 그녀의 믿음대로 배는 들어갔다.
그러나 이제 한번 붙은 살은 빠질 줄을 몰랐다. 축 늘어진 살에는 끈과
고무줄에 눌린 분홍색 자국이 남아 있었다. 그녀가 만약 마음먹고 살
을 뺀다면 속이 텅 빈 가죽과 뼈만 앙상하게 남을 것이 분명했다. 여기
저기 처지고 움푹 꺼진 몸은 살이 불거져 나온 몸 못지않게 흉할 것이
틀림없었다. 오닐 부인은 머리부터 넣어서 잠옷을 입었다. 잔잔한 분
홍색 장미 다발 무늬가 그녀가 보고 싶어 하지 않는 모습을 가려 주면
서 오닐 부인은 다시 당당한 아름다움을 지닌 여성으로 탈바꿈했다.

애그뉴는 민감한 피부를 갖고 있었지만 섬세하게 짠 트위드의 품질
을 외면하지 못했다. 그는 회색, 갈색 그리고 눈에 잘 띄지 않는 초록
색처럼 수수한 색상을 선호했다. 그는 더블린에 있는 케빈 앤드 하우
린스에서 도니골 트위드를 구입한 뒤 라스마인에 터를 잡은 양복장이
에게 재단을 맡겼는데, 민감한 피부 때문에 바지에 안감을 대 달라고
주문했다.

애그뉴는 이렇게 맞춘 양복을 장난감 공장에 출근할 때는 단 한 번
도 입지 않았다. 업무용 복장으로는 걸맞지 않다고 생각했기 때문이
었다. 애그뉴는 주말에, 교회에 갈 때 그리고 일요일 오후에 라스파런
으로 드라이브를 나갈 때 이 양복들을 입었다. 그는 라스파런에서 절
벽 둘레를 산책한 뒤 바닷가에 자리 잡은 린치스 바에서 저녁 식사를

했다. 주말을 이용해 더블린에 갈 때에도 이 양복들을 입었다.

　오닐 부인이 다녀가고 몇 주가 지난 어느 날 아침, 애그뉴는 아침 식사를 하다가 문득 라스파런의 절벽과 바닷가를 그리워하게 될 거라는 생각을 했다. 장난감 공장과 이곳에서 알고 지내던 사람들 역시 그리워질 것이 분명했다. 애그뉴는 우연한 기회에 알게 된 사람들과 절친하다고는 말할 수 없지만 만나면 기분 좋은 관계를 유지해 왔다. 그는 세인트케빈스라고 불리는 타운 하우스의 포근한 식당에서 토스트를 반으로 쪼갰고 잔에 차를 조금 더 따랐다. 그는 세인트케빈스에서 운이 좋았다. 애그뉴는 세인트케빈스의 유일한 하숙인이었으며 맥셰인 자매는 단 한 번도 그와 함께 식사를 하려고 애쓰지 않았다. 게다가 집은 깨끗했고 음식은 대체로 맛있었다. 애그뉴는 운이 좋았다. 그는 시들 줄 모르는 흥미를 간직한 채 장난감 공장에서 맡은 일을 해 왔다. 부리가 떨리는 오리, 캥거루, 기린, 빨간색 미니 증기기관차, 당나귀와 수레, 블록, 코끼리, 바퀴 달린 폭스테리어…… 애그뉴는 자신이 장난감 공장에서 근무하는 동안 생산된 목제 장난감 샘플을 하나도 빠짐없이 챙겨 갈 작정이었다. 그는 이 모든 장난감과 이 장난감들이 만들어지기까지 맡아 온 일이 자랑스러웠다. 이 모든 장난감은 마구 쏟아져 나와서 시장을 점령해 버린 조잡한 완구와는 비교도 안 될 만큼 질이 좋았고, 독창적으로 디자인되었으며 훌륭한 솜씨로 만들어졌고, 애정을 담아 완성되었다.

　"너도 보고 싶을 거야." 애그뉴는 식당에서 스패니얼종인 맨디를 내려다보며 소리 내어 말했다. 맨디는 베이컨 조각을 얻어먹고 싶은 마음에 꼬리를 흔들고 있었다. 맨디는 쉽게 부서질 정도로 바싹 구워진 베이컨을 좋아했다. 애그뉴는 오늘 아침에 그가 남긴 베이컨은 지나치다 싶을 만큼 구워지지 않은 탓에 맨디의 마음에 들지 않을 것을 알았다. 그는 담배에 불을 붙였고, 읽고 난 《아이리시 타임스》를 접었다. 그러고서 그는 식당을 나섰다. 맨디가 그의 뒤를 쫓았다. "저 지금 갑니다, 미스 맥셰인." 애그뉴가 현관에서 소리쳐 말하자 맥셰인 자매 중 한 명이 부엌에서 큰 소리로 대답했다. 맨디는 여느 때와 마찬가지로 애그뉴를 따라서 마을을 가로질러 장난감 공장까지 갔고, 애그뉴가 공장 앞마당에 도착하자 왔던 길을 되돌아갔다.

웰런 부인이라고 불리는 여자는 일주일에 세 번 장난감 공장에 출근해서 오전 근무를 했다. 그녀는 타이핑해야 하는 문서 작업과 회계 장부 작성을 해 왔는데 이번 주를 끝으로 일을 그만둘 예정이었다. 오늘 아침 웰런 부인은 단정하고 깔끔한 감청색 옷차림으로 출근해서 마지막 송장을 공들여 타이핑하고 있었다. 캐설 오닐이 더 이상 주문을 받지 말라는 독단적인 지시를 이미 내렸기 때문에 오늘 오후에 마지막 발송이 이루어질 예정이었다.

"안녕하세요, 웰런 부인."

"안녕하세요."

아주 잠깐 손을 멈추었던 웰런 부인은 다시 타이핑을 시작했다. 애그뉴는 적당한 일자리를 찾기만 한다면 웰런 부인은 다른 누군가에게 더할 나위 없이 쓸모 있는 사람이 될 거라고 생각했다. "안쪽 사무실 정리를 시작해야 할 것 같군요." 애그뉴는 마음이 내키지 않는 일을 할 생각에 마지못해 걸음을 옮기면서 말했다. 앞으로 무슨 일을 해야 할까? 경제적으로 그럴 만한 능력이 있다 할지라도 쉰한 살은 은퇴하기에는 너무 이른 나이였다. 애그뉴가 석탄이든 토탄이든 연료 사업 분야에서 일하는 자신의 모습을 상상할 수 없다는 말은 옳았다. 그

러나 달리 무슨 일을 할 수 있을까? 애그뉴는 경영 악화에 처한 장난
감 공장에서 대단하지는 않더라도 나름대로 중요한 자리를 차지하고
있었다. 그는 자신이, 그리고 공장이 문을 닫게 되면 자신이 겪을 수밖
에 없을 곤경이 지금은 고인이 된 고용주의 마음을 약하게 만드는지
도 모른다는 생각을 자주 했었다. 오닐 씨가 살아 있다면 장난감 공장
은 적당한 순간이 올 때까지, 관리자가 기품 있게 은퇴를 할 때까지 어
떻게든 영업을 계속했을 것이 분명했다. 그러나 아들이 아버지의 감
정을 물려받는 경우는 드물었다. 그런 일을 기대하는 것 자체가 무리
였다.

애그뉴가 재킷을 벗어서 거는 순간 전화벨이 울렸다. 지금은 고인이
된 정이 넘치던 고용주의 미망인이 금요일 저녁에 아주 조촐한 파티
를 열 거라면서 애그뉴를 초대했다. 애그뉴는 공손하게 초대를 받아
들인 뒤 자신을 위해 마련하는 파티일 거라고 생각했다. 관례적으로
행해지는 일이었다. 나이프와 포크 혹은 워터포드 글라스나 시계 같
은 선물 증정식이 있을지도 몰랐다.

"정말 우스꽝스러운 소리로군요!" 캐설은 치밀어 오르는 분노를 억
누르지 못한 채 눈을 가늘게 찡그리고는 어머니를 노려보았다.

오닐 부인은 바로 이런 눈으로 유모차에 누워 있던 캐설의 모습을
떠올렸다. 그녀는 화산처럼 폭발하기 직전에 그의 얼굴이 어떻게 새
빨개졌는지, 캐설을 일으키려 할 때 그가 주먹으로 어떻게 그녀를 때
렸는지도 기억했다. 캐설의 아버지 역시 참을성이 없고 성질이 조급
했지만 그녀는 세월이 흐르는 동안 남편의 성마른 성격을 무시하는
법을 배웠다.

"전혀 우스꽝스럽지 않다, 캐설."

"어머니는 쉰아홉이에요."

"내 나이는 내가 누구보다 잘 안다."

"맙소사, 애그뉴는 우리 고용인이에요!" 캐설은 무언가를 더 이야기 하다가 말을 멈추었다. 그는 고래고래 고함을 질렀지만 말을 더듬기 시작한 탓에 오닐 부인은 아들이 무슨 소리를 하는지 알아들을 수 없었다. 캐설은 흥분을 가라앉히면서 다시 이야기를 시작했다. "맙소사, 애그뉴라니 생각만 해도 끔찍해요!"

"바실 애그뉴를 초대했다."

"바실요? 바실이라뇨?"

"애그뉴의 이름이 바실인 거 너도 알 텐데. B. J. 애그뉴. 문서마다 그 사람 이름이 이렇게 적혀 있잖니."

"그 사람 이름이 바실인지 뭔지 전혀 몰랐어요. 빌어먹을 그 사람 이름 따위는 몰랐다고요."

"거칠게 말하지 마라, 캐설."

"아, 제발요!" 캐설은 어머니의 얼굴을 피해서 고개를 돌리더니 이탈 리아풍 거실을 가로질렀다. 그러고서 어머니를 등진 채 서서 뚱한 표정으로 창밖을 내다보았다.

"바실 애그뉴를 조촐한 저녁 식사에 초대했다. 그 사람은 모두들 돌아가고 난 뒤에 남아서 뒷정리를 도왔지. 그날 식사에는 플래너건 부부와 피츠피니 부부를 비롯해서 다른 사람들도 있었다. 숨길 것 하나 없는 떳떳한 자리였어. 도허티 신부님도 계셨지. 신부님은 그날 식사를 즐기셨다."

"어머니가 애그뉴와 함께 있는 모습을 라스파런에서 본 사람들이 있어요. 그 사람하고 린치스 바에 가셨더군요."

"그건 저녁 식사 뒤의 일이다. 그다음 주 일요일이었지. 그래, 우리는 린치스 바에 갔다. 거기에서 위스키 두 잔씩을 마신 다음 저녁을 먹었다."

"지금 뭘 하고 있는 건지 제발 생각을 좀 해 보세요. 어머니는 애그뉴를 잘 몰라요."

"내가 그 사람을 안 지는 17년이 됐다."

캐설은 아버지 이야기를 꺼냈다. 그는 아버지의 명복을 빌더니 아버지가 이 사실을 알게 된다면 역겨워하실 거라고, 아버지도 아마 알고 계실 거라고 말했다. 캐설은 정신이 온전한 여자라면 이렇게 행동하지 못할 거라고, 감정이 북받친 상태에서 같은 말을 세 번째 되풀이했다.

"그래, 나는 이렇게 행동했다, 캐설. 바실 애그뉴가 나한테 물었고, 나는 긍정적으로 대답했다. 도허티 신부님한테 이야기를 하기 전에 너한테 말하고 싶었다."

"애그뉴는 개신교도예요."

"우리는 도허티 신부님의 주례로 결혼할 거다. 바실은 이런 문제에 대해서는 전혀 까다롭지 않아."

"당연히 그렇겠죠. 그 빌어먹을 놈은……"

"캐설, 바실 애그뉴를 빌어먹을 놈이라고 부르지 마라. 내가 언제 델마를 빌어먹을 여자라고 부르던? 바로 이 방에서 네가 델마와 결혼하겠다고 말했을 때 나는 잠자코 있었다."

"그 사람은 어머니의 돈을 원하는 거예요. 그게 다예요."

"못하는 소리가 없구나, 캐설."

캐설은 하마터면 침을 뱉을 뻔했다. 그는 아이 때 침을 뱉는 고약한 버릇이 있었다. 그는 멈출 줄 모른 채 어머니를 거칠게 비난했고, 어머니에게 청혼한 남자를 모욕했다. 그의 눈은 줄곧 어머니를 사납게 노려보고 있었다. 마침내 캐설은 잔뜩 흥분한 걸음으로 거실을 나선 뒤 현관에서 어머니에게 다시 한 번 소리를 지르고는 집 밖으로 나갔다.

그날 밤 출가한 두 딸이 오닐 부인에게 전화를 걸었다. 더블린에 사는 에일린과 트림에 사는 로즈는 늘 그랬던 것처럼 캐설과 달리 오닐 부인의 감정을 상하게 하지 않으려고 조심했다. 두 딸은 성급한 결정을 내리지 말라고 애원했고, 집으로 올 테니 이 문제에 대해서 대화를 나누자고 말했다. 오닐 부인은 두 딸에게 이미 편지를 보냈다고 대답했고, 그러지 말라고 일러두었는데도 캐설이 따로 연락을 했다니 유감스럽다고 덧붙였다. "편지에 자세한 내용을 적었다. 내 감정에 대해서, 그리고 내가 얼마나 신중하게 이 문제를 생각했는지에 대해서 모두 설명했어." 오닐 부인은 확신에 찬 목소리로 두 딸에게 말했다. 에일린과 로즈의 남편은 따지고 보면 대단한 남자들이 아니었다. 솔직히 말하자면 둘 중 한 명은 외판원보다 나을 것이 없었고, 다른 한 명은 트림에서 가장 형편없는 수의사라는 평판을 얻고 있었다. 그러나 오닐 부인은 에일린이 키가 작은 소심한 리엄을 아르칸젤로 하우스에 처음 데려왔을 때나 로즈가 에디를 처음 인사시켰을 때 호들갑스러운 반응을 보이지 않았다. 에디는 데시 피츠피니와 마찬가지로 케리 경찰을 소재로 한 우스갯소리를 했고 쾌활한 모습을 보였지만 상대방을 지루하게 만들었다. 그는 데시 피츠피니의 젊을 때 모습을 보여 주는 듯했다. "아주 잘될 거다." 오닐 부인은 두 딸 모두에게 이렇게 말했다. "내가 언제 어리석은 짓을 한 적이 있던?"

이튿날 아침, 델마가 찾아와서 자기가 얼마나 크게 놀랐는지를 여느 때와 다름없이 교양 없게 말했다. 델마는 캐설이 집에 돌아와서 어머니가 애그뉴와 결혼하려 하신다고 알렸을 때 뒤로 넘어갈 뻔했다고, 멍한 표정으로 의자에 앉은 채 세 번이나 되풀이해서 이야기했다. "벌어진 입을 다물 수가 없었죠." 델마가 말했다. "부엌에서 커스터드를 젓고 있었는데 그만 홀딱 태우고 말았어요. '어머니가 애그뉴하고 결혼하려고 하셔.' 그이가 이렇게 말하더군요. 누가 억만금을 준다고 해도 저는 더 이상 커스터드를 저을 수 없었어요."

캐설이 얼마나 사납게 부엌을 쿵쾅거리며 걸어 다녔는지, 어떻게 아이들한테 소리를 지르고 블랙커런트 잼이 담긴 병을 팔꿈치로 쳐서 바닥에 떨어뜨렸는지, 델마는 장황하게 늘어놓았다. 그녀는 놀란 가슴을 가라앉히느라고 한참을 앉아 있었다고도 덧붙였다. 그러고서 그녀는 시어머니 댁의 거실에 다른 사람들이 있기라도 한 것처럼 한껏 목소리를 낮추었다. "애그뉴가 주말 이틀 동안 더블린에 가는 이유에 대해서 소문이 무성해요. 혹시 여자가 있는 건 아닐까요?" 델마는 이렇게 물으면서 자기의 질문에 스스로 대답하듯 열정적으로 고개를 끄덕였다. 그녀는 애그뉴가 더블린에서 수상쩍은 직업의 여자들과 시간을 보낸다는 이야기를 똑똑히 들었다고 여전히 목소리를 낮춰서 말했다.

"모두 뜬소문이다, 델마."

"물론이죠. 저 역시 모두 헛소문이라고 생각했어요. 그렇지만 어머니……"

"애그뉴 씨가 시간이 날 때 뭘 하든 다른 사람들이 상관할 일은 아니다."

"그럼요, 당연하죠. 다만 그이하고 저는 조금 궁금했을 뿐이에요."

달처럼 둥글넓적한 델마의 얼굴이, 휘둥그레 뜬 눈과 잼이 잔뜩 묻은 것처럼 빨간 입술 그리고 퍼티를 뭉쳐 놓은 것 같은 코가 오닐 부인이 불쾌감을 느낄 정도로 갑자기 바싹 다가왔다. 델마는 진지하게 보이고 싶을 때면 언제나 얼굴을 가까이 들이댔다.

"다 늙어 결혼한 삼촌이 한 분 계세요. 가엾게도 결국 정신이상에 걸리셨죠."

'하느님이 만드신 인간 중에 너처럼 어리석은 사람은 없어.' 오닐 부인은 바싹 다가오는 며느리의 얼굴을 피해 뒤로 물러서면서 이렇게 마음속으로 생각했다. 그녀는 커스터드가 탄 것과 블랙커런트 잼이 담긴 병이 깨진 것에 대해서 아무 말도 하지 않은 것처럼 델마의 삼촌에 대해서도 입을 다물었다.

"제가 무슨 말씀을 드리려는 건지 아시겠죠, 어머니?" 델마는 이제 목소리를 낮추다 못해 알아듣기 힘들 만큼 작은 소리로 속삭였다. "포탈링턴에서 과부가 된 여자는 말 조련사로 일하던 가엾은 삼촌이 남긴 몇 푼 안 되는 돈을 노렸던 거예요."

"나는 애그뉴 씨의 몇 푼 안 되는 돈에는 아무런 관심도 없다."

"아, 물론이죠. 그런 뜻으로 말씀드린 게 아니에요. 어머니나 애그뉴 씨한테 달리 무슨 목적이 있다고는 절대로 말하지 않을 거예요. 제가 감히 어떻게 그런 말을 하겠어요."

델마가 마침내 돌아갔다. 캐설이 보내서 왔던 것이 분명했다. 캐설은 쇼반에게도 편지를 보냈을 것이 틀림없었다. 그러나 쇼반은 언제나 자기 생각이 뚜렷한 아이였다. 때가 되어 필라델피아에서 날아온 편지에는 다음과 같이 적혀 있었다. '소식을 듣고 정말 기뻤어요. 엄마가 그런 결정을 내리기를 바라고 있었거든요.'

애그뉴는 단 한 번도 결혼을 생각한 적이 없었다. 그의 청혼을 바라는 오닐 부인의 마음을 몰랐더라면 고인이 된 고용주의 미망인에게 청혼을 했을 리도 없었다. 오닐 부인은 결혼이 두 사람 모두를 구원할 거라고 굳게 믿었다. 결혼과 함께 그녀는 아르칸젤로 하우스에서 느끼던 고독감에서 벗어날 수 있고, 애그뉴는 실직을 당하는 불편한 상황을 피할 수 있었다. 오닐 부인은 애그뉴에게 공장을 철거하고 그 자리에 사과 농장을 꾸미기까지의 모든 과정을 그가 감독해 주면 좋겠다고 말했다. 사과 농장 조성은 캐설과 전혀 관계없이 그녀가 새로이 벌이는 사업이었다.

오닐 부인과 함께 브리지 게임을 하는 여자들은 상점이나 거리에서 애그뉴를 만나면 여전히 반갑게 대했다. 그녀와 함께 골프를 치는 사람들, 특히 플래너건과 피츠피니는 그 어느 때보다 열광적인 반응을 보였다. 버틀러리건은 커머셜 호텔 바에서 애그뉴의 어깨를 두드렸고, 오닐 부인이 선택한 남자가 커킨이 아니어서 기쁘다고 말했다. 오직 커킨만이 언짢은 얼굴을 하고 다녔다. 커킨은 어느 날 아침 롤러스에서 그와 마찬가지로 담배를 사러 온 애그뉴를 만났지만 애그뉴가 건네는 인사에 대답하지 않았다. 덜로리스 피츠피니는 장난감 공장에 전화를 걸어서 정말 잘됐다고 애그뉴에게 말했다. 공장이 있던 자리에 콕스, 뷰티 오브 배스, 러셋, 브램리, 우스터 등 여러 품종의 사과를 심어서 농장을 꾸미는 것은 훌륭한 생각이었다. 때가 되면 오닐 부인은 그녀의 남편이 장난감 공장에, 그리고 그녀의 아들이 토탄 습지에 열정을 보인 것처럼 사과 농장에 각별한 관심을 갖게 될 것이 분명했다. 가족 대부분이 그녀의 재혼을 못마땅하게 여기는 것은 유감스러운 일이었지만 오닐 부인은 이런 반응을 이미 예상하고 있었다.

그녀는 크리스마스 장식이 된 클럽하우스에서 애그뉴와 함께 춤을 추는 동안 사람들의 시선을 느꼈다. 이 사람들은 정말로 무슨 생각을 하고 있을까? 겉으로는 아닌 듯 보이지만 모두가 그녀의 가족과 마찬가지로 애그뉴와의 결혼을 못마땅하게 여기는 것은 아닐까? 뚱뚱한 버틀러리건과 살찐 플래너건은 59세에, 돈을 노리고 결혼하려는 남자를 받아들인 그녀를 우스꽝스럽게 여기지 않을까? 덜로리스 피츠피니 역시 그들과 같은 생각을 하지 않을까? 장난감 공장에서 아주 오랫동안 애그뉴의 비서로 일한 웰런 부인은 골프 클럽이 주최하는 연례 무도회에 항상 남편과 함께 참석했고, 같은 기간 동안 애그뉴가 생활한 타운 하우스 세인트케빈스의 주인인 맥셰인 자매는 골프 클럽에 와서 무도회 음식 준비를 도왔다. 이들 세 여인은 자기보다 어린 매력적인 남자를 다 늙은 나이에 남편으로 차지한 그녀를 경멸할 가치조차 없다고 여기지 않을까?

"당신이 퀵스텝 추는 모습이 늘 좋았어요." 오닐 부인이 속삭였다.

"늘이라고요?"

"네, 늘요."

오닐 부인은 이렇게 고백한 뒤 부끄러운 생각이 들었다. 겨우 몇 미터 떨어진 곳에서 춤추고 있는 캐설과 델마가 알게 된다면 이 이야기로 밤을 지새울 것이 틀림없었다. 상대가 커킨이었다면 오닐 부인이 이런 고백을 할 일은 없었을 것이다.

"당신도 리듬감이 전혀 없지는 않은데요."

"사실 저도 예전부터 춤추는 것을 좋아했어요."

커킨은 더 많은 것을 요구하면서도 더 적은 것을 원할 것이 분명했다. 그는 미약하나마 남자의 자존심 때문에 그녀의 돈에는 고지식하게 전혀 손을 대지 않을 테고, 그녀의 지시를 받고서 사과나무를 심으려 하지도 않을 것이 틀림없었다. 그러나 커킨은 그녀의 침실에 들어와서 권리를 주장할 것이 분명했다. 그것은 오닐 부인이 참을 수 없는 일이었다.

"우리는 다음 주면 부부가 될 겁니다. 믿어져요?" 애그뉴가 물었다.

"당신이 어디론가 숨어 버리지만 않는다면요."

"그런 짓은 안 할 겁니다, 노라."

올해부터 클럽하우스 무대에 섰지만 벌써 인기를 끌기 시작한 아티 퍼롱 밴드가 그녀가 좋아하는 옛 노래 〈그대 눈에 비친 우수〉를 연주했다. 애그뉴는 능숙하게 스텝을 바꾸었고, 춤추고 있는 사람들 사이로 전혀 몸을 부대끼는 일 없이 그녀를 이끌었다. 스위트먼은 땀을 너무 많이 흘리는 탓에 같이 춤을 추기에는 끔찍한 상대였고, 데시 피츠피니의 무릎은 끊임없이 다리에 부딪쳤으며 버틀러리건은 지나치게 몸을 밀착시켰다. 오닐 부인은 결혼을 한 뒤에도 브리지 게임과 골프를 계속할 생각이었다. 그만둘 이유가 없었다. 애그뉴는 맥셰인 자매의 스패니얼을 계속 산책시키고 싶다고 말했다.

"후회 안 하겠어요?" 애그뉴가 고개를 숙여서 기다란 얼굴을 그녀 앞으로 가져오며 속삭였다. 그는 입가에 엷은 미소를 머금고 있었다. "정말 마음을 확실히 정한 건가요, 노라?"

오닐 부인은 애그뉴가 그녀를 노라라고 부르는 모습을 상상조차 할 수 없던 때를 기억했고, 그를 처음으로 성이 아닌 이름으로 부를 때 얼마나 어색했는지를 떠올렸다. 오닐 부인은 그를 결코 온전히 알 수 없을 것이며 그 역시 자기를 완전히 알 수 없을 거라고 생각했다. 두 사람 사이에 열정적인 사랑은 영원히 존재할 리 없었다. 그들은 사랑 없이 이 모든 일을 감행해야 했다.

"확실히 정했어요."

음악이 멈추자 오닐 부인과 애그뉴는 음료를 마시러 갔다. 피츠피니 부부와 리타 플래너건이 곧바로 두 사람과 자리를 함께했다. 델마가 다가오더니 아이들 중 한 명의 배에 온통 발진이 돋았다고 말했다. 캐설은 여전히 멀찌감치 떨어져 있었다.

"행복한 커플을 위해서 건배합시다." 데시 피츠피니가 잔을 들면서 외쳤다. 델마는 이런 축배의 현장에 가까이 있는 모습을 누가 보기라도 할까 봐 두려운 듯 허둥지둥 자리를 피했다.

"두 분 모두 축하합니다." 리타 플래너건이 새된 소리로 말했다. 크리스마스 장식이 된 클럽하우스의 다른 쪽에서 버틀러리건이 노래를 부르기 시작했다.

오닐 부인은 자신과 애그뉴를 향한 잔을 보면서 미소를 지었다. "감사합니다. 정말 감동적입니다." 애그뉴가 차분한 목소리로 말했다.

오닐 부인은 덧붙여 무언가를 말하고 싶었고, 진실과 거짓을 분명히 가리고 싶었다. 애그뉴에게 결혼의 목적은 정말로 그녀의 돈이었지만 그녀는 애그뉴 덕분에 돈으로 살 수 없는 위치를 차지할 수 있었다. 한 주만 지나면 그녀는 가족의 영향력에서 벗어날 수 있었다. 캐설의 간격이 뚝 떨어진 두 눈은 이제 더 이상 그녀를 고인이 남기고 간 사람으로 무시하며 바라볼 수 없었다.

"우리는 장난감 공장이 있는 자리에 과수원을 만들 거예요."

모두들 조금 놀란 것처럼 보였다. 그들은 처음에는 오닐 부인의 말뜻을 이해하지 못했지만 뒤이어 그녀가 왜 하필 이 순간에 과수원 이야기를 하는지 궁금해했다.

"저희가 서로에게 건네는 결혼 선물이죠." 애그뉴가 설명했다. "노라의 나무들이 될 겁니다. 저는 그 나무들을 돌볼 거고요."

밴드는 다시 연주를 시작하면서 귀에 거슬리던 버틀러리건의 노랫소리를 집어삼켰다. 캐설이 마침내 어머니 앞으로 걸어오더니 해마다 크리스마스에 그랬던 것처럼 춤을 청했다. 그러나 어머니와 애그뉴가 아르칸젤로 하우스에서 행복하게 지내기를 바란다는 말은 끝까지 하지 않았다. 그는 어머니가 이 결혼을 위해서 재정적인 것 외에도 대가를 치렀을 거라고 믿었다. 이런 캐설의 생각은 옳지 않았다. 오닐 부인은 캐설에게도 진실과 거짓을 분명히 가려서 보여 주고 싶었다.

"이제 다 끝났어요." 그는 어느 일요일 밤, 더블린에서 돌아온 뒤 텔레비전을 끄면서 이렇게 말했다. 그리고 담뱃갑을 내민 채 그녀 앞으로 걸어가면서 몸을 조금 휘청거렸다. 결혼하기 전에 그는 더블린에서 주말을 보낼 때면 취하는 경우가 많다고 말했다. 그는 친구들을 만나서 술집을 옮겨 다녔다. 그들은 모두 남자와 함께 있는 것을 즐겼다. 이따금 혼자 남겨지거나 새로 만난 남자들이 마음에 들지 않을 때면 그는 더블린 부둣가를 헤매고 다니면서 배 안에 있을 선원들을 생각했다. 그는 라스파런의 바닷가에서 이런 이야기를 하는 동안 얼굴을 돌려서 그녀의 시선을 피했다. 그가 이야기를 마쳤을 때 그녀는 아무 말도 하지 않았다. 그녀는 데시 피츠피니와 스위트먼 역시 남자들과 함께 있는 것을 좋아하고, 그녀의 남편 역시 생전에 마찬가지였다고 생각했다. 그러나 물론 두 가지는 같은 경우가 아니었다.

"아마 다시는 거기에 안 갈 겁니다." 그는 술에 취한 플래너건이 그렇듯 몸을 흔들었다. "하느님은 아실 거예요. 다시는 거기에 가고 싶지 않아요."

그는 언제나 같은 말을 했다. 그는 일요일이면 언제나 텔레비전을 끈 뒤에 그녀에게 담배를 권했다. 그리고 잠시 후 그곳에 다시는 가지 않겠다고 말했다.

"상관없어요." 그녀는 미소를 지으려고 애쓰면서 그가 말해 준 적이 있는 술집을 상상했고, 그 안에 있는 그의 모습을 그려 보았다. 그녀의 상상 속에서, 한때 그와 절친한 사이였지만 이제 더 이상 그를 좋아하지 않는 웨이터는 그의 품위 있는 태도를 조롱했다.

"당신을 생각하면, 머지않아 누군가 사실을 알게 될까 봐 두려워요. 당신과 결혼할 때는 미처 그 생각을 못 했어요."

"나 스스로 생각하고 결정한 일이었어요. 당신은 나한테 사실을 말했잖아요. 그것만으로도 당신은 훌륭한 사람이에요."

그가 비밀을 털어놓았을 때에도 그녀는 진실을, 그녀 스스로 참을 수 없는 망가진 몸을 옷과 화장으로 감추고 있다는 사실을 말하지 않았다. 그녀는 자신의 옛 모습을, 브레이 호텔에 있던 아름다운 여인을 단 한 순간도 뇌리에서 지워 버리지 못했다. 그녀는 요즘 들어 일요일 밤마다 클럽하우스에 늦게까지 남아서 진 앤드 프렌치를 평소보다 더 많이 마셨다. 그녀는 그 역시 얼근하게 취해서 돌아올 것임을 알고 있었다. 한번은 두 사람 모두 의자에서 잠이 든 적이 있었다. 그날 그녀는 새벽 3시 20분에 잠에서 깨어나 살금살금 걸어서 침대로 갔다. 한쪽 팔을 축 늘어뜨린 채 손을 카펫에 대고서 잠든 그는 어린애처럼 보였다. 라스파런의 바닷가에서 그는 흐트러진 모습으로 깨어나는 것이 싫기 때문에 일요일 밤에는 자고 싶지 않다고 말했다. 세인트케빈스에서 지낼 때 그는 맥셰인 자매 중 누군가가 혹시라도 조심성 없게 방에 들어올까 봐 침실 문을 걸어 잠그고, 더블린에서 사 온 위스키 병을 손에 들고 앉아서 밤을 지새우고는 했다. 그녀는 그가 하는 이야기를 잠자코 듣고만 있었다. 그는 자신의 정체성을 고려해 볼 때, 그녀가 결혼 전에 여자가 고백할 만한 일들을 털어놓을 필요는 없을 거라고 생각했다.

두 사람은 함께 아르칸젤로 하우스를 가로질러 각자의 방을 향해서 계단을 올라갔다. 그들은 헤어지기 전에 소리 내어 말하지는 않았지만 얼근하게 취한 상태에서 어렴풋이 서로를 안심시켰다. 내일이 되면 그들은 오늘 있었던 일에 대해서 아무 말도 하지 않을 것이다. 일상으로 돌아온 월요일 아침에 그들은 공통의 영역에 더 이상 발을 들여놓지 않을 것이다. 침실 밖 층계참에서 두 사람은 장난감 공장이 있던 자리에 들어설 과수원과 그들이 자라는 것을 지켜보게 될 나무들에 대해서 잠시 동안 대화를 나누었다.

또 다른 두 건달
Two More Gallants

그 누구도 레너헌이나 코얼리가 여전히 더블린 거리를 으스대며 걸어 다니는 모습을 볼 수는 없을 것이다.* 그러나 초저녁이면 헤퍼넌이라고 불리는 남자가 술집 토너스에서 패디가 담긴 잔을 들어 올리는 모습을 이따금 볼 수 있을지도 모른다. 피츠패트릭은 평일에는 자전거를 타고서 래닐러를 출발한 뒤 도시를 가로질러서 맥기본, 테이트 앤드 피츠패트릭 사무 변호사 및 선서 입회관 사무소로 간다. 피츠패트릭이 이동 수단으로 자전거를 이용하는 것은 주치의의 조언을 따르기 위해서다. 반대로 헤퍼넌이 술에 빠져서 토너스에 끊임없이 드나드는 것은 그의 주치의의 충고를 거스르는 일이다. 두 남자는 더 이상

---

* 레너헌과 코얼리는 제임스 조이스의 단편소설 「두 건달Two Gallants」에 등장하는 주인공.

서로를 알지 못한다. 그들은 이제 만나지 않으며 부딪치게 되는 상황을 피하려고 서로의 생활 반경으로 들어가지 않는다.

30여 년 전 내가 헤퍼넌과 피츠패트릭을 처음 알았을 때, 둘의 관계는 달랐다. 둘은 그 누구보다 가까웠다. 헤퍼넌은 멘토의 역할을 했고, 피츠패트릭은 늘 소리 내어 웃으면서 그를 따랐다. 우리 셋은 모두 학생이었다. 그러나 킬케니 출신의 헤퍼넌은 모두가 기억할 수 있는 한아주 오래전부터 학생이었다는 점에서 남달랐다. 대학의 수위들은 헤퍼넌이 학교에 다닌 지 15년이 넘는다고 기억을 더듬으면서 말했다. 과장하는 버릇이 있는 수위들일지라도 이 말만은 사실 그대로였는지모른다. 작은 키에 교활하고 화를 잘 내는 헤퍼넌은 그 당시에 이미 서른을 훌쩍 넘긴 터였다.

피츠패트릭은 헤퍼넌보다 키가 크고 상냥했으며 별다른 특징이 없는 얼굴에는 워낙 잘 웃는 탓에 끊임없이 주름이 졌다. 그의 헤픈 웃음때문에 사람들은 피츠패트릭을 멍청하다고 오해하고는 했다. 그는 쥐색 머리를 가르마를 탈 필요가 없을 만큼 짧게 자르고 다녔다. 그의 눈은 더할 수 없이 심오한 게으름의 경지를 보여 주었는데, 사람들은 그가 눈을 뜨고 있다는 사실을 알고는 이따금 놀라움을 드러내고는 했다. 헤퍼넌은 가느다란 세로줄 무늬가 있는 정장을, 피츠패트릭은 품이 넓은 파란색 블레이저를 즐겨 입었다. 그들은 앤 가에 있는 케호스에서 술을 마셨다.

"그 교수는 쓸모없는 인간이야." 헤퍼넌이 말했다. "그런 인간은 없어져야 돼."

"개가 물어 갈 인간이지." 피츠패트릭이 맞장구를 쳤다.

"아, 헤퍼넌 씨, 아직도 여기 있군요." 헤퍼넌이 교수의 목소리를 흉내 냈다.

"그럼 선배가 죽기라도 해야 한다는 거야?"

"그 인간은 뭐든 제멋대로 할 수 있는 줄 알아."

아늑한 케호스에서 그들은 헤퍼넌이 죽도록 싫어하는, 북아일랜드 출신의 나이 든 교수 플랙스에 대해서 말하고 있었다.

"아직도 여기 있군요." 헤퍼넌이 같은 말을 되풀이했다. "이것보다 더 고약한 소리를 들어 본 적 있어?"

"그러게 말이야. 플랙스는 노망난 늙은이야."

"같이 강의를 듣는 계집애들은 플랙스가 그 말을 할 때마다 키득거려."

"저런, 개념 없는 것들."

헤퍼넌은 깊은 생각에 잠긴 표정을 짓더니 느린 동작으로 스위트 애프턴에 불을 붙였다. 그는 킬케니에 살던 삼촌이 남겨 준 유산 덕분에 계속해서 장학금을 받고 있었다. 그러나 학생의 신분에서 벗어나는 순간 더 이상 재정적 지원을 받을 수 없었다. 그는 이런 비극을 막기 위해서 정기적으로 학사 학위 취득 1차 시험에 떨어지고 있었다. 모든 학생은 교양과목 습득 수준을 확인하는 이 시험에 반드시 응시해야 했다.

"오늘 아침에 남학생 한 명이 나를 찾아왔어. 모나스테레빈 출신이라는데 완전히 덜떨어진 친구였지. 논리학 과외를 받겠느냐고 묻더군. 한 시간에 5실링이라면서 말이야."

피츠패트릭은 웃음을 터뜨렸다. 그는 흑맥주가 담긴 잔을 들어서 술을 마셨다. 윗입술에 콧수염 모양으로 거품이 묻었지만 그는 내버려 두었다.

"플랙스의 졸개야." 헤퍼넌이 이야기를 계속했다. "플랙스한테 알랑거리는 놈이 확실해."

"그런 놈들은 한눈에 알아볼 수 있지."

"'나는 네 아버지를 알아.' 플랙스의 졸개한테 이렇게 말했어. '우유 배달 하시지?' 그 친구 얼굴이 시뻘게지더군. '플랙스하고는 말을 섞지 마.' 그 친구한테 이렇게 조언했지. '플랙스는 마누라하고 여자 형제 두 명을 돌아 버리게 만들었어.'"

"그 친구는 아무 말도 안 했어?"

"응. '이것 참'이라고만 하더군."

"플랙스는 정말로 이상한 사람이야." 피츠패트릭이 말했다.

사실 피츠패트릭은 그 당시에 플랙스 교수를 단 한 번도 만난 적이 없었다. 그는 게으른 탓에 마치 플랙스 교수를 만난 적이 있는 것처럼 말했고, 역시 게으른 탓에 헤퍼넌이 얼마나 강한 불만을 느끼고 있는지 깨닫지 못했다. 헤퍼넌은 플랙스 교수라면 이를 갈았다. 그러나 데면데면한 데다 따져서 생각할 줄을 모르는 피츠패트릭은 플랙스 교수를 헤퍼넌의 살에 박힌 가시 정도로만 여겼다. 그는 불만을 늘어놓고 욕을 하다 보면 헤퍼넌이 골칫거리인 그 교수쯤은 금세 잊어버릴 수 있을 거라고 생각했다. 그때까지만 해도 헤퍼넌의 자존심은 제대로 모습을 드러내지 않았다. 그 누구보다 헤퍼넌을 잘 아는 피츠패트릭조차도 그가 그토록 자존심이 강한 사람인 줄은 꿈에도 몰랐다. 학사학위 취득 1차 시험에 계속해서 떨어지려고 노력하는 그의 모습을 보면서 피츠패트릭은 오히려 그 반대의 경우를 믿었다. 물론 거듭되는 낙제는 헤퍼넌에게 과연 자존심이 있는지를 의심하게 할 만했다. 그러나 헤퍼넌은 그 누구보다 자존심이 강한 사람이었다. 오늘 더블린에서 들은 이야기는 플랙스 교수가 헤퍼넌을 계속해서 조롱하고 여학생들을 키득거리게 만든 것이 결국 사건의 발단이 되었음을 알게 해주었다.

문학을 가르치도록 대학에 고용된 플랙스 교수는 제임스 조이스의 작품에 특히 관심이 많았다. 그는 조이스를 연구하기 위해서 셰익스피어, 테니슨, 셸리, 콜리지, 와일드, 스위프트, 디킨스, 엘리엇, 트롤럽을 비롯해 수많은 유명한 작가들을 외면했다. 제임스 조이스는 30여 년 전에 아일랜드 대학가에서 가장 주목받는 작가였다. 플랙스 교수는 조이스가 누구를 겁에 질린 기독교 청년회 회원으로 묘사했는지 말할 수 있었고, 조이스가 자신의 영혼이 부패한 야망으로 가득 차 있다고 적은 날짜를 알고 있었다. 그는 꽃병에 담긴 물에서 풍기는 악취를 묘사하듯 향에서 느껴지는 퀴퀴한 냄새를 유식하게 설명하기도 했고, 말끔하게 씻긴 처마와 밀 그루터기를 먹고 자란 거위에 대해서 말하기도 했다.

"그 인간은 아무 의미 없는 말을 과시하려고 떠들어 댈 뿐이야." 헤퍼넌은 케호스에서 심술궂게 말했다.

"머지않아 학교에서 쫓겨날 거야, 헤프."

"그런 쓰레기 같은 인간은 원래 질기게 살아남아."

그로부터 12개월 후, 이미 헤퍼넌과의 관계를 끊은 피츠패트릭은 지난 모든 이야기를 내게 들려주었다. 나는 두 사람 모두를 잘 알지 못했지만 그토록 끈끈하던 우정이 어떻게 하루아침에 깨졌는지 무척 궁금했다. 피츠패트릭은 혼자 있을 때면 아무한테나 쉽게 지난 이야기를 했다.

우리는 대학 경기장에 앉아서 크리켓 게임을 구경하고 있었는데, 피츠패트릭은 그 이후에 벌어진 사건들을 순서대로 정리하려고 기억을 더듬었다. 그 생각을 해낸 것은 당연히 헤퍼넌이었다. 피츠패트릭은 플랙스 교수를 소문으로만 알고 있던 데다 헤퍼넌이 그토록 모욕적으로 여기는 조롱을 플랙스 교수한테서 당한 적이 없었다. 그러나 피츠패트릭은 그 뒤를 이은 사건에서 아주 중요한 역할을 했다. 모든 것의 중심에 있던 나이가 지긋한 여인은 다름 아닌 그가 세 들어 살던 집의 가정부였다.

"혹시 벙어리야?" 어느 날 밤, 헤퍼넌은 복도에서 그녀가 두 사람 곁을 지나갈 때 피츠패트릭에게 물었다.

"아니, 그냥 말이 없는 편이야."

"아주 순해 보이는데."

"아마 파리 한 마리 못 잡을 거야."

그 일이 있고 얼마 안 되어 헤퍼넌은 도니브룩에 있는 피츠패트릭의 하숙집에 전보다 더 자주 찾아오기 시작했다. 피츠패트릭이 저녁에 집에 돌아오기도 전에 와 있을 때도 있었다. 그럴 때면 헤퍼넌은 부엌에 앉아 있었고, 나이가 지긋한 가정부는 이제 곧 저녁 식사로 내놓을 소시지를 포크로 찌르거나 빵을 자르고 있었다. 집주인인 매긴 부인은 그 시간쯤이면 잠깐 누워 있는 것을 좋아했기 때문에 헤퍼넌과 가정부는 단둘이서 부엌을 차지하고 있었다. 그러나 아래층으로 내려와서 헤퍼넌을 몇 번 보게 된 매긴 부인은 지나가는 말로 피츠패트릭에게 그에 대해서 물었다. 피츠패트릭은 헤퍼넌이 가정부에게 무슨 이유로 관심을 보이는지 도무지 알 수 없었지만, 헤퍼넌이 그가 돌아올 때까지 따뜻한 부엌에서 기다리는 것을 좋아한다고 매긴 부인에게 둘러댔다. 느긋한 성격의 소유자인 매긴 부인은 곧바로 안심했다.

"눈곱만큼도 의심할 필요가 없어." 이런 행동을 보이기 시작하고 몇 주가 지난 뒤 헤퍼넌은 케호스에서 이렇게 말했다. "그 늙은 플랙스가 이 얘기를 듣는다면 눈이 휘둥그레질 거야."

피츠패트릭은 머리를 흔들었다. 그는 헤퍼넌이 이해할 만한 설명을 들려줄 거라고 믿었다. "그 여자한테는 제법 흥미로운 구석이 있어." 헤퍼넌이 말했다.

그러고서 헤퍼넌은 피츠패트릭에게 그가 한 번도 들어 본 적이 없는 이야기를 들려주었다. 그 이야기의 주인공은 코얼리라는 남자였는데, 그는 작은 심부름을 시킬 속셈으로 배고트 가에 있는 집에서 일하는 하녀를 꾀었다. 헤퍼넌이 들려주는 이야기에는 코얼리의 친구인 레너헌이라는 남자도 등장했다. 레너헌은 머리가 제법 좋은 사람 같았다. 피츠패트릭은 헤퍼넌의 이야기를 들으면서 처음에는 어리둥절했다. 그는 누구인지 종잡을 수 없지만 헤퍼넌이 그들과 같은 대학에 다니는 두 학생에 대해서 말하는 모양이라고 생각했다.

"그 여자가 바로 지미 조이스한테 이야깃거리를 준 사람이야." 헤퍼넌이 설명했다. "조이스는 플랙스가 가장 좋아하는 작가야."

"무슨 말을 하는지 잘 모르겠어. 어쨌든 어떤 하녀가 도둑질을 하겠어?"

"그 하녀는 코얼리한테 홀렸어."

"아무리 그렇더라도 시킨다고 물건을 훔치겠어?"

"너한테는 정말 낭만적인 구석이라고는 없구나, 피츠."

피츠패트릭은 소리 내어 웃으면서 맞는 말이라고 대답했다.

"그 하녀가 바로 네가 묵고 있는 매긴 부인의 하숙집에서 일하는 가정부야." 헤퍼넌은 놀랍게도 이렇게 말했다.

피츠패트릭은 고개를 저으면서 말도 안 되는 소리라고 대답했지만 헤퍼넌은 확실하다고 말했다.

"언젠가 밤에 내가 너를 기다리고 있을 때, 그 여자가 나한테 자세한 이야기를 들려줬어. 아마 내가 처음으로 그 여자한테 말을 건 밤이었을 거야. '추운 데 있지 말고 부엌으로 들어오세요, 헤퍼넌 씨.' 그 여자가 말했어. 언제였는지 기억나? 차를 마시고 한참이 지났는데도 네가 돌아오지 않았어. 그날 그 여자는 나한테 달걀 프라이를 해 줬어."

"하지만, 맙소사……"

"네가 던드럼에서 온 간호사하고 멋진 시간을 보내고 온 밤이었어."

피츠패트릭은 큰 소리로 웃으면서 정말 멋진 여자였다고 말했다. 그러고서 그는 그 여자에 대해서 몇 가지 자세한 특징을 이야기했지만 헤퍼넌은 관심이 없는 듯했다.

"나는 부엌에 앉아서 처음부터 끝까지 이야기를 들었어. 그 가정부가 10대 소녀였을 때 지미 조이스가 그랬던 것처럼 말이야. 그 하녀가 코얼리를 위해서 훔친 건 소버린 금화였어."

"하지만 내가 아는 그 불쌍한 여자는 누구보다 정직한 사람이야."

"아, 어쨌든 그 여자는 물건을 훔쳤어. 그리고 지금도 코얼리처럼 멋진 남자는 없다고 생각하고 있어."

"하지만 코얼리는 실존 인물이 아니야."

"아니 코얼리는 실제로 존재했어. 레너헌의 머리에서 나온 재치 있는 말로 그 어린 하녀를 즐겁게 했잖아."

피츠패트릭은 그 뒤로 기이한 만남이 이루어졌다고 이야기했다. 헤퍼넌은 플랙스 교수에게 접근한 뒤, 조이스의 단편 「두 건달」에 등장하는 농락당한 여자의 실제 모델을 도니브룩의 한 주택에서 찾았다고 말했다. 플랙스 교수는 몹시 흥분한 마음을 얼굴에 드러냈다. 매긴 부인이 극장에 가느라고 집을 비운 어느 날 밤, 헤퍼넌은 버스 정류장에서 플랙스 교수를 만나 하숙집 부엌으로 안내했다.

트위드 정장을 입은 플랙스 교수는 피츠패트릭이 상상했던 것과는 달리 기운이 없어 보이는 노인이었다. 매긴 부인의 가정부는 플랙스 교수와 나이가 비슷했는데, 가는귀를 먹은 데다 류머티즘 때문에 걸음걸이가 느렸다. 헤퍼넌은 미리 사 온 무화과 쿠키 반 파운드를 접시에 담아서 내놓았고, 늙은 가정부는 차를 따랐다.

플랙스 교수는 끊임없이 질문을 던졌지만 가정부를 대하는 그의 태도는 예의 바르고 정중했다. 헤퍼넌한테서 귀에 못이 박이도록 들었던 것과는 달리 플랙스 교수에게서는 성마른 구석을 전혀 찾아볼 수 없었다. 부엌에서는 모두가 예의를 지키는 가운데 만남이 이루어졌다. 헤퍼넌은 모두에게 무화과 쿠키를 돌렸고, 가정부는 먼 옛날의 로맨스를 추억하는 것이 기쁜 듯 보였다.

"이 이야기를 나중에 조이스 씨한테 하신 거로군요?" 플랙스 교수가 대답을 유도했다.

"조이스 씨는 제가 일하던 노스프레더릭 가의 저택에 자주 오셨어요. 오리어던이라는 치과 의사 댁이었죠."

"조이스 씨는 이 치료를 받으러 왔나요?"

"네, 맞아요."

"대기실에서 조이스 씨와 대화를 나누신 거로군요?"

"무척 외로웠어요. 초인종이 울리면 현관문을 열었죠. 그러고는 한 시간 정도를 기다려야 또다시 초인종이 울리고는 했어요. 조이스 씨라면 똑똑히 기억해요."

"조이스 씨가 당신이 말한 그 사람과 당신 사이의…… 아, 말하자면…… 두 분의 관계에 관심을 보였나요?"

"사건이 벌어진 직후였어요. 저는 그 일 때문에 배고트 가에 있는 저택에서 쫓겨났어요. 조이스 씨를 만났을 때는 여전히 안정을 찾지 못한 상태였어요."

"이해할 만합니다."

"저는 제가 겪은 일을 환자들한테 이야기하고는 했어요."

"이제 악감정은 남아 있지 않나요? 그 남자한테 이용을 당하셨잖아요. 그런데도……"

"아, 다 지난 일인걸요."

헤퍼넌과 피츠패트릭은 플랙스 교수가 버스에 오르는 것을 보았다. 피츠패트릭의 말대로라면 플랙스 교수는 기쁨에 겨워 몸을 떨고 있었다. 그는 힘겹게 의자에 올라앉으면서 신이 난 얼굴로 혼잣말을 했다. 그는 헤퍼넌과 피츠패트릭이 인도에 서서 손을 흔드는 모습도 보지 못했다. 두 사람은 가까운 술집에 들어가서 흑맥주를 주문했다.

"선배가 시킨 거야?" 피츠패트릭이 물었다.

"돈 몇 푼만 쥐여 주면 못할 일이 없는 여자더군. 그런 여자라는 거 몰랐어? 돈밖에 모르는 여자야."

헤퍼넌은 매긴 부인의 부엌에 처음 들어선 순간 가정부가 어떤 여자인지를 알아보았다. 늙은 가정부는 인색함 자체였고 정상이 아닐 정도로 돈에 사로잡힌 사람이었다. 그녀는 그 어떤 상황에서도 돈을 쓰는 법이 없었고, 탐욕스럽게 모아 둔 돈에 한 푼이라도 더 보태려고 안간힘을 썼다. 헤퍼넌은 그가 지시한 대로 이야기를 하는 대가로 그녀에게 1파운드를 지불했다.

"그럴듯하게 잘 말했지? 그 가정부는 정말 최고였어."

"선배도 나이 든 플랙스 교수한테 미안한 마음을 갖게 될 거야."

"빌어먹을 플랙스는 귀신이나 잡아가라고 해!"

몇 개월이 흘렀다. 헤퍼넌은 도니브룩 가의 부엌을 더 이상 찾지 않았고, 플랙스 교수에 대해서도 전혀 말하지 않았다. 안일한 성격의 피츠패트릭은 헤퍼넌이 벌인 일의 핵심은 플랙스 교수를 속이는 것이었다고, 헤퍼넌은 이제 분명히 드러내 보인 자존심을 그런대로 회복했다고 넘겨짚었다. 그러나 어느 여름날 오후, 헤퍼넌은 피츠패트릭과 함께 여자를 낚아 볼 생각으로 세인트스티븐 그린 공원을 어슬렁거리다가 이렇게 말했다. "다음 주 금요일에 같이 가 볼 데가 있어."

"뭔데?"

"플랙스가 강연을 해. 제임스 조이스 작품 동호회가 주최하는 행사에서."

플랙스 교수는 동호회 모임의 존재 이유인 제임스 조이스의 삶과 작품을 조명하기 위해 한 주 동안 계획한 강연회에서 한 번 공개 강의를 할 예정이었다. 미국, 독일, 핀란드, 이탈리아, 호주, 프랑스, 영국 그리고 터키 등 먼 곳에서 동호회 회원들이 모여들었다. 동호회에는 박식한 학자들과 학문적 지식은 부족하지만 열광적인 팬들이 섞여 있었다. 회원들은 제임스 더피가 살았던 채플리저드와 파워가 일했던 더블린 성을 방문했다. 또 그들은 캐플 가와 일리 플레이스를 두루 살피며 걸었고, 그 유명한 마텔로 타워와 호스 그리고 핌스를 구경했으며 베티 벨레자와 스키버린의 발Val에 대해서 이야기했다. 그들이 나누는 대화는 온통 조이스에 대한 것뿐이었다. 활기 넘치는 한 주 동안 조이스는 더블린을 지배했다.

약속된 날 저녁에 피츠패트릭은 헤퍼넌과 함께 플랙스 교수의 강연
을 들으러 갔다. 그는 틀림없이 지루한 강연일 거라고 예상했다. 피츠
패트릭은 헤퍼넌한테 무슨 꿍꿍이가 있는지 전혀 몰랐지만 헤퍼넌의
속셈을 추측해 볼 만한 열의도 없었다. 그는 운이 조금만 따라 준다면
강연 중에 잠을 잘 수 있을 거라고 생각했다.

강연이 시작되기에 앞서 워싱턴 대학에서 온 여자 한 명이 조이스
작품 속의 오식誤植에 대해서 짧게 이야기를 했고, 수염을 기른 독일
남자 한 명은 최근에 발견된 『성직』을 읽었다. 이윽고 트위드 정장을
입은 플랙스 교수가 자리에서 일어섰다. 그는 텀블러에 담긴 물을 마
신 뒤 「두 건달」에 등장하는 어린 하녀의 실제 모델에 대해서 거의 한
시간 동안 강연을 했다. 도니브룩 가의 주택에서 일하고 있는 나이 든
그녀를 찾아냈다는 말에 청중들은 그가 강연을 이어 가는 동안에도
흥분을 억누르지 못한 채 속삭였고, 마침내 그가 강연을 끝마치자 우
레와 같은 박수를 보냈다. 자리에 앉는 플랙스 교수의 창백한 얼굴에
는 옅은 홍조가 어려 있었다. 헤퍼넌이 졸음이 가득한 친구에게 말한
것처럼 지금이야말로 늙은 플랙스 교수의 인생에 있어서 최고의 순간
이었다.

피츠패트릭은 처음으로 불편한 감정을 느꼈다. 강연장을 가득 메운
청중은 방금 들은 모든 이야기를 사실로 받아들였지만 그 가운데 진
실은 존재하지 않았다. 강연 내용을 받아 적은 청중은 이제 질문을 하
기 시작했다. 헤퍼넌과 피츠패트릭의 바로 뒤에서 누군가가, 이런 놀
라운 사실을 발견했다니 강연을 듣기 위해서 3천 킬로미터나 되는 거
리를 날아온 보람이 있다고 잔뜩 흥분한 목소리로 말했다. 강연장을
메운 사람들은 치과 대기실에 앉아 있는 제임스 조이스의 모습을 머

릿속에 떠올렸다. 청중들은 오늘 밤에 갈 수 없다면 내일이라도 노스 프레더릭 가를 찾아갈 것이 분명했다.

"허락하신다면 별것 아니지만 질문 하나를 드려도 될까요?" 헤퍼넌이 와자지껄한 소리를 뚫으면서 외쳤다. 그는 이미 자리에서 일어서 있었고, 헤퍼넌의 모습을 발견한 플랙스 교수는 인자한 미소를 지었다. "지금까지 하신 얘기가 모두 헛소리는 아닌지 묻고 싶습니다." 헤퍼넌이 말했다.

"헛소리?" 외국인 한 명이 헤퍼넌의 말을 따라 했다.

"헛소리요?" 플랙스 교수가 되물었다.

강연 내용에 흥미를 느낀 청중은 여전히 웅성거리고 있었다. 질문을 던지는 사람들을 제외하고는 어떤 질문이 오가는지 아무도 관심을 갖지 않았다. 피츠패트릭 가까이에 앉은 여자 한 명은 조이스가 마치 실재하는 인물을 다루듯 묘사한 하녀가, 그토록 비참하게 이용당한 하녀가 긴 세월이 흘러 이제 그 어떤 원한도 품고 있지 않다니 정말 감동적이라고 말했다.

"플랙스 교수님, 제가 드리고 싶은 말씀은 제임스 조이스가 노스프레더릭 가의 치과에 간 적이 없는 것 같다는 겁니다. 교수님께 그런 정보를 건넨 사람은 단지 세상의 이목을 끌고 싶었던 것 같습니다." 헤퍼넌이 말했다.

피츠패트릭은 플랙스 교수의 눈에 어렸던 감정을 훗날 내게 이렇게 묘사했다. "넋이 나간 것 같았어. 누군가가 플랙스 교수 안에 남아 있던 정신을 모조리 뽑아내기라도 한 것처럼 말이야." 늙은 플랙스 교수는 처음에는 무슨 말인지 이해하지 못한 탓에 얼굴을 찡그린 채 헤퍼넌을 뚫어질 듯 바라보았다. 매긴 부인의 부엌에서 저녁 시간을 보낸 뒤로 플랙스 교수와 헤퍼넌의 사이는 많이 달라졌었다. 전에 없던 친근감이 생겨났고 두 사람은 서로를 존중했다.

"플랙스 교수님과 저는 그 나이 든 여자분의 이야기를 같이 들었습니다. 저는 그 여자분이 처음부터 끝까지 꾸며 낸 이야기를 하고 있다는 인상을 받았습니다. 교수님도 저와 같은 생각을 하신 줄만 알았습니다."

"아, 하지만 헤퍼넌 씨, 그 여자분은 그런 짓을 했을 리 없습니다."

"노스프레더릭 가에서 치과를 운영한 오리어던이라는 이름의 의사는 없습니다, 교수님. 그 정도는 쉽게 확인할 수 있는 사실입니다."

헤퍼넌이 자리에 앉았다. 강연장에는 거북한 침묵이 내려앉았고, 청중의 눈은 플랙스 교수를 향했다. 플랙스 교수가 쉰 목소리로 힘없이 말했다. "하지만 헤퍼넌 씨, 그 여자분이 무슨 이유로 이야기를 꾸며 냈겠습니까? 게다가 그런 직종에 종사하는 여자분이라면 조이스의 작품을 읽었을 리 없습니다. 「두 건달」의 내용을 알 리가 없……"

"정말 유감스러운 일입니다, 교수님." 헤퍼넌이 다시 자리에서 일어서면서 플랙스 교수의 말꼬리를 잘랐다. "하지만 그 여자는 1파운드짜리 지폐 한 장만 쥐여 주면 못할 짓이 없는 사람입니다. 돈밖에 모르는 사람이죠. 제 생각은 이렇습니다." 헤퍼넌은 어조를 바꾸더니 청중을 향해서 이야기를 계속했다. "교수님께서 시험에 낙제시킨 학생이 앙갚음할 마음으로 이런 일을 꾸민 겁니다. 우리 모두의 벗 제임스 조이스가 이 일을 알게 된다면 틀림없이 즐거워할 겁니다."

플랙스 교수는 눈을 내리깐 채 참담한 얼굴로 물이 담긴 텀블러를 들어서 입으로 가져갔다. 피츠패트릭은 스스로를 바보라고, 자신이 얼마나 어리석은지를 모두에게 증명해 보였다고 자책하는 플랙스 교수의 마음을 느낄 수 있었다고 내게 말했다. 플랙스 교수는 갑자기 어리석고, 우스꽝스럽고, 믿을 수 없는 사람처럼 보이게 되었다고 생각했고 피츠패트릭은 그런 플랙스 교수의 기분에 공감할 수 있었다. 플랙스 교수는 남을 속일 생각이 전혀 없었지만 그가 누구보다 중요하게 여기는 사람들 앞에서 사기꾼 신세가 되고 말았다. 그는 이제 제임스 조이스 작품 동호회 회원들 앞에서 고개를 들 수 없게 되었다. 24시간 안에 그의 학생들 역시 무슨 일이 벌어졌는지를 알게 될 것이 틀림없었다.

어색해하면서 조심스럽게 걸음을 옮기는 소리가 들렸다. 청중들은 웅얼거리면서 통로로 빠져나오기 시작했다. 피츠패트릭은 매긴 부인의 부엌에서 이루어진 만남과 헤퍼넌이 조종하는 줄 끝에 매달린 두 나이 든 인형 그리고 무화과 쿠키와 차를 떠올렸다. 가정부의 목소리도 떠올랐다. 가정부는, 헤퍼넌을 너무나 잘 알기 때문에 피츠패트릭이 처음 들을 때부터 단 한 마디도 믿지 않았던 바로 그 이야기를 플랙스 교수에게 들려주었다. 피츠패트릭은 플랙스 교수를 찾아가서 가정부의 이야기가 사실이 아님을 알리지 못했다는 죄책감을 느꼈다. 그는 강연장을 메운 사람들 사이로, 포리지색 트위드 정장 차림으로 외롭게 앉아 있는 플랙스 교수를 흘긋 바라보았다. 그리고 그는 치욕스러운 망신에 자살이 뒤따르는 경우가 많다는 사실을 유감스럽게도 떠올리지 않을 수 없었다. 강연장 밖으로 나온 뒤 헤퍼넌은 앤 가에 있는 술집에 가서 한잔하자고 제안했지만 피츠패트릭은 지옥에나 가라고 대답했다. 헤퍼넌은 이런 말을 한 피츠패트릭을 영원히 용서하지 않았다.

"사람이 어쩜 그렇게 옹졸할 수 있을까?" 그로부터 많은 시간이 흐른 뒤 우리는 대학 경기장에 함께 앉아 있었고 피츠패트릭은 이렇게 말했다. "늙고 가엾은 플랙스 교수가 헤퍼넌한테 한 말이라고는 '아직도 여기 있군요'가 전부였어."

나는 무언가 대꾸를 했다. 플랙스 교수는 「두 건달」을 주제로 강연을 한 뒤 1년이 지나서 자연사했다. 그는 헤퍼넌이 이야기한 것과 달리, 젊은 시절에 아내와 여자 형제 두 명을 돌아 버리게 만든 적이 없었다. 《아이리시 타임스》에 실린 부고에는 플랙스 교수가 외자식이었으며 미혼남이었다고 적혀 있었다. 플랙스 교수가 저지른 실수는 제법 널리 알려졌고 더블린 사람들의 기억 속에 여전히 생생하게 남아 있었다. 그런 그의 부고를 접하는 것은 낯설기만 했다.

피츠패트릭과 나는 대학 경기장에서 크리켓 게임을 구경하면서 플랙스 교수에 대해서 이야기를 계속했다. 우리는 플랙스 교수가 장난 삼아 건넨 농담에 대해서 말했고, 그 농담이 헤퍼넌의 자존심을 얼마나 크게 상하게 했는지에 대해서 대화를 나누었다. 우리는 이야기 속의 젊은 여자를 도둑질로 이끈 사랑에 감탄했고, 나이 든 여자를 속임수에 가담하게 만든 욕심에 놀라움을 드러냈다. 피츠패트릭은 자신의 지나친 나태함을 짧게 언급하면서 이 역시 거미줄처럼 얽히고설킨 인간의 나약함 중 하나라고 설명했다.

산피에트로의 안개 나무
The Smoke Trees of San Pietro

내 아버지는 훌륭한 승마 선수였고, 어머니는 내가 본 사람 중 가장 아름다운 분이셨다. 나는 다섯 살 때, 아버지가 린빅 군사 팀의 일원으로 치르는 경기를 보러 갔다. 그날 오후에 아버지가 속한 팀은 승리를 거두지 못했지만 아버지는 흠잡을 데 없는 실력을 보여 주었고 그 결과로 개인상을 수상했다. 나는 쏟아지던 박수갈채와 거수경례로 답하던 아버지의 모습 그리고 내 팔을 꼭 쥐던 어머니의 손을 기억한다. "정말 상을 받을 만해!" 어머니는 이렇게 속삭였고, 잠시 후 우리가 있는 곳으로 온 아버지의 얼굴에는 자부심이 어려 있었다. 아버지한테서는 말을 타고 온 뒤면 늘 그렇듯 말과 가죽 냄새가 났다. 오랜 시간이 지난 지금도 나는 언제든 그 냄새를 떠올릴 수 있다.

그날의 기억은 내 아주 어린 시절의 가장 생생한 추억으로 남아 있다. 우리는 차를 몰고 경기장을 벗어난 뒤 내 인생 처음으로 식당에서 저녁 식사를 했다. 어머니와 아버지는 내 양옆에 앉아 계셨고, 꽃병에는 빨간 장미가 꽂혀 있었으며 파란색과 초록색으로 칠해진 나무 촛대 위에서는 초가 타들어 가고 있었다. 아버지는 때가 되면 나 역시 군사 팀의 일원이 될 거라고 미래를 점치며 말씀하셨다. 나는 자작나무 숲을 따라 이어진 풀로 덮인 길을 어머니와 함께 구보로 달리고는 했는데, 아버지는 그런 내 모습을 지켜보면서 앞날이 기대된다고 장담하셨다. 식당에서 부모님은 와인 잔을 가볍게 부딪치며 건배했다. 아버지는 이 특별한 날에 내가 처음으로 와인을 맛볼 수 있도록 웨이터에게 내게도 와인을 조금 따라 주라고 말씀하셨다. 아버지는 웨이터를 요한이라고 부르셨다. 나는 아버지가 요한과 이야기를 나누는 동안, 얼굴의 어떤 부분이 어머니의 아름다움을 이토록 눈에 띄게 만드는 것인지 곰곰이 생각했다. 어머니의 옅은 색 머리칼에 비친 은은한 촛불 빛 때문이 아닐까 하는 생각이 잠깐 들었지만 곧이어 어머니의 눈동자에 어린 푸른빛이, 입술이, 이마에 잡힌 가느다란 주름이, 우아하게 고개를 드는 방식이 어머니를 아름답게 만드는 것 같다는 생각이 차례로 들었다. 그날의 기억은 아버지의 손이 테이블보를 가로지르더니 어머니의 손을 잡는 장면에서 멈추었다.

또 다른 기억도 있다. 에들런드 박사님은 그의 진료실에서 연필처럼 가느다란 손전등 불빛으로 내 눈을 검사했다. 그러고서 그는 청진기를 내 등과 가슴에 한참 동안 대고서 소리를 들었고, 반사운동을 검사했고, 내 목을 들여다봤으며 피를 뽑아서 작은 플라스틱 용기에 담았고, 체강의 소리를 들었다. 그로부터 몇 주가 지난 뒤 내가 튼튼하지 못하다는 진단이 내려졌다. 나는 지치고 힘들게 하는 일을 피해야 했으며 몸에 열이 나는 것은 좋지 않기 때문에 말도 전보다 가볍게 타야했다. "우리가 상상한 것과는 다른 사람으로 자라겠군." 아버지가 말씀하셨다. "그뿐이야." 나는 그때 아버지의 목소리에 어린 실망감을 느끼지 못했다.

어머니가 나를 처음 산피에트로 알 마레에 데려가신 것은 내 허약한 체질 때문이었다. 이렇게 해서 시작된 여름 휴양은 내 어린 시절 내내 계속되었다. 우리는 기차를 타고 갔는데 내 허약한 체질 탓에 목적지에 도착하기까지 필요 이상으로 긴 시간을 허비했다. 우리는 함부르크의 크론베르크 호텔에서 하룻밤을 묵은 뒤 천천히 이동했다. 우리가 새로운 역에 도착할 때마다 공기는 확연히 느낄 수 있을 정도로 따뜻해졌다. 여정의 마지막 밤을 밀라노의 벨베데레 호텔에서 보내고 우리는 이른 오후에 산피에트로 알 마레에 도착했다.

지금 생각해 보면 어머니는 첫날 밤에 조금 긴장을 하셨던 것 같다. 어머니는 호텔 직원들에게 영어로 이야기를 했는데 직원들이 제대로 이해하지 못할까 봐 불안해하셨다. 저녁 식사를 하러 간 식당에서 어머니는 종업원들에게 아주 천천히 주문하셨지만 그때까지만 해도 영어를 제대로 알아듣지 못하던 나는 어머니가 하는 말을 완전히 이해하지 못했다. 그러나 무엇을 하든 엄청나게 동작이 빠르던 종업원은 어머니한테 다시 한 번 말해 달라는 요청을 단 한 번도 하지 않았다. 그는 빠른 손놀림으로 냅킨을 털어 펴서 능숙하게 우리의 무릎을 덮어 주었고, 요리를 추천하려고 손가락으로 메뉴를 짚어 내려갔으며 어머니가 주문하는 음식을 신속하게 수첩에 적었다. 종업원이 돌아간 뒤 어머니는 내게 힘드냐고 물었지만 나는 조금도 피곤하지 않았다. 기차가 산피에트로에 멈추려고 속도를 줄이기 시작할 때부터 짜릿한 기분을 느꼈다. 나는 무거운 짐을 들면 안 됐지만 어머니가 캄비오에서 환전을 하는 동안, 역에서 일하는 짐꾼이 우리의 가방을 택시에 싣는 것을 도왔다. 택시는 야자나무가 늘어선 길을 따라 달렸다. 내가 태어나서 처음으로 야자나무를 본 순간이었다. 야자나무 너머로는 바다가 하늘과 똑같은 푸른빛으로 일렁이고 있었다. 잠시 후 택시는 산책로를 따라 한가하게 거니는 연인들—흰색 정장 차림의 남자들과 비치 드레스를 입은 여자들—과 카페 테이블에 그늘을 드리운 색색깔의 파라솔을 뒤로한 채 갑자기 방향을 바꾸었다. 그러고서 점점 더 가파른 경사를 이룬 언덕길을 30초 정도밖에 안 되는 짧은 시간 동안 올라갔고, 마침내 빌라 파르코 앞에 멈추었다. 야자나무와 산책 길이 까마득한 저 아래에 보였고 맑은 바다는 끝 간 데 없이 펼쳐져 있었다.

나는 저녁 식사를 하면서 내가 사는 곳과 이렇게 딴판인 데에는 처음 와 본다고 말했다. 어머니와 내가 앉아 있는 식당은 아버지가 군사 팀과 함께 멋진 경기를 펼친 날 저녁에 우리를 데려갔던 식당보다 우아하고 품격 있었으며 비교가 안 될 정도로 넓었다. 나는 이렇게 많은 사람이, 그것도 대부분 야회복을 입고서 동시에 식사하는 모습을 단 한 번도 본 적이 없었다. 테이블마다 놓인 알코올 스토브에는 불이 붙어 있었고, 천장에서부터 바닥까지 이어진 유리문은 테라스를 향해 활짝 열려 있었다. 테라스 난간은 아름답게 꾸며졌고, 짧은 회색 기둥은 색을 입힌 원형 돋을새김으로 장식되어 있었다. 난간 너머로는 빌라 파르코의 정원이 펼쳐져 있었는데, 정원에는 내게는 낯설기만 한 협죽도, 부겐빌레아, 어머니가 안개 나무라고 가르쳐 주신 나무의 꽃이 만발해 있었다. 나는 호텔에 머무는 동안 들려오는 이탈리아어가, 객실 청소부와 식당 종업원들이 주고받는 신비로운 단어와 구절이 마음에 들었다. 그리고 어머니가 조심스럽게 말하는 영어도 마음에 들었다.

이튿날 아침, 그리고 그 후로 이어진 아침마다 어머니와 나는 에들런드 박사님이 천천히 수영하는 것이 내 건강에 도움이 된다고 처방을 내렸기 때문에 바위 사이에서 헤엄을 쳤다. 우리는 호텔 정원에서 엘리베이터를 타고 해수욕장으로 내려간 뒤 선크림을 바르고서 잠깐 동안 햇살 아래에 누워 있었다. 그러고서 우리는 알비코카* 주스를 마시러 카페로 걸어갔다. 어머니와 나는 한가로이 지나가는 휴양객들을 구경하다가 눈에 띄는 특이한 사람에 대해서 말하고는 했다. 이렇게 해서 어머니는 내게 '거만한' '파리한' '정신이 딴 데 팔린' 같은 영어 단어를 가르쳐 주셨다. 어머니는 카페 여종업원이 알비코카를 가져왔을 때 '고맙습니다'라고 영어로 인사하도록 내게 시키기도 하셨다. 우리는 다시 호텔 정원으로 갔고, 어머니는 점심시간이 될 때까지 내게 스티븐슨의 『납치』를 읽어 주고는 하셨다. 나는 식당 종업원과 호텔 짐꾼의 얼굴, 빌라 파르코의 정면 그리고 안개 나무 사이에 놓여 있는 흰색으로 칠해진 의자들을 그렸다. 이따금 호텔 손님들은 이 철제 의자 하나를 들어 한적한 곳으로 가져가서는 그냥 그곳에 내버려 두고는 했다. 의자 두 개를 옮겨 놓고 마주 앉아서 이야기를 나누다가 테이블 위에 빈 잔 두 개를 남겨 둔 채 그대로 자리를 뜨는 손님들도 있었다. 어머니와 나는 점심 식사를 마친 뒤 휴식을 취하다가 다시 수영을 했고, 그러고 나서는 시내를 구경하기도 했다. "엽서를 마저 써야지." 어머니는 저녁 식사를 하러 가는 길에, 혹은 저녁 식사를 하면서 이렇

* 이탈리아어로 '살구'라는 뜻.

게 말씀하셨고 우리는 식사를 마친 뒤 엽서를 써서 호텔 로비에 있는 우체통에 넣었다. 나는 아버지를 위해서 엽서에 캐리커처나 어머니와 함께 주운 조개껍데기 모양을 그리고는 했고, 어머니는 언제나 내 건강에 대한 이야기를 적었다.

우리는 산피에트로에서 첫 여름을 보낸 방식대로 그 뒤를 이은 해마다 휴가를 보냈다. 우리는 언제나 화요일에 린빅을 떠났으며 중간에 함부르크의 크론베르크 호텔과 밀라노의 벨베데레 호텔에서 각각 하룻밤을 묵었고, 산피에트로에서 7월과 8월을 보냈다. 그러나 해가 거듭되면서 변화도 생겨났다. 어머니는 영어로 말하는 것을 더 이상 두려워하지 않으셨고, 빌라 파르코의 직원들은 우리를 기억하고는 매번 더 반갑게 맞았다. 앞선 휴가 때 낯을 익힌 투숙객들이 호텔에 도착한 어머니와 내게 인사를 건네기도 했다. 어머니는 이런 변화를 기뻐하셨지만 나는 낯선 사람들에게서 느껴지는 신선함이 더 좋았다. 나는 승객을 가득 실은 택시가 도착하는 모습과 새로이 등장하는 한 쌍의 남녀 혹은 가족의 모습을 구경하는 것이, 남자가 되었든 여자가 되었든 상관없이 나이가 지긋한 사람이 일행 중 자기보다 젊은 사람에게 무언가를 지시하는 모습을 구경하는 것이 즐거웠다. 혼자 호텔에 도착하는 사람을 지켜보는 것은 여러 가지 추측을 하게 만들었기 때문에 특히 흥미로웠다. 파이예 씨는 그런 사람 중 한 명이었다. 그는 우리가 빌라 파르코에서 세 번째 여름을 보내던 해에 처음으로 등장했다. 어머니와 나는 파이예 씨를 보면서 평가를 했다. 어느 날 오후 테라스 계단을 천천히 내려가는 파이예 씨의 모습을 보면서 호텔의 다른 단골손님들도 우리처럼 그를 평가했을 것이 틀림없었다. 파이예 씨는 마르고 키가 큰 데다 머리카락 색은 짙었고 리넨 정장을 입고 있었다. 그는 어머니와 내가 있는 곳에서 멀지 않은 자리에 앉았고, 잠시 후 종업원이 차를 담은 쟁반을 그에게 가져다주었다. 파이예 씨는 차를 마시면서 담배를 피웠다. 그는 주위 환경이나 정원에 있는 다른 사람들에게는 전혀 관심을 보이지 않았다.

"린빅이라는 도시예요." 어머니는 이렇게 말했고, 정원에 나와 있던 두 여인은 어머니의 설명에 귀를 기울였다. 두 사람은 이탈리아에서 온 비넬리 부인과 그녀의 딸 클라우디아였다. 그녀들은 제노바에서 왔다면서 그곳은 동업조합과 요리로 유명한 도시라고 어머니에게 말했다. 또 엄청난 회색 화산암과 궁전에 대해서도 이야기했는데, 나는 그 이야기를 들으면서 거대한 잿빛 산의 한쪽 면을 깎아 궁전을 만든 모양이라고 엉뚱한 상상을 했다. 승객들을 태운 엘리베이터는 산을 이룬 암석을 뚫고 제네바의 가장 높은 곳과 가장 낮은 곳 사이를 하루 종일 오르내렸다. 두 이탈리아 여인은 이런 이야기를 들려주면서 제네바의 엘리베이터가 빌라 파르코의 정원과 해수욕장을 잇는 승강기보다 훨씬 더 넓고 성능이 뛰어나다는 사실을 강조했다. 나는 제네바의 궁전들이 직사각형 모양의 블록으로 지어졌으며 화려한 장식으로 완성되었다는 이야기를 듣고서 머릿속에 잘못 그려 두었던 그림을 수정했다.

비넬리 부인은 뚱뚱했다. 그리고 그녀의 하얗고 매끄러운 피부는 아주 팽팽했다. 마치 그녀가 입은 실크 원피스에 가해지는 것과 같은 힘으로 당겨지고 있는 듯했다. 언젠가 어머니는 두 이탈리아 여인을 뒤로한 채 걸어가면서 비넬리 부인이 지나치게 밝은색 옷을 피할 줄 안다고 작은 소리로 말씀하셨다. 비넬리 부인의 옷에는 늘 검정색이 들어 있었다. 검정색은 짙은 갈색 혹은 초록색 무늬를 이룬 떡갈잎 속에서 보일 때도 있었고, 파란색 혹은 밤색 소용돌이무늬 뒤에 섞여 있을 때도 있었다. 어머니는 이탈리아 사람들이 뚱뚱하다는 단점을 가릴 줄 안다고 말씀하셨다.

비넬리 부인의 딸 클라우디아는 전혀 달랐다. 우리는 그녀가 영화배우라는 이야기를 들었다. 그녀는 확실히 영화배우다운 외모를 갖추고 있었다. 클라우디아는 손가락 여러 개에 보석 반지를 꼈고, 반짝이는 새하얀 이가 드러나 보이도록 엄청나게 큰 빨간 입을 끊임없이 벌리고 있었다. 그녀가 입은 옷은 비넬리 부인의 원피스보다 색이 화려했지만 요란하지는 않았다. 어머니는 클라우디아를 감각 있는 사람이라고 평가했다.

"부온 조르노." 엘리베이터를 향해 가던 파이예 씨가 어느 날 아침 정원에서 어머니와 두 이탈리아 여인에게 고개를 숙여 인사했다. 우리는 테이블 하나를 차지하고 파란색과 회색이 섞인 커다란 파라솔 그늘 아래에 앉아 있었다. 클라우디아의 수영 가방은 의자 팔걸이에 매달려 있었고, 선글라스는 그녀의 아름다운 눈을 어둡게 가리고 있었다. 표지가 노란 『이티네라리오 스비체로*』가 테이블 위, 재떨이 옆에 놓여 있었다. 클라우디아는 담배를 피웠다. 비넬리 부인은 햇빛으로부터 얼굴 피부를 보호해 주는 챙이 넓은 흰색 모자를 쓰고 있었다. 비넬리 부인이 입은, 소매 끝에 단추가 달린 짙은 색 원피스는 그녀의 어깨와 목을 거의 덮고 있었다.

"파이예는 프랑스에서 유명한 이름 아닌가요? 파이예 백작 말이에요." 비넬리 부인이 물었다. 어머니는 비넬리 부인의 질문에 어리둥절

---

* 이탈리아어로 '스위스 여행기'라는 뜻.

해하면서 대답을 대신해 미소를 지었다. 클라우디아가 입에 물고 있던 담배를 빼더니 자기가 생각하기에 파이예 씨는 백작이 아닌 것 같다고 말했다. 그녀는 호텔 안에서 그런 이야기를 들은 적이 없다고 덧붙였다.

"우리 나라에는 백작이 없어요." 어머니가 말씀하셨다.

"이탈리아에서는 콘테라고 불러요." 비넬리 부인이 설명했다. "여백작은 콘테사라고 부르죠."

"저는 수영하러 갈래요." 클라우디아가 말했다.

어머니는 우리도 곧 수영하러 갈 거라고 대답했다. 에들런드 박사님은 운동 처방을 내려 주면서 어머니에게 소화가 어느 정도 되기 전에는 수영을 하면 안 된다고 당부했다. 나는 차와 브리오슈로 아침 식사를 하고는 언제나 적어도 두 시간이 지난 뒤에야 바다에 들어갔다. 나는 다른 사람들이 이런 문제에 그다지 신경 쓰지 않는다는 것을 알게 되었지만 건강과 관련해서 내가 남들과 다르다는 사실에 이미 익숙해진 상태였다. 에들런드 박사님은 내가 지나친 보호 속에서 자란 날들을 미소 지으며 되돌아볼 수 있는 날이 반드시 올 거라고 내게 자신 있게 말씀하셨다. 그러고서 그는 이런 시간을 보낸 덕분에 건강해진 만큼 감사한 마음 또한 갖게 될 거라고 서둘러 덧붙였다. 에들런드 박사님은 거짓말을 하고 있었다. 의사들은 때로는 진실을 말할 수 없는 법이다. 에들런드 박사님은 내가 어른이 될 수 없는 운명이라고 내 어머니와 아버지에게 말했다. 내 삶은 어린 시절을 벗어날 수 없었다. "저희는 그 문제에 대해서 얘기를 거의 안 해요." 그로부터 얼마 안 되어 아버지는 내 귀에 들린다는 것을 모른 채 이렇게 말했다. 아버지는 린빅에 와서 며칠간 머물고 계신 할머니에게 이야기하고 있었다. 아버지는 현명하게도 할머니가 떠나실 때가 거의 다 되어서야 사실을 알렸다. 아버지는 내 어린 시절이 무사히 지나갈 수 있도록 주의를 기울여 정성스럽게 돌보고 있다고 설명했지만 할머니는 출발하기 전에 눈물을 흘리면서 나를 품에 안으셨다. 할머니가 어찌나 힘껏 부둥켜안으시던지 나는 그 자리에서 당장 죽게 될 것만 같았다. 그로부터 얼마 안 지나서 어머니와 나는 산피에트로 알 마레에서 첫 여름을 보냈다. 파이예 씨가 빌라 파르코에 도착했을 때 나는 열한 살이었다.

"이제 가도 되겠다." 어머니가 말씀하셨다. 우리는 물건을 챙겨서 경사진 잔디밭을 내려간 뒤 엘리베이터를 타고서 해수욕장으로 갔다. 비넬리 부인은 더 시원한 그늘을 찾아서 나무 밑에 놓인 테이블로 이미 자리를 옮긴 상태였다.

그때 그 시절 이래로 내가 산피에트로의 바위 사이에서 수영하는 것만큼 좋아하는 일은 거의 없다. 고요하고 맑은 푸른 물은 바다라기보다는 호수처럼 보였다. 물에 씻긴 바위들은 각진 곳 없이 매끄러운 뼈처럼 새하얬고, 그 위에 눕는 사람들에게 기꺼이 편안한 쉴 자리가 되어 주었다. 잔디밭에 펼쳐져 있는 파라솔처럼 보이는, 파란색과 회색 캔버스 천으로 만들어진 자그마한 탈의용 오두막 두 채는 어머니와 나의 세상이 되었으며 우리가 수영을 하거나 물에 떠 있는 동안 어머니와 내 물건들을 안전하게 보관해 주었다.

"타뮈즈-튀?" 파이예 씨가 내 곁을 미끄러지듯 지나가며 물었다. 그는 팔을 물 위로 휘돌리며 수영을 했지만 물결을 거의 일으키지 않고 있었다. "티 디베르티?" 그는 다시 한 번 이렇게 말하더니 마침내 내 귀에 익기 시작한 언어로 바꾸어 물었다. "재미있니?"*

"아, 네, 재미있어요. 고맙습니다."

"세 봉."** 그는 어깨 너머로 나를 돌아보면서 큰 소리로 말했다. "즐기려고 여기에 온 거니까."

안내원이 어머니가 누울 수 있도록 바람을 넣어 부풀린 매트를 가져다주었다. 그러나 나는 뼈처럼 보이는 바위가 더 좋았다. 클라우디아는 어깨에 두르고 있던 폭이 좁은 천을 펼쳐서 자신만의 영역을 만든 뒤 그 위에 수건을 깔고, 수영 가방 안에 있던 물건들을 꺼내서 늘어놓았다. 그러고는 배를 바닥에 대고 엎드려 잠을 잤다. 수영을 하러 온 다른 사람들도 비슷한 방법으로 자리를 잡고서 다리와 등에 오일을 발랐다. 파이예 씨는 급하게 몸의 물기를 닦더니 해수욕장을 떠났다.

그날, 어머니와 내가 시내에서 저녁 산책을 한 뒤 식사를 한 시간 앞두고 호텔로 돌아가고 있을 때 택시 한 대가 우리 곁에 멈추어 섰다.

"모셔다드려도 될까요?" 파이예 씨가 물었다.

어머니가 일부러 산책을 하는 중이라고 대답하자 파이예 씨는 택시 기사에게 요금을 지불하고서 우리와 함께 걸었다. 전혀 예상하지 못한 일이었다. ("정말 놀랐어." 그날 저녁을 먹으면서 이 일에 대해서 이야기하다가 어머니는 이렇게 말씀하셨다.)

"트리오라에 볼일이 있어서 다녀오는 길입니다." 파이예 씨가 말했다. "어느새 날씨가 시원해졌군요!"

그는 트리오라는 숨이 막힐 정도로 더웠다고 말하더니 산피에트로로 돌아오는 것은 언제나 기분 좋은 일이라고 덧붙였다. "저는 산피에

---

* '타뮈즈-튀T'amuses-tu'와 '티 디베르티Ti diverti'는 각각 프랑스어와 이탈리아어로 '재미있니'라는 뜻.
** C'est bon. 프랑스어로 '다행이구나'라는 뜻.

트로의 안개 나무가 참 좋습니다. 부인은 안 좋아하시나요?"

어머니는 좋아한다고 대답했고, 어머니와 파이예 씨는 관목과 원예를 주제로 대화를 이어 갔다. 뒤이어 어머니는 우리가 산피에트로 알마레에서 3년째 여름을 보내고 있다고 말했다. 파이예 씨는 산피에트로에 처음 왔기 때문에 우리처럼 이곳을 잘 알지 못한다고 대답했다. 그는 트리오라에서 지내는 것보다 바다와 멋진 호텔이 있는 이곳에 오는 편이 낫겠다는 생각을 했다고 설명했다. 그러고서 그는 트리오라라면 아주 잘 안다고 덧붙였다.

"저희는 빌라 파르코에서 매번 즐거운 시간을 보내요." 어머니가 말씀하셨다.

파이예 씨는 우리가 산피에트로까지 먼 길을 왔는지, 어떻게 왔는지, 중간에 어디에서 묵었는지를 공손하게 물었다. 어머니는 마찬가지로 예의 바르게 질문에 대답했다.

"파리에서 오셨나요, 파이예 씨?"

"아, 아닙니다. 파리가 아니라 릴에서 왔습니다. 혹시 릴에 대해 들어 보셨나요?"

어머니는 릴에 대해서 들어 본 적이 있었다. 파이예 씨는 또다시 질문을 했고 어머니는 린빅이라고 대답했는데, 그가 이름을 알아듣지 못하는 바람에 같은 말을 되풀이해야 했다. 파이예 씨는 린빅이라는 도시가 존재한다는 사실을 그날 처음 알았다.

"릴하고 비슷한 도시예요. 제조업이 발달한 곳이죠." 어머니가 설명했다.

"그래도 릴만큼 큰 도시는 아니겠죠?"

"네, 훨씬 작아요."

"안개 나무에서 저녁 향기가 나는군요." 파이예 씨가 말했다. (나중에 저녁 식사를 하면서 어머니는 익숙한 부겐빌레아 향기만 느꼈다고, 안개 나무 꽃에서 향기가 난다는 소리는 들어 본 적이 없다고 말씀하셨다.)

"정말 굉장한 곳이에요!" 파이예 씨는 우리와 함께 호텔 정원을 가로질러 걷다가 흥분한 목소리로 외쳤다. "정말 굉장해요!"

이렇게 해서 파이예 씨와 어머니의 우정은 시작되었다. 이튿날 아침 어머니와 내가 아침 식사를 마치고 잔디밭에서 쉬고 있을 때, 파이예 씨는 우리 앞을 지나쳐 가는 대신에 멈춰 서서 이야기를 건네더니 앉아도 되겠느냐고 물었다. 10분 뒤 비넬리 부인과 클라우디아는 여느 때처럼 우리와 함께할 생각으로 호텔에서 나왔지만 다른 곳으로 갔다. 비넬리 부인은 안개 나무 밑에 자리를 잡았고, 클라우디아는 곧장 엘리베이터를 타러 갔다. 어머니와 파이예 씨는 눈치채지 못한 것 같았지만 나는 비넬리 부인과 클라우디아의 기분이 상한 것을 분명히 알 수 있었다. 어머니와 파이예 씨는 이제 모차르트의 오페라에 대해서 의견을 나누고 있었다.

"〈코시 판 투테〉는 정말 재미있어요!" 얼마 뒤 파이예 씨가 엘리베이터 안에서 큰 소리로 말했다. "저는 이 작품이 유쾌해서 좋아요."

해수욕장으로 내려가고 뒤이어 시간을 보내는 방법은 날이 바뀌어도 변하지 않았다. 모든 것이 똑같았다. 어머니와 나는 20분 정도 수영을 한 뒤 햇살 아래에 누워 있다가 다시 수영을 했다. 클라우디아는 자기만의 영역을 고집했고, 다른 사람들 역시 전날에 차지했던 자리에 머물렀다. 파이예 씨는 갑자기 급한 일이라도 생긴 것처럼 서둘러 몸을 말린 뒤 사라졌다.

"트리오라에서 용무를 보고 있겠죠." 어느 날 밤 비넬리 부인은 파이예 씨가 여느 때에 호텔로 돌아오던 시간이 지났는데도 모습을 드러내지 않자 이렇게 말했다. 아직 공기가 그다지 차갑지 않아서 나는 어머니와 함께 테라스에 머무를 수 있었다. 어머니는 아페리티프를 마시고 계셨다. 비넬리 부인과 클라우디아는 늘 그렇듯 우리의 옆 테이블을 차지하고 있었다. 파이예 씨는 택시를 멈춘 날 저녁부터 어머니와 같은 테이블에 앉아서 함께 아페리티프를 마셨다. 늘 일상적인 이야기가 시작되었고, 비넬리 부인과 클라우디아는 자연스럽게 대화 속으로 들어왔다. 조용히 입을 다물고 있는 사람은 나밖에 없었다.

"트리오라에서 무슨 할 일이 있는지 모르겠어요." 클라우디아가 올리브 하나를 집으려고 담배를 재떨이에 내려놓으면서 말했다. "프랑스 남자의 관심을 끌 만한 일은 없을 텐데요."

"부인을 만나러 가는 거예요." 어머니가 말했다. "파이예 씨는 그걸 일이라고 표현할 뿐이죠."

"부인요?" 비넬리 부인이 날카로운 목소리로 물었다. "몰리에 말이다." 그녀가 이탈리아어로 번역해 주자 클라우디아는 언짢은 표정을 지었다.

"그것도 모를까 봐요?" 클라우디아가 비넬리 부인에게 쏘아붙였다. "그러니까 파이예 씨가 결혼했다는 건가요, 시뇨라?"

"부인이 이탈리아 사람이래요." 어머니는 잠시 말을 멈추더니 이야기를 계속했다. "수녀님들이 돌보고 있대요."

"수오레 말이다." 비넬리 부인이 이렇게 설명하자 클라우디아는 화가 난 얼굴로 한숨을 쉬었다.

"트리오라에 있는 정신병원에서 지내고 있다더군요. 원래 트리오라

사람이래요. 아마도 귀족인 것 같아요." 어머니가 말했다.

비넬리 부인이 갑자기 대화의 주제를 바꾸었다. 이런 일에 대해서는 좀 더 생각한 뒤 신중하게 대화를 나누어야 한다고 여기는 듯했다. "클라우디아가 배역을 맡았어요. 오늘 연락을 받았답니다. 〈일 마리토 인 콜레조〉에서 제법 괜찮은 역을 맡게 됐어요."

"아직 두고 봐야 돼요." 클라우디아가 여전히 화난 목소리로 비넬리 부인이 한 이야기를 바로잡았다. "먼저 제작비부터 마련해야 해요."

파이예 씨는 그날 저녁에 우리와 함께하지 않았고 식당에도 모습을 드러내지 않았지만 어머니는 그의 부재에 대해서 아무 말도 하지 않으셨다. 우리는 테이블에서 일어선 뒤 식당에서 나갈 때 비넬리 부인과 클라우디아 곁을 지나야 했다. "인사도 없이 떠난 건 아니겠죠?" 비넬리 부인이 물었다. 그녀는 살찐 얼굴에 박힌 반짝거리는 작은 눈으로 어머니의 표정을 살폈다. 어머니가 무언가를 알고 있다고 믿는 것이 분명했다. "파이예 씨는 저한테 아무 말도 안 했어요." 어머니는 이렇게 대답하고는 호텔 방으로 돌아와 혼잣말을 하듯 작은 소리로 중얼거렸다. "파이예 씨 부인이 오늘 아팠던 모양이야."

이튿날 아침 식사 후에도 그는 보이지 않았고 해수욕장에도 나타나지 않았다. 내 눈에 어머니는 조금 침울해진 것처럼 보였다. 어머니의 마음속에 어렴풋한 의심이 파고든 것 같았고, 어머니는 나름대로 찾아낸 이유가 틀렸다는 생각을 하기 시작한 것 같았다. 그러나 어머니를 괴롭히기 시작한 의심은 금세 사라졌다.

"슬픈 시간이었습니다." 파이예 씨가 그날 저녁 시내에서 우리 곁으로 불쑥 다가오며 말했다. 우리는 약국에서 내 처방약 한 가지를 새로 받아서 나오는 길이었다. "어제 낮부터 줄곧 우울한 시간을 보냈어요."

"아, 어쩜 좋아요."

"때때로 찾아오는 일이죠."

파이예 씨는 표정이 풍부한 사람이었다. 그의 표정은 순식간에 변했고, 그의 짙은 눈동자는 입매의 움직임보다 한발 앞서 감정을 드러내 보였다. 전날 밤, 어머니와 비넬리 부인 사이에 오간 대화를 좀처럼 이해하지 못한 내가 묻자 어머니는 파이예 씨의 부인이 정신이상자라고 대답했다. 그러고서 어머니는 파이예 씨한테 힘겨운 일이라고 덧붙였다.

파이예 씨는 우리와 함께 호텔로 걸어 돌아온 뒤 테라스에 앉았다. 그는 어머니와 자기가 마실 아페리티프와 더불어 나를 위해서 알비코카를 주문했다. 그는 트리오라에서 양복에 어울리는 리넨 모자 하나를 샀다. 트리오라의 햇살은 언제나 강하다고 그가 말했다.

"돌아오셨군요!" 비넬리 부인이 테라스에 앉아 있는 파이예 씨를 보자마자 외쳤다.

"아, 위*." 파이예 씨가 대답했다. "이렇게 돌아왔습니다."

파이예 씨는 영어를 말할 때 단어의 맨 앞에 오는 'h' 발음을 힘들어했다. 그는 다시 제대로 발음하려고 방금 한 말을 되풀이하고는 했다. 그는 돌아왔다고 대답한 뒤 고개를 끄덕였고, 모두가 그를 보고 싶어 했다는 비넬리 부인의 말을 귀 기울여 들었다.

"파이예 씨가 무사히 우리 곁에 돌아오셨다." 비넬리 부인은 테라스에 도착한 클라우디아에게 이렇게 말했다. "인사 없이 떠난 게 아니었어."

* oui. 프랑스어로 '네'라는 뜻.

"그럴 리가요. 그런 잘못은 절대로 저지르지 않을 겁니다." 파이예 씨가 말했다.

그날 저녁에 파이예 씨는 침울한 기분 탓에 우리와 함께 저녁 식사를 했다. "방해가 되는 건 아닐까요? 실례를 범하고 싶지는 않은데요." 어머니는 전혀 그렇지 않다고 대답했다. 어머니는 사람들로 꽉 찬 식당을 가로질러 오는 비넬리 부인의 눈길과 아무것도 못 본 체하는 클라우디아의 모습이 전혀 눈에 들어오지 않는 것 같았다.

"이곳 산피에트로에서 뭘 그리는 게 가장 좋니?" 파이예 씨가 내게 물었다.

나는 대답을 찾을 수 없었다. 해수욕장의 바위? 식당 종업원들? 카페테라스에 앉아서 바라보는 산책로? 클라우디아 혹은 비넬리 부인? "안개 나무요. 그리기가 굉장히 어렵거든요." 나는 결국 이렇게 대답했다. 사실이었다. 나는 아무리 노력해도 안개 낀 것처럼 보이는 꽃과 그 미묘한 색감을 제대로 표현할 수 없었다.

"게다가 그 어떤 그림도 안개 나무의 저녁 향기를 전할 수는 없지." 어머니가 말했다.

어머니는 소리 내어 웃었고, 파이예 씨도 덩달아 웃었다. 안개 나무가 저녁나절에 향기를 내뿜는다는 그의 착각은 언제부터인지 알 수 없지만 어머니와 파이예 씨 사이에 농담거리가 되었다. 나는 더 이상 아무 말 없이 잠자코 앉아 있었다. 어머니와 파이예 씨는 아침 식사를 마친 뒤 잔디밭에서 함께했을 때보다, 그리고 아페리티프를 함께 마셨을 때보다 더 가까워진 것처럼 보였다. 나는 어머니와 파이예 씨 사이에 오가는 대화가―나 역시 함께하고 있었지만―사용된 단어에 담긴 의미보다 더 많은 뜻을 전하고 있는 것 같다는 어리둥절한 기분을 느꼈다.

"먼저 올라가렴." 어머니가 말했다. "나도 곧 갈게."

나는 한 번도 그런 적이 없기 때문에 식당에서 혼자 나가는 것이 조금 쑥스러웠다. 우리가 함께 식당에서 나갈 때면 사람들은 언제나 어머니와 나를 쳐다보았다. 잘 자라는 인사로 고개를 숙여 보이는 사람들이 있는가 하면 "부오나 노테" 혹은 "본느 뉘"라고 소리 내어 인사하는 사람들도 있었다.* 그러나 혼자서 식당을 나서는 내게 관심을 보이는 사람은 아무도 없었다. 물론 비넬리 부인은 예외였다. "먼저 올라가라고 했구나!" 비넬리 부인이 말했다.

"부오나 노테, 시뇨라."

클라우디아는 내가 이탈리아어로 말한 것이 반가워서 손가락 끝을 맞부딪치며 가볍게 박수를 쳤다. 앞서 내게 이탈리아어 몇 마디를 가르쳐 준 클라우디아는 내가 저녁 인사를 훌륭하게 말했다고 칭찬하면서 듣는 귀가 좋다고 내 등에 대고 큰 소리로 외쳤다.

"가엾은 것." 비넬리 부인이 식당의 스윙 도어를 밀고 나가는 나를 보면서 쓸쓸한 표정으로 한탄했다. "애한테 이게 무슨 짓이람!"

그날 밤 나는 악몽을 꾸었다. 아버지와 나는 린빅의 수도원장 집에 있었다. 거기에 왜 있는지는 알 수 없었지만 수도원장과 함께 무언가를 먹은 뒤 우리는 작은 방으로 안내되었다. 그 방은 수도원장이 취미로 모아서 수리한 시계들로 가득 차 있었다. 나는 그 방에서 아버지와 수도원장이 이야기를 나누는 동안 시계 문자판 하나를 훔쳐서 애써 주머니에 감추었다. 그러고서 나는 더 많은 것을 훔친 듯했다. 탁자에

---

* '부오나 노테buona notte'와 '본느 뉘bonne nuit'는 각각 이탈리아어와 프랑스어 저녁 인사이다.

는 파란색 모직이 깔려 있었는데, 나는 그 위에 놓여 있던 용수철과 톱니바퀴와 시곗바늘을 집어서 주머니마다 가득 채웠다. "경찰을 불러야겠다." 수도원장이 이렇게 말하더니 나를 의자에 앉혔다. 그리고 아버지는 내 몸을 밧줄로 의자에 묶었다. 잠시 후 나타난 사람은 경찰이 아니라 우리한테 땔나무를 배달하는 나이 든 남자였다. "새로운 치료법이죠." 그 남자는 파란색 모직이 깔린 탁자에서 대형 괘종시계의 분침 하나를 집더니 바늘 끝으로 내 한쪽 눈꺼풀 밑을 찔렀다.

"괜찮아, 괜찮아." 어머니가 말했다. "나쁜 꿈을 꾼 것뿐이란다."

어머니의 포옹은 나를 보호했다. 뺨에 어머니의 서늘한 입술이 느껴졌다. 어머니는 송아지 에스칼로프에 들어 있던 마늘이 터무니없는 꿈을 꾸게 한 거라고 말하면서 꿈 이야기를 들려 달라고 하셨다. 그런 말도 안 되는 꿈 때문에 겁을 먹었다는 사실이 나는 바보스럽게만 느껴졌다. 나는 땔나무 장수한테 받은 벌에 대해서 어머니한테 이야기했다. 꿈을 꾸는 동안 악몽일 뿐이라는 사실을 깨닫지 못했다니 정말 부끄러웠다.

내 위로 몸을 숙인 어머니 뒤로 세로로 길쭉한 사각형을 그리는 빛이 보였다. 어머니 방의 열린 문을 통해서 새어 나오는 불빛이었다. 내 허약한 체질 때문에 우리는 호텔에 묵을 때마다 이웃한 방 두 개를 골랐다. "오늘 밤에는 이렇게 잘까?" 어머니가 물었지만 나는 고개를 저었다. 침대 옆에 불을 켜 두자는 어머니의 제안도 거절했다. 공상 속의 위협에 굴복하는 것은 비겁한 행동이라고 언젠가 아버지가 말씀하신 것만 같았다. 그러나 아버지가 정말로 그런 이야기를 하셨더라도 매몰차게 말했을 리가 없었다. 아버지는 그렇게 말하는 법이 없었다.

얼마나 오랜 시간이었는지는 알 수 없지만 나는 한동안 잠을 잔 것 같았다. 갑자기 잠에서 깨어났고, 시계로 가득 찬 수도원장의 방과 나를 엄습했던 두려움을 곧바로 떠올렸다. 위안이 되는 어머니가 곁에 없었기 때문에 나는 겁쟁이라는 소리를 들을지 모르지만 다시 잠들고 싶지 않았다. 어머니가 와서 두 팔로 나를 안아 주었을 때보다 잠이 더 반짝 깼다. 나는 어둠 속에 누운 채 무서워서 눈을 감지 못했다.

밖에서 속삭이는 소리가 들렸다. 어머니의 방으로 이어지는 문 밑 틈으로 빛이 보였다. 나는 그 빛을 뚫어질 듯 바라보면서 귀를 세웠다. 어머니가 누군가와 이야기를 주고받고 계셨다. 잠시 침묵이 흐르다가 다시 속삭이는 소리가 들렸다.

갑자기 문이 열려서 나는 눈을 감았다. 내가 무서워서 못 자고 있는 것을 어머니가 알게 되는 것이 싫었다. 어머니는 침대 곁으로 살며시 걸어와서 가만히 서 있다가 다시 방을 가로질렀다. 그러고서 어머니는 문을 닫기 전에 "자고 있어요"라고 말했다. 다행이라고 대답하는 파이예 씨의 목소리가 들렸다.

다시 대화가 이어졌다. 나는 어머니와 파이예 씨가 서로에게 무슨 말을 하는 건지 궁금했다. 어머니는 내 허약한 체질에 대해서 파이예 씨한테 얘기했을까? 에들런드 박사의 허세 섞인 말에도 불구하고 모두들 내가 어른이 되는 모습을 볼 수 없을 거라고 생각한다는 사실을 얘기했을까? 나는 파이예 씨에게 이야기하는 어머니의 모습과 어머니가 그의 이탈리아인 아내를 동정하는 것과 마찬가지로 나를 가엾게 여기는 파이예 씨의 모습을 상상했다. 나는 내게 몹시도 다정한 어머니가 산피에트로에서 파이예 씨 같은 친구를 사귄 것이 기뻤다. 어머니는 오직 나 하나를 위해서 유럽을 가로질러 이 먼 거리를 여행하셨다. 책을 읽고, 수영을 하고, 예의를 차려 대화를 주고받는 것 말고는 어머니가 이곳에서 할 일은 아무것도 없었다. 나는 어머니가 아이를 더 낳는 것은 불가능했음을 알고 있었다. 언젠가 왜 내게는 동생이 없는지를 물은 적이 있었다. 나는 어머니가 나를 위해서 희생을 감수했음을 알고, 내 삶이 끝나는 날 어머니와 아버지를 덮칠 슬픔에 대해서도 알고 있었다. 그러나 슬픔을 몰라야 하는 나는 슬픔을 느끼면 안 되었다. 나는 내게 허락된 것 이상으로 그 무엇도 바라지 않았다.

나는 잠이 들었고 또다시 꿈을 꾸었다. 그러나 이번에는 기분 좋은 꿈이었다. 어머니와 아버지 그리고 나는 아버지가 군사 팀과 함께 멋진 경기를 펼친 날 저녁에 우리를 데려갔던 식당에 앉아 있었다. 주위에 있는 사람들은 소리 내어 웃으면서 이야기를 나누었고, 아버지와 어머니도 마찬가지였다. 꿈속에서 본 것은 그게 다였지만 아침에 그 꿈을 떠올리면서 나는 행복한 기분을 느꼈다.

"트리오라에 훌륭한 십자가 강하降下 작품 한 점이 있습니다." 파이예 씨가 아침 식사를 마친 뒤 잔디밭에서 말했다. "가 볼 만하죠."

어머니는 파이예 씨의 제안을 기다리기라도 한 것처럼 그가 말을 끝내기도 전에 서둘러 대답하고는 나를 돌아보면서 트리오라에 가는 것이 멋진 여행이 될 거라고 말했다.

"성당에서 멀지 않은 곳에 분위기 좋은 아담한 식당이 있어요." 파이예 씨가 말했다. "테라스에는 덩굴식물이 그늘을 드리우고 있죠. 그 식당에서 한두 번 점심 식사를 한 적이 있습니다."

그날 어머니와 나는 수영을 마친 뒤 바람을 넣어 부풀린 매트와 내 것처럼 되어 버린 흰 바위에 눕지 않았다. 그 대신 우리는 파이예 씨처럼 재빨리 옷을 입었다. 파이예 씨가 날마다 트리오라까지 타고 가는 택시가 호텔 밖에서 기다리고 있었다.

나는 판에 박힌 듯 똑같던 일과에 변화가 생긴 것이 즐거웠다. 하지만 '십자가 강하'나 작품을 전시하고 있는 성당을 구경하는 것은 재미없었다. 우리는 성당에서 많은 시간을 보내지 않았다. 1분도 안 되어서 밖으로 나온 것 같았다. 우리는 카페 하나를 골라서 안으로 들어간 뒤 날마다 그렇듯 아버지에게 엽서를 썼다. '우리는 오늘 파이예 씨하고 트리오라에 왔어요. 파이예 씨는 정신이상에 걸린 이탈리아인 부인을 날마다 만나러 가요. 우리는 성당에서 그림 하나를 봤어요.' 나는 이렇게 적었다. 드디어 무언가 다른 이야깃거리가 생겼기 때문에 엽서에 쓸 말을 쉽게 생각해 낼 수 있었다. 나는 미소를 지으면서 어머니에게 엽서를 건넸다. 나는 내가 이렇게 빨리 엽서를 쓴 것에 어머니가 놀랄 줄만 알았다. 어머니는 주의 깊게 내용을 읽을 뿐 어머니가 전할 말을 엽서에 곧바로 덧붙여 적지 않았다. 어머니는 엽서를 핸드백에 넣으면서 나중에 쓰겠다고 말했다. (나중에 나는 어머니 방에 있는 휴지통에서 조각조각 찢어진 채 버려진 엽서를 발견했다.)

"오늘은 편안하군요." 파이예 씨가 덩굴식물이 그늘을 드리운 아담한 식당에서 말했다. "오늘은 정말 평온한 날이에요."

파이예 씨는 늘 이런 식이라고 설명했다. 그의 아내는 한차례 발작을 일으키고 난 뒤면 한동안 조용히 지내고는 했다. 그래서 그는 그날 오후에 정신병원에 가는 대신 우리와 함께 빌라 파르코로 돌아왔고, 어머니와 내가 다시 수영을 하러 갈 때에도 우리와 함께했다. "클라우디아가 배역을 맡는 건 이제 거의 확실해요." 비넬리 부인이 저녁 식사 전에 테라스에서 말했다. "하루 종일 클라우디아를 찾는 전화가 왔답니다."

어머니와 파이예 씨는 서로의 얼굴을 바라보지는 않았지만 함께 미소를 지었다. 잠시 후 테라스에 도착한 클라우디아는 〈일 마리토 인 콜레조〉 출연은 전혀 확정된 일이 아니라고 말했다. 그녀는 전화가 걸려 오는 것은 결정을 내리지 못하고 망설이고 있음을 뜻하기 때문에 언제나 나쁜 징조라고 설명했다.

저녁 식사를 하러 갈 때, 파이예 씨는 아주 잠깐 동안 손으로 어머니의 팔꿈치를 받쳐 주었다. 그는 더 이상 침울하지 않았지만 그날 저녁 역시 우리와 같은 테이블에 앉았다. 나는 파이예 씨와 어머니가 대화를 나누는 모습을 보면서 또다시 기분이 좋았다. 어머니가 산피에트로에서 비넬리 부인과 클라우디아를 비롯한 다른 모든 투숙객과 비교할 때 훨씬 더 친구라고 부를 만한 사람과 함께하는 모습은 보기 좋았다. 그날 밤 나는 잠에서 한 번 깼는데 소곤거리는 소리가 들렸다.

린빅으로 돌아가는 길에 어머니가 말씀하셨다. 아마도 함부르크에 서였던 것 같다.

"트리오라에 간 건 잊어버리자."

"잊으라고요?"

"그러니까 내 말은 비밀로 하자는 거야."

나는 그래야 하는 이유를 물었다. 어머니는 그날 어느 상점 앞을 지나다가 진열장 안에서 아버지한테 크리스마스 선물로 사 주고 싶은 옷을 봤다고 망설임 없이 대답했다. 어머니는 그때 그 옷을 구입하지 않았지만 파이예 씨한테 다음에 트리오라에 가는 길에 사다 달라고 부탁했다고 설명했다.

"아저씨가 사 왔어요?"

"그래, 사 왔단다."

어머니는 파이예 씨와 아버지의 체격이 똑같다고 말했다. 어머니가 알려 주지 않아서 나는 그것이 어떤 옷인지 알 수 없었다. 어쨌든 어머니의 말대로라면 파이예 씨는 친절하게도 직접 그 옷을 입어 보았다. "나는 파이예 씨 얘기는 안 할 작정이다. 그러다가 바보같이 그 비밀을 말하게 될지 모르니까. 누군가에 대해서 말하다 보면 무심결에 해서는 안 될 이야기까지 할 수 있거든. 그러니까 우리 둘 다 파이예 씨 얘기는 안 하는 게 좋겠다."

나는 그 이야기를 들으면서 어머니가 이렇게 말도 안 되는 소리를 하는 것은 처음이라고 생각했다. 우리가 함께 트리오라에 다녀온 날 이후로 파이예 씨는 매일 저녁 호텔 앞에 멈춘 택시에서 내린 뒤 어머니와 내가 있는 테라스로 왔다. 그러나 그가 꾸러미를 들고 온 적은 없었고, 어머니한테 꾸러미를 건넨 적도 당연히 없었다. 게다가 나는 어머니가 트리오라에서 남자 옷이 진열된 쇼윈도 앞에 멈춰 서는 것을 본 기억이 없었다.

"네, 알겠어요." 내가 대답했다.

내 어린 시절이 막을 내리는 순간이었다. 에들런드 박사가 스스로도 믿지 못하면서 화통하게 장담한 날이 마침내 찾아와서 내가 산피에트로 알 마레에서 보낸 여름날들을, 특히 그해 여름을 이렇게 회상하고 있다니 사람 일이란 참으로 알 수 없는 법이다. 나는 물론 휴양지에서 돌아와 린빅에서 보낸 날들도 기억한다. 어린 시절의 나는 어머니와 아버지가 더 이상 서로를 사랑하지 않게 되었다는 사실을 몰랐다. 나는 내 허약한 체질이 어머니와 아버지를 하나로 묶어 주었음을 알지 못했다. 공정하게 대하고 싶다면 얼마 못 살 아이에게 다른 모든 괴로움은 물론이고 가정 붕괴의 고통을 안겨 주어서는 안 되었다.

이듬해 여름 우리가 다시 빌라 파르코를 찾았을 때, 파이예 씨는 이미 그곳에 머물면서 정신이상에 걸린 이탈리아인 아내를 면회하러 오가고 있었다. 어머니와 내가 도착한 첫날 밤부터 그는 우리와 같은 테이블에 앉았고, 그 이후로 줄곧 우리와 함께 시간을 보냈다. 그해 비넬리 부인과 그녀의 딸은 호텔에 없었다. (그 이후로도 어머니와 내가 빌라 파르코에 묵는 동안 두 사람의 모습을 본 적은 없었다. 내가 보기에 어머니와 파이예 씨는 두 사람이 없는 것을 다행으로 여겼다. 그래도 어머니와 파이예 씨는 비넬리 부인과 클라우디아의 이야기를 자주 했고, 두 사람을 기억하면서 즐거워하는 것 같았다.)

"릴에는 10월에 벌써 눈이 왔어요." 파이예 씨가 말했다. 그날 밤 그리고 그 뒤를 이은 밤에도 대화는 내가 있는 탓에 이런 식으로 이어졌다. 시간은 흘렀고, 어머니는 린빅으로 돌아가면 파이예 씨 이야기를 하지 말아야 한다는 당부를 더 이상 하지 않았다. 어머니는 괜한 어리석은 소리를 다시 할 필요가 없음을 아셨다.

내가 열여섯 살이 되고 뒤이어 열일곱 살이 되었을 때에도 우리는 여전히 산피에트로에 갔다. 허약한 자식을 유럽을 가로질러 햇볕이 따뜻한 곳으로 데려가는 것은, 하나의 의무로 시작된 이 일은 이제 어머니의 삶에 숨을 불어넣어 주는 것이 되었다. 더 이상 그럴 필요가 없어진 한참 뒤에도 우리는 여행을 계속했다. 역할이 뒤바뀌어서 나는 이제 동정심을 느끼는 입장이 되었다. 파이예 씨가 한때 연민의 정으로 찾아가던 미친 아내는 죽었다. 그런데도 파이예 씨는 빌라 파르코에 오기를 멈추지 않았다. 나는 식당에서 종업원들이 호텔에 새로 고용된 신참들에게 몇 번이고 되풀이해서 가르쳐 주어야 할 내용들을 설명하는 모습을 보고는 했다. 나는 나이를 먹어 가면서 더 이상 어머니와 이웃한 방에 묵지 않았다.

린빅에서 아버지에게는 다른 여자들이 생겼다. 내 어린 시절이 막을 내린 뒤 나는 이따금 밤에 아버지가 취한 모습을 보았다. 아버지와 어머니는 이런 생활이 얼마 남지 않았을 거라고 슏하게 생각했을 게 분명했지만 두 분의 고결한 결심을 흔들림 없이 끝까지 지켰다.

한 해 두 해 느리게 흘러간 의심의 시간은 내 어린 시절의 추억에서 마법을 앗아 간 채, 볼품없는 사실을 담은 빛바랜 사진처럼 평범한 기억만을 남겼다. 그러나 테이블보를 가로지르던 아버지의 손과 어머니의 머리카락을 비추던 촛불 빛은 한동안 얼마나 근사한 추억거리가 되어 주었던가. 안개 나무, 비넬리 부인과 클라우디아 그리고 하늘처럼 푸르른 바다는 또 얼마나 멋진 추억거리가 되어 주었던가! 내 아버지는 훌륭한 승마 선수셨고, 어머니는 내가 지금까지 만난 여자들 중에서 가장 아름다운 분이셨다. "티 디베르티?" 내 곁을 헤엄쳐 가던 파이예 씨는 전혀 힘든 기색 없는 목소리로 물었다. 파이예 씨가 다른 누구도 아닌 내게 말을 건넨 것에 나는 얼마나 기분이 좋았던가!

내게 덤으로 주어진 시간 속에서 나는 흑단 상자에 담아 두었던 얼룩진 그림들을 꺼내 본다. 나는 산피에트로의 안개 나무를 그린 습작들을 보면서 내게 재능이 없었음을 깨닫는다. 안개 나무의 그 특별한 나뭇잎이 지닌 포착하기 어려운 특징을 그림에 담으려고 그토록 열심히 애썼다니, 이제야 그 노력이 어리석게만 느껴진다.

삼인조
A Trinity

두 사람 모두가 삼촌이라고 부르는 노인이 그들이 신혼여행 이후로 처음 떠나는 휴가 비용을 대 주었다. 사실 노인은 그들과 혈연으로 맺어진 사이가 아니었다. 그는 11년째 던의 고용주 위치에 있었지만 실질적으로는 그들과 후견인과 피후견인의 관계에 있었다. 던과 그녀의 남편은 노인과 함께 살면서 그를 돌보았지만 다른 시각에서 보면 노인이 두 사람을 돌본다고도 말할 수 있었다. 그는 던과 그녀의 남편에게 자신의 보살핌이 필요하다는 것을 수시로 증명해 보였다. "자네 둘에게 필요한 건 가을 햇살이야." 그는 이렇게 말하면서 키스에게 가능한 한 많은 여행 상품 안내 책자를 구해 오라고 지시했다. "둘 다 얼굴이 백지장처럼 하얗군."

노인은 두 사람 인생의 다양한 측면을 통해서 간접적으로 삶을 살아갔으며 그들이 하는 모든 이야기에 귀를 기울였다. 두 사람과 함께 기대감에 부푼 채 온갖 색깔로 가득 찬 안내 책자들을 한 장 한 장 즐거운 마음으로 넘겼고, 부엌 식탁에 광택지로 제작된 팸플릿을 올려놓고서 하나하나 펼쳐 보았다. 그는 에게 해의 푸르름과 산레모 꽃 시장, 나일 강과 피라미드, 코스타 델 솔과 바이에른의 보물 앞에서 감탄해 마지않았다. 그러나 보는 즉시 그의 마음을 사로잡은 곳은 베네치아였다. 그는 베네치아의 경이로운 다리와 수로 그리고 장엄한 산마르코 광장을 몇 번이고 다시 들여다보았다.

"나는 베네치아를 여행하기에는 너무 늙었어." 노인은 조금 서글픈 목소리로 말했다. "나는 이제 너무 늙어서 아무 데도 갈 수 없어."

키스와 던은 그렇지 않다고 대답하면서 함께 가자고 설득했다. 그러나 그는 늙기도 했지만 신문 판매점을 지켜야 했다. 위더스 부인에게 가게를 맡기고 떠날 수는 없었다. 그건 공정하지 못했다.

"엽서 한두 장만 보내 줘. 그거면 됐어." 노인이 말했다.

그는 키스와 던을 위해서 적당한 가격의 패키지 상품 하나를 골랐다. 개트윅 공항에서 출발하는 항공편으로 동화의 도시에 도착한 뒤 펜시오네 콘코르디아에서 12일을 묵도록 준비된 상품이었다. 키스와 던은 예약을 하려고 함께 여행사에 갔다. 창구 직원은 그 패키지 상품을 예약한 다른 손님들이 윈저의 이탈리아어 학원 수강생들이며 모두가 시뇨르 반치니한테서 이탈리아어를 배우고 있다고 설명했다. "원한다면 반치니 씨가 진행하는 가이드 투어에 참가하실 수 있습니다." 창구 직원이 말했다. "물론 아침 식사와 저녁 식사는 따로 준비해 드릴 겁니다."

노인은 윈저의 단체 여행객 이야기를 듣고는 몹시 기뻐했다. 그런 사람들과 어울리고, 게다가 약간의 추가 비용으로 이탈리아어 교사의 전문 지식을 접할 수 있다니, 노인은 덤을 얻는 것과 같다고 말했다. "여행은 생각을 넓히는 법이지. 나는 안타깝게도 그런 기회를 단 한 번도 갖지 못했어."

그러나 무언가가 잘못되었다. 여행사 혹은 개트윅 공항, 그것도 아니면 누가 사용했는지 알 수 없는 컴퓨터에 작은 재앙이 내렸다. 던과 키스를 태운 비행기는 스위스에 도착했고, 두 사람은 에델바이스라는 호텔의 212호실을 배정받았다. 그들은 개트윅 공항에서 노랗고 빨간 유니폼을 입은 유어-카인드-오브-홀리데이 여직원에게 항공권을 건넸다. 여직원은 두 사람의 이름을 부르면서 항공권에 적힌 사항들을 확인하고는 아무 이상이 없다고 말했다. 그로부터 한 시간 뒤 던과 키스는 비행기에 오른 노인들이 영국 북부 억양이 드러나는 말투로 나누는 대화를 듣고서 놀랐다. 여행사 창구 직원은 시뇨르 반치니가 인솔하는 이탈리아어 수강생들이 윈저 사람들이라고 분명히 말했다. 던은 이 점에 대해서 이야기했지만 키스는 예약이 취소되었거나 이탈리아어 학원 수강생들이 다음 비행기에 타고 있는지도 모른다고 대답했다. "공항 이름일 거야." 기장이 안내 방송을 통해서 베네치아처럼 들리지 않는 목적지를 알리자 키스는 자신 있는 목소리로 이렇게 말했다. "개트윅이나 히드로라고 말하는 것처럼." 두 사람은 던이 가장 좋아하는 술인 드람뷰를 두 잔 주문해서 마셨고 다시 두 잔을 더 부탁했다. "이제 버스로 이동할 겁니다." 비행기가 착륙하자 안경을 쓴 통통한 여자가 말했다. "다 같이 움직이세요." 여행 상품 안내 책자에는 중간에 일박을 할 거라는 내용이 없었다. 그러나 버스가 에델바이스 호텔에 도착하자 키스는 원래 이렇게 계획된 상품이 틀림없다고 설명했다. 그는 패키지 상품을 판매하는 회사들이 비행기로 이동한 뒤 버스로 갈아타는 방법을 통해서 가격을 낮춘다는 이야기를 직장 동료한테서 들었다. 던과 키스는 자정이 가까운 시각에 버스에서 내렸다. 긴 여행으로 지치고 후줄근해진 두 사람은 아무 생각 없이 배정받은 방에서 잠을 잤다. 그러나 이튿날 아침, 던과 키스는 휴가 기간 내내 그 방이 자신들 앞으로 예약되어 있음을 알고는 놀랐다.

"호텔 앞에 호수가 있습니다. 물새도 보실 수 있어요." 프런트 데스크 직원이 미소를 머금은 얼굴로 설명했다. "증기선을 타고 인터라켄에 가실 수도 있습니다."

"착오가 있었습니다." 키스가 차분한 목소리로 프런트 데스크 직원에게 사실을 알렸다. 이런 상황에서는 무엇보다도 침착해야 했다. 그의 귓가에 바로 곁에서 거칠게 몰아쉬는 아내의 숨소리가 들렸다. 던은 무언가 잘못되었다는 사실을 알고는 주저앉고 말았지만 지금은 다시 일어서 있었다.

"방을 바꿔 드릴 수는 없습니다." 호텔 직원이 곧바로 대답했다. "방 배정이 이미 끝났습니다. 단체 여행 오신 것 맞죠?"

키스는 고개를 저었다. 그는 이 그룹이 아니라 다른 목적지로 가는 그룹과 함께 여행하기로 되어 있다고 설명했다. 키가 크지 않은 키스는 온갖 부류의 공무원에서부터 점원에 이르기까지, 다른 사람들이 거만한 태도로 자신을 대한다는 피해 의식을 자주 느꼈다. 점원들은 그의 작은 키가 인격적으로 부족한 사람임을 드러내 보인다고 여기는 듯했다. 호텔 직원은 키스의 마음에 들지 않는 태도로 같은 말을 되풀이했다.

"여기는 에델바이스 호텔입니다."

"지금 우리가 있어야 할 곳은 베네치아입니다. 펜시오네 콘코르디아에 있어야 해요."

"그런 이름은 모릅니다. 여기는 스위스예요."

"버스가 저희를 목적지까지 태우고 갈 겁니다. 비행기에서 여행사 관계자가 그렇게 말했어요. 그 여자분은 어젯밤에 여기에 있었어요."

"내일은 퐁뒤 파티가 열릴 겁니다." 호텔 직원은 여행사 관계자에 대한 이야기를 공손하게 들은 뒤 이렇게 말했다. "화요일에는 초콜릿 공장 견학이 예정돼 있습니다. 다른 날에는 증기선을 타고서 인터라켄에 가실 수 있습니다. 인터라켄에는 찻집도 있고, 저렴한 가격에 기념품을 판매하는 가게도 있습니다."

던은 아직 아무 말도 하지 않았다. 키스와 마찬가지로 작고 가냘픈 체격의 그녀는 오렌지색 파우더를 발랐는데 얼굴이 창백해 보였다. 노인은 특유의 장난기 어린 목소리로 그녀를 '갈비 씨'라고 부르면서 가서 좀 누우라고 말하기도 했다.

"정말 멋진 곳이죠?" 키스 뒤에서 열띤 목소리가 들려왔다. "밖에 나가서 오리한테 먹이를 주고 오는 길입니다. 나가 보셨나요?"

키스는 뒤를 돌아보지 않았다. 그는 단어를 또박또박 끊어 발음하면서 프런트 데스크 직원에게 천천히 말했다. "휴가 예약이 잘못됐습니다."

"손님 일행은 에델바이스 호텔에 12일간 묵도록 예약돼 있습니다. 만약 마음이 바뀌어서 예약 사항을 변경하고 싶으시다면……"

"마음이 바뀐 게 아닙니다. 예약 과정에 오류가 있었어요."

호텔 직원은 고개를 저었다. 그는 오류에 대해서는 알지 못한다고, 오류가 있었다는 통보는 받은 적이 없다고 말했다. 그러고서 그는 어떻게든 돕고 싶지만 도움을 줄 만한 방법이 없다고 덧붙였다.

"예약을 받은 남자는 대머리였어요. 안경을 쓰고 콧수염을 길렀죠." 던이 끼어들었다. 그녀는 런던에 있는 여행사 이름을 댔다.

호텔 직원은 대답 대신에 직업상 몸에 밴 미소를 지어 보였다. 그는 숙박계 모서리를 만지작거렸다. "콧수염요?" 호텔 직원이 말했다.

같은 비행기를 타고 온 나이 든 여자 세 명이 프런트 데스크 근처를 지나갔다. "시트 밑에 고무가 깔려 있더군. 알고 있었어?" 그중 한 명이 물었다. "호텔을 운영하는 입장이라면 어떻게든 조심하고 싶겠지." 또 다른 한 명이 이해한다는 목소리로 대답했다.

"무슨 문제라도 있나요?" 나머지 한 명이 키스를 향해 활짝 웃으면서 물었다. 키스가 여행사 관계자라고 말한 통통한 여자였다. 그녀는 오늘 아침에 초록색과 파란색이 어우러진 화려한 바지 정장을 입고 있었다. 얼굴에 쓴 안경은 금처럼 보이도록 가공된 소용돌이무늬 금속으로 장식되어 있었고, 정성스럽게 손질한 하얗게 센 머리에는 웨이브가 들어가 있었다. 키스와 던은 그녀가 개트윅 공항에서 노랗고 빨간 유니폼을 입은 항공사 여직원에게 말하는 것을 보았다. 그녀는 비행기 안에서 승객들에게 미소를 지어 보이면서 통로를 오가기도 했다.

"제 이름은 프랭크스입니다." 그녀가 말했다. "다리가 불편한 남자분 보셨죠? 그분이 제 남편이에요."

"책임자신가요, 프랭크스 씨?" 던이 물었다. "저희는 엉뚱한 호텔에 와 있어요." 던은 다시 한 번 여행사 이름을 댄 뒤 안경과 콧수염 이야기를 하면서 대머리인 카운터 직원의 생김새를 설명했다. 키스가 던의 말을 막았다.

"아무래도 저희가 엉뚱한 그룹과 함께 온 것 같습니다. 유어-카인드-오브-홀리데이 여직원에게 항공권을 보인 다음 안내하는 대로 따랐을 뿐입니다."

"탑승객들이 윈저 출신이 아닌 걸 보고 잘못된 걸 바로 알아챘어야 했어요." 던이 말했다. "승객들이 달링턴에 대해서 말하는 걸 들었죠."

키스는 짜증 난 소리를 냈다. 그는 자기가 설명할 수 있도록 던이 잠자코 있기를 바랐다. 달링턴이나 카운터 직원의 콧수염에 대해서 말하는 것은 설명을 더 복잡하게 만들 뿐 아무 소용 없었다.

"개트윅에서 당신을 봤습니다." 키스가 통통한 여자에게 말했다. "한눈에 책임자시라는 걸 알았죠."

"저도 두 분을 봤어요. 당연히 봤죠. 아마 모르셨겠지만 인원수를 확인할 때 두 분도 셌답니다. 모니카는 항공권을 확인했고 저는 인원수를 점검했죠. 그래서 아무 이상이 없다는 걸 압니다. 제가 설명을 좀 드리죠. 유어-카인드-오브-홀리데이는 고객들을 아주 여러 곳으로 보낸답니다. 다양한 가격에 다양한 여행 상품을 준비하고 있죠. 무슨 말인지 아시겠어요? 모두의 주머니 사정과 취향을 맞출 수 있도록 말이에요. 예를 들자면 모험을 즐기는 35세 미만의 고객을 위해서는 숙박 시설로 휴가용 주택을 사용하는 상품이 마련돼 있습니다. 터키 트레킹, 그리고 혼자 여행을 떠나는 사람을 위한 히말라야 트레킹도 준비돼 있습니다. 직접 취사가 가능한 숙소를 제공하는 포르투갈 여행 상품도 있고, 11월에는 카사블랑카를, 2월에는 비아리츠를 할인된 가격에 여행할 수 있는 상품도 있죠. 토스카나 문화 여행 상품도 있고, 소렌토 햇살 여행 상품도 있습니다. 저희 고객은 나일 강 투어나 케냐에서 고객 맞춤형 사파리를 즐길 수도 있습니다. 제가 말씀드리고 싶은 것은 모든 티켓과 라벨이 당연히 비슷하게 생겼다는 겁니다. 노란색 종이에 빨간색 줄무늬 두 개가 들어가 있죠." 프랭크스 부인이 갑자기 소리를 내어 웃었다. "그러니까 빨간색 줄무늬 두 개가 들어간 노란 티켓을 든 사람들을 아무 생각 없이 따라갔다가는 야생동물 공원에 도착할지도 몰라요!" 프랭크스 부인은 숨 돌릴 틈 없이 말을 쏟아 냈다. 단어들이 뒤엉킨 채 그녀의 이 사이로 밀려 나왔다. "하지만 그런 일은 절대로 생길 수 없어요." 프랭크스 부인이 달래듯 덧붙였다.

"저희는 스위스에 올 생각이 없었습니다." 키스가 고집스럽게 말했다.

"한번 알아보도록 하죠."

프랭크스 부인이 갑자기 돌아서더니 던과 키스를 남겨 둔 채 그 자리를 떠났다. 호텔 직원은 이제 프런트 데스크에 서 있지 않았다. 자판을 두들기는 소리가 들렸다.

"무척 친절해 보여요." 던이 속삭였다. "방금 그 여자분 말이에요."

키스는 던이 또 필요 없는 말을 한다고 생각했다. 지금 이 상황에서 프랭크스 부인에 대해서 생각하는 것은 여행사 직원의 생김새를 설명하는 것 못지않게 쓸데없는 짓이었다. 키스는 지금까지 벌어진 일들을 하나하나 되짚어 보았다. 그는 던과 함께 여직원에게 항공권을 건넨 뒤 앉아서 기다렸고, 여직원은 두 사람을 탑승구까지 안내했다. 탑승객을 환영하는 기장의 목소리가 들렸고, 부드러운 까만 머리칼의 스튜어디스가 기내를 돌면서 승객들이 안전벨트를 맸는지 확인했다.

"그 사람 이름은 스네이스였어요." 던이 말했다. "창구에 놓인 플라스틱 이름표에 스네이스라고 적혀 있었어요."

"무슨 소리야?"

"여행사 직원 이름이 스네이스였다고요. G. 스네이스라고 적혀 있었어요."

"그 남자는 직원일 뿐이야."

"하지만 그 남자가 예약을 잘못했잖아요. 그 사람 책임이에요, 키스."

"그건 그렇다 치고."

던은 키스가 곧 "그건 그렇다 치고"라고 말할 줄 이미 알고 있었다. 키스는 늘 그랬던 것처럼 "그건 그렇다 치고"라는 말로 던의 기를 죽였다. 던이 어떻게든 도움이 되려고 순수한 의도로 이야기를 할 때마다 키스는 "그건 그렇다 치고"라며 그녀의 말을 막았다. 던은 키스가 이야기를 계속하기를, 완성된 문장을 만들기를 바랐지만 키스는 말을 끝까지 할 때가 없었다. 키스가 내뱉다 만 문장은 허공에 뜬 채 그를 배우지 못한 사람처럼 느껴지게 만들었다.

"그 남자한테 전화할 거죠, 키스?"

"어떤 남자?"

던은 대답하지 않았다. 키스는 그녀가 어떤 남자를 말하는지 너무나 잘 알고 있었다. 지금 키스가 해야 할 일은 전화번호부에서 여행사 번호를 찾는 것이었다. 이 일과 아무 상관 없는 호텔 프런트 데스크 직원이나 완전히 다른 패키지여행을 책임지고 있는 여자에게 불평을 늘어놓는 것은 아무 소용 없었다. 아무 잘못 없는 엉뚱한 사람을 탓하는 것은 부질없는 짓이었다.

"일행 중에 젊은이들이 있다니 기분 좋군요. 내 이름은 노티지입니다." 노인 한 명이 말했다.

던은 가게에서 상냥하게 다가오는 손님을 대할 때처럼 미소를 지었지만 키스는 이 여행객들과 어울리고 싶은 마음이 없었기 때문에 노인이 건네는 인사를 못 들은 체했다.

"오리 떼 봤어요? 정말 생기 넘치더군요."

노인은 아내와 함께 있었는데 두 사람 모두 여든 살은 더 먹어 보였다. 노인의 아내는 오리 떼가 생기 넘치더라는 남편의 말에 고개를 끄덕였다. 그녀는 자기도 남편도 정말 오랜만에 세상모르고 잤다면서 틀림없이 호숫가 공기 덕분이라고 말했다.

"다행이네요." 던이 대답했다.

키스는 프런트 데스크 앞을 떠났고, 던은 그의 뒤를 따랐다. 자갈이 깔린 호텔 앞뜰에서 키스와 던은 자신들에게 닥친 재앙이 아이러니하다는 것을 서로에게 말하지 않았다. 그들은 신혼여행 이후로 처음 떠난 여행에서 단체 여행 중인 노인들 무리에 끼게 되었다. 그러나 이번 여행의 주된 목적은 노인의 온갖 요구로부터 벗어나는 것이었다. 키스와 던이 같이 가자고 설득할 때 삼촌은 여느 때처럼 권위적인 태도를 보이면서 자기 입으로 그렇게 말했다.

"스네이스한테 전화해요." 던은 같은 말을 되풀이하면서 키스의 화를 북돋웠다. 던이 이해 못 하는 사실이 있었다. 만약 던이 말하는 남자가 실수를 저질렀다고 해도 일은 점점 더 꼬여서 이미 그 직원이 키스와 던에게 닥친 문제를 해결할 수 없는 상태가 되었을 것이 분명했다. 제너럴 액시던트 보험사 창구에서 상품을 판매하는 키스는 컴퓨터 프로그램에서 요구하는 항목에 조금이라도 불확실한 정보가 입력되었을 때 일이 얼마나 복잡해지는가를 잘 알았다. 일이 진행되는 과정 어딘가에서 바로 이런 문제가 벌어졌을 테지만 밤새도록 설명해도 던은 이해하지 못할 것이 분명했다. 던은 그 누구에게도 뒤지지 않을 만큼 금전등록기 사용에 능숙했고, 가게에서 판매하는 마즈 초코바를 비롯해 온갖 종류의 담배 그리고 신문과 잡지의 가격을 꿰고 있었다. 그러나 키스는 그녀가 다른 모든 일에 있어서는 이해가 더디고 단순한 논리조차도 알아듣지 못할 때가 많다고 생각했다.

"아, 거기 계셨군요!" 프랭크스 부인이 외치는 소리에 키스와 던은 고개를 돌렸다. 프랭크스 부인이 자갈이 깔린 앞뜰을 가로질러 오는 모습이 보였다. 그녀는 손에 분홍색 종이를 들고 있었다. "내 주신 숙제를 하고 오는 길입니다!" 그녀는 두 사람에게 조금 가까워졌을 때 여전히 큰 소리로 말하면서 분홍색 종이를 흔들었다. "이걸 좀 보세요."

프랭크스 부인이 들고 있는 것은 컴퓨터에서 출력한 명단이었다. 아주 작은 점들이 모여서 이름 하나하나를 만들고 있었다. 종이에는 K.와 H. 빌, T.와 G. 그레이븐, P.와 R. 페인먼 그리고 B.와 Y. 노티지를 비롯해서 많은 이름들이 인쇄되어 있었다. 키스와 던의 이름 역시 정확한 알파벳 순서에 따라서 J.와 A. 하인즈 그리고 C.와 L. 메이스 사이에 자리 잡고 있었다.

"실은……" 던이 이야기를 시작하자 키스는 다른 데로 눈길을 돌렸다. 던의 목소리는 프랭크스 부인에게 조용히 설명을 이어 갔다. 던은 같이 사는 어르신이 친절하게도 여행 경비를 대 주셨다고, 그분은 자신과 남편이 이사를 들어와 같이 살기 전부터 자신의 고용주였으며 지금도 마찬가지라고 말했다. 그러고서 던은 자신과 남편이 삼촌이라고 부르지만 그분은 친척이 아니라 정확히 말하자면 친구 같은 분이라고, 아니, 그 이상의 의미를 지닌 분이라고 설명했다. 그리고 자신들이 베네치아가 아닌 다른 곳에 있는 것을 알게 된다면 그분이 화를 내실 거라고, 반드시 베네치아에 가야 한다고 그분이 말씀하셨다고 덧붙였다. 던은 자기와 남편이 나이 드신 단체 여행객들 사이에 있는 것을 알게 된다면 그분이 화를 내실 거라고, 그분은 자기와 남편이 늙은 이한테서 벗어나 쉬다 오기를 바라셨다고도 이야기했다. 던은 그렇다고 해서 자기가 삼촌 돌보기를 싫어하는 것은 아니라고, 절대로 그런 일은 없을 거라고 말했다. 그러고서 그녀는 여행사 직원한테서 윈저 여행객들이 아주 젊다는 이야기를 들었다고 덧붙였다. "저는 그런 일들을 언제나 잘 기억한답니다." 던이 마침내 설명을 마쳤다. "그 사람 이름은 스네이스였어요. G. 스네이스요."

"정말 재미있는 얘기로군요." 프랭크스 부인은 이렇게 대답한 뒤 잠시 입을 다물었다가 이야기를 계속했다. "사실 제 남편과 저는 아직 50대랍니다, 던."

"그건 그렇다 치고, 저희는 스위스 여행 상품을 예약한 적이 없습니다." 키스가 말했다.

"제가 설명해 드리죠. 개트윅에서 두 분이 갖고 있던 표는 빌 부부와 메이스 부부 그리고 저와 제 남편이 갖고 있던 표와 완전히 똑같았습니다. 눈 씻고 찾아도 다른 구석이 없었을 겁니다, 키스."

"저희를 제대로 된 목적지로 보내 주셔야 합니다. 어떻게든 문제를 해결해 주셔야 해요."

"알고 계신지 모르겠지만 두 분은 지금 베네치아에서 대륙의 절반만큼 떨어져 있어요, 키스. 또 한 가지를 분명히 해 두자면, 저는 유어-카인드-오브-홀리데이 직원이 아닙니다. 전혀 관계없는 사람이죠. 일행을 돌보는 대가로 할인을 받을 뿐입니다. 현지 인솔이라고 부르죠." 프랭크스 부인은 자신의 남편 역시 분홍색 종이를 자세히 들여다본 뒤 자기와 같은 생각을 했다고 말하더니 키스에게 자기의 남편을 만난 적이 있느냐고 물었다. 그러고서 그녀는 다리가 불편한 남자가 바로 자기 남편이라고 설명했다. 그녀는 남편이 회계사였으며 지금도 개인 자격으로 이런저런 회계 업무를 보고 있다고 말했다. "에델바이스 호텔은 훌륭한 곳이에요. 유어-카인드-오브-홀리데이는 질이 떨어지는 호텔은 절대로 선택하지 않는답니다."

"런던에 있는, 부인께서 일하시는 회사에 연락을 해 주세요. 저희는 부인 일행과는 관계없는 사람들입니다." 키스가 말했다.

프랭크스 부인은 아무 말 없이 명단이 적힌 분홍색 종이를 내밀었다. 그녀는 얼굴에 여전히 미소를 머금고 있었다. 그녀의 표정은 이 명단이 모든 것을 설명하고 있다고 말했다. 명단에 들어 있는, 작은 점들이 모여서 만든 두 사람의 이름을 보고도 부정할 수 있는 사람은 아무도 없었다.

"저희 이름은 실수로 올라간 겁니다."

한 남자가 절뚝거리면서 자갈이 깔린 앞뜰을 가로질러 그들이 있는 곳으로 걸어왔다. 커다란 몸집에 움직임이 느린 그는 갈색 바지에 어울리지 않는 감청색 핀 스트라이프 재킷과 조끼를 입었고, 얼굴에는 스카치테이프로 손을 본 안경을 쓰고 있었다. 남자가 가까워지자 그의 숨소리가 들렸다. 그는 입을 반쯤 오므리고 휘파람으로 길버트와 설리번의 노래를 부르고 있는 것 같았다.

"이분들이 바로 그 가엾은 길 잃은 양이에요." 프랭크스 부인이 말했다. "키스와 던이에요."

"안녕들 하십니까?" 프랭크스 씨가 손을 내밀었다. "이런 어처구니없는 일도 다 있군요."

프랭크스 씨는 키스가 직접 유어-카인드-오브-홀리데이에 전화를 거는 편이 나을 거라고 말했다. 그리고 그는 키스가 놀랄 정도로 아무 어려움 없이 크로이던에 있는 사무실 번호를 찾아 주었다. "잠시만 기다리세요." 키스가 설명을 마치자 여직원이 이렇게 대답했다. 키스의 귀에 여직원이 누군가에게 말하는 소리와 그 누군가가 웃는 소리가 들렸다. 잠시 후 다시 수화기에 대고 말하는 여직원의 목소리에는 웃음기가 배어 있었다. 여직원은 패키지여행 도중에 마음을 바꿀 수는 없다고, 그 어떤 상황에서도 중간에 예약 사항 변경을 요청하는 것은 불가능하다고 말했다. "마음을 바꾼 게 아닙니다." 키스가 항의했다. 그러나 그가 처음부터 다시 상황을 설명하는 도중에 동전이 떨어졌고, 전화가 끊어졌다. 키스는 호텔 프런트 데스크에서 여행자 수표 한 장을 현찰로 바꾸면서 5프랑짜리 동전을 넉넉히 준비했다. 그러나 유어-카인드-오브-홀리데이에 다시 전화를 걸었을 때, 그는 조금 전에 통화한 여직원을 찾을 수 없었고 결국 다른 여직원에게 모든 것을 다시 설명해야 했다. "죄송합니다, 고객님. 하지만 여행지가 마음에 들지 않는다는 이유로 예약 사항 변경을 가능하게 해 드린다면, 저희는 얼마 못 가서 회사 문을 닫게 될 겁니다." 여직원이 대답했다. 키스는 수화기에 대고서 소리를 지르기 시작했고, 던은 종이쪽을 들어 올린 채 공중전화 박스 유리창을 두드렸다. 종이에는 '그 남자 직원 이름은 G. 스네이스였어요'라고 적혀 있었다. "정신이 이상한 사람인가 봐요." 수화기를 잘못 틀어막은 탓에 크로이던에서 여직원이 말하는 소리가 키스의 귀에 들렸다. 전화가 끊어지기 전에 키스는 키득거리면서 웃음을 터뜨리는 소리를 들었다.

키스와 던이 이런 역경에 처한 것은 처음이 아니었다. 그들은 패배에 익숙했다. 결혼하고 한두 해가 지났을 때 키스는 병 속의 배를 만들려고 재료를 구입하다가 빚을 진 적이 있었다. 그리고 그 전에, 그들이 처음 만나기 전에, 던은 램 앤드 플래그에서 해고를 당한 적이 있었다. 규정상 엄격히 금지되어 있는데도 팁을 받았기 때문이었다. 키스가 수도관을 잘못 자르는 바람에 아랫집 천장이 무너져서 집주인이 거의 200파운드에 달하는 청구서를 들고 찾아온 적도 있었다. 램 앤드 플래그에서 해고당한 던을 가게에 고용한 사람이 바로 삼촌이었다. 그들이 다시 일어설 수 있도록, 수공예 때문에 생긴 밀린 빚을 갚아 준 사람도 삼촌이었다. 마침내 그는 세 사람 모두에게 득이 될 거라면서 자기 집에 들어와서 같이 살자고 던과 키스를 설득했다. 그는 누이가 죽은 뒤로 혼자 사는 것에 불편함을 느끼고 있었다.

던과 키스는 인터라켄에서 삼촌에게 보낼 엽서를 골랐다. 엽서에는 제임스 본드 영화에 등장한 산이 인쇄되어 있었다. 그러나 두 사람은 엽서에 무슨 말을 적어야 할지 막막했다. 사실대로 말한다면 집에 돌아갔을 때 삼촌으로부터 무언의 경멸을 당할 것이 분명했다. 아무 말 없이 두 사람을 바라보는 삼촌의 눈에는 경멸이 어려 있을 게 틀림없었다. 삼촌은 지금으로부터 몇 년 전에 딱 한 번, 두 사람을 두고 사고 뭉치라고 말하면서 속마음을 드러냈다. 던이 그렇게 말하는 이유를 묻자 삼촌은 두 사람이 불행하게도 세상 사는 법을 모른다고 대답했다. 그는 던과 키스가 이런 표현을 용서해 준다면 "남의 도움을 필요로 하는 낙오자"라고 두 사람을 설명할 수 있을 거라면서, 희생자로 살아갈 운명을 타고났기 때문에 두 사람에게는 아무 잘못이 없다고 말했다. 그날 이후로 삼촌은 이런 속마음을 오직 그의 눈빛을 통해서만 내

비쳤다.

"저기 카운터에서 원하는 케이크를 고르면 돼요. 그러면 직원들이 케이크를 접시에 담아요. 그다음 종업원이 테이블로 왔을 때 차를 주문하면 돼요. 어떻게 주문하는 건지 다른 사람들을 지켜보고 있었어요." 던이 말했다.

키스는 윤기가 흐르는 녹색 자두 케이크 한 조각을, 던은 딸기 플랑을 골랐다. 키스와 던이 자리에 돌아와 앉자마자 종업원이 다가와서 미소를 머금은 얼굴로 두 사람 앞에 섰다. "차에 우유를 넣어 주세요." 던은 이렇게 주문했다. 가게에 온 손님 중 한 명이 해외여행을 떠난다는 던의 이야기를 듣고는 반드시 우유를 달라고 말하라고 당부했기 때문이었다. 그 손님은 우유 이야기를 따로 하지 않으면 종업원이 차만 덜렁 갖다 준다고, 티백과 뜨거운 물 한 잔만 갖다 주기도 한다고 설명했다.

"파업 중이었다고 할까요?" 던이 제안했다. "공항 사람들은 시도 때도 없이 파업을 하잖아요."

그러나 키스는 거짓말을 하는 것이 과연 현명한 방법인지 확신하지 못한 채 텅 빈 엽서를 뚫어질 듯 바라보기만 했다. 삼촌에게 거짓말을 하는 것은 쉬운 일이 아니었다. 삼촌한테는 거짓말하려는 시도를 어설프게 느껴지게 만들고, 끝내 진실을 끌어내는 재주가 있었다. 그렇지만 사실대로 말한다면 삼촌은 여러 달 동안 두 사람을 비웃을 것이 분명했다. 두 사람의 여행 경비를 대느라고 적어도 수백 번은 되풀이해서 강조할 '큰돈'을 쓴 만큼 삼촌의 비웃음은 오래갈 것이 틀림없었다. 삼촌은 던이 듣는 데서, 가게에 온 손님들에게 키스다운 실수였다고 수도 없이 말할 테고, 던은 밤에 침대에 누워서 키스에 대한 삼촌의 평을 늘 그래 왔듯 남편에게 전할 것이 분명했다.

키스는 녹색 자두 케이크를, 던은 딸기 플랑을 먹었다. 두 사람은 각자의 의견을 말하지 않았지만 비슷한 생각을 하고 있었다. "자네 둘 다 사업을 할 만한 인물은 못 돼." 삼촌은 병 속의 배 사건 이후에 한 번, 그리고 던이 양재 기술을 배우다가 실패했을 때 또 한 번 이렇게 말했다. "자네들한테 아래층을 맡겼다가는 일주일도 못 갈 거야." 삼촌은 가게를 늘 '아래층'이라고 불렀다. 그는 신문이 도착할 때 아래층에 가 있으려고 평생 동안 날마다 새벽 5시에 일어났다. 그는 53년을 이렇게 살아왔다.

'비행기가 파업 때문에 이탈리아 공항에 착륙하지 못했습니다. 그래서 대신 이곳에 오게 됐습니다. 그래도 다른 나라를 구경하는 것은 마찬가지니 잘된 일입니다. 감기가 다 나으셨기를 바랍니다.' 키스는 이렇게 적은 뒤 다음과 같이 덧붙였다. '여기는 정말 아름다운 곳입니다!'

키스와 던은 삼촌이 위더스 부인에게 엽서를 보여 주는 모습을 머릿속으로 그려 보았다. "정말 두 사람답죠." 두 사람은 삼촌이 이렇게 말하는 모습과 그렇게 빈정대지 말라고 이야기하면서도 삼촌의 비위를 맞추는 위더스 부인의 모습을 상상했다. 위더스 부인은 초과 수당을 받게 된 것을 기뻐했다. 삼촌이 2주 동안 하루 종일 근무해 달라고 부탁했을 때 그녀는 몹시 반가워했다.

"파업은 누구나 맞닥뜨릴 수 있는 일이죠." 던이 위더스 부인의 목소리를 흉내 내면서 말했다.

키스는 녹색 자두 케이크 접시를 비웠다. "스미스한테 전화해서 유언장 양식을 준비해 달라고 해요." 키스는 엽서를 엠버시 담배가 진열린 비스듬한 선반에 올려놓은 뒤 위더스 부인에게 이렇게 지시하는, 짜증과 화가 뒤섞인 삼촌의 목소리를 상상했다. 이튿날 아침 위더스 부인은 유언장 양식을 찾아올 테지만 삼촌은 하루 종일 눈길조차 주지 않다가 그녀가 퇴근할 때에서야 양식을 집어 들고는 그녀가 나가자마자 가게 문을 안에서 걸어 잠글 것이 분명했다. "정말 어이없어요." 위더스 부인은 던에게 이 사실을 전하면서 이렇게 말할지도 몰랐다.

"나는 그렇지 않아도 조만간 여기에 오고 싶었어요." 던이 몸을 살짝 앞으로 숙이면서 마침내 용기를 내어 속삭였다. "조만간 스위스에 오고 싶었다고요, 키스."

키스는 아무 대답 없이 찻집을 둘러보다가 카운터로도 사용되는 기다란 유리 진열장 안에 놓인 케이크에 눈길을 주었다. 진열장에는 살구와 자두와 사과 케이크, 블랙 포레스트 케이크, 반들반들 윤이 나도록 광택제를 바른 과일 케이크, 얇게 썬 마지팬, 자그마한 레몬 타르트, 오렌지 에클레어, 커피 퐁당이 들어 있었다. 아내가 한 말에 짜증이 난 키스는 대답을 안 하는 것으로 언짢은 마음을 드러내려고 했다. 그는 보기 좋게 정리된 둥근 테이블에 조용히 앉아 있는 커플들에게 시선을 던졌다. 그리고 미소를 머금은 여종업원들을, 주름 장식을 단 진홍색 테이블보와 어울리는 여종업원의 진홍색 앞치마를 느긋한 표정으로 뚫어질 듯 바라보았다. 키스는 여종업원들에게 마음이 끌린 듯 보이려고 노력했다.

"정말 멋진 곳이에요." 던이 여전히 수줍은 듯 작은 목소리로 말했다.

키스는 그녀의 말을 부정하지 않았다. 스위스는 흠잡을 데 없는 곳이었다. 사람들은 독일어를 사용했지만 영어로 이야기를 건네도 문제없이 알아들었다. 보험사 동료인 이넉 멜처는 작년에 이탈리아 어딘가로 여행을 갔다가 언어 때문에 온갖 어려움을 겪었다. 완두콩을 주문했다고 생각했는데 종업원이 생선 대가리를 가져온 적도 있었다고 했다.

"너무 마음에 들어서 계속 여기에 머물기로 했다고 말할까요?" 던이 제안했다.

던은 그들에게는 아무런 결정권이 없다는 사실을 모르는 것 같았다. 삼촌은 그들을 대신해서 12일간의 베네치아 여행을 선택했고, 그들을 대신해서 12일간의 베네치아 여행 비용을 지불했다. "시궁창보다 나을 게 없더군." 이넉 멜처는 시궁창에 들어가 본 적은 없지만 이렇게 말했다. "고약한 냄새가 코를 찔렀어." 그는 이렇게 이야기했지만 이것 역시 중요하지 않았다. 키스와 던은 베네치아의 추억을 주문받았다. 그들은 유리로 유명한 베네치아에서 벽난로 위 선반에 올려놓을 작은 유리 공예품들과 함께 추억을 런던으로 가져가야 했다. 그날그날의 일을 적어 넣는 던의 일기장에는 펜시오네 콘코르디아의 메뉴와 카페 오케스트라가 연주한 곡들이 기록되어야 했다. 신문 기사에 의하면 베네치아는 몇 년 만에 화창한 가을을 맞아 햇살에 잠겨 있었다.

키스와 던은 찻집에서 나와 거리를 걸었다. 두 사람은 매서울 정도로 거세진 바람에 적응할 때까지 눈이 따가웠다. 그들은 손목시계로 가득 찬 쇼윈도를 들여다보았고, 마음껏 들어와서 구경하라는 안내문이 붙은 기념품 가게들을 차례로 구경했다. 시간마다 여자아이가 그네를 타는 시계, 한 쌍의 남녀가 톱질을 하는 시계, 농부가 소의 젖을 짜는 시계가 보였다. 다양한 모양의 뮤직 박스에서는 〈릴리 마를렌〉〈푸른 도

나우 강〉, 〈닥터 지바고〉의 주제곡 〈라라의 테마〉, 〈데스티니 왈츠〉를 비롯해 온갖 종류의 음악이 흘러나왔다. 영어로 내년도 달력이 인쇄된 오븐용 장갑과 벨벳에 말린 꽃을 아름답게 배열해 놓은 자그마한 액자들도 진열되어 있었다. 초콜릿 가게에서는 린트, 슈샤드, 네슬레, 카이에 외에도 수십 가지 상표를 볼 수 있었다. 키스와 던은 견과가 들어간 초콜릿, 건포도가 들어간 초콜릿, 누가와 꿀이 들어간 초콜릿, 화이트 초콜릿, 밀크 초콜릿, 플레인 초콜릿, 퍼지 초콜릿, 코냑이나 위스키 혹은 샤르트뢰즈가 들어 있는 초콜릿, 쥐 모양 초콜릿과 풍차 모양 초콜릿을 구경했다.

"이렇게 즐거운 곳은 처음이에요." 던이 열띤 목소리로 진심에서 우러난 말을 했다. 두 사람은 또 다른 찻집으로 들어갔다. 키스는 밤 케이크를, 던은 블랙커런트 케이크를 주문하면서 둘 다 크림을 얹어 달라고 했다.

저녁 식사 때 키스와 던은 달링턴에서 온 사람들과 함께 식당에 있었지만 여행사 직원이 약속한 대로 2인용 테이블에 따로 앉았다. 식당 벽은 회색 페인트를 칠한 나무 판으로 고상하게 장식되어 있었다. 국수를 넣은 닭고기 수프는 두 사람 입에 익숙한 맛이었다. 그 뒤를 따라나온 애플 소스와 포테이토칩을 곁들인 폭찹도 마찬가지였다. "우리가 뭘 좋아하는지 아는 모양이에요." 프랭크스 부인은 식당을 돌면서 일행이 앉은 테이블 앞에서 매번 같은 말을 반복했다.

"정말 맛있네요." 던이 대답했다. 던은 무언가 잘못되었다는 것을 처음 알았을 때 속이 울렁거리는 기분을 느꼈고, 화장실로 가서 그냥 주저앉아 있고 싶었다. 그녀는 악몽을 꾸고 있을 뿐이기를 바랐다. 그녀는 스스로를 원망했다. 여행 사무소 직원은 원저 젊은이들과 동행하게 될 거라고 말했는데 비행기에는 노인들이 잔뜩 타고 있는 것을 보고서 이상하게 생각한 사람은 바로 그녀였다. 기장이 공항 이름을 말했을 때 잠깐 동안이지만 얼굴을 찡그린 사람도 바로 그녀였다. 키스는 그녀가 품는 의심을 무시하는 버릇이 있었다. 매트리스 외판원이 집에 찾아왔을 때도 마찬가지였다. 던은 아무래도 의심스럽다고 말했지만 키스는 외판원에게 설득당해서 결국 계약금을 주고 말았다. 키스는 그녀가 모르는 무언가를 알고 있기라도 한 것처럼, 누군가가 그에게 미리 귀띔해 주기라도 한 것처럼 언제나 자신 있게 말했는데 이것이 바로 문제였다. "우리는 오늘 밤만 여기에서 보낼 거야." 키스는 이렇게 말했고, 던은 키스가 여행안내 책자에서 읽었거나 여행사 직원한테 들어서 알고 있는 모양이라고 생각했었다. 물론 키스 뜻대로 할 수 있는 일은 아니었다. 그는 그렇게 태어난 사람이었다. "자네는 머리가 솜으로 꽉 틀어막혔나?" 가엾은 키스는 휴일인 8월 마지막 월요일에 자신을 비롯해 삼촌과 던을 보통 열차보다 한 시간이나 더 걸리는 브라이턴행 완행열차에 태웠고, 삼촌은 거칠게 이렇게 말했다.

"좋은 쪽으로 생각해요, 키스." 던은 고개를 한쪽으로 기울여 오목조목한 얼굴에 부드러운 미소를 지었다. 두 사람은 저녁 식사 전에 호숫가를 걸었다. 던이 허리를 굽혔을 뿐인데도 물 위에서 헤엄치던 새들이 그녀 앞으로 몰려들었다. 던은 방으로 돌아와서 여행 중에 입으려고 구입한 엷은 황갈색 원피스로 갈아입었다.

"내일 그 번호로 다시 전화할 거야." 키스가 말했다.

던은 여전히 걱정스러워하는 키스의 마음을 읽을 수 있었다. 키스는 음식을 삼키고 있기는 했지만 기분이 완전히 가라앉은 상태였다. 던은 비행기 표를 구입한 사무소 얘기를 하고 싶었지만 키스가 또 화낼 것이 분명했기 때문에 꾹 참았다. 꾸지람은 돌아가서 들으면 그만이고, 지금은 상황을 받아들이고 즐기는 편이 나았다. 그러나 던은 이런 말 역시 하지 않았다.

"전화하고 싶으면 그렇게 해요, 키스." 던은 대신 이렇게 말했다.

키스가 던보다 더 걱정하는 것은 당연했다. 남자라는 이유로 키스는 더 잔소리를 듣게 될 것이 분명했다. 그러나 고비를 넘길 테고, 결국에는 그렇게 나쁠 것도 없었다. 그들은 퐁뒤 파티와 초콜릿 공장 구경에 대해서 얘기할 수 있고, 헤엄치던 새들과 찻집 그리고 광고에서 본 알프스 정상까지 올라가는 철도 여행에 대해서도 얘기할 수 있었다.

"바나나 스플리트 드릴까요?" 종업원이 물었다. "아니면 머랭 윌리엄스 드시겠어요?"

키스와 던은 망설였다. 머랭 윌리엄스는 배와 아이스크림을 곁들인 머랭인데 아주 맛있다고 종업원이 설명했다. 종업원은 개인적으로 머랭 윌리엄스를 추천하고 싶다고 덧붙였다.

"맛있을 것 같네요." 던이 대답했다. 키스 역시 머랭 윌리엄스를 주문했다. 던은 모두가 친절하다고 말하고 싶었다. 프랭크스 부인은 더할 수 없이 호의적인 모습을 보였고, 테이블을 돌면서 저녁 식사가 마음에 들었는지 묻던 남자 역시 무척이나 상냥했다. 종업원도 마찬가지였다. 그러나 던은 말하지 않기로 했다. 키스는 기운을 내려고 억지로 애쓰는 것을 좋아하지 않았다. 삼촌은 키스를 보면서 '축 늘어져 있다'거나 '죽상을 하고 있다'고 말하고는 했다.

주위를 둘러싼 노인들은 쉴 새 없이 이야기를 나누었다. 던이 보기에 노인들은 모두 삼촌보다 나이가 많았다. 열 살은 더 먹어 보이는 사람도 있었고, 심지어 열다섯 살 더 먹어 보이는 사람도 있었다. 던은 키스도 이런 사실을 알아차렸는지, 그래서 더 우울해진 건지 궁금했다. 노인들이 각자 구입한 기념품과 방문한 찻집에 대해서 말하는 소리가 던의 귀에 들렸다. 노인들은 모두 정정해 보였고, 삼촌 못지않게 활기가 넘쳤다. "나는 살날이 얼마 안 남았어." 삼촌은 입버릇처럼 이렇게 이야기했지만 그것은 당연히 말도 안 되는 소리였다. 던은 한 스푼 가득 뜬 머랭이나 바나나를 받아먹는 나이 든 입과 천천히 음식을 씹는 움직임 그리고 달콤함을 음미하는 표정을 지켜보았다. 삼촌 역시 앞으로 20년은 더 살 수 있을 거라는 생각이 문득 들었다.

"단지 운이 안 좋았던 것뿐이에요." 던이 말했다.

"그건 그렇다 치고."

"그 말 좀 하지 말아요, 키스."

"무슨 말?"

"'그건 그렇다 치고' 말이에요."

"왜 안 돼?"

"그냥 하지 말아요, 키스."

키스와 던은 같은 고아원 출신이었다. 두 사람 다 부모를 알지 못했다. 던은 열한 살 때의 키스를 기억했다. 그때 그녀는 아홉 살이었고, 두 사람은 서로에게 관심이 없었다. 시간이 흐른 뒤 그들은 고아원에서 해마다 개최하는 댄스파티에서, 요즘 사람들이 디스코 파티라고 부르는 행사에서 다시 만났다. "이 가게에서 일하게 됐어요." 던은 삼촌에 대해서는 아무 이야기도 하지 않은 채 이렇게 말했었다. 그때는 삼촌의 누이가 살아 있었고, 삼촌은 던의 고용주에 불과했다. 키스와 던은 한동안 둘만의 결혼 생활을 이어 갔지만 곧 삼촌이 두 사람의 삶에 영향력을 행사하게 되었다. 이제 두 사람은 삼촌의 얼굴만 봐도 그의 마음과 기분이 어떻게 달라질지 예측할 수 있었고, 삼촌이 가끔 미사를 드리러 가는 성당의 심스 신부님과 또 언쟁을 벌이게 될 것을 한눈에 알아볼 수 있었다. 한때는 키스와 던 모두 언쟁을 막아 보려고 애를 썼고, 삼촌이 마음을 바꾸고 골치 아프게 변덕을 부릴 것에 대비해 단단히 각오를 하기도 했다. 그러나 그들은 이제 더 이상 그런 노력을 기울이지 않았다. 삼촌은 그들이 하는 이야기를 귀 기울여 듣기는 했지만 결국에는 무시했다. 우위를 차지하고 있는 사람은 언제나 삼촌이었다. 삼촌은 두 사람에게 으름장을 놓을 때마다 스미스가 보낸 유언장 양식과 오래된 당구장을 무기로 사용했다. 당구장은 '남자가 시간을 보낼 수 있는 가장 행복한 장소'였다. 삼촌은 당구장에서 친구들을 만났고, 당구장에서 《데일리 익스프레스》를 읽으면서 더블 다이아몬드를 마셨다. 삼촌은 더블 다이아몬드야말로 세상에서 가장 맛있는 병맥주라고 말했다. 모든 나이의 남자들이 더 이상 당구장을 이용할 수 없게 되는 것은, 당구장 운영 유지에 필요한 자금이 공급되지 않는 것은 끔찍한 일이었다.

프랭크스 부인이 공지 사항을 알렸다. 그녀는 잠시 조용히 해 달라고 부탁한 뒤 이튿날 일정을 발표했다. 그녀는 제임스 본드 산에 오를 예정이니 모두 호텔 앞뜰에 10시 반까지 모이라고 이야기하더니 참가를 희망하지 않는 사람은 오늘 밤에 말해 달라고 부탁했다.

"꼭 갈 필요는 없어요, 키스." 프랭크스 부인이 자리에 앉자 던이 이렇게 속삭였다. "싫으면 안 가도 돼요."

잡담이 다시 시작되었고, 숟가락은 신이 난 듯 허공에서 흔들렸다. 틀니, 흰머리, 안경. 삼촌 역시 저 노인들 사이에 끼어 있을 수 있었다.

그러나 삼촌은 노인을 경멸한다고 주장하는 만큼 그런 일은 일어날 리 없었다. "지금 나한테 말하는 거냐? 노령연금을 타는 노인네들하고 어울리다 왔다고 지금 나한테 말하는 거야?" 던은 삼촌이 바로 옆에 있기라도 한 것처럼 그의 목소리를 생생하게 들을 수 있었다. "엉뚱한 나라에 도착해서 노인병 환자들하고 휴가를 보냈다고? 설마 나한테 그렇게 말한 건 아니겠지?"

프랭크스 부인은 호의적이기는 했지만 키스와 던에게 닥친 일을 그다지 심각하게 여기지 않았다. 그녀는 30대 부부 한 쌍이 단체 여행 중인 노인들 무리에 뜻하지 않게 끼게 되었다는 것을 알았고, 일이 잘못된 것은 그들의 책임이 아니라는 것도 알았다. 프랭크스 부인에 대해서 삼촌에게 말해 봤자 좋을 것이 전혀 없었다. 키스가 호텔 프런트 데스크 직원과 크로이던 사무소 직원들에게 화를 냈다는 이야기도 할 필요가 없었다. 삼촌은 귀 기울여 들을 테고 뒤이어 침묵이 흐를 것이 분명했다. 그리고 잠시 후 삼촌은 당구장 이야기를 꺼낼 것이 틀림없었다.

"멋진 하루 보내셨나요?" 프랭크스 부인이 식당에서 나가면서 물었다. "끝이 좋으면 다 좋은 법이죠. 안 그래요?"

키스는 마치 아무것도 못 들은 체하면서 계속 머랭 윌리엄스만 먹었다. 프랭크스 부인은 머랭 윌리엄스에 대해서 이야기하다가 자기들은 모두 몸매 관리를 해야 한다고 소리 내어 웃으면서 말했다. "날씨가 이만해서 참 다행이에요. 적어도 비는 안 오잖아요." 프랭크스 부인은 아침에 본 화려한 바지 정장을 그대로 입고 있었다. 그녀는 품질이 너무나 좋은 마담 로샤스 제품을 구입했다고 말했다.

"노인분들에 대해서는 말 안 해도 돼요." 프랭크스 부부가 지나가고

난 뒤 던이 작은 소리로 이야기했다. "그런 얘기를 할 필요는 없어요."

던은 얇게 썬 배 밑에 있는 아이스크림을 뜨려고 움푹한 유리 그릇 속 깊숙이 숟가락을 넣었다. 그녀는 키스가 무슨 생각을 하는지 알았다. 키스는 던이 노인들 이야기를 무심결에 하고 말 거라고 생각하고 있었다. 삼촌은 혼자서 머리 감는 것을 힘들어하기 때문에 던은 토요일마다 삼촌의 머리를 감겨 주었다. 던은 삼촌이 머리를 감고 나서 혹시라도 감기에 걸릴까 봐 미지근한 물로 머리를 헹구었는데, 그럴 때마다 삼촌은 투덜댔고 던은 그런 삼촌의 비위를 맞추려고 발림소리를 해야 했다. 던은 두 가지 일을 동시에 하는 것이 언제나 어려웠다. 그녀는 삼촌의 머리를 감기는 동안 자기가 무슨 말을 하고 있는지 잊고는 했다. 그러나 이제 그런 실수는 두 번 다시 하지 않겠다고 마음먹었다. 오래전, 팔고 남은 신문 부수를 헤아리는 동안 삼촌한테서 갑자기 질문을 받아도 더 이상 당황하지 않겠다고 결심했던 것과 마찬가지였다.

"그래, 원저에 사는 친구들은 찾았나요?" 보행 보조기를 밀고 다니는 늙은 여자가 물었다. "친구를 잃어버렸다니 안됐군요."

노인이 악의를 품고 건넨 말이 아니기 때문에 던은 어떻게 된 일인지를 설명했다. 다른 노인들도 이야기를 들으려고 옆에 와서 섰는데, 그 가운데에 서너 명은 귀가 어두운 탓에 이미 한 얘기를 다시 하게 만들었다. 키스는 머랭 윌리엄스를 계속해서 먹었다.

"키스, 저분들 잘못이 아니에요." 던은 모여 있던 사람들이 모두 떠난 뒤 조심스럽게 말했다. "저분들도 어쩔 수 없는 일이에요, 키스."

"그건 그렇다 치고, 노인들을 끌어모을 필요는 없어."

"내가 끌어모은 게 아니에요. 저분들이 온 거죠. 프랭크스 부인이 그랬던 것처럼요."

"프랭크스 부인이 누군데?"

"누군지 알잖아요. 그 몸집 큰 여자분요. 오늘 아침에 이름을 말해 줬잖아요, 키스."

"집에 돌아가는 대로 소송할 거야."

던은 키스의 말투에서 그가 줄곧 이 생각을 하고 있었음을 알 수 있었다. 인터라켄까지 증기선을 타고 가는 동안, 찻집에 앉아 있는 동안, 추운 거리를 걷고 기념품 가게를 둘러보는 동안, 진열된 시계와 초콜릿을 구경하는 동안, 벽이 회색 나무 판으로 장식된 식당에 앉아 있는 동안 키스는 할 말을, 어쩌면 다음 엽서에 적을지도 모를 말을 줄곧 생각하고 있었다. 그는 소송을 걸겠다고 말할 생각이었다. 집에 돌아가면 키스는 부엌에 서서 담담한 얼굴로 계획을 말할 것이 분명했다. 그는 월요일 아침 일찍 사무 변호사와 약속을 잡아서 점심때 만날 거라고 이야기할지도 몰랐다. 삼촌은 고개를 끄덕이거나 젓지도 않은 채 입을 다물고 있을 것이 분명했다. 삼촌은 사무 변호사를 만나려면 비용이 든다는 사실을 알고 있었다.

"사무 변호사들은 돈을 받은 만큼 책임을 져. 동전 한 푼까지 허투루 받는 법이 없어."

"그냥 즐기도록 해요, 키스. 프랭크스 부인한테 우리도 산에 가겠다고 말할까요?"

"무슨 산?"

"프랭크스 부인이 아까 말한 산 말이에요. 삼촌한테 보낸 엽서에 사진이 나와 있었잖아요."

"아침에 크로이던에 다시 전화를 해야 돼."

"전화는 10시 반 전에 하면 되잖아요, 키스."

마지막까지 남아 있던 노인들이 천천히 식당에서 나가면서 잘 자라는 인사를 했다. 던은 언젠가 남편과 함께 스스로 계획을 세워서 베네치아에 가게 될 날이 올 거라고 생각했다. 그때는 윈저 사람들 같은 일행과 함께 여행을 하게 될지도 몰랐다. 던은 펜시오네 콘코르디아에 묵고 있을 윈저 사람들을 머릿속으로 그려 보았다. 그들 가운데에는 그녀나 키스보다 조금이라도 나이가 많은 사람은 단 한 명도 없었다. 던은 일행 사이를 걸어가는 시뇨르 반치니의 모습도 그려 보았다. 시뇨르 반치니는 곁을 지나가면서 이탈리아어 단어 한두 개를 번역해 주었다. 펜시오네 콘코르디아 식당에는 웃음소리가 가득했고, 테이블에는 레드 와인 병이 놓여 있었다. 젊은이들의 이름은 데지레와 롭, 루크와 안젤리크 그리고 숀과 에메였다. "우리는 그분을 삼촌이라고 불렀어요. 얼마 전에 돌아가셨죠." 던의 귀에 자신의 목소리가 들렸다.

키스가 일어섰다. 종업원이 테이블보를 능숙하게 정리하면서 두 사람에게 저녁 인사를 건넸다. 프런트 데스크에는 다른 직원이 서 있었다. 여직원이 두 사람에게 미소를 지어 보였다. 주위에 서 있는 노인 몇 명은 산책하러 나가기에는 날씨가 너무 춥다고 이야기했다. 그들 중 한 명이 이러다가 텔레비전 방송을 놓치겠다고 말했다.

그들 몸의 온기는 익숙한 위로가 되어 주었다. 가게 위에 있는 방은 아이를 키울 만한 환경이 못 되었기 때문에 그들은 아이를 갖지 않았다. 삼촌은 밤에 아기가 우는 소리에 화를 낼 것이 분명했다. 삼촌의 입장에서는 당연한 일인지도 몰랐다. 삼촌과 같이 살기 시작한 것이 실수였다. 그러나 이제 삼촌과의 동거를 끝내기에는 치러야 할 대가가 너무 컸다.

두 사람은 서로의 몸이 위로가 되어 준다는 말을 하지 않았다. 그들은 단 한 번도 그런 말을 입 밖에 내지 않았다. 그들이 일상 속에서 하는 말은 승진을 향한 키스의 바람이나 던이 간절히 원하는 옷과 관련되어 있었다. 그들이 하는 말은 돈을 조금이라도 더 벌기 위한 노력과 삼촌 집의 목조 부분을 닦거나 낡아서 올이 다 드러난 카펫을 압정으로 고정시키는 것처럼 얹혀사는 신세를 갚을 수 있는 방법과 관련되어 있었다.

그들의 이야기를 들은 삼촌은 핼리팩스 주택금융조합에 넣어 둔 돈과 가게 영업권 그리고 4년 전에 평가받은 감정가를 들먹거릴 것이 분명했다. 삼촌은 나이를 따질 것 없이 남자에게는 밤이건 낮이건 아니면 아침이건, 어느 때라도 갈 수 있는 곳이 필요하다고, 마음 편히 시간을 보낼 곳이 필요하다고 또다시 말할지도 몰랐다. 삼촌은 혜택을 누린 사람이라면 임대료와 난방비 그리고 언젠가 필요할 당구대 교체 비용을 따로 떼어 놓지 않고서 재산을 물려줄 수 없다고 다시 한 번 말할지도 몰랐다. 삼촌은 당구장이야말로 "소박한 사내들을 위한 기념관"이라고, "이 지역 상인들을 위한 기념관"이라고 몇 번이고 되뇔지도 몰랐다.

어둠 속에서 그들은 서로에게 속마음을 털어놓지 않았다. 삼촌이 그들에게 가을 햇살이 필요하다고 고집을 부리지만 않았다면 그들이 또다시 굴욕을 당할 일도 없었을 것이다. 두 사람을 잘 알고 있는 삼촌이 마음껏 경멸하기 위해서 그들을 실패로 이끈 것만 같았다. 삼촌의 눈은 허름한 고아원 출신인 두 사람에게 너희는 혼자 힘으로 살아 나갈 수 없다고, 서로의 필요조차 충족시켜 줄 수 없다고 시도 때도 없이 말했다.

어둠 속에서 그들은 삼촌의 돈을 향한 자신들의 욕심이 자신들의
복종을 원하는 삼촌의 욕심과 다를 게 없다는 말을 하지 않았다. 그들
의 욕심은 삼인조가 되어 버린 세 사람의 관계를 더욱더 단단하게 만
들었다. 두 사람은 그들을 학대하는 것이 삼촌의 삶에 남은 마지막 즐
거움인 것처럼, 돈이 그리고 돈이 약속하는 자유가 그들의 삶을 환히
밝히는 별이라는 사실을 말하지 않았다. 그들은 이불 밑에서 서로에
게 몸을 의지하고 있다는 사실을 좀처럼 깨닫지 못한 채 삼촌의 빈정
대는 작은 웃음소리를 들었다. 잠들기 전에도, 그리고 꿈속에서도.

윌리엄 트레버는 위로다

"1995년 구입한 윌리엄 트레버 단편집은 내 인생을 바꾸어 놓았다. 나는 이 책에 실린 작품에 견줄 만한 이야기를 단 한 편이라도 쓸 수 있다면 행복하게 죽겠노라고 생각했다. 그리고 그 생각에는 지금도 변함이 없다." 처녀작 『축복받은 집』으로 미국에서 가장 권위 있는 문학상인 퓰리처상을 수상하면서 현대 미국 소설의 새로운 아이콘으로 떠오른 줌파 라히리는 이렇게 말했다. 퓰리처상 수상만으로도 이미 재능을 인정받은 그녀가 트레버를 신격화에 가깝도록 존경하는 이유는 무엇일까?

윌리엄 트레버는 현대 아일랜드 문학을 대표하는 작가 중 한 명이자 가장 위대한 영어권 현대 단편소설가 중 한 명으로 꼽힌다. 1928년 아일랜드 코크 주 미첼스타운에서 태어난 그는 1958년 첫 소설 『행동 기준』을 발표했지만 긍정적인 평가를 받지 못했다. 그로부터 6년 뒤 두 번째 소설 『동창생들』로 호손덴상을 수상하면서 용기를 얻은 트레버는 1964년 서른여섯 살의 나이에 전업 작가의 길로 들어선 이래로 지금까지 소설가, 극작가, 방송 작가, 단편 작가 등 다방면으로 활동하면서 왕성한 창작 활동을 펼치고 있다. 그러나 그는 스스로를 어쩌다 장편소설을 쓰는 단편 작가라고 선을 긋는다.

그가 단편 작가임을 자청하는 것은 무엇보다 '사람'에게 애정을 지녔기 때문이다. 트레버는 단편소설을 "누군가의 삶 혹은 인간관계를 슬쩍 들여다보는 눈길"이라고 정의한다. 그는 단편보다 길이가 긴 소설에서는 그 인간관계가 길을 잃을 수 있다고 말한다. 그래서 단편소설이라는 양식을 빌려서 누군가의 인간관계를, 그 관계를 이루고 있는 사람을 확장된 사회라는 큰 틀로부터 분리시켜 섬세한 눈길로 들여다본다. 또한 그는 단편이 지닌 힘은 그 안에 무언가를 담는 것 못지않게 덜어 내는 데에 있다고 이야기하면서 장편소설이 무의미한 순간들로 채워지다시피 한 우리의 삶을 본뜬 것이라면 단편소설은 모든 군더더기를 떼어 낸 뒤에 남는 뼈대와 같다고 설명한다. 트레버가 노련한 손놀림으로 군더더기를 발라낸 자리에는 사람이, 저마다의 상처를 안고 있는 사람이 남는다.

트레버는 영웅에는 관심이 없다. 「욜의 추억」에는 불운한 어린 시절의 상처를 지닌 남자가, 「펜트하우스」에는 자괴감에 사로잡힌 미혼의 중년 여인이, 「마흔일곱 번째 토요일」에는 거짓 사랑에 속고 있는 20대 여인이, 「로맨스 무도장」에는 벗어날 수 없는 현실에 슬퍼하며 청춘을 다 보낸 여인이, 「폐기 미한의 죽음」에는 괜한 죄책감을 떨쳐 내지 못해 독신으로 살아가는 남자가, 「결손가정」에는 요양원에 보내질 것이 두려워 남의 시선을 의식하며 자기 목소리를 내지 못하는 고령의 여인이 등장한다. 이처럼 이 책에 실린 23편의 이야기를 비롯해 그가 세상에 내놓은 수백 편에 이르는 단편에는 한결같이 죄책감에 사로잡힌 사람들, 외로움과 슬픔에 젖은 사람들, 정상에서 벗어난 사람들, 무시당하거나 오해받는 사람들, 버림받거나 소외당하는 사람들이 등장한다. 작가 스스로 평생을 이방인으로 살아왔기 때문일까?

트레버는 은행 임원이던 아버지를 따라서 뿌리를 내릴 틈도 없이 스키버린, 티퍼러리, 욜 등 아일랜드의 여러 도시로 옮겨 다녔고 무려 13군데 학교에서 공부했다. 게다가 가톨릭교도가 거의 90퍼센트를 차지하는 아일랜드에서 개신교 집안의 아들로 태어난 그는 어려서부터 배척받는 기분이 무엇인지를 온몸으로 느꼈다. 트레버는 젊은 날 아일랜드의 어려운 경제 상황에 떠밀려 조국을 떠난 뒤 1954년 이래로 줄곧 영국에서 생활하고 있지만 자신은 뼛속까지 아일랜드인이라고 말한다. 이렇게 한평생 이방인의 삶을 살아온 그는 상처 받은 모든 영혼을 끌어안는다.

그러나 그의 글에서 감정의 과잉이나 치우침은 찾아볼 수 없다. 트레버는 우리 삶의 한 토막을 되는대로 툭 잘라서 미사여구 없이 무심하게 펼쳐 보인다. 그 삶은 숱한 상처와 멍으로 얼룩져 있지만 이야기를 이끌어 가는 분위기는 결코 침울하지 않다. 우리의 모습이 얼비치는 등장인물들에게 동정과 연민을 느끼다가도 곳곳에 녹아든 블랙 유머에는 웃음을 짓지 않을 수 없다. 이 책에 실린 작품들은 쓸쓸한 체념을 담고 있지만 모든 가능성을 열어 둔 채 끝을 맺는다. 뒷이야기를 희망으로 채우며 카타르시스를 느끼는 것은 오롯이 우리 몫이다. 겨울이 춥기 때문에 포근할 수 있는 것처럼 트레버의 이야기가 전하는 서

늙함의 끝에는 따뜻한 위로가 있다.

사진 속 트레버는 선하고 인자한 할아버지의 모습이다. 올해 87세. 50년이 넘는 세월 동안 끊임없이 자신을 낮추면서 외로운 등을 토닥여 준 그는 가슴속에 얼마나 따스한 온기를 품고 있을까? 이제야 알 것 같다. 줌파 라히리가 책상에, 침대 머리맡에 늘 그의 책을 두는 것은 '윌리엄 트레버'라는 이름만으로도 위로를 얻을 수 있기 때문이 아닐까? 헤아리기 힘들 만큼 많은 상을 수상했으며 노벨 문학상 후보에 오르기도 했지만 우리에게는 아직 낯선 이름인 윌리엄 트레버. 윌리엄 트레버와 한국 독자와의 만남에 조금이나마 보탬이 될 수 있음에 감사하며 살아온 세월만큼이나 깊어진 눈을 가진 그가 건강하게 창작 활동을 이어 갈 수 있기를 소망한다.

윌리엄 트레버 연보

1928   5월 24일 아일랜드 자유국 코크 주의 미첼스타운에서 출생.

          은행 임원이던 아버지를 따라서 스키버린, 티퍼러리, 욜, 에니스

          코시 등 아일랜드의 여러 도시로 이사를 다님.

1942~46   더블린에 위치한 세인트콜럼바스 칼리지에서 공부.

          조각가 어신 켈리의 지도 아래 미술을 공부.

          그 이후에는 역시 더블린에 자리 잡은 트리니티 칼리지에서 공부.

1950   트리니티 칼리지에서 역사학으로 학사 학위 취득.

1950~52   북아일랜드의 아마에서 역사를 가르치면서 트레버 콕스라는 이름

의 조각가로 활동함.

더블린과 런던에서 여러 차례 전시회를 개최함.

1952   트리니티 칼리지 재학 중에 만난 제인 라이언과 결혼.

1953   '무명 정치수'라는 주제의 국제 조각 공모전에서 입상.

1954   재직 중이던 학교가 파산하자 불황에 빠진 조국을 떠나 영국으로 이민.

광고 회사에서 카피라이터로 일함.

1958   첫 소설『행동 기준 *A Standard of Behaviour*』을 발표하지만 긍정적인 평가를 받지 못함.

1960   자신의 작품이 지나치게 추상화되었다고 느끼면서 조각을 완전히 그만둠.

1964   두 번째 소설『동창생들 *The Old Boys*』발표.

1965   『동창생들』로 호손덴상 수상.

호손덴상 수상에 용기를 얻어 전업 작가의 길로 들어섬.

『하숙집 *The Boarding House*』발표.

가족과 함께 데번 주의 작은 마을로 이사 감. 그 이후 지금까지 아내 제인 라이언과 전원생활을 즐기며 창작 활동에 전념하고 있음.

| 1966 | 『연애 담당 부서 *The Love Department*』 발표. |

| 1967 | 단편집 『케이크 위에서 취한 날 *The Day We Got Drunk on Cake and Other Stories*』 출간. |

| 1969 | 『엑도프 부인, 오닐 호텔에 가다 *Mrs Eckdorf in O'Neill's Hotel*』 발표. |

| 1971 | 『미스 고메즈와 형제 수도회 *Miss Gomez and the Brethren*』 발표. |

| 1972 | 단편집 『로맨스 무도장 *The Ballroom of Romance and Other Stories*』 출간. |

| 1973 | 『엘리자베스 홀로 *Elizabeth Alone*』 발표.
단편집 『이 계절의 마지막 점심 *The Last Lunch of the Season*』 출간. |

| 1975 | 단편집 『리츠의 천사들 *Angels at the Ritz and Other Stories*』로 왕립문학협회상 수상. |

| 1976 | 『딘마우스의 아이들 *The Children of Dynmouth*』로 휘트브레드 문학상 수상.
얼라이드 아이리시 뱅크스상 수상.
하이네만 문학상 수상. |

| 1977 | 문학 분야에 기여한 공로를 인정받아 대영제국 3등급 훈장 수상. |

1978	단편집 『그 시절의 연인들Lovers of their Time』 출간.
1979	『머나먼 과거The Distant Past』 발표.
1980	라디오극 〈용서할 수 없는Beyond the Pale〉으로 자일스쿠퍼상 수상. 『타인들의 세상Other People's Worlds』 발표.
1981	단편집 『용서할 수 없는』 출간.
1982	「로맨스 무도장」의 TV 각색물로 제이콥상 수상. 라디오극 〈가을 햇살Autumn Sunshine〉로 자일스쿠퍼상 수상.
1983	『운명의 희생양Fools of Fortune』으로 휘트브레드상 수상. 『윌리엄 트레버 단편선The Stories of William Trevor』 출간.
1986	단편집 『아일랜드에서 온 소식The News from Ireland and Other Stories』 출간.
1987	『알렉산드라의 밤Nights at the Alexandra』 발표.
1988	『정원의 침묵The Silence in the Garden』으로 요크셔 포스트 도서상 수상.
1989	단편집 『가족이 지은 죄Family Sins and Other Stories』 출간.
1990	베넷상 수상.

1991	『두 개의 삶Two Lives』 발표.

1991 　『두 개의 삶*Two Lives*』 발표.

1992 　선데이 타임스 문학상 수상.

1994 　『펠리시아의 여정*Felicia's Journey*』으로 휘트브레드상 및 선데이 익스
프레스 올해의책상 수상.
문학 훈위Companion of Literature 칭호를 얻음.

1995 　단편집 『아일랜드 밖에서*Outside Ireland: Selected Stories*』 출간.

1996 　래넌 문학상 수상.
단편집 『비가 그친 후*After Rain*』와 『도니스에서 칵테일을*Cocktails at Doney's*』 출간.

1998 　『여름에 죽다*Death in Summer*』 발표.

1999 　데이비드 코언 영국 문학상 수상.

2000 　단편집 『산중 미혼남들*The Hill Bachelors*』 출간.

2001 　아일랜드 문학상 수상.
『산중 미혼남들』로 아이리시 펜상 수상.

2002 　문학에 기여한 공로를 인정받아 엘리자베스 2세에게 명예기사 작

위를 받음.

『루시 골트 이야기*The Story of Lucy Gault*』 발표.

2003	리스토웰 작가 주간에 케리 그룹 아이리시 픽션상 수상.
2004	단편집 『불륜*A Bit On the Side*』 출간.
2005	단편집 『재봉사의 아이*The Dressmaker's Child*』 출간.
2007	단편집 『카나스타 사기*Cheating at Canasta*』 출간.
2008	밥 휴즈 평생공로상 수상.
2009	『사랑과 여름*Love and Summer*』 발표.
2010	『단편선*Selected Stories*』 출간.
2011	단편집 『마크-2 와이프*The Mark-2 Wife*』 출간.

세계문학 단편선을 펴내며

세상의 모든 이야기는 단편으로 시작되었다. 성서와 그리스 신화를 비롯해 인류의 많은 신화와 설화는 단편의 형식으로 사물의 기원, 제도와 금기의 탄생, 운명이라는 이름의 삶의 보편적 형식을 설명했다.

〈세계문학 단편선〉은 모든 산문의 형식 중 가장 웅축적이고 예술성이 높은 단편소설에 포커스를 맞추어 세계문학을 바라보는 새로운 관점을 제시하고자 한다. 단편소설을 언급할 때 빼놓을 수 없는 작가들의 작품들은 물론이고, 한두 편의 장편소설로만 우리에게 알려진 세계적 작가들이 남긴 주옥같은 단편들을 통해 대가의 진면모를 총체적으로 바라볼 수 있게 할 것이다. 또한 우리에게 문학의 변방으로 여겨져 왔던 나라들의 대표적 단편 작가들도 활발히 소개할 것이며 이미 순문학과의 경계가 불분명해진 장르문학의 형성과 발전에 크게 기여한 작가들의 작품 역시 새롭게 조명해 나갈 것이다.

에드거 앨런 포는 문학작품은 독자가 앉은자리에서 다 읽을 수 있을 정도로 짧아야 한다고 했다. 바쁜 일상의 삶을 사는 현대인들에게 〈세계문학 단편선〉은 삶과 사회, 나아가 세계를 바라볼 수 있게 하는 더할 나위 없이 좋은 친구가 될 것이라 확신한다.

21세기인 현재에 이르기까지 단편소설은 그리스 신화가 그러했듯이 삶의 불변하는 조건들을 웅축된 예술적 형식으로 꾸준히 생산해 왔다. 그리고 새로운 문학적 기법과 실험적 시도를 통해 단편소설은 현재도 계속 진화, 확장되고 있다. 작가의 치열한 예술적 열정이 가장 뜨겁게 반영된 다양한 개성으로 빛나는 정교한 단편들을 통해 문학의 진정한 존재 이유를 독자들이 느낄 수 있기를 소망하며 이번 〈세계문학 단편선〉을 펴낸다.

현대문학 편집부

H 세계문학 단편선

※ 〈세계문학 단편선〉은 계속 출간됩니다.

윌리엄 트레버

초판 1쇄 펴낸날 2015년 3월 25일
초판 6쇄 펴낸날 2024년 8월 31일

지은이 윌리엄 트레버
옮긴이 이선혜
펴낸이 김영정

펴낸곳 (주)현대문학
등록번호 제1-452호
주소 06532 서울시 서초구 신반포로 321(잠원동, 미래엔)
전화 02-2017-0280
팩스 02-516-5433
홈페이지 www.hdmh.co.kr

ISBN 978-89-7275-713-9 04840
      978-89-7275-672-9 (세트)

* 책값은 뒤표지에 있습니다.
* 파본은 구입처에서 교환해드립니다.